W0218707

Autorin:

New York Times- und *USA Today*-Bestsellerautorin Gena Showalter gilt als Shootingstar am romantischen Bücherhimmel des Übersinnlichen. Ihre Romane erobern die Herzen von Kritikern und Lesern gleichermaßen im Sturm. Mit der Serie „Herren der Unterwelt" feierte sie ihren internationalen Durchbruch.

Gena Showalter

MIRA® TASCHENBUCH
Band 65123

HarperCollins Publishers Since 1817

1. Auflage: Januar 2017
Copyright © 2017 by MIRA Taschenbuch
in der HarperCollins Germany GmbH
Erste Neuauflage

Titel der nordamerikanischen Originalausgaben:
Lords of the Underworld 1 – Darkest Night
Copyright © 2008 by Gena Showalter
Erschienen bei: HQN Books, Toronto

The Darkest Kiss – Lords of the Underground 2
Copyright © 2008 by Gena Showalter
Erschienen bei: HQN Books, Toronto

Published by arrangement with
HARLEQUIN ENTERPRISES II B.V./S.àr.l.

Konzeption/Reihengestaltung: fredebold&partner GmbH, Köln
Umschlaggestaltung: Hafen Werbeagentur gsk GmbH, Hamburg
Umschlagabbildung: Getty Images, München: Bill Diodato,Tetra Images, AKV;
shutterstock; Trevillion: Alexa Garbarino
Redaktion: Mareike Müller
Satz: GGP Media GmbH, Pößneck
Printed in Germany
Dieses Buch wurde auf FSC®-zertifiziertem Papier gedruckt.
ISBN 978-3-95649-725-4

www.mira-taschenbuch.de

Werden Sie Fan von MIRA Taschenbuch auf Facebook!

Gena Showalter

Die Herren der Unterwelt 1: Schwarze Nacht

Roman

Aus dem Amerikanischen von
Maike Walter

mtb

1. Kapitel

Jede Nacht kam der Tod – langsam und qualvoll. Und jeden Morgen erwachte Maddox im Bett, wissend, dass er später wieder sterben müsste. Das war sein Fluch, seine ewige Bestrafung.

Er fuhr sich mit der Zunge über die Zähne und wünschte sich, seinem Feind mit einer Klinge die Kehle durchschneiden zu können. Der Tag war schon fast vorüber. Er hörte, wie die Zeit verstrich, ein giftiges Ticktack in seinem Kopf. Jeder Stundenschlag der Uhr erinnerte ihn voller Hohn an den Tod und den Schmerz.

In weniger als einer Stunde würde sich der erste Stich in seinen Bauch bohren, und was er auch tat oder sagte – es würde nichts daran ändern. Der Tod käme ihn holen.

„Verfluchte Götter", murmelte er und stemmte die Gewichte schneller.

„Hurensöhne, jeder einzelne von ihnen", ertönte hinter ihm eine vertraute Stimme.

Obwohl es ihm nicht passte, dass Torin sich einmischte, verlangsamte Maddox das Tempo nicht. Hoch. Runter. Hoch. Runter. In den vergangenen zwei Stunden hatte er seine Wut schon an dem Sandsack, dem Laufband und den Geräten ausgelassen. Der Schweiß rann ihm in kleinen Bächen die nackte Brust und die Arme hinab, was seine Muskeln nur noch mehr betonte. Eigentlich hätte seine Seele genauso erschöpft sein müssen wie sein Körper, doch seine Gefühle wurden immer düsterer und intensiver.

„Was willst du hier?", fragte er schroff.

Torin seufzte. „Hör zu, eigentlich wollte ich dich nicht stören, aber es ist etwas passiert."

„Dann kümmere dich darum."

„Ich kann nicht."

„Egal, was es ist, versuch es. Ich bin nicht in der Verfassung zu helfen." Seit einigen Wochen brachte ihn schon die kleinste Kleinigkeit in Rage – ein Zustand, in dem niemand sicher vor ihm war. Selbst seine

Freunde nicht. *Besonders* seine Freunde nicht. Er wollte es nicht, hatte es nie gewollt, doch manchmal war er machtlos gegen den Drang, andere zu schlagen und zu verletzen.

„Maddox ..."

„Es geht nicht, Torin", krächzte er. „Ich würde mehr Schaden anrichten als euch nutzen."

Maddox kannte seine Grenzen – schon seit Tausenden von Jahren. Seit dem verdammten Tag, als die Götter eine Frau auserkoren hatten, um eine Aufgabe auszuführen, die eigentlich ihm zugestanden hätte.

Pandora war stark, ja, die stärkste Soldatin jener Zeit. Doch er war stärker. Fähiger. Trotzdem befand man ihn als zu schwach, um *dimOuniak* zu bewachen – eine heilige Büchse, in der Dämonen eingesperrt waren, die so abscheulich und zerstörerisch waren, dass die Außenwelt selbst dann nicht sicher vor ihnen gewesen wäre, wenn sie in der Hölle geschmort hätten.

Als wenn Maddox es zugelassen hätte, dass die Büchse zerstört würde. Bei dem Angriff war er blind vor Wut gewesen. So wie all die anderen Krieger, die nun hier lebten. Sie hatten gewissenhaft für den Götterkönig gearbeitet, hatten fachmännisch getötet und ihn sorgsam beschützt; *sie* hätten als Wächter auserwählt werden müssen. Dass es nicht geschah, war eine nicht zu tolerierende Schmach.

Sie wollten den Göttern in jener Nacht nur eine Lektion erteilen, als sie Pandora *dimOuniak* entwendeten und die Dämonen in die nichts ahnende Umwelt entließen. Wie dumm sie doch waren. Sie wollten ihre Macht demonstrieren und scheiterten kläglich: Die Büchse ging in dem Tumult verloren, und die Krieger konnten nicht einen der bösen Geister wieder einfangen.

Bald herrschten Chaos und Verwüstung, die die Welt in Dunkelheit stürzten, bis schließlich der Götterkönig einschritt und jeden Krieger dazu verdammte, einen der Dämonen in sich aufzunehmen.

Eine passende Strafe. Die Krieger hatten das Böse entfesselt, um ihren verletzten Stolz zu rächen und mussten fortan damit leben.

Damit waren die Herren der Unterwelt geboren.

Maddox wurde der Dämon der Gewalt zugeteilt, der genauso zum Teil seines Körpers wurde wie seine Lunge oder sein Herz. Der Krieger Maddox konnte nicht mehr ohne den Dämon leben, und der Dämon konnte nicht mehr ohne den Krieger existieren. Sie waren untrennbar miteinander verbunden. Zwei Hälften, die zusammen ein Ganzes ergaben.

Von Beginn an hatte ihn die Kreatur in seinem Innern dazu verführt, bösartige und verhasste Dinge zu tun, und er war gezwungen zu gehorchen. So auch, als er dazu verleitet worden war, eine Frau zu töten – Pandora. Er umklammerte die Gewichtstange so fest, dass seine Knöchel weiß hervortraten. Mit den Jahren hatte er gelernt, besonders abscheuliche Züge seines Dämons zu unterdrücken. Doch es war ein ständiger Kampf, den er jederzeit wieder verlieren konnte.

Was hätte er doch für einen einzigen friedlichen Tag gegeben. Ohne das überwältigende Verlangen zu verspüren, jemandem wehzutun. Ohne gegen sich selbst zu kämpfen. Ohne Sorgen. Ohne Tod. Einfach nur … Frieden.

„Du bist hier nicht sicher", warnte er seinen Freund, der immer noch in der Tür stand. „Geh lieber." Er legte die silberne Stange in die Halterung und setzte sich auf. „Nur Lucien und Reyes dürfen in meiner Nähe sein, wenn ich sterbe." Und das auch nur, weil sie dabei – wenn auch unfreiwillig – eine zentrale Rolle spielten. Sie waren ihren Dämonen genauso hilflos ausgeliefert wie Maddox.

„Bis dahin ist noch knapp eine Stunde Zeit", Torin warf ihm ein Tuch zu, „also lass ich's drauf ankommen."

Maddox griff hinter sich, fing das weiße Tuch auf und drehte sich um. Er wischte sich das Gesicht ab. „Was …"

Eine eiskalte Flasche Wasser sauste durch die Luft, noch bevor er die zweite Silbe ausgesprochen hatte. Er fing sie geschickt auf, wobei etwas Flüssigkeit auf seine Brust spritzte. Während er trank, musterte er seinen Freund.

Wie gewöhnlich war Torin ganz in Schwarz gekleidet und trug Handschuhe. Das blonde Haar lockte sich auf seinen Schultern und rahmte ein Gesicht ein, das sterbliche Frauen als Festschmaus für die Sinne bezeichneten. Sie wussten nicht, dass dieser Mann der Teufel im Gewand eines Engels war. Doch sie hätten es wissen sollen. Er strahlte eine unübersehbare Geringschätzung aus, und das gottlose Glänzen, das in seinen grünen Augen lag, verkündete, dass er seinem Gegenüber ins Gesicht lachen würde, während er ihm das Herz herausriss. Oder dass er seinem Gegenüber ins Gesicht lachen würde, während dieser ihm das Herz herausriss.

Um zu überleben, musste er so viel lachen wie möglich. So erging es ihnen allen.

Wie alle Bewohner der Budapester Burg war auch Torin verflucht. Er starb vielleicht nicht jede Nacht, so wie Maddox, aber er konnte kein Lebewesen berühren, ohne es mit einer Krankheit zu infizieren.

Torin war vom Dämon des Siechtums besessen.

Seit mehr als vierhundert Jahren war er von keiner Frau mehr berührt worden. Er hatte seine Lektion gelernt, als er seinem Verlangen ein Mal nachgab und das Gesicht seiner angehenden Geliebten streichelte. Er löste damit eine Seuche aus, die in unzähligen Dörfern Mensch für Mensch dahinraffte.

„Nur fünf Minuten", verlangte Torin. „Um mehr bitte ich dich gar nicht."

„Glaubst du, wir werden heute dafür bestraft, dass wir die Götter beleidigt haben?", erwiderte Maddox. Er ignorierte die Bitte. Wenn er es gar nicht erst zuließ, dass man ihn um einen Gefallen bat, brauchte er auch nicht abzulehnen und sich später schuldig zu fühlen.

Sein Freund seufzte. „Jeder unserer Atemzüge soll eine Bestrafung sein."

Er hatte recht. Maddox' Lippen verzogen sich langsam zu einem messerscharfen Grinsen, als er an die Decke starrte. *Ihr Bastarde. Na los, bestraft mich weiter.* Vielleicht würde er sich dann endlich in Nichts auflösen.

Doch eigentlich glaubte er nicht, dass die Götter sich mit seinem Anliegen befassen würden. Seit sie ihn mit dem Todesfluch belegt hatten, ignorierten sie ihn und taten, als hörten sie sein Flehen um Vergebung und Absolution nicht. Als hörten sie seine Schwüre und seine verzweifelten Verhandlungen nicht.

Aber konnten sie ihm überhaupt noch etwas Schlimmeres antun?

Nichts konnte grausamer sein, als wieder und wieder zu sterben. Oder des Guten und der Rechtschaffenheit beraubt zu werden … oder den Gewaltdämon in der eigenen Seele und dem eigenen Körper zu beherbergen.

Maddox sprang auf und feuerte den mittlerweile nassen Lappen und die leere Flasche in den nächsten Mülleimer. Er schlenderte zum anderen Ende des Raumes, verschränkte die Hände über dem Kopf, lehnte sich gegen den halbrunden Erker aus Buntglas und starrte durch den einzig durchsichtigen Spalt in die Nacht.

Er sah das Paradies.

Er sah die Hölle.

Er sah die Freiheit, ein Gefängnis, alles und nichts.

Er sah … sein Zuhause.

Da die Burg auf einem Hügel stand, hatte er einen guten Blick über die gesamte Stadt. Helle Lichter blinkten – pink, blau und lila –, erhellten den düsteren, samtenen Himmel, glitzerten in der Donau und rahmten die schneebedeckten Bäume ein, von denen es in dieser Gegend so viele gab. Ein Wind wehte und Schneeflocken tanzten durch die Luft.

Hier oben hatten er und die anderen ein Mindestmaß an Privatsphäre und Schutz vor dem Rest der Welt gefunden. Hierher konnten sie kommen, von hier konnten sie weggehen, ohne mit Fragen bombardiert zu werden. *Warum werdet ihr nicht älter? Warum hallen jede Nacht Schreie durch den Wald? Warum seht ihr manchmal wie Ungeheuer aus?*

Von hier oben hielten sich die Einheimischen fern – aus Angst und aus Respekt. Bei einer seiner seltenen Begegnungen mit einem Sterblichen hatte er ihn sogar „Engel“ flüstern hören.

Wenn sie nur wüssten …

Maddox’ Nägel wurden länger und krallten sich in die Steinwand. Budapest war ein Ort von majestätischer Schönheit, der vom Charme der alten Welt umweht wurde und der dennoch nicht auf die Annehmlichkeiten der Moderne verzichtete. Doch Maddox hatte sich seit jeher ausgeschlossen gefühlt. Von allem. Von dem Burgviertel genauso wie von den Nachtclubs. Vom Obst und Gemüse, das in der einen Passage verkauft wurde, genauso wie von dem lebendigen Fleisch, das in der nächsten Gasse feilgeboten wurde.

Vielleicht verginge das Gefühl der Unverbundenheit, wenn er die Stadt einmal erkunden würde, doch im Gegensatz zu den anderen, die nach Belieben umherstreiften, war er in der Burg und den umliegenden Ländereien genauso gefangen wie der Dämon der Gewalt vor Tausenden von Jahren in der Büchse der Pandora.

Seine Fingernägel wuchsen weiter, jetzt waren es schon fast Krallen. Der Gedanke an die Büchse versetzte ihn immer in eine düstere

Stimmung. *Schlag gegen die Wand,* stachelte sein Dämon ihn auf. *Zerstör irgendetwas. Verletze jemanden, töte jemanden.* Am liebsten hätte er die Götter ausgelöscht. Einen nach dem anderen. Sie vielleicht geköpft. Ihnen aber auf jeden Fall ihre schwarzen, verfaulten Herzen herausgerissen.

Der Dämon schnurrte zustimmend.

Klar, dass ihm das gefällt, dachte Maddox angewidert. Hauptsache es ist blutrünstig, egal wer die Opfer sind. Er schickte noch einen erzürnten Blick gen Himmel. Er und der Dämon waren schon seit langer Zeit vereint, doch er konnte sich noch immer deutlich an den Tag erinnern, als alles begann. An die Schreie der Unschuldigen. An die Menschen um ihn herum, die bluteten und starben. An die Dämonen, die das Fleisch dieser Menschen in Ekstase verschlangen.

Nur als der Dämon der Gewalt in seinen Körper eingedrungen war, hatte er den Bezug zur Realität verloren. Er hatte nichts gehört und nichts gesehen. Ihn umgab nichts als Dunkelheit. Erst als Pandoras Blut auf seine Brust spritzte, erwachte er. Ihr letzter Atemzug hallte in seinen Ohren wider.

Sie war nicht sein erstes Opfer – oder sein letztes. Aber sie war die erste und einzige Frau, die er mit seinem Schwert traf. Der furchtbare Anblick dieser leblosen weiblichen Gestalt, in deren Adern kurz zuvor noch das Leben pulsiert hatte, und das Wissen darum, dass er für ihren Tod verantwortlich war … Bis zum heutigen Tag hatte nichts seine Schuld und Reue lindern können. Die Schande und die Trauer.

Er hatte geschworen, alles zu tun, um den Dämon in Zukunft zu kontrollieren, doch es war zu spät gewesen. Zeus war verärgerter als je zuvor und belegte ihn mit einem zweiten Fluch: Er sollte jede Nacht um Mitternacht denselben Tod sterben wie Pandora – durch eine Klinge, die sich sechsmal unter höllischen Schmerzen in seinen Unterleib bohrte. Der einzige Unterschied war, dass ihre Qual nach Minuten vorüber gewesen war.

Seine Qualen würden bis in alle Ewigkeit fortdauern.

Er knackte mit dem Kiefer und versuchte, sich zu entspannen, als er den nächsten Ansturm der Gewalt kommen spürte. Er sagte sich, dass er nicht der Einzige war, der leiden musste. Die anderen Krieger hatten auch mit Dämonen zu kämpfen – sowohl buchstäblich als auch bildlich. In Torin wohnte der Dämon der Krankheit. In Lucien der Dämon des Todes. In Reyes der des Schmerzes. In Aeron der des Zorns. In Paris der der Promiskuität.

Warum hatte man *ihm* nicht den letzten zugeteilt? Er hätte jederzeit in die Stadt gehen, sich eine Frau nehmen und jeden Laut, jede Berührung genießen können.

Doch so konnte er sich weder weit von der Burg weg wagen, noch über längere Zeit mit Frauen umgeben. Wenn sein Dämon die Kontrolle übernähme oder wenn er vor Mitternacht nicht zu Hause wäre und jemand seine blutverschmierte Leiche fände und begrübe – oder schlimmer: verbrannte …

Aber ein Teil von ihm wünschte sich, dass ein solcher Zwischenfall seine klägliche Existenz beenden würde. Am liebsten hätte er sich schon vor langer Zeit von einem Feuer verzehren lassen oder wäre aus dem höchsten Fenster der Burg gesprungen, damit sein Schädel samt Gehirn zerschmetterte. Aber nein. Was er auch tat, er wachte einfach wieder auf – egal ob verkohlt oder erstochen. Ob mit gebrochenen Knochen oder mit tausend Schnitten.

„Du starrst jetzt schon seit geraumer Zeit aus dem Fenster“, bemerkte Torin. „Willst du denn gar nicht wissen, was passiert ist?“

Maddox blinzelte, als er aus den Gedanken gerissen wurde. „Du bist ja immer noch da.“

Sein Freund zog eine schwarze Augenbraue hoch, die einen unheimlichen Kontrast zu den silbrig-blonden Haaren bildete. „Das heißt wohl so viel wie ‚Nein‘. Hast du dich wenigstens wieder beruhigt?“

Konnte er sich überhaupt richtig beruhigen? „Ich bin so ruhig, wie ein Wesen meiner Art es nun mal sein kann.“

„Hör auf zu jammern. Ich muss dir etwas zeigen, und wag es bloß nicht, mir noch einen Korb zu geben. Wir können ja auf dem Weg darüber reden, warum ich dich gestört habe.“ Ohne ein weiteres Wort machte Torin auf dem Absatz kehrt und verließ entschlossen den Raum.

Maddox blieb noch ein paar Sekunden stehen und blickte seinem Freund nach, der gerade um eine Ecke verschwand. *Hör auf zu jammern,* hatte Torin gesagt, und er hatte vollkommen recht damit. Jetzt bahnten sich die Neugierde und eine ironische Heiterkeit den Weg durch seine düstere Stimmung, und Maddox trat vom Trainingsraum auf den Flur. Er spürte einen kalten Luftzug. Die Luft war feucht und roch nach Winter. Er erspähte Torin wenige Meter vor ihm und schloss zu ihm auf.

„Worum geht's denn?“

„Na endlich. Interesse“, bekam er zur Antwort.

„Wenn das einer deiner Tricks ist …“ Wie damals, als Torin Hunderte aufblasbare Puppen bestellt hatte und sie überall in der Burg aufstellte, nur weil Paris sich darüber beschwert hatte, dass es in der Stadt zu wenig Frauen gab. Aus allen Ecken starrten die Plastik-Ladys jeden, der vorbeiging, aus großen Augen und mit weit geöffneten „Ich will dir einen blasen Mündern“ an.

So etwas geschah immer dann, wenn Torin sich langweilte.

„Ich würde doch nicht meine Zeit damit verschwenden, dir einen Streich zu spielen“, erwiderte Torin ohne ihn anzusehen. „Du, mein Freund, hast keinen Sinn für Humor.“

Wie wahr.

Maddox hielt weiter mit Torin Schritt. Links und rechts erstreckten sich Steinmauern; in den Wandleuchtern züngelten die Flammen, ihr goldenes Licht verschmolz mit dem Schatten. Das Haus der Verdammten, wie Torin die Burg getauft hatte, war vor vielen Hundert Jahren gebaut worden. Zwar hatten sie es so gut wie möglich renoviert. Doch das Alter zeigte sich in bröckelnden Felsen und abgewetzten Fußböden.

„Wo sind die anderen?“, erkundigte sich Maddox, als ihm auffiel, dass ihnen auf dem ganzen Weg niemand begegnet war.

„Man sollte meinen, Paris kauft etwas zu essen, da unsere Schränke leer sind und er sonst keine Pflichten zu erfüllen hat, aber nein: Er ist auf der Suche nach Frischfleisch.“

So ein Glückspilz. Paris war derart von Sex besessen, dass er mit derselben Frau nicht zweimal ins Bett steigen konnte. Also verführte er jeden Tag eine – oder zwei oder drei – neue. Der einzige Nachteil: Wenn er keine Frau fand, musste er Dinge anstellen, die Maddox sich nicht näher ausmalen wollte. Dinge, nach deren Anblick jeder normale Mensch über der Toilette hängen und sich die Seele aus dem Leib kotzen würde. Obwohl Maddox' Neid in solchen Momenten abebbte, flammte er immer wieder auf, wenn Paris von seinen Geliebten sprach. Von der flüchtigen Berührung eines Oberschenkels … von heißer Haut auf heißer Haut … von ekstatischem Stöhnen …

„Aeron ist … Mach dich auf was gefasst", begann Torin, „denn das ist der Hauptgrund, weswegen ich so hartnäckig bin."

„Ist ihm etwas zugestoßen?", erkundigte sich Maddox, während sich seine Gedanken verfinsterten und allmählich die Wut Besitz von ihm ergriff. *Zerstören, töten,* knurrte sein Dämon gierig. „Ist er verletzt?"

Zwar galt Aeron als unsterblich. Aber man konnte einem Unsterblichen dennoch Leid zufügen und ihn sogar töten, wie sie alle auf grausame Art und Weise hatten erfahren müssen.

„Weder noch", versicherte Torin.

Langsam entspannte er sich und der Dämon der Gewalt wich zurück. „Was denn dann? Hat er unseren Saustall aufgeräumt und dabei einen Wutanfall bekommen?" Jeder Krieger hatte bestimmte Aufgabengebiete. So stellten sie wenigstens eine äußere Ordnung sicher, wenn schon in ihrem Innern ein Krieg tobte. Aeron gab das Zimmermädchen, worüber er sich täglich beschwerte. Maddox kümmerte sich um Reparaturarbeiten in der Burg. Torin war der Vermögensverwalter. Lucien erledigte den Papierkram, und Reyes versorgte sie mit Waffen.

„Die Götter … haben ihn zu sich gerufen."

Der Schreck brachte Maddox einen Augenblick lang völlig aus dem Konzept, und er stolperte. „Was?" Bestimmt hatte er sich nur verhört.

„Die Götter haben ihn zu sich gerufen", wiederholte Torin geduldig.

Aber die Griechen hatten doch seit Pandoras Todestag nicht mehr mit ihnen gesprochen. „Was wollten sie von ihm? Und warum erfahre ich erst jetzt davon?"

„Erste Frage: Das weiß keiner. Wir haben uns gerade einen Film angesehen, als er sich plötzlich mit ausdrucksloser Miene aufsetzte. Es war, als wäre bei ihm niemand mehr zu Hause. Ein paar Sekunden später sagte er uns, sie hätten ihn gerufen. Keiner von uns hatte Zeit zu reagieren – in dem einen Moment saß Aeron noch bei uns, im nächsten war er weg.

Und zur zweiten Frage", fügte Torin fast nahtlos hinzu, „ich habe ja versucht, es dir zu sagen. Aber du meintest, es sei dir egal, erinnerst du dich?"

Unter Maddox' Lid zuckte ein Muskel. „Du hättest es mir trotzdem sagen müssen."

„Während du die Langhantel in der Hand hattest? Ich bitte dich. In mir wohnt die Krankheit, nicht die Dummheit."

Das war … das war … Maddox wollte eigentlich gar nicht darüber nachdenken, was es zu bedeuten hatte, aber er konnte die Gedanken nicht abschalten. Manchmal verlor Aeron – auch einfach nur *Zorn* genannt – vollkommen die Kontrolle über seinen Dämon und fing an, Amok zu laufen. Dann bestrafte er die Sterblichen für ihre Sünden. Wollten die Götter Aeron nun einen zweiten Fluch auferlegen, so wie ihm vor vielen Jahrhunderten?

„Wenn er nicht in derselben Gestalt zurückkehrt, in der er uns verlassen hat, werde ich irgendwie den Himmel stürmen und jeden Gott umbringen, der mir über den Weg läuft."

„Deine Augen leuchten hellrot", stellte Torin fest. „Sieh mal, wir sind alle durcheinander, aber Aeron wird bald zurückkommen und uns erzählen, was da vor sich geht."

Na schön! Maddox zwang sich, sich zu entspannen. Mal wieder. „Wurde sonst noch jemand gerufen?"

„Nein. Lucien ist draußen und sammelt Seelen. Reyes ist Gottweiß-wo, wahrscheinlich ritzt er sich gerade."

Der Ärmste. Obwohl Maddox jede Nacht unerträgliche Qualen erlitt, bemitleidete er Reyes, der nicht eine Stunde überstand, ohne sich selbst Schmerzen zuzufügen.

„Gibt es sonst noch was?" Maddox fuhr mit den Fingerspitzen an den beiden gewaltigen Säulen entlang, die die Treppe flankierten, bevor er die erste Stufe nahm.

„Ich glaube, es ist besser, wenn du es dir ansiehst."

Ob es noch schlimmer ist als die Nachricht von Aeron?, grübelte Maddox, als er am Freizeitsalon vorbeiging. Das war ihr Heiligtum. Bei der Ausstattung des Raumes hatten sie keine Kosten gescheut. Überall standen vornehme Möbel und jeglicher Luxus, den ein Krieger sich nur wünschen konnte. Ein Kühlschrank voller guter Weine und Bier. Ein Billardtisch. Ein Basketballkorb. Ein riesiger Flachbildfernseher, auf dem selbst jetzt die Bilder von drei nackten Frauen zu sehen waren, die sich mitten in einer Orgie befanden.

„Wie ich sehe, war Paris hier", kommentierte er.

Torin erwiderte nichts, beschleunigte jedoch seine Schritte, ohne einen Blick auf den Bildschirm zu werfen.

„Ist ja auch egal", murmelte Maddox. Torins Aufmerksamkeit absichtlich auf Wesen aus Fleisch und Blut zu lenken, war grausam. Der unfreiwillig im Zölibat lebende Mann musste sich mit jeder Faser seines Körpers nach Sex – nach *Berührungen* – sehnen, doch er würde diesem Verlangen niemals nachgeben dürfen.

Selbst Maddox gönnte sich hin und wieder eine Frau.

In der Regel waren es Paris' abgelegte Liebhaberinnen, die so dumm waren, ihm in der Hoffnung nach Hause zu folgen, noch einmal das Bett mit ihm teilen zu dürfen, und nicht wussten, wie aussichtslos dieses Unterfangen war. Sie waren immer so erregt – eine Folge ihres Liebesabenteuers mit dem Dämon der Promiskuität –, dass es ihnen meist egal war, wer am Ende ihre Schenkel spreizte. In der Regel nahmen sie Maddox nur zu gerne als Ersatz. Denn selbst wenn der Akt von emotionaler Kälte bestimmt war, so war er doch körperlich befriedigend.

Aber es musste so sein. Um ihre Geheimnisse zu hüten, erlaubten die Krieger es den Menschen nicht, ihre Burg zu betreten, und so musste Maddox mit den Frauen draußen im Wald schlafen. Am liebsten nahm er sie von hinten, auf allen Vieren, das Gesicht von ihm abgewandt. Ein schneller Paarungsakt, der seinen Dämon nicht wecken und ihn nicht dazu zwingen würde, Dinge zu tun, die ihn bis in alle Ewigkeit verfolgen würden.

Danach schickte Maddox die Frauen stets mit einer Warnung nach Hause: Komm nie zurück, sonst musst du sterben. So einfach war das. Es wäre dumm gewesen, sich auf eine längere Liaison einzulassen. Womöglich würden die Frauen ihm am Ende noch etwas bedeuten. Auf jeden Fall jedoch würde er ihnen früher oder später etwas antun und damit noch mehr Schuld und Schande auf seine Schultern laden.

Nur ein Mal, dachte er, hätte er eine Frau gern so geliebt wie Paris. Sie küssen und ihren Körper schmecken; in ihr ertrinken, sich ganz und gar in ihr verlieren, ohne Angst haben zu müssen, die Kontrolle zu verlieren und ihr wehzutun.

Als sie Torins Gemächer erreichten, verbannte er diese Gedanken aus seinem Kopf. Solche Wünsche waren vergeudete Zeit, das wusste er nur zu gut.

Er sah sich aufmerksam um. Er war schon zuvor in diesem Zimmer gewesen, erinnerte sich aber nicht daran, dass es mit Computern,

Monitoren, Telefonen und anderem elektronischen Zubehör vollgestopft war. Im Gegensatz zu Torin mied Maddox die Technik weitestgehend. Er hatte sich noch nie an den schnellen Wandel der Zeit anpassen können. Außerdem hatte er das Gefühl, sich durch jeden technischen Fortschritt ein Stückchen weiter von dem sorglosen Kriegerdasein zu entfernen, das er einst gefristet hatte. Aber es wäre auch eine Lüge gewesen, wenn er behauptet hätte, dass er die Vorzüge der technischen Spielereien nicht genoss.

Nachdem er alles in Augenschein genommen hatte, wandte er sich an seinen Freund. „Übernimmst du das Kommando über die Welt?"

„Nö. Ich beobachte nur. Das ist der beste Weg, uns zu beschützen und ein bisschen Geld zu machen." Torin ließ sich in einen gepolsterten Drehstuhl vor dem größten Bildschirm fallen und begann, auf der Tastatur herumzutippen. Ein anderer Monitor schaltete sich ein, und auf dem Bild wurde ein ineinandergreifendes schwarzweißes Muster sichtbar. „Also, ich möchte, dass du dir das hier mal ansiehst."

Darauf bedacht, seinen Freund nicht zu berühren, kam Maddox näher. Die undefinierbaren Kleckse auf dem Bildschirm verformten sich allmählich zu dicken, undurchsichtigen Linien. Bäume, wie ihm klar wurde. „Hübsch, aber nichts, was ich nun unbedingt hätte sehen müssen."

„Geduld."

„Beeilung", konterte er.

Torin warf ihm einen ironischen Blick zu. „Wenn du mich so nett bittest ... Ich habe Wärmesensoren und Infrarotkameras auf unserem Gelände versteckt, damit ich immer weiß, wann wir Besuch zu erwarten haben." Ein paar Eingaben später schwenkte die Kamera nach rechts. Etwas Rotes blitzte auf und verschwand im nächsten Moment wieder.

„Geh zurück." Maddox war angespannt. Er war kein Überwachungsexperte. Nein, seine Spezialität war das Töten. Doch selbst er wusste, was der rote Blitz bedeutete: Körperwärme.

Tipp, tipp, tipp und der rote Blitz erschien wieder auf dem Monitor.

„Ein Mensch?", erkundigte er sich. Die Gestalt war klein, fast zierlich.

„Ohne Zweifel."

„Mann oder Frau?"

Torin zuckte mit den Schultern. „Wahrscheinlich eine Frau. Zu groß für ein Kind und zu klein für einen erwachsenen Mann."

Zu dieser späten Stunde verirrte sich so gut wie nie jemand auf den düsteren Hügel. Und tagsüber eigentlich auch nicht. Ob es daran lag, dass diese Gegend zu unheimlich und finster war, oder ob es ein Zeichen des Respekts war, den die Stadteinwohner ihnen entgegenbrachten – Maddox wusste es nicht. Aber er konnte die Lieferanten, die neugierigen Kinder und die lüsternen Frauen, die den Ausflug im vergangenen Jahr gewagt hatten, an einer Hand abzählen.

„Eine von Paris' Liebhaberinnen?", hakte er nach.

„Möglich. Oder ..."

„Oder?", drängte er, als sein Freund nicht weitersprach.

„Eine Jägerin", bemerkte Torin grimmig. „Oder besser gesagt: ein Köder."

Maddox presste die Lippen zu einer schmalen Linie zusammen. „Du willst mich doch verarschen."

„Denk mal nach. Lieferanten haben immer eine Kiste dabei, und Paris' Mädchen rennen immer direkt zur Eingangstür. Die hier ist mit leeren Händen gekommen, und bewegt sich im Zick-Zack-Kurs. Alle paar Minuten bleibt sie stehen und fummelt an den Bäumen herum. Vielleicht deponiert sie Dynamit, um uns in die Luft zu jagen. Oder Kameras, um uns auszuspionieren."

„Aber wenn sie mit leeren Händen gekommen ist ..."

„Dynamit und Kameras sind so klein, dass man sie verstecken kann."

Maddox massierte seinen Nacken. „Die Jäger haben uns seit Griechenland nicht mehr verfolgt oder gequält."

„Vielleicht haben ihre Kinder und Kindeskinder uns seitdem gesucht und nun endlich gefunden."

Maddox spürte, wie ihm die Angst den Rücken hinaufkroch. Zuerst Aerons Berufung und jetzt der ungeladene Besucher. Reiner Zufall? In Gedanken wanderte er zu den schwarzen Tagen in Griechenland zurück, zu den Tagen des Krieges und des Chaos', der Schreie und des Todes. Zu den Tagen, in denen die Krieger mehr Dämonen als alles andere gewesen waren. Zu den Tagen, in denen der Hunger nach Zerstörung ihre Handlungen bestimmte und menschliche Leichen die Straßen gepflastert hatten.

Bald waren die Jäger aus der Masse der Gequälten hervorgetreten – sie bildeten ein Bündnis aus sterblichen Menschen, die fest entschlossen waren, jene zu vernichten, die das Böse entfesselt hatten. Eine Blutfehde entbrannte. Bald fand Maddox sich inmitten blutiger Kämpfe wieder, bei denen Schwerter klapperten, Flammen züngelten und Fleisch verbrannte. Sie wurden zur Legende.

Die stärkste Waffe der Jäger war ihre List. Sie bildeten weibliche Köder aus, die den Feind verführten und ablenkten, sodass sie ihn problemlos töten konnten. Auf diese Weise ermordeten sie Baden, den Träger des Dämons des Argwohns. Es gelang ihnen jedoch nicht, den Dämon selbst umzubringen, und so war er aus dem geschwächten Körper gefahren – völlig verwirrt, verrückt und verzweifelt, weil er seinen Wirt verloren hatte.

Maddox wusste nicht, wo der Dämon jetzt lebte.

„Die Götter hassen uns", sagte Torin. „Und wie könnten sie uns mehr verletzen, als uns genau dann die Jäger auf den Hals zu hetzen, wenn wir uns endlich ein einigermaßen friedliches Leben eingerichtet haben?"

Seine Angst wurde größer. „Aber sie würden doch nicht wollen, dass die Dämonen, die ohne uns verrückt würden, frei in der Welt herumschwirren. Oder?"

„Wer kennt schon die Motive für ihr Handeln." Diese Aussage traf den Nagel auf den Kopf. Keiner von ihnen verstand die Götter, selbst nach all den Jahrhunderten nicht. „Wir müssen etwas unternehmen, Maddox."

Sein Blick wanderte zur Uhr, und er verkrampfte sich. „Ruf Paris an."

„Hab ich schon. Er geht nicht ans Handy."

„Ruf …"

„Glaubst du wirklich, ich hätte dich so kurz vor Mitternacht gestört, wenn ich irgendjemanden sonst erreicht hätte?" Torin drehte sich auf dem Stuhl um und sah ihn mit bedrohlicher Bestimmtheit an. „Es liegt an dir."

Maddox schüttelte den Kopf. „Ich werde bald sterben. Dann kann ich unmöglich da draußen rumlaufen."

„Ich ja wohl auch nicht." In Torins Blick lag etwas Düsteres und Gefährliches, etwas Verbittertes, das seinen Augen einen giftigen, smaragdgrünen Schimmer verlieh. „Wenigstens würdest du nicht die gesamte Menschheit ausradieren, wenn du rausgehst."

„Torin …"

„Vergiss es, Maddox, diese Diskussion wirst du eh nicht gewinnen, also hör auf, Zeit zu verschwenden."

Er fuhr sich mit der Hand durch die kinnlangen Haare, während sein Frust wuchs. *Wir sollten es da draußen sterben lassen,* verkündete der Gewaltdämon. *Das kleine Menschlein.*

„Wenn sie wirklich zu den Jägern gehört", meinte Torin, als hätte er seine Gedanken gelesen, „wenn sie ein Köder ist, dann dürfen wir sie nicht am Leben lassen. Wir müssen sie vernichten."

„Und wenn sie unschuldig ist und mein Todesfluch zu wirken beginnt?", konterte Maddox, während er seinen Dämon so gut wie möglich in Schach zu halten versuchte.

In Torins Gesicht blitzte die Schuld auf, als schrie jedes Leben, das er auf dem Gewissen hatte, in seiner Seele auf und flehte ihn an, die Menschen zu retten, die er retten konnte. „Dann müssen wir sie beschützen. Wir sind nicht die Ungeheuer, zu denen uns die Dämonen gern machen würden."

Maddox biss die Zähne zusammen. Er war kein grausamer Mann; er war keine Bestie. War nicht herzlos. Er hasste die Wellen der Unsterblichkeit, die ihn andauernd zu überrollen drohten. Er hasste, was er tat und wer er war – und wozu er werden würde, wenn er jemals aufhörte, gegen diese dunklen Sehnsüchte und bösen Träume anzukämpfen.

„Wo ist der Mensch jetzt?", fragte er. Er würde in die Nacht hinausgehen, auch wenn es ihm eine Menge abverlangte.

„Am Donau-Ufer."

Das war ein Weg von fünfzehn Minuten, wenn er schnell lief. Es bliebe gerade genug Zeit, um sich eine Waffe zu schnappen, den Menschen zu finden, ihn in Sicherheit zu bringen, falls er unschuldig war, oder ihn zu töten, falls es die Umstände verlangten, und zur Burg zurückzukehren. Wenn ihn irgendetwas aufhielt, würde er im Freien sterben. Jeder, der so dumm wäre, den Hügel zu erkunden, wäre in Gefahr. Denn sobald er den ersten Schmerz verspürte, nahm der Gewaltdämon vollständig von ihm Besitz, und die schwarze Begierde fraß ihn auf.

Dann war es sein einziges Ziel, andere zu vernichten.

„Wenn ich bis Mitternacht nicht zurück bin, sorg dafür, dass die anderen nach meiner Leiche suchen. Und auch nach Luciens und Reyes'." *Tod* und *Schmerz* suchten ihn jede Nacht pünktlich um Mitternacht heim, ganz egal, wo Maddox sich aufhielt. *Schmerz* versetzte ihm die Stiche, und *Tod* begleitete seine Seele in die Hölle, wo sie bis zum nächsten Morgen in den Flammen schmorte und von Dämonen gequält wurde, die fast genauso abscheulich waren wie sein eigener.

Leider konntc Maddox unter freiem Himmel nicht für die Sicherheit seiner Freunde garantieren. Er könnte sie verletzen, ehe sie ihre Aufgabe erledigt hatten. Und wenn er sie verletzte, wäre der Schmerz darüber nicht schwächer als die Qualen, die er jede Nacht um Mitternacht erfuhr.

„Versprich es mir", verlangte er.

Torin nickte. Sein Blick war finster. „Sei vorsichtig, mein Freund."

Mit eiligen Schritten verließ Maddox das Zimmer. Als er den Flur zur Hälfte durchquert hatte, hörte er Torin rufen: „Maddox! Vielleicht möchtest du dir das hier noch ansehen."

Er machte kehrt und wieder packte ihn die Furcht. Was jetzt? Konnte es noch schlimmer kommen? Als er vor dem Monitor stand, wandte er sich Torin zu und zog eine Augenbraue hoch, ein stummer Hinweis, sich zu beeilen.

Torin machte mit dem Kinn eine kurze Bewegung zum Bildschirm. „Sieht so aus, als wären noch vier weitere dort. Alles Männer … oder Amazonen. Die waren aber vorhin noch nicht da."

„Verflucht." Maddox betrachtete die vier neuen roten Blitze, von denen einer größer war als der andere. Sie kreisten den kleinen Blitz ein. Es konnte also in der Tat noch schlimmer kommen. „Ich kümmere mich um sie", versprach er. „Um alle." Er setzte sich von Neuem in Bewegung, wenn auch verhaltener als zuvor.

In seinem Schlafzimmer angekommen, ging er direkt zu seinem Schrank. Dabei kam er an dem Bett vorbei, dem einzigen Möbelstück im Raum. In verschiedenen Gewaltausbrüchen hatte er Kommode, Spiegel und Stühle zerstört.

Einmal war er so dumm gewesen, einen Zimmerspringbrunnen, Pflanzen, Kreuze und andere Dinge aufzustellen, die für eine friedliche Atmosphäre sorgen und die Nerven beruhigen sollten. Doch nichts von alledem hatte geholfen, und er hatte alles innerhalb weniger

Minuten entzweigeschlagen, als sein Dämon mal wieder Besitz von ihm ergriffen hatte. Seitdem beschränkte er sich auf einen, wie Paris es nannte, minimalistischen Stil.

Er hatte nur deshalb noch ein Bett, weil es aus robustem Metall war und weil Reyes *irgendetwas* brauchte, woran er ihn festketten konnte, wenn die Geisterstunde näher rückte. In einem Nebenzimmer lagen reichlich Matratzen, Bettlaken, Ketten und Kopfteile aus Metall bereit. Nur für den Fall der Fälle.

Beeil dich! In Windeseile zog er sich ein schwarzes T-Shirt und Stiefel an und befestigte Dolche an Handgelenken, Hüfte und Knöcheln. Keine Schusswaffen. In einer Sache waren er und der Dämon der Gewalt sich einig – der Feind musste im Nahkampf sterben.

Wenn sich einer der Menschen da draußen als Jäger oder Köder entpuppen sollte, konnte ihn jetzt nichts mehr retten.

2. Kapitel

Ashlyn Darrow fröstelte in dem kalten Wind. Die hellbraunen Haarsträhnen peitschten ihr in die Augen, und sie strich sie mit zitternden Händen hinter ihre Ohren. Nicht, dass sie dadurch mehr gesehen hätte. Die Nacht war pechschwarz und nebelig, und es schneite. Nur das manchmal zwischen den Wolken aufblitzende silberne Mondlicht schenkte ihr ein wenig Orientierung.

Wie konnte eine so schöne Landschaft dem menschlichen Körper so sehr schaden?

Sie seufzte und stieß dabei ein Wölkchen aus warmer Atemluft aus. Eigentlich hätte sie sich jetzt im Flieger, zurück in die Vereinigten Staaten, entspannen sollen, doch am Vortag hatte sie etwas in Erfahrung gebracht, das zu verlockend klang, um zu widerstehen. Am frühen Abend hatte sie die erstbeste Gelegenheit ergriffen und sich ohne nachzudenken oder zu zögern zu dem Hügel aufgemacht. Sie musste unbedingt herausfinden, ob es stimmte.

Irgendwo in der Weite dieses Waldes lebten angeblich Männer mit geheimnisvollen Fähigkeiten, die offenbar niemand erklären konnte. Worin genau sie bestanden, wusste sie nicht. Sie wusste nur, dass sie Hilfe brauchte. Dringend. Und sie würde alles riskieren, um mit diesen mächtigen Wesen sprechen zu können.

Sie konnte nicht länger mit den Stimmen leben.

Ashlyn brauchte nur irgendwo stehen zu bleiben, und schon hörte sie alle Gespräche, die jemals an diesem Ort geführt worden waren – ganz gleich, wie viel Zeit seitdem vergangen war. Gegenwart, Vergangenheit, Sprache – das alles spielte keine Rolle. Sie konnte die Worte in ihrem Kopf hören und sogar übersetzen. Einige hielten das für ein Geschenk. Aber für sie selbst war es nichts als ein Albtraum.

Bei der nächsten kalten Brise suchte sie Schutz hinter einem Baum. Als sie gestern mit einigen Kollegen vom Internationalen Institut für Parapsychologie in Budapest angekommen war, hatte sie in der Innenstadt einige Konversationsleckerbissen aufgeschnappt. Das war nichts Neues für sie, doch dann entzifferte sie die Bedeutung der Wörter.

Sie können dich mit einem Blick zum Sklaven machen.

Einer von ihnen hat Flügel und fliegt bei Vollmond.

Der Vernarbte kann sich unsichtbar machen.

Als hätten die Flüsterstimmen in ihrem Kopf eine Tür geöffnet, brach das Geschnatter mehrerer Jahrhunderte über sie herein. Neues und Altes vermischte sich. Die Stimmen waren so intensiv, dass sie sich krümmte, während sie versuchte, das profane Geplapper von den wichtigen Informationen zu trennen.

Sie werden nicht älter.

Das müssen Engel sein.

Sogar ihr Zuhause ist unheimlich – wie in einem Horrorfilm. Es liegt auf einem Hügel versteckt und hat düstere Winkel. Selbst die Vögel wagen sich nicht heran.

Vielleicht sollten wir sie umbringen.

Sie haben Zauberkräfte. Sie haben meine Qualen gelindert.

So viele Menschen, in der Vergangenheit wie in der Gegenwart, glaubten ganz offensichtlich daran, dass diese Männer über Begabungen verfügten, die jenseits der menschlichen Fähigkeiten lagen. Konnten diese Wesen womöglich auch ihr helfen? *Sie haben meine Qualen gelindert,* hatte jemand gesagt.

„Vielleicht können sie mir ja wirklich helfen", murmelte Ashlyn. All die Jahre hatte sie in jedem noch so entlegenen Winkel der Welt die Geschichten über Vampire und Werwölfe, Kobolde und Hexen, Götter und Göttinnen, Dämonen und Engel, Monster und Feen gehört. Sie hatte die Forscher des Instituts sogar zu den Wohnungstüren dieser Wesen gelotst, um zu beweisen, dass sie tatsächlich existierten.

Das Institut hatte es sich zur Aufgabe gemacht, übernatürliche Geschöpfe zu beobachten und zu studieren, um herauszufinden, wie die Welt von ihrer Existenz profitieren konnte. Und nun sollte sich womöglich herausstellen, dass ihr Job als Para-Audiologin auch *ihre* Rettung war.

Anders als gewöhnlich hatte sie das Institut dieses Mal nicht an einen bestimmten Ort geführt. In den Unterhaltungen, die sie in letzter Zeit mit angehört hatte, war nicht ein Mal das Wort Budapest gefallen. Dennoch hatte man sie hergebracht und gebeten, sich nach Gesprächen über die Dämonen umzuhören.

Sie fragte gar nicht erst nach dem Grund. Die Antwort war ohnehin immer dieselbe: *streng geheim.*

Im Rahmen ihres Auftrags erfuhr sie, dass einige Einheimische die Männer auf dem Hügel für böse, gefährliche Dämonen hielten. Die meisten glaubten jedoch, es seien Engel. Engel, die unter sich blieben – bis auf einen, der angeblich jede Frau flachlegte und von einem kichernden Trio, das „eine einzige fantastische Nacht" mit ihm verbracht hatte, auf den Namen „Orgasmusgott" getauft wurde. Engel, die allein durch ihre Anwesenheit die Verbrechenszahlen niedrig hielten. Engel, die Geld in die Gemeinde fließen ließen und dafür sorgten, dass die Obdachlosen zu essen bekamen.

Ashlyn für ihren Teil zweifelte daran, dass solche Wohltäter vom Bösen besessen waren. Denn Dämonen waren durch und durch böse. Andere Lebewesen waren ihnen gleichgültig. Doch ob die Männer nun Engel auf Erden oder einfach nur Menschen mit außergewöhnlichen Fähigkeiten waren – sie betete, dass sie ihr helfen konnten. Sie betete, sie könnten ihr beibringen, wie sie die Stimmen ausblendete, oder ihr sogar dabei helfen, ihr „Talent" gänzlich abzulegen.

Der Gedanke war so berauschend, dass sich ihre Mundwinkel hoben. Doch das Lächeln verging ihr schnell wieder, als der nächste eisige Windstoß durch ihre Jacke und den Pullover fuhr und scharf in ihre Haut schnitt. Sie war jetzt schon seit über einer Stunde hier draußen und völlig durchgefroren. Es war nicht gerade gescheit gewesen, noch ein Päuschen einzulegen.

Sie blickte zum Hügel empor. Plötzlich ergoss sich das silberne Mondlicht durch eine Lücke in den Wolken auf die massive, kohlrabenschwarze Burg. Von ihrem Fuße stieg Nebel auf, der sie mit Geisterfingern heranzuwinken schien. Der Ort sieht genauso aus, wie die Stimmen ihn beschrieben haben, dachte sie, düster und am oberen Rand mit Spitzen versehen. Eine wahre Horrorfilmkulisse.

Doch das schreckte sie nicht ab. Im Gegenteil. Ich bin fast da, dachte sie glücklich, als sie weiter hügelaufwärts trottete. Die Oberschenkel schmerzten bereits, da sie die ganze Zeit Ästen ausweichen und über aufragende Wurzeln springen musste, aber das alles war ihr egal. Sie ging weiter.

Zehn Minuten später blieb sie zum tausendsten Mal stehen, unfähig, auch nur einen Schritt weiterzugehen, so erstarrt vor Kälte waren ihre müden Beine. „Nein", stöhnte sie. Warum ausgerechnet jetzt? Sie rubbelte sich die Schenkel, um sie zu wärmen, und schaute wieder in die Ferne. Erstaunt stellte sie fest, dass sie sich der Burg kein Stück genähert hatte. Sie schien sogar weiter weg gerückt zu sein.

Ashlyn schüttelte verzweifelt den Kopf. Verflixt noch mal! Was musste sie tun, um dort anzukommen? Sich Flügel wachsen lassen?

Auch wenn ich es nicht schaffe, ich bereue es nicht, hergekommen zu sein. Dass sie ohne Proviant und vollkommen planlos aufgebrochen war, ja, das bereute sie, aber sie hatte es versuchen müssen. So dumm es auch sein mochte, sie hatte es einfach versuchen müssen. Wenn nötig, hätte sie den Weg auch nackt und barfuß angetreten. Für die Chance auf ein normales Leben hätte sie einfach alles getan.

Es freute sie, dass sie und ihre „Gabe" dazu beitrugen, die Welt sicherer zu machen, aber die Qualen, die sie erlitt, waren zu viel. Es gab mit Sicherheit auch noch andere Möglichkeiten zu helfen. Und hätte in ihrem Kopf auch nur einen Moment lang Ruhe geherrscht, hätte sie sich vielleicht sogar eine Alternative überlegen können. Immerhin gelang es ihr mithilfe von Atemübungen und Meditation, sich ab und an ein wenig zu entspannen.

Sie rubbelte ihre Beine immer noch, und allmählich zeigte die Maßnahme Wirkung. Das Eis schmolz und sie konnte weitergehen. *Ö kitt. Tudom ök,* vernahm sie, als sie einen knorrigen Baum passierte. *Sie sind hier,* übersetzte ihr Kopf automatisch. *Ich weiß, dass sie hier sind.*

Dann eine andere Stimme: *„Du bist vielleicht ein hübsches Ding."*

„Danke, ich weiß", erwiderte sie in der Hoffnung, ihre eigene Stimme würde die anderen übertönen. Doch es half nichts. Tief einatmen, langsam ausatmen.

Während sie weiterging, drangen verschiedene Gespräche aus verschiedenen Epochen in ihr Bewusstsein vor, wo sie sich förmlich übereinanderstapelten. Das meiste war Ungarisch, einiges Englisch, was das Ganze noch chaotischer machte.

Ja. Ja! Berühr mich. Ja, genau da.

Bárhol as én kardom? En nem tudom holvan.

Wenn ich noch ein Mal seine Lippen schmecken darf, verspreche ich, ihn zu vergessen. Ich muss sie nur noch ein Mal schmecken.

Ashlyn stolperte über Zweige und Felsen. Die Worte vermischten sich miteinander und wurden lauter. Immer lauter. Das Herz hämmerte in ihrer Brust, und sie konnte sich gerade noch davon abhalten, nicht vor lauter Frust loszuschreien. Tief einatmen, langsam ausatmen …

Wenn du an die Tür klopfst, werde ich dich wie ein Tier ficken, und ich verspreche dir, du wirst jede Sekunde genießen.

Sie hielt sich die Ohren zu, obwohl sie wusste, dass es nicht helfen würde. „Geh weiter. Du musst sie finden.“ Noch mehr Wind. Noch mehr Stimmen. „Geh weiter“, wiederholte sie, pro Schritt ein Wort. Sie war nun schon so weit gekommen; sie würde es auch noch ein bisschen weiter schaffen. „Du musst sie finden.“

Als sie Dr. McIntosh, dem Leiter des Instituts und ihrem Vorgesetzten und Mentor, erzählt hatte, was sie über die Männer in Erfahrung gebracht hatte, nickte er nur kurz und sagte: „Gut gemacht.“ Ein größeres Lob bekam man nie von ihm.

Dann bat sie ihn, sie zur Burg auf dem imposanten Hügel bringen zu lassen.

„Auf keinen Fall“, antwortete er und wandte sich von ihr ab. „Es könnten Dämonen sein, so wie einige Einheimische vermuten.“

„Es könnten aber auch sehr gut Engel sein, so wie die meisten Einheimischen glauben.“

„Sie werden kein Risiko eingehen, Darrow.“ Er bat sie, die Koffer zu packen, und ließ einen Wagen bereitstellen, der sie zum Flughafen fahren sollte, so wie jedes Mal, wenn sie ihren Teil des Jobs – nämlich ihre Ohren zur Verfügung zu stellen – erledigt hatte.

Das war das „Standardvorgehen des Instituts“, wie er zu sagen pflegte, auch wenn er die anderen Mitarbeiter nie nach Hause schickte. Nur sie. McIntosh sorgte sich um sie und wollte sie beschützen, das wusste sie genau. Schließlich kümmerte er sich schon seit mehr als fünfzehn Jahren um sie. Er hatte sich damals dem verängstigten Mädchen angenommen, dessen Eltern nicht wussten, wie sie die Qualen lindern sollten, die ihre „talentierte“ Tochter durchlitt. Er las ihr sogar Märchen vor, um ihr zu zeigen, dass die Welt ein Ort voller Magie und endloser Möglichkeiten war, ein Ort, an dem niemand – selbst jemand wie sie – sich sonderbar vorzukommen brauchte.

Sie wusste jedoch auch, dass ihre Gabe – bei aller Sorge – wichtig für seine Karriere war; dass das Institut ohne sie nur halb so erfolgreich wäre und sie in seinen Augen deshalb so etwas wie ein Pfand war. Nur aus diesem Grund fühlte sie sich nicht allzu schuldig, als sie hinter seinem Rücken den Hügel hinaufkraxelte.

Mit tauben Fingern strich Ashlyn sich wieder die Haare aus dem Gesicht. Vielleicht hätte sie sich die Zeit nehmen und die Einheimischen nach dem besten Weg fragen sollen, doch im Stadtkern waren die Stimmen zu laut und störend gewesen. Außerdem hatte sie gefürchtet, ein Angestellter des Instituts könnte sie sehen und mitnehmen.

Trotzdem hätte sie es darauf ankommen lassen können, allein schon, um sich nicht länger als nötig dieser klirrenden Kälte auszusetzen.

Es gibt nur einen Weg, die Wahrheit herauszufinden. Stich jemandem ins Herz und warte ab, ob er stirbt, sagte eine Stimme und zog ihre Aufmerksamkeit auf sich.

Oh, das ist gut. Mehr, bitte!

Ashlyn war abgelenkt und stolperte über einen heruntergefallenen Ast. Sie taumelte zu Boden und keuchte vor Schmerz. Scharfe Steine bohrten sich in ihre Handflächen und schabten an ihrer Jeans. Eine ganze Weile lag sie reglos da. Sie konnte sich nicht bewegen. Zu kalt, dachte sie. Zu laut.

Sie spürte, wie ihre Kräfte sie verließen, während es hinter ihren Schläfen unaufhaltsam pochte. Die Stimmen gaben einfach keine Ruhe. Sie schloss die Augen, zog die Jacke fester um sich, kroch zu einem Baum und kauerte sich dagegen.

Wir sollten nicht hier sein. Sie sehen alles.

Bist du verletzt?

Sieh mal, was ich gefunden habe! Schön, oder?

„Seid still, seid still, seid still!", schrie sie. Natürlich gehorchten die Stimmen ihr nicht. Das taten sie nie.

Lauf bloß nicht nackt durch den Wald.

Éhes vagyok. Kaphatok volamit eni?

Plötzlich vernahm sie ein Zischen und riss die Augen auf. Sie hörte einen gequälten Schrei neben sich. Er kam von einem Mann. In kurzen Abständen folgten drei weitere Schreie.

Gegenwart. Nicht Vergangenheit. Nach vierundzwanzig Jahren kannte sie den Unterschied.

Die Angst legte sich wie eine Eisenkralle um ihre Brust und quetschte die Luft aus ihr heraus. Durch das Geschnatter der Stimmen hörte sie einen dumpfen Knall, der ihr durch Mark und Bein fuhr. Sie versuchte aufzustehen und wegzulaufen, doch ein jäher Luftzug hinderte sie daran. Nein, kein Luftzug, wurde ihr fast augenblicklich klar, sondern eine Klinge. Sie zuckte zusammen, als sie den Griff eines blutbesudelten Messers knapp über ihrer rechten Schulter aus dem Baumstamm ragen sah.

Ehe sie wegrennen oder schreien konnte, hörte sie noch ein Zischen. Wieder zuckte sie. Ashlyn sah nach links. Über ihrer anderen Schulter steckte noch ein Messer im Baum.

Wie ... Was ... Noch bevor sie einen klaren Gedanken fassen konnte, sprang auch schon etwas aus dem Dickicht hervor. Die trockenen Blätter schlugen in einem seltsamen Tanz gegeneinander. Der Schnee, der sie bedeckte, fiel zu Boden. Dann schnellte dieses Etwas auf sie zu. Im Mondlicht erkannte sie schwarze Haare und glänzende, violette Augen. Ein Mann. Ein großer, muskulöser Mann kam mit hoher Geschwindigkeit auf sie zu gerannt. Sein Gesicht spiegelte nichts als Brutalität.

„Oh mein Gott", keuchte sie. „Halt. Halt!"

In der nächsten Sekunde war sein Gesicht direkt vor ihrem. Wie ein Tier beschnüffelte er ihren Hals. „Es waren Jäger", sagte er in nicht ganz akzentfreiem Englisch. Seine Stimme war genauso scharf und grob wie seine Gesichtszüge. „Bist du auch eine von ihnen?" Er packte sie am rechten Handgelenk, schob ihren Ärmel hoch und fuhr mit dem Daumen über ihren Unterarm. „Keine Tätowierung. Nicht so wie die anderen."

Die anderen? Jäger? Tätowierung? Ein Schauder lief ihr über den Rücken. Der Angreifer war riesig und monströs, seine muskulöse Gestalt wirkte bedrohlich. Ein metallischer Geruch umgab ihn, vermischt mit dem Duft nach Mann und Wärme und noch etwas anderem, das sie nicht identifizieren konnte.

Aus der Nähe sah sie rote Spritzer in seinem rauen Gesicht. Blut? Es war, als würde der beißende Wind durch ihre Haut bis ins Mark ihrer Knochen dringen.

In seinen Augen stand: *wild* und *Raubtier.*

Vielleicht hätte ich auf McIntosh hören sollen. Vielleicht sind diese Männer tatsächlich Dämonen.

„Bist du auch eine von ihnen?", wiederholte der Mann eindringlich.

Bei all dem Schrecken und der Angst dauerte es einen Augenblick, bis sie bemerkte, dass irgendetwas ... anders war. Die Luft, die Temperatur, die ...

Die Stimmen schwiegen.

Sie riss erstaunt die Augen auf.

Die Stimmen schwiegen, als wären sie der Gegenwart des Mannes gewahr und fürchteten sich genauso vor ihm wie sie. Stille umhüllte sie.

Nein. Es war nicht vollkommen still, aber ziemlich ruhig. Wunderbar, herrlich ruhig. Wann hatte sie zuletzt einen Moment der Ruhe genießen dürfen, der nicht von Stimmengewirr gestört wurde? Überhaupt jemals?

Der Wind raschelte in den Blättern. Der Schnee summte eine leise, beruhigende Melodie, während er durch die Luft flog. Die Bäume atmeten Leben und Lebendigkeit, die Zweige wiegten sich leicht im Wind.

Hatte sie je so etwas Herrliches gehört wie die Symphonie der Natur?

In diesem Moment vergaß sie ihre Angst. Wie konnte dieser Mann von einem Dämon besessen sein, wenn er ihr doch solch liebliche Stille schenkte? Dämonen waren eine Quelle des Schmerzes, nicht des Friedens.

War er womöglich ein gnädiger Engel, ganz so wie die Einheimischen vermuteten?

Glücklich schloss sie die Augen, trank die Ruhe, versank darin. Umarmte sie.

„Frau?" Der Engel klang verwirrt.

„Shhh." Sie spürte tiefe Zufriedenheit. Selbst in ihrem Haus in North Carolina, das von Bauarbeitern errichtet worden war, die nur das Nötigste hatten sagen dürfen, hörte sie immer ein tiefes Flüstern. „Nicht sprechen. Nur genießen."

Einen Augenblick lang schwieg er. „Du wagst es, mir zu sagen, dass ich still sein soll?", brachte er schließlich hervor und konnte die Wut und Überraschung in seiner Stimme nicht verbergen.

„Du redest ja immer noch", rügte Ashlyn ihn und presste dann schnell die Lippen aufeinander. Engel oder nicht – das war wohl kaum jemand, den sie schelten sollte. Außerdem wollte sie ihn auf gar keinen

Fall verärgern. Seine Gegenwart bescherte ihr Ruhe. Und wohlige Wärme. Sie merkte, wie die Kälte ihren Körper auf einmal verließ.

Langsam öffnete sie die Augen.

Ihre Nasenspitzen berührten sich fast, und sie spürte seinen heilenden Atem auf den Lippen. Im Mondlicht glühte seine Haut wie glatter Kupfer, beinahe überirdisch. Er hatte eine markante Nase und Augenbrauen, so dunkel wie das Herz des Teufels.

Seine violetten Raubtieraugen bohrten sich in sie hinein. Durch die langen Wimpern, die sie umrahmten, wirkte sein Blick noch bedrohlicher. *Ich töte jeden, ganz egal wo,* schien er zu sagen.

Dämon. Nein, kein Dämon, rief sie sich in Erinnerung. Die Ruhe war zu köstlich, zu rein und zu richtig. Aber er war auch kein Engel. Er hatte ihr zwar die Stille geschenkt, doch er war ohne Zweifel genauso gefährlich wie schön. Jeder, der so mit Messern umgehen konnte …

Was also war er?

Ashlyn schluckte und musterte ihn. Ihr Herz hätte in dem Augenblick nicht höher schlagen und ihre Brüste hätten sich nicht sehnsüchtig zusammenziehen dürfen. Aber es schlug höher. Und sie zogen sich zusammen. Er war wie die Drachen in den Märchen, die McIntosh ihr immer vorgelesen hatte: zu tödlich, um ihn zu zähmen, und zu hypnotisierend, um sich von ihm zu lösen.

Und trotzdem verspürte sie ganz unvermittelt das Verlangen, den Kopf in der Kuhle seines Halses zu vergraben. Sie wollte die Arme um ihn schlingen. Wollte ihn festhalten und nie mehr gehen lassen. Sie ertappte sich sogar dabei, wie sie sich zu ihm hinüberbeugte und kurz davor war, ihren Sehnsüchten nachzugeben.

Halt. Tu es nicht.

Sie hatte in ihrem Leben nicht viel Zuneigung erfahren. Mit fünf Jahren kam sie ins Institut, wo sich die meisten Mitarbeiter fast ausschließlich mit ihrer außergewöhnlichen Begabung befasst hatten. McIntosh war derjenige, der am nächsten an das herankam, was man gemeinhin als Freund bezeichnete, doch selbst er hatte sie nicht oft in den Arm genommen oder berührt, als fürchtete er sich genauso sehr vor ihr wie er sich um sie sorgte.

Auch mit Verabredungen war es nicht einfach. Die Männer flippten förmlich aus, wenn sie von ihrer Gabe erfuhren. Und früher oder später erfuhren sie davon. Sie konnte sie nicht verstecken. Aber …

Wenn dieser Mann das war, wofür sie ihn hielt, würde er sich an ihrem ausgefallenen Talent nicht stören. Er ließe es zu, dass sie ihn berührte. Ihn zu berühren und seine Wärme zu spüren, wäre eine genauso große Sensation wie die Stille, wenn nicht eine noch größere …

„Frau?“, wiederholte er mit heiserer Stimme und unterbrach ihre Gedanken.

Sie erstarrte. Schluckte wieder. Löschte das … Verlangen, das in seinen eiskalten, violetten Augen loderte, den Ausdruck des Tötenwollens vollständig aus? Oder war es ein Verlangen nach Schmerz und Gewalt? War es ihr Todesurteil? Sie war in einem Strudel der Gefühle gefangen, der aus Angst, Ehrfurcht und, ja, weiblicher Neugier bestand. Sie hatte kaum Erfahrung mit Männern und noch weniger mit sexueller Lust.

Was hatte sie sich nur dabei gedacht, sich einfach zu ihm hinüberzubeugen? Er hätte ihre Berührung als Einladung betrachten und sie ebenfalls berühren können.

Und warum löste der bloße Gedanke daran keine Panik in ihr aus?

Vielleicht weil sie sich irrte. Vielleicht war er am Ende gar kein Drachen, sondern der Prinz, der den Drachen *getötet* hatte, um die Prinzessin zu retten. „Wie heißt du?“, hörte sie sich fragen.

Eine spannungsgeladene Sekunde nach der anderen verstrich, und sie dachte schon, er würde nicht antworten. Sein Gesicht war verzerrt, als wäre es ihm schon lästig, nur in ihrer Nähe zu sein. Dann antwortete er schließlich: „Maddox. Ich heiße Maddox.“

Maddox … Der Name schlüpfte durch sämtliche Windungen ihres Gehirns, wie ein verführerischer Gesang, der unvorstellbare Befriedigung versprach. Sie zwang sich zu lächeln, als sie sich vorstellte. „Ich bin Ashlyn Darrow.“

Sein Blick glitt zu ihren Lippen. Trotz der Kälte glitzerten Schweißperlen auf seiner Stirn. „Du hättest nicht herkommen sollen, Ashlyn Darrow“, knurrte er, wobei seine Augen den begehrlichen Ausdruck verloren, der ihr so sehr gefallen und vor dem sie sich so sehr gefürchtet hatte. Mit den Händen fuhr er – überraschend sanft – an ihren Armen hoch und hielt inne, als er ihren Hals erreicht hatte. Behutsam strich er ihr mit dem Daumen über die Kehle und spürte ihren schnellen Puls.

Sie schnappte nach Luft und schluckte. Seine Finger folgten der Bewegung. Eine unbeabsichtigt hocherotische Berührung, die sie dahinschmelzen ließ. Im nächsten Moment wurde sein Griff fester, fast schmerzhaft.

„Bitte“, krächzte sie, und er ließ von ihr ab.

Ashlyn blinzelte überrascht. Jetzt, da er sie nicht mehr berührte, fühlte sie sich … nackt?

„Gefährlich“, knurrte er, diesmal auf Ungarisch.

Sie wusste nicht, ob er sich selbst meinte … oder sie. „Bist du einer von ihnen?“, flüsterte sie, ohne die Sprache zu wechseln. Er brauchte nicht zu wissen, dass sie auch das Ungarische beherrschte.

Vor Erstaunen verdunkelte sich sein Blick, und in seinem Kiefer zuckte ein Muskel. „Was meinst du? Einer von wem?“ Jetzt sprach auch er wieder englisch.

„Ich … ich …“ Die Worte wollten ihr einfach nicht über die Lippen kommen. Sein Gesicht spiegelte Wut wider, unermessliche Wut, wie sie es noch bei keinem anderen Menschen gesehen hatte. Jede Pore seines Körpers strahlte Wut aus. Nein, doch kein Prinz. Definitiv ein Drache, so wie sie zuerst vermutet hatte.

Er blieb in der Hocke, rutschte jedoch einige Zentimeter von ihr weg. Er atmete tief ein und langsam wieder aus, wobei sie eine kleine Wolke um seinen Kopf bildete. Mit der einen Hand fuhr er sich über den Stiefelschacht, als könnte er sich nicht entscheiden, ob er hineingreifen sollte oder nicht. Endlich sagte er: „Was machst du in diesem Wald, Frau? Und lüg mich nicht an. Ich würde es merken, und meine Reaktion würde dir nicht gefallen.“

Irgendwie fand Ashlyn die Stimme wieder. „Ich suche nach den Männern, die auf diesem Hügel leben.“

„Warum?“ Er spie das Wort geradezu aus.

Wie viel sollte sie ihm verraten? Er *musste* einfach einer der Männer mit den seltsamen Fähigkeiten sein. Für einen normalen Menschen strahlte er viel zu viel Kraft und Energie aus. Doch was noch viel wichtiger war: Er hatte mit seiner bloßen Anwesenheit die Stimmen vertrieben. Das hatte sie noch nie erlebt. „Ich brauche Hilfe“, gestand sie.

„Ach, wirklich?“ In seinem Ausdruck lagen Misstrauen und Nachsicht. „Und wobei?“

Sie öffnete den Mund um … was zu sagen? Sie wusste es nicht. Und eigentlich spielte es auch keine Rolle. Mit einem kurzen Kopfschütteln hielt er sie vom Reden ab. „Egal. Du bist hier nicht willkommen, also ist jegliche Erklärung unnötig. Geh in die Stadt zurück. Weshalb du auch gekommen bist, du wirst es nicht kriegen."

„Aber, aber …" Sie durfte nicht zulassen, dass er sie wegschickte. Sie *brauchte* ihn. Ja – sie hatte ihn eben erst getroffen. Und ja – das Einzige, was sie von ihm wusste, waren sein Name und dass er sehr präzise mit Messern umgehen konnte. Aber trotzdem versetzte sie der Gedanke an die wiederkehrenden Stimmen in Angst und Schrecken. „Ich will bei dir bleiben." Sie wusste, wie verzweifelt sie klang, doch es war ihr egal. „Bitte. Nur ein bisschen. Bis ich gelernt habe, wie ich die Stimmen alleine kontrollieren kann."

Ihre Bitte schien ihn nicht im Geringsten zu besänftigen, sondern nur noch zorniger zu machen. Seine Nasenlöcher blähten sich auf, und die Kiefermuskeln zuckten stärker. „Du wirst mich mit deinem Gequatsche nicht einlullen. Du bist ein Köder. Ansonsten würdest du panisch vor mir davonlaufen."

„Ich bin kein Köder." Was auch immer das sein mochte. „Das schwöre ich bei Gott." Sie streckte die Hand aus und packte seinen Unterarm. Er war fest und unglaublich heiß und wirkte wie elektrisch aufgeladen. In ihrem Arm prickelte es. „Ich weiß ja noch nicht mal, wovon du überhaupt redest."

Blitzschnell schoss seine Hand hervor. Er packte sie am Hinterkopf und zerrte sie ins Mondlicht. Sie verspürte keinen Schmerz. Im Gegenteil: nur einen weiteren kleinen Stromschlag. Ihr Magen flatterte.

Er sagte kein Wort, sondern sah sie so intensiv an, dass es an Grausamkeit grenzte. Sie erwiderte seinen Blick und erschrak, als es unter seiner Haut blitzte … als sich etwas bewegte … als etwas anderes Gestalt annahm. Ein Gesicht, stellte sie mit makaberer Faszination fest. Noch ein zweites Gesicht. Ihr Herz schlug schneller. *Er kann kein Dämon sein, er kann kein Dämon sein. Er hat die Stimmen zum Schweigen gebracht. Er und die anderen haben wunderbare Dinge für die Stadt getan. Es ist nur eine optische Täuschung. Es liegt bestimmt am Licht.*

Während sie Maddox' Gesichtszüge noch erkannte, sah sie auch den Schatten von jemand – *etwas* – anderem. Rote, glühende Augen. Skelettartige Wangenknochen. Messerscharfe Zähne.

Bitte lass es eine optische Täuschung sein.

Doch je deutlicher die skelettartigen Gesichtszüge hervortraten, desto weniger konnte sie sich einreden, dass es eine Illusion war.

„Willst du sterben?“, drohte Maddox – oder war es der Totenschädel? Die Worte kamen so tief aus seiner Kehle, dass sie kaum mehr waren als ein animalisches Knurren.

„Nein.“ Doch falls er sie umbrachte, würde sie mit einem Lächeln sterben. Zwei Minuten Stille bedeuteten ihr mehr als ein ganzes Leben voller Stimmen. Verängstigt, aber entschlossen und immer noch von seiner heißen Berührung elektrisiert, hob sie das Kinn. „Ich brauche deine Hilfe. Sag mir, wie ich meine Fähigkeit kontrollieren kann, und ich gehe auf der Stelle. Oder lass mich bei dir bleiben, damit ich lernen kann, wie man es macht.“

Er ließ sie los, packte sie dann aufs Neue, hielt inne und ballte die Hand zu einer Faust. „Ich weiß nicht, warum ich zögere“, bemerkte er, während er ihren Mund fast schon sehnsüchtig betrachtete. „Es ist gleich Mitternacht, und dann musst du so weit weg von mir sein wie nur möglich.“

Beim letzten Wort zog er die Augenbrauen hoch. In der nächsten Sekunde bellte er: „Zu spät! *Schmerz* sucht bereits nach mir.“ Er kroch wieder von ihr weg. Die skelettartige Maske flackerte immer noch unter seiner Haut. „Lauf. Geh zurück in die Stadt. Sofort!“

„Nein“, erwiderte sie mit erstaunlich fester Stimme. Nur ein Dummkopf verließ freiwillig den Himmel – selbst wenn ein Stück des Himmels ein durchsichtiges Gesicht hatte, das direkt aus der Hölle zu kommen schien.

Maddox fluchte leise, zog die Messer aus dem Baumstamm und sprang auf die Füße. Er blickte gen Himmel, vorbei an dem Schnee und den Baumwipfeln zum Halbmond. Sein Stirnrunzeln wurde grimmig, zornig. Ein Schritt, zwei Schritte – er entfernte sich langsam.

Ashlyn lehnte sich gegen den Baum und stand auf. Ihre Beine hätten fast unter ihrem Gewicht nachgegeben. Auf einmal spürte sie den eisigen Wind wieder und hörte die Stimmen auf sich zukommen. Ein Schrei der Verzweiflung steckte ihr in der Kehle.

Drei Schritte, vier.

„Wohin gehst du?“, fragte sie. „Lass mich hier nicht einfach zurück.“

„Ich habe keine Zeit mehr, dich in Sicherheit zu bringen. Du musst deinen Weg alleine finden.“ Er wirbelte herum und wandte ihr sein breites Kreuz zu. Aber dann drehte er sich noch einmal halb zu ihr um. „Komm nie wieder zu diesem Hügel zurück, Frau. Nächstes Mal werde ich nicht so gnädig sein."

„Ich gehe nicht weg. Egal, wo du hingehst, ich folge dir." Das war eine klare Drohung und ihr voller Ernst.

Maddox blieb stehen, drehte sich um und sah sie an, wobei er Furcht erregend die Zähne fletschte. „Ich könnte dich auf der Stelle töten, Köder, und das sollte ich wohl auch tun. Wie willst du mir dann noch folgen?"

Köder, schon wieder. Ihr Herz hämmerte hart in ihrer Brust, doch sie hielt seinem zornigen Blick stand und hoffte, trotzig und entschlossen und nicht einfach nur versteinert zu wirken. „Glaub mir, ich lasse mich lieber umbringen, als alleine mit den Stimmen hier zu bleiben."

Ein Fluchen, ein qualvolles Zischen. Er krümmte sich.

Die Sorge war größer als die Angst, und Ashlyn lief zu ihm. Sie fuhr ihm mit der Hand über den Rücken und suchte nach einer Verletzung. Wenn etwas ein so bulliges Wesen wie ihn schier umhaute, musste es sehr schmerzhaft sein. Er stieß sie kräftig weg, und sie stolperte.

„Nein", wies er sie zurück, und sie hätte schwören können, dass er mit zwei verschiedenen Stimmen sprach. „Keine Berührungen."

„Bist du verletzt?" Sie stand wieder auf und versuchte, nicht zu zeigen, wie sehr seine Reaktion sie gekränkt hatte. „Vielleicht kann ich dir helfen. Ich …"

„Verschwinde oder stirb." Er drehte sich ruckartig um, rannte los und verschwand in der Nacht.

Das Stimmengewirr brach über sie herein, als hätte es nur auf seinen Abgang gewartet. Es erschien ihr lauter als je zuvor, ein schreckliches Plärren nach der süßen Stille.

Langnak ithon kel moradni.

Während sie Maddox hinterherstolperte, hielt Ashlyn sich die Ohren zu. „Warte." Sie stöhnte. *Seid still, seid still, seid still.*

„Warte. Bitte!"

Ihr Fuß verfing sich in einem heruntergefallenen Ast, und sie fiel abermals hin. Sie spürte einen stechenden Schmerz im Knöchel. Wimmernd hievte sie sich auf Hände und Knie und krabbelte weiter.

Ate ìtéleted let minket veszeijbe.

Nicht anhalten. Sie musste ihn finden. Der Wind, der genauso scharf war wie die Dolche, die Maddox bei sich trug, schlug ihr entgegen.

Die Stimmen zeterten unaufhörlich.

„Bitte“, weinte sie. „Bitte!“

Ein wütendes Getöse teilte die Nacht und ließ Boden und Bäume erzittern.

Plötzlich war Maddox wieder an ihrer Seite und ertränkte die Stimmen. „Dummer Köder“, zischte er. Dann fügte er – mehr zu sich selbst sprechend – hinzu: „Dummer Krieger.“

Sie schrie erleichtert auf und schlang die Arme um ihn. Hielt ihn fest. Sie würde ihn nie mehr gehen lassen – auch wenn er noch so todbringend ausschauen sollte. Tränen liefen ihr die Wangen hinab und kristallisierten auf ihrer Haut. „Danke. Danke, dass du zurückgekommen bist. Danke.“ Sie vergrub das Gesicht in der Kuhle seines Halses, so wie sie es schon zuvor hatte tun wollen. Als ihre Wange seine nackte Haut streifte, erzitterte sie, und wieder durchfuhr sie dieses warme Prickeln.

„Du wirst es noch bereuen“, meinte er, als er sie hochhob und wie einen Kartoffelsack über die Schulter legte.

Das war ihr egal. Sie war bei ihm, die Stimmen waren fort, und das war alles, was zählte.

Maddox setzte sich in Bewegung und wich geschickt den geisterhaften Bäumen aus. Immer wieder stöhnte er gequält und knurrte, als sei er wütend. Ashlyn bat ihn, sie abzusetzen, damit er nicht auch noch ihr Gewicht tragen musste, doch er verstärkte nur den Druck auf ihre Oberschenkel und gab ihr damit wortlos zu verstehen, dass sie verdammt noch mal die Klappe halten sollte. Schließlich entspannte sie sich und genoss einfach nur den Weg.

Er hätte ewig dauern können.

3. Kapitel

Geh nach Hause, geh nach Hause, geh nach Hause. Maddox sagte die drei Worte wie ein Mantra auf, um sich von dem Schmerz abzulenken und um dem Drang zu widerstehen, jemandem Gewalt anzutun – einem Drang, der immer stärker wurde. Die Frau – Ashlyn – wippte auf seiner Schulter, was ihn unbarmherzig daran erinnerte, dass sein Wille jeden Moment nachgeben und er alles um sich herum töten konnte. Ganz besonders sie.

Du willst in einer Frau ertrinken?, stichelte der Dämon. *Das ist deine Chance. Ertränk dich in ihrem Blut.*

Er ballte die Hände zu Fäusten. Er musste nachdenken, doch die Schmerzen hinderten ihn daran. Sie hatte irgendeine Fähigkeit erwähnt und ihn um Hilfe gebeten. Oder? Einige ihrer Worte verloren sich in dem Gebrüll in seinem Kopf. Er wusste nur eines: Er hätte sie zurücklassen sollen.

Doch er hatte sie gequält schreien gehört, hatte ein verrücktes Stöhnen gehört, das auch Maddox so oft schon hatte ausstoßen wollen. Irgendetwas in ihm reagierte sofort, und er verspürte das intensive Bedürfnis, ihr zu helfen und ihre weiche Haut noch einmal zu berühren. Ein Bedürfnis, das erstaunlicherweise stärker war als sein Dämon.

Also war er zu ihr zurückgekehrt, obwohl er wusste, dass sie bei ihm in größerer Gefahr war als allein im Wald. Obwohl er wusste, dass sie höchstwahrscheinlich geschickt worden war, um ihn abzulenken und den Jägern Zutritt zur Burg zu verschaffen.

Idiot. Jetzt lag sie auf seiner Schulter, ihr weiblicher Duft reizte seine Sinne, und ihre weichen Kurven schmiegten sich an seinen gestählten Körper.

Erstich sie, heizte der Dämon ihn an.

Sie war so unglaublich schön, dass es nicht schwerfiel, zu begreifen, warum die Jäger sie geschickt hatten. Wer würde solch einem sinnlichen Wesen schon etwas antun wollen? Wer würde es schon zurückweisen? Er offensichtlich nicht.

Idiot, fluchte er wieder in sich hinein. Verfluchte Jäger! Sie waren tatsächlich in Budapest. Ihre Tätowierungen hatten die Erinnerung an die schwarzen Tage in Griechenland wachgerüttelt. Ohne Zweifel wollten sie einmal mehr ein Blutbad anrichten, das ließ sich aus den Gewehren und Schalldämpfern schlussfolgern, die Ashlyns Verfolger bei sich getragen hatten. Für Sterbliche kämpften sie ziemlich professionell.

Maddox war zwar als Sieger aus dem blutigen Tête-à-Tête hervorgegangen, doch er war nicht unversehrt geblieben. In seiner Wade klaffte eine Schnittwunde, und es fühlte sich an, als wäre eine Rippe gebrochen.

Anscheinend hatten sie sich mit der Zeit zu noch besseren Kämpfern entwickelt.

Wie Ashlyn wohl reagieren würde, wenn sie erfuhr, dass sie tot waren. Würde sie weinen? Schreien? Schimpfen? Würde sie vor Kummer auf ihn losgehen?

Warteten in der Stadt noch mehr von ihnen?

Im Augenblick konnte er sich darüber keine Gedanken machen. Während er Ashlyn über der Schulter trug, beseelte ihn ein intensives Glücksgefühl. Die Hölle, in der er sein Dasein fristete, wich zurück, und was blieb, war eine Empfindung, die er nicht richtig einordnen konnte. Sehnsucht vielleicht. Nein. Er strich das Wort sofort wieder. Es wurde der Intensität, der Hitze des Gefühls nicht gerecht.

Situationsbedingte Besessenheit vielleicht.

Was auch immer es war, es gefiel ihm nicht. Das Gefühl war mächtiger als alles andere, was er je erfahren hatte, und es drohte, ihn zu beherrschen. Maddox konnte nicht noch eine unsichtbare Macht gebrauchen, die versuchte, die Kontrolle über ihn zu gewinnen.

Aber die Frau war einfach so … bezaubernd. So bezaubernd, dass es beinahe wehtat, sie anzusehen. Ihre Haut war weich und glatt, wie Zimt, den man zusammen mit Honig zu einer köstlichen Creme verrührt hatte. Ihre Augen waren ebenso honigfarben und blickten so gehetzt drein, dass es ihm die Brust zusammenschnürte. Er hatte bei einem Sterblichen noch nie einen derart gequälten Ausdruck gesehen und fühlte sich auf unerklärliche Art seelenverwandt mit ihr.

Als ihr langes, seidiges Haar, das ebenfalls honigfarben war, jedoch mit Kupfer und Quarz durchsetzt zu sein schien, um ihre feinen Gesichtszüge gestrichen war, hatte er Sehnsucht verspürt. Verlangen. Sie zu berühren, zu schmecken. Zu verschlingen. Zu verzehren. Aber er hatte sie nicht verletzen wollen. Das erstaunte ihn nach wie vor.

Ashlyn … Ihr Name, der genauso bezaubernd war wie die Frau selbst, streifte durch seine Gedanken. Es verstieß gegen die Regeln, sie mit auf die Burg zu nehmen, da es ihre wohl behüteten Geheimnisse in Gefahr brachte. Eigentlich hätte er sich schämen sollen, dass er sie mitnahm, anstatt sie fortzujagen, und sie hätte vor Angst schreien müssen.

Doch offenbar waren die Worte *hätte, sollen* und *müssen* für sie beide bedeutungslos.

Warum weinte sie nicht? Und viel wichtiger: Warum *hatte* sie nicht geweint? Als er sich das erste Mal auf sie gestürzt und sie sein Gesicht gesehen hatte, das vom Blut ihrer Freunde beschmutzt war, hatte sie ihre vollen Lippen zu einem entzückenden Lächeln verzogen und tadellos weiße Zähne enthüllt.

Der Gedanke an dieses Lächeln erregte ihn. Aber noch überwog die Verwirrung. Auch wenn er es schon seit einer geraumen Zeit nicht mehr mit einem Köder zu tun gehabt hatte – er konnte sich nicht erinnern, das die Lockvögel der Jäger ihr Behagen je zuvor so offen demonstriert hatten.

Selbst Hadiee nicht, der Köder, mit dessen Hilfe Baden, der Träger des Dämons des Argwohns, überwältigt worden war. Hadiee hatte die misshandelte, verängstigte Seele äußerst überzeugend gespielt. Bei ihrem Anblick beschloss Baden offenbar, einer anderen Person zum ersten Mal, seit er von dem Dämon besessen war, zu vertrauen. Oder war es vielleicht ganz anders? Maddox hatte sich oft gefragt, ob der Krieger hatte sterben wollen. Falls ja, war sein Wunsch erfüllt worden. Nur wenige Sekunden, nachdem er Hadiee sein Herz öffnete, wurde ihm die Kehle durchgeschnitten. Hadiee hatte im Gegenzug nämlich bewaffnete Jäger hereingelassen.

Diese Verletzung allein hätte Baden vermutlich nicht getötet. Doch die Jäger köpften ihn. Baden hatte keine Chance. Nicht mal ein Unsterblicher konnte eine Enthauptung überleben.

Er war ein guter Mann und ein exzellenter Krieger, und er hatte so ein blutiges Ableben nicht verdient. Maddox hingegen …

Ein Mord an mir wäre gerechtfertigt.

Vor Hadiee hatte ein anderer Köder Paris verführt. Nicht, dass das besonders schwierig gewesen wäre. Während des Liebesspiels schlichen sich Jäger ins Schlafzimmer der Frau und stachen dem Krieger in den Rücken, um ihn zu schwächen, bevor sie ihn köpften.

Doch Paris hatte aus dem Sex neue Kraft geschöpft. Trotz der Verletzung hatte er sich befreien und alle Angreifer töten können.

Maddox konnte sich nicht vorstellen, dass die Frau in seinen Armen so feige war, ihn hinterrücks anzugreifen. Sie hatte ihm ins Gesicht geblickt und war nicht zurückgewichen, auch dann nicht, als sein Dämon sich den Weg an die Oberfläche gebahnt hatte. Vielleicht war Ashlyn ja wirklich unschuldig. Er hatte an den Bäumen, an denen sie pausiert hatte, weder Kameras noch Dynamit gefunden. Vielleicht …

„Vielleicht bist du ein noch viel größeres Rindvieh, als du dir vorstellen kannst", murmelte er.

„Was?"

Er ignorierte sie. Es war sicherer so, denn ihre weiche, klare Stimme stachelte den Dämon an. Es war also am besten, wenn sie schwieg.

Endlich sah er die dunklen, zerfurchten Steine der Burg. Sie tauchten keine Sekunde zu früh vor ihm auf. Ein unsäglicher Schmerz fuhr ihm in den Bauch und hätte ihn fast zu Boden geworfen. *Gewalt* tobte in seinen Adern. *Töten. Verletzen. Verstümmeln.*

„Nein."

Töten, verletzen, verstümmeln.

„Nein!"

Tötenverletzenverstümmeln.

„Maddox?"

Der Dämon brüllte verzweifelt. Er wollte endlich die Oberhand gewinnen. Bekämpf ihn, befahl Maddox sich selbst. Bleib ruhig. Er sog die kalte Luft tief ein, hielt erst den Atem an und atmete langsam wieder aus. *Tötenverletzenverstümmeln, tötenverletzenverstümmeln.* „Ich werde ihm widerstehen. Ich bin kein Ungeheuer."

Das wird sich noch zeigen …

Seine Fingernägel wurden länger und juckten vor Verlangen, sich endlich in das Fleisch eines Opfers zu bohren. Wenn er sich nicht bald beruhigte, würde er alles und jeden angreifen, der sich in seiner Reichweite befand. Er würde ohne Gnade und ohne zu zögern töten. Er würde wild um sich treten und schlagen und jeden Stein in seinem Zuhause zerstören. Er würde toben. Jeden umbringen, der sich in diesen Mauern bewegte. Und er wollte lieber für alle Ewigkeit in der Hölle schmoren, als so etwas zu tun.

„Maddox?", sagte Ashlyn wieder. Ihre süße Stimme drang in seine Ohren. Er vernahm ein Flehen, das einerseits wie ein Balsam für seine aufgebrachte Seele war, ihn andererseits jedoch anstachelte. „Was ist …"

„Ruhe." Er nahm sie von der Schulter, hielt sie aber immer noch fest im Arm, als er durch die Vordertür stürmte. Beinahe hätte er dabei die Scharniere aus dem Holz gebrochen. Wütende Stimmen begrüßten ihn. Torin, Lucien und Reyes standen im Foyer und diskutierten.

„Du hättest ihn nicht gehen lassen dürfen", sagte Lucien gerade. „Er wird zu einem Tier, Torin, das alles vernichtet …"

„Aufhören!", schrie Maddox. „Helft mir!"

Die drei Männer wirbelten zu ihm herum.

„Was geht hier vor?", wollte Reyes wissen. Als er Ashlyn sah, atmete er scharf ein. Sein Gesicht spiegelte Entsetzen. „Warum hast du eine Frau in unsere Burg gebracht?"

Von dem Tumult aufgeschreckt, kamen Paris und Aeron mit angespannten Gesichtern in den Flur gelaufen. Als sie Maddox erspähten, entspannten sie sich. „Endlich", meinte Paris erleichtert. Im nächsten Moment sah er Ashlyn und grinste. „Wie süß! Ein Geschenk für mich?"

Maddox fletschte die Zähne. *Töte sie,* flehte der Gewaltdämon ihn an. Seine Stimme klang wie ein verlockendes Flüstern. *Töte sie.*

„Ihr solltet lieber nicht in meiner Nähe sein", presste er hervor. „Nehmt sie mit und verschwindet, bevor es zu spät ist."

„Seht ihn euch an." Paris klang alarmiert. Von der anfänglichen Erleichterung und Heiterkeit war nun nichts mehr zu spüren. „Seht euch sein Gesicht an."

„Der Prozess hat schon begonnen", erwiderte Lucien.

Bei diesen Worten begann Maddox zu handeln. Obwohl er Ashlyn – selbst in seinem Wahn – eigentlich nicht loslassen wollte, warf er sie zu seinen Freunden hinüber. Lucien fing sie mühelos auf. Als er sie absetzte und sie das Gewicht auf die Füße verlagerte, zuckte sie leicht zusammen. Sie muss sich auf dem Hügel den Knöchel verdreht haben, bemerkte Maddox, und für den Bruchteil einer Sekunde machte sich Sorge in ihm breit.

„Seid vorsichtig mit ihrem Fuß“, befahl er.

Lucien ließ sie los, um sich ihren Knöchel anzusehen, und Ashlyn nutzte die Gelegenheit, um sich wieder in Maddox’ Arme zu werfen. Sie zitterte am ganzen Leib. Seine Sorge wuchs, als er sie in die Arme schloss. Doch schon im nächsten Moment legte sich ein Schleier der Gewalt über seinen Verstand, und tilgte jede anders geartete Gefühlsregung.

„Lass mich los“, knurrte er, während er versuchte, sie von sich wegzustoßen.

Die Frau klammerte sich fest an ihn. „Was ist denn los?“

Lucien packte sie, riss sie nach hinten und hielt sie eisern fest. Hätte sie Maddox noch eine Sekunde länger berührt, hätte er sie womöglich in Stücke gerissen. So rammte er die Fäuste in die Wand.

„Maddox“, wisperte sie atemlos.

„Tu ihr nicht weh.“ Die Worte waren genauso an Lucien gerichtet wie an sich selbst. „Du.“ Er zeigte mit einem blutbesudelten Finger auf Reyes. „Schlafzimmer. Jetzt.“ Er wartete die Antwort erst gar nicht ab, sondern stapfte die Treppe hinauf.

Er hörte, wie Ashlyn versuchte, sich zu befreien, und wie sie rief: „Aber ich will bei dir bleiben!“

Er biss sich auf die Wange, bis er Blut schmeckte. Dann gestattete er sich einen letzten Blick über die Schulter.

Als Lucien Ashlyn, die sich hin und her wand, noch fester hielt und sein dunkles Haar ihre Schulter streifte, wurde Maddox’ Gier nach Blutvergießen nur noch größer. Um ein Haar wäre er zurück ins Foyer gerannt, um seinen Freund kurz und klein zu schlagen. *Meins,* tönte es in seinem Kopf. *Meins. Ich habe sie gefunden. Niemand anderer als ich darf sie berühren.*

Maddox war sich nicht sicher, ob diese Gedanken von ihm selbst oder von seinem Dämon kamen, und es spielte auch keine Rolle. Er wollte einfach nur töten. Ja, töten. Ein unbeschreiblicher Zorn explodierte in ihm. In der nächsten Sekunde blieb er tatsächlich stehen und kehrte tatsächlich um. Er würde Lucien in Stücke reißen und den Fußboden mit seinem Blut tränken. *Zerstören, zerstören, zerstören. Töten.*

„Er greift an.“ Lucien.

„Weg hier!“ Torin.

Lucien zerrte Ashlyn aus dem Foyer. Ihr panisches Geschrei hallte in Maddox' Kopf, was seine dunkelsten Gelüste nur noch verstärkte. Vor seinem geistigen Auge stieg ihr blasses, liebliches Gesicht auf, wieder und wieder, bis es das Einzige war, was er sah. Sie war zu Tode erschrocken. Sie vertraute ihm, sie wollte ihn. Sie hatte die Arme nach ihm ausgestreckt.

In seinen Eingeweiden pulsierte die schiere Wut. Gleich wäre es Mitternacht, und er würde sterben – aber er würde jeden der hier Anwesenden mitnehmen. *Ja, du musst sie vernichten.*

„Zum Teufel", murmelte Aeron. „Der Dämon hat vollkommen die Kontrolle übernommen. Wir müssen ihn bändigen. Lucien, komm wieder her. Schnell!"

Aeron, Reyes und Paris gingen auf ihn zu. Blitzschnell zog Maddox die Dolche aus der Scheide und warf sie ihnen entgegen. Die drei Männer, die mit dem Angriff gerechnet hatten, duckten sich, und die silbernen Klingen sausten über ihre Köpfe hinweg und blieben in der Wand hinter ihnen stecken. Zwei Sekunden später saßen die Männer auf Maddox, der flach auf dem Rücken lag. Fausthiebe trafen ihn im Gesicht, im Magen, in den Lenden. Er wehrte sich, er brüllte, knurrte und schlug um sich.

Er spürte, wie ihn Fingerknöchel im Gesicht trafen und der Kiefer ausgerenkt wurde. Ein Knie wurde ihm schmerzhaft zwischen die Beine gerammt. Er hörte nicht auf, sich zu wehren. Während des Kampfes gelang es den Männern, ihn die Treppe hinauf und in sein Schlafzimmer zu zerren. Maddox glaubte, Ashlyn schluchzen zu hören, er glaubte zu sehen, wie sie versuchte, die Männer aufzuhalten. Er stieß die Faust nach vorn und traf etwas – eine Nase. Er hörte ein Aufheulen. Spürte Befriedigung. Wollte mehr Blut.

„Verflucht! Kette ihn an, Reyes, bevor er noch jemandem die Nase bricht."

„Er ist zu stark. Ich weiß nicht, wie lange ich ihn noch festhalten kann."

Er kämpfte mehrere Minuten lang, vielleicht war es auch eine Ewigkeit. Dann spürte er kaltes Metall an Hand- und Fußgelenken. Maddox trat um sich und bäumte sich auf, wobei ihm die Handschellen tief ins Fleisch schnitten. „Ihr Bastarde!" Der Schmerz in seinem Bauch war jetzt unerträglich, er trat nicht länger sporadisch auf, sondern war konstant. „Ich bringe euch um. Ich werde euch alle in die Hölle mitnehmen."

Reyes stand über ihm. Auf seinem Gesicht spiegelten sich finstere Entschlossenheit und Bedauern. Maddox versuchte, ihn zu überwältigen, indem er das Knie hob und zutrat, doch die Ketten waren zu fest. Der andere Krieger zog ein langes, bedrohlich aussehendes Schwert aus der Scheide.

„Es tut mir leid", flüsterte Reyes heiser, als die Uhr zwölf schlug. Dann stach er Maddox in den Bauch.

Das Metall durchbohrte sein Fleisch bis zur Wirbelsäule, ehe es wieder herausgezogen wurde. Sofort floss Blut aus der Wunde und lief über Brust und Bauch. Die Wut brannte ihm in der Kehle, in der Nase. Er fluchte; er krümmte sich.

Reyes stach noch mal zu. Und noch mal.

Der Schmerz ... die Wut ... Seine Haut fühlte sich verbrannt an. Nach den ersten drei Stichen waren seine Knochen und Organe bereits zertrümmert. Jede Träne, die er vergoss, war ein Bote seiner Qual. Er wehrte sich immer; er verspürte immer noch den übermächtigen Drang zu töten.

Eine Frau schrie: „Hör auf! Du bringst ihn ja um!"

Als ihre Stimme in Maddox' Bewusstsein drang, kämpfte er umso wilder. Ashlyn. Seine Frau aus dem Wald. *Seine.* Zu ihr, er musste zu ihr. Er musste sie umbringen – nein! Musste sie retten. Umbringen ... retten ... die beiden Bedürfnisse kämpften miteinander. Er riss an den Ketten. Die Metallfesseln schnitten noch tiefer in seine Handgelenke und Knöchel. Dennoch bäumte er sich auf und trat um sich. Das Bett erzitterte unter der kraftvollen Bewegung, und Fuß- wie Kopfende neigten sich ächzend nach vorn.

„Warum tust du das?", schrie Ashlyn. „Hör auf! Tu ihm nicht weh. Oh Gott, hör auf!"

Reyes stach erneut auf Maddox ein.

Schwarze Spinnenweben verschleierten seinen Blick, als er das Zimmer mit den Augen absuchte. Vage konnte er Paris erkennen, der die Arme um Ashlyn legte. Neben dem großen Mann wirkte sie wie ein Zwerg, der von seinem Schatten eingehüllt wurde. In ihren bernsteinfarbenen Augen und auf den viel zu blassen Wangen glitzerten Tränen.

Sie wehrte sich, aber Paris hielt sie fest und zerrte sie aus dem Zimmer.

Maddox stieß ein animalisches Brüllen aus. Paris würde sie verführen. Sie ausziehen und von ihr kosten. Sie würde ihm nicht widerstehen können; keine Frau konnte das. „Lass sie gehen! Sofort!“ Er versuchte so fieberhaft, sich zu befreien, dass in seiner Stirn eine Ader platzte. Dann wurde ihm schwarz vor Augen.

„Schaff sie hier raus und sorg dafür, dass sie draußen bleibt.“ Reyes stach noch einmal auf Maddox ein. Der fünfte Hieb. „In ihrer Gegenwart ist er noch wilder als sonst.“

Musste sie retten. Musste zu ihr. Das Geräusch der rasselnden Ketten vermischte sich mit seinem Keuchen, als er weiter um seine Freiheit kämpfte.

„Es tut mir leid“, wiederholte Reyes.

Schließlich versetzte er ihm den sechsten Stich.

Augenblicklich schwand jegliche Kraft aus Maddox' Körper. Der Dämon gab Ruhe und zog sich in den hintersten Winkel seiner Seele zurück.

Es war vollbracht.

Maddox lag auf dem Bett, das mit seinem eigenen Blut getränkt war, und konnte sich weder bewegen noch etwas sehen. Weder der Schmerz noch das Brennen ließen nach. Im Gegenteil, sie wurden immer stärker. Warme Flüssigkeit gluckerte in seiner Kehle.

Lucien – er wusste, dass es Lucien war, da er den trügerisch süßen Duft des Todes erkannte – kniete sich neben ihn und nahm seine Hand. Das bedeutete, dass sein Tod quälend nah war.

Doch die eigentliche Qual stand Maddox noch bevor.

Er und *Gewalt* würden die restliche Nacht in der Hölle schmoren, das war ein Teil des Todesfluchs. Er öffnete den Mund, um zu sprechen, doch es entwich nur ein Husten. Immer mehr Blut floss in seinen Hals und erstickte ihn langsam.

„Morgen früh hast du genug Zeit, uns alles zu erklären, mein Freund“, beschwichtigte Lucien. „Und jetzt stirb. Ich bringe deine Seele in die Hölle, so wie es sein soll – aber dieses Mal möchtest du vielleicht sogar lieber dort bleiben als dich, äh, dem Ärger zu stellen, den du uns ins Haus gebracht hast.“

„M-mädchen“, brachte Maddox endlich hervor.

„Keine Sorge“, beruhigte Lucien ihn. Die Fragen, die ihm unter den Nägeln brannten, behielt er für sich. „Wir werden ihr nichts tun. Du kannst dich morgen früh um sie kümmern.“

„Unberührt.“ Maddox wusste, wie merkwürdig diese Forderung war, da niemand von ihnen jemals Besitzansprüche auf eine Frau angemeldet hatte. Aber Ashlyn ... Er war sich nicht sicher, was er am nächsten Tag mit ihr machen sollte. Hingegen wusste er genau, was er im Wald hätte tun sollen – und was er nicht hatte tun können. Doch das war in diesem Moment nicht von Belang. Das Einzige, was jetzt zählte, war, dass er sie mit niemandem teilen wollte.

„Unberührt“, wiederholte er mit kaum hörbarer Stimme, als Lucien nicht reagierte.

„Unberührt“, stimmte Lucien endlich zu.

Der Blumenduft wurde intensiver. Eine Sekunde später starb Maddox.

4. Kapitel

„Wer bist du, und woher kennst du Maddox?"

„Lass mich los!" Ashlyn wand sich in alle Richtungen und versuchte, sich aus dem eisernen Griff ihres Entführers zu befreien. In ihrem Knöchel pochte es, doch das kümmerte sie nicht. „Die bringen ihn da drin um." Oh Gott. Sie *hatten* ihn umgebracht, hatten immer wieder auf ihn eingestochen. Da waren so viel Blut … und so grausame Schreie. Bei dem Gedanken daran musste sie würgen.

Obwohl die Stimmen nach wie vor verschwunden waren, fühlte sie sich schlechter als je zuvor.

„Maddox wird es schaffen", beruhigte der Mann sie. Maddox hatte ihm die Nase gebrochen – sie hatte es mit eigenen Augen gesehen –, aber der Knochen war fast augenblicklich wieder in seine ursprüngliche Position zurückgesprungen. Es war nicht mal ein Tröpfchen Blut zu sehen. Jetzt löste der Mann einen Arm von ihrer Taille, um ihr zärtlich eine Locke aus der Stirn zu streichen. „Du wirst schon sehen."

„Nein, ich werde gar nichts sehen", schluchzte sie wütend. „Lass mich los!"

„So sehr es mir auch widerstrebt, dir einen Wunsch auszuschlagen, aber ich habe keine andere Wahl. Du hast ihm übermäßige Qualen beschert."

„*Ich* habe ihm übermäßige Qualen beschert? Wer war es denn, der ihn erstochen hat? Ich ja wohl nicht! Und jetzt lass mich los!" Da alles Strampeln und Boxen nichts half, hielt sie still und sah ihn an. „Bitte." Er hatte wunderschöne blaue Augen, und seine Haut war so hell wie Milch. Seine Haarfarbe war ein hinreißender Mix aus Braun und Schwarz. So einen bezaubernden Mann hatte sie noch nie zuvor gesehen. Er war zu perfekt, um echt zu sein.

Und trotzdem wollte sie nur weg von ihm.

„Entspann dich." Sein Mund verzog sich langsam zu einem verführerischen Lächeln. Gut einstudiert, das erkannte selbst ihr unerfahrenes Auge. „Du brauchst keine Angst vor mir zu haben, meine Schöne. Ich werde dir nichts als Freude bescheren.“

Wut und Angst, Trauer und Hilflosigkeit gaben ihr die Kraft und den Mut: Sie ohrfeigte ihn. Er hatte gerade mit angesehen, wie ein Mann Maddox erstach, und nichts getan, um ihn aufzuhalten. Er hatte gerade mit angesehen, wie ein Mann Maddox erstach, und wagte es trotzdem, mit ihr zu flirten. Sie hatte also sehr wohl Grund, Angst vor ihm zu haben.

Sein Lächeln erstarb, und er sah sie mit hoch gezogenen Augenbrauen an. „Du hast mich geschlagen“, stellte er verblüfft fest.

Sie ohrfeigte ihn noch einmal. „Lass. Mich. Los!“

Sein Stirnrunzeln vertiefte sich. Er rieb sich mit einer Hand die Wange, während er sie mit der anderen weiterhin festhielt. „Frauen schlagen mich nicht. Sie lieben mich.“

Sie hob die Hand, bereit, ihm noch einen Schlag zu verpassen.

Er seufzte. „Na gut. Geh schon. Maddox schreit nicht mehr. Ich bezweifle, dass du ihn jetzt noch verärgern kannst, mausetot wie er inzwischen sein dürfte.“ Er ließ sie los.

Ashlyn verlor keine Zeit. Obwohl ihr Knöchel höllisch schmerzte, rannte sie den Flur hinunter. Als sie das Zimmer betrat und seinen reglosen Körper auf dem blutdurchtränkten Bett liegen sah, blieb sie abrupt stehen.

Gütiger Gott.

Maddox’ Augen waren geschlossen; seine Brust bewegte sich nicht.

Sie schluchzte und hielt sich mit zittriger Hand den Mund zu. Ihre Augen füllten sich mit heißen Tränen. „Sie haben dich umgebracht.“ Sie lief zum Bett, nahm Maddox’ Gesicht zwischen die Hände und bewegte es langsam hin und her. Seine Augen öffneten sich nicht. Aus seiner Nase entwich keine Atemluft. Wegen des hohen Blutverlusts war seine Haut schon ganz kühl und blass.

Sie kam zu spät.

Wie war es nur möglich, dass jemand, der so stark und lebendig gewesen war, so gefühllos hingerichtet werden konnte?

„Wer ist sie?“, wollte jemand wissen.

Erschrocken drehte sie sich um. Maddox’ Mörder standen an der Seite des Raums und sprachen miteinander. Wie konnte sie sie nur vergessen haben? Alle paar Sekunden schauten sie in ihre Richtung.

Keiner von ihnen sprach sie direkt an. Sie setzten ihre Unterhaltung fort, als wäre sie nicht da. Als wäre Maddox nicht da.

„Eigentlich sollten wir sie in die Stadt zurückbringen, aber sie hat zu viel gesehen“, ertönte eine raue Stimme. Die kälteste, gleichgültigste Stimme, die sie je gehört hatte. „Was hat Maddox sich nur dabei gedacht?“

„Jetzt lebe ich schon so lange mit ihm unter einem Dach und wusste die ganze Zeit nicht, was er durchmachen muss“, flüsterte ein engelsgleicher, blonder Mann mit grünen Augen. Er war ganz in Schwarz gekleidet und trug Handschuhe, die ihm bis fast zur Schulter reichten. „Ist es immer so wie heute?“

„Nein, nicht immer“, antwortete derjenige, der das Schwert geführt hatte. „Normalerweise ist er schicksalsergebener.“ Sein dunkler Blick war hart, und seine Stimme klang gequält. „Die Frau …“

Mörder!, schrie Ashlyn in sich hinein. Am liebsten wäre sie auf alle vier losgegangen. Ihr ganzes Leben hatte sie mit ihrer Gabe mehr Schlechtes als Gutes aufgedeckt und war gezwungen gewesen, sich die hasserfüllten Anschuldigungen und die ängstlichen Schreie aus mehreren Jahrhunderten anzuhören. Und nun hatten diese Ungetüme den Mann, der ihr endlich Frieden gebracht hatte, brutal abgeschlachtet.

Unternimm irgendetwas, Darrow. Sie rieb sich mit dem Handgelenk über die brennenden Augen und stellte sich auf ihre zitternden Beine. Aber was konnte sie schon tun? Die Männer waren ihr überlegen – zahlen- wie kräftemäßig.

Ein stark tätowierter Mann sah sie mit hochgezogenen Augenbrauen an. Er hatte millimeterkurze, braune Haare, zwei Augenbrauenpiercings und weiche, volle Lippen. Außerdem hatte er mehr Muskeln als der Weltmeister im Gewichtheben. Er hätte hübsch sein können – auf Art und Weise eines brutalen Killers hübsch –, wären da nicht all die Tattoos gewesen. Sogar auf seinen Wangen prangten grausame Kriegs- und Waffenmotive.

Seine Augen waren genauso violett wie Maddox’, zeigten jedoch keinerlei Wärme oder Gefühl. Das Blut tropfte ihm aus der Nase, als er sich mit zwei Fingern über den Kiefer rieb. „Wir müssen irgendetwas mit dem Mädchen machen.“ Wieder diese kalte, gefühllose Stimme. „Es gefällt mir nicht, dass sie hier ist.“

„Trotzdem, Aeron – wir werden sie nicht anrühren.“ Der Mann, zu dem diese Stimme gehörte, hatte tiefschwarzes Haar in der Form eines Heiligenscheins und verschiedenfarbige Augen – eins braun, eins blau. Sein Gesicht war völlig vernarbt. Auf den ersten Blick war er hässlich. Aber auf den zweiten Blick strahlte er etwas Hypnotisches aus, und er verströmte einen angenehmen Rosenduft. „Morgen früh wird sie in derselben Verfassung sein wie jetzt: atmend und bekleidet."

„Du bist wie Maddox – der verdirbt uns auch immer den Spaß."

Die ironische Stimme ertönte hinter ihrem Rücken, und mit einem spitzen Aufschrei wirbelte sie herum. Der schöne blasse Mann stand in der Tür. Er sah sie mit hungrigem Blick an, als stellte er sie sich nackt vor und als gefiele ihm, was er sah.

Ein Zittern lief ihr vom Kopf durch den ganzen Körper. Bastarde, jeder Einzelne von euch! Mit wildem Blick sah sie sich in dem Zimmer um und blieb schließlich an dem blutigen Schwert hängen, das achtlos auf den Boden geworfen worden war. Genau dieses Schwert hatte sich durch Maddox' Körper gebohrt wie durch ein dünnes Seidentuch.

„Ich will wissen, wer sie ist", verlangte der Kalte, der Tätowierte – Aeron. „Und ich will wissen, warum Maddox sie hergebracht hat. Er kennt die Regeln."

„Sie muss einer von den Menschen auf dem Hügel sein", bemerkte der Engel, „aber das erklärt immer noch nicht, warum er sie in die Burg mitgenommen hat."

Hätte sie sich nicht gefühlt, als würde sie jeden Augenblick ohnmächtig werden, sie hätte an dieser Stelle gelacht. *Ich hätte auf McIntosh hören sollen.* Hier lebten tatsächlich Dämonen.

„Also?", drängte Aeron. „Was machen wir mit ihr?"

Die Männer sahen sie wieder an, und Ashlyn bückte sich nach dem Schwert. Sie umfasste den Griff, stellte sich aufrecht und hielt die Spitze gegen den Feind gerichtet. Das Schwert war schwerer als sie gedacht hatte, und ihre Arme begannen sofort vor Anstrengung zu zittern. Doch sie hielt durch.

Die Männer beobachteten sie neugierig. Dass sie keine Angst zu haben schienen, entmutigte sie nicht im Geringsten. Obwohl sie Maddox nur kurz gekannt hatte, tobte eine wilde Trauer in ihr, die von ihr verlangte, ihn zu rächen.

Maddox. Sein Name hallte wie ein Flüstern in ihrem Kopf wider. Er war weg. Für immer. Ihr Magen verkrampfte sich schmerzhaft. „Ich sollte euch umbringen. Jeden Einzelnen von euch. Er war unschuldig."

„Unschuldig?", spöttelte jemand.

„Sie will uns umbringen. Haben uns die Jäger also doch gefunden", meinte Aeron angewidert.

„Ein Jäger würde Maddox nicht als unschuldig bezeichnen. Selbst aus Spaß nicht."

„Aber ein Köder schon. Denk daran, bisher war jedes Wort, das aus dem Mund eines Köders kam, eine Lüge, auch wenn ihre Gesichter immer arglos aussahen."

„Ich habe am Bildschirm verfolgt, wie Maddox vier Männer erstochen hat. Das hätte er nicht getan, wenn sie unschuldig gewesen wären. Und ich hege große Zweifel daran, dass der Zufall zur selben Zeit eine unschuldige Frau in den Wald geführt hat."

„Glaubt ihr, sie kann mit einem Schwert umgehen?"

Spöttisches Schnauben. „Natürlich nicht. Sieh doch nur, wie sie es hält."

„Trotzdem, ein mutiges kleines Ding."

Ashlyn sah die Männer mit offenem Mund an, kaum fähig, dem Gespräch zu folgen. „Ist es euch denn völlig egal, dass hier ein Mann ermordet wurde? Dass *ihr* einen Mann ermordet habt?"

Der schwarz gekleidete Engel lachte, er lachte tatsächlich, doch in seinen grünen Augen lag Schmerz. „Glaub mir. Maddox wird uns morgen dankbar dafür sein."

„Wenn er uns nicht umbringt, weil wir alle hier waren", entgegnete jemand.

Zu ihrem Erstaunen lachten die Männer. Alle schüttelten amüsiert den Kopf. Nur derjenige, der ihm die tödlichen Wunden zugefügt hatte, blieb still. Er betrachtete Maddox' toten Körper mit schmerzerfülltem, reuigem Blick. Gut so. Sie wollte, dass er unter seiner Tat litt.

Der Einfühlsame, der glaubte, keine Frau könne ihm widerstehen, nahm sie ins Visier und schenkte ihr ein weiteres verführerisches Lächeln. „Leg das Schwert weg, Kleines, bevor du dich noch selbst verletzt."

Entschlossen hielt sie es fest. „Komm doch und nimm es mir ab, du … du … Ungetüm!" Die Worte kamen ihr unwillkürlich über die

Lippen. „Ich kann vielleicht nicht mit einem Schwert umgehen, aber wenn du mir zu nahe kommst, werde ich dir wehtun."

Sie hörte ein Seufzen. Ein Lachen. Ein gemurmeltes „Was ist das für eine Frau, die Paris widerstehen kann?"

„Ich schlage vor, wir sperren sie in den Kerker." Das kam von dem Mann namens Aeron. „Keiner weiß, was sie sonst noch anstellt."

„Einverstanden", erwiderten die anderen.

Ashlyn bewegte sich langsam in Richtung Tür, schüttelte den Kopf und hielt das Schwert noch fester. „Ich gehe jetzt. Hört ihr? Ich gehe! Und merkt euch meine Worte: Die Gerechtigkeit wird siegen. Jeder Einzelne von euch wird eingesperrt und hingerichtet werden."

„Morgen früh kann Maddox entscheiden, was wir mit ihr machen sollen", bemerkte der Mann mit den verschiedenfarbigen Augen, ohne ihren Worten Beachtung zu schenken.

Als wenn Maddox noch irgendetwas tun könnte …

Ihr Kinn zitterte. Mit aufgerissenen Augen sah sie Maddox' Mörder entschlossenen Schrittes auf sich zukommen.

Tut mir nicht weh. Bitte, tut mir nicht weh.

Eine Pause. Ein Knacken.

Ein qualvoller Schrei.

Mein Arm! Laute, gequälte Schluchzer. *Ihr habt mir den Arm gebrochen!* Ashlyn meinte, den Schmerz am eigenen Leib spüren zu können. *Ich habe … nichts … Falsches … getan.*

Die Stimmen waren in voller Lautstärke zurückgekehrt.

Sie kauerte auf dem Boden der dunklen, feuchten Zelle und zitterte vor Kälte und Angst. „Ich wollte doch nur jemanden finden, der mir helfen kann", flüsterte sie. Stattdessen war sie direkt in eines von Grimms Märchen gestolpert – allerdings ohne Happy End.

Das mache ich. Sofort. Ich brauche … nur … einen Moment.

Es schien, als wanderte die einseitige Unterhaltung nun schon seit einer Ewigkeit durch ihren Kopf. Inzwischen war sie zu einem unstimmigen Konzert aus Wut, Verzweiflung und Schmerz angeschwollen. Dennoch erhob sich darüber noch eine weitere Stimme: die von Maddox. Keine Stimme der Vergangenheit, sondern eine Erinnerung. Grausame Schreie.

„Und dafür hast du das Institut verlassen." Bekümmert und angewidert schüttelte sie den Kopf. Wie gern hätte sie geglaubt, dass dieser Tag nicht mehr als ein Albtraum gewesen war. Dass vor ihren Augen kein Mann ermordet worden war. Erstochen. Mit so vielen Hieben. Doch sie wusste es besser. Seine Schreie … Gott, seine Schreie. Wie sehr es ihn erbost hatte, dass er in Ketten lag und geschlagen wurde. Wie gequält er geschrien hatte … Diese Schreie waren schlimmer als alles, was sie je von einem Menschen gehört hatte.

Tränen liefen ihr über die Wangen. Sie bekam sein Bild einfach nicht aus dem Kopf – weder das Bild vor seinem Tod noch das Bild danach. Das raue, hübsche Gesicht, so ausdrucksstark, dass es fast schon wild wirkte. Das eingefallene, ausdruckslose Gesicht. Violette, strahlende Augen. Violette, geschlossene Augen. Der große, gebräunte, muskulöse Körper. Der gebrochene, blutüberströmte, leblose Körper.

Sie wimmerte.

Nachdem Maddox' Mörder sie in den Kerker geworfen hatten, hatten sie ihr versprochen, ihr Decken und etwas zu essen zu bringen. Das schien schon Jahre her zu sein, aber bislang war niemand zurückgekehrt. Sie war froh darüber. Sie wollte sie nicht wiedersehen. Wollte sie weder hören, noch mit ihnen reden. Lieber hielt sie die Kälte und den Hunger aus.

Schlotternd zog sie den Kragen ihrer Jacke fester. Sie war dankbar, dass sie sie noch besaß und die Männer, diese barbarischen Ungeheuer, sie ihr auf dem schier endlosen Weg in den düsteren Keller nicht weggenommen hatten.

In dem Moment huschte irgendetwas fiepend über ihre Hand. Sie zuckte zusammen. Oh Gott, oh Gott, oh Gott. Eine Maus. Oder eine Ratte. Und wo eine war …

Ihr drehte sich der Magen um, und sie suchte die Zelle mit hastigen Blicken ab. Nicht, dass das etwas gebracht hätte. Das Verlies war so dunkel, dass sie kaum die Hand – geschweige denn ein Ungeheuer – vor Augen sah.

Bleib ruhig. Tief einatmen. *Ganz ruhig.* Langsam ausatmen.

Ich sage euch alles, was ihr wissen wollt, aber bitte tut mir nicht noch mal weh, flehte der Mensch mit dem gebrochenen Arm, der schluchzend in ihren Kopf zurückkehrte. *Ich wollte mich nicht hereinschleichen.* Eine lange Pause. *Na gut, okay, ich wollte es. Aber ich wollte nur sehen, wer hier lebt. Ich bin kein Jäger, das schwöre ich.*

Ashlyns Ohren zwickten, und sie drückte sich fester an die Felswand. Jäger, hatte der Mann gesagt. Maddox' Mörder hatten *sie* einen Jäger genannt. Was meinten sie nur damit? Kopfjäger? Sie runzelte die Stirn und rieb sich den geschwollenen, schmerzenden Knöchel. Wer konnte sie, die einen Meter achtundsechzig große Ashlyn, dafür halten?

„Ist ja auch egal. Überleg dir lieber, wie du hier rauskommst, Darrow." Sie musste der Polizei melden, was mit Maddox geschehen war. Ob sie ihr glauben würden? Ob sie sich überhaupt dafür interessierten? Oder hatten die Burgbewohner die Polizei, genauso wie den Rest der Stadtbewohner – Engel, gewiss –, irgendwie verhext, sodass sie tun und lassen konnten was sie wollten und wann sie es wollten?

Ihr entwich ein Schluchzer; ihr Körper wurde von heftigem Zittern geschüttelt. Niemand hatte es verdient, so langsam und qualvoll zu sterben. Ohne Würde. Die Schreie unbeachtet verhallend.

Sie würde Maddox rächen – so oder so.

Maddox schrie.

Sein Körper badete im Feuer. Die Flammen verbrannten seine Haut und sein Fleisch, bis nur noch Knochen übrig waren. Nein, nicht mal Knochen, dachte er im nächsten Moment. Er war nichts weiter als ein Häuflein Asche. Und trotzdem war er immer noch bei Bewusstsein, erlebte jeden einzelnen Moment ganz deutlich mit. Er wusste, *wer* er war, *was* er war und dass er morgen in das Feuer zurückkehren müsste.

Er konnte die Schmerzen kaum ertragen. Rauchschwaden wirbelten den Ruß in alle Richtungen und verdickten die Luft. Angewidert dachte er daran, dass der Ruß ein Teil von ihm war.

Und dann kehrte sich der Prozess um. Sein Körper setzte sich wieder zusammen, und er wurde wieder zu einem Menschen – einem Menschen, der einmal mehr von den Flammen verzehrt wurde. Der einmal mehr Stück für Stück grausam schmolz, dessen Fleisch und Muskeln sich von den Knochen lösten, bis alles zerfiel. Dann eine weitere rußgeschwärzte Brise, die alles auf Anfang setzte, sodass sich der gesamte Prozess wiederholen konnte. Wieder und wieder und wieder.

Die ganze Zeit über brüllte *Gewalt* in seinem Kopf. Er wollte sich befreien. Seine Gelüste waren nicht länger befriedigt, wie zum Zeitpunkt von Maddox' Tod. Die Schreie der anderen verdammten Seelen, die ebenfalls vom Höllenfeuer verzehrt wurden, vermischten sich mit dem Gebrüll. Die Dämonen der Hölle – ekelerregende geflügelte Kreaturen mit rot glühenden Augen, skelettähnlichen Gesichtern und dicken, gelben Hörnern auf den Köpfen – flatterten von einer gepeinigten Seele zur nächsten und lachten sie aus, verhöhnten sie, bespuckten sie.

Ich habe auch so ein Ungeheuer in mir. Nur meins ist schlimmer als die hier.

Das wussten auch die Höllendämonen. „Willkommen zu Hause, Bruder", spotteten sie jedes Mal, bevor sie ihn mit ihren glühenden, gegabelten Zungen ableckten.

Bisher hatte Maddox sich immer gewünscht, sich in Nichts aufzulösen, wenn das Feuer über ihn kam, und weder in die Hölle noch auf die Erde zurückzukehren. Bisher – aber nicht in dieser Nacht. Nicht dieses Mal.

In dieser Nacht wurde der Schmerz von der Sehnsucht überschattet.

In seinem Kopf tauchte Ashlyns Gesicht auf, das ihn noch viel mehr verhöhnte als die Teufel. Ich werde dir das pure Glück schenken, schienen ihre Augen zu sagen, während sich ihre weichen Lippen teilten, bereit für einen Kuss.

Sie gab ihm ein Rätsel auf, das er unbedingt lösen wollte. Ihr hellbraunes Haar und die warmen, bernsteinfarbenen Augen gaben ihm das Gefühl, er würde nach ewig langer Zeit endlich einen flüchtigen Blick auf den Himmel erhaschen. Die Frau war köstlich und saftig und so unglaublich weiblich, dass sie seine männlichen Instinkte direkt ansprach.

Überraschenderweise hatte sie darum gekämpft, bei ihm bleiben zu dürfen. Sie hatte sogar versucht, ihn vor den anderen zu retten, wie ihm erst jetzt klar wurde. Er verstand zwar nicht, weshalb, aber die Vorstellung gefiel ihm trotzdem.

Vorher hatte er vielleicht nicht gewusst, was er mit ihr machen würde, aber in diesem Moment wusste er es genau. Er wollte sie schmecken. Alles an ihr. Köder oder nicht. Jägerin oder nicht. Er wollte sie. Nach dem ganzen Leid verdiente er ein kleines Stück vom Glück.

In den Tagen, als er noch ein Elitekrieger der Götter war, hatte er sich nicht nach einer speziellen Frau gesehnt. Und danach hatte er sich immer genommen, was er kriegen konnte und wo er es kriegen konnte. Aber Ashlyn wollte er, weil sie Ashlyn war. Und er wollte sie sofort.

Wo hatte Lucien sie wohl untergebracht? In einem Nachbarzimmer? Lag sie auf dem Bett, den nackten Körper in Samt und Seide gehüllt? Genauso wollte er sie nehmen, beschloss Maddox just in diesem Moment. Nicht im Wald, so wie er es sonst handhabte. Nicht auf dem kalten, von Zweigen übersäten Boden. Sondern in einem Bett. Er wollte ihr in die Augen sehen, wollte ihre Haut auf seiner spüren, wollte sich langsam in ihr bewegen.

Bei diesen Gedanken brannte sein Körper. Doch es war ein Brennen, das in keinster Weise mit den Flammen zusammenhing.

Sie bedeutet nur Unheil für uns. Also schaden wir ihr besser zuerst, forderte sein Dämon.

Wag es erst gar nicht, so etwas vorzuschlagen, befahl Maddox ihm, um ihn zu unterdrücken. Zu seiner Überraschung schien der Dämon bereit, ruhig über Ashlyn zu reden und nicht zu brüllen. *Ich bin kein Ungeheuer.*

Wir sind dieselbe Person, und diese Frau bedeutet Gefahr.

Ja, das stimmte. Dennoch – er war noch nie einer Frau begegnet, die so verletzlich war wie Ashlyn. Alleine im Wald mit geheimnisvollem Blick, verfolgt von Mördern. Ob diese Männer sie ignoriert, getötet oder missbraucht hätten, um ihn und die anderen Herren der Unterwelt umzubringen, würde er noch herausfinden.

Gleich am nächsten Morgen, wenn Lucien seine Seele in seinen genesenen Körper zurückführte, würde Maddox zu ihr gehen und ihr Fragen stellen. Nein, zuerst würde er sie berühren. Sie küssen. Ihren gesamten Körper schmecken. Er sehnte sich so sehr danach.

Trotz des Schmerzes lächelte er lüstern. In den Augen der Frau hatte er Begehren gesehen; sie hatte versucht, ihm zu folgen, ihn zu retten. Ja, sie hatte sich die Suppe selbst eingebrockt. Nun würde sie sie auch auslöffeln müssen. Und zwar zusammen mit ihm.

Er würde ihr die Fragen erst stellen, nachdem sie sich geliebt hatten. Und wenn er herausbekäme, dass sie tatsächlich ein Köder war – seine Brust zog sich schmerzhaft zusammen –, würde er mit ihr das Gleiche machen wie mit den Jägern.

„Die Titanen haben die Griechen zu Fall gebracht", verkündete Aeron. Seit seiner Rückkehr zur Burg vor einer Stunde brodelte diese Information in ihm, doch bei dem ganzen Tumult war er nicht dazu gekommen, sie weiterzugeben. Bis jetzt. Die Dinge hatten sich endlich beruhigt, doch er wusste, dass die Ruhe nur so lange währen würde, bis alle die Bedeutung seiner Worte begriffen hatten.

Mit hochgezogenen Augenbrauen ließ er sich auf das rote Plüschsofa fallen. Maddox' Menschenfrau war kein Thema mehr. Wenn man nur seine Worte so leicht hätte wegwischen können … Aber was war das plötzlich für ein Lärm?

Er sah sich mit finsterem Blick um, griff nach der Fernbedienung für den Fernseher und schaltete das Filmchen aus, das Paris gerade angemacht hatte. Das erregte Gestöhne verstummte. Das Bild eines Mannes, der gerade eine Frau nahm, verschwand vom Bildschirm. „Hör endlich auf, dir diesen Müll reinzuziehen, Paris."

Paris entriss ihm die Fernbedienung und schaltete das Gerät wieder ein. Dann stellte er den Ton ab. „Das hier ist kein Kaufvideo, Bruder", erwiderte er ohne den Anflug eines schlechten Gewissens. „Dieser Film stammt aus meiner ganz persönlichen Sammlung. Ich nenne ihn ‚Die wildgewordenen Ölcatcherinnen'."

„Du wirst mit jedem Tag menschlicher", murmelte Aeron. „Wie erbärmlich das ist, ist dir ja wohl hoffentlich klar."

„Aeron, du kannst nicht so eine Ansage machen und dann einfach das Thema wechseln. Du hast die Titanen erwähnt …", bemerkte Lucien in seinem mörderisch ruhigen Tonfall.

Mörderisch ruhig. Ja, das beschrieb *Tod* perfekt. Lucien hielt sein Temperament und sämtliche Gefühlsregungen in einem eisernen Griff, denn wenn sein Dämon die Oberhand gewann, war er so übermächtig, dass selbst *Zorn* angst und bange wurde. Dann wurde Lucien zu einem wahren Rachegott. Aeron hatte die Verwandlung einmal miterlebt und niemals mehr vergessen.

„Mir war auch so, als hätte da zwischen den Zeilen etwas mitgeschwungen." Reyes schüttelte den Kopf, als würde ihm das helfen, die Dinge besser zu verstehen. „Was geht hier vor? Zuerst erzählt Torin uns, dass die Jäger zurück sind, dann schleppt Maddox eine Frau an, und jetzt sagst du uns, dass die Titanen die Macht übernommen haben? Ist so etwas überhaupt möglich?"

„Ja, allerdings." Leider. Aeron rubbelte sich über die raspelkurzen Haare. Wie gerne hätte er den anderen gute Nachrichten überbracht. „Offenbar haben die Titanen während ihrer jahrhundertelangen

Gefangenschaft ihre Fähigkeiten verfeinert. Vor ein paar Wochen entwischten sie Tartarus, lauerten den Griechen auf, versklavten sie und eroberten den Thron. *Sie* haben jetzt das Kommando über uns."

Eine bedrohliche Stille senkte sich über den Raum, als die Männer die schockierenden Nachrichten verdauten. Zwar herrschte keine Liebe zwischen den Kriegern und den Griechen, den Göttern, die sie verflucht hatten. Aber trotzdem …

„Bist du dir sicher?", hakte Lucien nach.

„Ganz sicher." Bis zu diesem Abend hatte Aeron nicht mehr über die Titanen gewusst, als dass sie während des Goldenen Zeitalters über den Olymp geherrscht hatten. Zu einer Zeit, als die Welt noch friedlich und harmonisch war – zwei Eigenschaftswörter, die die Jäger, die sich während all der Jahre in Griechenland erhoben hatten, wie Schilde vor sich her getragen hatten. „Sie haben mich in eine Art Gerichtssaal gebracht, in dem ich von ihren Thronen eingekreist war. Rein körperlich sind sie kleiner als die Griechen. Aber ihre Macht ist unverkennbar. Ich konnte sie förmlich sehen, als wäre sie ein Wesen aus Fleisch und Blut. Die Mienen der Titanen drückten sture Entschlossenheit und Missgunst aus."

Mehrere spannungsgeladene Minuten verstrichen.

„Wenn man die Missgunst mal beiseitelässt – besteht die Möglichkeit, dass die Titanen uns von den Dämonen befreien, ohne uns zu töten?" Reyes sprach aus, was alle dachten.

Auch Aeron hatte sich das schon gefragt. Er hatte es gehofft. „Ich glaube nicht", erwiderte er. Er fühlte sich elend dabei, die anderen zu enttäuschen. „Ich habe ihnen genau diese Frage gestellt, aber sie haben sich geweigert, mit mir darüber zu sprechen."

Dann herrschte wieder Stille. Diesmal war sie noch bedrückender.

„Das ist … das ist …", stammelte Paris.

„Unfassbar", beendete Torin den Satz für ihn.

Reyes rieb sich nachdenklich über den Unterkiefer. „Wenn sie uns nicht befreien wollen, was haben sie dann mit uns vor?"

Eine Hiobsbotschaft jagte die nächste. „Ich weiß nur, dass sie planen, sich aktiv in unser Dasein einzumischen." Das Gute an den Griechen war, dass sie die Krieger zwar verflucht, sie danach jedoch ignoriert und ihnen somit erlaubt hatten, ihr eigenes Leben zu führen – wenn es auch ein Leben in ewigen Qualen war.

Erneut schüttelte Reyes den Kopf. „Aber … warum?“

„Wenn ich das nur wüsste.“

„Haben sie dich deshalb zu sich gerufen?“, erkundigte sich Lucien. „Um dich über den Wechsel zu informieren?“

„Nein.“ Er machte eine Pause und schloss die Augen. „Sie haben mir befohlen … etwas zu tun.“

„Und was?“, hakte Paris nach, als Aeron nicht weitersprach.

Aeron sah jeden seiner Freunde eindringlich an und versuchte, die richtigen Worte zu finden.

Torin stand abseits in einer Ecke und wandte den anderen sein Profil zu. Er war distanziert wie immer. Aber er hatte ja auch keine Wahl. Reyes saß ihm gegenüber. Er war gebräunt wie der Sonnengott persönlich und sah nicht aus, als gehörte er auf die Erde, geschweige denn in diesen Raum. Er war damit beschäftigt, seinem Unterarm kleine Schnitte zu verpassen, während er auf Aerons Antwort wartete. Alle paar Sekunden zuckte er zusammen. Sobald die ersten Blutstropfen heraustraten und sich schließlich zu winzigen Bächen vereinten, lächelte er zufrieden. Schmerz war das Einzige, das ihm Genugtuung verschaffte, das Einzige, was ihm das Gefühl gab zu leben.

Aeron konnte sich nicht vorstellen, wie der Mann auf Freude regieren würde.

Paris lag ausgestreckt mit im Nacken verschränkten Händen auf dem Sofa neben ihm und blickte zwischen Aeron und dem Film hin und her. Vermutlich drängte sein Dämon ihn, noch ein bisschen weiterzugucken. Ein Glückspilz wie er sollte eigentlich hässlich sein oder sich zumindest anstrengen müssen, eine Frau in sein Bett zu locken. Stattdessen brauchte er die Frauen nur anzusehen, und sie zogen sich sofort aus und gaben sich ihm bereitwillig hin – ob nun ein Bett in der Nähe war oder nicht.

Außer Maddox’ Frau, dachte Aeron. Warum nur nicht?

Lucien stand an den Billardtisch gelehnt. Sein scheußliches Narbengesicht war ausdruckslos. Er hielt die Arme vor der bulligen Brust verschränkt und sah Aeron mit seinem durchdringenden Blick unverwandt an. „Also?“, drängte er.

Aeron atmete tief ein und aus. „Man hat mir aufgetragen, eine Gruppe Touristen in Buda zu ermorden. Vier Menschen.“ Wieder machte er eine Pause und schloss die Augen. Er versuchte, keine

Emotionen zuzulassen. Kälte. Um das zu überstehen, musste er kalt bleiben. „Alles Frauen."

„Sag das noch mal." Paris setzte sich schlagartig auf und blickte ihn mit gerunzelter Stirn an. Der Fernseher war vergessen.

Aeron wiederholte den Befehl der Götter.

Blasser als gewöhnlich schüttelte Paris den Kopf. „Ich kann akzeptieren, dass wir jetzt ihrem Befehl unterstehen. Es gefällt mir zwar nicht, ganz im Gegenteil, aber was soll's – ich akzeptiere es. Was ich allerdings nicht kapiere, ist, dass die Titanen dich, den Träger des Zorns, beauftragt haben, in der Stadt vier Frauen umzubringen. Was haben die denn davon?" Er warf fassungslos die Hände in die Luft. „Das ist doch Irrsinn."

Auch wenn er vermutlich der promiskuitivste Mann war, der je auf der Erde gelebt hatte, der seine Partnerinnen flachlegte und noch am selben Tag wieder vergaß – Frauen, ganz gleich welcher Rasse, Größe und welchen Alters waren Paris' Lebenselixier. Ohne sie konnte er nicht existieren. Aber er konnte es nicht tolerieren, wenn auch nur eine Einzige von ihnen verletzt wurde.

„Sie haben mir keinen Grund genannt", erwiderte Aeron, wohl wissend, dass auch das keinen Unterschied gemacht hätte. Er wollte diesen Frauen nichts antun. Er wusste, wie es sich anfühlte, zu töten. Oh ja. Er hatte schon unzählige Male getötet, aber immer nur auf das unnachgiebige Drängen seines Dämons hin – eines Dämons, der seine Opfer mit Bedacht auswählte. Er tötete Leute, die ihre Kinder schlugen oder missbrauchten. Leute, die nur glücklich waren, wenn sie anderen Schaden zufügten. *Zorn* wusste, wenn jemand den Tod verdiente, da er die Schandtaten dieser Menschen immer wieder vor sich sah.

Als die Titanen seine Aufmerksamkeit auf die vier Frauen gelenkt hatten, hatte der Dämon sie überprüft und für unschuldig befunden. Und trotzdem sollte er sie umbringen.

Wenn das geschähe, wenn Aeron gezwungen würde, das Blut von Unschuldigen zu vergießen, wäre er nicht mehr derselbe. Das wusste er genau.

„Haben sie dir einen Zeitrahmen genannt, in dem die Tat vollzogen werden muss?", erkundigte sich Lucien, der immer noch unbeeindruckt wirkte. Er war *Tod.* Der Sensenmann. Man hatte ihn sogar schon Luzifer genannt, wenn auch von jenen, die ihn so betitelt hatten, niemand mehr am Leben war. Für ihn musste Aerons Aufgabe also eine Kleinigkeit sein.

„Nein, das nicht. Aber ..."

Lucien hob eine dunkle Augenbraue. „Aber?"

„Sie sagten, wenn ich nicht schnell handelte, würden die Gedanken an Blut und Tod meinen Verstand auffressen. Sie sagten, ich würde alles und jeden töten, bis ich meine Aufgabe erfüllt hätte. Genauso wie Maddox." Doch sie hätten ihn nicht zu warnen brauchen. *Zorn* hatte schon oft die Kontrolle über ihn gewonnen. Wenn der Dämon befand, dass es Zeit war zu handeln, versuchte Aeron jedes Mal zu widerstehen. Doch das Verlangen nach Zerstörung wurde immer heftiger, bis er schließlich nachgab. Aber noch niemals hatte *Zorn* ihn genötigt, einen Unschuldigen zu töten. „Nur wird, im Gegensatz zu Maddox', mein Fluch nicht mit dem Morgengrauen enden."

Mit Grabesstimme fragte Paris: „Wie sollst du es machen? Haben sie dir wenigstens das gesagt?"

Aeron drehte sich der Magen um. „Ich soll ihnen die Kehle durchschneiden", erwiderte er. Er hätte sich den neuen Göttern nur allzu gern widersetzt. Allein die Angst, dass sie ihm eine noch grausamere Aufgabe geben würden, hatte ihn schweigen lassen.

„Warum tun sie das?", mischte sich nun auch Torin ein.

Aeron wusste noch immer keine Antwort.

Paris starrte zu ihm hinüber. „Wirst du es tun?"

Aeron wich seinem Blick aus. Er schwieg, doch tief im Innern wusste er, dass nichts die Frauen noch retten konnte. Man hatte sie auf die mentale Tötungsliste seines Dämons gesetzt, und ungeachtet ihrer Unschuld würden sie eine nach der anderen abgehakt werden.

„Können wir dir irgendwie helfen?", wollte Lucien wissen. Sein Blick war messerscharf.

Aeron rammte verzweifelt die Faust in die Sofalehne. Wenn er diese schreckliche Tat beging, wo er doch jetzt schon am Abgrund des Bösen taumelte, würde er zerbrechen. Er würde seine Persönlichkeit vollständig an den Dämon verlieren. „Ich weiß nicht. Wir haben es mit neuen Göttern, neuen Konsequenzen und neuen Umständen zu tun. Ich bin nicht sicher, wie ich reagieren werde, wenn ich ..." – *na los, sag es* – „... die Frauen umgebracht habe."

„Besteht die Möglichkeit, die Götter umzustimmen?"

„Das dürfen wir noch nicht mal versuchen“, entgegnete er niedergeschlagen. „Auch hier haben sie Maddox als Beispiel herangezogen und gesagt, sie würden uns genauso verfluchen wie ihn, wenn wir es wagten, uns gegen sie aufzulehnen.“

Paris sprang auf und lief nervös in dem großen Zimmer auf und ab. „Wie ich das alles hasse“, fluchte er.

„Genau, und wir anderen finden es ganz toll“, kommentierte Torin ironisch.

„Vielleicht tust du den Frauen ja einen Gefallen“, bemerkte Reyes, der gerade damit beschäftigt war, sich ein X in die Mitte der Handfläche zu ritzen. Rote Tropfen landeten auf seinem Oberschenkel.

Seinetwegen war das gesamte Mobiliar dunkelrot.

„Vielleicht befehlen sie mir nächstes Mal, dich umzubringen“, erwiderte Aeron düster.

„Ich muss darüber nachdenken.“ Lucien fuhr sich mit zwei Fingern über den stark vernarbten Kiefer. „Wir müssen doch irgendetwas unternehmen können.“

„Vielleicht kann Aeron ja einfach die gesamte Weltbevölkerung auslöschen“, provozierte Torin seinen Freund. „Dann würde er alle möglichen Zielobjekte eliminieren, und wir bräuchten nie wieder darüber zu diskutieren.“

Aeron bleckte die Zähne. „Zwing mich nicht, dir wehzutun, *Krankheit.*“

Torins stechende, grüne Augen blitzten wahnwitzig. Er schenkte Aeron ein spöttisches Lächeln. „Habe ich deine Gefühle verletzt? Ich gebe dir gern ein Küsschen, um es wiedergutzumachen.“

Ehe Aeron einen Satz durch den Raum machen konnte – auch wenn er Torin ohnehin nichts hätte antun können –, sagte Lucien: „Schluss jetzt. Wir wissen nicht, was uns bevorsteht. Deshalb müssen wir jetzt zusammenhalten, und zwar stärker als je zuvor. Es war ein ereignisreicher Abend, und er ist noch nicht zu Ende. Paris, Reyes, geht in die Stadt und vergewissert euch, dass dort nicht noch mehr Jäger herumlungern. Torin – keine Ahnung. Behalte den Hügel im Auge und verdien ein bisschen Geld.“

„Und was wirst du machen?“, fragte Paris.

„Unsere Möglichkeiten abwägen“, gab er düster zurück.

Paris zog die Augenbrauen hoch. „Was ist mit Maddox’ Frau?

Ich könnte die Jäger besser bekämpfen, wenn ich vorher etwas Zeit zwischen ihren Beinen …"

„Nein." Lucien starrte an die gewölbte Zimmerdecke. „Nicht sie. Du weißt doch, ich habe Maddox versprochen, sie ihm unberührt zurückzubringen."

„Ja, ich weiß. Erklär mir noch mal, warum du so was selten Dämliches versprochen hast."

„Lass sie einfach … in Ruhe. Außerdem schien sie ohnehin nicht sonderlich interessiert an dir."

„Was fast noch erschreckender ist als die Nachricht von den Titanen", murmelte Paris. Dann seufzte er. „Also schön. Ich werde meine Finger bei mir behalten, aber irgendjemand muss ihr was zu essen bringen. Wir haben es ihr versprochen."

„Vielleicht sollten wir sie ein bisschen hungern lassen", schlug Reyes vor. „Wenn sie vom Hunger geschwächt ist, wird sie morgen früh vielleicht etwas kooperativer sein."

Lucien nickte. „Einverstanden. Sie wird Maddox eher die Wahrheit sagen, wenn sie glaubt, dass sie dafür etwas zu essen bekommt."

„Es gefällt mir zwar nicht, aber meinetwegen. Ich schätze, das bedeutet, ich muss ohne meine Vitamin-D-Spritze in die Stadt aufbrechen", seufzte Paris. „An die Arbeit, *Schmerz.*"

Reyes war sogleich auf den Beinen, und gemeinsam verließen sie das Zimmer. Torin folgte ihrem Beispiel, ließ ihnen jedoch einen großen Vorsprung. Aeron konnte sich nicht vorstellen, wie belastend es sein musste, darauf zu achten, niemals einen anderen Menschen zu berühren. Es musste die Hölle sein.

Er schnaubte. Für alle Krieger hier war das Leben die Hölle.

Lucien kam zu ihm herüber und ließ sich ihm gegenüber in einen Ledersessel fallen. Er verströmte Rosenduft. Aeron hatte noch nie verstanden, warum der Sensenmann wie ein Bouquet aus Frühlingsblumen roch – sicher war es ein Fluch, der den von Maddox um Längen übertraf.

„Was denkst du?", fragte er, während er seinen Freund musterte. Zum ersten Mal seit vielen, vielen Jahren strahlte Lucien etwas anderes als Ruhe aus. Seine Stirn lag in tiefen Falten, und weitere feinere Fältchen verunstalteten sein vernarbtes Gesicht noch mehr.

Die Narben verliefen von den Augenbrauen bis zum Kieferknochen hinunter. Sie waren dick und aufgeworfen. Lucien sprach nie darüber, wie man sie ihm zugefügt hatte. Während ihrer Zeit in Griechenland war der Krieger eines Tages einfach mit gequältem Blick und diesen Malen im Gesicht heimgekehrt.

„Das ist furchtbar", erwiderte Lucien. „Wirklich furchtbar. Die Jäger, Maddox' Frau – wie auch immer sie in das alles hineinpasst – und die Titanen, und das alles an einem Tag. Das kann doch kein Zufall sein."

„Ich weiß." Aeron fuhr sich mit der Hand übers Gesicht und zupfte leicht an seinem Augenbrauenpiercing. „Glaubst du, die Titanen wollen uns ausschalten? Könnten sie die Jäger geschickt haben?"

„Möglich. Aber was würden sie mit den Dämonen anfangen, wenn sie befreit und wir tot wären? Und warum sollten sie dich mit einer Aufgabe betrauen, wenn sie dich am Ende doch nur umbringen wollten?"

Gute Fragen. „Ich habe keine Antwort darauf. Ich weiß noch nicht mal, wie ich diese schreckliche Tat ausführen soll. Die Frauen sind unschuldig. Zwei sind noch jung, in den Zwanzigern. Eine ist Ende vierzig, und die vierte ist eine Großmutter, die in ihrer Freizeit vermutlich Kekse für die Obdachlosen backt."

Aus Neugier hatte er nach seiner Rückkehr vom Olymp nach ihnen gesucht und sie in einem Hotel in Buda gefunden. Sie leibhaftig vor sich zu sehen, hatte sein Grauen nur vergrößert.

„Wir können nicht einfach abwarten, sondern müssen so schnell wie möglich etwas unternehmen", meinte Lucien. „Wir dürfen nicht zulassen, dass die Titanen bei dieser Sache unser Handeln bestimmen, sonst werden sie es immer wieder versuchen. Wir finden mit Sicherheit eine Lösung."

Aeron war da nicht so zuversichtlich. Eher noch glaubte er daran, dass sie die Teile seiner zerbrochenen Seele wieder zusammensetzen konnten. Und selbst das erschien schon hoffnungslos.

Sie saßen noch eine Weile schweigend beisammen und grübelten, jeder in Gedanken vertieft, über ihre Möglichkeiten. Schließlich schüttelte Aeron den Kopf und fühlte sich, als hätte er soeben einen neuen Dämon in sich aufgenommen: den Untergang.

5. Kapitel

Irgendwann in der Nacht stand Ashlyn auf und tastete sich durch die enge Zelle. Ihr Knöchel pochte bei jedem Schritt, was sie an die Stunden im Wald erinnerte, als sie über den schneebedeckten Hügel gestolpert war, und an die Hoffnung, die man ihr mit sechs Schwerthieben genommen hatte.

Ihre Suche nach einem Fluchtweg hatte sich als vergebens herausgestellt. Hier gab es weder ein Fenster wie in Rapunzels Turm, noch den Spiegel einer verrückten Hexe, durch den man gehen konnte. Und sie hatte auch keine Gitterstäbe gefunden, an denen man ziehen oder Tunnel, durch die man entkommen konnte wie bei Alice im Wunderland. Irgendwo hatte sie ihr Handy verloren. Nicht, dass sie in diesem Kellerverlies Empfang gehabt hätte …

Mit jeder Minute, die verstrich, schien sich die Dunkelheit enger um sie zu legen.

Wenigstens hatten die Mäuse aufgehört zu quieken.

Ich will einfach nur nach Hause, dachte sie, als sie sich wieder auf dem Boden zusammenrollte. Sie wollte diese Erfahrung aus ihrem Gedächtnis löschen. Sie konnte jetzt mit den Stimmen leben. Sie *würde* einfach mit ihnen leben. Der Versuch, sie zum Schweigen zu bringen, hatte sie zu viel gekostet. Vielleicht ihren Job. Möglicherweise ihre lebenslange Freundschaft mit McIntosh. Aber auf jeden Fall einen Teil ihres Verstandes.

Sie würde nie wieder dieselbe sein.

Maddox' lebloses Gesicht würde sie für den Rest ihres Lebens verfolgen – am Tag und in der Nacht. Oh Gott. Heiße Tränen liefen ihr über die kalten Wangen. Wie viele würde sie noch vergießen, ehe sie endgültig versiegten? Ehe der Schmerz in ihrer Brust endlich nachließ?

Bitte, lasst mich einfach gehen, plapperte eine Stimme. *Bitte. Ich schwöre, ich werde niemals zurückkommen.*

Ich auch nicht, dache sie traurig.

„Warst du die ganze Nacht hier, Frau?“

Die Frage blieb unbeantwortet, während Ashlyn versuchte, sie einzuordnen. Die Stimme … sie hätte schwören können, dass sie aus der Gegenwart kam und nicht aus der Vergangenheit. Der raue Klang hallte in ihren Ohren wider.

„Antworte mir, Ashlyn."

Es verstrich noch ein Moment, bevor sie die Stimme erkannte, die sie die ganze Nacht lang lauter als alle anderen gehört hatte. Eine Stimme, die sich in ihre Gedächtnis eingebrannt hatte, obwohl sie sie erst ein paarmal gehört hatte. Sie schnappte nach Luft und suchte mit dem Blick die Dunkelheit ab. Doch sie fand nichts.

„Ashlyn. Antworte mir."

„M-Maddox?", hauchte sie, obwohl sie wusste, dass das nicht sein konnte. Das musste ein Trick sein.

„Beantworte meine Frage."

Plötzlich ging eine Tür auf und Lichtstrahlen durchfluteten die Zelle. Orange-goldene Punkte trübten Ashlyn die Sicht, und sie kniff die Augen zusammen. In der Tür stand ein Mann, ein großer, schwarzer, bedrohlicher Schatten.

Süße Stille umhüllte sie – Stille, die sie bisher erst ein Mal erlebt.

Sie presste die Hände flach gegen die Wand hinter sich und kam langsam zum Stehen. Sie zitterte am ganzen Leib, und ihre Knie waren weich wie Butter. Er war nicht … Er konnte nicht … Das war unmöglich. So etwas geschah nur in Märchen.

„Antworte mir", wiederholte der Mann. Dieses Mal schwang Gewalt in seiner Stimme mit, als spräche er mit zwei Stimmen. Beide waren dunkel, kräftig und donnernd.

Sie öffnete den Mund um zu antworten, doch es kam kein Laut heraus. Die Doppelstimme war kehlig und wild und dennoch sinnlicher als jede, die sie bisher gehört hatte. *Maddox.* Sie hatte sich nicht geirrt. Zitternd wischte sie sich mit dem Handrücken die Tränen von den Wangen.

„Ich verstehe nicht", keuchte sie. *Träume ich?*

Maddox – nein, *der Mann,* denn das konnte unmöglich Maddox sein, egal, wie ähnlich seine Stimme klang – kam in die Zelle. Er wandte den Blick von ihr ab und sah zur Seite, als bräuchte er einen Moment, um sich zu fassen.

Goldene Sonnenstrahlen tanzten auf ihm und liebkosten ehrfürchtig sein schönes Gesicht. Dieselben dunklen Augenbrauen, dieselben dicht bewimperten, violetten Augen. Dieselbe Nase und dieselben vollen Lippen.

Wie war das möglich? Wie hatten ihre Kidnapper es angestellt, ein exaktes Abbild des Mannes zu fertigen, dem sie letzte Nacht begegnet war? Eines Mannes, der durch seine bloße Anwesenheit die Stimmen der Vergangenheit zum Schweigen brachte?

War es ein Zwilling?

Sie riss die Augen auf. Ein Zwilling. Natürlich! Das ergab einen Sinn. „Sie haben deinen Bruder umgebracht“, sprudelte es aus ihr heraus. Vielleicht wusste er es bereits. Vielleicht war er sogar froh darüber. Aber ganz vielleicht würde er sie auch in die Stadt bringen, damit sie das brutale Verbrechen melden konnte, dessen Zeugin sie geworden war. Noch konnte die Gerechtigkeit siegen.

„Ich habe keinen Bruder“, erwiderte er. „Zumindest keinen leiblichen.“

„Aber ... aber ...“ *Maddox wird es schaffen,* hatte der Verführer gesagt. Sie schüttelte den Kopf. Unmöglich. Sie hatte ihn sterben gesehen. *Aber ein Engel konnte wiederauferstehen, oder?* In ihrer Kehle bildete sich ein dicker Kloß. Die Männer in dieser Burg waren höchstwahrscheinlich keine Engel, auch wenn die Stadtbewohner das glaubten.

Er richtete den Blick wieder auf sie und taxierte sie wohlwollend von oben bis unten. Dann starrte er sie finster an. „Haben sie dich die ganze Nacht hier gelassen?“ Während sein Gesichtsausdruck mit jeder Sekunde düsterer wurde, ließ er den Blick blitzschnell durch die Zelle schweifen. „Sag mir, dass sie dir Decken und Wasser gegeben und sie heute Morgen weggeräumt haben.“

Immer noch am ganzen Leib zitternd fuhr sie sich mit einer Hand übers Gesicht und durch die Haare, wobei sie an mehreren Knoten hängen blieb. Vermutlich war sie von Kopf bis Fuß mit Dreck verschmiert. *Als wäre das von Bedeutung.* „Wer bist du? *Was* bist du?“

Eine ganze Weile sagte er nichts. Sah sie einfach nur an, als wäre sie ein Käfer unter einem Mikroskop. Sie kannte diesen Blick gut. Jeder im Institut beherrschte ihn bis zur Perfektion. „Du weißt, wer ich bin.“

„Aber du kannst nicht er sein", bekräftigte sie. Sie wollte es einfach nicht glauben. Er war nicht wie die anderen, wie die Dämonen, die ihn abgestochen hatten. „Mein Maddox ist tot."

„*Dein* Maddox?" Seine Augen funkelten wild. „Deiner?"

Sie hob das Kinn, ohne zu antworten.

Seine Lippen verzogen sich leicht zu einer Art Lächeln, und er streckte den Arm aus und winkte sie zu sich. „Komm. Du bist ja vollkommen durchgefroren. Wir lassen dir ein heißes Bad ein, und danach wirst du etwas essen. Später werde ich ... dir alles erklären."

Sein Zögern ließ erahnen, dass er ihr gar nichts erklären würde. Er hatte etwas anderes im Sinn. Und seinem Tonfall nach zu urteilen war dieses Etwas sehr stark. Starr vor Angst bewegte sie sich keinen Millimeter. „Zeig mir deinen Bauch", forderte sie ihn auf, um Zeit zu schinden.

Er streckte seine Hand aus. „Komm."

Ein Teil von ihr wollte zu ihm gehen und ihm überall hin folgen. Weil er wie Maddox aussah, und was Maddox auch sein mochte, er war das Beste, was ihr je widerfahren war. Doch sie zögerte. „Nein."

„Komm."

Sie schüttelte den Kopf. „Ich bleibe hier, bis du mir deinen Bauch gezeigt hast."

„Ich werde dir nicht wehtun, Ashlyn." Die Worte „noch nicht" hingen in der Luft – unausgesprochen zwar, aber trotzdem hörbar. Aber mehr noch als die unsichtbare Drohung brachte es sie aus der Fassung, wie er ihren Namen aussprach. Als sei er ein teurer Wein, den man sich auf der Zunge zergehen lässt. Voller Genuss. „Ashlyn", wiederholte er.

Ein Schaudern durchlief sie, und sie hob die Augenbrauen. Er durfte sie nicht begehren und sie, verdammt noch mal, durfte es erst recht nicht. „Du kannst nicht mein Maddox sein. Das ist unmöglich."

Von Neuem blitzte es in seinen Augen. „Das ist nun schon das zweite Mal, dass du mich als dein bezeichnest."

„E-es tut mir leid." Sie wusste nicht, was sie sonst sagen sollte. Maddox hatte sie vor den Stimmen gerettet, wenigstens für eine kleine Weile. Sie hatte beobachtet, wie er starb. Sie waren miteinander verbunden. Natürlich gehörte er ihr.

„Schon gut." Jetzt klang seine Stimme beinahe zärtlich. „Aber ich bin es. Ich bin der, den du meinst", bekräftigte er. „Und jetzt komm."

„Nein.“

Allmählich wurde dem Mann ihr störrisches Verhalten zu bunt, und er ging zu ihr hinüber. Er roch nach Hitze und primitiven, im Mondlicht vollzogenen Ritualen. „Ich lege dich über die Schulter, wenn es sein muss, so wie gestern Abend. Aber wenn du mich dazu zwingst, kann ich nicht dafür garantieren, dass du diesen Kerker bekleidet verlässt. Verstanden?“

Merkwürdigerweise waren seine Worte berauschend, obwohl sie bedrohlich hätten wirken müssen. Sie waren beruhigend, obwohl sie sie hätten einschüchtern sollen. Nur Maddox wusste, wie er sie getragen hatte. Denn er hatte sie von der Schulter genommen, bevor er die Burg betreten und seine Mörder angeschrien hatte.

„Bitte“, hörte sie sich sagen. „Zeig mir einfach deinen Bauch.“ Je häufiger sie ihn dazu aufforderte, umso dringender wollte sie ihn sehen. Würde sie genähte Wunden sehen? Oder glatte Haut? Gäbe es irgendwelche Anzeichen dafür, dass man wieder und wieder auf diesen Mann eingestochen hatte?

Zuerst reagierte er auf ihre Bitte nicht. Dann endlich sagte er seufzend: „Anscheinend bin ich derjenige, der hier nicht bekleidet rausgeht.“ Er fasste den Saum seines schwarzen T-Shirts und hob es langsam, ganz langsam hoch.

Obwohl sie so hartnäckig geblieben war, brachte Ashlyn nun nicht den Mut auf, ihren Blick von seinen violetten Augen abzuwenden. Sie redete sich ein, es läge daran, dass seine Augen so wunderschön und hypnotisierend waren, dass sie sich in ihnen verlor, darin ertrank. Doch sie wusste, dass das nur die halbe Wahrheit war. Wenn er tatsächlich genäht war, wenn sie tatsächlich Schorf sähe … wenn das tatsächlich Maddox war …

„Du wolltest meinen Bauch sehen, also sieh auch hin“, befahl der Mann in ungeduldigem und resigniertem Ton.

Na los. Sieh hin. Sie senkte den Blick Zentimeter für Zentimeter. Sie sah einen breiten Hals und einen heftig schlagenden Puls. Ein Schlüsselbein, das fast vollständig von schwarzem Stoff verdeckt wurde. Sie sah eine seiner kräftigen Hände, die den Stoff direkt über seinem Herzen festhielt. Seine Brustwarzen waren klein, braun und hart. Seine Haut schimmerte in demselben überirdischen Bronzeton, der ihr schon im Wald aufgefallen war, und sein Oberkörper war muskulös.

Und dann sah sie sie. Sechs verschorfte Wunden. Nicht genäht und aggressiv rot. Schmerzhaft rot.

Sie atmete erschrocken ein. Fast wie in Trance streckte sie die Hand aus. Mit der Fingerspitze fuhr sie über den Stich, der durch seinen Bauchnabel ging. Der Schorf war rau und warm. Ein elektrisches Kribbeln durchfuhr ihren Arm.

„Maddox", flüsterte sie.

„Endlich", murmelte er, während er zurückwich, als sei sie eine Bombe, die jeden Moment explodieren könnte. Dann zog er das T-Shirt wieder herunter. „Bist du jetzt zufrieden? Ich bin hier, und ich bin ziemlich echt."

Dieser Mann, nein: er, Maddox. Nicht sein Zwilling. Kein Traum. Kein Trick. Man hatte auf ihn eingestochen; den Beweis hatte sie eben noch klar und deutlich gesehen: sechs böse Wunden. Er hatte keinen Puls mehr gehabt, nicht mehr geatmet. Und jetzt stand er leibhaftig vor ihr.

„Aber wie?" Sie musste es aus seinem Mund hören. „Du bist kein Engel. Bedeutet es, dass du ein Dämon bist? Zumindest sagen das einige Leute über dich und deine Freunde."

„Mit jedem Wort, das du sagst, schaufelst du dir dein Grab ein Stückchen tiefer. Würdest du mir jetzt bitte folgen?"

Würde sie? Sollte sie? Nach dieser „Grab ein Stückchen tiefer schaufeln"-Bemerkung … „Maddox, ich …" Was?

„Ich habe dir meinen Bauch gezeigt. Als Gegenleistung hast du versprochen, mit mir zu kommen."

Hatte sie überhaupt eine andere Wahl? „Gut. Ich komme mit."

„Versuch ja nicht wegzulaufen. Sonst geschieht etwas, das dir mit Sicherheit nicht gefällt." Mit fließenden Bewegungen drehte er sich um und verließ die Zelle.

Ashlyn hielt nur für einen kurzen Moment inne, dann humpelte sie ihm hinterher, bemüht, ihm dicht auf den Fersen zu bleiben. Ihre Hände kribbelten vor Lust, ihn noch einmal zu berühren und das Leben zu spüren, das unter seiner Haut pulsierte. „Du hast meine Frage noch nicht beantwortet", meinte sie. Je weiter sie sich von der Zelle entfernten, umso wärmer wurde die Luft. „Falls du wirklich ein Dämon sein solltest, kann ich damit umgehen. Ehrlich. Ich wäre nicht schockiert oder so." Hoffentlich. „Ich muss es einfach nur wissen, damit ich mich darauf einstellen kann."

Keine Antwort.

Flachsfarbene Sonnenstrahlen schienen durch die Buntglasfenster und warfen Flecken in Regenbogenfarben an die Steinmauern. Offenbar hatten die Erschöpfung und der Hunger sie geschwächt, denn sie fiel mehrere Schritte zurück. „Maddox“, flehte sie leise.

„Nicht reden“, erwiderte er, ohne langsamer zu werden, als sie eine Treppe hinaufgingen. „Vielleicht später.“

Später. Nicht das, was sie gehofft hatte, aber besser als nie. „Ich werde dich daran erinnern.“ Sie stolperte und zuckte zusammen, als ein scharfer Schmerz durch ihren Knöchel schoss.

Maddox blieb so abrupt stehen, dass sie ihm mit einem Aufschrei des Schmerzes in den Rücken lief. Augenblicklich spürte sie wieder die kribbelnde Wärme, die Funken, die zu Flammen wurden und sich in ihrem Körper ausbreiteten.

Während sie krampfhaft versuchte, das Gleichgewicht zu halten, zog er scharf die Luft durch die Zähne ein, wirbelte herum und sah sie böse an. Seine Augen waren schwarz, der violette Schimmer war verschwunden, als wäre er nie da gewesen. „Bist du verletzt?“

Ein Zittern durchlief sie. *Ja.* „Nein.“

„Lüg mich nicht an.“

„Ich habe mir letzte Nacht den Knöchel verstaucht“, räumte sie schnell ein.

Seine Gesichtszüge entspannten sich, als er sie langsam musterte. Sein Blick verweilte auf ihren Brüsten, den Oberschenkeln. Sie bekam eine Gänsehaut. Es war, als zöge er ihr ein Kleidungsstück nach dem anderen aus, bis sie nackt und mit brennender Haut vor ihm stand. Und es gefiel ihr. Das Herz schlug ihr bis zum Hals; sie wurde feucht zwischen den Beinen.

Plötzlich waren ihr die Antworten, der schmerzende Knöchel und die müden Beine vollkommen egal. Ihre Brustwarzen wurden hart und richteten sich auf. Ihr Magen zog sich vor Verlangen zusammen, entspannte sich und zog sich erneut zusammen. Ihre Haut fühlte sich heiß an. Sie wollte seine Arme um ihren Körper spüren, wollte, dass er sie eng an sich zog.

Im nächsten Moment merkte sie, dass sie die Hand nach ihm ausstreckte.

„Nicht berühren.“ Er sprang eine Stufe höher, um den Abstand zwischen ihnen zu vergrößern. Jegliche Zärtlichkeit war aus seinem Gesicht gewichen. „Noch nicht."

Enttäuscht ließ sie die Arme sinken. Nicht reden, nicht berühren …, spöttelte sie still vor sich hin, während sie sich gegen die Freude wehrte, die sie durchströmte, weil sie endlich in der Nähe des Mannes war, der ihr die gesamte Nacht über nicht aus dem Kopf gegangen war. Seine Wärme und die Stille – das war eine Kombination, die ihren gesunden Menschenverstand ausschaltete.

Ein Streicheln, das war alles, was sie brauchte, alles was sie wollte, doch er wies sie entschlossen zurück. „Was ist mit atmen?", fragte sie ironisch. „Ist das erlaubt?"

Seine Mundwinkel bogen sich leicht nach oben, was sein Gesicht etwas weicher machte. „Wenn du dabei leise bist."

Sie kniff die Augen zu schmalen Schlitzen zusammen. „Was bist du doch für ein Herzchen. Vielen Dank."

Maddox schenkte ihr ein breites Lächeln, und ihr stockte der Atem. Er war so schön. Absolut umwerfend. Im Nu hatte sie sich einmal mehr in den Fallstricken seiner faszinierenden Aura verfangen – wie machte er das bloß? –, und wieder streckte sie unwillkürlich die Hände nach ihm aus. Sie sehnte sich nach dem prickelnden Hautkontakt, ja, ja. Sie brauchte ihn … brauchte ihn …

Er schüttelte entschieden den Kopf. Die Heiterkeit war verschwunden. Wütend auf ihn und auf sich selbst, verharrte sie in ihrer Bewegung.

„Es gibt da etwas, das ich tun muss, bevor du mich berühren darfst." Seine Stimme war so heiser und leise, dass sie einem zärtlichen Streicheln gleichkam.

„Und was?" Sie biss sich auf die Unterlippe, als sich der violette Schimmer wieder über seine schwarzen Augen legte. Ganz langsam vom Zentrum der Pupille bis nach außen. Faszinierend.

„Das spielt keine Rolle." Er zog die Augenbrauen hoch und streckte die Hand aus, als wollte er ihre Wange streicheln. Genau wie sie wenige Augenblicke zuvor. Dann rief er sich zur Raison und ließ den Arm sinken. „Was hingegen sehr wohl eine Rolle spielt, ist, dass *du* immer noch nicht auf *meine* Frage geantwortet hast. Warst du die ganze Nacht in der Zelle?"

Sein berauschender, maskuliner Duft stieg ihr in die Nase, und sie schloss dichter zu ihm auf. Sie versuchte zu widerstehen, ehrlich, das tat sie, doch sie ertappte sich dabei, wie sie sich trotz seiner Warnung zu ihm hinüberbeugte. „Ja."

Erneut legte sich der Schatten der Wut über sein Gesicht. „Hat man dir zu essen gegeben?"

„Nein."

„Decken?"

„Nein." Was kümmerte ihn das?

„Hat dir jemand wehgetan?"

„Nein."

„Hat dich jemand … angefasst?" In seinem Kiefer zuckte ein Muskel, einmal, zweimal.

Sie verzog verwirrt das Gesicht. „Ja. Natürlich."

„Wer?", hakte er nach. Sein Gesicht begann mit der unheimlichen Verwandlung. Ein knorriges Skelett blitzte unter seiner Haut auf, als trüge er eine durchsichtige Maske. Auch seine Augen veränderten sich wieder. Erst legte sich Schwarz über Violett, dann Rot über Schwarz. Sie glühten sonderbar.

Erneut bildete sich ein dicker Kloß in ihrem Hals. Das Atmen fiel ihr schwer. Nicht mal im Wald oder während er an ein Bett gekettet und von einem Schwert durchbohrt worden war, hatte er so wild und böse ausgesehen.

Wieso stehst du noch hier? Lauf weg!

Sein Gesichtsausdruck veränderte sich, als könnte er ihre Gedanken lesen. „Lass es", forderte er sie auf und bestätigte damit ihre Angst. „Du würdest mich nur noch zorniger machen. Das hier geht gleich vorbei. Und jetzt sag mir, wer dich angefasst hat."

„Sie alle", brachte sie mühsam hervor. „Glaube ich. Aber es ging ja nicht anders", fügte sie rasch hinzu. Sie konnte kaum glauben, dass sie gerade seine Mörder verteidigte, doch sie hatte das Gefühl, dass sie ihn so am schnellsten beruhigen konnte. „Anders hätten sie mich ja nicht in die Zelle bringen können."

Er entspannte sich ein wenig. Der Totenschädel wich aus seinem Gesicht, und das rote Glühen verschwand aus seinen Augen. „Sie waren nicht … zudringlich?"

Sie schüttelte den Kopf und spürte, dass auch sie sich leicht entspannte. Er war also wütend auf die Männer gewesen und nicht auf sie, weil sie sich gewehrt hatte.

„Dann werde ich sie am Leben lassen. Gerade noch mal Glück gehabt." Für einen Augenblick brach er seine eigenen Regeln und nahm ihr Gesicht zwischen die Hände.

Sie spürte wieder das elektrische Kribbeln, als sein warmer Atem über ihre Nase strich. Er war so groß, dass sie sich neben ihm wie eine Zwergin vorkam, und seine Schultern waren so breit, dass sie ihren Köper förmlich umhüllten.

„Ashlyn", flüsterte er zärtlich.

Die rasche Verwandlung von der wilden Bestie zum besorgten Gentleman war atemberaubend.

„Eigentlich wollte ich das nicht hier besprechen, aber ich muss deine Antwort sofort hören." Er machte eine bedeutungsschwere Pause, während er sie intensiv ansah. „Ich habe gestern Nacht die vier Männer getötet, die dir gefolgt sind."

„Mir gefolgt?" Hatte sie jemand aus dem Institut gesehen und war ihr nachgegangen? Hatten sie ... Endlich begriff sie die Bedeutung seiner restlichen Worte. Sie keuchte, als es sie wie ein Schlag durchfuhr. „Du hast sie getötet?"

„Ja."

„Wie sahen sie aus?", stieß sie hervor. Wenn Dr. McIntosh ihretwegen ermordet worden war ... Sie presste die Lippen aufeinander, um ein Stöhnen zu unterdrücken.

Maddox beschrieb die Männer – große starke Kämpfer –, und allmählich wich die Anspannung aus ihren Muskeln. Die meisten Mitarbeiter, denen sie im Institut begegnet war, waren älter, wie McIntosh. Viele waren blass, hatten lichtes Haar und trugen Brillen, da ihre Augen vom permanenten Blick auf die Monitore geschwächt waren. Erleichterung machte sich in ihr breit, woraufhin sie sich sofort schuldig fühlte. Vier Menschen waren letzte Nacht gestorben. Es sollte ihr nicht egal sein, ob sie sie kannte oder nicht.

„Aber wieso musstest du das tun?"

„Sie waren bewaffnet und wollten uns angreifen. Es gab nur zwei Möglichkeiten – sie töten mich oder ich sie."

Er sagte das vollkommen erbarmungslos, als sei es eine schlichte Tatsache. Diese Burg hatte sich als blutrünstig und brutal entpuppt. Und Maddox ebenfalls. Ihr Retter sprach wie ein Kriegsveteran ... oder wie ein kaltblütiger Mörder, genauso wie die anderen Männer auf der Burg. Er hatte nicht gezögert, einen anderen zu ermorden, und würde es auch in Zukunft nicht tun.

Warum also verspürte sie immer noch das Bedürfnis, in seine Arme zu sinken?

Welche Gefühlsregung Maddox auch immer auf ihrem Gesicht erkannt haben mochte, sie schien seine Frage zu beantworten. Seine Augenbraue zuckte, und seine Lippen wurden schmal. Aus Unmut? Aber worüber? Noch ehe sie ihn weiter mustern konnte, drehte er sich um, stieg zwei Stufen höher und sagte: „Vergiss, dass ich es erwähnt habe."

„Warte." Sie machte einen Satz nach vorn, zuckte wegen des schmerzenden Knöchels zusammen und packte seinen Bizeps. Eine hilflose Geste, doch er blieb stehen.

Seine Muskeln spannten sich, dann drehte er langsam den Kopf und knurrte beim Anblick ihrer Finger.

Sie wich von ihm zurück. Nicht wegen seiner Reaktion, sondern weil sie schon wieder dieses seltsame Prickeln spürte. Wie gern hätte sie sich eingeredet, dass es elektrostatische Aufladung war. Irgendetwas eben, nur nicht dieses unangebrachte Verlangen.

„Entschuldige", murmelte sie. Nicht berühren, rief sie sich ins Gedächtnis. Das war für beide besser. Anscheinend konnte sie die Reaktionen ihres Körpers in seiner Nähe nicht kontrollieren. Eine längere Berührung, und sie würde die Kontrolle über sich verlieren. „Maddox?"

Im Profil wirkte sein Gesicht irgendwie leer, vollkommen emotionslos. „Ja?"

„Entschuldige, aber theoretisch gesehen ist jetzt ‚später', und ich würde gern auf Thema Nummer eins zurückkommen. Was bist du?" Ehe er einfach weitergehen konnte, als hätte sie nichts gesagt, fügte sie hastig hinzu: „Ich habe deine Fragen beantwortet. Also beantworte bitte auch meine."

Schweigend sah er sie an.

Nervös fuhr sie sich mit der Zunge über die Lippen. Sein Blick folgte der Bewegung, und seine Nasenlöcher blähten sich auf. Entgegen ihres Willens begann sie wild draufloszuplappern: „Sieh mal, auf der Welt gibt es so viele ungewöhnliche Wesen. Niemand weiß das besser als ich. Habe ich eigentlich schon erwähnt, dass ich aus erster Hand weiß, dass Dämonen tatsächlich existieren? Ich möchte einfach nur wissen, mit wem ich es hier zu tun habe." *Sei still. Halt die Klappe.*

Wenn er doch nur antworten würde. Noch nie zuvor hatte sie eine Redepause füllen müssen. Niemals hätte sie gedacht, dass Stille so unangenehm sein konnte.

Mit präzisen Bewegungen kam er eine Stufe herunter, wodurch er den kurzen Abstand zwischen ihnen noch verringerte; sie wich ebenfalls zurück und vergrößerte die Distanz wieder.

„Keine Fragen mehr. In einer Stunde sollst du gebadet sein, etwas gegessen haben und dich ausruhen. Du bist von oben bis unten verdreckt, taumelst vor Schwäche und hast dunkle Ringe unter den Augen. Danach können wir … reden."

Wieder dieses Zögern. Es beunruhigte sie, und sie schluckte schwer. „Wenn ich dich bitten würde, mich in die Stadt zurückzubringen, was würdest du sagen?"

„Ganz eindeutig Nein."

Dachte ich mir schon. Sie ließ die Schultern hängen. Egal, wie sehr sie diesen Mann wollte – oder vielleicht gerade weil sie ihn so sehr wollte – sie musste anfangen, sich wie ein Mensch zu verhalten und fliehen.

Was, wenn sie als Nächstes erstochen werden sollte? *Sie* würde gewiss nicht von den Toten auferstehen, so viel stand fest.

Gestern noch hätte sie ihre Seele an den Teufel verkauft, um hierherzukommen. *Wem versuchst du eigentlich, etwas vorzumachen? Du* hast *deine Seele an den Teufel verkauft.* Vielleicht würde sie nie lernen, die Stimmen zu beherrschen, wenn Maddox nicht an ihrer Seite war, aber sie konnte einfach nicht länger bleiben. Hier war es viel zu unsicher und gefährlich.

Aber wenn sie fliehen wollte, würde sie den Berg, die Kälte, den Nebel und die Stimmen aushalten müssen. *Du kannst es schaffen. Du* musst *es schaffen.*

Maddox hob eine Augenbraue. „Muss ich dich etwa wieder einsperren, Ashlyn?" Konnte er vielleicht wirklich ihre Gedanken lesen?

Die Drohung verängstigte sie und machte sie zugleich wütend, aber sie schüttelte nur den Kopf. Es gab keinen Grund, ihn zu verärgern und zu riskieren, selbst getötet oder wieder in den eisigen, feuchten Kerker geworfen zu werden, in dem die Freiheit unerreichbar war.

Hier draußen hatte sie zumindest eine kleine Chance zu entkommen. Eine winzig kleine.

Die Stille ist nicht so süß wie du gehofft hast, was?

„Willst du weg, weil du mit jemandem reden musst?“, fragte er bemüht höflich, doch sie nahm die Wut in seiner Stimme wahr und sah es schon wieder unter seiner Haut flackern. „Will jemand wissen, wo du bist?“

„Mein Chef“, gab sie aufrichtig Auskunft. Falls sie ein Telefon fand, könnte sie ihn vielleicht anrufen. Er könnte die Polizei verständigen – nein. Sie verwarf den Gedanken sogleich und erinnerte sich daran, dass die „Engel“ sie verzaubert haben könnten.

Aber wenn es ihr gelänge, McIntosh anzurufen, könnte das Institut einen Rettungsplan ausarbeiten. Dann könnte sie in ihr altes Leben zurückkehren und so tun, als hätte es die letzten zwei Tage nie gegeben – auch wenn der Gedanke Maddox zu verlassen einen unerklärlichen Schmerz in ihrer Brust auslöste. *Du dummes Mädchen!*

„Wer genau ist dein Chef?“

Das würde sie ihm gerade auf die Nase binden und am Ende noch einen unschuldigen Mann in Gefahr bringen. Stattdessen nahm sie allen Mut zusammen. „Lass mich gehen, Maddox. Bitte.“

Wieder diese Stille, diesmal noch schwerer als zuvor. Er kam näher, so nah, dass sie seinen Atem spüren konnte, genau wie im Wald. Seine Augen funkelten jetzt hellviolett. „Letzte Nacht habe ich dir gesagt, du sollst in die Stadt zurückgehen. Da hast du dich geweigert. Du bist mir gefolgt. Du hast nach mir gerufen. Erinnerst du dich?“

Eine schmerzliche Erinnerung. „Vorübergehende geistige Umnachtung“, flüsterte sie und starrte auf ihre Hände. Sie hatte die Finger so fest ineinander verhakt, dass die Knöchel schon weiß waren.

„Nun, die geistige Umnachtung hat dein Schicksal besiegelt, Frau. Du bleibst hier.“

Maddox führte die widerwillige Ashlyn in sein Schlafzimmer. Er hatte den Boden gereinigt und die verschmutzte Matratze gegen eine frische aus dem Lager nebenan ausgetauscht. In Vorfreude auf die Verführung hatte er ihr ein Bad eingelassen, ihr eine Platte mit Fleisch und Käse zubereitet, eine Flasche Wein geöffnet und das frische Bettzeug aufgeschlagen.

Er hatte sich noch nie so viel Mühe gegeben, eine Frau zu verführen, sondern immer nur Paris darüber sprechen hören, wie die Frauen dahinschmolzen, wenn ein Mann sie derart verwöhnte.

Maddox war nicht klar gewesen, dass Ashlyn eine ganze Nacht im Kerker verbringen und diese Fürsorge – dank seiner Freunde – tatsächlich brauchen würde. Er ballte die Hände zu Fäusten.

Es ist egal, ob sie sich wohlfühlt. Er war sich nicht sicher, wer das dachte – sein Dämon oder er selbst. Er wusste nur, dass es eine Lüge war.

„Nimm ein Bad, zieh dir etwas anderes an und iss“, zwang er sich zu sagen. „Niemand wird dich stören.“ Er machte eine Pause. „Gibt es sonst noch etwas, das du brauchst?“

Sie ging in einem großen Halbkreis um ihn herum, ohne ihm jedoch den Rücken zuzuwenden. „Freiheit wäre nett.“

„Davon abgesehen.“

Sie sah sich in dem Zimmer um. Es gefiel ihm nicht, wie blass sie war, wie schwach auf den Beinen und wie verschlossen. Vergangene Nacht war sie anders gewesen, selbst in der bitteren Kälte des Waldes. „Wie wär’s, wenn du meine Erinnerung an die letzten Tage ausradierst?“

„Keine Chance“, erwiderte er. Es passte ihm nicht, dass sie ihn vergessen wollte.

Sie seufzte. „Gut. Dann gibt es nichts weiter.“

Er wusste, dass er jetzt gehen sollte, um ihr die Möglichkeit zu geben, sich zu entspannen und etwas zu sich zu nehmen, doch zu seiner Verblüffung brachte er es nicht fertig. Er lehnte sich an den Türrahmen. Sie blieb in der Mitte des Zimmers stehe und verschränkte die Arme vor der Brust, wobei ihre rosa Jacke über den Brüsten spannte. Ihm lief das Wasser im Mund zusammen.

„Hast du das schon mit vielen Frauen gemacht?“, erkundigte sie sich beiläufig.

Er blickte ihr fest in die Augen, und sein Körper spannte sich an. „Was gemacht?“ Sie verzaubert? Verführt? Plötzlich war seine Kehle wie zugeschnürt.

Jetzt schnaubte sie. „Na, sie eingesperrt. Was denn sonst?“

Die imaginäre Schnur um seinen Hals lockerte sich. „Du bist die Erste“, erwiderte er und gab sich Mühe, seine Enttäuschung zu verbergen.

„Und was hast du mit mir besonderem Mädchen vor?“
„Das wird die Zeit zeigen“, gab er aufrichtig zurück.
Ein Schatten der Sorge legte sich über ihr Gesicht. „Wie viel Zeit?“
„Das sollten wir gemeinsam herausfinden.“
Sie runzelte die Stirn. „Du bist der kryptischste Mann, dem ich je begegnet bin.“
Er zuckte mit den Schultern. „Man hat mir schon gemeinere Dinge an den Kopf geworfen.“
„Das kann ich mir vorstellen“, murmelte sie.
Selbst ihre Beleidigung konnte ihn nicht vertreiben. *Nur noch ein bisschen …* „Ich wusste nicht, was du gerne isst, deshalb habe ich dir ein wenig von allem gebracht, was wir in der Küche hatten. Zugegeben, die Auswahl war nicht gerade groß.“
„Danke“, erwiderte sie und presste dann die Lippen aufeinander. Wut huschte über ihr Gesicht. „Ich weiß gar nicht, warum ich so höflich zu dir bin. Sieh nur, was du mir antust.“
„Ich kümmere mich um dich?“
Sie wurde rot und wandte den Blick von ihm ab.
„Gehörst du einem Mann, Ashlyn?“ Er hasste die Vorstellung.
„Ich verstehe deine Frage nicht. Ob ich verheiratet bin? Nein. Ob ich einen Freund habe? Nein. Aber ich habe Freunde und Menschen, die sich fragen werden, wo ich stecke“, fügte sie rasch hinzu, um sich bloß nicht angreifbar zu machen.
Wen hoffte sie eigentlich zu überzeugen? Ihn? Oder sich selbst?
„Sie werden nach mir suchen. Bestimmt“, bekräftigte sie, als er schwieg.
„Aber sie werden dich nicht finden“, erwiderte er zufrieden. Die vier Männer von letzter Nacht hatten es nicht auf den Hügel geschafft, und ihren anderen Freunden würde es genauso ergehen.
Wie zum Schutz legte sie sich die Hand auf den Hals, wodurch seine Aufmerksamkeit auf ihren hämmernden Puls gelenkt wurde. Warum fühlte er sich von ihrem Herzschlag nur derart angezogen? Warum fühlte er sich gezwungen, seine Hand daraufzulegen?
„Ich wollte dir keine Angst machen“, beruhigte er sie. Er war sich nicht sicher, wen von beiden seine Worte mehr überraschten – Ashlyn oder ihn.
„Ich verstehe dich nicht“, flüsterte sie.

Er verstand sich ja selbst nicht. Und je länger er hier stand und redete, umso weniger Sinn ergab sein Handeln. Er straffte die Schultern. „Jetzt bade erst mal. Ich komme später wieder." Bevor sie widersprechen konnte, verließ er, ohne sich noch einmal umzusehen, das Zimmer.

Es war besser so. In dem Moment, als er sie nach einem möglichen Freund oder Ehemann gefragt hatte, hatte sich der Dämon in ihm geregt. Er wollte kämpfen. Wäre er geblieben, hätte er sie angefasst. Wenn er sie anfasste, würde er sie nehmen. Aber er wollte nicht riskieren, dass sich ihr zärtliches Liebesspiel und die heißen Küsse plötzlich in Beißen, Kratzen und viel zu harten Sex verwandelten.

Das würde die zierliche Frau in seinem Zimmer nicht überleben.

„Verdammt", fluchte er. Ashlyn war der bei Weitem niedlichste Mensch, dem er je begegnet war. Er wollte sie küssen und schmecken; sein besessener Körper sehnte sich nach ihr. Er wollte ihr nicht wehtun, auch wenn sie zugegeben hatte, dass sie von seinem Dämon wusste – und davon wussten nur Jäger oder Köder. Nein, er wollte sie nur glücklich machen.

Er drehte sich um und schloss die Tür von außen ab. Nur zur Sicherheit. Ansonsten führte nur noch ein Sprung von der Terrasse seines Schlafzimmers nach draußen, doch er bezweifelte, dass sie fünf Stockwerke tief fallen und auf zerklüfteten Felsen landen wollte. Trotzdem hatte er die zur Terrasse führenden Fenster zugeklebt – man konnte ja nie wissen.

Maddox schlenderte über den Flur und betete, dass die anderen Krieger nicht ausgeflogen waren. Nachdem er in seinem bereits verheilenden Körper erwacht war, hatte er als Erstes an Ashlyn gedacht. Er hatte sein Zimmer und etwas zu essen für sie vorbereitet und dann nach Lucien gesucht, den er im Gemeinschaftszimmer fand. Er wollte von ihm wissen, was genau geschehen war.

„Kerker", murmelte der Mann mit einem seltsamen Glitzern in den Augen.

Wütend stob Maddox aus dem Raum. Er musste sich unbedingt davon überzeugen, dass sie in derselben Verfassung war, in der er sie zurückgelassen hatte: lebendig und unberührt. Er dachte, seine Freunde hätten ihr zumindest Essen, Wasser und Decken gegeben. Falsch gedacht. Sie hätte erfrieren können. Sie hätte verhungern können. Und sie hätten nichts davon mitbekommen.

Hatten sie wirklich erwartet, dass er so etwas einfach hinnahm?

Wieder falsch gedacht.

Ein Blick auf Ashlyns verschmutztes, verängstigtes Gesicht weckte in ihm das Bedürfnis, jemanden umzubringen. Nur der Gedanke daran, dass sie schon bald nackt in seinem Bett läge, hatte den Tötungsdrang besänftigt. Doch während er sich beruhigt hatte, war sein Dämon von dieser Vorstellung nur noch weiter angestachelt worden.

Jetzt brauchte *Gewalt* ein Ventil für seine wachsende Wut. Nur dann wäre Maddox in der Lage, Ashlyn zu berühren, ohne befürchten zu müssen, dass er die zerbrechliche kleine Dame in Stücke riss.

Körper … Ashlyn … zwei Worte, die ihn erregten, wenn sie im gleichen Satz fielen. Sie war seine Fleisch gewordene Fantasie, und er wollte sich an ihr sättigen, wieder und wieder, wollte sie in jeder vorstellbaren und unvorstellbaren Position nehmen.

Bald schon würde auch sie es wollen.

Jedes Mal, wenn sie ihn ansah, blitzte das Verlangen in ihren Augen auf, und immer wieder streckte sie die Hände nach ihm aus, suchte den Körperkontakt mit ihm. Er konnte ihre Erregung förmlich riechen, ein Parfum aus Leidenschaft, Unschuld und köstlichem Honig. Trotzdem machte er ihr Angst, und diese Angst überschattete ihr Verlangen.

Du solltest froh sein, dass der Köder Angst vor dir hat.

Sollte, spöttelte er im Stillen. Allmählich begann er dieses Wort zu hassen.

War sie überhaupt ein Köder?

Als er die vier Männer erwähnt hatte, die ihr im Wald gefolgt waren, hatte sie ehrlich überrascht gewirkt. Und auch entsetzt über seine Tat. Aber welche Frau war nicht entsetzt, wenn es um Krieg und Gemetzel ging?

Noch mehr überraschte es ihn jedoch, dass sie offen zugegeben hatte, über die Dämonen Bescheid zu wissen. Er hatte sie nicht gefoltert, um an diese Information zu gelangen. Warum sollte ein Köder sich so verhalten? Würde eine Gehilfin der Jäger nicht so tun, als halte sie ihn für einen Menschen, um ihn angreifbar zu machen?

Außerdem hatte sie bislang weder versucht, ihn von der Burg wegzulocken, noch jemanden hineinzulassen. Gut, sie hatte bisher auch noch keine Gelegenheit dazu gehabt. Und die bekäme sie auch nicht.

Am meisten irritierte es ihn jedoch, dass sie versucht hatte, ihn vor seinen Freunden zu retten. Für dieses Verhalten gab es keine rationale Erklärung. Jemanden zu retten, dem man etwas antun wollte, war höchst widersprüchlich. Sie hätte dabei ja auch selbst zu Schaden kommen können.

In seiner schwarzweißen Welt war sie ein bunter, widersprüchlicher Farbtupfer.

Morgen würde er den wahren Grund für ihre Anwesenheit herausfinden. Aber heute, ja, heute waren andere Dinge dran.

Das klappernde Geräusch seiner Stiefel auf dem Fußboden hallte von den Wänden wider. Der Gemeinschaftsraum trat in sein Blickfeld, und er beschleunigte den Schritt. Sein Dämon schnurrte schon in freudiger Erwartung, und sein Körper sehnte sich nach einem Kampf.

Als er in der breiten Tür stand, sah er Popcorn auf dem Boden und dem blutroten Vorleger verstreut liegen. Sein geschultes Auge erspähte mehrere getrocknete Blutflecke. Offenbar war Reyes hier gewesen. Als Erstes schaltete er den Fernseher aus. Auf dem Billardtisch lagen Kugeln, als hätte jemand mitten in einer Partie aufgehört.

Doch von seinen Freunden war weit und breit keine Spur, nicht einmal von Lucien. Wo waren sie alle?

Maddox stürmte durch die Burg, vorbei an den Luxusartikeln, die sie sich im Laufe der Jahre angeschafft hatten: dem Whirlpool, der Sauna, dem Fitnessraum, dem behelfsmäßigen Basketballfeld. Nichts von alledem konnte ihm jetzt helfen.

Paris' Zimmer erreichte er zuerst. Er platzte ohne anzuklopfen hinein. Das von schwarzer Seide bedeckte Bett war zerwühlt, aber leer. Die aufblasbaren Puppen, die Torin gekauft hatte, lagen überall herum – ein verzücktes, aber nutzloses Publikum. Peitschen, Ketten und eine große Auswahl an Sexspielzeugen, die Maddox noch nie gesehen hatte, zierten die Wände. Keins davon fehlte, was bedeutete, dass Paris nicht in der Stadt unterwegs war.

Kopfschüttelnd ging Maddox zurück auf den Flur.

Kämpfen. Kämpfen. Kämpfen.

Er versuchte, die Stimme des Dämons zu ignorieren, als er Reyes' Zimmer betrat. Kein Reyes und keine Sexspielzeuge. Stattdessen Waffen. Alle denkbaren Waffen. Gewehre, Messer, Wurfsterne. Auf dem Boden lag eine blaue Wrestlingmatte, die ebenfalls von getrocknetem Blut bedeckt war. Außerdem gab es hier einen Sandsack und ein paar Hanteln. In den Wänden zeichneten sich mehrere Löcher ab, als hätte jemand so lange auf die Steine eingeschlagen, bis sie zu Sand zerkrümelt waren.

Das würde er später reparieren.

Kämpfen, kämpfen, kämpfen.

Luciens Zimmer war verschlossen, und als Maddox klopfte, antwortete niemand. Aerons und Torins Zimmer waren ebenfalls leer. Frust stieg in Maddox auf. Langsam wurde sein Sichtfeld von schwarzen Punkten getrübt, die unruhig vor seinen Augen tanzten.

Kämpfenkämpfenkämpfen.

Er sehnte sich nach Ashlyn, doch er konnte sie nicht haben, bevor sein Durst nach Gewalt nicht gestillt war – und das konnte erst geschehen, wenn er die anderen fand. Das alles machte ihn nur noch wütender. Er lief zurück in den Flur, seine Bizepsmuskeln zuckten, als heißes Blut hindurchschoss.

Kämpfenkämpfenkämpfen!

„Wo seid ihr?“, brüllte er. Er schlug gegen die Wand, einmal, zweimal und hinterließ eine Delle, die denen in Reyes’ Zimmer in nichts nachstand. Seine Knöchel pochten, aber der Schmerz tat gut und machte seinen Dämon glücklich.

Maddox blieb stehen und schlug erneut gegen die Wand.

Er hatte nicht mehr viel Zeit. Mitternacht rückte mit jeder Minute, die verstrich, näher. Bald würde *Tod* ihn heimsuchen. Doch ehe es soweit war, *musste* er sich in Ashlyn verlieren, musste er jeden Zentimeter ihres Körpers erkunden. Denn diesen Körper nicht zu kennen, bedeutete eine viel größere Qual, als jede Nacht in der Hölle zu verbrennen.

Und was, wenn dich die Frau gar nicht begehrt?, stichelte der Dämon. *Was ist, wenn sie nur so tut als ob, damit du ihr Informationen gibst? Was ist, wenn sie jedes Mal an einen anderen Mann denkt, wenn sie bei dir ist, und seinetwegen erregt ist?*

Mit lautem Gebrüll rammte Maddox seine Faust von Neuem in die Steinmauer, die bei der Wucht des Schlags zu bröckeln begann. Sie wollte *ihn.* Natürlich. *Ignorier ihn. Hör nicht auf den Dämon.*

Gewalt schwieg und weidete sich an Maddox’ Ohnmacht.

„Wieso zerstörst du die Wände, anstatt sie zu reparieren?“

Als Maddox die vertraute Stimme vernahm, wirbelte er herum. Warmes, belebendes Blut tropfte von seinen Händen.

Am Ende des Flures stand Aeron. Das Licht, das durch die Fenster hineinschien, umtanzte die kräftige Statur des Mannes. Ein Lichtstrahl ruhte auf seinem dunklen Haar, wie eine helle Krone, die seine tätowierte Haut beleuchtete.

Als wäre er noch nie gezähmt worden, brach *Gewalt* mit voller Kraft hervor. Maddox zeigte auf seinen Freund und brüllte: „Ihr habt sie einfach da unten gelassen."

„Und?" Der schwarze Teufel, den Aeron auf den Hals tätowiert hatte, schien mit seinen rotgeränderten Augen zu blinzeln, als erwachte er aus einem tiefen Schlaf. Es sah so aus, als liefe ihm Speichel aus dem Mund mit den scharfen Zähnen. „Hat sie geredet?"

„Worüber?"

„Weshalb sie hier ist."

„Nein."

„Dann lass mich mit ihr sprechen."

„Nein!" Sie war schon verängstigt genug. In Maddox' Kopf blitzte ein Bild von Ashlyn im Kerker auf. Ihre Haut war blasser gewesen als der Schnee draußen. Die einzigen Farbtupfer stammten von dem schwarzbraunen Dreck. Sie hatte gezittert. Wenn diese Frau zitterte, dann sollte es vor Leidenschaft sein und nicht vor Angst.

Kämpfen, kämpfen, kämpfen!, grölte der Dämon wieder.

„Wo ist sie jetzt?", wollte Aeron wissen.

„Das geht dich nichts an. Aber irgendjemand wird dafür bezahlen, dass ich sie in einem so erbärmlichen Zustand vorgefunden habe."

Die violetten Augen seines Freundes – die genauso aussahen wie seine eigenen, als hätten die Götter keine Lust gehabt, sich etwas Neues auszudenken – weiteten sich vor Überraschung. „Warum? Was bedeutet sie dir?"

„Meins", war die einzige Antwort. „Sie ist meins."

Aeron fuhr sich mit der Zunge über die Zähne. „Jetzt sei nicht dumm. Sie ist ein Köder."

„Vielleicht." *Vermutlich.* Er machte ein paar Schritte vor. Brodelnd … hungrig … „Aber das ist mir im Augenblick egal."

Der andere Krieger kam auf ihn zu. Er war ebenfalls erzürnt. „Sollte es aber nicht. Außerdem hättest du sie gar nicht erst herbringen sollen."

Das wusste Maddox, doch er hatte nicht vor, sich dafür zu entschuldigen. Er würde es sogar wieder tun, wenn er die Wahl hätte.

„Bring sie zurück in die Stadt und lösch irgendwie ihre Erinnerungen an uns aus", forderte Aeron ihn auf. „Sonst müssen wir sie töten. Sie hat zu viel gehört und gesehen. Wir dürfen nicht zulassen, dass sie den Jägern Bericht erstattet."

Jetzt waren sie fast auf gleicher Höhe. Maddox trug keine Waffen bei sich. Glück für Aeron. Denn hätte Maddox die Möglichkeit gehabt, er hätte einen Dolch in Aerons jämmerliches schwarzes Herz geworfen. „Ich möchte lieber dir etwas antun."

Das Teufelstattoo streckte seine Flügel aus, es war jetzt hellwach. Langsam verzog Aeron den Mund zu einem diabolischen Grinsen. „Aber dann wirst du hier ziemlich viel reparieren müssen."

„Und du musst es saubermachen."

„Kein Problem. Wollen wir nur darüber reden oder kann es endlich losgehen?"

„Es kann sofort losgehen", erwiderte Maddox und machte einen Satz nach vorn.

Aeron tat es ihm gleich, und sie stießen in der Luft zusammen.

6. Kapitel

Fausthiebe. Stöhnen. In Deckung gehen. Fausthiebe.

Maddox platzierte einen harten Schlag auf Aerons Wangenknochen, und der Mann taumelte stöhnend zur Seite. Im nächsten Augenblick zahlte Aeron es ihm heim, indem er ihm eine gerade Linke auf den Kiefer verpasste. Maddox' Zähne klapperten, und er schmeckte Blut – metallisch, aber süß. Es stillte den Durst des Dämons ein wenig.

Mit einem wilden Grinsen rammte er Aeron sein Knie in den Magen. Der Krieger krümmte sich keuchend. Mehr. Er musste noch mehr Schaden anrichten. Ehe Maddox ihm den Ellbogen gegen den Kopf schlagen konnte, ließ Aeron sich mit lautem Gebrüll nach vorn fallen, packte Maddox' Beine und brachte ihn zu Fall. Sie rollten über den Boden. Fäuste flogen; Knie stießen zu, und Ellbogen bohrten sich in die Seiten des Gegners.

Maddox fauchte, als Aeron ihm erneut in den Mund schlug. Als die Innenseite seiner Wange aufplatzte, verschwand sein Lächeln. Wieder lief ihm Blut die Kehle hinab.

„Ist es das, was du willst?", bellte Aeron.

Maddox drückte seinem Freund die Kehle zu, bis dieser nach Luft schnappte und blau anlief. „Ist es das, was *du* willst?" Während Aeron nach Luft rang, verpasste er ihm vier weitere Schläge ins Gesicht. *Knacks.* Jochbein. *Knacks.* Nase. *Knacks.* Kiefer. *Knacks!* Schläfenbein. Das reicht für heute, *Gewalt,* sagte er nach jedem Schlag still vor sich hin. *Das reicht für heute.* Es war zwecklos.

Bist du sicher?, stichelte sein Dämon.

Maddox' kniff die Augen zusammen, als er den nächsten Schlag ausführte.

Töte ihn.

„Nein!", schrie er. Erst in diesem Augenblick wurde ihm klar, dass er den Dämon nicht im Geringsten gezähmt hatte. Im Gegenteil. Er verharrte in seiner Bewegung und schnappte nach Luft. Was sollte er tun? In dieser Verfassung konnte er auf keinen Fall zu Ashlyn gehen. Sein Blutdurst war noch größer, und er war noch wilder als zuvor.

„Oh doch“, stieß der geschundene Aeron aus tiefer Kehle hervor und rammte Maddox die Faust ins rechte Auge. Als seine Ringe eine Vene verletzten, explodierte ein gewaltiger Schmerz in Maddox’ Kopf. Einen Augenblick lang war ihm schwarz vor Augen. Etwas Warmes und Nasses lief ihm über die Wange, und endlich, *endlich* wurde die sadistische Stimme in seinem Kopf leiser.

Vielleicht musste der Dämon so lange geschlagen werden, bis er unterlag. Maddox war nur allzu bereit, Aeron dabei entgegenzukommen, und breitete erwartungsvoll die Arme aus.

Aeron enttäuschte ihn nicht. Er rammte ihm das Knie in den Bauch, und Maddox taumelte zur Seite. Als er auf dem Boden aufschlug, saß Aeron auch schon auf ihm und würgte ihn, während er mit den Knien seine Schultern auf den Boden drückte. Auf seinem Gesicht lag Befriedigung, doch in seinen Augen spiegelten sich Dämonen, hässliche, quälende Dämonen, die viel bedrohlicher waren als die Tätowierung auf seinem Hals.

„Willst du noch mehr?“, knurrte Aeron.

„Mehr.“

Schlag. Maddox’ Kopf flog nach links. Schlag. Der Kopf flog nach rechts. Schlag. Der Knorpel in seiner Nase brach erneut.

Schlag mich. Fester. Fester! Mit jedem Schlag zog sich der Dämon weiter zurück. *Zorn* gegen *Gewalt*, dachte er, und *Gewalt* zieht den Kürzeren. Die Vorstellung, *Gewalt* zu besiegen, kam fast einem sexuellen Höhepunkt gleich. Er lächelte und dachte, so müsse Reyes sich wohl fühlen, wenn er sich ritzte. Glücklich über den Schmerz und immer noch nach mehr lechzend.

Er biss sich auf die Zunge, als der nächste Schlag auf ihn niederprasselte. Seine Zunge schwoll an. *Jetzt kann ich Ashlyn nicht mehr küssen.*

Du brauchst sie nicht zu küssen, wenn du sie ficken willst, fauchte der Dämon und streckte seinen hässlichen Kopf lange genug heraus, um eine neue Welle der Wut durch seinen Körper zu senden.

Genug jetzt! Er wollte Ashlyn küssen. Er wollte sie schmecken, während sie sich in Ekstase vor ihm wand. Und das würde er auch schaffen. Er hatte an nichts anderes gedacht, als die Flammen ihn in der Nacht verschlungen hatten.

Noch ein Schlag.

„Aeron! Was machst du da?“, hörte Maddox Luciens Stimme.

„Ich gebe Maddox, was er braucht.“ Schlag.

„Hör auf.“

„Nein.“ Der nächste Schlag war so hart, dass Maddox für einen kurzen Augenblick das Bewusstsein verlor.

„Hör nicht auf“, bat Maddox, als Aeron ihn mit dem Handrücken schlug. Noch ein bisschen mehr und der Dämon würde sich womöglich für den Rest des Tages nicht mehr zeigen.

„Hör auf“, wiederholte Lucien. „Sofort! Oder ich nehme dich heute Nacht mit, wenn ich Maddox in die Hölle bringe.“

Die Schläge versiegten augenblicklich. Lucien konnte seine Drohung problemlos wahr machen.

Aeron keuchte; Maddox auch. Er war drauf und dran, Aerons Handgelenk zu packen und den Mann zu zwingen, weiterzumachen. Er wollte mehr, er brauchte mehr. Er durfte kein Risiko eingehen. Und wenn er sich schlagen lassen musste, bis er zu schwach zum Kriechen war, würde er es aushalten.

Aber er würde *nicht* Ashlyn wehtun.

Wenigstens noch nicht.

Widerwillig stand Aeron auf und hielt Maddox die Hand hin, um ihm zu helfen. Der nahm sie genauso widerstrebend an. Dann wandten sie sich Lucien zu.

Luciens Blick war kalt. Maddox fuhr sich mit der Hand übers Gesicht und ertastete Wunden, die, wäre er ein Mensch gewesen, hätten genäht werden müssen.

„Möchte mir einer von euch vielleicht erklären, was hier vor sich geht?“

„Wir haben eine neue Sparring-Technik ausprobiert“, erwiderte Maddox mit geschwollenen Lippen. Sein Dämon schwieg zur Abwechslung mal. Er fühlte sich beinahe normal. Diese Erkenntnis war so verblüffend, dass er grinsen musste.

„Stimmt genau. Eine neue Sparring-Technik.“ Aeron legte ihm den Arm um die Schulter. Eines seiner Augen war zugeschwollen und seine Unterlippe aufgeplatzt.

Binnen einer Stunde wären die Wunden der beiden vollständig verheilt. Unsterblich zu sein, hatte eben auch seine Vorteile.

Würde *Gewalt* zurückkehren, wenn sein geschundener Körper sich erholt hatte?

Lucien öffnete den Mund, um etwas zu erwidern, doch Maddox hielt eine aufgeschürfte Hand hoch. „Ich will von deiner Seite keine Beschwerden hören. Du hast Ashlyn im Kerker gelassen. Du solltest den Göttern danken, dass ich nicht auf deine Kehle losgegangen bin."

„Wir haben getan, was erforderlich war, um sie gefügig zu machen", entgegnete Lucien ohne eine Spur von Reue in der Stimme.

Maddox' Muskeln spannten sich an, und er spürte die Wut von Neuem in sich aufsteigen. Allerdings war es eine erstaunlich durchschnittliche Wut. Eine, die ihn nicht nötigen würde, grausame Taten zu begehen. Ein Wunder. „Ich habe dich um zwei Dinge gebeten. Nur zwei. Und du bist beiden nicht nachgekommen."

„Du hast mich gebeten, sie am Leben zu lassen und sie nicht anzufassen. Beides ist der Fall", stellte Lucien klar.

Das stimmte zwar, aber sie war verängstigt und durchgefroren gewesen, und aus irgendeinem unerfindlichen Grund traf ihn das härter als Aerons Fäuste. Sie war einfach so zart und schutzlos. „Ich konnte nicht nachsehen, ob sie etwas braucht. Du aber hättest es tun sollen." Er hatte es schon immer gehasst, dass er jegliche Verbindung zur Gegenwart verlor, wenn es Mitternacht wurde. Er hasste es, dass er nicht wusste, was auf der Burg geschah, während er mit den Flammen kämpfte. Er hasste es, dass er weder sich selbst noch diejenigen beschützen konnte, die ihm nahestanden.

Die Jäger könnten die Burg angreifen und bis auf die Grundmauern niederbrennen. Und sie könnten jeden ihrer Bewohner niedermetzeln. Ashlyn könnte ihn verraten, indem sie die Jäger hineinließ. Doch Ashlyn könnte genauso gut überwältigt oder umgebracht werden, ohne dass er es wüsste.

„Hör zu, im Augenblick ist mir deine Frau völlig egal", meinte Lucien. „Seit deinem letzten Tod ist eine Menge passiert. Die …"

Ein Knurren vibrierte in Maddox' Kehle, in seinem Kopf, in seinen Ohren. Es übertönte die Stimme seines Freundes. *Egal?* „Wenn sie krank wird …" Die eben noch durchschnittliche Wut schwoll blitzschnell an und weckte den Dämon. Er hat also noch immer nicht genug, stellte Maddox fest und fluchte innerlich, während sein Körper sich für das nächste Gefecht bereit machte.

Ein gefährlicher Schleier legte sich über seine Augen. Diesmal hatte der Dämon seine Finger nicht im Spiel, aber *Gewalt* genoss es, wie sich die Situation entwickelte. *Töte ihn. Er will uns etwas wegnehmen, was uns gehört.* Ja, er musste jemanden töten. Sein Blut kochte. Seine Haut spannte.

„Er hört dir nicht zu", meinte Aeron zu Lucien. Er schüttelte Maddox kurz und kräftig und ließ ihn sofort wieder los. „Hörst du *mir* wenigstens zu?"

„Ja", zischte Maddox.

„Wie lange willst du die Frau hierbehalten?"

Solange wie nötig, ging es ihm durch den Kopf.

Solange wie ich sie brauche, korrigierte er.

Es war gefährlich, sie auf der Burg festzuhalten. Für sie. Für ihn. Für die anderen Herren der Unterwelt. Er war sich dessen durchaus bewusst, und dennoch würde er sie nicht freilassen. Er verspürte nicht die geringste Lust, sie gehen zu lassen. Nichts war wichtiger, als die Freuden auszukosten, die ihr Körper versprach. Würde sie seinen Namen säuseln? Würde sie um mehr betteln?

Plötzlich traf ihn eine Faust an der Nase, und sein Kopf wurde zur Seite geschleudert. In seiner Schläfe explodierte ein Schmerz, der die Wut vollständig auffraß. Und auch die Erregung. Maddox blinzelte verwirrt und warf Aeron ein Stirnrunzeln zu. „Warum hast du das getan?"

„Dein Gesicht hatte sich in diese grässliche Totenkopffratze verwandelt." Lucien schüttelte den Kopf. Er sah müde aus. „Du warst kurz davor überzuschnappen."

„Mann, jetzt krieg dich mal wieder ein." Aeron seufzte erschöpft. „Du bist wie das Damoklesschwert, das jeden Augenblick niedergehen und uns alle in Stücke schneiden könnte."

„Lustig, das ausrechnet aus deinem Mund zu hören", erwiderte Maddox trocken. Er mochte vielleicht von einer Sekunde auf die nächste einen scheinbar grundlosen Gewaltausbruch haben. Aeron war jedoch nicht weniger bekannt dafür, seinen Rachegelüsten völlig unvermittelt freien Lauf zu lassen.

„Wo ist das Mädchen jetzt?", erkundigte sich Lucien.

Zuerst antwortete Maddox nicht. Sie sollten es nicht wissen, dann könnten sie auch nicht zu ihr. „In meinem Zimmer", gab er schließlich Auskunft. In seiner düsteren Stimme schwang eine unmissverständliche Warnung mit: *Wer sie aufsucht, bekommt es mit meinem Dämon zu tun.*

„Du hast sie allein in deinem Zimmer gelassen?“, schimpfte Aeron und warf die Hände in die Luft. „Warum drückst du ihr nicht gleich ein Messer in die Hand und lässt uns alle in einer Reihe antreten, damit sie einen nach dem anderen abstechen kann?“

„Ich habe sie eingeschlossen. Sie kann keinen Ärger machen.“

„Und wenn sie das Schloss geknackt hat?“, gab Lucien zu bedenken, während er seinen Nacken massierte. „Sie könnte jeden Moment Jäger hereinlassen.“

„Nein. Ich habe sie umgebracht.“

„Womöglich sind noch mehr da.“

Lucien hatte recht. Maddox wusste, dass Lucien recht hatte. Er biss die Zähne aufeinander, bis sein Kiefer schmerzte. „Ich werde nachsehen und mich vergewissern, dass sie noch genau da ist, wo ich sie zurückgelassen habe.“ Er machte auf dem Absatz kehrt.

„Ich komme mit.“ Entschlossen gesellte Aeron sich zu ihm.

Lucien folgte seinem Beispiel.

Maddox setzte sich in Bewegung. Wenn Ashlyn geflohen war und Jäger eingeschleust hatte, würden die Krieger ihren Kopf wollen.

Er war sich nicht sicher, ob er die Forderungen seiner Freunde würde erfüllen können, ganz gleich, welches Verbrechen Ashlyn begangen haben mochte. Er musste sogar feststellen, dass jede Faser seines Körpers danach schrie, sie zu beschützen. *Ein Beschützer? Ich?* Sein Blut begann zu brodeln.

Wenn – falls – die Zeit käme, wäre er dann in der Lage, zu tun, was getan werden musste? Maddox wusste keine Antwort. Er wollte gern glauben, dass er es wäre, aber …

Sie bogen um die Ecke, und ihre Schritte synchronisierten sich zu einem harten Schlachtgetrommel. Bumm. Bumm, bumm, bumm. Bumm. Aus den Augenwinkeln sah er, wie Aeron die Arme ausschüttelte und ihm zwei kleine Messer in die Hände fielen.

Gut, dass *er* bei unserem Kampf nicht die Kontrolle über seinen Dämon verloren hat, dachte Maddox. Sonst hätte er mich schon längst in Streifen geschnitten.

Auf einmal fühlte er sich schuldig. Hatte Aeron nur mit ihm gekämpft, um ihm zu helfen?

„Niemand fasst das Mädchen an", befahl er, und das Schuldgefühl wuchs. Eigentlich sollte er seinen Freunden gegenüber loyaler sein. „Egal, was wir da drin vorfinden. Sie gehört mir, verstanden? Ich kümmere mich selbst um sie."

Eine bedeutungsschwere Pause entstand, während die Männer über ihre Antworten nachdachten.

„Okay", seufzte Lucien.

Aeron schwieg.

„Es ist mein Zimmer. Ich kann auch alleine reingehen und dich hier draußen stehen lassen ..."

„Schon gut", keifte Aeron. „Sie gehört dir. Auch wenn du eh nicht das einzig Vernünftige tun wirst ... Aber sobald ich einen Jäger sehe, bringe ich ihn um."

„Einverstanden." In beiderlei Hinsicht.

„Was hat sie nur mit dir gemacht, dass du ihr so viel Loyalität entgegenbringst?", fragte Lucien neugierig. Neugierig, nicht missgünstig.

Maddox wusste es nicht. Und er wollte auch nicht darüber nachdenken. Er wusste nur, dass er eigentlich die Missgunst seiner Freunde verdient hätte.

„Ich glaube, der Gute hat vergessen, dass Sex Sex ist." Aeron spielte bedrohlich mit einem der Messer herum. „Mit wem man ihn hat, ist Jacke wie Hose. Diese Frau ist nichts Besonderes. Keine Frau ist besonders."

Plötzlich war Maddox in einem neuen Netz der Wut gefangen, das jegliche Schuldgefühle unschädlich machte. Er trat Aeron die Beine weg und stürzte sich auf ihn, noch ehe er auf dem Boden aufkam. Maddox nutzte das Überraschungsmoment aus, um ihm ein Messer zu entwenden, und hielt es ihm an die Kehle.

Aeron jedoch, der noch während des Sturzes begriffen hatte, was geschah, hatte seinerseits ein Messer an Maddox' Kehle gesetzt. Maddox spürte, wie die Spitze durch seine Haut in eine Sehne schnitt. Trotzdem wich er nicht zurück.

„Willst du sterben?"

Gänzlich unerschrocken zog Aeron seine gepiercte Augenbraue hoch. „Willst du?"

„Lass ihn los, Maddox." Lucien sprach ganz ruhig.

Maddox drückte die Waffe tiefer in den Hals seines Freundes und starrte ihm dabei unverwandt in die Augen. Zwischen ihnen loderte ein wildes Feuer. „Sprich nicht so über sie."

„Ich spreche so über sie, wie es mir passt."

Er starrte ihn finster an. *Ich mag diesen Mann. Ich bewundere ihn. Er hat für mich getötet und ich für ihn.* Doch tief in seinem Innern wusste Maddox, dass er die Beherrschung verlieren würde, wann immer jemand abfällig über Ashlyn spräche. Von wem die Worte kämen, wäre gleichgültig. Nichts war von Bedeutung außer *ihr.* Er hasste diese Tatsache, und er verstand es auch nicht. Aber er war dem Gefühl machtlos ausgeliefert.

„Ich habe keine Ahnung, warum", erklärte Lucien, „aber dieses Mädchen reizt seinen Dämon. Versprich ihm, dass du nicht mehr so über sie reden wirst, Aeron."

„Wieso sollte ich?", war die brummige Antwort. „Vor Kurzem hatte ich noch das Recht auf freie Meinungsäußerung."

Tief einatmen, langsam ausatmen. Es half nicht. Maddox konnte spüren, wie er sich für den nächsten Angriff bereit machte. *Verdammt! Ich muss mich in den Griff kriegen.* Das Ganze war ja so lächerlich und peinlich. Noch nie hatte er weniger Einfluss auf sein Handeln gehabt.

„Aeron, es muss dir doch allmählich auf die Nerven gehen, ständig Blut aufzuwischen", bemerkte Lucien. „Denk mal daran, wie viel es erst sein wird, wenn die Jäger versuchen, sich Zutritt zu unserem Zuhause zu verschaffen, und wir sie nicht aufhalten. Also versprich es ihm schon."

Aeron zögerte nur einen kurzen Moment, bevor er das Messer von Maddox' Kehle nahm. „Also gut", zischte er. „Kein Wort mehr über das Mädchen. Zufrieden?"

Ja. Maddox entspannte sich augenblicklich und stand auf. Er hielt Aeron sogar die Hand hin, um ihm hochzuhelfen, aber Aeron fegte sie beiseite und stand allein auf. Paris hatte Maddox einmal „Stimmungswechsler" genannt. Damals hatte er nur Spaß gemacht, doch allmählich glaubte Maddox, dass an dem Namen etwas dran war.

„Ich werde es nicht sagen, aber du weißt genau, was ich gerade denke, oder?", meinte Aeron trocken.

Ja. Er wusste es. Er war genauso schlimm wie Paris – wenn nicht noch schlimmer.

„Ach, Kinder", murmelte Lucien und verdrehte die Augen.

„Ja, Mommy?“, erwiderte Aeron ironisch.

Maddox schloss für einen kurzen Moment die Augen, um sich zu konzentrieren, und versuchte, sich von Ashlyns Bedeutungslosigkeit zu überzeugen. *Ashlyn ist nur eine Frau. Sie ist nicht mehr für mich als ein vorübergehender Zeitvertreib.* Die Schatten und der Schmerz, die er in ihren Augen gesehen hatte, bedeuteten nichts. Sie würden ihn nicht erweichen und erst recht nicht verzaubern. Jetzt nicht mehr. Er hatte angefangen, wie die anderen über sie zu denken.

Noch mehr von diesen absurden Kämpfen, und er könnte nie wieder in den Spiegel blicken.

Zur Hölle! Womöglich hatten die Götter nun doch beschlossen, ihn zu züchtigen, und Ashlyn geschickt, damit sie ihn in den Wahnsinn trieb und ihm noch mehr Schmerz zufügte. Vielleicht sollte sie ihn bestrafen. Vielleicht müsste er sich nachts nicht mehr nach dem ewigen Tod sehnen. Vielleicht müsste er sich von nun an den ganzen Tag lang nach dem ewigen Tod sehnen.

„Wieder gut?“, fragte Lucien.

Bei Weitem nicht. Er mochte sich zwar beruhigt haben, aber ihm war elender zumute als je zuvor. Dennoch nickte er und trottete ohne ein weiteres Wort den Flur entlang, die Treppe hinauf und weiter bis zu seinem Flügel der Burg. Am besten brachte er die Sache schnell hinter sich.

Als Lucien und Aeron sich wieder an seine Seiten gesellten, sagte Aeron: „Mein Messer.“

„Ist hübsch“, erwiderte Maddox. Er verstand ihn absichtlich falsch und machte keine Anstalten, es ihm zurückzugeben.

Aeron schnaubte. „Ich wusste gar nicht, dass du so dringend eine Waffe brauchst.“

„Wenn du es behalten willst, pass halt besser darauf auf.“

„Das Gleiche gilt für deinen Kopf.“

Maddox erwiderte nichts. Je näher sie seinem Schlafzimmer kamen, desto stärker konnte er Ashlyns Honigduft riechen. Ihren Eigenduft. Er stammte weder von einer Seife noch von einem Parfum, sondern einzig von ihr. Seine Muskeln verkrampften sich schmerzhaft, und sein Geschlecht pochte vor Hitze und Verlangen. Es kam ihm so vor, als hätte er schon seit einer Ewigkeit darauf gewartet, einen Schluck von diesem Honig zu probieren. *Sie ist genauso wie jede andere Frau, denk daran. Nichts Besonderes.*

Er warf seinen Freunden verstohlene Blicke zu. Offenbar nahmen sie ihren Duft nicht wahr. Gut so. Er wollte Ashlyn ganz für sich alleine. *Nichts Besonderes, verdammt noch mal.*

An der Türschwelle angekommen, blieben sie stehen. Aeron straffte die Schultern und hielt das verbliebene Messer im Anschlag. Eine harte Maske hatte sich über sein Gesicht gelegt, als wäre er bereit, alles zu tun, was notwendig war. Auch Lucien hatte nun eine Waffe in der Hand – eine entsicherte Pistole mit 11-Millimeter-Kaliber.

„Seht genau hin, bevor ihr angreift“, forderte Maddox sie eindringlich auf.

Sie nickten, ohne ihn eines Blickes zu würdigen.

„Auf drei. Eins.“ Er horchte angestrengt. Von drinnen drang kein Laut heraus. Er hörte weder Badewasser plätschern noch Teller auf dem Tablett klappern. War Ashlyn tatsächlich geflohen? Falls ja …

„Zwei.“ Sein Magen zog sich vor Wut und Angst zusammen, wodurch die Stichverletzungen zu brennen begannen. Er umklammerte den Messergriff. Er würde einfach die Burg verlassen und jeden Winkel der Welt nach ihr absuchen.

Nichts Besonderes, natürlich.

„Drei.“ Er drehte den Schlüssel um und öffnete die Tür. Die Scharniere quietschten. Die drei Männer stürmten leise ins Zimmer. Sie waren auf alles vorbereitet. Maddox sah sich im Raum um und registrierte jedes Detail. Der Boden – ohne Fußspuren. Die Fenster – immer noch geschlossen. Das Essenstablett – unberührt. Einige seiner Kleidungsstücke waren aus dem Schrank gezogen worden und lagen nun auf dem Fußboden verteilt.

Wo war sie?

Aeron und Lucien schwärmten aus, während er sich wachsam zentimeterweise an der Schrankwand entlangbewegte. Er sprang mit erhobenem Messer in den kleinen Zwischenraum. Nichts.

Die Decke auf seinem Bett raschelte, und ein leises Stöhnen drang zu ihm herüber.

„Waffen runter“, befahl Maddox mit einem scharfen Flüstern. Das Seufzen der Frau brachte sein Blut in Wallung.

Erst nach einigen Sekunden gehorchten die beiden Männer ihm. Langsam und schwitzend näherte sich Maddox dem Bett. Aus irgendeinem Grund zitterte er wie Espenlaub. Er befürchtete, dass er dem Anblick, der sich ihm in wenigen Sekunden böte, nicht gewachsen war.

Er hatte recht.

Er erblickte eine schlafende Schönheit. Ashlyn. Engel. Zerstörung.

Ihr hellbraunes Haar lag aufgefächert auf seinem schneeweißen Kissen. Ihre Wimpern, die zwei Nuancen dunkler waren als die Haare, warfen spitze Schatten auf ihre verschmutzten Wangen. Sie hatte weder gebadet noch gegessen. Sie musste, gleich nachdem er gegangen war, eingeschlummert sein.

„Hübsch“, kommentierte Aeron mit widerwilliger Bewunderung in der Stimme.

Hinreißend, korrigierte Maddox innerlich. *Meins.* Ihre Lippen waren rot und voll und köstlich angeschwollen. Hatte sie vor Sorge darauf herumgekaut? Er beobachtete, wie sich ihr Brustkorb langsam hob und senkte und ertappte sich dabei, wie er die Hand nach ihr ausstreckte – nicht anfassen, nicht anfassen – und unfähig war, irgendetwas dagegen zu tun. Kurz bevor er sie berührte, ballte er die Hand zu einer Faust. Wieder verkrampfte sich sein Körper völlig, während das Begehren in ihm köchelte. Ein düsteres Begehren, so intensiv, dass es ihm Angst machte, und viel mächtiger als *Gewalt* es je gewesen war.

Wie schaffte sie es nur, allein durchs Atmen eine derartige Reaktion bei ihm auszulösen?

Berühr sie. Wer wollte das? Er? Der Dämon? Sie beide? Es war egal. Nur eine zärtliche Berührung, dann würde er gehen. Er würde eine Dusche nehmen und wiederkommen, wenn sie sich ausgeruht hatte – bis dahin hätte er sich auch fest im Griff. Bestimmt.

Endlich öffnete er die Hand und streichelte ihr mit den Fingerspitzen sanft über die Wange. Eine Liebkosung, die so zart war wie ein Flüstern. Ihre Haut war seidig weich und elektrisierend. Ein Kribbeln durchlief ihn, und sein Blut wurde noch ein paar Grad wärmer.

Als hätte auch sie die Spannung gespürt, schlug sie die Augen auf.

Ruckartig setzte sie sich auf, die Haare fielen ihr über Schultern und Rücken. Ihre schläfrigen Augen suchten seinen Blick, wurden größer. „Maddox.“ Sie rutschte zurück bis an das metallene Kopfende. An der Seite des Bettes rasselten Ketten, die Ketten, mit denen er Nacht für Nacht gefesselt wurde. „Maddox“, wiederholte sie – verängstigt, erstaunt … glücklich?

Er, Lucien und Aeron traten unisono einen Schritt zurück. Maddox wich zurück, weil er in ihren schönen Augen seinen Untergang gesehen hatte. Aber warum die anderen beiden genauso reagierten, war ihm ein Rätsel.

„W-was machst du da?“, stammelte sie. „Und was ist mit deinem Gesicht passiert? Du blutest ja.“ Er hörte die Betroffenheit in ihrer Stimme und war tief bewegt. Würde sie immer so auf ihn wirken?

Ashlyn blickte zu den anderen und gab ein ersticktes Wimmern von sich. „Es hat euch wohl nicht gereicht, ihn letzte Nacht umzubringen. Nein, ihr musstet ihn heute auch noch zusammenschlagen, was? Raus hier, ihr … ihr … Mörder! Sofort raus mit euch!“

Sie sprang aus dem Bett, stellte sich vor Maddox und taumelte leicht, als sie die Arme abwehrend ausstreckte. Wollte sie ihn beschützen? Schon wieder? Die drei Männer tauschten verblüffte Blicke.

Sie benahm sich wie eine Unschuldige … oder wie jemand, der vorgab, unschuldig zu sein. Und Maddox verspürte nach wie vor das Verlangen, sie zu berühren. Um sie zu trösten? Er schüttelte den Kopf. Das war unmöglich. Vermutlich war es die pure Lust. Nur das ergab einen Sinn. Er war ein Mann, sie eine Frau. Er begehrte sie.

Aber würde seine Befürchtung wahr werden? Würde sich sein Begehren verfinstern?

Er packte sie am Arm und zog sie hinter sich. Dann wechselte er einen irritierten Blick mit Lucien und schaute sogleich wieder zu ihr. Bevor er auch nur ein Wort sagen konnte, platzte sie heraus: „Bringst du mich jetzt in die Stadt? Bitte.“

Damit er sie niemals wiedersähe? „Iss jetzt.“ Seine Stimme klang rauer als beabsichtigt. „Und nimm ein Bad. Ich bin bald zurück.“ Seine Freunde herrschte er an: „Los jetzt.“ Er ging auf den Flur hinaus.

Sie verharrten nur noch einen Augenblick, dann folgten sie ihm. Nachdem Maddox die Tür von außen abgeschlossen hatte, lehnte er sich mit der Stirn gegen die kalte Steinmauer und konzentrierte sich auf jedes Luftmolekül, das er langsam ein- und kontrolliert wieder ausatmete, während er sich bemühte, seinen wilden Herzschlag unter Kontrolle zu bringen. *Das muss aufhören.*

„Du hast ein Problem in unser Haus gebracht“, bemerkte Aeron. „Hat sie tatsächlich versucht, dich vor uns zu beschützen?“

„Sicher nicht." Doch es war nun schon das zweite Mal, dass sie sich so verhalten hatte, und er war verwirrter denn je.

Er straffte die Schultern und rieb sich mit der Hand übers Gesicht.

„Lass mich gehen, Maddox", ertönte Ashlyns Stimme durch die Tür. Ihr weicher, trällernder, erotischer Klang reizte ihn noch mehr als am Vortag. „Es war ein Fehler herzukommen. Das weiß ich jetzt. Ich verspreche euch, niemandem auch nur ein Wort zu erzählen."

„Ich weiß, dass ich für Ärger gesorgt habe", wandte er sich an Aeron.

Sein Freund zog frech die Augenbraue hoch. Maddox hasste das. „Willst du dich nicht dafür entschuldigen?"

Nein, das Ganze tat ihm nach wie vor kein bisschen leid, und das war das Schlimmste an der Sache.

„Jetzt vergesst die Frau mal für einen Moment", mischte sich Lucien ein und machte eine entschlossene Geste mit der Hand. „Du hast sie gesehen. Es geht ihr gut. Und anscheinend hat sie keine Jäger hereingelassen – zumindest noch nicht. Jetzt müssen wir uns um eine dringendere Angelegenheit kümmern. Was ich vorhin versucht habe, dir zu sagen, ist: Die Götter sind nicht die, für die du sie hältst."

„Maddox, wir müssen mit dir reden", ertönte eine raue Stimme, die Maddox die Gelegenheit nahm, etwas auf Luciens Bemerkung zu erwidern.

Lucien warf frustriert die Hände in die Luft, und Maddox drehte sich um. Er erblickte Reyes, der von Paris und Torin flankiert wurde. *Promiskuität* und *Krankheit* sahen finster drein, während *Schmerz* wie ein Irrer grinste.

„Deine Frau muss gehen", knurrte Reyes. „Ich habe sie die ganze Nacht lang gerochen und ertrage diesen Gewittergeruch keine Sekunde länger."

Gewitter? Ashlyn roch nach Honig. Dennoch musste er bei dem Gedanken, dass sich ein anderer Mann ihrer Gegenwart so sehr bewusst war, fest die Zähne zusammenbeißen. „Sie bleibt", erwiderte er knapp.

„Wer ist sie, warum ist sie immer noch hier, und wann kann ich sie endlich nackt sehen?", fragte Paris und zog dabei neckisch die Augenbraue hoch.

„Jemand sollte sie töten", meinte Reyes.

„Niemand wird sie anfassen!“

Aeron schloss die Augen und schüttelte resigniert den Kopf. „Es geht schon wieder los.“

„Im Gegensatz zu Reyes stört mich ihre Anwesenheit nicht“, bemerkte Paris und rieb dabei die Handflächen aneinander. „Es stört mich nur, dass du nicht teilen willst. Ich würde sie gerne …“

Noch ehe Paris den Satz beenden konnte, schubste Maddox ihn zur Seite. „Kein weiteres Wort. Ich weiß genau, was du gern mit ihr tun würdest. Aber ich sage dir eins: Nur über meine Leiche.“

Paris runzelte die Stirn, und sein blasser Teint verfärbte sich vor Wut rot. „Mach dich mal locker, Arschloch. Ich hatte heute noch keine Frau und bin echt nicht in der Stimmung für so einen Mist.“

Torin blieb in der Ecke stehen und beobachtete die Szene amüsiert. „Findet ihr das auch so unterhaltsam wie ich? Das ist ja noch besser, als sich die Broker bei einem Börsencrash anzuhören.“

Maddox zwang sich, seine Wut zu kontrollieren und Ashlyn in die hinterste Ecke seines Kopfes zu verbannen – wo sie auch hingehörte. Als Frau, als Mensch oder als möglicher Köder war sie die letzte Person, die bei ihm einen Beschützerinstinkt auslösen sollte.

Sollte, sollte, sollte. Argh! *Schluss damit.* Endlich. Bald. Sofort.

„Genug jetzt!“, schrie Lucien.

Alle verstummten und starrten Lucien überrascht an. Es war gänzlich untypisch für ihn, die Stimme zu erheben.

„Waren in der Stadt Jäger?“, wandte er sich an Paris und Reyes.

Reyes schüttelte den Kopf. „Wir haben keine gefunden.“

„Gut. Das ist gut. Vielleicht hat Maddox tatsächlich alle getötet.“ Lucien nickte zufrieden. „Aber Maddox kennt die Neuigkeiten über die Götter noch nicht. Wir müssen es ihm erzählen. Außerdem haben Aeron und ich … letzte Nacht etwas getan.“

Aeron versteinerte. „Wir haben ausgemacht, es ihnen nicht zu sagen.“

„Ich weiß.“ Lucien seufzte. Nicht mehr lange, und ihm würde der Geduldsfaden reißen. „Ich habe es mir eben anders überlegt.“

„Du kannst es dir aber nicht einfach so anders überlegen!“, brüllte Aeron und sprang mit einem Satz auf Lucien zu.

„Doch, das kann ich, und ich habe es getan“, war die Antwort. Nicht vollkommen ruhig, aber fast – wenn auch kalt wie Stahl.

„Was ist hier los?“ Maddox ging dazwischen und brachte die Männer auseinander. Ausnahmsweise war er mal nicht derjenige, der Beschuldigungen und Schläge austeilte. „Ich bin jetzt bereit zuzuhören. Du hast die Götter erwähnt. Ich weiß, dass Aeron zu ihnen gerufen wurde, aber ich war bisher zu abgelenkt, um nach den Details zu fragen. Was wollten sie von ihm?“

„Später“, vertröstete Torin ihn, ohne Lucien aus den Augen zu lassen. „Was hast du getan, *Tod?*“

„Spuck's schon aus“, befahl Reyes.

Lucien sah Aeron fest in die Augen. „Du hast doch miterlebt, wie sie auf Ashlyn reagiert haben. Wir müssen sichergehen, dass sie nicht versehentlich über *unser* Geheimnis stolpern. Was, glaubst du, würde sonst passieren?“

Aeron schwieg eine ganze Weile. Eine schwere, unheimliche Spannung lag in der Luft. Dann endlich nickte Aeron. „Gut. Zeig es ihnen. Aber mach dich auf einen Krieg gefasst, mein Freund, denn sie werden alles andere als erfreut sein.“

„Könnt ihr mal Klartext reden?“, verlangte Reyes, während er von einem zum anderen blickte.

„Eine Erklärung würde nicht reichen. Ich muss es euch zeigen.“ Lucien setzte sich in Bewegung. „Hier entlang.“

Prophetische Worte, dachte Maddox. Er warf Torin, der sich am vergangenen Abend ähnlich rätselhaft ausgedrückt hatte, einen fragenden Blick zu. Lautlos formte er die Worte „Weißt du, was hier los ist?“ mit den Lippen.

Nein, war die stumme Antwort.

Nichts Gutes, so viel stand fest. Lucien hatte noch nie so geheimnisvoll getan. Maddox warf einen verwirrten, neugierigen und vor allem besorgten Blick auf Ashlyns Tür, ehe er seinen Freunden folgte.

7. Kapitel

Ashlyn ließ sich rücklings aufs Bett fallen und bemühte sich, ihre Atmung unter Kontrolle zu bekommen. Oh Gott. Er war zurückgekommen. Es war kein Traum gewesen, keine Halluzination und auch keine Fata Morgana. Maddox lebte. Man hatte sie wirklich in einem Kerker eingesperrt, und er war wirklich von den Toten auferstanden. Und er hatte die Stimmen wirklich zum Schweigen gebracht.

Als er sie in diesem seltsam kahlen Schlafzimmer allein gelassen hatte, hatte sie zuerst nach einem Telefon gesucht und dann nach einem Fluchtweg. Beides ohne Erfolg. Schnell hatte sich die Erschöpfung schwer auf ihre Schultern gelegt und beinahe erdrückt. Sie konnte sich nicht dagegen wehren. Die Stille war einfach zu herrlich, wie eine lang ersehnte Droge, die sie endlich konsumieren konnte. Also legte sie sich hin, ohne über die Konsequenzen nachzudenken. Sie zog die Möglichkeit in Betracht, dass vielleicht, ganz vielleicht, alles nur eine Wahnvorstellung war und sie, sobald sie die Augen öffnete, in ihrem eigenen Bett läge.

Aber nein. Weit gefehlt.

Vor wenigen Augenblicken war eine seltsame Kraft in ihren Körper gefahren und hatte sie, obwohl sie sich mit Händen und Füßen wehrte, aus dem friedlichsten Schlaf ihres Lebens geholt. Ein Schlaf, der in diese wohlige Stille eingehüllt war. Dann hatte Maddox über ihr gestanden und sie mit seinen unergründlichen violetten Augen angesehen.

Sein Gesicht war von schwarzblauen Blutergüssen und blutigen Schnitten übersät. Sein linkes Auge war geschwollen und seine Lippe aufgeplatzt. Schon bei dem Gedanken daran wurde ihr übel. Hatten diese Monster noch mal versucht, ihn umzubringen?

Noch mal. Ha! Sie lachte kühl. Sie hatten ihn tatsächlich getötet. Und zwei dieser Mörder hatten gerade neben ihm gestanden. Er war freundlich mit ihnen umgegangen und hatte mit ihnen geredet, als hätte er keinen Grund, sie zu hassen. Wie konnten sie immer noch Freunde sein?

Sie wälzte sich vom Bett. Ihr Körper ächzte und schmerzte bei jeder Bewegung, als wäre sie ein uralter Tattergreis und keine vierundzwanzigjährige junge Frau. Sie runzelte die Stirn. Zu viel Stress ohne absehbares Ende.

Offenbar waren die Männer gegangen, denn sie hörte sie nicht mehr durch die Tür. Gut so. Denn sie wollte sich nicht mit ihnen befassen. Weder jetzt noch später. *Erledige deine Aufgaben und dann sieh zu, dass du hier rauskommst.*

Sie ging ins Badezimmer und war überrascht, wie schön es war – vor allem verglichen mit dem kargen Schlafzimmer und dem dreckigen Kerker. Die Wände waren weiß gekachelt und der Fußboden aus farblich passendem Marmor. Der schwarze Einbauwaschtisch mit Chromverzierungen quoll vor Handtüchern schier über. Über dem Waschtisch befand sich ein Waschbecken aus Porzellan. Gegenüber stand eine glänzende, freistehende Badewanne mit Füßen und einer erhöhten Duschbrause – falls ein Riese duschen wollte? –, die von einem nahezu transparenten Vorhang umgeben war.

Aus irgendeinem Grund war alles festgeschraubt.

Eine zweistöckige Lampe hing von der Decke herab und streckte ihre Messingarme in verschiedene Richtungen. Andere Dekostücke gab es nicht. Weder Bilder noch sonstige Verzierungen. Hatte Maddox sie entfernt, aus Angst, sie könnte etwas stehlen?

Ashlyn schnaubte. Das Institut zahlte ihr ein sehr gutes Gehalt dafür, dass sie sich paranormale Dinge anhörte und darüber Bericht erstattete; Geldprobleme hatte sie nun wirklich nicht. Außerdem erfüllte McIntosh ihr jeden Wunsch. Und wenn sie ihn nicht fragen wollte, bestellte sie die Sachen im Internet und ließ sie sich nach Hause liefern.

Als sie daran dachte, was sie sich in letzter Zeit bestellt hatte, errötete sie leicht. Liebesromane, zum Beispiel, die unweigerlich dazu geführt hatten, dass sie sich ein Kostüm wie aus Tausendundeiner Nacht und ein Unterwäscheset aus schwarzem Leder kaufte. Nach der Lektüre eines Buches, das von einer Undercoveragentin und ehemaligen Diebin handelte, hatte sie sogar einen Seidenschal und Isolierband erstanden. Benutzt hatte sie diese Dinge jedoch nicht ein Mal.

Seufzend tauchte sie ein Handtuch in das mittlerweile kalte Badewasser. Sie ließ ihre Kleidung an und wusch sich so gut wie möglich.

Auf keinen Fall würde sie sich ausziehen. Schließlich konnte jeden Moment einer der Männer hereinkommen.

Ja, aber wenn Maddox dich überraschen würde, hättest du nichts dagegen.

Blödsinn, redete sie sich ein. Der Gedanke machte sie ganz nervös. Sie hätte sehr wohl etwas dagegen. Er machte ihr Angst.

Er schenkt dir kostbare Stille.

Nicht mehr. Obwohl er nicht im Raum war, waren die Stimmen nicht zurückgekehrt. Ihr Kopf war klar. Das Einzige, was sie hörte, waren ihre eigenen Gedanken. *Ich bin geheilt.*

Nein, bist du nicht. Letzte Nacht im Verlies hast du auch Stimmen gehört.

„Jetzt rede ich schon mit mir selbst", sagte sie und warf die Hände in die Luft. „Was kommt wohl als Nächstes?"

Sie betrachtete sich im Spiegel. Wassertropfen rannen von ihrer Stirn über die Nase und weiter bis zum Kinn. Ihre Wangen glühten rosig, und ihre Augen strahlten. Merkwürdig. Nie war sie sich ihrer Sterblichkeit bewusster gewesen, und nie hatte sie lebendiger ausgesehen.

Als ihr Magen knurrte, fiel ihr das Tablett mit Essen ein, das Maddox auf den Boden gestellt hatte. Wie von selbst ging sie hinüber, wobei sie mit den Füßen die Kleidungsstücke zur Seite schleuderte, die sie auf der Suche nach einem Telefon aus dem Schrank gerissen hatte. Schwarze T-Shirts, schwarze Hosen, schwarze Unterhosen.

Als sie sich den muskulösen Maddox mit nichts als einer Unterhose bekleidet vorstellte, richteten sich ihre Brustwarzen auf. Er läge auf dem Bett, unter dem dünnen Stoff würde sich seine Erektion abzeichnen, und er sähe sie verrucht an, während er sie mit dem Finger zu sich lockte.

Und sie würde willig zu ihm gehen.

Ashlyn nagte an ihrer Unterlippe. Maddox … auf einem Bett … verrückt nach ihr … Ihre Knie wurden weich, und ihr Bauch kribbelte. *Du dummes Mädchen.* Offenbar konnte sie an nichts anderes als an Sex denken, sobald mal ein bisschen Ruhe herrschte.

Sie nahm das Tablett und wankte zum Fenster, wo sie eine Ecke auf der Fensterbank abstellte und sich eine Weintraube in den Mund steckte. Der süße Saft rann ihr die Kehle hinunter, und sie war kurz davor, genüsslich zu stöhnen, als sie sich zur Ordnung rief und dazu zwang, sich auf das Wesentliche zu konzentrieren – ihre Flucht. Sie hatte McIntosh und somit dem Institut von den Männern und dieser Burg erzählt. McIntosh wusste, dass sie herkommen wollte. Vermutlich ahnte er inzwischen, wo sie steckte.

Würde er sie holen kommen? Oder würde er sie den Wölfen zum Fraß vorwerfen, weil sie ihm nicht gehorcht hatte? Zu ihr war er immer nett gewesen, doch bei seinen anderen Mitarbeitern hatte er keine Fehler toleriert, und erst recht keinen Ungehorsam.

Er wird kommen, sagte sie sich. Er braucht dich.

Doch als sie aus dem Fenster schaute, sah sie nichts als Schnee und Bäume. Trotzdem, sie würde sich nicht entmutigen lassen. Er konnte überall sein. Während sie so dastand und sich jedem möglichen auswärtigen Beobachter präsentierte, schob sie sich noch eine Weintraube in den Mund und trommelte gegen die Scheibe. *Ich bin hier. Seht ihr mich?*

Sie musste schnellstmöglich hier raus. Mit jeder Sekunde, die verstrich, schien der Wahn der Krieger sie fester zu packen. Sie hatte sich ihren Kerkermeister in Unterwäsche vorgestellt, wo sollte das noch hinführen …

Sie konnte nur hoffen, dass McIntosh sie sähe, ein Loch in die Tür sprengte und sie rettete. Bumm. Geschafft. Vorbei. Nein, stopp. Zurück. Sie wollte nicht, dass McIntosh die Burg betrat. Er wäre Maddox und den anderen nicht gewachsen. Sie würde Maddox ablenken müssen, ihn vielleicht irgendwie bewusstlos schlagen und dann weglaufen. Aus der Burg und den Hügel hinunter. Die Kälte und die Stimmen waren besser als die tödliche Bedrohung hier drinnen.

Also gut: Wie sollte sie den Mann ablenken? Während sie darüber nachgrübelte, vernaschte sie die restlichen Weintrauben. Als sie sie aufgegessen hatte, widmete sie sich dem Fleisch und dem Käse. Zwischen den einzelnen Bissen trank sie schlückchenweise den Wein. Nach wenigen Minuten waren nur noch ein paar Krümel und eine halbleere Weinflasche übrig. Noch nie hatte etwas so köstlich geschmeckt. Der Schinken war von einer braunen Zuckerglasur überzogen gewesen, ein Fest für ihre Geschmacksknospen. Der angenehm milde Käse hatte perfekt mit den Weintrauben harmoniert. Dazu der exzellente Wein …

Gut, sie musste zugeben, dass dieser Ort auch seine Vorzüge hatte.

Trotzdem – Essen war nicht Grund genug, um zu bleiben. *Was ist mit Sex?* Natürlich nicht, dachte sie, während es in ihrem Magen schon wieder so sonderbar kribbelte. Das war …

Alles in ihr ging in Alarmstellung. Es fühlte sich an wie die Ruhe vor einem entkräftenden Sturm. Sie hatte zwar keine Schmerzen, aber irgendetwas stimmte nicht mit ihr. Eine Sekunde verstrich. Dann noch eine. Sie schluckte und wartete.

Dann brach der Sturm los.

Ihr gefror das Blut in den Adern, und zugleich traten ihr Schweißtropfen auf die Stirn, die so scharf waren wie zerbrochenes Glas. Sie krabbelten über ihren Körper wie Spinnen. Sie schrie auf und versuchte, sie wegzuwischen. Aber sie gingen nicht weg, und jetzt konnte sie sie sogar sehen. Sie waren auf ihr, *auf ihr* und huschten blitzschnell hin und her. Ein Schrei stieg ihr in der Kehle auf, doch im selben Moment wurde sie von einem unbeschreiblichen Schwindel erfasst, sodass sie nur noch schwach stöhnen konnte. Sie musste sich am Fenster festhalten, um nicht umzukippen. Das Tablett fiel scheppernd zu Boden.

Dann verwandelte sich der Schwindel in einen Schmerz und der Schmerz in ein scharfes Messer, das ihren Körper vom Bauch bis zum Herzen aufschlitzte. Sie schwankte, keuchte und stöhnte. Helle Lichter blitzten vor ihren Augen auf, ein riesiges Spektrum an grellen Farben.

Was war mit ihr los? Gift? Oh Gott, waren die Spinnen noch da?

Beim nächsten Schmerz krümmte sie sich nach vorn. „Maddox", wisperte sie.

Nichts. Keine Schritte.

„Maddox!", schrie sie jetzt mit letzter Kraft. Sie wollte zur Tür gehen, konnte sich jedoch nicht bewegen.

Wieder nichts.

„Maddox!" *Warum rufst du ihn?* Er *könnte dir das schließlich angetan haben.* „Maddox." Sie konnte nicht aufhören, seinen Namen zu sagen. „Maddox."

Schwarze Spinnweben trübten ihre Sicht und hüllten den viel zu hellen Regenbogen ein. „Maddox." Ihre Stimme war jetzt ein heiseres Flüstern, ein zitterndes Flehen.

Ihr Magen verkrampfte sich; ihre Kehle schwoll an. Plötzlich bekam sie keine Luft mehr. Jede Faser ihres Körpers schrie und schrie und schrie. *Ich brauche Luft. Ich muss atmen.* Sie konnte ihr Gewicht nicht länger tragen und stürzte. *Ich muss die Spinnen loswerden.* Keine Kraft, keine Energie.

Wie aus Mitleid fiel auch die Weinflasche um, und die rote Flüssigkeit ergoss sich neben ihr auf den Boden. Vor ihren Augen verschwamm alles, die Welt zerfiel in winzige Stücke. Dann sah sie nichts mehr. Nur noch Dunkelheit.

Maddox traute seinen Augen nicht. „Das ist … das ist … unmöglich." Er rieb sich die Augen, doch das Bild veränderte sich nicht.

„Anscheinend war es gar nicht Ashlyn, die ich gerochen habe." Reyes rammte seine Faust in die Wand. Staub wirbelte auf, und kleine Felsstückchen bröckelten ab.

Torin lachte nur.

Paris atmete ehrfürchtig ein. „Kommt zu Daddy."

Dort, in der Ecke von Luciens Schlafzimmer, saßen vier Frauen. Sie hielten sich an den Händen und hatten sich zusammengekauert, um einander Kraft zu geben. Sie alle zitterten vor Angst und starrten die Männer mit großen, angsterfüllten Augen an.

Nein, bemerkte Maddox. Nicht alle zitterten. Eine hübsche Blondine mit Sommersprossen und grünen Augen sah sie zornig an. Sie biss die Zähne fest zusammen, als müsse sie verhindern, ihnen unanständige Dinge an den Kopf zu werfen.

„Was machen die denn hier?", wollte er wissen.

„Das musst du gerade fragen", fauchte Aeron. „Du hast doch angefangen, mit deinem hübschen Köder."

Mit einem leisen Knurren in der Kehle trat Maddox dicht an Aeron heran. Eine der Frauen wimmerte. „Ich dachte, wir hätten das geklärt. Du passt auf, wie du von ihr sprichst, oder du musst leiden."

Aeron wich keinen Millimeter zurück. „Wie lange kennst du sie schon? Ein paar Stunden? Du hast kaum mit ihr gesprochen. Eigentlich sollte sie in diesem Augenblick um Gnade betteln, und wir sollten schon längst ihre Geheimnisse kennen und wissen, was die Jäger – falls noch mehr da draußen sind – vorhaben."

„Sie hat versucht, mich zu retten, als ich erstochen wurde. Und erst vor wenigen Minuten hat sie versucht, mich vor dir zu beschützen."

„Alles nur Show."

Vermutlich. Das hatte er sich schon mehrfach gesagt, aber irgendwie war es ihm egal. Eher wütend auf sich selbst als auf Aeron, wich er zurück und wandte sich an Lucien. „Warum sind sie hier?" Er klang immer noch ungläubig, aber gefasst.

Oder besser: so gefasst, wie er im Augenblick auftreten konnte.

Lucien sah Aeron an, der mit dem Kinn eine Bewegung in Richtung Flur machte. Die Krieger verstanden und gingen hinaus. Alle waren auf die Erklärung gespannt. Lucien verließ als letzter den Raum und schloss schnell die Tür hinter sich ab.

Maddox blickte in die Gesichter seine Freunde, auf denen sich die gleiche Ungläubigkeit spiegelte, die er fühlte. So etwas war noch nie geschehen. Keiner von ihnen hatte je eine Frau in die Burg mitgebracht, selbst Paris nicht – wenigstens soweit er wusste –, und jetzt waren fast genauso viele Frauen hier wie Krieger. Das war irgendwie unwirklich.

„Also?", drängte er.

Aeron erklärte, wie die Titanen die Griechen entthront hatten, und dass die neuen Herrscher von ihm verlangten – nein, ihm befohlen hatten –, diese vier unschuldigen Frauen hinzurichten. Wenn er sich weigerte, würde er zur blutrünstigen Bestie mutieren. Wenn er darum bat, von der Aufgabe befreit zu werden, würde er genauso verflucht werden wie Maddox.

Maddox hörte fassungslos zu. Entsetzen und Angst machten sich in ihm breit.

„Aber warum sollte der neue Götterkönig Aeron befehlen …" In just diesem Moment begriff er und presste die Lippen aufeinander. *Meinetwegen. Ich bin dafür verantwortlich. Ich habe die Götter gestern herausgefordert und beleidigt.* Das war anscheinend ihre Art, sich zu rächen.

Er warf Torin einen bestürzten Blick zu. Der Krieger starrte ihn aus seinen grünen Augen an. Sein Blick war hart. Dann wandte er sich ab und legte die behandschuhten Hände flach auf den Spiegel, der direkt vor ihm hing. Sein Spiegelbild sah trostlos aus. Erst gestern hatten die beiden behauptet, es interessiere sie nicht, wenn die Götter sie bestraften. Sie hatten geglaubt, nichts könne schlimmer sein als die momentane Situation.

Sie hatten sich geirrt.

„Wir dürfen nicht zulassen, dass Aeron das tut", unterbrach Lucien

Maddox' und Torins düstere Gedanken. „Er stößt schon jetzt an seine Grenzen. Wie wir alle."

Erneut schlug Reyes gegen die Wand und stöhnte. Die aggressiven, roten Schnitte auf seinen Unterarmen platzten bei dem Aufprall auf, und Blutstropfen spritzten auf die silbergrauen Steine. „Die Titanen müssen doch wissen, was passiert, wenn Aeron ihnen gehorcht." Er bleckte die Zähne und heulte laut auf. „Sie müssen doch wissen, dass das Leben zwischen Gut und Böse für uns ein ewiger Drahtseilakt ist. Warum haben sie das nur gemacht?"

„Ich glaube, ich weiß, warum", erwiderte Maddox reumütig.

Fünf Augenpaare sahen ihn an.

Die Scham lastete schwer auf seinen Schultern, als er ihnen sein Verhalten beichtete. „Ich hätte niemals gedacht, dass so etwas geschieht", schloss er. „Ich wusste nicht, dass die Titanen ausgebrochen waren, geschweige denn, dass sie die Macht übernommen hatten."

„Ich weiß nicht, was ich dazu sagen soll." Aeron.

„Ich schon: Fuck." Paris.

Maddox legte den Kopf in den Nacken und starrte an die Decke. Ich dachte, ich würde die Griechen provozieren, hätte er am liebsten geschrien. *Sie* hätten nichts unternommen. *Sie* hätten sie weiterhin ignoriert.

„Glaubst du, Ashlyn ist auch eine Strafe der Titanen?", fragte Lucien.

Er biss die Zähne aufeinander. „Ja." Natürlich war sie eine Strafe. Der Gedanke war ihm schon früher gekommen – der Zeitpunkt ihrer Ankunft, die Art, wie sie seine Gedanken vereinnahmte und sein Verlangen anfachte –, aber er war davon ausgegangen, dass die Griechen dafür verantwortlich waren. „Die Titanen müssen die Jäger direkt zu uns geführt haben. Sie wussten, dass Ashlyn dabei wäre, und welche Wirkung sie auf mich hätte."

„Aber du hast die Götter erst verflucht, *nachdem* sie Aeron zu sich gerufen haben. Und du hattest sie *noch nicht* verflucht, als ich Ashlyn zum ersten Mal auf meinen Bildschirmen gesehen habe", stellte Torin klar. „Sie konnten nicht wissen, was wir später tun und sagen würden."

„Sicher? Vielleicht haben sie sie nicht geschickt, aber sie *müssen* sie in irgendeiner Form benutzen." Das war die einzige Erklärung für die starken Gefühle, die er für Ashlyn hegte. „Ich kümmere mich um sie", fügte er düster hinzu, doch jeder Muskel in seinem Körper verspannte sich und flehte ihn an, seine Worte zurückzunehmen. Er tat es nicht. „Ich werde mich um sie alle kümmern."

Paris sah ihn stirnrunzelnd an. „Und wie?"

Grimmig antwortete er: „Ich werde sie umbringen." Er hatte schon Schlimmeres getan. Warum die Liste seiner Sünden nicht noch ein bisschen verlängern? *Weil ich keine Bestie bin.* Wenn er es tat, würde er voll und ganz zu *Gewalt.* Dann wäre er nicht einen Deut besser als der Dämon in ihm, der nur aus einem einzigen Grund existierte: um Schmerz zu verursachen.

Dennoch war *er* es, der diese Plage über ihr Zuhause gebracht hatte; also musste *er* es auch wiedergutmachen. Aber könnte er Ashlyn überhaupt umbringen? Er wollte die Antwort gar nicht wissen.

„Du kannst die vier in Luciens Zimmer nicht umbringen", entgegnete Aeron genauso grimmig. „Die Titanen haben *mir* befohlen, es zu tun. Wer weiß, wie sie reagieren, wenn wir ihre Befehle nicht exakt ausführen."

„Ich kann euch hören, ihr kranken Bastarde", drang eine Frauenstimme durch die Tür. „Wenn ihr uns umbringen wollt, werde ich vorher jeden einzelnen von euch töten, das schwöre ich bei Gott."

Einen Moment lang standen die Männer stumm und reglos da.

Dann verzog sich Reyes' Mund zu einem trockenen Grinsen. „Ein unmögliches Unterfangen, aber ich würde gern sehen, wie sie es versucht."

Fäuste trommelten von innen gegen die Tür. „Lasst uns frei! Lasst uns frei, hört ihr mich?"

„Wir hören dich, Frau", antwortete Reyes. „Und ich bin sicher, die Toten hören dich auch."

Dass Reyes, der ernsthafteste der ganzen Truppe, einen Witz gerissen hatte, war beunruhigend. Für gewöhnlich gebrauchte er seinen Humor nur, wenn die Umstände hoffnungslos waren.

Maddox fühlte sich wie in einem Albtraum. Nach Jahrhunderten stoischer Routine musste er plötzlich eine Frau befragen und anschließend töten, ehe man sie weiter gegen ihn einsetzen konnte. Er musste einen Freund vor der Ausführung eines grauenvollen Befehls bewahren. Und er musste die Götter beschwichtigen. Götter, von denen er noch nicht mal wusste, wie er mit ihnen umgehen sollte.

Die Titanen waren unbekannte Größen. Wenn er sie um Gnade bat und sie ihm ebenfalls einen abscheulichen Auftrag erteilten – einen, den er am Ende nicht ausführen wollte –, würde sich die Situation höchstwahrscheinlich noch verschlimmern.

„Warum berühre ich sie nicht einfach?", schlug Torin vor, der sich der Gruppe wieder zugewandt hatte. Seine Augen waren von demselben strahlenden Grün wie die des tapferen Mädchens in Luciens Zimmer. Nur waren ihre mit Wut gefüllt gewesen, und in seinen lag Verzweiflung. „Wenn sie an einer Krankheit sterben, braucht niemand ein schlechtes Gewissen zu haben." Außer ihm.

„Nein", lehnte Aeron entschieden ab, und im selben Augenblick schrie Paris: „Nein, zum Teufel!"

„Keine Krankheit", pflichtete Lucien ihm bei. „Wenn sie erst ausgebrochen ist, lässt sie sich unmöglich kontrollieren."

„Wir stecken sie in Quarantäne", schlug Torin vor.

Lucien seufzte. „Das würde nicht funktionieren, und du weißt es. Krankheiten breiten sich immer aus."

„Krankheiten?", rief das Mädchen durch die Tür. „Ihr wollt uns mit einer Krankheit infizieren? Habt ihr uns deshalb hergebracht? Ihr widerwärtigen, abscheulichen, ekelhaften Monster ..."

„Shhhh", ertönte eine andere Stimme. „Provozier sie nicht, Dani."

„Aber Grandma, sie ..."

Die Stimmen wurden leiser, bis sie nicht mehr zu hören waren. Wahrscheinlich hatte jemand das Mädchen von der Tür weggezogen. Ihr Mut imponierte Maddox. Das erinnerte ihn an Ashlyn. Wie sie im Kerker stur geblieben war und von ihm verlangt hatte, sein T-Shirt anzuheben. Sie hatte weglaufen wollen – das hatte er in ihren Augen gesehen –, es aber nicht getan. Allein bei dieser Erinnerung erhitzte sich sein Blut. Sie hatte sogar über seine Wunde gestreichelt und dabei irgendetwas in ihm zum Leben erweckt. Etwas, das er nicht kannte.

Zärtlichkeit vielleicht?

Er schüttelte den Kopf. Er würde das Gefühl bis zu seinem letzten Atemzug bekämpfen. Der in dreizehn Stunden stattfindet, dachte er trocken. Er würde keine Zärtlichkeit an einen Köder oder eine göttliche Strafe oder was auch immer Ashlyn war verschwenden.

Nein, wenn er sie das nächste Mal sah, würde er sie hart und schnell nehmen und zustoßen ... zustoßen ... Sie würde stöhnen und seinen

Namen schreien. Sie würde die Oberschenkel um seine Hüfte schlingen und … Nein. Nein! Wie von selbst ordnete sich das Bild in seinem Kopf neu an, um *Gewalt* zu befriedigen.

Sie hockte auf allen Vieren mit gespreizten Armen und Beinen. Die weichen Haare fielen über ihren eleganten Rücken, und er zog fest daran. Ihr Nacken schmerzte; ihre Lippen teilten sich mit einem teils erregten, teils gequälten Stöhnen. Wieder und wieder stieß er hart in ihre heiße, feuchte Höhle. Eng. Ja, sie war enger als eine Faust. Seine Hoden klatschten gegen ihre Beine.

Wenn ich Ashlyn endlich in mein Bett gelockt habe, werde ich ganz zärtlich sein. Weißt du nicht mehr?

Der Gedanke wurde ignoriert. Sie bettelte um mehr, und er gab es ihr. Er …

„Das wird allmählich langweilig." Aeron stieß ihn kräftig gegen die Wand. „Du keuchst und schwitzt, und deine Augen fangen an, rot zu glühen. Wohl kurz davor auszubrechen, was, *Gewalt?*"

Das Bild der nackten und erregten Ashlyn löste sich auf – und das machte den Dämon wütend. Er versuchte, aus Maddox' Körper zu fahren und anzugreifen. Maddox stellte fest, dass er selbst ebenfalls knurrte, so sehr sehnte er sich danach, ihr Bild noch einmal heraufzubeschwören.

„Beruhige dich, Maddox", drang Luciens ruhige Stimme durch den Nebel. „Wenn du so weitermachst, müssen wir dich in Ketten legen. Und wer beschützt dann Ashlyn, hm?"

Sein Blut kühlte wieder ab. Er wusste, dass sie ihre Drohung wahr machen würden, und Ketten konnte er nun wirklich nicht gebrauchen. Nachts schon. Dann war er eine Gefahr, und seine Freunde hatten keine andere Möglichkeit. *Jetzt bin ich auch eine Gefahr.* Aber wenn sie ihn jetzt fesselten, da er kaum noch er selbst war, würde er womöglich aufgeben und nicht länger gegen den Dämon ankämpfen.

Er bemerkte, dass ihn die anderen Männer anstarrten.

„Tut mir leid", murmelte er. Irgendetwas stimmte nicht mit ihm. Sein launischer Tanz mit dem Dämon war schlichtweg lächerlich. Schlimmer: Es war peinlich. Natürlich kämpften sie auch sonst miteinander, aber nicht so.

Vielleicht musste er mehr Zeit im Fitnessraum verbringen. Oder sich noch mal eine Tracht Prügel von Aeron abholen.

„Wieder gut?“ Wie oft würde Lucien das heute wohl noch fragen müssen?

Maddox nickte steif.

Lucien verschränkte die Arme hinter dem Rücken und wandte sich dann an alle. „Da das geklärt ist, möchte ich mit euch über den Grund reden, weshalb ich euch hergebracht habe.“

„Lass uns lieber darüber reden, warum du die Frauen hergebracht hast“, unterbrach Paris ihn, „anstatt sie in der Stadt zu lassen. Okay, Aeron hat einen Job zu erledigen, aber das erklärt noch lange nicht …“

„Die Frauen sind hier, weil wir nicht wollten, dass sie Buda verlassen und Aeron ihnen am Ende noch folgen muss“, schnitt Lucien ihm das Wort ab. „Außerdem wollte ich, dass ihr sie seht, damit ihr sie nicht umbringt, falls ihr ihnen irgendwo in der Burg begegnet. Wenn sie es schaffen, aus meinem Zimmer auszubrechen, bringt sie einfach zurück und schließt sie wieder ein. Sprecht nicht mit ihnen und tut ihnen nichts an. Solange wir nicht wissen, wie wir Aeron von diesem Befehl entbinden können, werden die vier unsere unfreiwilligen Gäste sein. Einverstanden?“

Ein Mann nach dem anderen nickte. Was hatten sie auch schon für eine Alternative?

„Vorerst bleiben sie bei mir, und ihr könnt euch entspannen. Ruht euch aus. Macht das, was ihr vorhattet. Ich werde euch noch früh genug brauchen, keine Sorge.“

„Ich werde mich jetzt bewusstlos saufen.“ Aeron rieb sich kräftig mit der Hand übers Gesicht. „Frauen in unserem Haus“, murmelte er und fügte im Weggehen hinzu: „Warum laden wir nicht gleich die ganze Stadt ein und feiern 'ne Party?“

„Eine Party wäre toll“, erwiderte Torin belustigt. „Dabei könnte man diesen durchgeknallten Männerhaufen vielleicht mal für ein paar Stunden vergessen.“ Mit diesen Worten verschwand er ebenfalls.

Reyes blieb stumm. Er zog nur ein Messer aus der Scheide und stürmte den Flur hinunter. Damit war klar, was er zu tun gedachte. Maddox hätte ihm gern angeboten, dass er ihn mit dem Messer verletzen, ihn auspeitschen oder verprügeln könnte, um Reyes die quälende Selbstverstümmelung zu ersparen, doch er hatte ihm dieses Angebot bereits in der Vergangenheit gemacht und jedes Mal war die Antwort ein ruppiges Nein gewesen.

Er konnte verstehen, dass Reyes es selbst tun musste. Anderen zur Last zu fallen war fast genauso schlimm wie besessen zu sein. Sie alle hatten schließlich ihr Päckchen – oder besser: ihren Dämon – zu tragen, und Reyes wollte niemandem noch mehr zumuten.

Im Augenblick, allerdings, hätte Maddox die Ablenkung willkommen geheißen.

„Bis später, ihr Versager", verabschiedete sich Paris. „Ich gehe zurück in die Stadt." Feine Fältchen der Anspannung umrahmten seine Augen – Augen, die nicht vor Befriedigung leuchteten, sondern dunkelblau und trüb aussahen. „Ich hatte weder gestern Abend noch heute Morgen eine Frau. Dieser ganze Mist hier", er machte eine Geste in Richtung Tür, „hat meinen Zeitplan vollkommen durcheinandergebracht. Ich bin echt gefickt –, und das meine ich leider nicht wörtlich."

„Geh schon", meinte Lucien.

Der Krieger zögerte und warf einen Blick zur Tür. „Außer natürlich, du lässt mich in dein Schlafzimmer …"

„Geh." Lucien winkte ungeduldig.

„Ihr Pech." Paris zuckte mit den Schultern und verschwand um die Ecke.

Eigentlich hätte Maddox Lucien anbieten sollen, die Frauen zu bewachen. Schließlich war vermutlich er für das alles verantwortlich. Aber er musste Ashlyn sehen. Nein, er musste nicht, er *wollte* es. Das klang besser. Er *musste* überhaupt nichts. Und schon gar nicht einen Menschen mit fragwürdigen Motiven sehen, der bereits zum Tode verurteilt war.

Da er nicht wusste, was die Titanen als Nächstes vorhatten, wollte er keine Zeit verlieren. Er würde zu Ashlyn gehen, obwohl er den Dämon noch nicht vollständig im Griff hatte. Andererseits wäre er wohl niemals besonders ausgeglichen, wenn es um diese Frau ging. Und es war besser, seine Pläne mit ihr *jetzt* in die Tat umzusetzen, ehe er gezwungen war, sie umzu… Er konnte das Wort nicht zu Ende denken.

„Lucien", begann er.

„Geh", sagte sein Freund wieder. „Tu, was immer erforderlich ist, damit du dich wieder in den Griff kriegst. Um deine Frau …"

„Ashlyn steht hier nicht zur Debatte", unterbrach er Lucien. Er wusste ohnehin, was er sagen wollte. *Um deine Frau müssen wir uns so schnell wie möglich kümmern.* Das wusste er selbst.

„Du musst sie irgendwie aus dem Kopf bekommen und dann tu, was nötig ist, damit sich wenigstens ein Teil unseres Lebens wieder normalisiert."

Maddox nickte. Während er sich umdrehte, fragte er sich, ob sein normales Leben es wert war, zurückzukehren.

8. Kapitel

Maddox betrat sein Zimmer, ohne zu wissen, was ihn dort erwartete. Eine schlafende Ashlyn? Eine frisch gebadete, nackte Ashlyn? Eine kampfbereite Ashlyn?

Eine lüsterne Ashlyn?

Irritiert stellte er fest, dass sein Herz unregelmäßig schlug. Seine Handflächen waren feucht. Idiot, beschimpfte er sich selbst. Er war weder ein Mensch, ein Diener der Angst, noch war er unerfahren. Und trotzdem wusste er nicht genau, wie er mit dieser Frau ... mit dieser Strafe umgehen sollte.

Womit er nicht gerechnet hatte, war eine bewusstlose Ashlyn, die auf dem Boden in einer dunkelroten Pfütze – Blut? – lag, die ihre Haare und Kleidung tränkte.

Dunkelheit breitete sich in ihm aus. „Ashlyn?" Im nächsten Moment kniete er neben ihr und nahm sie vorsichtig auf den Arm. Wein, es war bloß Wein. Den Göttern sei Dank. Kleine Tropfen fielen auf ihr blasses Gesicht und dann weiter auf ihn. Fast musste er lächeln. Wie viel hatte sie wohl getrunken?

Sie war so leicht, dass er sie nicht gespürt hätte, wäre da nicht dieses elektrische Kribbeln gewesen, das von ihrer Haut auf seine übersprang. „Ashlyn, wach auf."

Keine Reaktion. Im Gegenteil, es schien, als gleite sie immer tiefer in die Bewusstlosigkeit. Die Bewegung ihrer Augen ließ nach.

Seine Kehle war wie zugeschnürt, und er musste die nächsten Worte förmlich herauspressen. „Wach auf, für mich."

Kein Stöhnen, kein Seufzen.

Von ihrer Reglosigkeit beunruhigt, brachte er sie zum Bett, riss ihr die nasse Jacke vom Leib und warf sie beiseite. Obwohl er sie nicht loslassen wollte, legte er sie auf die Matratze und nahm ihr Gesicht zwischen die Hände. Ihre Haut war eiskalt. „Ashlyn."

Noch immer keine Reaktion.

War sie etwa ... Nein. *Nein!* Bleikugeln lagen ihm im Magen, als er seine flache Hand auf ihre linke Brust legte. Zuerst spürte er nichts. Weder ein zaghaftes Klopfen noch ein heftiges Hämmern. Dann, plötzlich, war da ein schwaches Pochen. Eine lange Pause. Noch ein Pochen.

Sie lebte.

Er schloss kurz die Augen und ließ erleichtert die Schultern hängen. „Ashlyn." Er schüttelte sie sanft. „Komm, meine Schöne. Wach auf." Was in Zeus' Namen war los mit ihr? Er hatte zwar keinerlei Erfahrung mit betrunkenen Sterblichen, aber er hatte das Gefühl, dass hier irgendetwas nicht stimmte.

Ihr Kopf fiel zur Seite; ihre Augenlider blieben geschlossen. Ihre Lippen waren hübsch, aber unnatürlich blau. Schweiß lief an ihren Schläfen hinab. Sie war nicht einfach nur betrunken. War sie während der Nacht im Kerker krank geworden? Nein, das hätte er schon vorher bemerkt. Hatte Torin sie versehentlich berührt? Sicher nicht. Sie hustete nicht, und es waren auch keine Pocken zu sehen. Aber was war es dann?

„Ashlyn." *Ich darf sie nicht verlieren.* Noch nicht. Er hatte noch nicht genug von ihr, hatte sie noch nicht berührt und noch nicht mit ihr gesprochen. Er blinzelte überrascht, als ihm plötzlich bewusst wurde, dass er mit ihr *sprechen* wollte. Er wollte sich nicht nur an ihrem Körper berauschen, und sie nicht nur ausfragen, sondern reden. Sie kennenlernen und herausfinden, was sie zu der Frau gemacht hatte, die sie war.

Jegliche Mordgedanken waren verschwunden; stattdessen grübelte er, wie er sie retten konnte.

„Ashlyn. Sprich mit mir." Von Neuem rüttelte er sie leicht. Hilflos wie er war, wusste er nicht, was er sonst machen sollte. Doch ihr Körper blieb so kalt, als hätte sie in Eis gebadet und sich von einem arktischen Wind trocknen lassen. Er zog die Bettdecke hoch und stopfte sie an den Seiten fest, um sie irgendwie aufzuwärmen. „Ashlyn. Bitte."

Er sah, wie sich unter ihren Augen Blutergüsse bildeten. War das seine Strafe? Ihr dabei zuzusehen, wie sie langsam und qualvoll starb?

Das Gefühl der Hilflosigkeit wuchs. Hier half ihm all seine Muskelkraft nicht. Er schaffte es einfach nicht, sie zum Sprechen zu bringen. „Ashlyn." Diesmal war ihr Name ein heiseres Flehen. Er schüttelte sie noch einmal, so fest, dass es einen Toten hätte wecken können. „Ashlyn."

Verdammt. Immer noch nichts.

„Lucien!", schrie er, ohne den Blick von ihr abzuwenden. „Aeron!" Doch er war so weit von ihnen entfernt, dass sie ihn vermutlich nicht hörten. „Helft mir!" Ob Ashlyn nach Hilfe gerufen hatte? Maddox beugte sich zu ihr hinunter, presste seine Lippen auf ihre und versuchte, ihr Leben einzuhauchen. Er spürte Wärme … ein Kribbeln …

Ihre bläulichen Lippen öffneten sich, und sie stöhnte. Endlich. Ein Lebenszeichen. Fast hätte er vor Erleichterung aufgeheult. „Sprich mit mir, meine Schöne." Er strich ihr die nassen Haare aus dem Gesicht, wobei er verdutzt feststellte, dass seine Hand zitterte. „Sag mir, was du hast."

„Maddox", krächzte sie. Die Augen hielt sie geschlossen.

„Ich bin hier. Sag mir, wie ich dir helfen kann. Sag mir, was du brauchst."

„Töte sie. Töte die Spinnen." Sie sprach so leise, dass er sie kaum verstehen konnte.

Er streichelte ihr über die Wange, während er sich im Zimmer umsah. „Hier sind keine Spinnen, meine Schöne."

„Bitte." Eine kristallklare Träne quoll unter ihrem Augenlid hervor. „Sie krabbeln die ganze Zeit auf mir herum."

„Ja, gut, ich töte sie." Obwohl er kein Wort verstand, fuhr er ihr mit den Händen übers Gesicht, über den Hals, die Arme, den Bauch und die Beine. „Jetzt sind sie tot. Sie sind tot. Ich schwöre es."

Das schien sie ein wenig zu beruhigen. „Essen, Wein. Gift?"

Ihm wich die Farbe aus dem Gesicht, bis er beinahe so blass war wie Ashlyn. Wie hatte er das nur vergessen können… Der Wein war für *sie* gemacht, die Krieger, und nicht für Menschen. Da normaler Alkohol bei ihnen kaum Wirkung zeigte, gab Paris oft einige Tropfen Ambrosia hinzu, die er im Himmel gestohlen und all die Jahre gehortet hatte. Wirkte Ambrosia bei Menschen wie ein Gift?

Ich bin schuld, dachte Maddox entsetzt. Ich. Nicht die Götter. „Verflucht!" Er schlug gegen das metallene Kopfende, wodurch seine Fingerknöchel weiter aufplatzten und wieder zu bluten begannen. Noch nicht befriedigt, wiederholte er das Ganze. Das Bett schepperte, und Ashlyn stöhnte vor Schmerzen.

Hör auf. Tu ihr nicht weh. Er zwang sich, stillzuhalten und ruhig zu atmen, um sich zum tausendsten Mal an diesem Tag zu beruhigen. Aber der dunkle Drang, Schaden anzurichten, war unglaublich stark. Beinahe nicht zu kontrollieren. Abgesehen von den wenigen Minuten nach seinem Kampf mit Aeron war er den ganzen Tag am Rande des Abgrunds getaumelt, und die jetzige Situation reizte ihn nur noch mehr. Er konnte jeden Moment die Grenze überschreiten und irreparablen Schaden anrichten.

„Sag mir, wie ich dir helfen kann", wiederholte er.

„A-arzt."

Ein Menschenheiler. Ja, genau. Er musste sie in die Stadt bringen, denn weder er noch die anderen Krieger hatten eine medizinische Ausbildung. Es hatte nie Bedarf bestanden. Aber was, wenn dieser Arzt sie über Nacht dabehalten wollte? Er schüttelte den Kopf. Das durfte er nicht zulassen. Womöglich erzählte sie den Jägern von ihren Erlebnissen auf der Burg und verriet ihnen, wie man die Herren der Unterwelt am besten schlagen konnte. Das wäre eine Katastrophe. Aber noch viel stärker beunruhigte ihn die Sorge, dass ihr jemand etwas antun und er sie nicht retten könnte.

Er musste den Arzt hierher holen.

Maddox gab ihr noch einen flüchtigen, weichen Kuss auf die eiskalten Lippen. Wieder spürte er einen Stromschlag – dieser war noch schwächer als der letzte, genauso schwach wie Ashlyn. Er ballte die Hände zu Fäusten. „Ich werde einen Arzt finden, meine Schöne, und ihn in die Burg bringen."

Sie stöhnte, und endlich teilten sich ihre langen Wimpern. Bernsteinfarbene Seen aus Schmerz blickten ihn an. „Maddox."

„Ich werde nicht lange weg sein, das verspreche ich dir."

„Geh … nicht." Sie klang, als würde sie jeden Augenblick in Tränen ausbrechen. „Tut weh. Es tut so weh. Bleib hier."

Er war innerlich zerrissen. Sollte er nachgeben oder Hilfe holen? Schließlich entschied er sich, zu bleiben. Er ging zur Tür und brüllte: „Paris! Aeron! Reyes!" Seine Stimme hallte von den Flurwänden wider. „Lucien! Torin!"

Statt auf sie zu warten, lief er zurück zum Bett. Er verschränkte die Finger mit Ashlyns. Ihre waren kraftlos. „Was kann ich tun, um die Schmerzen zu lindern?"

„Lass mich nicht los", stieß sie hervor. Ihr Atem ging flach. An den Mundwinkeln bildeten sich rote Streifen. Breitete sich das Gift langsam aus?

„Keine Sorge, das werde ich nicht.“ Mehr als alles andere auf der Welt wollte er ihr den Schmerz abnehmen. Was würde es ihm schon ausmachen, noch ein bisschen mehr zu leiden? Nichts. Aber sie … Was? Er wusste es nicht.

Stöhnend hielt sie sich den Bauch, rollte sich auf die Seite und krümmte sich zu einem Ball. Maddox strich ihr mit der freien Hand die Haare hinter das nasskalte Ohr. „Kann ich sonst noch etwas tun?“

„Weiß nicht.“ Sie sah ihn aus glasigen Augen an. „Muss ich … sterben?“

„Nein!“ Er hatte nicht schreien wollen, aber es war einfach so aus ihm herausgeplatzt. „Nein“, wiederholte er leiser. „Das hier ist meine Schuld, und ich werde es nicht zulassen.“

„Mit Absicht?“

„Niemals.“

„Warum dann?“, keuchte sie. Dann stöhnte sie wieder.

„Aus Versehen. Der Wein war nicht für Menschen bestimmt.“

Er wusste nicht, ob sie ihn hörte oder nicht, denn sie reagierte nicht. „Ich muss …“ Sie würgte und hielt sich die Hand vor den Mund.

Er griff nach der leeren Obstschale und hielt sie ihr hin. Sie beugte sich über die Bettkante und entleerte ihren Magen. Fürsorglich hielt er ihr die Haare aus dem Gesicht.

War es gut oder schlecht, dass sie sich übergab?

Ashlyn ließ sich in genau dem Moment auf die Matratze zurückfallen, als Reyes und Paris ins Zimmer gestürmt kamen. Beide Männer sahen verwirrt aus. „Was?“, fragte Reyes.

„Was ist los?“ Paris. Er schwitzte, und die angespannten Fältchen um seine Augen waren tiefer als zuvor.

Reyes Arme bluteten wieder, seine Hand war geschwollen, und er hielt zwei Messer im Anschlag, bereit zum Kampf. Er ließ den Blick im Raum umherschweifen und seine Verwirrung wuchs. „Brauchst du Hilfe dabei, ihr den Todesstoß zu versetzen?“

„Nein! Der Wein … die Ambrosia, die Paris immer hineinmischt. Ich habe ihr davon gegeben“, gestand er reumütig. „Rettet sie.“

Paris sackten die Knie ein, doch er blieb stehen. „Ich weiß nicht, wie.“

„Du musst aber! Du hast doch schon unzählige Stunden mit Menschen verbracht!“ Maddox konnte das ohrenbetäubende Brüllen, das in seiner Kehle lauerte, nur unter größter Anstrengung zurückhalten. „Sag mir, wie ich ihr helfen kann."

„Ich wünschte, das könnte ich." Er wischte sich mit dem Handrücken über die feuchten Augenbrauen. „Ich habe den Wein noch nie mit Menschen getrunken. Er ist für uns."

„Geh und frag die vier Frauen, ob sie wissen, was zu tun ist. Und wenn nicht, sag Lucien, dass er sich in die Stadt beamen, einen Arzt suchen und mit ihm herkommen soll." *Tod* war der Einzige unter den Kriegern, der sich allein durch Gedankenkraft an einen anderen Ort begeben konnte.

Reyes nickte und machte auf dem Absatz kehrt.

„Tut mir leid, Maddox, aber ich kann nicht mehr", entschuldigte sich Paris. „Ich brauche Sex. Ich war schon an der Tür, als ich dein Rufen gehört habe, und bin sofort hergekommen. Das war ein Fehler. Wenn ich nicht schleunigst in die Stadt komme, dann ..."

„Ich verstehe."

„Ich mach's später wieder gut." Paris stolperte aus dem Raum und verschwand um die Ecke.

„Maddox", stöhnte Ashlyn wieder. Der Schweiß rann ihr die Schläfen hinab. Ihre Haut war inzwischen so bleich, dass er die winzigen azurblauen Venen darunter erkennen konnte. „Erzähl mir ... eine Geschichte. Irgendwas ... das mich von den ... Schmerzen ablenkt." Dann fielen ihr die Augen zu.

„Entspann dich, meine Schöne. Du solltest nicht reden." Er eilte ins Badezimmer, leerte und reinigte die Schale und schnappte sich ein Handtuch. Er benetzte es mit Wasser und ging zurück ins Zimmer. Die Schale nahm er mit und stellte sie für alle Fälle neben das Bett. Ashlyns Augen waren immer noch geschlossen. Er dachte schon, sie sei eingeschlafen, doch sie zuckte zusammen, als er ihr das Gesicht abtupfte. Er stellte sich hinter sie und wusste nicht recht, was er erzählen sollte.

„Warum haben ... Freunde dich erstochen?"

Er sprach nie über seinen Fluch, auch nicht mit den Männern, die an seiner Seite litten. Und eigentlich hätte er auch nicht mit Ashlyn darüber sprechen sollen. Gerade nicht mit ihr. Doch im Augenblick kümmerte ihn das nicht. Beim Anblick ihres schmerzverzerrten Gesichts hätte er alles getan, um ihr irgendwie zu helfen. „Sie erstechen mich, weil sie es müssen. Sie sind verdammt, genauso wie ich."

„Das erklärt … nichts."

„Doch, das erklärt alles."

Einige schweigsame Minuten verstrichen. Sie fing an, sich zu winden, als machte sie sich für eine weitere Runde mit der Schale bereit. Er hatte ihren Zustand zu verantworten, und jetzt war er es ihr schuldig, ihr jeden Wunsch zu erfüllen. Also erzählte er ihr seine Lebensgeschichte. „Ich habe eine Geschichte für dich. Ich bin unsterblich und lebe schon seit Anbeginn der Zeit auf der Erde – zumindest kommt es mir so vor."

Während er sprach, entspannten sich ihre Muskeln. „Unsterblich", wiederholte sie, als wollte sie das Wort kosten. „Ich wusste, dass du mehr bist als nur ein Mensch."

„Ich war nie ein Mensch. Ich wurde als Krieger geschaffen, um den Götterkönig zu beschützen. Über viele Jahre diente ich ihm gehorsam. Ich half ihm, dass er an der Macht blieb, und beschützte ihn sogar vor seiner eigenen Familie. Dennoch traute er es mir nicht zu, auf seinen kostbarsten Besitz aufzupassen – eine Büchse, die aus den Knochen der verstorbenen Göttin der Unterdrückung gefertigt war. Stattdessen betraute er eine Frau mit dieser Aufgabe. Zugegeben, sie hatte den Ruf, die beste Kriegerin zu sein, aber mein Stolz war verletzt." Glücklicherweise blieb Ashlyn entspannt. „Ich wollte ihm beweisen, dass er einen Fehler gemacht hatte, und deshalb half ich dabei, die Dämonen aus der Schatulle zu befreien und in die Welt zu entlassen. Zur Strafe banden mich die Götter für immer und ewig an einen der Dämonen." Er legte ihr den Arm um die Taille und rieb sanft über ihren Bauch, in der Hoffnung, das würde sie zusätzlich beruhigen.

Sie stieß einen leisen Seufzer aus. Vor Erleichterung? Hoffentlich. „Ein Dämon. Das dachte ich mir schon."

Das überraschte ihn nicht. Er verstand nur immer noch nicht, warum sie es so offen zugab.

„Aber du bist *gut.* Manchmal jedenfalls", fügte sie hinzu. „Verändert sich deshalb dein Gesicht?"

„Ja." Sie hielt ihn für gut?

Ein Gefühl der Freude erfüllte ihn, und er fuhr fort: „Ich habe es deutlich gespürt, als der Dämon in mich fuhr. Es war wie ein innerlicher Schlag, als würden Teile von mir sterben, um für etwas anderes Platz zu machen, für etwas, das stärker war als ich." Damals hatte er zum ersten Mal das Konzept des Todes verstanden – und er hatte keine Ahnung gehabt, wie intensiv er sich noch damit befassen sollte.

Ein weiterer zarter Seufzer entfuhr ihr. Er wusste nicht, ob sie tatsächlich verstand, was er ihr erzählte. Aber zumindest weinte sie nicht mehr und krümmte sich nicht mehr vor Schmerzen.

„Ich verlor meinen Willen, und der Dämon übernahm die Kontrolle über mich. Er zwang mich …“ Alles Böse zu tun, beendete er den Satz in Gedanken, während Bilder von Blut und Tod, Rauch und Asche und absoluter Verwüstung vor seinem geistigen Auge auftauchten. Er konnte dieses Wissen kaum selbst ertragen, und ganz bestimmt würde er Ashlyn nicht damit quälen.

Er erinnerte sich daran, wie sich der Klammergriff des Dämons irgendwann gelockert hatte – wie ein Nebelschleier, der langsam zerriss –, wie eine süß duftende Morgenbrise den schwarzen Rauch aus seinem Kopf geweht hatte und nur eine verhasste Erinnerung geblieben war.

Der Dämon hatte ihn gezwungen, Pandora zu ermorden, die Wächterin, die er aus ganzem Herzen hasste. Als sein Blutdurst gestillt war, hatte er sich in den hintersten Winkel von Maddox' Seele zurückgezogen und ihn mit dem angerichteten Schaden alleingelassen.

„Er zwang mich, wegzugehen“, beendete er den Satz endlich und seufzte bei dieser Lüge. „Der Büchse aus dem Weg zu gehen.“

„Büchse“, wiederholte Ashlyn, und er erschrak. „Dämonen … davon habe ich schon mal gehört.“ Sie öffnete den Mund, um noch mehr zu sagen, aber dann zuckte sie zusammen. Mit einem Aufschrei griff sie blind nach der Schale.

Mit einem Satz sprang Maddox vom Bett und kam ihr blitzschnell zu Hilfe. Kaum hielt er ihr die Schale hin, beugte sie sich auch schon vor und würgte. Er hielt sie fest an sich gedrückt und redete leise und beruhigend auf sie ein, wie er es noch bei keinem anderen getan hatte. Jemanden zu trösten, war eine neue Erfahrung für ihn, und er betete, dass er es richtig machte. Seine Freunde hatte er nie getröstet. Sie ertrugen ihre Qualen genauso still wie er.

Als Ashlyn fertig war, bettete er sie wieder auf die Matratze und wischte ihr den Mund ab. Dann richtete er den Blick gen Decke. „Es tut mir leid, wie ich mit euch gesprochen habe“, flüsterte er zum Himmel. „Aber bitte lasst sie nicht für meine Sünden bezahlen.“

Als er sie wieder ansah, hatte er das Gefühl, sie schon seit einer Ewigkeit zu kennen. Ihm war, als wäre sie schon immer ein Teil seines Lebens gewesen. Eines Lebens, das sich in Nichts auflösen würde, wenn man sie ihm wegnähme. Wie war das möglich? Erst vor einer Stunde hatte er sich eingeredet, dass er sie umbringen könnte. Und jetzt …

„Lasst sie leben", fügte er unwillkürlich hinzu, „und ich will alles tun, was ihr verlangt."

Alles?, ertönte eine leise Stimme mit amüsiertem Unterton. Das war nicht die Stimme von *Gewalt* oder irgendeine andere Stimme, die er kannte.

Maddox erstarrte und blinzelte. Nach einigen Momenten verwandelte sich der Schreck in pure Verwirrung. „Wer ist da?"

Von seiner Frage aufgeschreckt, blickte Ashlyn ihn aus rotgeränderten Augen an. „Ich", krächzte sie.

„Beachte mich nicht, meine Schöne, und schlaf."

Was glaubst du denn, wer ich bin, Krieger? Kannst du nicht erraten, wer die Macht hat, auf diese Weise mit dir zu kommunizieren?

Ein weiterer Moment des Schreckens verstrich, bis es ihm langsam dämmerte. War das möglich? Ein … Titan? Jahrelang hatte er die Griechen angefleht, aber nicht ein Mal eine Antwort bekommen. Und schon gar nicht innerhalb weniger Sekunden. Hatten die Titanen Aeron nicht genau so zu sich gerufen, nur mit einer Stimme?

Hoffnung – und Furcht – breiteten sich in ihm aus. Falls diese Titanen wohlwollend waren, falls sie ihm helfen würden, vielleicht täte er dann wirklich alles für sie. Wenn sie jedoch boshaft waren und die Dinge nur noch verschlimmerten … Er ballte die Hände zu Fäusten.

Sie hatten Aeron befohlen, vier unschuldige Frauen umzubringen; sie konnten nicht gütig sein. Verdammt noch mal! Wie sollte er sich diesem Wesen gegenüber verhalten? Demütig? Oder würde ihm das als Schwäche ausgelegt?

Alles?, wiederholte die Stimme. Er hörte ein körperloses Lachen. *Denk genau nach, bevor du antwortest, und sei dir bewusst, dass deine Frau sterben könnte.*

Er betrachtete Ashlyns zitternden Körper und ihr schmerzverzerrtes Gesicht und musste daran denken, wie sie vorher gewesen war. Wie sieh ihn verzückt angesehen und gebeten hatte, die Stille mit ihr zu genießen. Wie sie vor ihm gestanden und sich für das Essen bedankt hatte. Wie sie sich vor ihn gestellt hatte, um ihn vor seinen eigenen Freunden zu beschützen.

Bis dahin – bis jetzt – hatte ihn niemand gebraucht. Dass sie ihn brauchte, berauschte ihn, und es verstärkte seine Zuneigung. Ich kann sie nicht weiter leiden lassen, dachte er.

Er würde es drauf ankommen lassen müssen und sich den Titanen stellen. Was auch immer sie wirklich von den Kriegern wollten, was auch immer sie für Absichten hegten und ob sie die Jäger und Ashlyn tatsächlich benutzten, um ihn für seinen mangelnden Respekt zu bestrafen oder nicht – er würde es darauf ankommen lassen.

Er unterdrückte ein Fluchen, denn er ahnte, dass er in nicht allzu ferner Zukunft so sehr leiden würde wie noch nie zuvor. Doch das änderte nichts an seiner Antwort. „Ja, alles."

Reyes atmete schwer, als er zu Luciens Zimmer rannte. Er hatte in den vergangenen Tagen eine Menge Blut verloren. Mehr als gewöhnlich. Aber das Verlangen nach Schmerz, nach diesem furchtbaren, wundervollen Schmerz, war in letzter Zeit auch besonders stark gewesen.

Er wusste weder, warum, noch was er dagegen tun konnte. Er konnte es nicht mehr richtig kontrollieren und hatte während der vergangenen Tage den Versuch aufgegeben. Was der Dämon des Schmerzes wollte, das bekam er auch. Und mit jedem Tag, der verstricht, nahm sein Wunsch, ihn zu beherrschen, stetig ab. Ein Teil von ihm wollte den Dämon umarmen und sich endlich in ihm verlieren, um die Taubheit zu spüren, die jedes kleine Leiden auslöste.

Früher war das alles anders gewesen. Er hatte gelernt, mit dem Dämon zu leben und sich mit ihm zu arrangieren. Aber jetzt …

Als er um die Ecke bog, blendete ihn das marmorierte Licht, das durch ein Seitenfenster fiel. Er hatte Maddox noch nie so zerrissen und verängstigt gesehen. So verletzlich. Und das wegen eines Menschen, eines Fremden. Eines Köders. Reyes gefiel die Sache nicht, doch Maddox war sein Freund, und er würde ihm helfen, wo immer er konnte.

Er würde ihm helfen, obwohl er sich nichts sehnlicher wünschte, als dass alles wieder seinen gewohnten Gang nahm. Dass Maddox um Mitternacht tobte und starb und am nächsten Morgen so tat, als mache es ihm nichts aus. Denn wenn Maddox so tat, als wäre alles in Ordnung, fiel es auch Reyes leichter.

Seine wirren Gedanken verflüchtigten sich, als er Lucien erblickte.

Er saß mit angezogenen Beinen auf dem Boden und hatte den Kopf auf die Hände gestützt. Sein dunkler Haarkranz stand ihm wirr vom Kopf ab, als wäre er zu oft mit den Fingern durchgefahren. Er wirkte niedergeschlagen und kraftlos. Reyes schluckte den Kloß herunter, der ihm in der Kehle steckte.

Wenn die Situation sogar den sonst so stoischen Lucien aus der Fassung bringen konnte …

Je näher er kam, desto intensiver wurde der Rosenduft. *Tod* roch immer nach Blumen. Armer Kerl. „Lucien", rief er.

Lucien reagierte nicht.

„Lucien."

Wieder keine Antwort.

Reyes trat dicht an ihn heran, beugte sich zu ihm runter, legte ihm die Hand auf die Schulter und schüttelte ihn. Nichts. Er kniete sich hin und winkte mit der Hand vor den Augen des Kriegers hin und her. Nichts. Luciens Blick war leer, sein Mund bewegungslos. Da begriff Reyes. Statt die Burg – wie gewöhnlich – in seinem Körper zu verlassen und sich innerhalb von Sekunden von einem Ort zum nächsten zu beamen, war Lucien nur mit seiner Seele unterwegs.

Das tat er nur selten, da sein Körper in dieser Zeit möglichen Angriffen schutzlos ausgeliefert war. Vermutlich hatte er gewollt, dass etwas seine Schlafzimmertür bewachte, während er sterbliche Seelen sammelte – auch wenn es nur eine reglose Hülle war.

Ich bin also auf mich gestellt. Ihm blieb nur noch eine Möglichkeit.

Reyes erhob sich, schloss die Schlafzimmertür auf und platzte in den Raum.

Die vier Frauen saßen auf dem Bett, hielten sich an den Händen und flüsterten, doch als sie ihn erspähten, schwiegen sie. Sie wurden blass. Eine japste erschrocken. Die Jüngste, eine hübsche kleine Blondine, stellte sich auf ihre sichtbar zitternden Beine und nahm eine Kampfhaltung ein, die ihn wohl von ihrer Familie fernhalten sollte. Sie hob das Kinn und sah ihn herausfordernd an.

Sein Körper verkrampfte. Sein Körper verkrampfte *jedes Mal,* wenn er in ihrer Nähe war. Letzte Nacht hatte er sie sogar gerochen. Sie duftete nach süßem Puder und Gewitter. Stundenlang hatte er geschwitzt und schwer geatmet und war so erregt gewesen, dass er schon Maddox wegen Ashlyn Vorwürfe machen wollte, da er glaubte, *sie* wäre für seinen erbärmlichen Zustand verantwortlich.

Diese Frau stand für den Himmel, für das Vergnügen, sie war ein Fest für seine gegeißelten Sinne. Sie hatte weder Narben noch andere Male, die auf ein hartes Leben hindeuteten. Nur makellose, sonnengebräunte Haut und strahlend grüne Augen. Volle, rote Lippen, die zum Lachen gemacht waren – und zum Küssen.

Falls sie schon einmal Schmerzen erfahren hatte, so merkte man es ihr nicht an. Und das faszinierte ihn. Obwohl er es besser wusste. Seine Beziehungen konnten nur ein böses Ende nehmen.

„Starr mich nicht so an", fauchte der kleine, blonde Engel und ballte die Fäuste.

Wollte sie ihn schlagen? Lächerlich. Aber sie wusste ja nicht, dass er es genießen würde. Dass er mehr davon würde haben wollen, bis er sie anflehte, ihn noch mal zu schlagen. *Ich täte der Welt einen Gefallen, wenn ich es zuließe, dass die Jäger mich köpfen.*

Wie sehr er sich hasste. Er hasste es, zu welchem Verhalten sein Dämon ihn zwang, und er hasste die Sehnsucht, die ihn jetzt erfüllte.

„Wenn du gekommen bist, um uns zu vergewaltigen, solltest du wissen, dass wir uns wehren werden. Wir sind keine leichte Beute." Sie hob das Kinn noch ein Stückchen höher und plusterte sich künstlich auf.

Dass ein derart kleines Wesen einen solchen Mut aufbrachte, imponierte ihm, aber er durfte sich nicht von seiner momentanen Aufgabe ablenken lassen. „Weiß jemand von euch, wie man einen Menschen heilt?"

Sie blinzelte verwirrt, und ihre Feindseligkeit ebbte leicht ab. „Einen Menschen?"

„Eine Frau. Wie du."

Sie blinzelte erneut. „Warum?"

„Weißt du es?", drängte er, ohne auf ihre Frage einzugehen. „Uns bleibt nicht viel Zeit."

„Warum?", wiederholte sie.

Reyes ging langsam auf sie zu. Jeder Schritt bebte vor zurückgehaltener Wut. Doch sie wich nicht zurück, und je näher er ihr kam, umso stärker stieg ihm ihr Duft in die Nase. Er war berauschend und verlockend, wie das Mädchen selbst. Vollkommen unerwartet ließ seine Wut nach. „Antworte mir. Dann lasse ich dich vielleicht noch einen Tag länger am Leben."

„Danika. Antworte ihm. Bitte." Die älteste der Frauen fasste das Mädchen mit einer zitternden, faltigen Hand am Arm, um sie zurück aufs Bett und weg von ihm zu ziehen.

Danika. Der Name rollte durch seinen Kopf und über seine Zunge, und bevor er nachdenken konnte, sprach er ihn laut aus. „Danika." Sein Geschlecht zuckte. „Hübsch. Ich heiße Reyes."

Das Mädchen schüttelte die Hand der alten Frau ab und sah Reyes unverwandt an. Ihre Augenbrauen und Wimpern waren genauso blond wie ihre Haare. Vermutlich ist sie auch zwischen den Beinen blond, dachte er.

Er konnte nicht anders. Obwohl er sich beeilen musste, zog er sie in Gedanken aus. Eine Kurve nach der anderen kam zum Vorschein. Es war ein Festschmaus für seinen hungrigen Blick. Große Brüste mit Himbeernippeln. Ein weicher, flacher Bauch. Weiche und zugleich feste Oberschenkel.

Reyes gestattete sich schon lange nicht mehr, mit Menschen ins Bett zu gehen. Er legte lieber selbst Hand an, wenn er Befriedigung brauchte. Seine Leidenschaft war zu düster und zu schmerzhaft für die meisten Frauen. Und diese hier, die von einer weichen, unschuldigen Aura umgeben war, wäre ganz besonders verletzt und angewidert. Daran hegte er keinen Zweifel. Noch schlimmer war, dass die Frauen, mit denen er schlief, sich an seinem Dämon berauschten und bald genauso versessen darauf waren, sich Schmerzen zuzufügen, wie er.

Selbst wenn er von Danika nicht mehr als einen Kuss verlangte, sie würde nicht damit umgehen können – und er vielleicht auch nicht. Der Gedanke, sie zu verletzen, bis sie blutete, sie zu verstümmeln, hinterließ einen hohlen Schmerz in seiner Brust.

„Ich frage jetzt noch ein Mal: Ist irgendwer von euch eine Heilerin?", bellte er. Plötzlich wollte er so schnell wie möglich weg von Danika und ihrer verführerischen Unschuld.

Sein harscher Ton ließ sie noch mehr erbleichen, doch sie blieb standhaft. „Wenn … wenn ich wirklich eine Heilerin bin, verschonst du dann meine Mutter, meine Schwester und meine Großmutter? Sie haben nichts Unrechtes getan. Die Reise nach Budapest war eine Art Flucht. Wir wollten uns von meinem Grandpa verabschieden. Wir …"

Er hob die Hand, und sie verstummte. Es war gefährlich, Details über ihr Leben zu erfahren; er wollte sie ja jetzt schon in die Arme schließen und über den Verlust hinwegtrösten, den sie offenbar erlitten hatte. „Ja, ich werde euch verschonen, wenn du sie rettest", log er.

Wenn man den Titanen Glauben schenken konnte, würde Aeron bald zusammenbrechen und nach Blut und Tod dürsten. Er würde nur noch existieren, um diese Frauen zu ermorden. Da war es nur gnädig, sie ihre letzten Tage in Ruhe und Hoffnung verbringen zu lassen, fand Reyes. Die letzten Tage. Der Gedanke gefiel ihm nicht.

Danikas Schultern entspannten sich ein wenig, und sie warf ihrer Familie einen entschlossenen Blick zu. Die drei Frauen schüttelten die Köpfe. Danika nickte.

Reyes runzelte die Stirn, da er die stumme Kommunikation nicht verstand. Log sie auch? Schließlich wandte Danika sich ihm wieder zu. Als ihre Blicke sich trafen, war jegliche Verwirrung vergessen. Vielleicht war ihm die Antwort aber auch schlichtweg egal. Ihre engelsgleiche Schönheit war bezaubernder als die Büchse der Pandora und versprach eine Erlösung, die sie unmöglich erfüllen konnte. Und dennoch wünschte sich ein Teil von ihm, sie könnte es. Nur einen Augenblick lang.

Sie schloss die Augen und atmete langsam aus. „Ja, ich bin eine Heilerin", behauptete sie.

„Dann komm mit mir." Er nahm Danika nicht bei der Hand. Er hatte zu große Angst davor, was geschehen könnte, wenn er sie berührte. *Angst vor einem einfachen Menschen? Feigling.* Nein, es war nur klug. Wenn er nicht wusste, wie sie sich anfühlte, konnte er dieses Gefühl auch nicht vermissen, wenn sie erst tot war.

Und was, wenn Lucien eine Möglichkeit einfiel, sie zu retten? Was, wenn …

„Komm." Reyes wollte nicht noch mehr Zeit verlieren, also stob er aus dem Zimmer und zwang Danika, ihm zu folgen. Die anderen Frauen schloss er wieder ein und setzte sich dann in Bewegung, sorgfältig darauf bedacht, einen gesunden Abstand zu dem Engel zu wahren.

Oh Gott, oh Gott, oh Gott, verzweifelte Danika Ford innerlich. Ihr Herz klopfte so stark, als wollte es aus ihrer Brust herausspringen. Es hämmerte gegen ihre Rippen, als wären sie eine Tür mit zugefrorenen Scharnieren. *Warum habe ich das bloß getan? Ich bin doch gar keine Heilerin.*

Gut, sie hatte im College einen Anatomiekurs belegt. Und auch einen Reanimationskurs, falls ihr Großvater vor ihren Augen einen Herzinfarkt erleiden sollte. Aber sie war weder Krankenschwester noch Ärztin. Sie war einfach nur eine Künstlerin, die jeden Tag ums Überleben kämpfte und sich gedacht hatte, ein Urlaub würde ihr über den Tod ihres Großvaters hinweghelfen.

Was würde sie tun, wenn dieser muskelbepackte Soldat mit dem Stahlblick – denn das war er doch sicherlich, ein Soldat – von ihr verlangte, irgendeine Operation durchzuführen? Natürlich würde sie es nicht machen. Sie konnte doch nicht einfach das Leben eines anderen Menschen aufs Spiel setzen. Aber alles andere … vielleicht. Wahrscheinlich. Sie musste ihre Familie retten. Denn *ihre* Leben standen auch auf dem Spiel.

Oh Gott. Um sich irgendwie zu beruhigen, fixierte sie den Rücken ihres Kidnappers, der vor ihr her ging. Seine Haut war gebräunt. Er war groß und hatte die breitesten Schultern, die sie je gesehen hatte. Sie war ihm schon einmal begegnet, und da hatte er auch nicht gelächelt. Damals wie heute lag Schmerz in seinem Blick. In diesen Augen, die so schwarz waren wie die Nacht. Damals wie heute waren seine Arme mit frischen Schnitten übersät.

Oh Gott, oh Gott. Sie dachte nicht einmal daran, wegzulaufen. Er würde sie einfangen, und dann wäre er erst richtig wütend. Vielleicht sollte sie ihn angreifen. Aber davor hatte sie größere Angst, als an Halloween alleine in ein Geisterhaus mit Kettensägen, Messern und anderen schauerlichen Requisiten zu gehen.

Oh Gott, oh Gott, oh Gott. Sie wollte mit ihm reden und ihn fragen, was sie tun sollte, doch sie hatte keine Stimme mehr. In ihrer Kehle saß ein baseballgroßer Kloß, der sie am Sprechen hinderte. Sie wusste nicht, warum sie entführt worden war, und es war ihr auch fast schon egal. Sie wollte einfach nur raus aus dieser zugigen, unheimlichen Burg, weg von den gruseligen, muskelgestählten Bewohnern und nach Hause in ihr sicheres Appartement in New Mexico fliegen.

Plötzlich prasselten Trostlosigkeit und Heimweh so heftig auf sie ein, dass sie fast geschluchzt hätte. Würde der Soldat sein Wort halten, wenn sie ihm half? Sie bezweifelte es, doch eine alberne Hoffnung blieb. Sie würde ihr Bestes geben, egal, was verlangt würde, und sie betete, dass ein Wunder geschehen möge.

Schade nur, dass sie nicht an Wunder glaubte. *Wahrscheinlich wird dieser bullige Brutalo dich mit einem Messer abstechen, wenn etwas schiefläuft.*

Oh Gott, oh Gott, oh Gott. Wenn sie versagte, würden sie und ihre Familie sterben. Und zwar bald. Davon war sie überzeugt.

9. Kapitel

Als Reyes mit der engelsgleichen Blondine, die Aeron umbringen sollte, ins Zimmer kam, hätte Maddox vor Erleichterung fast geweint. Ashlyn hatte sich zigmal übergeben, bis ihr Magen leer war. Und dann hatte sie sich weiter erbrochen.

Danach war sie zurück auf die Matratze gesunken und hörte auf zu atmen. Verzweifelt rief Maddox noch einmal den Titanen an, doch der Gott blieb untätig. Nachdem Maddox ihm versprochen hatte, jedweden Befehl auszuführen, wenn er ihm nur half, hatte ihn der allmächtige Herrscher im Stich gelassen.

Der Titan hatte ihm Hoffnungen gemacht und sie dann vollständig zerschmettert. Maddox hatte sich gefragt, welche Motive das göttliche Wesen hatte, und jetzt wusste er es: pure Grausamkeit und sadistisches Vergnügen.

Reyes ging beiseite, und die kleine Blonde eilte zum Bett.

„Hilf ihr", befahl Maddox.

„Oh Gott, oh Gott, oh Gott", jammerte sie. Sie wurde blass, als sie sich neben das Bett kniete. Obwohl sie am ganzen Leib zitterte, schaute sie Maddox vorwurfsvoll an. „Was hast du mit ihr gemacht?"

Die Schuldgefühle wuchsen, und Maddox hielt die zerbrechliche, kranke, *sterbende* Ashlyn fester. Er kannte die Frau kaum, aber er wünschte sich mehr, dass sie lebte, als dass er sich wünschte, dem heißesten Höllenfeuer zu entkommen. Diese starken Gefühle kamen eindeutig zu plötzlich und waren völlig untypisch für ihn. Aber darüber würde er später nachdenken.

„Sie atmet nicht mehr", krächzte er. „Mach, dass sie wieder atmet."

Die Blondine richtete ihre Aufmerksamkeit wieder auf Ashlyn. „Sie muss ins Krankenhaus. Jemand muss den Notarzt rufen. Sofort! Scheiße, Moment. Gibt es hier überhaupt einen Rettungsdienst? Oder Telefon? Falls ja, müssen wir da sofort anrufen!"

„Keine Zeit", meinte Maddox. „*Du* musst was unternehmen."

„Ruft einfach an. Sie …"

„Tu was, oder du stirbst!“, brüllte er.

„Oh Gott.“ Ihr Blick war jetzt panisch. „Ich muss … ich muss sie reanimieren. Ja, genau. Reanimieren. Das kann ich. Ich kann es“, sagte sie mehr zu sich, als zu den anderen. Sie stand auf und beugte sich dicht zu Ashlyns leblosem Gesicht hinab. „Legt sie flach hin und geht mir aus dem Weg.“

Maddox dachte nicht eine Sekunde daran zu protestieren. Er rollte Ashlyn auf den Rücken, sprang auf den Boden und kauerte sich neben das Bett. Allerdings weigerte er sich, ihre Hand loszulassen. Einen Moment lang stand das Mädchen bewegungslos da. Noch immer lag Panik in ihren Augen.

„Danika“, warnte Reyes sie.

Das Mädchen – Danika – schluckte und warf Reyes einen nervösen Blick zu. Der Krieger zog die dunklen Augenbrauen hoch, während er sie ansah und fragte: „Bist du auch sicher, dass du weißt, was du da tust?“

„N-natürlich.“ Als sie sich wieder auf Ashlyn konzentrierte, nahmen ihre Wangen plötzlich einen rosigen Farbton an. Sie legte die Handflächen knapp unter Ashlyns Brüste und drückte einmal, zweimal. „Ganz ruhig“, beruhigte sie sich. „Du hast das geübt. Ein Dummy ist nichts anderes als ein Mensch, ein Dummy ist nichts anderes als ein Mensch.“ Dann presste sie ihren geöffneten Mund auf Ashlyns.

Während der nächsten Minuten – eine Ewigkeit, die schlimmer war als die Stunden, die Maddox jede Nacht in der Hölle schmorte – drückte sie abwechselnd auf Ashlyns Brust und blies ihr Luft in den Mund. Maddox hatte sich noch nie so hilflos gefühlt. Die Zeit wurde zu seinem Feind.

Reyes wartete still an der Tür. Er hielt die Arme vor der Brust verschränkt. Mit verschlossenem Gesichtsausdruck beobachtete er nicht Ashlyn, sondern Danika. Maddox massierte sich mit der freien Hand den Nacken. Sein eigener Atem ging so angestrengt, dass jeder Atemzug in seinem Kopf widerhallte.

Endlich hustete Ashlyn. Ihr gesamter Körper verkrampfte sich, als sie den Mund öffnete und versuchte, Leben in ihre Lunge zu saugen. Beim Einatmen röchelte sie, beim Ausatmen würgte sie.

Maddox zog sie sogleich an seine Brust. Sie wehrte sich. „Ganz ruhig, meine Schöne. Ganz ruhig.“

Allmählich hörte sie auf zu zappeln. „Maddox", flüsterte sie. Es war das süßeste Geräusch, das er je gehört hatte.

„Ich bin hier." Ihre Haut war immer noch kalt und klamm. „Ich halte dich fest."

Danika blieb neben dem Bett stehen und rang die Hände. Mit ihren weißen Zähnen biss sie sich so fest auf die Unterlippe, dass ein Tropfen Blut entwich. „Sie muss unbedingt in ein Krankenhaus. Sie braucht Ärzte und Medikamente."

„Der Weg von der Burg in die Stadt wäre zu viel für sie."

„W-was hat sie denn? Ein Virus? Oh Gott! Sie wird mich angesteckt haben."

„Wein", erwiderte Reyes. „Unser Wein hat sie krank gemacht."

Sie riss die Augen auf und sah Ashlyn erstaunt an. „Was, sie hat nur einen Kater? Das hättet ihr mir vorher sagen sollen. Sie braucht Wasser und Kaffee, um den Alkohol zu verdünnen." Nach einer kurzen Pause fügte sie hinzu: „Wenn ihr mich fragt: Ich hoffe, ich denke, sie wird überleben, aber ihr solltet sie wirklich in ein Krankenhaus bringen. Sie ist wahrscheinlich stark dehydriert und gehört unter ärztliche Beobachtung." Während Danika sprach, nahmen Ashlyns Wangen langsam wieder ein bisschen Farbe an.

„Tut weh", flüsterte Ashlyn. Sie klammerte sich an Maddox und zog ihn noch dichter an sich. Ob es ihr genauso ging wie ihm? Ob sie auch das Gefühl hatte, sie könnten einander nicht nah genug sein? Er hätte sich unter ihrer Haut vergraben, wenn es möglich gewesen wäre.

„Was kannst du sonst noch für sie tun?", wollte Maddox von Danika wissen. „Sie hat immer noch Schmerzen."

„Ich … ich …" Danika schürzte die Lippen und ließ den Blick zu Reyes schweifen. Der Krieger sah sie misstrauisch an. Dann riss sie die Augen auf und schnipste mit den Fingern. „Paracetamol! Aspirin. Irgendwie so was. Das hilft mir immer, wenn ich einen Kater habe."

Maddox sah Reyes an. „Ich glaube, ich habe mal einen Werbespot für so ein Zeug gesehen, aber ich weiß nicht, wo man es bekommt. Du vielleicht?"

„Nein. Bisher hatte ich nie einen Grund, mich für Menschenmedikamente zu interessieren." Reyes ließ die Blondine nicht aus den Augen; seine Stimme klang aus irgendeinem Grund kratzig.

Paris hätte es sicher gewusst, aber der war nicht da. „Wo bekommen wir dieses Paracetamol?", fragte Maddox das Mädchen ungeduldig.

Danika runzelte die Stirn und schaute zwischen den beiden Männern hin und her. Ihre Augen schimmerten eigenartig, als hätten er und Reyes in einer Sprache gesprochen, die sie nicht verstand. „Ich habe welche in meiner Tasche", sagte sie schließlich.

Als sie sich nicht rührte, fauchte Maddox: „Na, dann hol deine Tasche."

„Solange ihr mich nicht freilasst, geht das aber nicht. Sie liegt in meinem Hotelzimmer. Was … was für Wein hat sie denn getrunken?"

„Einen, von dem du noch nie gehört hast, du *Heilerin*", erwiderte Reyes leise.

Er weiß es, dachte Danika und wurde auf einmal von Angst gepackt. Wodurch hatte sie sich verraten? Weil sie sie panisch angefleht hatte, den Notarzt zu rufen? Oder durch ihre Nervosität? Ein Schauder lief ihr über den Rücken, und das Blut gefror ihr in den Adern. Dann stellte er sich hinter sie. Sie spürte die pulsierende Energie seines heißen Atems, der die Kälte vertrieb. Der Schauder wuchs zu einem Zittern. Von ihrer Reaktion irritiert, entfernte sie sich hastig von ihm.

„Du bist doch eine Heilerin, nicht wahr?" Seine Stimme hatte jetzt einen finsteren, spöttischen Unterton.

Oh ja. Er wusste es. Sie zwirbelte den Stoff ihrer Hose zwischen den Fingern und schluckte hörbar. Zumindest verpfiff er sie nicht – oder brachte sie auf der Stelle um.

Sie schluckte noch mal. „Immerhin atmet sie wieder. Ich habe meinen Teil der Abmachung erfüllt. Jetzt bist du dran."

Reyes sah weg, als könnte er ihren Anblick nicht länger ertragen.

„Hol Lucien", befahl Maddox.

„Geht nicht. Er ist anderweitig beschäftigt." Reyes ging langsam auf die offene Tür zu. „Ich bin gleich zurück", rief er über die Schulter. „Behalte die Blondine im Auge, Maddox. Sie ist ziemlich gerissen." Dann knallte er die Tür hinter sich zu.

Danika lief wie ein Idiot hinter ihm her. Er machte ihr von allen am meisten Angst, und trotzdem wollte sie in seiner Nähe sein. Irgendwas an ihm berührte sie tief. Vielleicht der Schmerz in seinen Augen. Oder die feinen Fältchen der Anspannung auf seinem Gesicht. Er sprach ihre

Urinstinkte an, die ihr versicherten, dass er sie beschützen würde, ganz gleich, welche Drohungen er äußerte.

„Versuch gar nicht erst abzuhauen", warnte der Mann namens Maddox sie. „Du würdest es bitter bereuen. Verstanden?"

Die bloße Warnung vertrieb die Hitze, die immer noch auf ihrer Haut verweilte. Dieser Mann war dermaßen unheimlich … Jedes Mal, wenn er sprach, schwang ein Hauch von Brutalität in seiner Stimme mit, als träufelte sie jemand hinein. Als könnte er es kaum erwarten, jedem, der in seine Richtung sah, unsagbare Schmerzen zuzufügen. In den vergangenen Minuten hatte sie bemerkt, dass ab und an eine skelettähnliche Maske durch seine Haut schimmerte. Seine violetten Augen waren schwarz, dann leuchtend rot und wieder schwarz geworden.

Welcher Mann – welcher *Mensch* – konnte so aussehen?

Ein Beben wanderte von ihrem Kopf bis in ihre Zehenspitzen. Als kleines Mädchen hatte sie sich so lange vor dem Schwarzen Mann gefürchtet, bis ihre Mutter ihr erklärt hatte, dass die Kreatur ein Mythos war, eine Erfindung, die kleine Kinder zum Gehorsam zwingen sollte. Jetzt dachte Danika, sie blicke gerade vielleicht direkt in die Augen des Schwarzen Mannes.

Nur wenn er die Frau auf dem Bett ansah, wirkte er normal.

„Verstanden?", wiederholte er.

„Ja." Sie unterstrich ihre Antwort mit einem kooperativen Nicken.

„Gut." Dann strich er das Mädchen aus seinen Gedanken und konzentrierte sich wieder auf Ashlyn. Ihr Zittern hatte sich zu einem regelrechten Beben verstärkt. Ihre Zähne klapperten. Ihre Augen standen weit offen, und eine einsame Träne kullerte ihre Wange hinab.

„Danke", flüsterte sie der Heilerin zu.

„Gern geschehen."

„Geht es dir besser?", fragte er leise.

„Es tut noch weh, und mir ist kalt. Aber ja, besser."

Er wünschte sich, ihr seine Körperwärme einflößen zu können. „Es tut mir leid." Er benutzte diese Worte nur selten. An diesem Morgen hatte er sich seit Jahrzehnten zum ersten Mal wieder entschuldigt – bei seinen Freunden. „Es tut mir leid. Es tut mir leid." Er konnte es nicht oft genug sagen. „Es tut mir leid."

Sie schüttelte den Kopf, stöhnte dann und lag wieder still. „Keine Absicht."

Vor Überraschung und Demut klappte sein Mund auf. Bisher hatte er dieser Frau nur Leid zugefügt, und dennoch versuchte sie, ihn von seiner Schuld loszusprechen. Erstaunlich. „Du wirst überleben. Das schwöre ich." Er würde alles tun, um seinen Schwur nicht zu brechen.

Ashlyn lächelte matt. „Wenigstens … Stille."

Stille. Sie gebrauchte das Wort nicht zum ersten Mal. Und nicht zum ersten Mal mit solcher Ehrfurcht. „Ich verstehe nicht."

Obwohl sie so schwach war, brachte sie noch ein zartes, süßes Lächeln zustande. „Dann sind wir schon zu zweit."

Bei diesem hellen, lieblichen Lächeln explodierte in seinem Körper ein Feuerwerk, das ihn wärmte und erregte und mit solcher Erleichterung füllte, dass er sich schier betrunken fühlte. Er öffnete gerade den Mund, um zu antworten – auch wenn er nicht wusste, was –, als Reyes ins Zimmer platzte. Aeron war bei ihm. Die kurzen Haare des anderen Mannes glänzten im Licht.

Als Danika die beiden erblickte, trat sie unwillkürlich an die Wand zurück. Doch als sie sich ihres Handelns bewusst wurde, ging sie sofort wieder vor. Wie schon zuvor hob sie trotzig das Kinn, eine Geste, die Maddox an die gesunde Ashlyn erinnerte.

Er hatte geglaubt, Reyes sei in der Stadt gewesen, um Danikas Tasche zu holen, doch seine Hände waren leer. Eine Welle des Zorns durchflutete Maddox. *Gewalt* fühlte sich so provoziert wie eine eingesperrte Bestie, an deren Käfig ein Kind mit einem Stock entlangfuhr.

Seine Oberlippe zuckte. Er hatte gehofft, seinen jämmerlichen Dämon heute nicht mehr spüren zu müssen – zumindest bis Mitternacht.

„Warum bist du noch hier? Geh und hol die Tasche", grollte er. Er hätte nie geglaubt, dass er einmal so mit seinem Freund reden würde.

„Das würde zu lange dauern", erwiderte Reyes, während er sich zwang, nicht zu Danika zu schauen. „Aeron wird die Frau in die Stadt begleiten. Er sagt, es gehe ihm gut und er verspüre kein Verlangen, sie zu verletzen."

„Oh nein. Nein, nein, nein. Ich gehe nicht ohne meine Familie", stieß Danika panisch hervor.

Aeron ignorierte sie und zog sich das T-Shirt über den Kopf. „Bringen wir die Sache hinter uns." Er war braungebrannt und muskulös, und sein Körper war von so vielen Tätowierungen übersät, dass es schwerfiel, eine von der anderen abzugrenzen.

Maddox nahm nur zwei Tattoos wahr: den schwarzen Schmetterling, der an Aerons Rippen entlangflog, und den Teufel, der seine hässlichen Flügel über die Konturen seines Halses ausbreitete. Einen Mann wie Aeron wollte man gern zum Freund, aber niemals zum Feind haben.

„Halt. Es besteht kein Grund, sich auszuziehen." Danika schüttelte vehement den Kopf. „Zieh dir das T-Shirt wieder an. Und zwar sofort, verdammt noch mal!"

Aeron strahlte grimmige Entschlossenheit aus, als er sich ihr näherte.

Danika sah Reyes panisch an. „Lass nicht zu, dass er mich vergewaltigt. Bitte. Reyes, bitte."

„Er wird dich nicht auf diese Art anfassen", presste Reyes zwischen den Zähnen hervor. „Das verspreche ich dir."

Irgendetwas stimmt nicht mit ihm, dachte Maddox. Reyes' schwarze Augen waren am Rand scharlachrot. Genauso wie das Schmetterlingstattoo auf Maddox' Rücken. Es schien, als steigerte sich in ihm ein Schmerz – wegen Danika? – allmählich zu einem Gewaltausbruch.

Das Mädchen war durch Reyes' Worte nicht im Geringsten beruhigt. Dennoch ging Aeron unbeirrt Schritt für Schritt auf sie zu. Danika huschte wie eine Maus von einer Seite des Zimmers zur anderen und gab sonderbare Laute von sich. Ein leises, röchelndes Keuchen, das so verzweifelt und wild klang, dass Reyes' Atem plötzlich schneller ging. Maddox war sich sicher, dass *Schmerz* jeden Moment über *Zorn* herfallen und ihn zerklauben würde.

„Aufhören", forderte Ashlyn Aeron auf.

Der Krieger hatte die verzweifelte Frau in die Enge getrieben.

Schreiend trat sie wild um sich und fuchtelte mit den Armen in der Luft herum, um ihn sich vom Leib zu halten. „Fass mich nicht an. Wag es ja nicht, mich anzufassen!"

„Ich werde dir nicht wehtun", erwiderte Aeron ruhig.

Sie rammte ihm das Knie in die Weichteile. Er keuchte und krümmte sich ein bisschen. Sonst nichts.

„Fuck you", fauchte sie wie eine Wildkatze, die sich nicht zähmen lassen wollte. „Ich werde mich bestimmt nicht von dir vergewaltigen lassen. Eher sterbe ich."

„Ich will dich nicht vergewaltigen. Aber wenn es sein muss, schlage ich dich k. o. Und ich verspreche dir, das wird dir nicht gefallen.“

Statt sie einzuschüchtern, machte seine Drohung sie nur noch wütender. Sie wehrte sich immer heftiger und rammte Aeron den Ellbogen in den Magen. Ihr Knie landete ein weiteres Mal in seinen Lenden. Der Angriffe allmählich überdrüssig, hob Aeron die Faust.

Ashlyn verkrampfte sich und stöhnte. „Hört auf. Ich brauche die Tabletten nicht. Ehrlich.“

„Tu ihr nicht weh“, knurrte Reyes.

Aeron schlug nicht zu. Noch nicht. Er fuhr sich mit der Zunge über die Zähne. „Es liegt allein an ihr.“

Wenn Ashlyn mit ansehen muss, wie er sie schlägt, befürchtete Maddox, wird sie wieder weg wollen und darauf bestehen, dass ich sie nach Hause bringe. „Beruhige dich“, sagte er zu Danika. „Er begleitet dich nur in die Stadt.“

„Lügner!“ Sie trat Aeron in den Magen.

Der Krieger wich keinen Millimeter zurück. Auf seiner Miene spiegelte sich Ekel, und er ballte die Faust, die er immer noch in der Luft hielt, wieder fester. „Ich habe dich gewarnt.“

„Hör auf“, rief Ashlyn heiser.

Maddox wollte gerade den Mund öffnen, um Aeron davon abzuhalten, zuzuschlagen, doch das war unnötig. Reyes kam ihm zuvor. In der einen Sekunde stand Reyes noch am anderen Ende des Zimmers, in der nächsten befand er sich unmittelbar neben Aeron und hielt sein Handgelenk fest. Einen schier unendlichen Moment lang maßen sich die beiden mit Blicken.

„Keine Schläge“, sagte Reyes. Maddox hatte noch nie einen derart bedrohlichen Tonfall gehört.

In Aerons Augen tobte ein Kampf. Dann ließ er den Arm sinken. Hatte er gelogen? Machte sich der Fluch der Götter bereits bemerkbar? Kämpfte er das Bedürfnis nieder, Danika wehzutun? „Dann sorg endlich dafür, dass sie Ruhe gibt, sonst …“

Ohne sich zu bewegen, sah Reyes zu der vollkommen verängstigten Danika hinüber. Tränen liefen ihr über die Wangen.

„Lass nicht zu, dass er das tut“, flüsterte sie mit genauso brüchiger Stimme wie Ashlyn zuvor. „Ich habe dir geholfen, genauso wie du es wolltest. Lass nicht zu, dass er das tut.“

So schnell wie Reyes aufgesprungen war, um sie zu verteidigen, hätte Maddox erwartet, dass er ihrem Flehen nachgeben würde. Er irrte sich.

„Hör auf, ihn anzugreifen", befahl Reyes gnadenlos. „Wir brauchen diese Medikamente, und er ist der Einzige, der sie mit dir holen kann. Füg ihm keinen einzigen Kratzer zu, denn es wäre sehr unklug, ihn zu verärgern. Haben wir uns verstanden?"

Enttäuschung lag auf ihrem Gesicht. „Warum kann er nicht allein in die Stadt gehen? Warum kann er die Tabletten nicht in der nächsten Apotheke kaufen?"

„Maddox", krächzte Ashlyn, „es geht mir schon besser. Ehrlich. Ich brauche …"

Er drückte sanft ihre Schulter, erwiderte jedoch nichts. Wenn sie die drei unterbrachen, würde die Situation nur noch angespannter. Außerdem wusste er, dass Ashlyn log. Er konnte noch immer den Schmerz in ihren Augen flackern sehen.

„Aeron bringt dich in die Stadt", fuhr Reyes fort. „Er wird dich nicht vergewaltigen. Darauf gebe ich dir mein Wort." Unter seinem linken Auge zuckte ein Muskel. „Aber er wüsste gar nicht, was er kaufen sollte. Du musst mit ihm gehen."

Stumm und zitternd musterte Danika durch den wässrigen Schleier ihrer Wimpern sein Gesicht. Suchte sie nach der Wahrheit? Oder nach Trost? Endlich nickte sie. Es war eine einzige, kaum sichtbare Bewegung ihres Kopfes. Sie straffte die Schultern und machte einen vorsichtigen Schritt auf Aeron zu.

Wortlos packte Aeron sie am Handgelenk und ging zum Fenster. Durch das gebogene Glas gelangte man auf eine breite Terrasse. Danika protestierte nicht, auch dann nicht, als er das Fenster öffnete. Der Klebstoff, mit dem Maddox das Glas versiegelt hatte, stellte für den kräftigen Krieger kein Hindernis dar. Im nächsten Moment wehte ein kalter Wind ins Zimmer und brachte blütenweiße Schneeflocken mit, die durch die Luft tanzten. Aeron ließ ihr Handgelenk los, umfasste ihre Taille und hob sie auf den Fenstersims.

„Halt ihn auf", krächzte Ashlyn, als Danika über das Geländer sah und verbittert und leicht hysterisch lachte.

„Was hast du vor?", wollte die Blondine wissen. „Willst du mich runterwerfen? Ihr elenden Lügner! Ich hoffe, dass jeder Einzelne von euch in der Hölle schmort."

„Das tun wir bereits“, entgegnete Reyes trocken.

Aeron fasste Danika bei den Schultern und drehte sie mit dem Gesicht zu sich. „Halt dich an mir fest.“

Noch ein verbittertes Lachen. „Warum?“

„Damit du überlebst.“ Plötzlich sprangen zwei große Flügel aus versteckten Schlitzen in seinem Rücken. Sie waren lang und schwarz und sahen weich und hauchdünn aus. Die Enden waren spitz und messerscharf.

Ashlyn keuchte erschrocken. „Es geht mir besser. Ich schwöre es.“

Maddox streichelte ihr über die Wange und hoffte, sie würde sich entspannen. „Shhh. Alles wird gut.“

Danika riss die Augen auf. „Halt!“ Sie versuchte, sich aus Aerons Griff zu befreien, und zurück ins Zimmer zu rennen, doch er hielt sie unerbittlich fest. Sie streckte die Arme nach Reyes aus. „Ich kann das nicht. Ich kann nicht! Du musst verhindern, dass er mich mitnimmt, Reyes. Bitte!“

Mit gequältem Gesichtsausdruck ging Reyes auf sie zu … streckte die Hände nach ihr aus … blickte finster drein … und ließ die Arme wieder hängen.

„Reyes!“

„Los!“, rief Reyes.

Ohne ein weiteres Wort, sprang Aeron in die Tiefe. Er verschwand aus ihrem Blickfeld und nahm Danika mit sich. Sie schrie, doch kurz darauf verwandelte sich der Schrei in ein Keuchen und das Keuchen in ein Stöhnen. Dann waren die beiden wieder zu sehen. Aerons eleganter, rhythmischer Flügelschlag trug sie sicher durch die Luft.

„Halt ihn auf“, hauchte Ashlyn. „Bitte.“

„Ich kann nicht. Und selbst wenn ich es könnte, würde ich es nicht tun. Mach dir keine Sorgen um sie. *Zorns* Flügel sind stark genug, um Danikas Fliegengewicht zu tragen.“ Er sah sich nach Reyes um, der von Zimmerecke zu Zimmerecke tigerte. Mit einer Hand umklammerte er ein Messer – jedoch nicht am Griff, sondern an der Klinge. Die Fingerknöchel zeichneten sich weiß ab, und Bluttropfen fielen auf den Fußboden.

„Wir brauchen Wasser und Kaffee“, erinnerte Maddox ihn an Danikas Anweisungen.

Reyes blieb stehen und kniff die Augen zusammen, während er

um Fassung rang. Es war, als balancierte er am Rande des totalen Zusammenbruchs. „Ich hätte sie begleiten sollen, aber das hätte zu lange gedauert. Hast du gesehen, was für Angst sie hatte?"

„Ja." Maddox wusste nicht, was er sonst sagen sollte. Verglichen mit Ashlyns Schmerzen kam ihm Danikas Angst geradezu lächerlich vor.

Reyes rieb sich das Kinn und hinterließ eine dunkelrote Spur auf der Haut. „Was hast du gesagt? Wasser und Kaffee?"

„Ja."

Offensichtlich dankbar für die Ablenkung, verließ Reyes schnellen Schrittes den Raum. Anscheinend war Maddox nicht der Einzige in der Burg, der plötzlich Frauenprobleme hatte.

Kurze Zeit später kam Reyes mit den verlangten Dingen zurück und stellte sie auf einem Tablett auf eine Ecke des Bettes. Danach ging er wieder. Maddox ging davon aus, dass er nicht wiederkäme. Er schüttelte mitfühlend den Kopf. Wenn Reyes für Danika nur halb so viel fühlte wie Maddox für Ashlyn, war er für eine Welt voller Schmerz auserkoren, jedoch nicht für die Art Schmerz, nach der er sich sehnte. Er beugte sich über Ashlyn und griff nach dem Glas mit lauwarmem Wasser. Dann legte er ihr eine Hand unter den Nacken, hob ihren Kopf an und setzte ihr das Glas an die Lippen.

„Trink", forderte er sie auf.

Störrisch presste sie die Lippen aufeinander und schüttelte leicht den Kopf.

„Trink", insistierte er.

„Nein. Es würde nur wehtun, im …"

Er kippte ihr das Wasser in den Mund. Sie spuckte und hustete, schluckte jedoch das meiste. Mehrere Tropfen rannen ihr das Kinn hinab. Er warf das leere Glas auf den Boden, wo es mit einem dumpfen Aufprall liegenblieb.

Ashlyn starrte ihn vorwurfsvoll an. „Ich habe gesagt, es geht mir besser, aber das heißt nicht, dass ich mich spitze fühle. Mein Magen ist immer noch ziemlich empfindlich."

Er verzog den Mund und runzelte die Stirn. Es war nicht einfach, sich um einen Menschen zu kümmern, so viel stand fest. Trotzdem entschuldigte er sich nicht dafür, sie zum Trinken gezwungen zu haben. Sie bekäme, was sie brauchte. Ob sie wollte oder nicht.

Er nahm die Tasse mit Kaffee und legte die Stirn in noch tiefere

Falten, als er feststellte, dass er kalt war. Na ja. Es musste reichen. „Trink", befahl er wieder. Aus unerfindlichen Gründen war sie ihm wichtig. Sie bedeutete ihm etwas.

Sie würde ihm nicht entkommen. Selbst der Tod würde daran nichts ändern können.

Ashlyn tat so, als hätte sie ihn nicht gehört, wodurch die nächste Reaktion umso unerwarteter kam. In Sekundenschnelle schoss ihre Hand hervor und schlug ihm die Tasse aus der Hand. Obwohl die Bewegung schwach war, landete das Keramikstück auf dem Boden, wo es zerschellte und einen schwarzen Koffeinbach zurückließ.

Ihre Wangen waren rosig. „Nein." Sie sprach diese eine Silbe genüsslich aus.

„Das war unnötig", tadelte er sie, während er ihr die feuchten Haarsträhnen aus den Schläfen strich und die Berührung mit ihrer seidig weichen Haut genoss.

„Mir egal."

„Okay. Kein Kaffee." Er starrte die Frau an, die seine Welt aus den Angeln gehoben hatte. „Willst du immer noch, dass ich dich gehen lasse?" Maddox war unfähig, die Worte zurückzuhalten. Eigentlich hatte er das Thema nicht anschneiden wollen, da er ohnehin vorhatte, sie auf Teufel komm raus bei sich zu behalten, aber er verspürte das Bedürfnis – das dämliche Bedürfnis –, ihr alles zu geben, was sie wollte.

Sie wendete den Blick von ihm ab und schaute über seine Schulter und an der Wand vorbei. Ihr Gesicht sah sonderbar angestrengt aus. Mehrere Minuten vergingen. Quälende Minuten.

Er boxte ins Kissen. „Es ist eine Ja-oder-nein-Frage, Ashlyn."

„Ich weiß es nicht, okay?", erwiderte sie leise. „Ich liebe die Stille und allmählich fange ich an, dich zu mögen. Ich bin dir dankbar, dass du dich um mich kümmerst." Sie machte eine kurze Pause. „Aber …"

Aber sie hatte immer noch Angst. „Ich habe dir gesagt, dass ich unsterblich bin", erklärte er. „Und ich habe dir gesagt, dass ich besessen bin. Das Einzige, was du sonst noch wissen musst, ist, dass ich dich beschützen werde, solange du hier bist." *Sogar vor mir selbst.*

Welche Veränderung die letzten Stunden doch in ihm bewirkt hatten. Gestern – sogar heute Morgen – hatte er noch gedacht, er würde ihren Körper nehmen, sie ausfragen und sie dann umbringen. Dennoch hatte er seitdem alles Mögliche unternommen, um ihr das Leben zu retten. Und er war sich nicht mehr sicher, welche Fragen er ihr überhaupt stellten wollte.

„Wirst du die andere Frau auch beschützen?“, erkundigte sie sich. „Die mir geholfen hat?“

Solange niemand einen Weg fand, den Titanen die Stirn zu bieten, bezweifelte er stark, dass irgendwer die Heilerin beschützen konnte. Selbst Reyes nicht. Doch er drückte Ashlyn sanft und antwortete: „Zerbrich dir nicht weiter den Kopf über sie. Aeron wird sich um sie kümmern.“ Das war nicht gelogen.

Ashlyn nickte dankbar, und ihm fuhr ein Stich der Schuld ins Herz.

Die nächsten Minuten schwiegen sie. Er betrachtete sie und stellte glücklich fest, dass sie immer mehr Farbe bekam und der Schmerz langsam abzuebben schien. Sie musterte ihn ebenfalls – mit unlesbarer Miene.

„Wie kommt es, dass Dämonen Gutes tun können?“, fragte sie schließlich. „Ich meine, abgesehen davon, was du für mich getan hast, habt ihr der Stadt mit euren Spenden und eurer Wohltätigkeit sehr geholfen. Die Leute glauben, dass hier Engel leben. Und zwar schon seit vielen Hundert Jahren.“

„Woher willst du wissen, dass sie das schon so lange glauben?“

Ein Zittern durchlief sie, und sie schaute weg. „Ich … ich weiß es eben.“

Sie hatte ein Geheimnis, das sie nicht mit ihm teilen wollte. Er fasste ihr unters Kinn und zwang sie, ihn wieder anzusehen. „Ich hege sowieso den Verdacht, dass du ein Köder bist, Ashlyn. Du kannst mir also ruhig die Wahrheit sagen.“

Ihre Augenbraue zuckte. Dann zogen sich die dunklen, goldenen Striche zusammen. „Du nennst mich schon die ganze Zeit so, als wäre das etwas Schlechtes oder Ekelhaftes, und dabei habe ich keine Ahnung, was das sein soll.“

In ihrer Stimme schwang aufrichtige Verwunderung mit. Unschuldige oder Schauspielerin? „Ich werde dich nicht töten, aber von jetzt an erwarte ich absolute Ehrlichkeit von dir. Verstanden? Lüg mich nicht an.“

Sie runzelte die Stirn. „Ich lüge nicht.“

Langsam heizte sich sein Blut wieder auf, und sein Dämon machte sich von Neuem bemerkbar. Er beeilte sich, das Thema zu wechseln.

Wenn er noch mehr Lügen hörte, würde er vielleicht die Beherrschung verlieren und ihr wehtun. Und ob Köder oder nicht – dazu würde er es nicht kommen lassen. „Lass uns über was anderes sprechen."

Sie nickte. Das schien ganz in ihrem Sinne zu sein. „Sprechen wir von dir. Diese Männer haben dich letzte Nacht erstochen, und du bist gestorben. Inzwischen habe ich kapiert, dass du wiederauferstanden bist, weil du ein unsterblicher Krieger-Dämon … bist. Aber was ich nicht weiß, ist, warum sie es getan haben?"

„Du hast deine Geheimnisse und ich meine." Da er vorhatte, sie bei sich und am Leben zu behalten, würde er nicht mit ihr über den Todesfluch reden. Sie hatte bereits Angst vor ihm, aber wenn sie die ganze Wahrheit kannte, würde sie ihn auch noch verachten. Schlimm genug, dass *er* wusste, was er getan hatte, das eine solche Bestrafung rechtfertigte.

Außerdem wäre sein Ruf als Engel dahin, wenn sich die Geschichte von seiner allnächtlichen Tortur verbreitete. Jemand könnte sich seinen Körper schnappen, ihn fortschaffen und dann anzünden oder enthaupten, und er könnte sich nicht wehren. Vielleicht begehrte er diese Frau mehr als er jemals eine andere begehrt hatte, aber er vertraute ihr nicht. Er durfte ihr nicht vertrauen. Niemandem. Diesen Rest an Kontrolle durfte er nicht preisgeben.

„Hast du sie gebeten, dich zu töten, damit du zurück in die Hölle gehen und deine Freunde da unten besuchen kannst oder so was?"

„Ich habe keine Freunde in der Hölle", erwiderte er verletzt.

„Das heißt?"

„Das heißt gar nichts." Sie machte den Mund auf, um etwas zu entgegnen, doch er legte den Arm um sie und sagte: „Jetzt bin ich mit Fragen an der Reihe. Du bist keine Ungarin. Woher kommst du?"

Mit einem Seufzer kuschelte sie sich an ihn. Es freute ihn, dass sie sich wohl genug fühlte, um einfach so in seinen Armen zu liegen. „Ich komme aus den Vereinigten Staaten. Aus North Carolina, um genau zu sein. Aber im Grunde reise ich die meiste Zeit mit dem Internationalen Institut für Parapsychologie durch die Weltgeschichte."

Er legte ihr die flache Hand auf den Bauch und streichelte sie zaghaft, während er überlegte, ob er von diesem Institut schon mal gehört hatte. „Und die machen was?"

„Sie interessieren sich für übernatürliche Phänomene. Für das Unerklärbare. Für Wesen jeglicher Art", erläuterte sie und stieß ein zufriedenes Seufzen aus. „Sie erforschen und beobachten, und sie versuchen, zwischen den verschiedenen Welten den Frieden zu bewahren."

Er schwieg. Hatte sie soeben zugegeben, für die Jäger zu arbeiten? Sie hatten ihre hasserfüllten Aktionen immer im Namen des Friedens für die Menschheit durchgeführt. Er legte nachdenklich die Stirn in Falten. Das wäre schon seltsam und vor allem wäre sie der erste geständige Köder. „Worin besteht deine Arbeit?"

Sie zögerte. „Ich höre zu, um übernatürliche Wesen und andere interessante Objekte ausfindig zu machen." Sie wand sich auf der Matratze, offenbar nicht mehr ganz so zufrieden wie noch kurz zuvor.

„Was geschieht, wenn du solche Geschöpfe gefunden hast?"

„Wie gesagt, sie werden erforscht."

Als sie nicht weitersprach, richtete er den Blick zur Decke. Seine Verwirrung nahm zu. Bedeutete erforschen töten? War das eine heimliche Warnung, ihre Art, ihm mitzuteilen, dass sie tatsächlich für die Jäger arbeitete? Arbeitete sie für sie, ohne es zu wissen? Oder war dieses Institut harmlos und hatte sich wirklich zum Ziel gemacht, für Frieden unter den Kreaturen zu sorgen? „Die Leute, für die du arbeitest – haben sie eine Tätowierung am Handgelenk? Das Symbol für Unendlichkeit?"

Sie schüttelte den Kopf. „Nicht, dass ich wüsste."

Wahrheit? Lüge? Er kannte sie nicht gut genug, um es zu beurteilen. Jeder der fanatischen Jäger, die die Herren in Griechenland angegriffen hatten – und sogar die Männer gestern im Wald –, waren mit einem Tattoo gebrandmarkt gewesen. „Du hast gesagt, du hörst zu. Wobei hörst du zu?"

Erneut zögerte sie kurz. „Bei Unterhaltungen", flüsterte sie. „Hör mal, ich dachte, ich kann darüber reden. Ich dachte, ich *will* darüber reden, aber ich bin noch nicht so weit, okay?"

Bei dieser Bemerkung schoss *Gewalt* aus dem Hintergrund hervor, und Maddox musste sich stark konzentrieren, um ihn zu unterdrücken. „Es spielt keine Rolle, ob du bereit bist, darüber zu reden oder nicht. Du wirst mir jetzt sagen, was ich wissen will. Sofort."

„Nein, das werde ich nicht."

„Ashlyn."

„Nein!"

Er stand kurz davor, sich auf sie zu setzen, sie aufs Bett zu drücken und die Antworten irgendwie aus ihr herauszuholen. Allein die Tatsache, dass sie immer noch krank und schwach war, hielt ihn davon ab. Aber irgendwann bekäme er die Antwort – so oder so. „Meine Schöne, ich frage doch nur, weil ich dich besser kennenlernen möchte. Erzähl mir irgendetwas über deinen Job. Bitte."

Sie entspannte sich langsam. „Die Mitarbeiter des Instituts lernen mit der Zeit, nichts über ihre Arbeit zu erzählen. Es gibt nicht gerade viele Leute, die glauben würden, was wir machen. Die meisten würden uns für verrückt halten."

„Ich werde dich nicht für verrückt halten. Wie könnte ich?"

Sie seufzte. „Also schön. Dann erzähle ich dir von einem meiner Aufträge. Aber von welchem nur …", murmelte sie, dann schnalzte sie mit der Zunge. „Ich hab's! Das könnte dir gefallen. Vor ein paar Jahren habe ich … hat das *Institut* einen Engel gefunden. Er hatte sich mehrfach die Flügel gebrochen. Während wir ihn verarztet haben, hat er uns von den verschiedenen Dimensionen und Pforten erzählt. Das ist das Beste an meinem Beruf: Mit jeder neuen Entdeckung erfahren wir, dass die Welt noch größer ist, als wir je gedacht hätten."

Interessant. „Und was macht das Institut mit den Dämonen?"

„Wie gesagt, es erforscht sie. Und falls erforderlich, greift es ein, um zu verhindern, dass sie den Menschen etwas antun."

Ein Teil ihrer Schilderung beschrieb die Ziele der Jäger, denen er in all den Jahren – und zum letzten Mal am Vorabend – begegnet war. Der Rest, tja … der Rest nicht. „Und wenn deine Leute die Wesen nicht verstehen? Töten sie sie dann?"

Sie lachte. „Nein."

Jäger schon. Jäger töteten sie. Wenigstens glaubte er das. Seit dem Krieg, an dessen Details er sich manchmal nur mit großen Schwierigkeiten erinnern konnte, waren so viele Jahre vergangen. Es hatte einmal eine Zeit gegeben, da verstand er, warum die Jäger ihn und die anderen tot sehen wollten: Die Krieger hatten Böses getan, und ihre Unsterblichkeit erlaubte es ihnen, für immer und ewig so weiterzumachen, wenn man sie nicht aufhielt. Doch als die Jäger Baden ermordeten, erlosch sein Verständnis. Der Tod des Dämons des Misstrauens entzweite die Krieger. Die eine Hälfte sehnte sich nach Frieden und Vergebung und setzte sich still und leise nach Budapest ab. Die anderen sannen auf Rache und blieben in Griechenland, um den Krieg weiterzuführen.

Er hatte sich oft gefragt, ob die Blutfehde noch immer tobte und ob die Herren der Unterwelt, die in Griechenland geblieben waren, all die Jahrhunderte überlebt hatten.

Maddox stricht Ashlyn eine Haarsträhne aus dem Gesicht. „Was kannst du mir noch über das Institut erzählen?"

Sie zog die Augenbrauen hoch und sah ihn an. „Ich kann nicht fassen, dass ich dir das verrate, aber ich glaube, als Nächstes wollen sie euch erforschen."

Das überraschte ihn nicht im Geringsten. Ob dieses Institut nun wissenschaftlich arbeitete oder einen Krieg anzetteln wollte – es interessierte sich für die Dämonen. Doch bei Torins Sensoren und Kameras kämen sie den Hügel niemals hinauf. Und diejenigen, die es dennoch wagen sollten, würden wie Jäger behandelt, ob sie welche waren oder nicht.

„Sie können gern versuchen, uns zu erforschen, aber sie werden bald merken, dass es keine leichte Aufgabe ist", erwiderte er. Während sie so dicht bei ihm lag und ihm ihr Duft in die Nase stieg, wuchs seine sexuelle Erregung. Mit jeder Sekunde, die verstrich, wurde er ein bisschen härter. Sie war so weich und süß. Sie lebte, und sie erholte sich zusehends. Und sie gehörte ihm.

Auf einmal wollte er nicht länger über das Institut sprechen. „Ich will dich", raunte er ihr ins Ohr. „Ich will dich so sehr."

Sie riss die hübschen Augen auf. „Wirklich?" Ihre Stimme klang heiser.

„Du bist wunderschön. Alle Männer müssen dich wollen." Kaum hatte er die Worte ausgesprochen, verfinsterte sich sein Blick. Wenn ein anderer Mann versuchte, sie anzufassen, würde dieser andere sterben. Langsam und qualvoll.

Gewalt schnurrte genüsslich.

Ashlyn errötete. Ihre Wangen erinnerten ihn an die Rosen, die im Sommer am Rande der Burg blühten. Sie schüttelte den Kopf. „Nein, ganz bestimmt nicht."

Die trockene Gewissheit in ihrer Stimme entlockte ihm ein Stirnrunzeln. „Wie meinst du das?"

Sie wendete den Blick ab. „Ach, egal. Vergiss, was ich gesagt habe."

„Das kann ich nicht.“ Er zeichnete mit dem Daumen die Kontur ihres Kiefers nach.

Ihr Körper bebte, und sie bekam eine Gänsehaut. Sie drückte sich an ihn. Plötzlich war die Luft erfüllt von sexueller Spannung. Während er in der Stimmung unterzugehen drohte, ging sein Atem schwer. „Du willst mich auch.“ Seine tiefe Stimme klang heiser. Sämtliche Fragen, die er nicht gestellt hatte, und die Antworten, die sie ihm nicht gegeben hatte, waren vergessen.

„Ich … ich …“

„… kann es nicht leugnen“, beendete er ihren Satz. „Deshalb frage ich dich jetzt noch einmal: Möchtest du immer noch, dass ich dich nach Hause bringe?“

Sie schluckte. „Ich dachte, ja. Vor ein paar Stunden noch dachte ich, dass ich unbedingt fliehen muss. Aber … Ich kann es mir selbst nicht erklären, aber jetzt will ich hier bleiben. Ich will bei dir bleiben. Im Augenblick jedenfalls.“

Seine Genugtuung wuchs und durchflutete seinen ganzen Körper. Ob sie als Köder oder einfach nur als Frau antwortete, war ihm gerade egal. *Ich nehme sie mir jetzt.*

Wir *nehmen sie uns jetzt,* korrigierte *Gewalt* ihn. Die Leidenschaft in seiner Stimme jagte Maddox Angst ein. Wir *nehmen sie uns.*

10. Kapitel

Als Aeron und Danika zur Burg zurückkehrten und mit einem leisen Poltern in Maddox' Schlafzimmer landeten, sah Ashlyn sie erstaunt an. Aha. Sie hatte es sich also nicht eingebildet. Der Mann hatte tatsächlich glänzende, schwarze Flügel.

Du wolltest unbedingt andere treffen, die so sind wie du, Darrow. Bitte sehr. Dein Wunsch wurde dir erfüllt.

Unsterblich, hatte Maddox gesagt. Besessen. Sie hatte damit gerechnet, Dämonen anzutreffen, also war sie nicht sonderlich überrascht, dass es wirklich welche waren. Aber Flügel? Als sie den Hügel erklommen hatte, hatte sie von einem Mann gehört, der fliegen konnte. Sie hatte nicht länger über die Worte nachgedacht, weil sie zu beschäftigt damit gewesen war, die Stimmen irgendwie zum verstummen zu bringen. *Ich hätte es besser wissen müssen.* Hieß das auch, dass sich einer der Männer in der Welt der Geister bewegen konnte? Dass einer von ihnen andere mit nur einem Blick hypnotisieren konnte?

Sie seufzte. Maddox *hatte* sie mit nur einem Blick hypnotisiert. Von der ersten Sekunde an war sie ihm verfallen gewesen. Ihre permanente Lust war genauso untypisch für sie, wie ihr vorschneller Entschluss hierzubleiben.

„Hier ist das Paracetamol", erklärte Danika mit bebender Stimme. „Beziehungsweise ein Generikum." Ihr Teint hatte einen Grünstich, und sie schwankte hin und her. Sie kramte in einer smaragdgrünen Tasche und holte eine rotweiße Flasche heraus.

Aeron stand neben ihr und straffte die Schultern. Seine Flügel falteten sich hinter seinem Rücken zusammen und verschwanden. Er bückte sich, hob sein T-Shirt vom Fußboden auf, zog es sich über den Kopf und bedeckte damit die bedrohlichen Tätowierungen, die seinen Oberkörper zierten. Er ging zum Fenster und machte es zu, bevor er sich mit vor der Brust verschränkten Armen Danika zuwandte. Er stand stumm da und beobachtete sie.

„Danke", sagte Ashlyn. „Es tut mir ehrlich leid, dass du so viel durchmachen musstest, um sie zu holen."

Wortlos reichte Danika ihr die beiden Tabletten, die sie nur allzu dankbar annahm. Sie verspürte noch immer leichte Schmerzen, und auch ihr Magen hatte sich noch nicht wieder vollständig beruhigt. Das alles war jedoch nichts im Vergleich zu vorher.

Maddox nahm ihr die Tabletten aus der Hand, ehe sie sie sich in den Mund werfen konnte. Er sah sie mit gerunzelter Stirn forschend an. „Sind das Zauberpillen?", erkundigte er sich neugierig.

„Nein", erwiderte sie.

„Aber wie sollen dir zwei so kleine Dinger die Schmerzen nehmen?"

Ashlyn und Danika tauschten einen irritierten Blick. Die Männer hatten während all der Jahre doch sicherlich Umgang mit Menschen gehabt. Wie also kam es, dass sie nichts über die moderne Medizin wussten?

Für Ashlyn gab es nur eine Erklärung: Sie hatten sich noch nie zuvor um einen kranken Menschen gekümmert. Außerdem war nur einer der Männer, Paris, relativ regelmäßig in der Stadt gesehen worden. Das hatten die Stimmen ihr gesagt.

Und Maddox? Verkroch er sich in der Burg? Wahrscheinlich schon, mutmaßte sie und fragte sich, ob er sich wohl manchmal vergessen fühlte. Oder ungeliebt. Sie selbst fühlte sich im Institut oft *genauso* – obwohl McIntosh sie stets liebenswürdig behandelte. Aber alle anderen hatten sich seit jeher nur für ihre Gabe interessiert. *Was hörst du, Ashlyn? Haben sie sonst nichts gesagt, Ashlyn? Haben sie das noch näher ausgeführt, Ashlyn?*

Ashlyn wurde klar, dass sie Maddox verstehen lernen wollte. Sie wollte mehr über ihn erfahren und ihn trösten, so wie er sie getröstet hatte. Maddox konnte es nicht wissen, und sie würde es ihm gewiss nicht sagen, aber jedes Mal, wenn er über ihren Bauch rieb und ihr beruhigende Worte ins Ohr flüsterte, verliebte sie sich ein bisschen mehr in ihn. Das war idiotisch und falsch, aber nicht zu ändern.

Eigentlich hatte sie ihm von ihrer Fähigkeit erzählen wollen, aber dann war er einen Moment lang so aggressiv gewesen, dass sie sich dagegen entschieden hatte. Wenn Maddox jetzt schon wütend war, ohne das Ausmaß ihres Talents zu kennen, würde er womöglich komplett ausrasten, wenn er die Wahrheit kannte.

Die meisten Mitarbeiter des Instituts fühlten sich in ihrer Gegenwart unwohl, da sie wussten, dass sie ihre intimsten Gespräche hören konnte, wenn sie nur ihr Zimmer betrat. Jetzt, da sie beschlossen hatte, hierzubleiben – so seltsam dieser Ort auch war –, wollte sie dieser Ablehnung nicht schon wieder begegnen. Sie wollte ausnahmsweise mal wie ein normaler Mensch behandelt werden. Nur eine Zeit lang.

In Gesellschaft von Dämonen sollte das nicht allzu schwierig sein.

Sie würde die Wahrheit noch früh genug ausspucken. Vielleicht in ein paar Tagen. Und vielleicht würde sie dann lernen, wie sie die Stimmen auch in Maddox' Abwesenheit in Schach halten konnte. In der Zwischenzeit musste sie einen Weg finden, McIntosh anzurufen. Er verdiente es, zu wissen, was mit ihr passiert war und dass es ihr gut ging. Sie wollte nicht, dass er sich Sorgen machte.

Hoffentlich beobachtete er die Burg, so wie sie vermutete, und sah, dass sie glücklich war. Hoffentlich war ihm ihr Glück wichtiger als ihre Arbeit.

„Nimm sie“, platzte Maddox in ihre Gedanken. Er legte ihr die Tabletten in die Handfläche. „Wenn es ihr danach schlechter geht“, warnte er Danika, „kann ich für nichts garantieren.“

„Hör auf, ihr zu drohen“, tadelte Ashlyn ihn kopfschüttelnd. „Ich habe diese Medikamente schon öfter genommen. Es *wird* mir danach besser gehen.“

„Sie …“

„Hat nichts Falsches getan.“ Ashlyn wusste selbst nicht, woher sie ihren Mut nahm. Sie wusste nur, dass sie es Maddox nicht erlauben würde, sich aufzuplustern und andere einzuschüchtern.

Er würde ihr nicht wehtun – dessen war sie sich nun sicher, auch wenn sie es immer noch nicht richtig fassen konnte. Dieser grobe Mann hatte nicht nur die Stimmen zum Schweigen gebracht, sondern sich auch aufopfernd um sie gekümmert. Er war nicht weggelaufen, als sie sich übergeben hatte, so wie es wohl die meisten getan hätten, sondern er war bei ihr geblieben und hatte sie festgehalten, als wäre sie besonders kostbar.

Doch so gut er sie auch behandelt haben mochte, Ashlyn wusste nicht, welches Leid er anderen zufügen würde. Sie wusste nur, dass er den Anschein erweckte, als beginge er jede dunkle und böse Tat mit Genugtuung. Doch sie würde es auf keinen Fall zulassen, dass er Danika etwas antat. Immerhin hatte sie ihr ebenfalls geholfen.

„Ashlyn", seufzte er.

„Maddox."

Seine gespreizte Hand lag ruhig auf ihrem Bauch. Zum Glück nahm er sie nicht weg. Sie hätte für immer und ewig in seinen Armen liegen können. Bisher hatte ihr niemand, nicht einmal McIntosh, das Gefühl gegeben, etwas Besonderes zu sein.

An ihre Eltern hatte sie nur vage Erinnerungen. Auch von ihnen war sie nicht sonderlich verwöhnt worden. Im Gegenteil: Ihre Eltern waren überglücklich gewesen, als sie ihr weinendes, schreiendes Mädchen endlich los waren. Ein kleines Mädchen, das immerzu verlangte, dass die Stimmen ruhig sein sollen. In ihrer Nähe konnte niemand schlafen, arbeiten oder sich ausruhen.

Sie erinnerte sich noch deutlich an den Tag, als sie von ihrer Entscheidung, sie wegzugeben, erfahren hatte. Damals verstand sie es nicht. Sie ging in ihr Schlafzimmer und konnte das ganze Gespräch hören.

Ich kann mich nicht länger um sie kümmern. Das ist zu viel für mich. Ich kann nicht essen, ich kann nicht schlafen, ich kann noch nicht mal denken.

Ich weiß, dass wir sie nicht einfach aufgeben können, aber ich kann nicht mehr, verdammt noch mal. Sie hört niemals auf zu weinen.

Ich will wieder ein normales Leben führen, verstehst du? So wie vor ihrer Geburt. Pause. *Ich habe ein bisschen recherchiert und eine Organisation gefunden, die ihr vielleicht helfen kann. Ich … habe dort angerufen. Sie wollen sich mit ihr treffen. Vielleicht, ich weiß nicht, aber vielleicht können sie ihr geben, was wir ihr nicht geben können.*

Einen Tag nach ihrem fünften Geburtstag schickten sie sie in das Institut, wo sie als „das Medium" bekannt wurde. Nadeln, Elektroden und Monitore wurden ihre täglichen Begleiter, ganz zu schweigen von Angst, Einsamkeit und Schmerz. Der Tag, an dem die Mitarbeiter sie als „Ashlyn" wahrnahmen, kam drei Jahre später, als sie wussten, wie sie ihre Begabung zu ihrem Vorteil nutzen konnten.

An jenem Tag trat McIntosh in ihr Leben.

Er war ein ambitionierter, junger Parapsychologe, der dank seines Vorstellungsvermögens, seines Enthusiasmus' und seiner leidenschaftlichen Arbeitsweise schnell die Karriereleiter emporkletterte. Er begleitete sie zu jedem Ort, an den die Stimmen sie führten, und während sie zuhörte, schrieb er alles auf, was sie vor sich hin murmelte.

Danach recherchierte er die Notizen und berichtete ihr von den Ergebnissen – wie einmal, als sie ein Gespräch über einen Vampir gehört hatte, der eine ganze Stadt leersaugen wollte. Das Institut spürte ihn auf, hinderte ihn an seinem Vorhaben und untersuchte ihn. In Momenten wie diesem hatte sie sich tatsächlich genauso besonders und begabt gefühlt wie die Figuren, von denen sie damals jede Nacht gelesen hatte.

„Ashlyn", wiederholte Maddox. Ihre Blicke trafen sich, und in seinen Augen tobte ein fliederfarbenes Feuer. „Sag noch einmal meinen Namen."

„Maddox."

Für einen Sekundenbruchteil schloss er die Augen und spürte pures Entzücken. „Es gefällt mir, wenn du ihn aussprichst."

Und ihr gefiel es, dass er sich an so etwas Einfachem erfreuen konnte. Ein Schauder jagte ihr über den Rücken. Im nächsten Augenblick veränderte sich Maddox' Miene. Der verzückte Gesichtsausdruck wich, als traute er seinen Gefühlen nicht.

„Danika wird …"

„… mir etwas Wasser holen", fiel Ashlyn ihm ins Wort. „Für die Tabletten."

„Ja, natürlich." Danika hob das leere Glas vom Fußboden auf und stolperte ins Badezimmer. Ashlyn hörte das Geräusch von fließendem Wasser, und im nächsten Moment stand Danika neben ihr und hielt ihr das Glas hin.

Wieder griff Maddox ein. Er warf Danika einen misstrauischen Blick zu, bevor er Ashlyns Kopf anhob und ihr das Glas an die Lippen setzte. Sie warf sich die Tabletten in den Mund und nahm einen kräftigen Schluck von der kühlen, erfrischenden Flüssigkeit. Ihre gierige Kehle nahm alles nur allzu bereitwillig auf.

„Danke", wandte sie sich an die beiden.

„Das war's dann ja wohl. Ich bringe das Mädchen zurück zu Lucien", meinte Aeron mit einer Stimme, die so rau war wie Schmirgelpapier.

„Das Mädchen hat einen Namen", erwiderte Danika schnippisch.

„Und welchen? Vorlautes Gör?", murmelte er, als er sie am Arm packte und aus dem Zimmer zerrte. Allem Anschein nach hatte der Mann weder Manieren noch eine Ahnung, wie man eine Frau anständig behandelte.

Falls Ashlyn tatsächlich hierbliebe, würde sie sich darum kümmern müssen. „Wartet!“, rief sie.

Sie warteten nicht.

„Man wird ihr doch nichts tun, oder?“

Maddox zögerte kurz, bevor er antwortete: „Nein.“

„Gut.“ Ihre Stimme hallte von den kahlen Wänden wider. In diesem Moment wurde ihr bewusst, dass sie mit Maddox alleine war. Natürlich war das auch genau der Moment, in dem sie sich des grauenvollen Geschmacks in ihrem Mund bewusst wurde. Oh Gott, sie musste ja aussehen wie ein überfahrenes Tier und roch mit Sicherheit noch viel übler. Die Schamesröte stieg ihr ins Gesicht. „Ich, äh, muss mal ins Bad.“

„Ich helfe dir.“ Er nahm sie auf den Arm, als wiege sie nicht mehr als ein Sack Federn, und stand auf. Sie schlang die Arme um seinen Hals. Seine Kraft und Wärme durchströmten ihren Körper.

Er trug sie über die Schwelle und blieb mitten im Badezimmer stehen. Da sie den Verdacht hegte, er wolle vielleicht bleiben, schüttelte sie kurz den Kopf, um den Schwindel zu vertreiben. „Ich schaffe das schon alleine.“

„Du könntest hinfallen.“

Egal. Sie würde auf keinen Fall zulassen, dass er ihr zusah. „Es geht mir gut.“

Ein Ausdruck des Zweifels lag in seinem Gesicht. „Ruf mich, wenn du mich brauchst. Ich warte draußen.“ Behutsam setzte er sie ab.

Als ihre Füße den Boden berührten, wäre sie um ein Haar gestürzt. *Ich werde nicht hinfallen. Auf gar keinen Fall.* Sie griff mit der Hand nach dem Türknauf. „Geh jetzt, bitte.“

Widerwillig zog er sich zurück. Als er draußen war, machte sie ihm die dicke, polierte Holztür vor der Nase zu.

„Fünf Minuten“, kommandierte er.

Sie sperrte das Schloss ab und murmelte: „Ich nehme mir so viel Zeit wie ich brauche.“

„Nein, das wirst du nicht. In fünf Minuten komme ich rein, ob du fertig bist oder nicht. Das Schloss wird mich nicht aufhalten.“

„Sturkopf.“

„Ich weiß eben, was ich will.“

Süß. Mit einem Lächeln auf den Lippen entfernte sie sich so gut es ging von der Tür und putzte sich mit einer der Zahnbürsten, die sie im Schrank fand, die Zähne. Zweimal wäre sie fast zu Boden gesackt. Nachdem sie sich die Haare gekämmt und eingehend ihr Spiegelbild betrachtet hatte, beschloss sie, dass sie ohne Schminke nicht mehr für ihr Aussehen tun konnte.

Eine Minute vor Ende des Ultimatums entriegelte sie die Tür und rief nach Maddox. Ihre Stimme war schwach, doch er riss die Tür auf, als hätte sie lauthals geschrien. Sein Gesicht war angespannt. Als der Schwindel zunahm, schloss sie die Augen.

„Du hast dich überanstrengt." Abermals hob er sie hoch. Er trug sie zum Bett, legte sie auf die weiche Matratze und machte es sich neben ihr bequem.

Sie blinzelte ihn durch die dichten Wimpern an. Maddox kümmerte sich nicht nur aufopferungsvoll um sie, er war auch der erste Mann, der mit ihr in einem Bett lag. Der erste Mann, der sie begehrte.

Natürlich hatte sie gelegentlich versucht, sich mit einem Mann zu treffen, doch die Stimmen bombardierten sie jedes verfluchte Mal mit Wörtern. Um sie zu beruhigen, atmete sie tief ein und meditierte ein wenig, so wie sie es gelernt hatte. Die Männer glaubten immer, sie würde sie ignorieren oder hyperventilieren oder eine Panikattacke erleiden und wollten danach nichts mehr von ihr wissen.

Einmal ging sie mit einem Kollegen aus dem Institut aus, in dem Glauben, er würde sie verstehen, wenn nicht gar mit ihr fühlen. Am nächsten Tag hörte sie seine geflüsterte Unterhaltung mit einem Mitarbeiter. *Sie ist echt ein Freak. Ihre Beine kriegst du noch nicht mal mit 'nem Brecheisen auseinander.*

Danach hatte sie es aufgegeben, sich zu verabreden.

„Geht es dir besser?", wollte Maddox wissen und zog sie dicht an sich heran. Sie genoss es.

Seine wohlige Wärme hüllte sie ein, und sie stieß einen zufriedenen Seufzer aus. Sie war ihr ganzes Leben auf der Suche gewesen, aber es hatte einen besessenen Unsterblichen gebraucht, damit sie von dem ruhigen, lusterfüllten Himmel auf Erden probieren konnte.

„Besser?", wiederholte er.

„Viel besser." Sie gähnte. Warm, sicher und sauber. Der Schmerz war fast abgeklungen, und allmählich legte sich die Erschöpfung über sie. Ihr fielen die Augen zu. Unter größter Anstrengung öffnete sie sie wieder. Sie war nicht bereit, die kostbaren Momente mit Maddox zu vergeuden.

„Wir müssen noch über so vieles reden“, meinte er.

Er klang weit weg, und sie kämpfte, um die bleierne Müdigkeit zu vertreiben, die sie erfasst hatte. „Ich weiß.“

Antwortete er? Sie hörte nichts. Sie sank immer tiefer und tiefer. Sanft küsste er ihre Wange. Seine Lippen waren zugleich fest und weich, und bei der flüchtigen Berührung entbrannte ein Feuer zwischen ihnen. *Mach die Augen auf, Darrow. Vielleicht küsst er dich dann auf den Mund.* Sie versuchte es. Versuchte es wirklich mit aller Kraft. Doch obwohl der Geist willig war, blieb der Körper schwach.

„Wir reden später“, säuselte Maddox. „Schlaf jetzt.“

„Bleibst du bei mir?“ *Wieso brauche ich ihn nur so sehr? Ich kenne ihn doch noch nicht mal einen Tag.*

„Ja. Und jetzt tu mir den Gefallen und schlaf.“

Da sie ohnehin nicht anders konnte, gehorchte sie.

„Ich habe sie gesehen“, erzählte Aeron den anderen finster. „Maddox hat sie nicht alle erwischt, und Paris und Reyes müssen sie bei ihrer Suche übersehen haben. Es haben sich noch mehr Jäger in der Stadt versammelt. Ich glaube, ich habe einen von ihnen ‚heute Abend‘ sagen gehört, aber ich war zu hoch in der Luft, um ganz sicher zu sein.“

Zum zweiten Mal innerhalb von zwei Tagen saß Aeron, umringt von den anderen Kriegern, auf dem Sofa im Gemeinschaftszimmer. Er kam nur selten her. Eigentlich suchte er sich seine Unterhaltung lieber draußen. Meist versteckte er sich im Randgebiet der Stadt in dunklen Ecken, beobachtete heimlich die Sterblichen und fragte sich, warum ihre Verletzlichkeit sie nicht stärker beunruhigte.

Und jetzt schien er aus diesem Zimmer nicht mehr wegzukommen.

Paris war zurück und sah sich einen Film an. Reyes drosch wie in Trance auf den Sandsack ein, Torin lehnte in einer entlegenen Zimmerecke und Lucien spielte Billard. Er hatte seine Schlafzimmertür mit Balken und Nägeln verbarrikadiert, um nicht länger Wache halten zu müssen. Nur Maddox fehlte, worüber Aeron allerdings froh war.

Der Mann war heute einfach zu unberechenbar und viel zu sehr von seinem Menschenkind eingenommen. Aeron schnaubte. Er nicht. Niemals. Er fand zwar Gefallen daran, diese törichte Spezies zu beobachten, hatte sich aber nie in ihre Gesellschaft begeben. Selbst die hübsche Blondine hatte ihn nicht in Versuchung geführt. Menschen waren zu schwach, und sein Dämon zwang ihn permanent dazu, ihnen ihren Sünden entsprechend zu schaden.

Einem Vergewaltiger schnitt er den Schwanz ab. Einem Mann, der seine Frau schlug, die Hände. Mit der Zeit gefiel Aeron sogar, was er tat. Es gefiel ihm, auf seine Art Rache zu üben. Deshalb stand er ja auch so dicht am Abgrund.

Aber das Mädchen …

Als sie aus der Stadt zurückgekommen waren, hatte er sie in Luciens Schlafzimmer gebracht. Ihre Rundungen hatten sich in sein Hirn eingebrannt, doch sein Körper war davon gänzlich unbeeindruckt geblieben. Sie war ihm gleichgültig. So wie all diese armseligen Kreaturen, die sich Menschen nannten. Man konnte sie zu leicht vernichten und verängstigen. Man konnte sie zu leicht denen wegnehmen, die sie liebten. Dennoch wollte er dem Mädchen nicht wehtun.

„Woher weißt du, dass es Jäger sind?", erkundigte sich Lucien. Er sah angespannt aus. Seine ruhige Fassade begann zu bröckeln, als er die achte Kugel in der Ecktasche versenkte.

„Sie waren mit Pistolen und Messern bewaffnet, und ich habe das Unendlichkeitszeichen auf ihren Handgelenken gesehen." In seinen Augen war es selten dämlich, sich zu brandmarken. Dann konnte man sich auch gleich ein Neonschild um den Hals legen, auf dem „Zielscheibe" stand.

„Wie viele?"

„Sechs."

„Oh Mann, so ein Mist." Paris stützte den Kopf auf die Hände. Er trug eine geöffnete Jeans, sonst nichts. Aeron hatte ihn in der Stadt entdeckt, als er in einer schattigen Gasse gerade eine Frau vögelte, und ihm gesagt, er solle sich beeilen und schnell nach Hause kommen. Offenbar hatte sich *Promiskuität* die Bitte zu Herzen genommen. „Wo sechs sind, sind auch noch sechs weitere, und wo noch sechs weitere sind …"

„Diese verfluchten Jäger", schimpfte Reyes, wobei er noch kräftiger auf den Boxsack einschlug.

Schmerz war schlecht gelaunt. Schlechter als gewöhnlich, urteilte Aeron. „Diesmal will ich nicht meine Sachen packen und abhauen.

Das hier ist unser Zuhause. Wir haben nichts falsch gemacht." Noch nicht. „Wenn sie gekommen sind, um zu kämpfen, dann sollten wir sie nicht enttäuschen."

„Bislang haben sie uns nicht herausgefordert." Lucien rieb sich mit zwei Fingern über den Kiefer – eine dumme Angewohnheit. „Warum nicht?"

„Sie sind den Hügel raufgekommen. Das ist Herausforderung genug. Und was ist mit Maddox' Mädchen? Vielleicht warten die Jäger ja auf ihr Zeichen."

„Sie steckt jetzt in größeren Schwierigkeiten als vorher", murmelte Torin. „Und ich frage mich immer noch, welche Rolle die Götter bei all dem spielen."

Aeron zupfte an dem silbernen Ring in seiner Augenbraue. „Wir müssen es Maddox sagen."

Torin schüttelte den Kopf. „Es wird ihn nicht kümmern. Du hast doch gesehen, wie er in ihrer Nähe drauf ist."

„Ja." Und er war immer noch angewidert davon. Welcher Krieger stellte sich schon vor eine Frau, die ihn letztlich verraten würde, gegen seine Freunde?

Lucien legte den Queue hin und warf eine Kugel in die Luft. Auffangen. Hochwerfen. Auffangen. „Wir werden wachsam sein, und wir werden die Jäger dieses Mal auf den Hügel lassen. Ich will nicht, dass bei diesem Kampf Unschuldige sterben."

Reyes verpasste dem Sandsack eine harte Rechte. „Ich will keine Jäger hier haben. Nicht in unserem Zuhause. Wieso drehen wir den Spieß nicht einfach um? Wir eskortieren Maddox' Frauchen in die Stadt und benutzen sie als Köder. Die Jäger werden uns folgen, um sie zu retten, und angreifen. Wir locken sie in eine Falle, weit weg von der Stadtbevölkerung, und pusten ihnen die Lichter aus."

Alle im Raum musterten ihn aufmerksam. „Wenn man uns sieht", gab Aeron zu bedenken, „wird sich die Stadt gegen uns wenden. Dann beginnt derselbe Terror wie in Griechenland."

„Uns wird niemand sehen", bekräftigte Reyes. „Torin kann das Gebiet mit seinen Kameras überwachen und uns per Funk warnen, wenn sich jemand nähert."

Aeron erwog den Vorschlag und nickte dann zustimmend. Die Jäger wären damit abgelenkt, Ashlyn zu retten, und die Krieger könnten sich einen nach dem anderen schnappen. Und das Beste war, dass er ihr Blut nicht von den Wänden wischen müsste.

Er sah zu Lucien hinüber, der resigniert dreinschaute. „Sehr schön. Dann benutzen wir also das Mädchen."

Als Paris sich den Nacken rieb, dachte Aeron einen Moment lang, er wollte protestieren. Doch überraschenderweise schwieg er. „Ich schätze, jetzt müssen wir uns nur noch überlegen, wie wir Maddox daran hindern, dass er uns die Gurgel umdreht, wenn er es herausfindet."

Danika starrte ihre Mutter, Schwester und Großmutter an. In den vertrauten Gesichtern lagen Hoffnung und Neugier, Furcht und Angst. Obwohl sie die Jüngste war, war sie irgendwie zur Anführerin geworden.

„Was ist passiert?" Ihre Mutter knetete nervös ihre Finger. „Was haben sie mit dir gemacht?"

Was sollte sie ihnen sagen? Danika bezweifelte, dass sie ihr die Wahrheit abnähmen: dass sie eine Herzlungenmassage durchgeführt und einer Frau das Leben gerettet hatte und kurz darauf von einem geflügelten Mann in die Stadt geflogen – geflogen! – worden war, wo sie ihre Tasche geholt und Aeron dabei zugehört hatte, wie er einem anderen Krieger befahl, nach Hause zu gehen – einem Krieger, der eine Frau um die Vierzig gegen eine Wand gedrückt hielt und ihr das Hirn herausvögelte – und schließlich hierher zurückgekommen war. Und das alles in rund dreißig Minuten. Und zur Krönung hatte sie früher am Morgen diese merkwürdige Stimme in ihrem Kopf gehört, aber darüber wollte sie noch nicht mal nachdenken.

Obgleich sie das alles erlebt hatte, konnte sie es selbst kaum glauben. Außerdem würde die Wahrheit ihre Familie nur verängstigen. Und sie hatten schon genug Angst. „Ich glaube, sie lassen uns bald frei", log sie.

Oma Mallory fing an zu weinen und schluchzte laut vor Erleichterung. Ginger, Danikas ältere Schwester, brach mit einem leisen „Gott sei Dank" auf dem Bett zusammen. Nur ihre Mutter blieb reglos sitzen.

„Haben sie dir wehgetan, Baby?" Ihre Augen füllten sich mit Tränen. „Es ist okay, du kannst es mir sagen. Ich kann es verkraften."

„Nein, sie haben mir nichts getan", beruhigte sie sie.

„Du hast uns immer noch nicht erzählt, was passiert ist." Ihre Mom fasste sie an den Händen und drückte sie sanft. „Okay? In Ordnung? Ich bin fast wahnsinnig geworden vor Angst um dich."

Ihr wurde klar, dass sich alle noch viel mehr sorgen würden, wenn sie sie im Unklaren ließe, und berichtete doch von den Geschehnissen. Die Krieger hatten ihr Angst gemacht, ja. Und der mit den dunklen Augen hatte es mit seinem durchdringen Blick sogar geschafft – oh Gott, sie hasste es, sich das einzugestehen –, er hatte es geschafft, irgendetwas in ihr wachzurütteln, sodass sie ihn um Hilfe angefleht hatte.

Ein Flehen, das er ignoriert hatte, dieser Bastard.

Aber sie musste einräumen, dass die Männer sie genauso überrascht wie verängstigt hatten. Immerhin hatte der schwarzhaarige Mann mit den seltsam violetten Augen die kranke Frau, Ashlyn, wie einen Schatz behütet. Er hatte sie zärtlich gehalten. Und offenbar hatte er sich nicht an dem Erbrochenen in der Schale und dem Geruch in dem Zimmer gestört. Er hatte sich ausschließlich um Ashlyn gesorgt.

Ach, wenn *sie* doch nur einen Mann hätte, der sie so behandelte.

Sie konnte sich nicht vorstellen, dass der verhärmte Reyes so sehr erweichen würde. Oder sie so zärtlich liebkosen würde, selbst wenn sie sich liebten. Sogleich schlüpfte ein Bild von seinem nackten, muskulösen Körper in ihren Kopf. Sie schüttelte sich und warf eine schwarze Decke über das Bild. Sie hatte die Arme nach ihm ausgestreckt und ihn um Hilfe angefleht, doch er hatte sie verleugnet. Sie würde nicht vergessen, dass man sich auf Reyes nicht verlassen konnte.

„Was ist, wenn diese … *Viecher* uns nicht gehen lassen?", gab ihre Mom zu bedenken und unterdrückte ein Schluchzen. „Was ist, wenn sie uns umbringen, so wie sie es besprochen haben?"

Bleib stark. Lass sie nicht sehen, dass du dieselbe Angst hast. „Sie haben versprochen, uns am Leben zu lassen, wenn ich diese Frau wieder gesund mache, und das habe ich."

„Männer lügen doch wie gedruckt", klagte ihre Schwester und setzte sich auf. Ginger war neunundzwanzig und ausgebildete Aerobictrainerin. Normalerweise war sie ruhig und zurückhaltend. Keine von ihnen war jemals in einer vergleichbaren Situation gewesen, und keine wusste, wie sie damit umgehen sollte.

Bisher hatten sie vollkommen normale Leben geführt, waren jeden Morgen aufgestanden und zur Arbeit gegangen, sorglos und unbekümmert und in der trügerischen Überzeugung, dass ihnen nichts

Schlechtes widerfahren würde. Vor diesem ganzen Schlamassel war das Schlimmste, mit dem Danika hatte zurechtkommen müssen, der Tod ihres Großvaters vor zwei Monaten gewesen. Er war ein liebevoller, lebensfroher Mann gewesen, und sein Verlust hatte sie bis ins Mark erschüttert. Sie alle hatten um ihn getrauert. Und taten es noch.

Sie hatten geglaubt und gehofft, ein Urlaub hier würde ihnen über den dumpfen Schmerz hinweghelfen und sie dem Mann näherbringen, den sie nie mehr wiedersähen. Grandpa hatte dieses Land geliebt. Er hatte immer wieder von den zwei zauberhaften Wochen geschwärmt, die er vor der Hochzeit mit Grandma hier verbracht hatte.

Und nicht ein Mal hatte er eine Horde mordender Krieger mit Flügeln erwähnt.

„Wir haben das Zimmer mehrfach abgesucht", klagte ihre Großmutter. Ihr gegerbtes Gesicht war faltiger als sonst. „Die einzigen Wege, die hinausführen, sind die Tür und das Fenster, aber wir können keins von beidem öffnen."

„Warum wollen sie uns nur etwas antun?", schluchzte Ginger. In ihren blauen Augen standen Tränen, und ihr blondes Haar war feucht von den vielen Weinkrämpfen. Ihr Gesicht war übersät von roten Flecken.

Keine von ihnen sah hübsch aus, wenn sie weinte.

„Das haben sie mir nicht verraten", seufzte Danika. Was für ein Albtraum. Kurz vor der Entführung hatten sie und ihre Familie sich das Burgviertel angeschaut. Noch nie hatte sie etwas Schöneres gesehen als diese viele Jahrhunderte alten Bauwerke, die im Schein der farbenfrohen Lichter erstrahlen. Am liebsten hätte sie den Anblick mit ihren Farben auf einer Leinwand eingefangen.

Und genau das wollte sie im Hotel machen: malen.

Doch als sie ihr Zimmer betrat, war ein Mann – ein großer Mann mit vernarbtem Gesicht, dunklen Haaren und seltsamer Augenfarbe – über sie hergefallen. Er roch nach Blumen, und dieser Duft beruhigte sie selbst inmitten der größten Panikattacke ihres Lebens. Der geflügelte Mann war auch dort, nur hatte er die Flügel unter seinem T-Shirt versteckt.

Sie hatten sie spielend leicht überwältigt. Beim Gedanken daran schämte sie sich immer noch. Vier Frauen gegen zwei Männer, und trotzdem hatten die Frauen sich kaum zur Wehr gesetzt und verloren.

Man hatte sie außer Gefecht gesetzt, und dann waren sie hier in diesem Zimmer wieder aufgewacht.

„Vielleicht sollten wir einen von ihnen verführen, um an die Schlüssel zu gelangen“, flüsterte Ginger ihr zu.

Sofort bahnte sich der braungebrannte Krieger mit den schwarzen Augen einen Weg in Danikas Kopf. Jedes Mal, wenn sie ihm begegnet war, hatte er geblutet. War er so ungeschickt? Er hatte nicht den Anschein gemacht, aber … Vielleicht hätte sie ihm anbieten sollen, seine Wunden zu „verarzten“. Vielleicht wäre er dann freundlicher zu ihr gewesen. Vielleicht hätte er ihr dann geholfen.

Vielleicht hätte er sie dann geküsst.

Allein der Gedanke erregte sie, verdammt noch mal. „Keine Frau sollte ihren Körper verkaufen, um aus einem Gefängnis zu entkommen“, erwiderte sie leise. Sie war wütend auf sich selbst. Das Bild von Reyes flackerte immer noch vor ihren Augen, und ehe sie sich versah, fügte sie hinzu: „Aber ich werde darüber nachdenken.“

11. Kapitel

Während Ashlyn ein paar Stunden schlief und sich ihr Körper und ihre Seele hoffentlich erholten, hielt Maddox sie die ganze Zeit im Arm. Die Zeit war wieder sein Feind, Mitternacht schlich mit großen Schritten auf ihn zu, doch er weckte sie nicht. Auch nicht, als er ihr die Schuhe und den Pullover auszog und so zwei hübsche Füße und ein T-Shirt enthüllte, das sich eng um ihre Brüste spannte und sein Blut vor Erregung zum Kochen brachte.

Er hatte den ganzen Tag noch nichts gegessen und war entsprechend hungrig, doch viel wichtiger als etwas zu essen war Ashlyns Nähe. Er wollte sie halten und ihre melodischen, schlaftrunkenen Seufzer hören. Er fühlte sich wie im Himmel.

Ihre Brüste, die sich an seine Seite drückten, waren unsagbar weich. Einer ihrer Arme lag über seinem Bauch und hielt ihn ganz fest, als hätte sie selbst im Schlaf Angst, dass er weggehen könnte.

Er war so friedlich wie seit Jahrhunderten nicht mehr. Deshalb überraschte es ihn auch nicht, als seine Augenlider schwer wurden und seine Gedanken abschweiften.

Wach auf, Krieger. Ich bin zurück, ertönte eine Stimme in seinem Kopf. Eine allzu bekannte Stimme. *Das* überraschte ihn allerdings.

Maddox verkrampfte. Er riss die Augen auf, als die Wut ihn durchbohrte und den Schleier der Müdigkeit zerriss. Mit scharfem Blick suchte er den Raum ab. Er sah weder einen Körper aus Fleisch und Blut noch einen verdächtigen Schatten.

Lieber würde er mit einem Eindringling, einem Jäger, kämpfen als mit diesem Titan, der versprochen hatte, Ashlyn zu helfen, und sie dann im Stich gelassen hatte. Würde er jetzt versuchen, sie ihm zu entreißen?

Wo bleibt mein Dankeschön, Krieger?

Er spürte ein energiegeladenes Summen, die Luft wurde dicker und verwirbelte. Ashlyn seufzte leise, und er zwang sich zur Ruhe. Er wollte sie erst wecken, wenn der Gott verschwunden war. Denn falls sie das Wesen provozierte, wenn auch unabsichtlich, würde sie das womöglich bereuen.

„Wer bist du?“, flüsterte er.

Das solltest du eigentlich wissen. Die Antwort klang verärgert.

Maddox machte den Mund auf. Er bemühte sich, ruhig zu bleiben. Keine Gewalt, keine Wut. Wie grausam von dem Titan, ihn raten zu lassen. „Was willst du von mir … großer Meister?“

Du hast mir versprochen, alles zu tun. Alles.

„Ich habe dir versprochen, alles zu tun, was du verlangst, wenn du das Mädchen rettest. Aber du hast sie nicht gerettet.“ Während er die Worte aussprach, brüllte sein Kopf: Provozier den Gott nicht! „Wir haben sie selbst gerettet.“

Und dennoch lebt sie.

„Aber du hast nichts getan.“ Er presste die Lippen aufeinander. Es war nicht besonders klug, einen Gott zu reizen. Aber er hatte Angst vor dem, was auf ihn zukäme. Und vor allem wollte er keine Gegenleistung für etwas erbringen, das er gar nicht erhalten hatte.

Bist du sicher? Die Stimme war jetzt weich wie Seide und forderte ihn heraus zu widersprechen.

Was konnte dieses Wesen schon getan haben? *Spielt das überhaupt eine Rolle?* „Was soll ich tun?“, fragte er resigniert.

Er vernahm ein zufriedenes Schnurren. *Sag deinen Freunden, dass sie heute um Mitternacht zum Kerepesi Friedhof kommen sollen. Sie müssen unbewaffnet sein und dürfen niemandem erzählen, was sie vorhaben. Sie müssen alleine kommen. Ich werde sie dort besuchen. Ich werde ihnen genau zeigen, wo ich bin.*

„Um Mitternacht sind sie mit anderen Dingen beschäftigt.“

Dein Todesfluch. Ja, ich weiß. Lucien und Reyes dürfen später kommen.

„Aber …“

Kein Aber. Um Mitternacht. Unbewaffnet.

Maddox blinzelte. Das ergab keinen Sinn. Warum sollten die Männer unbewaffnet kommen? Ein Gott konnte sie mir nichts, dir nichts zermalmen, ganz gleich, wie viele Waffen sie dabeihatten.

Wirst du es ihnen ausrichten?

Er kniff die Augen zu zwei schmalen Schlitzen zusammen. Entweder war das kein Gott, oder das Wesen wollte sie in einen Hinterhalt locken. Er hielt die Titanen für grausam genug, so etwas zu versuchen. Doch so oder so – Maddox hatte eindeutig die schlechteren Karten. Wenn es ein Gott war, würde er bestraft werden, wenn er es nicht fertigbrächte, seine Freunde unbewaffnet in eine möglicherweise gefährliche Situation zu schicken. Und wenn es kein Gott war, bedeutete es, dass jemand – *etwas* – die Macht hatte, in seine Gedanken einzudringen.

Neben ihm räusperte sich Ashlyn und rollte sich auf den Rücken. Den einen Arm hatte sie quer über die Stirn gelegt, die andere Hand lag schlaff auf ihrem Bauch. Sie ist kurz davor aufzuwachen, schoss es ihm durch den Kopf, aber sie wehrt sich noch dagegen.

Also, wirst du es tun? Die Stimme klang jetzt zu eifrig und unsicher.

In diesem Moment wusste Maddox: Das war kein Gott. Es konnte keiner sein. Ein übermächtiges Wesen hätte die Herren der Unterwelt mit einem Schlag zum Friedhof befördern können. Ein übermächtiges Wesen hätte nicht einen Funken Zweifel versprüht. Er biss die Zähne zusammen.

Verlang nicht von mir, dass ich noch mal frage.

„Natürlich werde ich es ihnen ausrichten", erwiderte er, und es war noch nicht mal gelogen. Er würde ihnen etwas ausrichten – allerdings nicht das, was das Wesen ihm aufgetragen hatte.

Dann also bis heute Nacht. Die Stimme summte förmlich vor Zufriedenheit.

Bis wir die Wahrheit erfahren. Natürlich sprach Maddox diesen Gedanken nicht laut aus. Als er keine Antwort, keine Reaktion vernahm, grinste er. Das Wesen konnte ihm zwar seine Worte in den Kopf legen, aber es konnte nicht seine Gedanken hören. Gut. Sehr, sehr gut.

Plötzlich verschwand das energiegeladene Surren aus der Luft.

Maddox' Gedanken überschlugen sich. Womöglich konnte das Wesen Dialoge aus der Entfernung hören. Vielleicht gehörte die Stimme zu einem Unsterblichen mit außergewöhnlichen Fähigkeiten.

Zu einem unsterblichen Jäger?

Darauf bedacht, Ashlyn nicht zu wecken, kroch Maddox aus dem Bett und suchte die Festung nach Lucien ab. Er fand den Krieger auf dem Sofa im Unterhaltungszimmer sitzend vor. Er war alleine und still und hielt ein Glas Scotch in der Hand.

Maddox berichtete seinem Freund von den Geschehnissen, und Lucien wurde blass. Und mit ihm seine Narben. „Jäger. Titanen. Frauen. Und jetzt auch noch körperlose Wesen mit unbekannten Kräften? Wann hört das alles bloß auf?"

Er fuhr sich durch die Haare. „Mit jeder Minute, die verstreicht, scheint sich etwas Neues zu offenbaren." Wenn man bedachte, dass Maddox sich erst gestern noch über die Monotonie seines Lebens beklagt hatte …

„Wenigstens bleiben uns noch ein paar Stunden, um zu entscheiden, wie wir mit der Sache umgehen. Ich muss nachdenken, bevor wir die anderen einweihen. Es passiert einfach zu viel auf einmal. Es verändert sich zu viel."

Maddox nickte. „Du weißt ja, wo du mich findest, wenn du mich brauchst." Er ging in sein Zimmer zurück, dankbar für die Galgenfrist. Er war noch nicht bereit, Ashlyn zu verlassen.

Sie lag noch genauso da, wie er sie zurückgelassen hatte, ein Lichtblick in seiner trostlosen Kammer. Als er sich wieder neben sie legte, wackelte die Matratze eine Spur zu stark.

„Maddox", murmelte sie.

Dieses schlaftrunkene Wort, das mehr ein Stöhnen war, fachte das Feuer in seinen Lenden genauso an, wie es eine Liebkosung ihrer schönen Hände getan hätte. Bei dem neu erwachten Verlangen machte sich *Gewalt* wieder bemerkbar. Er war in einer düsteren und hungrigen Stimmung. Er brauchte … irgendetwas. Blut? Schmerz? Schreie? Er wusste es nicht, konnte es nicht sagen. *Ich werde die Kontrolle behalten. Ich werde dieser Frau nichts antun.*

Ashlyn rieb ihre Wange an seiner Schulter und schnurrte wie ein Kätzchen. „Maddox?"

Gewalt schnurrte ebenfalls.

Maddox packte den kühlen Stoff der Bettdecke. Wozu wollte *Gewalt* ihn zwingen? Seine Sehnsüchte waren verschleiert. Maddox brach der Schweiß aus. Er biss so fest die Zähne zusammen, dass er die Anspannung bis in den Nacken spürte.

„Maddox?", wiederholte Ashlyn. Diesmal klang sie beunruhigt. Sie setzte sich auf, wobei seidige Haarsträhnen über ihre Schultern fielen. Das Sonnenlicht, das durchs Fenster fiel, tauchte sie in ein helles, goldbraunes Licht. Sie ließ den Blick über ihn schweifen. „Was ist los?"

Er brachte keinen Ton heraus. Ein dicker Knoten verschloss seine Kehle.

Sie wurde zusehends besorgter, beugte sich über ihn, fasste unter sein T-Shirt und fuhr ihm über die nackte Brust. Die Berührung war wunderschön und intensiv. So etwas hatte er noch nie zuvor gefühlt.

Wie er feststellte, gefiel es dem Dämon auch. Er stöhnte, jedoch nicht vor Wut, sondern vor Erregung. *Mehr …* Die verschleierten Sehnsüchte wurden wieder stärker und gaben sich schließlich zu erkennen. Lust und Leidenschaft. Erregung und Verlangen.

„Wie geht es dir?“, brachte Maddox endlich hervor. Es war erstaunlich, wie sehr man sich nach etwas, nach jemandem sehnen konnte, ohne den Wunsch zu verspüren, ihn zu verletzen.

„Besser.“

„Das freut mich.“ Er blieb noch einen Moment lang so liegen und genoss das Gefühl, das Ashlyn in ihm weckte, während sie ihn zärtlich streichelte. Es war sanft und süß – ein erotischer Traum, der niemals aufhören sollte. Er zitterte, oder vielleicht war es auch sein Dämon. *Gefährlich.* Nicht mehr lange und er würde sie ausziehen und nehmen, wenn er sie nicht sofort davon abhielt weiterzumachen.

„Dein Gesicht sieht schon viel besser aus“, stellte sie fest. „Nicht mehr so ramponiert.“

„Meine Wunden heilen schnell. Komm.“ Er rollte sich vom Bett und hielt ihr die Hand hin.

Fragend blickte sie von seinem Gesicht zu seiner Hand und wieder zurück. „Ich habe noch nie erlebt, dass jemand seine Stimmung so schnell ändert wie du“, grummelte sie. Doch dann streckte sie zögernd die Hand aus, als würde sie von einer fremden Macht dazu gezwungen. Sie verschränkten die Finger ineinander.

Wieder ein Knistern.

Offenbar spürte sie es auch, denn sie schnappte nach Luft.

Vor Verlangen zitternd, zog er sie auf die Füße. Sie schwankte und klammerte sich fester an ihn. „Wohin gehen wir denn?“

Ins Paradies, wenn er gekonnt hätte. „Duschen.“ Er wartete ihre Antwort nicht ab, sondern führte sie zum Badezimmer.

Überraschenderweise protestierte sie nicht. „Ich muss schrecklich aussehen.“ Sie strich sich mit der Hand über die Haare und verzog das Gesicht.

„Du könntest niemals schrecklich aussehen."

Ihre Wangen verfärbten sich zartrosa. „Und ob. Nur ... ich weiß nicht. Am besten schaust du weg, bis ich halbwegs wiederhergestellt bin."

„Glaub mir, ich habe schon oft versucht, dich nicht anzusehen." Aber seine Augen hatten ihren Anblick immer wie von selbst gesucht. Sie wurden von einer Kraft angezogen, die stärker war als er.

An der Badezimmertür ließ er sie los. Ein intensives Gefühl des Verlusts erfüllte ihn. *Es ist bald soweit. Nur noch ein bisschen.*

Er wandte ihr den Rücken zu und drehte die Wasserhähne an der Badewanne auf. Das Wasser schoss aus dem Duschkopf, zuerst kalt, dann immer wärmer. Schon bald zog Wasserdampf durchs Badezimmer und schwebte in Schwaden zur Decke, wo er kondensierte und in Form feiner Tropfen herabfiel.

Maddox sammelte sich und drehte sich dann zu Ashlyn um.

„Tut mir leid wegen deinem Zimmer", entschuldigte sie sich. Sie schaute auf ihre nackten Füße. Die Zehennägel waren nicht lackiert, aber sorgfältig geschnitten. Hübsche Füße.

„Ich werde es aufräumen", erwiderte er schroff.

Sie sah ihm in die Augen. „Nein. Es wäre mir lieber, wenn du das nicht tun würdest. Das alles ist mir schon peinlich genug."

„Nein. Es ist meine Schuld. Und mein Zimmer. Ich räume es auf." Ihm gefiel die Vorstellung nicht, dass sie putzte. Sie sollte in seinem Bett liegen und schlafen. Nackt. Ja, nackt. Dann vielleicht besser doch nicht schlafen, sondern ihn küssen, lecken und beißen.

Sein Geschlecht regte sich.

„Zieh dich aus", befahl er bestimmter, als er beabsichtigt hatte.

„W-was?", quietschte sie erschrocken.

„Zieh dich aus."

„Jetzt sofort?"

Er legte die Stirn in Falten. „Duschst du sonst etwa mit Klamotten?"

„Nein, aber sonst dusche ich auch alleine."

„Heute nicht." Es fühlte sich so an, als hätte er seit Ewigkeiten auf diesen Moment gewartet. Ashlyn. Nackt. Ihm gefügig. Ihre Kurven willig, von ihm erkundet zu werden.

„Warum nicht heute?" Ihre Stimme klang brüchig und flehend.

„Darum." Stur verschränkte er die Arme vor der Brust.

„Maddox …“

„Ashlyn. Zieh dich aus. Deine Sachen sind schmutzig.“

Hinter ihm plätscherte unaufhörlich das Wasser gegen die weißen Kacheln. Vor ihm starrte Ashlyn ihn vollkommen verblüfft an. „Nein“, antwortete sie. Sie machte einen Schritt auf die Tür zu. Dann noch einen.

Er beugte sich vor. Ihre Nasen waren nur noch wenige Zentimeter voneinander entfernt. Doch er küsste sie nicht. Berührte sie auch nicht. Er langte einfach nur hinter sie, warf die Tür ins Schloss und beendete damit ihren Fluchtversuch.

Als das Schloss zuschnappte, hallte ein leises *Klack* von den Wänden wider. Sie schluckte und wurde blass.

Er seufzte. Er wollte nicht, dass sie Angst hatte. Er wollte, dass sie erregt war. „Hab keine Angst.“

„H-hab ich nicht.“

Er glaubte ihr nicht, wusste nicht, was in ihrem Kopf vorging. Wusste nicht, warum sie sich gegen etwas sträubte, was sie wenige Minuten zuvor allem Anschein nach noch gewollt hatte. Also fragte er: „Wie geht es dir? Du hast gesagt, du fühlst dich besser. Stimmt das nicht?“

Lügen oder nicht lügen, dachte Ashlyn. Wenn sie behauptete, dass sie sich immer noch nicht gut fühlte, würde er sie alleine duschen lassen. Das wusste sie. Aber wenn sie ihm sagte, dass es ihr wirklich wieder gut ging, würde er darauf bestehen, dass sie sich vor ihm auszog. Das hatte sie noch nie für einen Mann getan und schon gar nicht für einen Fremden. Einen unsterblichen Fremden, um genau zu sein.

Aber er ist doch gar kein Fremder mehr. Er hat dich gehalten und neben dir geschlafen. Er hat sich um dich gekümmert. All das stimmte natürlich. Aber trotzdem wusste sie so gut wie nichts über ihn. Über seine Vorlieben und Abneigungen oder über sein Liebesleben – und das musste in Anbetracht seines Alters ziemlich umfangreich sein. Sie wusste nicht, ob er sie nur einmal ins Bett zerren wollte oder ob mehr dahinter steckte.

Sie hatte schon so häufig und in so vielen Sprachen gehört, wie die Männer den Frauen den Himmel versprachen, nur um sie später fallen zu lassen. Sie hatte gehört, wie sie ihre Partnerin betrogen, ohne sich daran zu stören, dass sie zu Hause auf sie wartete. Sie hatte schön konstruierte und rücksichtsvolle Lügen gehört, aber auch schlechte und unverblümte.

Wie würde Maddox, ein selbst erklärter Dämon, ihren Körper behandeln? Wie würde er sie nach dem Liebesspiel behandeln?

So beängstigend die Vorstellung, mit ihm zusammen zu sein, auch war, sie musste zugeben, dass es auch etwas Erregendes hatte. Etwas Aufregendes. In Maddox' Augen glühte ein gespanntes Verlangen, ein violettes Feuer – wild und heiß.

Noch nie zuvor hatte jemand sie so angesehen.

Sie war doch das seltsame Mädchen, der Freak. Das verrückte Mädchen, das kein normales Gespräch führen konnte, weil es von den anderen Stimmen zu sehr abgelenkt war. *Nutz die Chance, Darrow. Riskier doch ein Mal im Leben etwas. Du weißt doch, dass du es willst.*

Sie blickte zu Maddox auf. Der Dampf, der um ihn herum wirbelte, verlieh ihm eine geisterhafte Aura. Als wäre er ein Wesen aus einem Traum. Auf seinem Gesicht lag ein Ausdruck, der umbarmherzig und zugleich sexy war. Die schwarzen, grob geschnittenen Haare reichten ihm bis zum Kinn. Sie hatte schon immer einen Mann haben wollen, eine Beziehung. Sie hatte schon immer die Leidenschaft erfahren wollen, von der sie so viel gehört hatte. Aber genauso wollte sie einen Mann, der sie liebte und nicht verließ, wenn sich das Feuer der Leidenschaft in Glut verwandelte.

„Wie geht es dir, Ashlyn?", wiederholte er.

Sie sehnte sich mit jeder Faser ihres Körpers nach ihm. „Gut", gab sie schließlich zu. „Es geht mir gut. Ich habe dich nicht angelogen."

„Warum stehst du dann noch da? Zieh dich aus."

„Hör auf, mir Befehle zu erteilen." Wenn sie ihm jetzt erlaubte, sie zu bevormunden, würde er es immer tun. *Immer? Wie lange willst du denn bleiben?*

Er schwieg einen Augenblick, bevor er hinzufügte: „Bitte."

Willst du das wirklich?

Ja. Sie wollte es. Zwar liebte er sie nicht, und sie war sich nicht sicher, wie er sie danach behandeln würde. Aber sie wollte es. Sie hatte ihn von der ersten Sekunde an gewollt.

Mit zitternder Hand tastete sie nach dem Reißverschluss ihrer rosafarbenen Jacke. Erst da bemerkte sie, dass sie die Jacke gar nicht mehr anhatte. Und ihren Pullover auch nicht. Er musste ihr beides ausgezogen haben, während sie geschlafen hatte. Ihr stieg die Hitze in die Wangen, als sie die Finger an den Saum ihres einfarbigen T-Shirts legte. Sie zog sich den Stoff über den Kopf und warf das Shirt auf den Boden. Nun trug sie nur noch ein weißes Trägertop, einen BH und Jeans.

Maddox nickte zustimmend. „So viele Lagen. Ausziehen. Bitte."

Sie fasste den Saum ihres Tops. Dann hielt sie inne. „Ich bin nervös", gestand sie.

Er zog eine Augenbraue hoch und neigte den Kopf zur Seite. „Warum?"

„Was ist wenn ... wenn dir nicht gefällt, was du siehst?"

„Es wird mir gefallen", erwiderte er heiser.

Dieser primitive Unterton ... Sie erschauderte. Im Wald hatte er ihr Angst gemacht. Hier fachte er ihre Leidenschaft an. „Wie kannst du dir da so sicher sein?"

Sein heißer Blick glitt über ihren Körper. „Mir gefällt schon das, was ich jetzt sehe. Was darunter ist, kann nur noch besser sein."

Das sah Ashlyn vollkommen anders. Sie machte weder Sport, noch hielt sie Diät. Es hatte nie einen Grund dafür gegeben. Wenn sie nicht mit dem Institut unterwegs war, blieb sie gern zu Hause und sah fern, las Zeitschriften oder spielte Computerspiele. Und das waren nicht gerade die Beschäftigungen, die einer Frau die Figur schenkten, von der die Männer träumten.

Ihre Oberschenkel waren ein wenig breiter als es der Mehrheit gefiel und ihr Bauch ein bisschen runder. Welche Art von Frau war Maddox gewohnt? Immerhin war er unsterblich und wahrscheinlich bereits mit Tausenden schöner Frauen zusammen gewesen.

Sie ballte die Fäuste. So albern es war, aber die Vorstellung von ihm mit einer anderen Frau machte sie wütend.

„Ashlyn." Maddox' Stimme riss sie aus den Gedanken.

„Was?"

„Konzentrier dich auf deine Aufgabe."

Ihr Mund verzog sich zu einem leichten Lächeln. „Tut mir leid. Ich bin kurz abgeschweift." Jetzt, da die Stille Teil ihres Lebens war, würde sie lernen müssen, ihre Gedanken zu kontrollieren.

„Lass mich dir helfen. Bitte."

Jedes Mal, wenn er „bitte" sagte, schmolz sie dahin. Sie war bereit, ihm alles zu erlauben, was er wollte, und noch viel mehr. Sie nickte.

Kaum hatte er die Hände auf ihre gelegt, durchfuhr wieder das aufregende Kribbeln ihren Körper, das auf jede seiner Berührungen folgte. Darauf war sie diesmal vorbereitet gewesen, nicht jedoch auf die Wirkung, die es auslöste: harte Brustwarzen und ein warmes, feuchtes Gefühl zwischen ihren Beinen.

Ohne auf ihre Erlaubnis zu warten, fasste er das Top und hob es hoch.

„Warte“, bat sie ihn.

Sofort hielt er inne.

„Ich muss dich erst vorbereiten.“ Er würde gleich ihre Unterwäsche sehen – noch so ein unangenehmes Thema. Sie war aus blütenweißer Baumwolle. Omaunterwäsche, hatte sie einen Mann mal sagen gehört. Während der Arbeit trug sie nie sexy Kleidung oder Dessous. Das war einfach zu unpraktisch. „Ich besitze durchaus sexy Unterwäsche, das schwöre ich, aber ich trage sie gerade nicht.“

„Soll mich das vielleicht abschrecken?“ Maddox klang leicht verwirrt. „Dass du keine sexy Unterwäsche trägst?“

„Ich weiß nicht.“ Sie knabberte auf ihrer Unterlippe herum. „Vielleicht. Schreckt es dich ab?“

„Ashlyn, was auch immer du anhast – es ist mir egal. Du wirst es sowieso nicht lange anbehalten. Bist du jetzt soweit?“

Sie schluckte. Nickte.

Er zog ihr das Top über den Kopf und warf es auf den Boden neben ihr T-Shirt. „U-und?“

„Und was?“

„Hässlich?“

„Wunderschön.“ Maddox nahm einen – ehrfürchtigen? – Atemzug, und ihr Blut begann zu kochen. Er streckte die Hand aus und fuhr über den Baumwollstoff, der sich über ihre Brustwarzen spannte. Obwohl sie schon hart waren, reckten sie sich ihm noch mehr entgegen.

Ashlyn stöhnte leise.

Er ließ die Hände an ihrem Bauch hinabwandern und packte den Bund ihrer Jeans. Eine geschickte Bewegung, und die Knöpfe sprangen auf. Sie konnte die Hitze seiner Haut bis in die Knochen spüren.

Er streifte ihr die Jeans über die Hüfte, die Knie, bis zum Boden. „Zieh sie ganz aus!“

Mit zittrigen Beinen befolgte sie seinen Befehl. Sein Blick blieb an ihrem weißen Baumwollhöschen hängen. Sie widerstand dem Bedürfnis, es mit den Händen zu verdecken und wünschte sich einmal mehr, er würde sie in Spitzenwäsche sehen. „Ich weiß, dass Männer Rollenspiele mögen“, plapperte sie drauflos, um die Stille zu füllen. Sie hatte schon unzählige Male mitbekommen, wie sie vor ihren Freunden damit prahlten. „Zu Hause habe ich eine Polizistenuniform, ein orientalisches Kostüm und ein Playboybunnyfell.“ Nicht, dass sie jemals zum Einsatz gekommen waren. Aber so etwas im Schrank zu haben, gab ihr ein gutes Gefühl. Man konnte ja nie wissen …

„Schön.“ Maddox klang wenig beeindruckt.

„Vielleicht kann ich sie dir, keine Ahnung, irgendwann mal zeigen.“

„Zieh den BH und den Slip aus.“ Sein Gesichtsausdruck war enttäuschend nüchtern, als er sich aufrichtete.

Vielleicht war es ihm ja wirklich egal, was sie anhatte.

Während er darauf wartete, dass sie seinen Anweisungen folgte, griff er nach hinten und zog sich das T-Shirt über den Kopf. Überrascht und erfreut schnappte sie nach Luft und vergaß augenblicklich ihr noch verbliebenes Outfit – aber sie zog es trotzdem nicht aus. Sie war zu sehr damit beschäftigt, ihn anzustarren.

Maddox war einfach umwerfend. Die Stichwunden waren bis auf ein paar dünne Linien verschwunden. Die Muskelstränge, die sich unter seiner bronzefarbenen Haut abzeichneten, waren eine wahre Augenweide. Von seinem Bauchnabel führte eine feine Linie aus dunklen Haaren nach unten und verschwand in seiner Hose.

Ohne den Blick von ihrem Gesicht abzuwenden, machte er seine Hose auf und schob sie an den langen, muskulösen Beinen hinab, bis sie ebenfalls auf dem Boden lag.

Er trug keine Unterwäsche.

Ihre Augen wurden groß und ihr Mund trocken. Er war groß gebaut. Lang und stark und deutlich erregt. Sie hatte das männliche Glied schon in Büchern gesehen und auf Webseiten, die man eigentlich nicht besuchte, oder in Filmen, die man sich eigentlich nicht ansah, aber noch nie aus unmittelbarer Nähe und schon gar nicht aus Fleisch und Blut. Seine Hoden sahen fest aus und waren von dunklen Haaren umgeben.

„Wenn ich mich nicht irre, habe ich dir eine klare Aufgabe gestellt“, bemerkte er, wobei er ihr weiterhin zwischen die Beine schaute. Ein Blick, der sie angenehm erschaudern ließ.

Stärker als je zuvor bebte ihr Körper vor Begehren. Das Verlangen, ihn zu berühren und berührt zu werden, ihn zu schmecken und geschmeckt zu werden, fraß sie schier auf. Ein stechender Schmerz durchfuhr sie. „Werden wir wirklich miteinander schlafen?“, fragte sie atemlos und hoffnungsfroh.

„Oh ja“, erwiderte er, während er auf sie zuging. „Oh ja, meine Schöne, das werden wir.“

12. Kapitel

Maddox fasste Ashlyn unter die Arme und hob sie hoch. Mit den Zähnen riss er ihren BH entzwei. Der weiche Stoff gab schnell nach und enthüllte die aufreizendsten Brüste, die er je gesehen hatte.

Sie waren etwas größer als eine Handvoll und hatten rosige Brustwarzen, die darum bettelten, dass man sie kostete. Er konnte sich nicht länger zurückhalten. Alles in ihm sehnte sich fast schon verzweifelt nach ihrem Körper.

Er nahm eine harte Knospe in den Mund und saugte daran. Ashlyn stöhnte. Sie warf den Kopf in den Nacken und bog sich ihm entgegen, bettelte nach mehr. Er umkreiste die harte Spitze mit der Zunge und leckte sie, bevor er sich der anderen Brust widmete.

Alles in ihm verlangte nach mehr. Trotzdem setzte er sie wieder auf dem Boden ab und drückte sie gegen das Waschbecken. Bald. Wortlos reichte er ihr die Zahnbürste, die er zuvor für sie besorgt hatte, und nahm sich dann selbst eine. Er wollte perfekt für sie sein.

Sichtlich benommen und wackelig auf den Beinen starrte sie ihn irritiert an. Dann färbten sich ihre Wangen langsam rot. Warum nur? Schweigend putzten sie sich die Zähne. Danach stand Ashlyn vor dem Spiegel und hielt sich am Waschbecken fest, als wüsste sie nicht, was als Nächstes geschehen würde, traute sich aber auch nicht zu fragen.

„Runter damit", forderte er sie auf und zupfte am Bündchen ihres Höschens. „Bitte."

Nervös schob sie sich das Stück Stoff über die Hüften, ließ es auf den Boden fallen und schob es mit den Füßen beiseite.

Oh ihr Götter. Fast hätte er sich vor Dankbarkeit auf dem Fußboden zu einem kleinen Häufchen zusammengekauert. Er sah ein kleines, honiggoldenes Dreieck und köstlich geformte Schenkel. Beim Anblick ihrer Schönheit konnte er nicht anders als sie wieder hochzuheben. Dieses Mal setzte er sie allerdings in der Badewanne ab und zog den Vorhang zu. Sie schnappte nach Luft, als das Wasser auf sie plätscherte und stöhnte wohlig, als sie die feuchte Wärme auf der Haut spürte. Er wünschte, er hätte ihr dieses Stöhnen entlockt.

Bald, versprach er sich wieder. Bald.

Er stellte sich hinter sie. Sie war schon tropfnass, und die Haare klebten an ihrem elegant geschwungenen Rücken. Ihr Po war perfekt geformt, gerade voll genug, dass er nicht mehr ganz in seine Hände passte. Das gefiel ihm. Es gefiel ihm, dass sie nicht nur aus Haut und Knochen bestand.

„Wunderschön", sagte er, doch dann erfüllten ihn plötzlich Zweifel. Sollte er sie zu sich umdrehen oder sie weiter so festhalten? Sollte er sie hinlegen oder stehen lassen? Er duschte zum ersten Mal mit einer Frau und war sich nicht sicher, wie er es am besten anstellen sollte.

Meins. Mach einfach … alles.

Im nächsten Moment übernahmen sein Instinkt und viele Tausend Jahre alte Fantasien die Kontrolle. Er presste sich eng gegen sie, sodass sie seine Erektion an den Pobacken spürte. Sie atmete scharf ein. Er fasste um sie herum und griff nach der Pinienseife, mit der er sich jeden Morgen die Spuren seiner mitternächtlichen Reise abwusch.

Sie versuchte, sich umzudrehen und ihn anzusehen, doch er hielt sie fest, indem er das Kinn auf ihren Kopf legte. Zuerst verkrampfte sie. Aber dann entspannte sie sich allmählich. Er musste bereits alle Kraft aufbringen, um nicht die Kontrolle zu verlieren, und wollte nicht zu weit gehen. Noch nicht. Maddox hatte den Dämon kaum im Griff; er schien aus seinem Körper springen und Ashlyn selbst berühren zu wollen.

„Du wurdest gemacht, um Sex zu haben", raunte er ihr ins Ohr und leckte die zarte Muschel aus.

„Das werden wir wohl bald herausfinden", entgegnete sie mit bebender Stimme.

Sie war wie für ihn gemacht. Einen perfekteren Köder hätten die Jäger gar nicht auswählen können. Wenn sie geschickt worden war, um ihn abzulenken, gelang es ihr prächtig. Wenn sie geschickt worden war, um etwas über ihn und seine Freunde in Erfahrung zu bringen, tja, dann war ihr auch das gelungen. Er hatte ihr mehr anvertraut als irgendjemandem sonst.

Wenn sie geschickt worden war, um ihn zu bestrafen, nun ja, dann hatte sie auch das geschafft. Denn noch nie hatte er sich mehr vor sich selbst geschämt. Eigentlich sollte er jetzt überall sonst sein, nur nicht hier; sollte alles tun, nur nicht das hier. Aber er *war* hier und er *würde* gleich mit Ashlyn schlafen. Und er scherte sich einen Dreck um die Folgen.

Die Arme noch immer um ihre Schultern gelegt, seifte er sich die Hände ein. Dann legte er die Seife zurück auf die Halterung und fing an, sie langsam – ganz langsam – von Kopf bis Fuß zu waschen. Seine seifigen Finger umspielten ihre Brustwarzen und fuhren die sanfte Kurve ihrer Hüfte und die leichte Wölbung ihres Bauches entlang.

Wieder stieß sie einen Seufzer aus, der diesmal nur für ihn bestimmt war. Sie ließ den Kopf einladend auf seine Schulter fallen, als wollte sie sagen: *Mach mit mir, was du willst.*

„Magst du es, wenn dich jemand wäscht?", fragte er.

„Ja."

„Bist du immer noch schmutzig?"

„Ja."

„Und wo?"

„Überall."

Er hätte fast gelächelt. Fast. Aber dazu war sein Verlangen zu düster. Nur Verwunderung und Ehrfurcht mischten sich in die Finsternis.

Unsanfter als beabsichtigt seifte er ihre Arme ein. Es schien sie nicht zu stören. Er sah, dass sie die Augen geschlossen hatte und auf ihrer Unterlippe kaute. Dabei seufzte sie alle paar Sekunden leise.

„Hast du schon mal mit einem Mann geduscht?" Mit der Seife in der Hand sank er auf die Knie.

Ihr Stöhnen verstummte und sie flüsterte: „Nein."

Ein Glück. Sie würden dieses Vergnügen also gemeinsam entdecken. Auch als der Dämon noch nicht in seinem Körper gewohnt hatte, war er mit den Frauen nicht besonders zärtlich umgegangen, sondern hatte sie genommen, wenn ihm gerade danach war. Sie waren ein netter Zeitvertreib gewesen, weiter nichts. Etwas, das er gewollt, aber nicht gebraucht hatte.

Nachdem er verflucht worden war, war Zuneigung noch undenkbarer geworden. Er hatte stets befürchtet, der Dämon käme zum Vorschein, wenn er mit einer Frau zusammen war. Erst da war ihm klar geworden, wie kostbar die Zeit war, und dass er sein Leben hätte genießen sollen, als er noch die Chance dazu hatte.

Aber noch nie hatte er mehr Angst vor dem Dämon gehabt als in diesem Augenblick. Dennoch ließ er sich dieses Mal nicht davon abhalten, sich Zeit zu nehmen, in der Frau zu ertrinken und den Moment auszukosten. Den meisten gegenüber verhielt er sich zu grob, aber er schwor sich, Ashlyn anders zu behandeln.

Ich werde die Kontrolle behalten, koste es, was es wolle. Ich werde die Kontrolle über den Dämon behalten. Er küsste die Kurve, die Ashlyns unterer Rücken bildete, und liebkoste dann auf dem Weg nach oben jeden einzelnen Wirbel.

„Mmmmh", schnurrte sie. „Das ist schön."

Das fand er auch.

Er fand alles an ihr schön.

Nachdem er ihre Ober- und Unterschenkel eingeseift und sich in die Wange gebissen hatte, um nicht *sie* zu verletzen, spülte er sich die Hände ab. Er konnte sich nicht länger beherrschen und stieß zwei Finger in ihr heißes Fleisch.

„Oh. Ja!" Bei der erotischen Berührung machte sie eine schnelle Bewegung von ihm weg, nur um sich sofort wieder gegen ihn zu pressen, die Beine noch weiter zu spreizen und stumm um mehr zu betteln.

Die Seife war glitschig gewesen, genauso wie sie jetzt feucht war. Er streichelte sie und spielte vorsichtig mit ihrer geschwollenen Perle. Ein Zittern schüttelte sie. „Findest du es immer noch schön?" Sein ganzer Körper war angespannt.

Nimm sie. Nimm sie jetzt.

„Ja. Wunderschön. Wunderschön", hauchte sie entrückt.

Er drang tiefer in sie ein, so tief wie möglich. Sie stöhnte seinen Namen.

„Eng", raunte er durch zusammengebissene Zähne. Fast glaubte er, zu spüren, dass sie noch … Nein, bestimmt nicht. „Heiß."

„Ja. Das fühlt sich gut an."

Nicht mehr lange, und die Flammen der Leidenschaft würden ihn verschlingen. Flammen, die heißer waren als die Flammen der Hölle. Er zitterte. Er war hart, so hart, dass es schmerzte. Er war bereit, in sie einzudringen.

Wenn er schon so stark darauf reagierte, dass er sie mit den Fingern berührte, was würde dann nur geschehen, wenn er sie erst mit seinem Schwanz ausfüllte?

Hör nicht auf. Du kannst nicht aufhören. Er knirschte mit den Zähnen, als er noch einen Finger in sie einführte, um sie zu dehnen … und da konnte er es nicht länger leugnen. Er stieß auf einen Widerstand, der sie eindeutig als Jungfrau kennzeichnete. Sein Blick verfinsterte sich. Er neigte den Kopf zur Seite und starrte verwirrt auf ihren Rücken.

Jungfrau? Sicher nicht. Sie war eine erwachsene Frau. Aber der Widerstand ließ sich nicht wegdiskutieren.

Er zog die Finger heraus und stand auf. Ohne sie zu berühren, betrachtete er sie von oben bis unten. Sie zitterte genauso wie er.

Tausende fieberhafte Gedanken rasten ihm durch den Kopf. Wie konnte eine so hübsche Frau immer noch Jungfrau sein? Und warum sollten die Jäger eine unerfahrene Frau damit beauftragen, ihn zu verführen?

Sie wüsste doch gar nicht, wie.

Warum sollten die Götter ihm eine Jungfrau schicken, um ihn zu bestrafen? Wäre das nicht vielmehr eine Strafe für die Jungfrau?

Ashlyn, die von seinem plötzlichen Rückzug offenbar irritiert war, wandte den Kopf, bis sie seinen Blick erhaschte. In ihrem hübschen Gesicht rangen Lust und Schmerz miteinander. „Habe ich etwas falsch gemacht?“

Er schüttelte wortlos den Kopf. Besitzdenken ergriff ihn. Kein Mann war je in sie eingedrungen. Kein Mann hatte je ihren süßen Geschmack gekostet.

„Warum hast du dann aufgehört?“ Sie drehte sich ganz zu ihm um, um ihn besser ansehen zu können, und sein Blick fiel auf ihre harten, rosigen, feuchten Brustwarzen. Sie reckten sich ihm flehend entgegen.

Plötzlich wurde ihm klar, dass er kurz davor gewesen war, sie zu entjungfern, ohne sie geküsst zu haben. Jede Frau, selbst jeder Köder, sogar jede göttliche Bestrafung verdiente es, besser behandelt zu werden. Und im Augenblick glaubte er nicht mal, dass sie überhaupt eins von beidem war.

Aber sie war letzte Nacht im Wald gewesen und vier Jäger waren ihr gefolgt. Er war davon überzeugt, dass die beiden Ereignisse irgendwie zusammenhingen, aber jetzt dachte er – ja, was eigentlich? Waren die Männer womöglich hinter *Ashlyn* her gewesen?

Und wenn ja, warum? In ihr wohnte kein Dämon; das hätte er schon längst gespürt. Oder? Er wusste gar nichts mehr. Außer dass er diese

Frau mit jeder Faser seines Körper begehrte. Und zwar schon seitdem er sie das erste Mal gesehen hatte. Irgendetwas an ihr berührte ihn. Und sogar seinen Dämon.

„Maddox?“

Er hätte nichts lieber getan, als ihr die Jungfräulichkeit zu nehmen, aber das würde er nicht tun. Nicht heute. Nicht wenn sie gerade erst wieder gesund war. Nicht wenn er nicht sicher war, wie er reagieren würde, wenn er in ihr wäre – und das auch noch als erster Mann. Aber sie wäre für ihn ebenfalls die Erste. Er hatte noch nie mit einer Jungfrau geschlafen. Er würde einen Weg finden müssen, damit umzugehen und *Gewalt* zufriedenzustellen. Denn der Dämon würde Ashlyn mit Vergnügen Schmerzen zufügen wollen. Oder nicht? Vielleicht würde er sich ans Bett ketten müssen.

Doch vorerst …

Er drückte sie gegen die kühlen Fliesen und küsste sie, obwohl seine Lippen noch nicht vollständig verheilt waren. Überrascht öffnete sie den Mund. Dann hieß sie seine Zunge willkommen. Er küsste sie tief und immer intensiver. Er wollte ihr geben, was sie brauchte. Ihr minziger, weiblicher Geschmack reizte ihn.

Wieder pulsierte die Energie zwischen ihnen.

Sie keuchte, und er verschluckte den Laut. Er presste die Brust gegen ihren Busen, sodass sich ihre harten Knospen in seine Haut bohrten. Er konnte ihren hämmernden Herzschlag spüren.

Maddox setzte die Knie auf, stemmte sich hoch und rieb seine Erektion an ihrer Haut. Wieder keuchte sie. Und zitterte. Sie zerwühlte seine Haare, hielt sich darin fest, um ihn dichter an sich zu ziehen. Ihre Zähne schlugen gegeneinander. Sie küssten sich weiter … hörten nicht auf … küssten sich endlos … ein verzaubernder, traumhafter, feuriger Kuss.

Feurig. Feuer. Ja. So viel Feuer. Weiße, wild lodernde Flammen. In ihm tobte ein Inferno. Er biss ihr auf die Unterlippe. Er konnte nicht aufhören, selbst wenn er gewollt hätte, doch er wollte nicht. Er schmeckte den metallischen Geschmack von Blut.

Gut, das war gut.

Sie stöhnte und biss zurück, wodurch die dunkle Seite seiner Leidenschaft mit einer Vehemenz zurückkehrte, die ihn selbst überraschte. *Sanft, ruhig.* Er nahm ihren Kopf zwischen die Hände und drehte vorsichtig ihren Kopf zur Seite. Leckend und knabbernd bahnte er sich den Weg zu ihrem Kinn und dann weiter zu ihrem Schlüsselbein. Ihre Haut war wie eine Droge. Schon eine kleine Dosis davon zwang ihn, mehr zu probieren und alles zu erkunden.

Schwer atmend bog sie sich ihm entgegen. Dann zog sie sich wieder zurück, um sich ihm sofort wieder entgegenzurecken. Sein steifes Glied pochte zwischen ihren Schenkeln und sehnte sich danach, endlich in sie einzudringen.

Nein, noch nicht. *Unschuldig, erinnerst du dich? Sie ist noch unschuldig.*

Als sie ihm ins Schlüsselbein biss, wäre er fast gekommen. Sie war ganz wild darauf, endlich erlöst zu werden. Sie ließ die Hände zu seinem Rücken wandern und kneteten ihn. Ihre Nägel bohrten sich in seine Haut.

Vermutlich war ihr gar nicht bewusst, was sie da tat. Mit geschlossenen Augen warf sie den Kopf unruhig hin und her. „Ich werde dafür sorgen, dass du gleich kommst", versprach er ihr, während er um Beherrschung rang.

„Ja. Bitte." Sie ließ ihn los, nahm ihre Brüste in die Hände und zwirbelte die harten Spitzen zwischen den Fingern.

Noch nie hatte sich ihm ein erotischerer Anblick geboten.

„Berühr mich", wies sie ihn an. „Und hör nicht auf."

„Gleich. Ich brauche nur … einen Moment." Er umfasste sein steifes Glied, um zu verhindern, dass er sie auf der Stelle nahm. Er fuhr mit der Hand hoch und runter. Einmal. Zweimal. Dann stieß er einen zischenden Laut aus.

„Maddox. Beeil dich!"

„Mit den Händen oder mit dem Mund?", flüsterte er kaum hörbar. Das Wasser prasselte auf sie hinab und lief so verlockend über ihren Bauch, dass er der Spur am liebsten mit der Zunge gefolgt wäre und von dem Nass getrunken hätte.

„W-was?" Sie riss die Augen auf. Sie sah erst ihn an und blickte dann an sich hinunter. Als ihr bewusst wurde, was ihre Hände gerade machten, ließ sie die Arme sinken und wurde rot.

„Soll ich dich mit meinen Händen berühren oder mit meinem Mund?" Er massierte weiter sein geschwollenes Geschlecht und wünschte sich, es wäre *ihre* Hand. Oder ihr Mund. Ihr Körper.

„Mit den Händen?"

Er wusste zwar nicht viel über Menschen, aber er verstand, wonach sie sich wirklich sehnte. Sie wollte, dass er es ihr mit dem Mund besorgte. Und er wollte es auch. Wahrscheinlich war ihr dieses Bedürfnis peinlich. Aber er würde schon dafür sorgen, dass sie jegliche Scham über Bord warf.

Wieder sank er auf die Knie.

„Was machst du da?", flüsterte sie empört. Doch in ihrer Stimme schwang Erregung mit.

Anstatt zu antworten leckte er sie an ihrer intimsten Stelle. So hatte er schon seit Jahren eine Frau verwöhnen wollen, es aus Angst vor der Reaktion seines Dämons jedoch nie riskiert. Aber in diesem Augenblick war er viel zu verzaubert, als dass er hätte Angst haben können, und auf einmal war er froh, gewartet zu haben. Ashlyn schmeckte nach reiner, unschuldiger Frau. Sie schmeckte nach Honig. Nach Leidenschaft und Hitze. Sie war eine Droge. Sie machte ihn süchtig. *Seins.*

„Mund", keuchte sie. „Mund. Hab's mir anders überlegt."

Er leckte sie noch einmal, und ihr Bauch bebte. Sie legte die Hände auf die Kacheln neben sich, um sich festzuhalten. Ihre Hüften schoben sich ihm entgegen, suchten nach seiner Zunge. Er ließ sie sie spüren. Während er sie mit der einen Hand spreizte und mit der anderen seinen harten Stab bearbeitete, saugte er an ihrem heißen Lustzentrum. Sie stöhnte, sie bog sich, sie wand sich.

„Mehr?", fragte er.

„Mehr. Ja. Bitte."

Sie war kurz davor. Er konnte spüren, wie sie auf den Höhepunkt zuraste, konnte die reichhaltige Süße schmecken. *Beißen.* Das Verlangen machte ihm Angst. Er hörte auf, sich zu bewegen. Sie stöhnte frustriert und packte grob seinen Kiefer.

Wassertropfen fielen ihm von den Wimpern aufs Kinn. Er hätte sie gern weggewischt, um Ashlyn deutlicher zu sehen, aber er wollte keine seiner Hände bewegen. Die Luft brannte ihm in der Kehle und in der Lunge. „Sag mir, dass du mich willst." *Während ich mich beruhige.*

„Ich will dich", schrie Ashlyn förmlich. Sie starrte ihn an, als könnte sie nicht glauben, dass sie hier und jetzt so miteinander sprachen.

„Sag mir, dass du mich brauchst."

„Ich brauche dich."

„Sag mir, dass du mich niemals verraten wirst."

„Ich werde dich niemals verraten."

Zumindest hatte sie nicht gezögert. Irgendetwas in ihm wurde weicher und begann zu schmelzen. „Wo möchtest du sein?" Sein Tonfall war beinahe flehend. *Du musst mich einfach so sehr brauchen wie ich dich.*

Vielleicht lag es am Wasser. Vielleicht lag es am Dampf. Doch es sah so aus, als würden ihre Augen trübe, als fiele ein Vorhang der Verletzlichkeit über ihr Gesicht. „Bei dir", erwiderte sie. „Nur bei dir."

Sowohl Maddox als auch sein Dämon waren vom Zauber ihrer Worte überwältigt und fühlten sich zugleich gedemütigt. Maddox vergrub sein Gesicht wieder zwischen ihren Beinen und ließ die Zunge tiefer als zuvor in sie gleiten. Sie seufzte in Ekstase und umklammerte mit einem Bein seinen Rücken. Ihre Ferse bohrte sich in seine Schulter, doch es störte ihn nicht. Es gefiel ihm sogar.

Ihre Lust rann ihm die Kehle hinab, als er sie leckte. Er konnte jetzt nicht mehr aufhören. Er war seinem Verlangen hilflos ausgeliefert. Er wollte ihr nicht wehtun, und sein Dämon wollte es auch nicht. Ausnahmsweise wollten sie beide dasselbe: diese Frau glücklich machen.

Sie erreichte den Höhepunkt. Sie fiel. Der Orgasmus schüttelte ihren Körper. Ihre Schenkel drückten fest gegen seinen Kopf und hielten ihn in ihrer himmlischen Pforte gefangen. Als sie seinen Namen rief, kam *er.* Sein heißer Samen ergoss sich in die Badewanne. Sein Körper zuckte, die Muskeln umklammerten seine Knochen fester. Noch nie hatte sich etwas so richtig und vollkommen angefühlt.

Sekunden – Minuten? Stunden? – verstrichen. In dieser zeitlosen Ewigkeit war er von *Freude* beherrscht und nicht von *Gewalt.* Er war einfach nur ein Mann, der eine Frau begehrte. Ein Mann, der in einer Welt lebte, in der das Licht stets die Dunkelheit vertrieb und das Gute immer über das Böse siegte.

Wenn doch nur …

Als er die Augen öffnete, war er wieder Maddox. Er war wieder ein Mann, der von der Finsternis beherrscht wurde und der in einer Welt lebte, in der stets die Mitternacht siegte und das Böse dem Guten ins Gesicht lachte.

Er saß immer noch auf Knien da. Ashlyn lag immer noch vor ihm. Er hörte ihren schnellen Atem und bemerkte, dass er ebenfalls keuchte. Er stand auf und stellte verdutzt fest, dass seine Beine noch immer zitterten.

Genauso wie Ashlyns. Ihre Augen waren geschlossen und von feuchten Wimpern eingerahmt. Eine glückselige, zufriedene Aura umgab sie, doch ihm kam plötzlich ein Gedanke, der sich nicht vertreiben ließ. War er zu grob gewesen? Hätte er sich stärker bemühen können, um zärtlicher zu sein?

„Bitte sieh mich an."

Ihre Augenlider flatterten wie Schmetterlingsflügel. Dann schaute sie ihn aus ihren bernsteinfarbenen Augen unsicher an und nagte an ihrer Unterlippe. „Ja?"

„Habe ich dir wehgetan?" Schlimmer: „Bereust du es?"

„Nein und nein." Sie schenkte ihm ein Lächeln, das in den dunklen Winkeln der Nacht wie die Sonne strahlte.

„Wie kommt es, dass du noch Jungfrau bist?" Er war immer noch ganz benommen.

Langsam erstarb ihr Lächeln. Stattdessen trübte die Scham ihre Augen und verdunkelte sie zu einem schäumenden, schwarzen Sturm. „Ich möchte nicht darüber reden."

„Bitte."

Sie schielte auf ihre Füße, um ihre Gefühle – den Sturm – zu verbergen. „Ich hätte dir niemals sagen sollen, dass du mich lieber um etwas bitten sollst als es einzufordern. Das ist unwiderstehlich!"

Das musste er sich merken.

„Vielleicht hätte ich es dir früher sagen müssen, bevor wir … Aber …"

Sein Magen zog sich schmerzhaft zusammen. Müsste er ihr Geständnis nicht eigentlich hören wollen, egal was es war? Ja. Und wollte er es? Nein. Nicht jetzt. Er stellte das Wasser ab und drängte sie gegen die Fliesen. Er konnte nicht voraussagen, wie der Dämon darauf reagieren würde, dass dieses sinnliche, wunderschöne Geschöpf ihn verraten wollte. „Ashlyn …"

„Nein." Sie schüttelte den Kopf. „Lass mich ausreden. Versprich mir nur, dass du mich danach nicht hasst, okay? Dass du versuchst zu verstehen, dass ich nichts dafür kann." Pause. Stockendes Einatmen. „Also: Du bist nicht der Einzige, der von etwas besessen ist, das er nicht kontrollieren kann. Ich höre Stimmen. Wenn ich an einem Ort stehe, wo eine Unterhaltung geführt wurde, höre ich jedes Wort, das gesprochen wurde, ganz egal, wie viel Zeit seitdem vergangen ist." Sie vermied es, ihn anzusehen, während sie sprach.

Maddox hörte gebannt zu. Noch hatte sie nicht zugegeben, zu den Jägern zu gehören oder zu den Göttern oder an einer Blutrache beteiligt zu sein, die gegen ihn geführt wurde. Sie hatte ihm nur gestanden, dass sie Stimmen hörte. Tief im Innern war er von der Aufrichtigkeit ihrer Worte überzeugt. Ihre Erklärung war zu kompliziert und zu leicht zu widerlegen. Ein echter Köder hätte sich eine Rechtfertigung ausgedacht, die weniger anfechtbar war. Außerdem ergab alles, was sie sagte, einen Sinn. Dadurch fielen viele Puzzleteile aus der vergangenen Nacht an ihren Platz.

Es bedeutete, dass sie tatsächlich versucht hatte, ihn zu beschützen. Und zwar nicht aus niederen Beweggründen, sondern aus Überzeugung. Er war erstaunt. Erstaunt, erleichtert und froh.

Jetzt verstand er, warum sie nicht am Boden zerstört gewesen war, als sie erfuhr, dass er diese Männer getötet hatte. Höchstwahrscheinlich hatte sie sie gar nicht gekannt. Wie vermutet, hatten sie versucht, sie zu entführen, um sich ihre Gabe zunutze zu machen.

Ihm juckte es in den Fingern. Er wollte sie alle umbringen. *Beruhige dich.* Trotzdem – vielleicht hatten die Männer ohne Ashlyns Wissen für das Institut gearbeitet. Nein, das war unmöglich. Dann hätten sie sich ihr zu erkennen gegeben. Immerhin waren sie dicht genug gewesen, um sie zu hören und zu sehen.

„Warum hattest du Angst, ich würde dich hassen?", wollte er wissen.

„Ich höre Geheimnisse", flüsterte sie. „Da ist es schwer, Freunde zu finden. Diejenigen, die von meinem Talent wissen, wollen nichts mit mir zu tun haben, und die Leute, die nichts davon wissen, haben keine Ahnung, wie sie mit mir umgehen sollen."

Die Einsamkeit, die in ihrer Stimme mitschwang, berührte ihn tief. Er verstand sie. Doch selbst ihm gefiel der Gedanke nicht, dass sie wusste – hörte – welch grässliche Dinge er über all die Jahre getan hatte. „Was weißt du von meinen Geheimnissen?" Er versuchte, unbekümmert zu klingen, aber es gelang ihm nicht recht.

„Nichts. Ich schwöre es." Sie sah ihn mit großen Augen an. „Wenn ich in deiner Nähe bin, ist die Welt still."

Das hatte sie schon einmal gesagt. Er erinnerte sich an ihren

Gesichtsausdruck, als er ihr das erste Mal begegnet war. Absolute Glückseligkeit. Sie hatte die Stille ausgekostet, genauso wie sie behauptet hatte. Die Erkenntnis verblüffte und demütigte ihn. Aber sie erfüllte ihn auch mit einem gewissen Stolz. Er hatte ihr geholfen. Er, dem es nicht gelang, sich von seinen eigenen Qualen zu befreien, hatte irgendwie einen anderen von den seinen befreit.

„Du sagst, du hörst Geheimnisse. Was hast du über uns gehört?"

„Das habe ich dir doch schon gesagt. Die meisten Stadtbewohner halten euch für Engel. Einige bezeichnen euch als Dämonen. Aber sie alle begegnen euch mit großem Respekt."

„Keine Angriffspläne?"

„Ich hab nichts dergleichen gehört, nein."

„Gut." Er legte ihr die Hände um die Taille und hob sie aus der Badewanne. Dann stellte er sich neben sie und nahm ein Handtuch aus dem Schrank. Nachdem er es ihr um die Schultern gelegt hatte, sodass der Stoff sie warm umhüllte, nahm er sich auch eins.

„*Gut?* Das ist alles, was du dazu sagst?", empörte sie sich.

„Ja."

Vor Überraschung klappte ihr die Kinnlade herunter. „Okay. Jetzt, da ich es dir gesagt habe, würde ich gern meinen Boss anrufen, um ihm zu sagen, dass es mir gut geht."

Maddox schüttelte den Kopf. „Ich fürchte, das wird nicht möglich sein. Niemand darf wissen, dass du hier bist. Zu deiner eigenen Sicherheit und zu unserer."

„Aber …"

„Ich werde darüber nicht diskutieren. Die Antwort ist nein. Punkt."

Sie öffnete den Mund, als wollte sie sich mit ihm streiten. Aber dann meinte sie nur: „Na schön."

An ihrem Tonfall erkannte er, dass sie sich mit seiner Antwort ganz und gar nicht zufriedengab. Vermutlich plante sie, zum Telefon zu laufen, wenn er ihr das nächste Mal den Rücken zuwandte. Frauen … Zum ersten Mal verstand er, was Paris meinte, wenn er das Wort wie einen Fluch vor sich hin murmelte. Er seufzte. „Ich schwöre dir, Ashlyn, so ist es für alle Beteiligten am besten."

Sie drehte sich weg und trocknete sich die Arme ab. Ihre Bewegungen waren ein wenig zu langsam und bedacht, als wäre sie mit den Gedanken meilenweit entfernt.

„Was ist los?“

„Einiges. Ich muss meinen Boss anrufen, und das werde ich auch tun, sobald ich ein Telefon sehe. Daran wirst auch du mich nicht hindern.“

„Das ist ...“

Jetzt schnitt sie ihm das Wort ab. „Und nach allem, was ich dir gerade erzählt habe, musst selbst du, ein Unsterblicher, denken, dass ich völlig verrückt bin. Und ich verstehe einfach nicht, warum du es leugnest.“

Er rubbelte sich mit dem Handtuch über die Haare und legte es sich dann um den Nacken. „Du bist nicht verrückt. Ich finde, du bist schön, klug, mutig und vor allem zum Anbeißen.“

Sie wickelte sich in das Handtuch ein und schirmte damit seine Blicke ab. „Wirklich?“

Irgendjemand musste sie zutiefst verunsichert haben. Er schaute finster und schwor sich, die Person zu töten, die ihre verbalen Fäuste gegen seine Frau erhoben hatte. „Wirklich.“ Er legte ihr die Hände auf die Schultern und drehte sie zu sich um. Ihre Blicke trafen sich. „Wenn du nur die Hälfte von dem wüsstest, was hier vor sich geht, würdest du ...“ Er presste die Lippen aufeinander. Verdammt. Das hätte er nicht sagen dürfen.

„Du meinst, was sonst noch passiert, außer dass ein Mann erstochen wird, der dann wiederaufersteht?“, fragte sie trocken.

Genau das.

„Und, was machen wir jetzt?“ Sie breitete die Arme aus.

Am liebsten hätte er den Rest des Tages mit ihr verbracht, doch er wusste, dass das nicht ging. Er hatte immer noch seine Pflichten, er war immer noch ein Krieger, der sein Zuhause mehr als zuvor verteidigen musste. Nachdem er sie ins Schlafzimmer dirigiert hatte, zog er sich an, sammelte ein T-Shirt, Boxershorts und eine Jogginghose vom Boden auf und warf sie ihr zu. „Zieh das an.“

Sie fing nicht ein Kleidungsstück und musste sich bücken, um die Teile aufzusammeln. Bei jeder Bewegung rutschte das weiße Handtuch an ihren Schenkeln hoch. Sein Geschlecht wurde hart. Schon wieder. Eigentlich hätte es müde sein müssen, aber nein. Nicht bei Ashlyn. Sie erregte ihn trotz allem.

„Ich muss ein paar Dinge erledigen“, erklärte er, mehr um sich selbst daran zu erinnern, als auf ihre Frage zu antworten.

„Nimmst du mich mit?", fragte sie, während sie das Kleiderbündel an sich gedrückt hielt.

„Ja und nein."

„Was soll das heißen?"

Es hatte keinen Sinn zu lügen. Sie würde es sowieso bald erfahren. „Ich werde dich zusammen mit Danika einschließen, während ich ein paar … Routinearbeiten erledige. Dann hast du Gesellschaft, und es ist jemand da, der sich um dich kümmert und mir Bescheid gibt, falls es dir wieder schlechter geht."

Zuerst legte sich Panik über ihr Gesicht. Dann Wut. Sie zog die Augenbrauen hoch und fuhr sich mit der Zunge über die Lippen. „Erstens: Du brauchst mich nicht einzusperren. Ich habe doch gesagt, dass ich bleibe. Und zweitens: Willst du mir etwa sagen, dass Danika eingesperrt ist? Ist sie eine Gefangene?" Das letzte Wort klang beinahe wie ein Kreischen.

„Ja." Er hoffte, die trockene Bestätigung würde sie noch mehr verärgern; er wollte ihre kleine, rosa Zunge noch einmal sehen.

„Aber Maddox, du hast mir doch gesagt, ich sei die erste Frau, die du …"

„Ich habe sie ja auch nicht eingesperrt. Und angelogen habe ich dich auch nicht. Also, kein Wort mehr darüber. *Bitte.*" Wenn sie ihn bitten würde, Danika zu befreien, dann würde er ihr diesen Wunsch erfüllen wollen – ungeachtet dessen, was die anderen davon hielten. Schließlich würde er ihrer Bitte nachgeben. „Wenn du dich nicht gleich anziehst, zerre ich dich nackt aus dem Zimmer."

Schweigend musterte sie ihn. Schweigend flehte sie ihn an … was zu tun? Er wusste es nicht. Er sagte nichts. Konnte nichts sagen. Er wusste nur, dass die Zeit lief.

„Also, wie sieht es aus? Angezogen oder nackt?"

Sie warf ihm einen letzten bösen Blick zu und wandte ihm dann den Rücken zu. Mit steifen, ruckartigen Bewegungen ließ sie das Handtuch zu Boden fallen. Ein elegant geschwungener Rücken … ein runder Po … Ihm lief das Wasser im Mund zusammen.

„Eigentlich sollte ich mit dir darüber streiten, aber ich tue es nicht. Und weißt du auch, warum?" Sie gab ihm keine Gelegenheit zu antworten. „Nicht, weil du es angeordnet hast, sondern weil ich die Chance nutzen will, nach Danika zu sehen."

Sie schlüpfte schnell in seine Kleidungsstücke. Eigentlich hätte er froh sein sollen, dass ihre sinnlichen Kurven nun verdeckt waren. Kein anderer würde sie sehen; niemand sonst hätte die Gelegenheit, sich an ihrem Anblick zu erfreuen. Aber das bedeutete auch, dass *er* sie nicht mehr sah, dass *er* sich nicht mehr daran erfreuen konnte.

„Viel zu groß", bemerkte sie und drehte sich wieder zu ihm um.

Sie hatte recht. Die Kleider hingen wie Säcke an ihr, aber Maddox fand, dass sie reizend aussah. Er wusste schließlich, was sich unter dem Stoff verbarg. Er wusste, was darauf wartete, von ihm – und nur von ihm – berührt zu werden. „Etwas anderes habe ich nicht. Das muss fürs Erste reichen."

Ihm kam eine Idee. Torin ließ sich immer verschiedene Sachen an ein Postfach liefern, die Paris dann abholte. Vielleicht würde Maddox ihn bitten, ein paar Kleider zu bestellen. In dem Stil, wie sie die Frauen aus Paris' albernen Filmen trugen. Tief dekolletiert. Vielleicht auch Schuhe mit hohen Absätzen und ein bisschen Schmuck. Und vielleicht ein paar sexy – wie sagte Paris dazu? – Dessous, die Ashlyn sich so wünschte.

„Wir reden später", beschloss sie und ging zu ihm hinüber. Keine Frage, wie er bemerkte, sondern eine Forderung.

„Ja." Er versuchte, sich ein Lächeln zu verkneifen. „Wir werden reden."

„Und du wirst auf jede meiner Fragen antworten. Ohne Ausflüchte." Sie sah ihn aus zusammengekniffenen Augen an.

Vielleicht. „Benimm dich anständig, während ich weg bin. Du weißt doch noch, dass ich dich davor gewarnt habe, mich zu ärgern, oder?"

„Ohhh... Willst du mir den Hintern versohlen, wenn ich ein böses Mädchen bin?"

Die Provokation überraschte ihn. Gütige Götter, woher kam bloß dieser heiße Feger? Er hatte sie verängstigt, erschrocken, krank und erregt erlebt, aber noch nicht so angriffslustig wie jetzt. Erstaunlicherweise explodierte der Dämon bei dieser Herausforderung nicht. Er zwang ihn nicht, handgreiflich zu werden. War es möglich, dass er ... Nein. Auf keinen Fall.

Gewalt lächelte nicht.

„Glaub mir, du willst nicht wissen, was ich dann mit dir mache, also fordere mich nicht heraus", entgegnete er, als er seine Stimme wiedergefunden hatte.

Sie stellte sich auf die Zehenspitzen, sodass er ihren warmen Atem am Ohr spürte. Ihre harten Brustwarzen rieben an seiner Brust. Unfähig zu atmen, wartete er darauf, was sie als Nächstes tun würde. Er wusste vielleicht nicht, wo dieser heiße Feger herkam, aber eines wusste er genau: Sie erregte ihn.

„Vielleicht gefällt es mir ja, dich herauszufordern", flüsterte sie und biss ihm ins Ohrläppchen. „Denk mal darüber nach, solange ich weggesperrt bin."

Das würde er. Und wie er das würde.

13. Kapitel

Ashlyn starrte auf die abgesplitterte Tür, die Maddox ihr soeben vor der Nase zugemacht hatte. Er hatte sie in ein anderes Schlafzimmer gesperrt. In ein anderes Gefängnis. Verflixt! Dieser Mann konnte einen wirklich zur Weißglut treiben. Zuerst hatte er sie zärtlich und wild auf eine Weise beglückt, die ihr die Schamesröte ins Gesicht trieb, und dann war er wieder zum harten, groben und dominanten Krieger geworden.

Trotzdem begehrte sie ihn.

Er hatte angekündigt, sie mit einer anderen unschuldigen Frau einzusperren – einer Frau, die bereits seine Gefangene war. Dafür sollte er sich schämen.

Und trotzdem begehrte sie ihn. Sie hatte ihm sogar ins Ohrläppchen gebissen und versucht, ihn zu verführen, damit er das zu Ende brächte, womit er unter der Dusche begonnen hatte. Aber er hatte ihr widerstanden, sie durch den Flur in dieses Zimmer geführt und sie ohne einen Kuss oder ein weiteres Wort stehen gelassen.

Und trotzdem war sie so dumm und begehrte ihn immer noch.

Sie wollte in seinem Arm liegen. Er sollte sie so liebkosen, wie sie es sich schon immer erträumt hatte. Er sollte mit ihr reden und sie kennenlernen. Und er sollte verdammt noch mal endlich mit ihr schlafen! Und zwar diesmal richtig. Ohne sich zurückzunehmen.

Sie verstand überhaupt nicht, warum sie ihn so sehr begehrte. Er war grob und launisch, und er drückte sich kryptisch aus. Er war eine Ausgeburt des Teufels. Aber er war auch freundlich und fürsorglich und das Beste, was ihrem Körper je passiert war. Oh ja. Und er war die Stille. Kostbare Stille. Verflixt!

„Wer bist du?“, ertönte plötzlich eine Frauenstimme.

Ashlyn wurde abrupt aus ihren Gedanken gerissen und wirbelte herum. Danika und drei andere Frauen im Alter von Ende siebzig bis Anfang zwanzig schielten mit einer Mischung aus Neugier und Angst zu ihr herüber. Gütiger Gott. Maddox hatte gleich *vier* Frauen eingesperrt? War sie etwa im Harem eines Unsterblichen gelandet?

Na ja, das passende Kostüm dafür hättest du ja schon mal.

Danika machte einen Schritt vor. „Das ist die Kranke, die ich“, sie hustete, „geheilt habe.“

„Noch mal danke dafür“, erwiderte Ashlyn sanft. Sie wusste nicht, was sie zu der Fremden sagen sollte, die keine Fremde war.

Danika nickte bestätigend. „Du siehst besser aus.“ Sie musterte Ashlyn von oben bis unten und fügte dann misstrauisch hinzu: „Verdächtig besser, um ehrlich zu sein.“

„Ich wünschte, ich hätte eine Erklärung dafür. Als mir nicht mehr übel war, kehrte sofort die ganze Kraft zurück. Sieht so aus, als hätten diese ‚kleinen Pillen‘ ihren Dienst erfüllt.“ Ashlyn taxierte ihr Gegenüber ebenfalls. „Aber du siehst auch besser aus. Dein Gesicht ist nicht mehr so grün.“

„Na ja, ich bin zum ersten Mal auf einem Mann geflogen, um Schmerztabletten zu holen.“ Danika stemmte die Hände in die Hüfte. „Was führt dich denn in die Schreckensburg? Wurdest du auch entführt?“

Ashlyn bekam nicht die Zeit, zu antworten.

„Wer sind diese Leute?“, fragte eine unwesentlich ältere Ausgabe von Danika. „Und *was* sind sie? Danika hat gesagt, einer von ihnen hätte Flügel.“

Wenn sie es noch nicht wussten, würde sie ihnen die Neuigkeiten bestimmt nicht überbringen.

Nach einer winzigen Pause meldete sich die Älteste der Gruppe zu Wort: „Wissen Sie, wie man hier rauskommt?“

Während die Frauen auf sie einredeten, kreisten sie sie langsam ein. Sie sahen sie hoffnungsvoll an, als hielte sie alle Antworten bereit und könnte sie vor einem abscheulichen Schicksal retten.

Abwehrend hob sie die Hände. „Immer mit der Ruhe.“ *Entführt*, hatte Danika gesagt. Warum hätte Maddox so etwas tun sollen? „Seid ihr Jäger? Oder Köder?“ Maddox hatte diese Worte jedes Mal mit einer gehörigen Portion Ekel ausgesprochen.

„Meinst du Jäger wie Schatzjäger? Und Köder wie Angelhaken?“ Danika verzog irritiert das Gesicht, doch ihre grünen Augen blickten hart. „Nein.“

„Ich meine: Ich habe keine Ahnung. Ich hatte gehofft, jemand von euch wüsste mehr.“ Allmählich kehrten die Stimmen der Vergangenheit in ihren Kopf zurück. Eine Unterhaltung nach der anderen. „Nein. Nein, nicht schon wieder." Sie spürte, wie sie blass wurde, wie die Wärme aus ihrem Körper wich und nur eine kalte, zitternde Hülle übrig blieb. *Atmen. Einfach nur atmen.*

„Ich glaube, ihr wird wieder schlecht", stellte Danika besorgt fest und wandte sich dann an Ashlyn. „Schaffst du es ins Bett?"

„N-nein. Ich möchte mich nur hinsetzen."

Plötzlich legten sich zwei Hände auf ihre Schultern und drückten sie zu Boden. Ashlyn gab bereitwillig nach. Ihre Beine waren zu schwach, um sie noch länger zu tragen. Zitternd atmete sie ein und aus.

Sie werden uns umbringen.

Wir müssen fliehen.

Wie denn? Hysterisches Gelächter.

Wenn wir aus dem Fenster springen müssen, dann springen wir. Sie wollen uns mit irgendeiner Krankheit infizieren.

Wenn wir springen, sterben wir.

Wenn wir bleiben, sterben wir auch.

Ashlyn stellte fest, dass sie die Stimmen der vier Frauen hörte. Jedes Wort, das in diesem Zimmer gefallen war, hallte in ihrem Kopf wider. Verdammt, sie hatte sich schon so an die Stille gewöhnt. Sie dachte, sie hätte ihre Ruhe, solange sie sich nicht in dem Kerker aufhielt. Hoffentlich waren sie noch nicht so lange hier. Dann konnten sie auch noch nicht viel geredet haben.

Ich vermisse Grandpa. Er hätte gewusst, was zu tun ist.

Aber er ist nicht da. Wir müssen es also selbst herausfinden.

Jemand hielt ihr ein Butterbrötchen und ein Glas Apfelsaft unter die Nase. „Hier", sagte Danika sanft. „Das wird dir guttun."

Wer spricht da? Wer hat das gesagt?

Mit wem redest du, Dani?

Äh, mit niemandem.

Ashlyn nahm beides mit zitternden Händen an. Immer mehr Worte purzelten durch ihren Kopf. Manchmal waren die Gespräche einseitig, genauso wie im Kerker. Dann konnte sie nicht hören, mit wem die Frauen sprachen, sondern nur, *dass* sie mit einem Dritten redeten.

Sie hörte Danika sagen: *Wenn … wenn ich wirklich eine Heilerin bin, verschonst du dann meine Mutter, meine Schwester und meine Großmutter? Sie haben nichts falsch gemacht. Die Reise nach Budapest war eine Art Flucht. Wir wollten uns von meinem Grandpa verabschieden. Wir …*

Aber sie hörte nicht, was davor gesagt worden war. Oder danach. Wieso nicht?

Gut, die Männer waren unsterblich, aber sie hatte durchaus auch schon Unsterbliche Wesen reden gehört. Vampire, Kobolde, sogar Gestaltenwandler. Warum nicht auch die Dämonen auf dieser Burg? Danika hatte doch bestimmt mit ihnen gesprochen.

Ashlyn nagte an dem Brötchen, schlürfte den Saft und versuchte, jedes neue Gespräch auszublenden. Sie summte. Sie meditierte. Die Frauen versuchten, sich mit ihr zu unterhalten, aber sie konnte einfach nicht antworten. Zu viele Stimmen buhlten um ihre Aufmerksamkeit.

Dann gaben die Frauen eine nach der anderen auf. Sie wusste nicht, wie viele Minuten oder Stunden vergingen. Mehrmals hätte sie fast nach Maddox gerufen, doch sie biss sich auf die Zunge, bis sie Blut schmeckte, um ihr Flehen zurückzuhalten. Er hatte Routinearbeiten zu erledigen. Außerdem wollte sie ihm nicht zur Last fallen.

Deshalb bist du doch hergekommen, rief sie sich in Erinnerung. *Um von den Männern zu lernen, wie du deine Kräfte kontrollieren kannst, selbst wenn das bedeutet, ihnen zur Last zu fallen.*

Aber das war, bevor Maddox in ihr Leben gerauscht war. Jetzt wollte sie ihn als Geliebten (wenn dieser Narr sich darauf einließ) und nicht als Kindermädchen.

Du hörst eine … eine … Stimme? In deinem Kopf?

Ja.

Und es ist nicht deine eigene?

Nein. Vielleicht. Wahrscheinlich nicht. Ich weiß nicht.

Zum Glück war das Gemurmel in dem Moment verstummt, als Ashlyn den Raum betreten hatte. Sie war erleichtert und musste zugeben, dass sie viele neue Informationen erhalten hatte. Die wichtigste von allen war, dass Danika doch schon von den Jägern gehört hatte – sie hatte ihrer Familie von ihnen erzählt.

„Jäger“, murmelte Ashlyn und hob den Blick. Danika schaute aus dem einzigen Fenster im Zimmer, einem Fenster, das keine der Frauen hatte öffnen können. Ashlyn hatte gehört, wie sie es vergeblich versucht hatten. „Was sind das für Leute? Und lüg mich diesmal bitte nicht an.“

Danika zuckte vor Schreck zusammen und wirbelte herum. Sie hatte die Hand auf ihr Herz gelegt. „Ach, dir geht's wohl wieder besser, was? Warum sollten wir dir vertrauen? Du könntest ja für diese Männer arbeiten. Vielleicht haben sie dich zu uns geschickt, um uns auszuhorchen, und sobald du weißt, was du wissen musst, stürmen sie herein und töten uns."

„Ich verstehe, dass du misstrauisch bist." Alles, was die Frauen von ihr wussten, war schließlich, dass sie krank gewesen war und sich an den Feind gekuschelt hatte. „Aber du hast mir das Leben gerettet. Warum sollte ich dir wehtun wollen?"

Danika schielte schweigend zu ihr hinüber.

„Du musst mir einfach glauben, dass ich nicht hier bin, um euch etwas anzutun. Wir fünf sitzen im selben Boot."

„Und was ist mit dem Aggressiven? Maddox? Mit dem gehst du doch aus."

Ausgehen war nicht gerade der Begriff, den sie benutzen würde. Ashlyn versuchte, sich vorzustellen, wie Maddox ihr bei einem Candlelight-Dinner gegenübersaß, Wein trank und der leisen Musik lauschte. Ihr Mund verzog sich zu einem Grinsen. „Kann schon sein. Und?"

„Und deshalb bist du eine von ihnen."

„Bin ich nicht", widersprach sie energisch. „Ich bin einfach hier gelandet. Gestern, um genau zu sein."

Danika riss die Augen so weit auf, dass die goldenen Wimpern die ebenso goldenen Augenbrauen berührten. „Jetzt weiß ich sicher, dass du lügst. Er macht sich Sorgen um dich, so viel steht fest. Kein Mann zeigt so viel Mitgefühl für eine Frau, die er gerade erst getroffen hat."

Ja, er war mitfühlend gewesen. Ja, er war liebenswürdig gewesen. Zärtlich. Unglaublich süß. Der wildeste Mann, dem sie je begegnet war, hatte ihr die Stirn abgetupft und das Gesicht gewaschen. „Noch mal: Ich kann es dir nicht erklären. Aber ich lüge nicht."

Die nächste Minute verstrich in absoluter Stille.

„Also gut." Danika zuckte scheinbar lässig die Schultern. „Du willst etwas über die Jäger wissen? Ich erzähle es dir. Nicht, dass es bahnbrechende Informationen wären." Einatmen, ausatmen. „Als mich der geflügelte Mann, Aeron, in die Stadt gebracht hat, erspähte er eine

Gruppe Männer. Sie waren bewaffnet wie Soldaten und schlichen durch abgelegene Gassen, als wollten sie nicht gesehen werden."

Das war noch nichts wirklich Neues.

„Aeron murmelte *Jäger* und zog einen Dolch." In Danikas weiches Timbre mischte sich Wut. Offenbar war das nicht gerade ihre Lieblingserinnerung. „Er hätte mit ihnen gekämpft, wenn er mich nicht durch die Gegend geflogen hätte. Das hat er zumindest behauptet. Außerdem meinte er, die Männer seien gekommen, um ihn und seine Freunde zu töten." Beim letzten Satz äffte sie Aeron nach und sprach mit tiefer, düsterer Stimme. Fast hätte Ashlyn gelächelt. „Ich wollte, dass sie kämpfen. Dann wäre er abgelenkt gewesen und ich hätte weglaufen können. Aber sie taten es nicht. Sie haben uns nicht gesehen."

Ashlyn runzelte die Stirn. Die Jäger der Unsterblichen. Entsprach das im Grunde nicht genau ihrem Job beim Institut? Sie hörte sich Unterhaltungen an, um die Wesen zu finden – zu jagen –, die keine normalen Menschen waren. *Hör auf damit. Das Institut studiert, beobachtet und hilft, wo es erforderlich ist, und greift nur bei Bedrohung zu extremen Maßnahmen.*

Das tröstete sie. Die Mitarbeiter behandelten die Wesen, die sie fanden, stets wie wissenschaftliche Objekte und nicht wie ihre Beute.

Mit ihr gingen sie längst nicht immer so fair um.

Als man das erste Mal einen Anschlag auf sie verübt hatte, war sie über die Unterhaltung eines Mitarbeiters mit einem Kind gestolpert, die noch nicht lange zurücklag. Er hatte das süße, unschuldige kleine Mädchen angelockt … ihr gedroht … und schreckliche Sachen gemacht. Angewidert lieferte Ashlyn ihn ans Messer. Er rächte sich, indem er versuchte, sie zu erschießen. McIntosh, der stets in ihrer Nähe war, warf sich auf sie und rettete ihr dadurch das Leben.

Beim zweiten Mal stach ihr eine Frau, die ihre Angelegenheit geheim halten wollte, fast in den Rücken. Wieder fungierte McIntosh als ihr Bodyguard, warf sich dazwischen und kassierte an ihrer Stelle den Stich.

Das dritte und letzte Mal lag elf Monate zurück. Sie wurde vergiftet. Doch das Glück stand auf ihrer Seite. Sie schaffte es, den Großteil des Gifts zu erbrechen. Ach ja, welch hübsche Erinnerungen. Bis zum heutigen Tag wusste sie nicht, welches Geheimnis sie gelüftet hatte, das so brisant war, dass jemand es mit allen Mitteln hatte bewahren wollen.

McIntosh tat alles in seiner Macht stehende, um sie zu beschützen. Aber manchmal reichte es einfach nicht. Deshalb hatte sie gelernt, sich nur auf sich selbst zu verlassen und niemandem zu trauen – was ihre plötzliche Bereitwilligkeit, sich von Maddox abhängig zu machen, umso verwirrender erscheinen ließ.

„Aeron hat, äh, auch schlecht über dich gesprochen“, unterbrach Danika ihre Gedanken.

Ashlyn blinzelte überrascht. „Über mich? Inwiefern?“

„Er meinte, du seiest ein Köder – was immer das bedeuten mag.“

Sie ließ die Schultern hängen. „Maddox nennt mich auch immer einen Köder. Aber ich weiß gar nicht, was das ist.“ Wie konnte sie sich gegen etwas wehren, das sie nicht verstand? Außer … Moment. Wenn es stimmte, dass die Jäger hinter den Unsterblichen her waren, konnte es nur heißen, dass der Köder ihr Lockmittel war. Man brauchte ihn nur vor der Nase eines Unsterblichen hin- und herbaumeln zu lassen, und schon konnte der Jäger ihn in die Falle locken.

So ein … so ein … Arschloch! Sie war auf der Suche nach Hilfe hergekommen, und nicht, um ihn aus seinem Versteck zu holen, damit man ihn töten konnte. „Dusselige Kuh!“, schimpfte sie.

„Hör auf mich zu beleidigen“, fuhr Danika sie an.

„Ich meinte dich gar nicht. Ich meine mich selbst.“ Sie hatte zugelassen, dass Maddox sie küsste; dass er seine Finger und seine Zunge in ihrem Innersten versenkte; sie hatte sich sogar nach mehr gesehnt. Und die ganze Zeit über hatte er ihr zugetraut, eine solch widerwärtige und heuchlerische Show abzuziehen. Wahrscheinlich dachte er auch noch, sie sei leicht zu haben. Deshalb war er auch so überrascht gewesen, als er feststellte, dass sie noch unberührt war.

Vor lauter Scham traten ihr die Tränen in die Augen.

„Sie haben dich wohl reingelegt, hm?“, erkundigte sich Danika mitfühlend.

Sie nickte. Hatte Maddox sie überhaupt gewollt? Oder hatte er sie nur verführen wollen, um an Informationen über ihren scheinbar schändlichen Plan zu gelangen? Sie vermutete Letzteres, und das tat ziemlich weh. Schrecklich weh. Wie oft hatte er sie misstrauisch angesehen, ihr Vorwürfe gemacht oder sie ausgefragt?

Kein Wunder, dass er ihren unbeholfenen Verführungsversuch einfach so abgeblockt hatte. Kein Wunder, dass er sie hier eingesperrt hatte. *Dusselige Kuh!* Ja, genau das war sie. Ihre einzige Entschuldigung war, dass sie so wenig Erfahrung mit Männern hatte. *Und zwar genau deswegen!* Das waren doch alles Idioten. Sie verführten und benutzten einen bloß.

„Erzähl mir von der Stimme, die du hörst“, bat sie Danika. Ihr war alles recht, wenn es sie nur von Maddox ablenkte – bevor sie noch vor lauter Enttäuschung und Reue in lautes Schluchzen ausbrach.

Danikas Gesichtsausdruck wurde hart. „Ich habe dir gegenüber keine Stimme erwähnt. Sie beobachten uns, stimmt's? Ist hier eine Kamera versteckt oder so was?“

„Keine Ahnung.“ Ashlyn zog die Knie an und legte ihr Kinn in die Kuhle dazwischen. „Vielleicht gibt es hier eine Kamera, vielleicht auch nicht. Wenn ich daran denke, wie verwirrt sie auf das Paracetamol reagiert haben, kann ich mir nicht vorstellen, dass sie eine Kamera bedienen können. Aber ich habe ohnehin auf andere Art von der Stimme erfahren.“

Verfügte Danika über eine ähnliche Gabe wie sie? Ashlyn hatte noch nie jemanden getroffen, der so war wie sie, aber auf dieser Burg lernte sie gerade, mit dem Unerwarteten zu rechnen. „Erzähl mir den Rest. Bitte. Wir sind doch in derselben Situation. Wir können einander helfen.“

„Es gibt nichts zu erzählen.“ Danika stapfte energisch durchs Zimmer. „Nur, dass ich langsam verrückt werde. Wolltest du das von mir hören? Seit heute Morgen höre ich die Stimme irgendeines Typen in meinem Kopf. Wir haben ein paar äußerst anregende Unterhaltungen geführt.“

Eine Stimme. Eine Männerstimme. Nicht viele Stimmen, von Männern und Frauen. Also doch nicht Ashlyns Talent. „Erzähl es mir“, drängte sie weiter. Es folgte eine unangenehme Stille, in der nur das laute Knurren ihres Magens zu hören war. „Was hat er zu dir gesagt?“

Mit finsterem Blick nahm Danika ein Stückchen Käse von dem Tablett, das auf dem Waschtisch stand. Sie warf es Ashlyn zu, ehe sie ihre Familie aufforderte, ihr bei der Suche nach versteckten Kameras zu helfen. Nur zur Sicherheit. „Er wollte Informationen über unsere Kidnapper haben.“

„Was genau?“

„Ihre tägliche Routine, über welche Waffen sie verfügen und mit welchem Sicherheitssystem die Burg ausgestattet ist." Sie stieß ein kaltes Lachen aus. „Auf diese Weise versucht mein Verstand anscheinend, unsere verrückte Situation zu verarbeiten."

Davon war Ashlyn ganz und gar nicht überzeugt. Dafür waren die Fragen viel zu eindringlich und spezifisch. Es war, als würde ein Soldat Informationen über den Feind einholen.

Wenn es also nicht Danika war, die etwas über die Männer in Erfahrung bringen wollte, wer war es dann? Und wer hatte die Macht, seine Fragen direkt in den Kopf eines anderen zu schicken?

„Ich habe keine Lust mehr auf diesen ganzen Scheiß", schimpfte Paris. „Ich wäre heute gern einmal in der Stadt geblieben, um mich nach dem Vögeln auszuruhen, anstatt gleich wieder hierher zu hetzen. Denn falls ihr es vergessen habt: Ich kann mich nicht hin- und herbeamen, so wie Lucien." Er ließ sich vor dem Fernseher aufs Sofa fallen und machte sein Lieblings-Xbox-Spiel an. Schlammcatchen – die Nacktversion. Er hatte einen rosigen Teint, und die Anspannung war aus seinem Gesicht gewichen. „Worum geht es denn diesmal? Und nur schon mal zur Info: Nein, ich habe keine Jäger gesehen."

„Das liegt daran, dass du nur potenzielle Betthäschen siehst", erwiderte Aeron.

„Und? Muss ich mich deshalb etwa schämen?", konterte Paris unbeeindruckt.

„Hört auf zu streiten", befahl Lucien. „Wir müssen uns um eine Angelegenheit kümmern, von der wohl niemand begeistert sein dürfte.

Maddox lehnte sich auf dem Sofa zurück und rieb sich mit der Hand übers Gesicht. *Gewalt* rumorte heiß und düster in ihm. Heißer als gewöhnlich. Düsterer als gewöhnlich. Er war kaum im Zaum zu halten. Es gefiel ihm nicht, dass er nicht bei Ashlyn war. Bei der Frau, die versucht hatte, ihn ins Bett zu locken. Bei der Frau, die er zurückgewiesen hatte. Welcher Vollidiot wies eine Frau wie sie zurück?

Sie hatte ihn gewollt, verdammt noch mal.

Und er hatte sie genauso gewollt. Und wollte sie immer noch. Er wollte ihren weichen Körper auf seinem spüren, ihre Lippen auf seinen. Oder an seinem Schwanz. Da war er nicht wählerisch. Er wollte ihre hemmungslosen Lustschreie hören und ihre Süße schmecken.

Er hätte sie nehmen sollen, als sich die Gelegenheit dazu bot.

Stattdessen hatte er sie in Luciens Zimmer abgestellt, nachdem er die Holzbarrikade vor der Tür entfernt hatte – zu viel der Sicherheitsvorkehrungen, wenn man ihn fragte. Schließlich gab es ein stabiles Schloss. Danach hatte er ein wenig aufgeräumt und gelüftet. Im Anschluss hatte man ihn in den Unterhaltungsraum gerufen, wo vermutlich noch mehr schlechte Neuigkeiten auf ihn warteten.

„Sag es ihnen, Aeron", verlangte Lucien.

Pause. Dann: „Ich habe die ersten Anzeichen von *Zorn* gespürt. Nichts Schlimmes. Bis jetzt." Er warf sich gegen die Wand und schlug mit der Faust gegen den harten Stein, als wollte er seine Aussage unterstreichen. „Ich kann ihn kontrollieren, aber ich weiß nicht, wie lange noch."

„Er kann die Menschen jetzt riechen, und der Geruch bleibt in seiner Nase hängen", fügte Reyes hinzu.

Überrascht nahm Maddox die Wut in seiner Stimme wahr.

Paris wurde blass. „Fuck. Das ging schnell."

„Was du nicht sagst", gab Aeron zurück.

Maddox unterdrückte ein Knurren. Wie viel würden er und die anderen noch ertragen müssen? Erst vor kurzer Zeit hatte er erfahren, dass sich noch mehr Jäger in der Stadt versteckten. Aeron zufolge wirkten sie stärker und fähiger als ihre Vorgänger.

Nach allem, was Ashlyn ihm über ihr Talent erzählt hatte, fragte er sich, ob sie vielleicht auch hinter ihr her waren. Eine Frau, deren Job darin bestand, sich nach übernatürlichen Wesen umzuhören, war für sie ein kostbares Werkzeug. Der Gedanke machte seinen Dämon zornig. Sie beide wollten quälen, verletzen und *töten.*

„Ich weiß nicht, wie lange ich es noch schaffe, ihnen nichts anzutun." Aeron rieb sich den Nacken. „Vor meinem geistigen Auge sehe ich schon ihre geschundenen Körper, und es gefällt mir." Bei den letzten Worten brach seine Stimme – nur ein wenig, aber hörbar.

„Hat denn niemand eine Idee?" Reyes warf sein Messer in die Luft, fing es auf und warf es wieder hoch. „Fällt niemandem irgendetwas ein, wie wir sie retten können?"

Stille.

„Es hat keinen Sinn, darüber zu reden", brach Torin das Schweigen schließlich. „Wir quälen uns doch nur selbst, wenn wir versuchen, eine Lösung zu finden, die es nicht gibt. Mit den Titanen brauchen wir gar nicht erst zu verhandeln; die würden uns mit noch einem Fluch belegen. Aber wir können auch nicht einfach die Frauen freilassen, damit sie sich irgendwo verstecken. Dann wäre Aeron nur gezwungen, ihnen zu folgen. Deshalb schlage ich vor, dass er es tut."

Reyes starrte ihn an. „Das ist ziemlich gefühllos, selbst für Dich, *Krankheit.*"

Maddox fragte sich, was er täte, wenn die Titanen Aeron befehlen würden, Ashlyn zu töten. So grausam wie die neuen Götter allem Anschein nach waren, würden sie einen solchen Befehl wahrscheinlich ohne zu zögern erteilen. Mit einem lauten Brüllen sprang er auf und rammte die Faust in die Mauer.

Das Gespräch brach ab.

Der Schmerz fühlte sich so gut an, dass er es gleich noch einmal machte. Und noch mal. Seine Hände hatten sich noch nicht vollständig von dem Kampf mit Aeron erholt, und trotzdem half seine Aktion nicht richtig. Der Dämon musste sich wirklich eng mit Ashlyn verbunden fühlen, wenn selbst er bei dem Gedanken, sie zu verlieren, jemanden umbringen wollte. *Geh und hol sie. Sie gehört uns. Nur uns.*

Fast immer waren er und sein Dämon verschiedener Ansicht gewesen. Mann und Bestie, einer gegen den anderen. Daher war es geradezu erschreckend, einen gemeinsamen Wunsch zu hegen. Er schlug von Neuem gegen die Wand, und Steinbrocken fielen zu Boden.

„Wie ich sehe, beruhigt uns das Frauchen nicht gerade", kommentierte Torin sein Gebaren und lachte dabei.

Maddox wandte sich gerade noch rechtzeitig von ihm ab, um die bedeutungsschweren Blicke abzufangen, die Aeron und Lucien tauschten. „Was ist?", blaffte er sie an.

Lucien hielt unschuldig die Hände hoch.

„Nichts", antwortete Aeron. „Gar nichts."

„Wie oft musst du es denn noch hören? Sie ist ein Köder." Reyes warf sein Messer ein letztes Mal hoch, und die Spitze landete knapp über Maddox' Schulter in der Wand. „Aber inzwischen weißt du das bestimmt."

„Und wenn nicht, bist du ein Idiot", pflichtete Aeron ihm beiläufig bei. „Vielleicht werde ich ja auch deine werte Ashlyn umbringen, wenn ich die anderen Frauen töte, und ihren Bann über dich ein für alle Mal brechen."

Ohne Vorwarnung brach der Dämon aus Maddox heraus und verzehrte ihn. *Niemand bedroht unsere Frau.* Niemand. Schwarze Punkte trübten seinen Blick, gefolgt von roten.

„Zum Teufel“, meinte Lucien. „Seht euch sein Gesicht an. War das wirklich nötig, Aeron?“

Maddox warf Tische und Stühle um und bahnte sich seinen Weg zu Aeron. Er hinterließ einen Pfad der Zerstörung und schmetterte sogar den Flachbildschirm auf den Boden, wo er mit einem lauten Krachen zerschellte.

„He“, protestierte Paris, als sein Spiel keinen Mucks mehr von sich gab. „Ich war gerade dabei zu gewinnen.“

Maddox’ Kopf wurde von einem einzigen Wort beherrscht: *töten. Töten, töten, töten. Töten.* Wehe, wenn sich ihm jemand in den Weg stellte. Als er vor Aeron stand, hatte dieser bereits zwei Dolche aus der Scheide gezogen. Maddox hielt sich nicht damit auf, sich eine Waffe zu besorgen. Er würde dem Bastard mit bloßen Händen das Fell abziehen. Er wollte seine Finger in Blut baden, er wollte Knochen brechen … Auf einmal sah er Ashlyn vor sich.

Sie hatte den Kopf in den Nacken gelegt, und die nassen goldbraunen Haare klebten an ihrem Rücken. Wassertropfen rannen über ihren Bauch und sammelten sich im Bauchnabel. Ihr Körper bebte vor Lust.

Reyes und Lucien sprangen mit einem Satz auf ihn, zogen Maddox mit sich zu Boden und verscheuchten die Bilder von Ashlyn. Er brüllte und heulte so laut, als wollte er die Fensterscheiben zum Bersten bringen. Fäuste flogen – ob seine oder die der anderen, wusste er nicht. Jemand rammte ihm das Knie in den Magen. Er bekam keine Luft mehr. Doch er beruhigte sich nicht.

Töten. Töten.

Hätte er Vampirzähne gehabt, er hätte zugebissen – so sehr sehnte er sich nach dem Geschmack von Blut. Er hätte sein Gegenüber ausgesaugt. Aber so hob er nur einen gestiefelten Fuß und trat einen seiner Freunde ins Gesicht. Er grunzte zufrieden, als der andere aufheulte.

„Halt seine verfluchten Beine fest.“

„Geht nicht. Hab schon seine Arme.“

„Schlag ihn k. o., Paris.“

„Sonst noch was? Soll ich dabei vielleicht auch noch Diamanten scheißen?“

Eine Faust traf Maddox am Kiefer. Seine Zähne knirschten, und er schmeckte das heiß ersehnte Blut.

„Das ist dafür, dass du mein Spiel kaputt gemacht hast." Paris. „Bunny wollte gerade das Öl auf Electra verteilen."

„Ich bringe euch um. Ich …" Abermals tauchte Ashlyns verzücktes Gesicht vor ihm auf. Ihre Augen glühten vor Leidenschaft. Sie warf den Kopf zurück, während sie seine Zunge auf ihrem Körper genoss, die jeden Tropfen ihrer Weiblichkeit aufnahm.

In der nächsten Sekunde traf ihn die Realität wie ein Blitzschlag, und er hielt in seinen Bewegungen inne. Was machte er da? Was zum Teufel machte er nur? Er wollte seine Hände nicht mit Blut und Tod beschmutzen. Nein. Er war kein Ungeheuer. Er war nicht die Verkörperung von *Gewalt.*

Mit einem Mal schämte er sich für sein Benehmen. Er hätte sich besser zügeln müssen. Er war doch nicht dumm.

Er atmete schwer, während er versuchte, sich aufzusetzen. Die Männer packten fester zu. Er entspannte sich, um die Situation nicht weiter zu verschärfen. Nie wieder, schwor er sich. Nie wieder werde ich meine Freunde angreifen.

Wir haben Ashlyn beschützt, knurrte der Dämon.

Der Drang, jemanden zu beschützen? Von seinem Dämon?

Das werden wir auch weiterhin, nur nicht so. Nicht auf diese Art. Je mehr er dem Dämon nachgab, umso mehr wurde er selbst zu *Gewalt.* Wann hatte er aufgehört, sich mit aller Kraft gegen ihn zu wehren?

Wenn er alleine war, stellte er sich gern vor, er wäre als Mensch geboren. Dann wäre Gewalt das Letzte gewesen, was ihm in den Sinn gekommen wäre. Er hätte eine liebenswerte Frau geheiratet und reizende Kinder bekommen, die neben ihm spielten, während er schnitzte. Möbel zu drechseln – Truhen, Schränke, Betten – hatte ihm einst großen Spaß gemacht.

Aber nachdem er sämtliche selbst gefertigte Stücke zerstört hatte, hatte er sein Hobby aufgegeben.

„Er wird ruhiger", stellte Reyes überrascht fest.

„Ich kann den Dämon nicht mehr sehen." Aeron. Irritiert.

„Wow. Wir mussten ihn nicht mal festketten." Paris.

„Das ist eine Premiere." Torin. Immer noch lachend.

Sie ließen ihn los und traten im Gleichschritt zurück. Maddox schüttelte den Kopf, um seine Gedanken zu sortieren und um zu begreifen, was gerade geschehen war. *Gewalt* hatte die Oberhand gewonnen, und trotzdem hatte er niemanden umgebracht. Und seine Freunde hatten ihn nicht fesseln müssen, um ihn aufzuhalten.

Behutsam setzte er sich auf und sah sich in dem Zimmer um. Das totale Chaos begrüßte ihn. Holzsplitter, zerfetzte Schaumstoffkissen, schwarze Fernsehglasscherben. Ja, er hatte wahrlich die Kontrolle verloren.

Verwirrt zog er die Augenbrauen hoch. Normalerweise musste man ihn bewusstlos schlagen, wenn er derart ausrastete. Doch die Gedanken an Ashlyn hatten ihn vollständig beruhigt.

Wie war das möglich?

„Wieder gut?“, brummte Reyes.

„Ja.“ Das Wort klang rau und heiser. Irgendjemand musste ihn gewürgt haben.

Er stand auf und stolperte zum Sofa. Zwar lagen dort keine Kissen mehr, aber das war ihm egal. Er ließ sich auf die harten Federn fallen, die unter seinem Gewicht quietschend nachgaben.

„Gut, dass Torin mit Geld umzugehen weiß“, bemerkte Paris trocken, während er sich umblickte und neben Maddox setzte. „Sieht so aus, als bräuchten wir dringend neue Möbel.“

„Wo waren wir stehengeblieben?“, lenkte Lucien ihre Aufmerksamkeit wieder auf das eigentliche Thema. Auf seiner Stirn prangte eine Platzwunde, die vor ein paar Minuten noch nicht da gewesen war.

Schuldgefühle machten sich in Maddox breit. „Tut mir leid.“

Überrascht sah Lucien ihn an. Dann nickte er.

„Die Frauen“, grummelte Reyes, als er sich auf die andere Seite neben Maddox setzte. „Ich schlage vor, wir warten noch ab. Im Gegensatz zu einigen anderen …“, er warf Maddox einen vielsagenden Blick zu, „hat Aeron seinen Dämon im Augenblick unter Kontrolle – auch wenn er sich ab und an bemerkbar macht.“

„Ich stimme dir zu.“ Lucien ging zu dem umgekippten Billardtisch und zog eine Rosenduftwolke hinter sich her.

Ein schöner Geruch, aber längst nicht so herrlich wie Ashlyns. Sie roch warm und geheimnisvoll, nach Honig und Mondlicht. Ashlyn … Bei dem Gedanken an sie bekam er eine Erektion. Sein Körper war bereit. Ich hätte sie nehmen sollen, als ich die Gelegenheit hatte, dachte er wieder. Ich hätte in ihre enge, feuchte Spalte eindringen sollen.

„Ähm, ich freue mich ja auch, neben dir zu sitzen, aber ich hatte keine Ahnung, dass es dir so sehr gefallen würde", murmelte Paris.

Zum ersten Mal seit Jahrhunderten errötete Maddox. „Ist nicht deinetwegen."

„Na, den Göttern sei Dank", erwiderte sein Freund.

„Wo wir gerade von den Göttern sprechen, Maddox, vielleicht ist das der geeignete Zeitpunkt, um den anderen von der Stimme zu berichten, die du gehört hast", forderte Lucien ihn auf.

Maddox wollte sie nicht damit belasten, aber er wusste, dass es keinen Ausweg gab. „In Ordnung. Irgendjemand ist in meinen Kopf eingedrungen und hat mir befohlen, euch heute um Mitternacht zu einem Friedhof zu schicken. Unbewaffnet."

Lucien deutet auf Aeron. „Du kennst die neuen Götter besser als wir. Was hältst du davon? Klingt das nach einem Vorgehen, das zu den Titanen passt?"

„Ich bin zwar kein Titanenexperte, aber ich glaube nicht, nein. Sie hätten keinen Grund, Angst vor unseren Waffen zu haben. Damit können wir uns vielleicht gegen die Jäger verteidigen, aber in einem Krieg gegen die Götter wären sie nutzlos."

Als Paris jubelte, hagelte es von allen Seiten überraschte Blicke. Er zuckte verlegen die Achseln. „Ich habe das Spiel auf dem Mini-Fernseher zum Laufen gebracht, den ich für genau so einen Fall versteckt hatte."

Maddox verdrehte die Augen.

„Mal angenommen, es ist die Stimme eines Jägers", lenkte Lucien ihre Aufmerksamkeit einmal mehr auf das eigentliche Thema. „Das würde bedeuten, dass wir es jetzt mit einem Jäger zu tun haben, der über eine übersinnliche Fähigkeit verfügt. Und da er vermutlich nicht alleine arbeitet, müssen wir uns fragen, ob seine Freunde ähnliche Talente haben."

„Wir sind stärker als die Menschen, ob sie nun besondere Fähigkeiten haben oder nicht", erwiderte Aeron. „Wir können es mit ihnen aufnehmen."

„Ja, wenn es uns gelingt, sie zu überlisten. Erinnerst du dich noch an Griechenland? Die Jäger waren schwächer als wir, und trotzdem haben sie uns immer wieder verletzt. Wahrscheinlich ist die Sache mit dem Friedhof eine Falle." Maddox sah seine Freunde der Reihe nach an. „Ich kann nicht hingehen, weil ich tot sein werde. Aber alle anderen können. Ihr könnt den Spieß umdrehen und *sie* töten."

Lucien schüttelte den Kopf. „Um Mitternacht werden Reyes und ich hier sein, bei dir. Damit bleiben Paris und Aeron übrig, denn Torin kann auch nicht weg. Wir können die beiden nicht in einen Kampf schicken, wenn wir nicht wissen, was uns erwartet."

„Dann lasst uns jetzt gehen", schlug Maddox vor. Die Burg zu verlassen, war zwar das Letzte, was er wollte. Aber er hatte keine andere Wahl. Er würde alles tun, um Ashlyn zu beschützen. Wenn diese neue Generation von Jägern ihr schaden wollte ... „Es sind noch sieben Stunden bis Mitternacht. Damit bleibt uns genug Zeit, um die Jäger zu bekämpfen und zurückzukommen."

Seine Freunde sahen ihn überrascht an. Er hatte noch nie angeboten, in die Stadt zu gehen.

„Einer von uns muss hier bleiben und die Frauen beschützen", bemerkte Reyes schließlich.

„Stimmt." Er würde Ashlyn nicht alleine und schutzlos zurücklassen. Was, wenn sie wieder krank würde? Oder wenn die Jäger die Burg stürmen und ihr etwas antun würden?

„Ich sehe das anders." Lucien schenkte ihnen ein entschuldigendes Lächeln. „Die Jäger zu töten ist wichtiger als die Frauen zu bewachen."

Da sie ohnehin bald tot sein werden. Doch das brauchte er nicht laut auszusprechen, da sowieso alle dasselbe dachten.

Reyes ballte die Hände zu Fäusten. Maddox biss die Zähne aufeinander.

„Entweder bleibt einer von uns hier und passt auf sie auf", knurrte er, „oder ihr müsst ohne mich kämpfen." Aeron mochte *Zorn* sein und Lucien *Tod,* aber niemand kämpfte wie *Gewalt.* Wenn er an dem Kampf teilnahm, war ihnen der Sieg so gut wie gewiss.

„Dann gehen wir eben ohne dich", erwiderte Lucien entschlossen.

So sollte es wohl sein. Er würde Ashlyn nicht ohne Schutz hierlassen. Gut, die Burg war gut gesichert, aber die Vorkehrungen konnten keinen Angreifer außer Gefecht setzen. Sie konnten Ashlyn im Ernstfall nicht aus der Gefahrenzone und in Sicherheit bringen. „Dann sagt mir doch bitte, was ihr zu tun gedenkt, um zu gewinnen."

Pause. Lucien und Aeron wechselten einen angespannten Blick. Dann hob Lucien eine lange Papierrolle vom Boden auf, die bei Maddox' Ausraster runtergefallen war. Er ging mit langen Schritten zum Sofa, rollte das Papier auf und befestigte es an der Kante. „Ich hätte sie ja gern auf dem Tisch ausgebreitet", murmelte er, „oder meinetwegen auch auf dem Billardtisch. Aber mit deinem besonnenen Verhalten hast du ja beide kaputt gemacht."

„Ich habe mich dafür entschuldigt", erwiderte Maddox kleinlaut. „Und gleich morgen werde ich sie reparieren."

„Gut." Lucien zeigte auf das Papier. „Wie du siehst, ist das ein Stadtplan. Vorhin, als du anderweitig beschäftigt warst, haben wir einen Plan geschmiedet und beschlossen, in diesem abgelegenen Bereich eine Falle aufzustellen." Mit dem Finger zeichnete er einen Kreis um ein unbesiedelt aussehendes Stück Land im Süden. „Dort gibt es nur Hügel und keine Häuser. Es ist der perfekte Ort, um zuzuschlagen. Wir werden dort auf die Jäger warten."

„Das ist alles? Das ist euer Plan?"

„Ja. Wir warten auf sie und bringen sie um." Der Rosenduft wurde intensiver und Luciens Augen glitzerten bedrohlich. „Es ist ein guter Plan."

„Vielleicht kommen sie ja gar nicht. Vielleicht sind sie auf dem Friedhof."

„Sie werden kommen", insistierte Lucien.

„Woher willst du das wissen?"

Er schwieg und warf Aeron wieder einen Blick zu. „Das sagt mir mein Bauch."

Maddox schnaubte. „Und wenn sich dein Bauch irrt? Wir sollten den Hügel wenigstens absichern, bevor du gehst. Nicht dass sich jemand hochschleicht, während du weg bist und ich tot."

„Also gut", seufzte Lucien. „Dann mal an die Arbeit."

14. Kapitel

Hotel Taverna, Budapest

Abin, der Träger des Dämons des Zweifels, lag auf seinem Bett und starrte an die jungfräulich weiße Decke seiner Suite. Er war mit einem bestimmten Ziel von New York nach Budapest gereist: die Büchse der Pandora finden und sie zerstören. Okay, das waren zwei Ziele, und bis jetzt hatte er bei keinem Glück gehabt. Aber immerhin hatte er die Krieger aufgespürt, die ihn vor Tausenden von Jahren verlassen hatten. Die Männer, an deren Seite er einst gekämpft hatte. Die Männer, die er einst geliebt hatte.

Die Männer, die ihn jetzt hassten.

Er seufzte. Seit seiner Ankunft vor drei Tagen hatte er hin und wieder Paris gesehen, jedoch nicht auf sich aufmerksam gemacht, da er nicht wusste, wie der Krieger reagieren würde. Würde er ihn sofort angreifen oder wie den verlorenen Sohn umarmen?

Verdammt, er hatte fast Angst, es herauszufinden. Er hätte Aeron beinahe enthauptet, als dieser versucht hatte, ihn davon abzuhalten, Athen bis auf die Grundmauern niederzubrennen. Dabei hatte er doch nur die Jäger vernichten wollen, die ihren gemeinsamen Freund Baden auf dem Gewissen hatten.

Seitdem er hier war, hatte er mehrmals heimlich versucht, in ihre Mitte einzudringen, um alles über die Krieger in Erfahrung zu bringen, die er einst als Brüder betrachtet hatte und die ihm jetzt fremd waren. Sie hatten nichts verraten. Deshalb richtete er seine Aufmerksamkeit auf die Menschen in ihrer Umgebung. Nur eine hörte ihn. Eine Frau. Aber auch sie half ihm nicht weiter.

Alles, was er wusste, war, dass sechs Krieger gesund und munter in der Burg auf dem Hügel lebten und bis zu den Zähnen bewaffnet waren.

Das hatte er von einem Jäger erfahren, den er bereits vor einem Monat befragt hatte. Derselbe Jäger hatte ihm auch widerwillig von ihrer

Suche nach der Büchse der Pandora erzählt. Er sagte, dass es für die Herren der Unterwelt das Ende bedeute, wenn die Jäger die Schatulle fänden, da die Dämonen wieder eingesperrt würden und die Krieger ohne sie nicht überleben könnten.

Allem Anschein nach planten die Jäger schon seit Wochen, die Burg zu stürmen und die Krieger gefangen zu nehmen, hatten bislang jedoch noch keinen Weg gefunden. Die Tatsache, dass sie die Krieger gefangen nehmen und nicht töten wollten, gab Sabin arg zu denken. Wussten die Herren der Burg, wo die Büchse war? Interessierte es sie überhaupt? Wie standen sie den Jägern heute gegenüber? Damals waren sie dem Kampf ausgewichen. Würden sie wieder so handeln?

Er stieß noch einen Seufzer aus. Er hätte später noch genügend Zeit, darüber nachzudenken. Im Augenblick musste er ein anderes Rätsel lösen. Es ging um den Führungswechsel. Ja, so konnte man es nennen. Von den gleichgültigen Griechen zu den kontrollsüchtigen Titanen. Damit hatte er nicht gerechnet.

Er kannte die neuen Götter zwar nicht. Aber er glaubte, sie nicht zu mögen. Als sie ihn zu sich in den Himmel beordert hatten, hatte er Gerede über einen Krieg und die Vorherrschaft gehört. Sie zwangen ihn, in einem Kreis zwischen lauter unbekannten Gesichtern zu stehen und ihre Fragen zu beantworten.

Welches Ziel verfolgst du?

Was bist du bereit, zu tun, um es zu erreichen?

Hast du Angst vor dem Tod?

Er hatte keine Ahnung, warum sie ihn vorgeladen hatten und die anderen nicht. Eigentlich wusste er gar nichts. Nicht mehr. Er war sich nicht mal sicher, ob Maddox seinen Freunden ausrichten würde, dass sie zum Friedhof kommen sollten.

Er hoffte, dass sie kämen. Jetzt war es so weit. Er würde sich zu erkennen geben. Er wollte dabei einfach nur kein Risiko eingehen.

Wenn ich doch nur lügen könnte … Das hätte das Ganze wesentlich vereinfacht.

Aber Sabin konnte einfach nicht lügen. Wann immer er es versuchte, drehte sein Dämon durch, und Sabin fiel in Ohnmacht. Eine sonderbare Reaktion auf unmoralisches Verhalten, aber er konnte nichts dagegen tun. Dafür hatte er die Fähigkeit, seine Gedanken in den Kopf eines anderen zu projizieren und Misstrauen und Sorgen zu erzeugen, indem er mithilfe von Fragen und Beobachtungen ein Netz aus Zweifel spann.

Fragen und Beobachtungen waren schließlich keine Lügen, oder doch?

Als sein Dämon wieder mal Zweifel streute, hatte Sabin Maddox für das Menschenmädchen beten gehört und klinkte sich sofort ein. Er säte in Maddox noch größeren Zweifel, ob sie ohne göttliche Hilfe überleben würde. Dass sie überlebte, kam Sabin nur recht, denn so konnte er Maddox' Schuld einfordern.

Wenn der unwahrscheinliche Fall eintreten sollte und die Krieger tatsächlich kämen – Sabin war sicher, dass sie in diesem Fall entgegen seiner Anweisung bewaffnet wären –, würden er und seine Männer auf sie warten. Und hoffen. Wie würden sie auf das unerwartete Wiedersehen reagieren?

Höchstwahrscheinlich mit Hass.

„Halt die Klappe", herrschte er seinen Dämon an. Es machte ihm nichts aus, bei anderen Zweifel zu säen, aber er hasste es, wenn diese dämliche Kreatur versuchte, *ihn* zu verunsichern.

Seine Zimmertür schwang auf.

Er griff nach dem Messer, das er an einem Schaft im Nacken befestigt hatte, und machte sich zum Angriff bereit. Als er seinen Besucher erblickte, entspannte er sich.

„Was ist denn das für eine Begrüßung?", flachste Kane.

Cameo, Amun und Gideon begleiteten ihn. Sie waren seit Badens Tod zusammen. Seitdem sie sich ihren Dämonen hingegeben hatten. Ihnen war jedes Mittel recht gewesen, um jene zu bestrafen, die ihnen ihren Freund geraubt hatten.

Die Zerstörungen, die sie angerichtet hatten, die Menschen, die verletzt wurden … Sabin schauderte bei der Erinnerung. Es hatte lange gedauert, bis sie sich selbst wiederfanden, aber da war es zu spät gewesen. Sie würden niemals vollständig in die Gesellschaft eintauchen können oder etwas anderes sein als Krieger.

Die Jäger ließen es nicht zu.

Sie hatten nicht nur Baden getötet, sondern auch jeden Menschen umgebracht, der den Kriegern etwas bedeutete, und jedes Zuhause zerstört, das sie sich aufbauten. Dafür würde Sabin bis ans Ende seiner Tage gegen sie kämpfen. Mit anderen Worten: bis in alle Ewigkeit.

Er würde so lange kämpfen, bis der Letzte von ihnen seinen letzten Atemzug tat.

Sabin setzte sich halb auf, stützte sich auf die Ellbogen und lehnte sich gegen das Kopfende seines Bettes. „Gibt's was Neues?"

„Jede Menge", antwortete Gideon.

„Gar nichts", widersprach Kane und verdrehte die Augen.

Gideon war vom Dämon der Lüge besessen. Im Gegensatz zu Sabin brachte der Mann nicht ein wahres Wort über die Lippen. Jeder im Raum verstand es, stets das genaue Gegenteil von dem zu glauben, was er behauptete.

Sabin bedachte Gideon mit einem Blick, der sagte: *Halt das nächste Mal einfach die Klappe,* doch sein Freund zuckte nur mit den Schultern, was so viel hieß wie: er mache sowieso was er wolle und wann er es wolle. Und so war es auch. Schon immer gewesen. Er war ein wahrer Rebell.

Gideon war genauso groß wie Sabin und ebenfalls ein Krieger, doch da hörten die Gemeinsamkeiten auch schon auf. Während Sabin braune Haare, braune Augen und ein grob geschnitztes Gesicht hatte, war Gideon durch und durch Punk, der den modernen Gothic-Look liebte und ihn mit einer Prise Grunge und gewissen Filmstarattitüden mischte.

Sein von Natur aus blondes Haar trug er metallisch blau gefärbt. Angeblich hatte er das gemacht, weil es seine Augen betonte. Natürlich war das gelogen. Viel wahrscheinlicher war es, dass er mit seinem Aussehen die Menschen warnen wollte. Nach dem Motto: Nähern auf eigene Gefahr.

Er war am ganzen Körper gepierct und tätowiert. Er trug nur Schwarz und verließ das Haus stets mit einem kompletten Waffenarsenal am Körper.

So wie die anderen auch.

„Wo ist Strider?", erkundigte sich Sabin.

Gideon machte den Mund auf, um – mit einer Lüge – zu antworten, aber Kane, der Träger des Dämons der Katastrophe, kam ihm zuvor. „Er konnte die Niederlage nicht akzeptieren und sucht immer noch."

Natürlich. Sabin hätte es wissen müssen. Weil Strider vom Dämon der Niederlage besessen war, musste er gewinnen, ganz egal, was er tat – ob Kriege führen, Karten oder Tischtennis spielen. Wenn er unterlag, litt er körperliche Qualen und war tagelang unfähig, das Bett zu verlassen.

Sabin hatte seinen Freunden aufgetragen, mit den Stadtbewohnern zu sprechen, um irgendetwas über die anderen Krieger oder die Büchse in Erfahrung zu bringen. Strider käme also nicht zurück, ehe er Erfolg hatte.

Cameo, die einzige Frau in ihrer Gruppe der Verdammten, ließ sich ihm gegenüber auf das Plüschsofa fallen. Auch sie war einst eine Götterkriegerin gewesen. Wie die anderen hatte sie sich ebenfalls persönlich angegriffen gefühlt, als die Griechen Pandora auserwählten, um *dimOuniak* zu bewachen. Im Gegensatz zu den anderen störte es sie jedoch nicht, dass die Götter sich für eine weibliche Wächterin entschieden, sondern nur, dass nicht *sie* diese Wächterin war. Sabin erinnerte sich noch an das breite Lächeln auf ihrem Gesicht, als sie beschlossen hatten, Pandora zu stürzen. Es sollte ihr letztes Lächeln gewesen sein.

„Die Stadtbewohner wollen uns keine Informationen geben", erklärte sie. „Aus irgendeinem Grund halten sie die Krieger für *Engel* – das muss man sich mal vorstellen."

Sabin musste sich jedes Mal überwinden, sie anzusehen. Nicht, dass sie hässlich gewesen wäre. Im Gegenteil. Sie war klein und zierlich und hatte schwarze Haare und erstaunlich helle silberne Augen. Da sie aber die Trägerin des Dämons des Elends war, gehörten Lachen, Leichtsinn und Freude nicht zu ihrem Leben.

Sabin hatte jahrhundertelang versucht, sie aufzumuntern. Doch was er auch sagte, sie sah immer aus, als würde sie sich im nächsten Moment das Leben nehmen. Die Traurigkeit der gesamten Welt schwamm in ihren Augen und lag auf ihrer Stimme. Er hatte sich stets gefragt, wie sie es schaffte, nicht durchzudrehen.

Er rieb sich über den Kiefer und suchte Amuns Blick. „Hast *du* etwas herausgefunden?"

Amun stand auf der anderen Seite des Zimmers gegen die Wand gelehnt. Er bildete einen dunklen Kontrast zum sterilen Weiß der Suite. Dunkle Haut, dunkle Augen – alles an ihm war dunkel. Amun konnte die dunkelsten Geheimnisse eines jeden erspüren, dem er näherkam.

Es musste eine Last sein, die hässlichsten Geheimnisse aller Menschen in seinem Umkreis zu kennen.

Vielleicht sprach Amun deshalb so selten. Aus Sorge, unglaubliche Wahrheiten zu verraten. Aus Sorge, eine riesengroße Panik zu verbreiten.

„Nichts, was uns weiterbringt", antwortete Cameo mit ihrer melancholischen Stimme an seiner Stelle. „Abgesehen von den Frauen, die mit Paris und Maddox geschlafen haben und sich nur an die Größe ihrer Schwänze erinnern, haben die Städter immer Abstand zu den Kriegern gehalten. Sie wissen einfach nicht genug, als dass Amun ein Geheimnis aufspüren könnte."

Im Ernst. Am liebsten hätte er ihr auf der Stelle ein Messer ins Herz gejagt, statt länger darauf zu warten, dass sie es irgendwann selbst täte. Hauptsache, diese Traurigkeit hätte ein Ende.

Noch ehe er etwas erwidern konnte, flog die Tür ein zweites Mal auf und Strider platzte herein.

Seine blonden Haare waren zerzaust, seine blauen Augen glänzten. Die scharfen Wangenknochen waren schmutzig, und an seinem Kinn klebten Blutspritzer. Doch an seinen weichen, leichten Bewegungen erkannte Sabin, dass er etwas gefunden hatte.

Abrupt setzte er sich auf. „Schieß los."

Strider blieb mitten im Zimmer stehen und grinste. „Wie wir vermutet haben, sind die Jäger bereits hier."

Cameo wechselte die Sitzposition. Ihre grazilen, eleganten Bewegungen standen im völligen Widerspruch zu ihrer selbstmörderischen Ausstrahlung. „Wir müssen sie überwältigen und ausquetschen, um zu erfahren, ob sie mehr wissen als wir."

„Nicht nötig", widersprach Strider. „Ich habe mir schon einen vorgeknöpft."

„Und?" Sabin war ganz aufgeregt.

„Wie die Jäger dir letzten Monat gesagt haben, sind sie hier, um die Herren auf dem Hügel zu überfallen. Sie haben jemanden eingeschleust."

„Freut mich zu hören." Gideon.

Strider und die anderen ignorierten ihn.

„Hat er die Büchse erwähnt?", erkundigte sich Kane. Während er sprach, brannte die Glühbirne in der Lampe neben ihm durch und sprühte Funken in sämtliche Richtungen.

„Nein."

Die Lampe kippte um und fiel Kane auf den Kopf.

Sabin schüttelte den Kopf. Der Mann war eine wandelnde Katastrophe. Im wahrsten Sinne des Wortes. Wenn Kane einen Raum betrat, löste er einen ganzen Dominoeffekt an Katastrophen aus. Sabin rechnete damit, dass jeden Augenblick die Decke einstürzte. Das wäre jedenfalls nichts Ungewöhnliches.

Kane fegte die winzigen Flammen von seinem Kopf und rieb sich die Schläfe. Seine haselnussbraunen Augen zeigten keine Regung. Wortlos entfernte er sich von der gefährlichen Lampe und setzte sich, so weit weg von allen anderen wie nur möglich, auf den Fußboden.

Sabin warf einen Blick durch die doppelflüglige Tür, die auf den komfortablen Balkon führte, von dem aus man einen romantischen Blick über die Stadt hatte. Nicht, dass es in seinem Leben Platz für Romantik gab. Normalerweise rannten die Frauen schreiend von ihm weg – wenn er ihnen nicht zuvorkam.

Er machte es zwar nicht mit Absicht, aber er brachte sie dazu, dass sie nur noch an sich zweifelten. An ihrer Lebenssituation, an ihrem Aussehen, einfach an allem. Sie weinten. Immer. Manchmal versuchten sie, sich umzubringen. Da er die permanenten Schuldgefühle nicht mehr ertrug, hatte er irgendwann beschlossen, sich von ihnen fernzuhalten.

Sabin unterdrückte eine Welle des Bedauerns. Die Nacht hatte sich über Budapest gelegt, und er sah die glitzernden Lichter der Stadt. Der helle Mond stand voll und klar am Himmel. Ein silbernes Licht im schwarzblauen Himmel. Die kalte Luft, die durch das Fenster hereinwehte, verführte die blütenweißen Vorhänge zu einem schwerelosen Tanz.

Eine Nacht für Verliebte.

Oder den Tod.

„Wo sind die Jäger jetzt?“, fragte er.

„Laut meiner Quelle treffen sie sich in einem Club. Ich habe ihn mir schon mal angesehen. Er liegt nur fünf Minuten von hier entfernt.“

Eigentlich hatte Sabin vorgehabt, auf den Friedhof zu gehen, aber jetzt wollte er in den Club. Leider konnte er nicht an beiden Orten gleichzeitig sein. Wie schon vor vielen Hundert Jahren stand er auch jetzt wieder vor der Wahl: die Jäger oder seine alten Freunde.

Er ließ den Blick durchs Zimmer schweifen, als fände er irgendwo dort eine Antwort. „Einer von euch muss heute Nacht zum Friedhof gehen. Voll bewaffnet. Ich habe mein Bestes getan, um die Krieger dorthin zu locken. Wer auch immer geht, kann selbst entscheiden, was er macht, wenn er sie sieht. Der Rest von uns stattet dem Club einen Besuch ab.“

„Ich übernehme den Friedhof“, bot Kane an. Er klang nicht gerade begeistert, sondern eher resigniert. „Der Club könnte zusammenbrechen, wenn ich da auftauche.“

Wohl war.

Im nächsten Augenblick fiel ein Stück Putz von der Wand und landete auf Kanes Schädel. Nur gut, dass der Mann eine regelrechte Löwenmähne auf dem Kopf trug, die Schläge solcher Art abmilderte. Trotzdem stöhnte er.

Sabin seufzte. „Wenn alles gut geht, bekommen wir heute vielleicht die Antworten, auf die wir gewartet haben, und können die Büchse der Pandora endlich und ein für alle Mal zerstören.“ *Bevor die Jäger sie finden, unsere Dämonen wieder hineinzwängen und uns damit töten.* „Und jetzt lasst uns aufbrechen.“

15. Kapitel

Verdammt noch mal!

Maddox war die Zeit davongelaufen, als er die Fallen am Hügel vorbereitet hatte: Fallgruben, Stolperdrähte und Netze. Eigentlich hätte er das schon viel früher machen wollen, aber um die Boten nicht zu gefährden, die Proviant brachten, oder die Frauen, die kamen, um nach Paris zu suchen, hatte er abgewartet.

Jedes Mal, wenn er glaubte, fertig zu sein, hatte Lucien ihm noch eine Aufgabe gegeben.

Jetzt war es halb zwölf, und es blieb keine Zeit mehr, um Ashlyn zu sehen. Keine Zeit, sie zu küssen oder im Arm zu halten. *Falls* ich sie überhaupt wiedersehen will, dachte er finster. Nach dem Wutausbruch am Nachmittag wäre es geradezu idiotisch, wenn er sich dieser Unschuld noch einmal näherte. Trotzdem – er wollte bei ihr sein. Er sehnte sich nach ihr. Es gab bestimmt einen Weg. In ihrer Nähe hatte er sich ja bislang im Griff gehabt.

Doch was geschah, wenn sie ihn um den Verstand brachte? *Wenn,* nicht falls. Was würde er tun, wenn der Dämon ausbrach? Denn *dass* er früher oder später ausbrach, war unvermeidlich.

„Mögen uns die Götter heute Nacht wohl gesonnen sein", murmelte Lucien.

Maddox, Reyes und Lucien rannten durch die verwinkelten Gänge der Burg zu Maddox' Schlafzimmer. Am besten war es, ihn so früh wie möglich anzuketten. Dann konnte er weniger Schaden anrichten. Sein Magen schmerzte bereits.

Reyes hatte sein Schwert schon griffbereit – dasselbe Schwert, mit dem Maddox Pandora vor so vielen Jahren getötet hatte. Es baumelte seitlich am Bein des Kriegers, glitzerte im Mondlicht, das durch die Fenster fiel, und verhöhnte Maddox selbst jetzt noch.

Als sie an Luciens Schlafzimmer vorbeikamen, fuhr er mit den Fingerspitzen über die Tür. Ashlyn war da drin. Was sie wohl gerade machte? Ob sie an ihn dachte?

Sie gingen um die Ecke, näher, immer näher … *Ich bin noch nicht bereit,* jammerte der Dämon. Das hatte es noch nie gegeben. Normalerweise stimmte der Blutdurst ihn immer erwartungsfroh. Maddox war auch nicht bereit zu sterben. Diesmal nicht.

Ihre Schritte hallten von den Wänden wider wie das Stapfen einer Armee.

Er passierte das letzte Flurfenster, das größte. Von dort aus konnte man über den Hügel auf die schneebedeckten Bäume blicken. Was hätte er dafür gegeben, durch diese Bäume laufen und den Schnee auf der Haut spüren zu können. Was hätte er dafür gegeben, jetzt gleich mit Ashlyn hinauszugehen und sie auf dem kalten, harten Boden zu lieben, auf dem sie wie eine Waldnymphe im Mondlicht baden würde. Keine Gewalt. Nur Leidenschaft.

„Vielleicht können wir die Titanen davon überzeugen, dich von diesem Fluch zu befreien", riss Lucien ihn aus seinen Träumereien.

Zum ersten Mal seit Jahrhunderten keimte eine leise Hoffnung in ihm auf. Vielleicht würden die Titanen ihn ja wirklich befreien, wenn sie sie darum baten. Sie hatten einst nach Frieden und Harmonie auf der Welt gestrebt. Bestimmt würden sie … *Sei doch nicht naiv. Du siehst doch, wozu sie Aeron zwingen.*

Nach und nach fiel die Hoffnung von Maddox ab wie die Blätter von einem Baum im Herbst. Die Titanen hatten sich bereits als grausamer entpuppt, als die Griechen es je waren. „Ich glaube, das Risiko möchte ich lieber nicht eingehen."

„Vielleicht gibt es ja noch eine Alternative zu den Göttern", meinte Reyes.

Wenn es so wäre, hätten wir sie längst aufgetan, dachte Maddox, sprach es aber nicht aus. Wenige Sekunden später betrat das Trio sein Schlafzimmer. Maddox spürte den Hass in seinen Adern kochen, als er sich aufs Bett legte. Die frischen Baumwolllaken waren kalt, geruchlos und trugen keine Spuren von Ashlyn. Doch die Erinnerung quälte ihn.

Als er das letzte Mal hier gelegen hatte, hatte er sie in den Armen gehalten und getröstet. Er hatte ihren Duft geatmet und sich vorgestellt, mit ihr zu schlafen. Er hatte ihren Geschmack auf seiner Zunge genossen.

Sein Zorn wurde noch stärker, als Reyes und Lucien seine Hände und Füße an das Bett ketteten. „Wenn es vorbei ist, dann seht nach

Ashlyn", bat er. „Wenn es ihr gut geht, lasst sie in dem Zimmer mit den anderen Frauen. Wenn nicht, isoliert sie von ihnen. Ich kümmere mich dann morgen früh um sie. Aber kein Kerker mehr. Keine Grausamkeiten. Gebt ihr zu essen, aber keinen Wein. Verstanden?"

Wie schon zuvor wechselten die beiden Männer wieder einen dieser angespannten Blicke. Dann traten sie vom Bett zurück, um außer Spuckweite zu sein.

„Reyes", sagte Maddox scharf. „Lucien. Was geht hier vor?"

„Wegen der Frau", begann Lucien, ohne ihm in die Augen zu sehen. Er machte eine quälende Pause.

„Ich will versuchen, ruhig zu bleiben", knurrte Maddox, obwohl bereits ein schwarzer Nebel seinen Blick trübte. „Sagt mir nicht, dass ihr ihr etwas angetan habt."

„Keine Sorge."

Er atmete schwer aus. Seine Sicht normalisierte sich wieder.

„Wir haben ihr nichts getan", fuhr Lucien fort, „aber wir haben es vor."

Maddox brauchte ein paar Momente, ehe er begriff, was er hörte. Trotz der Ketten versuchte er sich aufzubäumen. „Macht mich los. Sofort!"

„Sie ist ein Köder, Maddox", fügte Reyes leise hinzu.

„Nein. Ist sie nicht." Panik ergriff ihn, als wäre er in einem Albtraum gefangen, aus dem er partout nicht aufwachen wollte. Er erzählte ihnen von ihrer Gabe und von seinem Verdacht, dass sie unwissentlich verfolgt worden war. „Sie ist verflucht, genauso wie wir. Sie ist dazu verdammt, uralte Unterhaltungen zu hören."

Lucien schüttelte den Kopf. „Du bist ihr viel zu sehr verfallen, um die Wahrheit zu erkennen. Dass sie offenbar eine seltsame Gabe hat, bekräftigt mich nur in meiner Überzeugung, dass sie ein Köder ist. Genauso wie die Stimme, die du heute in deinem Kopf gehört hast. Wie könnte man uns besser ausspionieren und nach einem Weg suchen, uns zu überwältigen?"

Maddox reckte den Kopf so heftig nach vorne, dass beinahe die Sehnen gerissen wären. „Wehe, ihr tut ihr etwas an. Dann bringe ich euch um. Das ist keine Drohung, sondern ein Versprechen. Ich werde den Rest meiner Tage damit verbringen, euch zu quälen und schließlich zu töten."

Reyes fuhr sich durch die Haare, sodass seine schwarzen Locken wirr vom Kopf abstanden. „Du kannst jetzt nicht klar denken, aber irgendwann wirst du uns dankbar sein. Wir bringen sie in die Stadt. Wir haben vor, mit ihrer Hilfe die Jäger hervorzulocken. Das ist der Teil des Plans, den wir dir verschwiegen haben."

Bastarde. Verräter. Er hätte nie gedacht, dass seine Freunde, die Krieger, mit denen er dasselbe Schicksal teilte, zu so etwas fähig wären. „Warum erzählt ihr es mir jetzt? Warum tut ihr das?"

Reyes wandte den Blick ab. „Wir werden unser Bestes geben, um sie unbeschadet zurückzubringen."

Abermals riss Maddox mit aller Kraft an den dicken Ketten. Den starken Gliedern konnte er zwar nichts anhaben – die Götter selbst hatten die Ketten geschmiedet –, aber das metallene Kopfende verbog sich. Er spürte, wie die Wut in ihm explodierte und so wild in ihm tobte, dass er weder sehen noch atmen konnte. Er musste zu Ashlyn. Er musste sie beschützen. Sie war so unschuldig und zerbrechlich. Sie würde es niemals überleben, wenn sie zwischen die Fronten geriet.

Und wenn der Feind sie gefangen nähme …

Er bäumte sich auf, brüllte und bäumte sich weiter auf. „Ashlyn!", schrie er. „Ashlyn!"

„Ich verstehe nicht, wie eine einzige Frau ihn so wild machen kann", hörte er Lucien in weiter Ferne sagen.

„Derartige Hingabe ist gefährlich", stimmte Reyes ihm zu.

Er blendete ihr Geplapper aus. „Ashlyn!" Wenn sie ihn hörte, könnte sie herkommen und ihn losmachen, und er könnte sie beschützen. Er könnte – nein. Sie war in Luciens Zimmer gefangen. Er selbst hatte sie dort eingesperrt und zwar so, dass sie nicht entkommen konnte. Und selbst wenn sie es hierher schaffte – würden die beiden Männer, die er einst als seine Freunde bezeichnet hatte, sie angreifen?

Er presste die Lippen aufeinander und biss sich auf die Zunge. Stundenlang – minutenlang?, sekundenlang? – kämpfte er still mit den Fesseln, doch es gelang ihm nicht, sich zu befreien. Lucien und Reyes sahen ihm schweigend und unnachgiebig zu. Er verfluchte sie mit Blicken und schwor ihnen Rache.

Helft Ashlyn, sich zu verstecken, betete er. Macht, dass sie sich verstecken kann, bis ich sie holen komme.

Er spürte einen scharfen Stich in der Seite.

Mitternacht.

Er ächzte. In ihm wütete der Dämon wie ein giftiger Hagelschauer, wie ein Bündel Blitze, wie ein Sturm der Zerstörung. Mann und Dämon vereinten sich in einem gemeinsamen Ziel. Sie wollten überleben, um ihre Frau zu verteidigen.

Doch Reyes war mit dem Schwert in der Hand bereits über ihm. Sein Gesicht war emotionslos. „Es tut mir leid", flüsterte er.

Als die Klinge in Maddox' Bauch schnitt und Haut, Organe und Knochen durchbohrte, konnte er die Schreie nicht länger zurückhalten.

Die Schlafzimmertür ging langsam und quietschend auf. Alle außer Ashlyn und Danika zogen sich so weit wie möglich zurück. Sie fassten einander bei den Händen. Den gesamten Abend über war in Ashlyn der Wunsch gewachsen, Maddox zur Rede zu stellen. Danika erging es genauso mit Reyes. Stattdessen erzählten sie sich am Ende ihre Lebensgeschichten.

Danika war durch Ashlyns Vergangenheit ganz und gar nicht verängstigt. Im Gegenteil. Es schien, als wäre ihr Misstrauen dadurch nahezu vollständig ausgeräumt. Im Gegenzug empörte sich Ashlyn über Danikas Entführung. Es war schon höchst sonderbar, dass Ashlyn an diesem Ort des Todes und der Angst nicht nur ihren ersten möglichen Liebhaber gefunden hatte, sondern auch ihre erste echte Freundin.

Ein Engel betrat den Raum.

Die silbrig-blonden Haare glichen einem Heiligenschein. Seine grünen Augen funkelten wie Smaragde. Eigentlich sollte ein Dämon nicht so schön sein. Er war komplett in Schwarz gekleidet, was Ashlyn nicht weiter verwunderte –, schwarzes T-Shirt, schwarze Hose und schwarze Handschuhe. Zu allem Überfluss hielt er eine Waffe in den ausgestreckten Händen.

Sie hatte ihn schon mal gesehen. In Maddox' Zimmer. Letzte Nacht – war es wirklich letzte Nacht gewesen? –, als Maddox erstochen worden war. Dieser Mann war zwar nicht an der Tat beteiligt gewesen, aber er hatte zugesehen. Und er hatte nicht versucht zu helfen.

„Ashlyn", sagte er.

Die Angst schnürte ihr die Kehle zu. Er kannte ihren Namen? Warum war Maddox nicht gekommen? Hatte er sie bereits vergessen? Wollte er sie jetzt umbringen lassen?

Bemüht, nicht zu wimmern, schob sie Danika hinter sich. „Ich bin hier", quetschte sie hervor. Ein Teil von ihr rechnete damit, augenblicklich erschossen zu werden.

Es geschah nicht.

Der Mann rührte sich nicht vom Fleck. Er ließ den Blick durch das Zimmer schweifen, vorbei am Bett und der Kommode, bis er ihren traf. „Komm mit."

Sie war wie zur Salzsäule erstarrt. „Warum?"

Er warf ihr einen gehetzten Blick über die Schulter zu. „Das erkläre ich dir auf dem Weg. Aber jetzt beeil dich. Wenn sie dich sehen, kann ich dich nicht mehr retten."

Auf einmal stellte sich Danika wie eine Furie vor sie. „Sie geht nirgendwo mit dir hin. Keine von uns, ganz egal, wie viele Waffen du auf uns richtest. Du und deine Freunde, ihr könnt uns mal!"

„Später vielleicht", erwiderte er trocken, ohne den Blick von Ashlyn zu wenden. „Bitte. Uns bleibt nicht mehr viel Zeit. Du willst Maddox doch wiedersehen, oder?"

Maddox. Allein der Klang seines Namens ließ ihr Herz schneller schlagen. *Ich muss wirklich das dämlichste Mädchen auf der ganzen Welt sein.* Sie umarmte Danika und flüsterte: „Ist schon in Ordnung."

„Aber …"

„Vertrau mir." Sie löste sich von dem Mädchen und stolperte vorwärts. Der Engel wich zurück, als wäre sie eine Stange Dynamit.

„Ihr anderen bewegt euch nicht", befahl er, während er hastig zurückging, um den Abstand zu wahren. „Sonst schieße ich. Fragen stelle ich immer erst hinterher." Er behielt Ashlyn im Auge und blieb im Flur stehen.

Als sie vor ihm stand, fügte er hinzu: „Fass mich nicht an. Es geschehen unschöne Dinge, wenn mich jemand berührt. Halt genug Abstand, damit du nicht auf mich fällst, falls du stolperst." Er sprach mit todernster Stimme, und sein Blick war plötzlich leer.

„Okay", erwiderte sie verwirrt. Sie verschränkte die Hände hinter dem Rücken und wartete darauf, dass er voranging.

Er bewegte sich in einem großen Kreis um sie herum, wobei er weiterhin die Waffe auf sie richtete, schloss die Tür und verriegelte sie. Ashlyn versuchte nicht, ihn zu drängen. Sie war starr vor Angst.

„Was für unschöne Sachen?“, hakte sie nach, als er ihr den Rücken zuwandte.

Er setzte sich in Bewegung. „Krankheit. Leid. Tod“, antwortete er über die Schulter. Er steckte die Waffe in den Hosenbund. „Sobald ich Hautkontakt zu einem anderen Lebewesen habe, löse ich eine Seuche aus.“

Gütiger Gott. Ob es stimmte oder nicht, allein die Vorstellung reichte, um sich von ihm fernzuhalten. Aber sie vermutete, dass er die Wahrheit sagte. Die beiden Male, die sie ihn gesehen hatte, hatte er sich bemüht, eine große Distanz zu allen Anwesenden zu wahren. Und zwar nicht aus Boshaftigkeit, sondern weil er sich mehr um andere sorgte, als um sich selbst. Sie fühlte Mitleid für ihn. *Dusselige Kuh.*

„Wie heißt du?“

„Torin.“ Er schien von der Frage überrascht.

„Du hast doch nicht vor, mich umzubringen, oder, Torin?“

Er schnaubte. „Wohl kaum. Wenn ich das täte, würde Maddox mir das Herz herausreißen und es den anderen zum Frühstück servieren.“

„So genau wollte ich es gar nicht wissen.“ Doch sie verspürte ein albernes, schulmädchenhaftes Glücksgefühl. Dann bedeutete sie Maddox also doch etwas? Wenigstens ein klitzekleines bisschen? Falls ja, wo war er dann? Warum hatte *er* sie nicht geholt?

Leise führte Torin sie durch das Labyrinth unzähliger Flure. Alle paar Minuten blieb er stehen, horchte und bedeutete ihr, sich in dunklen Ecken zu verstecken. „Sei still“, raunte er, als sie den Mund aufmachte, um ihn etwas zu fragen.

„Wann immer du bereit bist zu reden, bin ich bereit zu erfahren, was hier eigentlich vorgeht“, flüsterte sie.

Er ignorierte sie. „Wir sind fast da.“

„Wo?“ Je weiter sie gingen, umso deutlicher vernahm sie … ja, was war das?

Im nächsten Moment wusste sie es.

Ihr Magen verkrampfte sich. Schreie. Qualvolle Schreie. Dieses Geräusch hatte sie erst ein Mal gehört. Genau ein Mal zu viel.

„Maddox“, stieß sie hervor. Nicht schon wieder!

Sie war jetzt ganz in seiner Nähe. Sie hörte das tiefe Timbre seiner Stimme. Seiner und der zweiten Stimme, die sich immer wieder darunter mischte. Sie verspürte den Drang, sich zu übergeben. Fast hätte sie Torin überholt, doch aus Angst, er könnte sie festhalten, blieb sie hinter ihm. „Beeil dich, Torin. Bitte beeil dich. Ich muss ihm helfen. Wir müssen sie aufhalten."

„Da rein", befahl er, öffnete eine Tür und trat beiseite. Sie rannte in das Zimmer und sah sich fieberhaft nach Maddox um. Sie erspähte eine Truhe, ein Bärenfell, ein Himmelbett, aber keinen Maddox. Irritiert und fast wahnsinnig vor Sorge wirbelte sie herum.

„Wo ist er?" Sie musste zu ihm, ganz gleich, was er ihr angetan hatte oder was er für sie empfand.

Er durfte nicht so leiden.

„Mach dir um Maddox keine Sorgen. Du weißt, dass er es überleben wird. Du solltest dich lieber um dich selbst sorgen. Sie wollen dich in die Stadt bringen, aber das kann ich nicht zulassen. Maddox würde uns alle im Schlaf umbringen. Also verhalte dich bitte ruhig – wenn schon nicht um deinetwillen, dann wenigstens um meinetwillen. Sie werden nicht viel Zeit haben, nach dir zu suchen. Wenn du dich benimmst, überlebst du vielleicht." Dann machte er die Tür zu.

Sie hörte ein Klicken, als das Schloss zuschnappte.

In ihrem Innern kämpften Angst und Unsicherheit miteinander. Sie wusste nicht, ob Torin die Wahrheit gesagt hatte, und es war ihr auch egal. Sie musste zu Maddox. Wieder durchbohrte sein Schreien die Luft, drang durch die Felsen und hüllte sie ein.

Ihre Augen füllten sich mit Tränen. Sie eilte zur Tür und versuchte mit zitternder Hand, den Knauf umzudrehen. Er bewegte sich nicht einen Millimeter. Verflixt! Sie würde sich ruhig verhalten, aber sie würde nicht in diesem Zimmer bleiben.

Sie drehte sich hastig um und suchte die Umgebung mit dem Blick einer Diebin ab. Der gesamte Raum war von einer dicken Staubschicht bedeckt, als wäre seit Jahren niemand mehr hier gewesen. Nirgendwo stand Schnickschnack herum. Nichts, womit sie das Schloss hätte aufbrechen können.

Sie ging zum Fenster und zog die Vorhänge auf. Ihr bot sich ein herrlicher Ausblick über den Berg, der weiß und majestätisch vor ihr lag. Von dem Balkon ging es … sie schnappte nach Luft … ganz schön steil nach unten. *Bloß nicht runterfallen.* Zum Glück ließ sich das Doppelglasfenster leicht öffnen. Ashlyn ignorierte die eisige Luft, die ihr entgegenschlug, und spähte nach rechts und links. Wenige Meter weiter war noch ein Balkon.

Maddox schrie lange und laut.

Mit schwitzigen Handflächen lief sie zum Bett. Sie hatte eine Idee. Eine gefährliche Idee. Eine dumme Idee. „Die einzige Idee", murmelte sie, während sie mit einer schnellen Handbewegung die Laken vom Bett riss.

Der Staub verstopfte ihr Nase und Mund, und sie musste husten. Aber sie machte weiter und verknotete das Bettlaken mit dem Deckenbezug. „Das sieht man doch ständig in Filmen. Du kriegst das schon hin." Vielleicht. Für Schauspieler gab es Netze – und Stuntmen. Sie hatte weder das eine noch das andere.

Wieder ein Schrei.

Als sie zum Fenster zurückrannte, drehte sich ihr der Magen um. Das übergroße T-Shirt und die Jogginghose, die sie trug, schützten sie nur unzureichend vor der Kälte. Dennoch kletterte sie ohne zu zögern auf den Balkon. Als ihre nackten Füße die eiskalten Steine berührten, sog sie die Luft zwischen den Zähnen ein. Ein eisiger Wind wehte.

Mit zitternden Fingern machte sie ein Ende des provisorischen Seils am Balkongeländer fest und schickte dabei kleine Atemwölkchen in den Himmel. Doppelknoten. Dreifachknoten. Einmal kräftig daran gezogen.

Es hielt.

Aber würde es auch ihr Gewicht halten? Nachdem sie sich vorher fast die Eingeweide aus dem Leib gewürgt hatte, war sie vermutlich ein paar Kilo leichter. Immerhin ein kleiner Vorteil.

Inzwischen zitterte sie heftiger. Sie kletterte über die rostigen Metallstäbe, die eine rötliche Spur auf ihrer Kleidung hinterließen. Sie zwang sich, nicht nach unten zu sehen. „Du brauchst keine Angst zu haben. Es geht hier schließlich nicht fünftausend Meter in die Tiefe."

Sie ließ sich an den Laken hinab. Ein Knacken. Ein Ratschen. Ihr blieb fast das Herz stehen. „Maddox braucht dich. Vielleicht bedeutest du ihm sogar was. Vielleicht hält er dich auch für eine Lügnerin und eine hinterhältige Mörderin, vielleicht mag er dich kein Stück und hat nur versucht, dir Antworten zu entlocken – aber auf keinen Fall verdient er es, so zu leiden. Du bist die Einzige hier, die so denkt, und somit bist du seine einzige Hoffnung."

Meine Güte, ich höre mich ja an wie Prinzessin Leia aus Star Wars.

Aber sie musste unbedingt die Stille füllen, die sie zuvor so genossen hatte. Sonst würde sie nur daran denken abzurutschen und zu sterben – oder, was noch schlimmer wäre, zu versagen. „Du machst das gut. Weiter so."

Als sie gänzlich an dem Bettlakenseil in der Luft baumelte, versagte ihre Stimme. Ein dicker Kloß blockierte ihren Hals. *Bitte, lieber Gott. Mach, dass ich nicht abstürze. Mach, dass meine Hände nicht noch schwitziger werden.*

Sie lehnte sich nach vorn, um das Seil in Bewegung zu versetzen ... zwei Zentimeter. Verdammt. Sie lehnte sich zurück. Zwei Zentimeter. Vor, zurück. Vor, zurück. Schon bald schwang sie gleichmäßig hin und her. Doch als die Bettlaken etwas nachgaben – vielleicht rutschte sie auch ab – schrie sie auf.

Nur noch ein bisschen. Ich kann es schaffen. Immer schneller schwang sie vor und zurück. Dann endlich kam sie dicht genug an den anderen Balkon heran, um nach dem Geländer zu greifen. Mist! Verfehlt.

Beim nächsten Schwung streckte sie wieder die Hand aus. Ihre Finger berührten das Geländer, doch sie bekam es nicht zu fassen. Wieder flog sie zurück und rutschte noch ein Stückchen tiefer.

Konzentrier dich, Darrow. Sie griff ein drittes Mal nach den Metallstäben, und diesmal krallte sie sich daran fest. Sie ließ nicht los, auch nicht, als das Seil sie wieder zurückreißen wollte. Mit einem Stöhnen warf sie ihr ganzes Gewicht nach vorne, griff mit der anderen Hand nach dem Geländer und ließ das Seil los. Dann machte sie den Fehler, nach unten zu sehen.

Ihr Körper baumelte gut fünfzehn Meter über zerklüfteten Felsen. Unwillkürlich entfuhr ihr ein Schrei.

Mit klopfendem Herzen schwang sie die Beine hoch und versuchte, mit den Füßen am Geländer Halt zu finden. Immer wieder rutschte sie ab. Dann endlich gelang es ihr, sich mit einem Knie abzustützen.

Ihre Muskeln brannten vor Anstrengung, als sie sich hochzog. Trotz der eisigen Kälte schwitzte sie. Mit zitternden Beinen versuchte sie, das Fenster aufzustemmen, das in das andere Zimmer führte. Es hielt stand. Erst nachdem sie mehrere Minuten wild auf das Glas eingetreten hatte, gab es nach. Ashlyn kletterte hinein und wäre fast vor Erleichterung zusammengebrochen.

Der Raum war genauso dunkel und verstaubt wie der andere. Wieder hörte sie Maddox schreien und kämpfen. *Bitte mach, dass ich nicht zu spät komme.* Sie war doch schon so nah am Ziel ...

Auf Zehenspitzen schlich sie zur Tür und öffnete sie. Auf dem Flur war niemand zu sehen. Plötzlich erstarb Maddox' Stimme, und es war still. Zu still. Sie schlug sich die Hand vor den Mund, um ein Schreien zu unterdrücken. Sie hörte Gemurmel.

„... hätten es ihm nicht sagen sollen."

„Aber er braucht Zeit, um sich zu beruhigen. Und die hat er jetzt."

„Vielleicht beruhigt er sich aber auch nie."

„Egal. Wir haben das Richtige getan." Eine Pause. Ein Seufzen. „Ich will die Sache zu Ende bringen und unser Leben wenigstens von einer Last befreien. Lass uns das Mädchen holen und aufbrechen."

Zitternd drückte sie sich gegen die Wand in eine dunkle Ecke. Sie hörte Schritte. Eine Tür ging quietschend auf, dann zu. Wieder Schritte. Sie entfernten sich von ihr.

Ashlyn rannte in den Flur, sah zwei Männer um die Ecke verschwinden und öffnete die Tür zu Maddox' Zimmer.

Sie hätte sich fast übergeben.

Er lag auf dem Bett – auf dem Bett, in dem er sie noch vor wenigen Stunden so zärtlich im Arm gehalten hatte –, und um ihn herum hatten sich Blutlachen gebildet. Sein Oberkörper war unbekleidet, und dort, wo das Schwert in ihn eingedrungen war, klafften sechs große Wunden. Sie konnte in seinen Körper schauen. Oh Gott. Sie hielt sich die Hand vor den Mund.

Wie in Trance ging sie auf ihn zu. Nicht schon wieder, dachte sie. Bitte nicht schon wieder! Diese Brutalität war entsetzlich.

Warum taten diese Ungeheuer ihm das immer wieder an? Er war ein Dämon, sie waren Dämonen – aber das war doch nicht Grund genug. „Für so etwas gibt es keinen Grund", schluchzte sie. Diese Männer waren einfach nur grausam und herzlos.

Langsam streckte sie die Hand aus und strich Maddox über die Augenbrauen. Seine Augen waren geschlossen; in einem willkürlichen Muster bedeckten Blutspritzer sein Gesicht. Nein, nicht willkürlich.

Ashlyn glaubte die Silhouette eines Schmetterlings zu erkennen, mit vielen Winkeln und scharfen Kurven.

Sogar an Knöcheln und Handgelenken lief das Blut hinab – an den Stellen, wo ihm die Fesseln tief ins Fleisch geschnitten hatten.

Ein weiterer Schluchzer stieg in ihrer Kehle auf und brach aus ihr heraus. Plötzlich gaben ihre Knie nach, und im nächsten Moment kniete sie neben seinem Bett. „Maddox", flüsterte sie mit gebrochener Stimme. „Ich bin hier. Ich werde dich nicht alleinlassen." Sie sah sich nach einem Schlüssel um, mit dem sie die Ketten aufschließen konnte, fand aber keinen.

Dann nahm sie seine leblose Hand in ihre. Er war unsterblich. Er würde auch dieses Mal wieder aufwachen. Er würde es wieder schaffen. Oder?

Die Flammen züngelten. Sie brannten wie Säure. Waren so heiß. Sie ließen ihn schmelzen, fraßen ihn Stück für Stück auf. Die Luft war schwer, schwarz und dick, während sich sein Körper auflöste. So viel Schmerz.

„Maddox."

Als er die vertraute, liebliche Stimme vernahm, hörte er auf, sich zu winden. Die Hitze war plötzlich vergessen. „Ashlyn?" Mit den Augen suchte er die Tiefen der Hölle nach ihr ab, in die er einmal mehr zurückgekehrt war. Doch er sah nichts als Flammen und hörte nichts als Gewimmer und Schreie. War Ashlyn gestorben? War auch sie hergekommen, um zu leiden?

Das konnte nur bedeuten, dass Lucien und Reyes sie getötet hatten. „Bastarde!", heulte Maddox auf. Sie hatten sie umgebracht, und jetzt würde er die beiden umbringen müssen. *Mit Vergnügen,* brüllte der Dämon.

„Ich bin hier", tröstete sie ihn. „Ich werde dich nicht alleinlassen." Ein Schluchzen.

„Ashlyn", rief er. Er würde mit den grausamen, neuen Göttern feilschen. Er würde sie hier rausholen, ganz egal, was er dafür tun müsste. Er würde sich sogar bereit erklären, für immer hierz bleiben. Hauptsache, sie käme frei.

„Ich lasse nicht zu, dass du gehst. Ich werde da sein, wenn du aufwachst. *Wenn* du wieder aufwachst. Oh Gott."

Verwirrt zog er die Augenbrauen hoch, ehe er einmal mehr schmolz. Ihre Stimme kam nicht aus der Hölle. Sie war ein Echo in seinem Kopf. Aber das ergab keinen Sinn. Das war unmöglich.

„Wie konnten sie dir das nur antun? Wie konnten sie nur?"

War sie ... bei seinem toten Körper? Ja, wurde ihm augenblicklich klar. Ja, dort war sie. Er konnte förmlich ihre Hände spüren, die seine hielten, und ihre Tränen, die ihm auf die Brust tropften. Er konnte fast ihren süßen Honigduft riechen.

Während sein verkohltes Fleisch wieder und wieder verbrannte und wieder Gestalt annahm, flüsterte sie ihm tröstende Worte zu. „Wach auf, Maddox. Bitte wach für mich auf. Du musst mir noch so viel erklären, und ich werde nicht gehen, ehe du mir die Wahrheit gesagt hast."

Er hätte ihrem Flehen so gerne nachgegeben und kämpfte mit aller Kraft darum, dem tiefen Höllenschlund zu entkommen. Er tat alles, um seinen Geist zurück in seinen Körper zu projizieren. Er wollte sie sehen, sie halten und beschützen. Doch die Flammen hielten ihn in einer schwelenden Umarmung gefangen. Er biss die Zähne aufeinander, wand sich hin und her und trat wild um sich. Wenn es sein musste, würde er die ganze Nacht so kämpfen. Er würde so lange kämpfen, bis Lucien ihn holen käme.

Dann wäre er wieder bei Ashlyn.

Ihre Verbindung zueinander war zu stark und innig, als dass er sie hätte leugnen oder ignorieren können. Sie war in Lichtgeschwindigkeit zum Mittelpunkt seiner Welt geworden. Zu seinem einzigen Lebenssinn. Es war, als gehörte sie ihm. Als wäre sie nur für ihn geboren.

Jetzt, da er sie endlich gefunden hatte, würde er nicht zulassen, dass sie irgendetwas auseinanderbrächte.

„Ich werde die ganze Nacht hier bleiben", versprach sie. „Ich lasse nicht zu, dass du gehst."

Als die Flammen ihn um ein Neues verschlangen, lächelte er.

16. Kapitel

Die Zeit des Krieges war gekommen.

Aeron war froh darüber. Er verspürte das unbändige Verlangen, zu kämpfen und zu töten. Wenn er ein paar Jäger kaltmachte, würde er sich vielleicht nicht länger vorstellen, wie seine Klinge erst durch Danikas Hals glitt und gleich danach durch den ihrer Schwester … ihrer Mutter … und zuletzt ihrer Großmutter.

Er hatte es den anderen verschwiegen, aber der Drang zu töten, war mittlerweile mehr als ein zaghaftes Flackern. Allmählich infiltrierte das Bedürfnis seine Gedanken, und er hatte das Gefühl, verrückt zu werden. Die Götter hatten nicht übertrieben. Seine innere Bestie wollte um jeden Preis den Befehl ausführen, den sie ihm erteilt hatten.

Mit jeder Stunde schien der Drang stärker zu werden.

Und er würde so lange weiterwachsen und wachsen und wachsen, bis er die vier unschuldigen Frauen vernichtet hätte.

Er knirschte mit den Zähnen. Hoffentlich konnte er seinen Blutdurst noch eine Weile unterdrücken. *Ich bin ein Ungeheuer, das genauso schlecht ist wie der Dämon in mir.* Wenn den Kriegern nicht bald eine Möglichkeit einfiele, die Frauen vor ihrem Schicksal zu bewahren, würde Aeron sich auch von den letzten Spuren seiner Persönlichkeit verabschieden müssen. Dann würde er zum Dämon.

Bist du das nicht schon längst?

„Glaubst du, Maddox' Frau ist hier irgendwo?", unterbrach Paris seine Grübeleien.

„Kann sein." Nachdem sie sie nicht gefunden hatten, waren sie ohne sie in die Stadt aufgebrochen. Der Gedanke, dass der Köder womöglich frei herumlief, machte ihn wütend.

Waren die Jäger schon gewarnt worden? Wussten sie bereits, dass die Herren der Unterwelt auf dem Weg zu ihnen waren?

Lucien hatte sich kurz zum Friedhof gebeamt, aber nichts Verdächtiges gesehen. Trotzdem hatten sie Torin dort positioniert. Er sollte warten und mit seinen Überwachungsspielzeugen Fotos schießen. Er hatte zwar protestiert, letztlich aber eingewilligt. Wenigstens waren die Bewohner des Friedhofs bereits tot, sodass *Krankheit* dort keinen Schaden anrichten konnte.

Aeron und die anderen eilten durch die Kopfsteinpflasterstraßen von Buda. Ohne Ashlyn mussten sie die Jäger auf andere Weise hervorlocken. Sie hatten beschlossen, selbst als Köder zu fungieren.

Obwohl es schon nach Mitternacht war, herrschte noch reges Treiben in der Stadt. Die unschuldigen Leute saßen an beleuchteten Tischen und spielten Schach, die durchtriebeneren verkauften ein paar Stunden Spaß. Auf beiden Straßenseiten ragten Gebäude hoch auf und bildeten eine Symphonie aus Kurven und Spitzen. Autos fuhren langsam vorbei.

Die Nachtschwärmer, die den Kriegern begegneten, sprangen zur Seite und füllten die dunkle Luft mit Spekulationen. *Die Engel sind von ihrem Berg gekommen … wahrscheinlich suchen sie die Männer, die im Club Destiny nach ihnen gefragt haben …*

„Da haben Männer nach uns gefragt“, bemerkte Aeron durch zusammengebissene Zähne. Während er sprach, überquerte eine Frau die Straße und grüßte ihn. Ihr Blick wurde glasig, als sie Paris erblickte.

„Einen Kuss“, säuselte sie.

„Jederzeit.“ Paris lächelte und senkte den Kopf, um ihrer Bitte nachzukommen.

„Später“, bellte Aeron. „Bring uns zu diesem Club Destiny.“ Wenn *Promiskuität* erst anfing zu küssen, würde er nicht aufhören, bis sämtliche Kleidungsstücke abgelegt waren und Schreie der Leidenschaft ertönten.

„Nächstes Mal“, vertröstete Paris die Frau mit großem Bedauern in der Stimme und ging voran in Richtung des Clubs.

„Versprochen?“, rief sie ihm verzückt hinterher, doch der Schleier der Lust zerriss jäh, als Lucien an ihr vorbeiging, und sie sein vernarbtes Gesicht sah.

Wenige Minuten später standen die Krieger im Eingang des Clubs und blickten sich angestrengt um. Eine Menschenmenge bewegte sich in buntem, flackerndem Licht zu schnellen Rhythmen. Diejenigen, die sie sahen, starrten sie mit großen Augen an. Die meisten wichen zurück – Engel, tatsächlich. Einige Mutige und Dumme kamen näher.

Während Aeron so dastand, konnte er etwas … spüren. Ein schwaches Vibrieren wie bei einem Elektrizitätsfeld. Er legte die Stirn in Falten.

„Siehst du sie?“, fragte Reyes mit suchendem Blick. Seine Körperhaltung verriet Anspannung. *Schmerz* schien in dieser Nacht dichter unter der Oberfläche zu lauern als je zuvor.

Seine Hände waren geschwollen, als sei er Maddox’ Beispiel gefolgt und hätte ein komplettes Zimmer auseinandergenommen.

„Noch nicht, aber ich weiß, dass sie hier sind.“ Aeron befingerte das Messer an seiner Hüfte. *Wo seid ihr?* Wer *seid ihr?*

„Ich bin im Himmel. Seht euch nur diese köstlichen Appetithäppchen an.“ Paris Stimme klang vor Erregung ganz heiser.

„Nimm deine Gedanken aus ihren Röcken“, erwiderte Reyes schroff.

Aeron wünschte, dass auch er einmal nur dieses Problem hätte: Sexbesessenheit. Aber ihm begegneten die Frauen mit Angst – so wie die Blondine heute, der allein bei dem Gedanken daran, dass er sie berühren würde, fast das Herz stehen geblieben wäre. Obwohl er im Grunde froh darüber sein konnte. Es war gut, wenn sie Angst vor ihm hatten. Denn er würde sie mit nur einem Bissen verschlingen und wieder ausspeien – auch wenn er es nicht wollte.

„Fünf Minuten“, sagte Paris lüstern. „Mehr brauche ich nicht.“

„Später.“

„Nein, jetzt.“

„Sei nicht so kindisch. Dein Schwanz ist kein Spielzeug, also hör verdammt noch mal für einen Abend auf, ihn so zu behandeln.“

„Mein Gott, das ist unmöglich“, brach es aus Lucien hervor. Sein fassungsloser Tonfall beendete das Gezeter. Grimmig deutete er mit dem Kinn auf den hinteren Teil des Clubs. „Da drüben.“

Alle Blicke folgten der Geste zu einer Gruppe, die auf der gegenüberliegenden Seite stand und zu ihnen herüberschaute.

Aeron atmete scharf ein und legte die Hand um einen seiner Dolche. Anscheinend hielt der Tag noch mehr Überraschungen bereit. „Sabin.“ Er hätte nicht gedacht, *Zweifel* noch mal wiederzusehen. Den Mann, den er einst seinen Freund genannt hatte, bis er ihm eine Klinge an den Hals gehalten und zugedrückt hatte. „Was macht er hier? Warum gerade jetzt …?“ Die Antwort traf ihn wie ein Blitz, und er brach mitten im Satz ab. „Er führt immer noch

Krieg gegen die Jäger. Wahrscheinlich hat *er* sie bis zu unserer Türschwelle geführt."

„Es gibt nur einen Weg, das herauszufinden", entgegnete Lucien, doch keiner von ihnen regte sich.

Aeron wusste nur, warum *seine* Füße sich in Blei verwandelt hatten. Er war in Gedanken zu jener düsteren, schicksalhaften Nacht zurückgekehrt.

„Wir müssen sie umbringen", hatte Sabin gesagt. „Du siehst doch, was sie mit Baden gemacht haben."

„Wir haben schon genügend solcher Taten begangen", hatte Lucien mit seiner ruhigen Stimme erwidert. „Wir haben ihnen und ihren Familien weitaus mehr Schmerz zugefügt als sie uns."

Kalter Zorn legte sich auf Sabins Gesicht. „Dann bedeutet Baden dir also gar nichts?"

„Ich habe ihn genauso geliebt wie du, aber es macht ihn auch nicht wieder lebendig, wenn wir noch mehr Menschenleben vernichten", keifte Aeron und wandte Sabin den Rücken zu, um den Schmerz in seinem Blick nicht länger ertragen zu müssen. Einen Schmerz, den er ebenfalls verspürte. „Ich kann nicht mehr. Mein Herz wird mit jedem Tag schwärzer. Ich brauche Frieden. Einen Zufluchtsort."

„Ich würde lieber sterben, als auch nur einem Jäger das Leben zu schenken."

„Wir haben die Männer getötet, die ihn enthauptet haben. Das sollte reichen."

„Es sollte reichen? Ich habe Badens leblosen Körper in den Armen gehalten. Sein Blut ist in meine Seele geflossen, und du verlangst von mir, dass ich einfach weggehe? Du bist ja noch schlimmer als die Jäger." Dann hatte Sabin ihn angegriffen und ihm die Klinge in den Hals gerammt, noch ehe Aeron sie hatte kommen sehen.

Einen fairen Kampf hätte er ihm verzeihen können. Aber einen feigen Angriff von hinten? Niemals.

Nachdem Aeron ihn erfolgreich abgewehrt hatte, hatte er nur noch weg gewollt. Weg aus Griechenland, weg von dem Krieg und den verhassten Erinnerungen. Aber der Blutdurst von Sabin und ein paar anderen war noch nicht gestillt gewesen.

Da hatten sich die Herren getrennt. Unwiderruflich.

Jetzt musterte er sie von oben bis unten, diese Krieger, die er kannte und doch nicht kannte. Sie schienen noch dieselben zu sein wie früher, auch wenn sich ihr Aussehen mit den Jahren verändert hatte. Gideon hatte blaue Haare und einen boshaften Schimmer in den kalten, blauen Augen – einen Schimmer, der mehr als wild war, mehr als raubtierhaft. Er erinnerte Aeron an das einzige Mal, als Lucien explodiert war und nichts und niemand ihn hatte bändigen können.

Cameo war nach wie vor die hübscheste Frau, die er je gesehen hatte, doch bei ihrem Anblick hätte er sich am liebsten einen seiner Dolche ins Herz gerammt. Strider sah immer noch gut aus, aber die Jahre der Unbarmherzigkeit hatten tiefe Spuren auf seinem Gesicht hinterlassen. Amun hatte sein Gewand gegen ein schwarzes Hemd und Jeans getauscht.

Wo war Kane? Hatten die Jäger auch ihn erwischt?

Sabin und die anderen kamen langsam auf sie zu. Aeron ließ sie nicht aus den Augen, als er und seine Freunde sich endlich ebenfalls in Bewegung setzten. Die beiden Gruppen trafen sich in der Mitte der Tanzfläche, die sofort wie leergefegt war.

„Was macht ihr hier?“, wollte Lucien wissen. Aeron fiel auf, dass er Englisch sprach. Vermutlich, damit die Menschen ihn nicht verstanden.

„Das könnte ich euch auch fragen“, erwiderte Sabin in derselben Sprache.

„Bist du hier, um noch jemanden hinterrücks anzugreifen, *Zweifel?*“, provozierte Aeron den Krieger.

Überrascht sah Sabin ihn an. „Das ist schon Jahrtausende her, *Wut.* Schon mal was von Vergebung gehört?“

„Klingt lustig aus deinem Mund.“

Unter dem rechten Auge des Kriegers zuckte ein Muskel. „Wir sind nicht hergekommen, um euch anzugreifen. Wir sind hier, um gegen die Jäger zu kämpfen. Sie sind nämlich in der Stadt, falls es euch entgangen sein sollte.“

Aeron schnaubte. „Ist es nicht. Habt ihr sie hergeführt?“

„Wohl kaum.“ Sabin leckte sich über die Zähne. „Sie haben *vor* uns herausgefunden, dass ihr hier seid.“

„Und wie?“

Sabin zuckte mit den Achseln. „Keine Ahnung.“

„Ich bezweifle, dass ihr den ganzen Weg nach Budapest gekommen seid, um zu kämpfen. Dazu hättet ihr doch auch in Griechenland bleiben können", gab Lucien in leicht bissigem Ton zu bedenken.

„Also gut. Wollt ihr die Wahrheit hören?" Strider breitete die Arme aus, um zu zeigen, dass er unbewaffnet war. „Wir brauchen eure Hilfe."

„Vergiss es", erwiderte Paris und schüttelte vehement den Kopf. „Niemals."

Du glaubst doch nicht wirklich, dass ihr diese Männer alleine besiegen könnt. Ein für Aeron absolut untypischer Zweifel wollte nicht aus seinem Kopf weichen.

„Wir sind nicht dieselben Krieger, die wir einmal waren", mischte sich jetzt Cameo ein. „Hört uns wenigstens an."

Ihre Worte zerschnitten wie Klingen die Luft. Sie sprach, als lastete der Kummer der gesamten Welt auf ihren zierlichen Schultern. Und vermutlich war es auch so. Aeron zuckte vor Schmerz zusammen.

„Wir brauchen wirklich eure Hilfe. Wir sind auf der Suche nach *dimOuniak.* Der Büchse der Pandora. Wisst ihr, wo sie ist?", fragte Sabin entschlossen.

„Nach all den Jahren wollt ihr die Schatulle?" Lucien klang vollkommen irritiert. „Warum?"

Wenn du sie angreifst, könnten sie dich töten. Oder verletzen. Warum gibst du ihnen nicht, was sie wollen, und kehrst in dein normales Leben zurück? Aeron ballte die Fäuste. Verdammt noch mal. Er war stark und tüchtig. Es bestand überhaupt kein Grund, derart an sich zu zweifeln. Zweifel …

Tief in seiner Kehle rumorte ein Knurren, als er sich an die Fähigkeit seines einstigen Freundes erinnerte. „Verschwinde aus meinem Kopf, Sabin."

„'Tschuldigung", erwiderte der Krieger mit einem schwachen Lächeln. „Dumme Angewohnheit."

Am liebsten hätte er auf der Stelle seinen Dolch gezogen. „Dann hast du also versucht, uns unbewaffnet zum Friedhof zu locken", stellte er fest und fügte dann trocken hinzu: „Und ich dachte, ihr wolltet uns nicht angreifen."

Jetzt lächelte Sabin schuldbewusst. „Ich war mir nicht sicher, wie ihr uns empfangen würdet, und wollte das Schicksal nicht herausfordern. Aber da ihr ja nun mal nicht dort seid, wird Kane eine langweilige Nacht mit den Toten verbringen. Was macht ihr überhaupt hier? Habt ihr auch gehört, dass die Jäger hier sind?“

„Wir haben Torin zum Friedhof geschickt. Kanes Nacht wird also alles andere als langweilig werden“, klärte Lucien ihn auf und ließ seinen Blick gleichzeitig durch den Club schweifen. „Und ja, wir haben die Spur der Jäger bis hierher verfolgt. Aber ich kann keinen entdecken.“

„*Krankheit* ist bei Kane?“ Mit hochgezogenen Augenbrauen zog Sabin ein schwarzes Kästchen aus der Hosentasche. Im selben Moment hielt Reyes ihm ein Messer an den Hals. Offenbar glaubte er, der Mann zöge eine Waffe. Als Reyes bemerkte, dass es nur ein Funkgerät war, ließ er das Messer sinken.

Die Furchen auf Sabins Stirn vertieften sich, als er das Gerät an den Mund hielt und hineinsprach. „Kane, abtreten. Beschuss durch eigene Truppen.“

„Roger. Ich weiß“, war die knisternde Antwort.

Sabin steckte das Walkie-Talkie wieder ein. „Ist damit nun alles aus der Welt?“

„Noch lange nicht“, keifte Aeron.

Strider zitterte vor Wut, während sein glühender Blick den Raum absuchte. Einige Leute hatten wieder zu tanzen angefangen. Vom Alkohohl und der Lust berauscht, rieben sie ihre Körper aneinander. „Habt ihr schon von den Titanen gehört?“

Lucien blickte zu Aeron, ehe er nickte. „Ja.“

Cameo biss sich auf die Lippe. „Habt ihr eine Ahnung, was sie von uns wollen?“

Heilige Götter, Aeron wünschte, die Frau würde den Mund halten. „Nein“, antwortete er, bevor jemand anderes das Wort ergreifen konnte. Er wollte nicht, dass noch jemand erfuhr, was man ihm befohlen hatte.

„Hört mal, meine alten Freunde, ich weiß, dass ihr uns hasst“, versuchte Sabin die Krieger zu beschwichtigen. „Ich weiß, dass wir verschiedene Ziele verfolgen. Aber eines haben wir alle gemeinsam: Wir wollen leben. Vor ungefähr einem Monat haben wir erfahren, dass die Jäger nach der Büchse suchen. Wenn sie sie finden, laufen unsere Dämonen Gefahr, von ihr aufgesaugt zu werden. Und das bedeutet, dass wir Gefahr laufen zu sterben.“

„Woher weißt du denn, dass die Schatulle nicht schon längst zerstört wurde?“, erkundigte sich Reyes mit einem Stirnrunzeln.

„Das weiß ich ja gar nicht, aber ich will mich nicht darauf verlassen, dass sie *eventuell* für immer und ewig verschwunden ist.“

All die Jahre hatte Aeron nur selten an die Büchse gedacht. Sein Dämon war einst darin gefangen gewesen. Aber nun war er es nicht mehr, und er hatte die Konsequenzen seines Handelns akzeptiert. Ende der Geschichte.

Jetzt dachte er an die schicksalhafte Nacht zurück, in der sein Dämon freigelassen worden war, und versuchte, sich daran zu erinnern, was geschehen war. Er hatte geholfen, Pandoras Leibwächter niederzustrecken, während Lucien die Büchse öffnete. Die Dämonen sprangen heraus, stürzten sich auf die Wächter und verschlangen ihr Fleisch.

Der Geruch von Blut und Tod erfüllte die Luft und vermischte sich mit ihren Schreien. Irgendetwas legte sich um Aerons Hals – ein Dämon, wie er inzwischen wusste – und nahm ihm die Luft. Er konnte sein Gewicht nicht mehr halten, fiel auf die Knie und kroch auf der verzweifelten Suche nach der Schatulle durch die Kammer. Doch er hatte sie nicht gefunden. Sie war verschwunden, als hätte es sie nie gegeben.

Lucien fuhr sich durch die Haare. „Wir wissen nicht, wo sie ist. Okay?“

Auf einmal warf sich eine Frau an Paris Hals und bedeckte ihn mit Küssen. Paris schloss die Augen, und Reyes schüttelte den Kopf. „Wir setzen unser Gespräch wohl besser woanders fort.“

„Wie wäre es mit eurer Burg?“, schlug Sabin vor. „Vielleicht fällt uns ja zusammen irgendein Detail ein, wie sie damals verschwunden ist.“

„Nein“, widersprachen Aeron und Reyes unisono.

„Also ich könnte ohne Probleme die ganze Nacht hier bleiben“, meinte ein sichtlich irritierter Gideon.

Aeron hatte vergessen, wie schnell Gideons Lügen seine Nerven strapazieren konnten.

„Vielleicht doch eure Burg?“, wiederholte Sabin. „Meinetwegen können wir sofort gehen.“

„Nein“, insistierte Aeron.

„Na schön. Dann bleiben wir eben hier. Gebt mir nur einen Augenblick, um die anderen nach Hause zu schicken.“ Sabin schloss die Augen. Sein Gesicht wirkte plötzlich angestrengt.

Aeron ließ ihn nicht aus den Augen und griff zur Sicherheit nach seinem Dolch. Abrupt hörte die Musik auf zu spielen, und die Tänzer hielten in ihren Bewegungen inne. Die Besucher wirkten verängstigt, während sie sich leise redend auf die Tür zu bewegten. Innerhalb weniger Minuten war der gesamte Club leer.

Sabin ließ die Schultern sinken und stieß einen langen, erschöpften Seufzer aus. Dann öffnete er die Augen. „Das wäre erledigt. Wir sind alleine."

Amun, der die ganze Zeit noch nicht ein Wort gesagt hatte, neigte den Kopf zur Seite und starrte Aeron intensiv an. Seine Miene war unleserlich, was Aeron Unbehagen bereitete. Erriet der Träger des Dämons der Geheimnisse womöglich, was Aeron in den Tiefen seiner Seele verbarg?

Dann sah Amun ihm direkt in die Augen. In seinem Blick lagen Wissen und Bedauern. Aeron erstarrte. Oh ja. Er hatte es erraten.

Sabin atmete tief ein. Man sah ihm an, dass er sich um Geduld bemühte. „Was haltet ihr davon, wenn wir eine Abmachung treffen? Wir kümmern uns um die Jäger, die in eure Stadt eingefallen sind, und ihr helft uns, die Büchse zu finden. Das ist ein fairer Deal. Wir kämpfen seit Ewigkeiten gegen die Jäger und wissen, wie man sie besiegen kann."

„Ich habe vorhin einen gefunden und ausgefragt", erklärte Strider. „Deshalb sind wir in den Club gekommen, aber bislang gibt es keine Spur von dem Rest."

Aeron erhaschte eine Bewegung in einer schattigen Ecke. Er zog die Augenbrauen hoch. „Irgendjemand ist geblieben", murmelte er. Alle erstarrten.

In dem Moment sah Aeron die Silhouette von vier weiteren Menschen, alle männlich und muskulös. Sein Stirnrunzeln vertiefte sich, als er den Geruch von Schießpulver wahrnahm. „Jäger", knurrte er. „Reicht das als Spur?"

Obwohl sie Baden getötet hatten, war Aeron bereit gewesen, sie in Ruhe zu lassen. Schließlich hatte er ihnen vor vielen Jahrhunderten eine Menge Schmerz zugefügt. Aber nun waren sie hergekommen. Sie würden einen neuen Krieg anzetteln, wenn sie die Chance dazu bekämen.

Als sie merkten, dass man sie entdeckt hatte, traten die Jäger vor.

Die Diskokugel drehte sich noch immer, und bunte Lichtstrahlen zuckten durch den Raum und über das junge, entschlossene Gesicht eines der Sterblichen. Er lächelte und rieb sich mit dem linken Daumen über das rechte Handgelenk. In dem flackernden Licht konnte Aeron das Unendlichkeitszeichen nur vage erkennen.

„Wer hätte gedacht, dass wir das Böse der gesamten Welt zur selben Zeit im selben Raum erwischen würden?“ Der Mann hielt eine kleine schwarze Box hoch, an deren Seiten zwei Drähte hingen. „Also ehrlich. Ist heute vielleicht Weihnachten?“

Einige Krieger knurrten. Andere zogen ihre Pistolen, wieder andere die schärfsten Dolche. Sie alle waren bereit zu kämpfen. Aeron wartete nicht länger – er konnte und wollte nicht. *Zorn* hatte den Jäger bereits für schuldig befunden, Unschuldige getötet zu haben, während er sein Ziel verfolgt hatte, die Herren der Unterwelt zu vernichten.

Aeron warf seine Messer in Richtung des Mannes, und sie versanken bis zum Anschlag in seiner Brust.

Er riss die Augen auf, und das strahlende Lächeln gefror auf seinem Gesicht. Anders als die Opfer in Paris' Filmen starb er nicht sofort. Er sank auf die Knie und keuchte vor Schmerzen. Er würde zwar noch ein Weilchen leben. Aber jetzt konnte niemand mehr etwas für ihn tun. „Ihr werdet um den Tod betteln, wenn wir mit euch fertig sind“, stammelte er.

„Du sollst in der Hölle schmoren, Dämon!“, schrie ein anderer Jäger und warf seinerseits ein Messer.

Einer der Krieger gab einen Schuss ab, als das Messer in Aerons Brust landete. Aeron runzelte die Stirn. Er blickte auf den Griff hinab, der in dem Diskolicht glänzte. Sein Herz pumpte weiter und riss mit jedem Schlag weiter auf. Autsch. Sie hatten schnelle Reflexe. Das musste er sich merken.

Lucien und die anderen machten einen Satz nach vorn.

Der Jäger wich nicht zurück. „Ich hoffe, ihr genießt das Feuerwerk“, sagte er, während er nach der schwarzen Box griff, die sein Freund hatte fallen lassen. *Bumm!*

Eine heftige Explosion erschütterte das Gebäude und ließ Steine und Metall wackeln. Aeron wurde wie ein Sack Federn in die Luft gewirbelt.

Von Menschen besiegt. Unglaublich.

Das war sein letzter Gedanke, bevor die Welt schwarz wurde.

17. Kapitel

Mit einem Schlag wurde sich Maddox seiner Umgebung bewusst. In einer Sekunde tot, in der nächsten bei vollem Bewusstsein. Ashlyn schlief in seiner Armbeuge und hatte ihren weichen Körper an seinen geschmiegt.

Er sah an sich herunter. Anscheinend hatte sie ihn sauber gemacht und es trotz der Fesseln geschafft, das Bettlaken zu wechseln, denn er sah kein Blut. Auf seinen Verletzungen hatte sich neuer Schorf gebildet, der quer über Bauch und Rippen verlief.

Ashlyns Haare kitzelten ihn am Kinn. Er spürte ihre warmen Atemzüge auf der Haut. Sie lebte und war bei ihm. Er hatte es sich nicht eingebildet. *Geradewegs aus der Hölle in den Himmel.*

Normalerweise verspürte er den Drang, irgendetwas zu zerstören, wenn der Morgen graute. Zu kämpfen. Sich der tauben Finsternis seines Dämons hinzugeben, um die Flammen und den Schmerz zu vergessen. Aber an diesem Morgen war alles anders.

Er fühlte – wagte er es zu glauben? – nichts als Frieden.

Ashlyn sah so entspannt aus, dass er sie nur ungern weckte. Nein, nicht entspannt, stellte er bei näherem Hinsehen fest. Auf ihren Wangen waren die getrockneten Spuren ihrer Tränen zu erkennen und auf ihren sinnlichen Lippen ein Zahnabdruck, als hätte sie mehrfach fest zugebissen.

Er sehnte sich danach, ihre Wange zu berühren, doch es ging nicht. Verfluchte Fesseln. „Ashlyn. Meine Schöne. Wach auf."

Ein leises Stöhnen teilte ihre Lippen.

Das Sonnenlicht liebkoste ihren Körper und tauchte ihre zarte Haut in ein strahlendes Licht, das ihre Schönheit unterstrich. Ihre Wimpern waren immer noch feucht von den Tränen und klebten zusammen wie vom Morgentau bedeckte feine Gräser.

Sie hatte seinetwegen geweint. Wie lange war es her, dass jemand um ihn geweint hatte?

„Ashlyn."

Sie seufzte.

Er senkte den Kopf und küsste sie auf die Nasenspitze. Wie jedes Mal spürte er ein statisches Knistern. Anscheinend spürte sie es ebenfalls, denn sie sagte seinen Namen und setzte sich ruckartig auf. Die Bettdecke rutschte herunter und gab den Blick auf das viel zu große T-Shirt frei, das sie trug. *Sein* T-Shirt. Es gefiel ihm, dass ihr Körper von demselben Stoff bedeckt wurde, der zuvor seine Haut berührt hatte. Ihre Haare rutschten Strähne für Strähne von den Schultern auf den Rücken.

Als sich ihre Blicke trafen, stieß sie ein erleichtertes Schluchzen aus und warf sich in seine weit geöffneten Arme. „Du lebst. Du bist wieder von den Toten zurückgekehrt."

„Mach mich los, meine Schöne."

„Aber ich habe keinen Schlüssel."

„Er liegt unter der Matratze." Seitdem es Maddox vor Jahren gelungen war, Lucien den Schlüssel von seiner Halskette zu reißen, trug *Tod* ihn nicht mehr mit sich herum. „Warum haben sie dich nicht mitgenommen?"

„Torin hat mich versteckt." Sie langte flink zwischen die Bettfedern, griff sich den Schlüssel und befreite Maddox. Dann ließ sie sich wieder neben ihn fallen. Ihr Duft lenkte ihn von der Frage ab, warum Torin das getan hatte. „Ich bin so glücklich, dass du zu mir zurückgekommen bist."

Er schlang die Arme um ihre Taille und streichelte ihr beruhigend über den Rücken. Seine geschundenen Gelenke protestierten, aber er hörte nicht auf. „Ich bin diesmal zurückgekommen, und ich werde immer zurückkommen."

„Ich verstehe das nicht." Sie nahm einen zittrigen Atemzug. Ihr ganzer Körper bebte. „Warum tun sie dir das immer wieder an?"

„Noch ein Fluch." Seine Stimme brach. „Ich habe eine Frau getötet, und jetzt muss ich ihren Tod sterben." Eigentlich wollte er nicht, dass Ashlyn erfuhr, was er getan hatte, aber es war nicht fair, sie im Dunkeln zu lassen, wenn sie doch all ihre Geheimnisse preisgegeben hatte.

Ashlyn hielt ihn fester. „Wer war sie? Und warum hast du sie getötet?"

„Die Frau, von der ich dir erzählt habe. Die Kriegerin, der die

Götter die Aufgabe zuteilten, die ich selbst gern übernommen hätte. Pandora."

Sie riss die Augen auf. „*Die* Pandora?"

„Ja."

„*Das* ist also die Büchse, die ihr geöffnet habt? Oh mein Gott, darauf hätte ich auch wirklich früher kommen können. Wieso haben die Götter die Dämonen nicht einfach wieder in das Kästchen verbannt?"

„Um uns zu bestrafen. Außerdem war die Schatulle verschwunden. Und eine Nachbildung konnte man nicht anfertigen."

„Wie hast du sie denn getötet?"

„Mein Dämon hatte die Kontrolle übernommen und ..." Wieder hörte er die Qual in seiner Stimme und fragte sich, was Ashlyn wohl dachte. „Ich verlor die Kontrolle, wurde selbst zum Dämon der Gewalt und habe Pandora mit meinem Schwert erstochen. Seitdem vergeht kein Tag, an dem ich meine Tat nicht bereue, glaub mir."

„Aber einen Unsterblichen kann man doch gar nicht richtig umbringen, oder? Ich meine, du bist das beste Beispiel dafür."

„Doch, die meisten kann man töten. Es ist nicht gerade einfach, aber möglich."

„Jeder macht Fehler, und du hast für deinen bezahlt." Ihr Verständnis überraschte ihn, und ihm wurde warm ums Herz. „Ich wünschte, du hättest die Götter, die dich verflucht haben, gleich mit umgebracht. Sie sind abscheuliche, widerwärtige ..."

Er zuckte zusammen und schnitt ihr das Wort ab, indem er ihr den Mund zuhielt. „Sie hat es nicht so gemeint", entschuldigte er sich, den Blick gen Decke gewandt. „Ich bin bereit, jede Strafe, die für sie bestimmt ist, als meine anzunehmen."

Sie wurden weder vom Blitz getroffen noch bebte die Erde.

„Gibt es eine Möglichkeit, deinen Fluch zu brechen?", wollte Ashlyn wissen.

„Nein." Er schüttelte vehement den Kopf. „Die gibt es nicht."

„Aber ..."

„Nein." Er würde nicht zulassen, dass sie mit den Göttern verhandelte, in der Hoffnung, ihn irgendwie zu retten. Er war nicht zu retten. Punkt. Und außerdem war er die Mühe nicht wert. Er war mehr Ungeheuer als Mensch, auch wenn er manchmal versuchte, sich vom Gegenteil zu überzeugen. „Über dieses Thema sprechen wir am besten auch nicht mehr."

Sie fuhr ihm mit den Fingerspitzen über das Brustbein, und er spürte ihren herrlich warmen Atem. „Und über welches Thema können wir dann noch sprechen?"

Er spreizte die Hand, die auf ihrem Po lag, und drückte sanft zu. „Hast du in den letzten Stunden wieder Stimmen gehört?"

„Leider ja." Sie bog ihren Körper kaum merklich durch, um sich noch enger an ihn zu schmiegen. „Ich habe jedes Wort gehört, das die vier Frauen miteinander gewechselt haben – die ihr übrigens sofort freilassen solltet."

„Sie bleiben."

„Warum?"

„Das kann ich dir nicht verraten."

Sie trommelte mit den Fingern auf seiner Brust. „Dann verrate mir wenigstens, was ihr mit ihnen vorhabt. Sie sind nett und unschuldig. Und sie haben Angst."

„Ich weiß, meine Schöne. Ich weiß."

„Also wirst du ihnen nicht wehtun?"

„Nein. *Ich* nicht."

Jetzt legte sie beide Hände flach auf sein Herz. „Heißt das, jemand anderes schon?"

Sein Blut begann vor Erregung zu brodeln und seine Venen zu versengen. „Ich werde alles in meiner Macht stehende tun, um das zu verhindern. Einverstanden?"

Sie küsste seinen Hals und fuhr ihm mit der Zunge über die Halsschlagader. „Einverstanden. Aber ich werde auch alles in meiner Macht stehende tun, um es zu verhindern."

Er hasste es, ihr einen Wunsch abzuschlagen. Also griff er nur nach ihrem Kinn und zwang sie, ihn anzusehen. „Es tut mir leid, dass du ihre Gespräche hören musstest. Ich werde dich nie wieder in ein Zimmer sperren, in dem vorher Menschen waren."

„Diesmal war es gar nicht so schlimm." Zärtlich umfasste sie seine Handgelenke. „Und wenn du bei mir bist, höre ich sowieso nichts, egal wer etwas gesagt hat."

„Ich frage mich, warum. Nicht dass du denkst, ich beschwere mich. Ganz im Gegenteil. Aber ich bin neugierig."

„Vielleicht fürchten sich die Stimmen vor dir."

Fast hätte er gelächelt.

„Nur eins begreife ich nicht: Warum kann ich die Unterhaltungen deiner Freunde nicht hören? Ich meine, bisher konnte ich jedes übernatürliche Wesen belauschen."

„Vielleicht operieren wir ja bereits auf einer höheren Daseinsebene."

Sie lächelte.

„Aber trotzdem – ich werde darauf achten, immer in deiner Nähe zu sein." Es wäre sogar ein Vergnügen für ihn. „Dann werden dich die Stimmen nie mehr belästigen." *Und was ist, wenn du tot bist?* Der Gedanke ließ ihn erstarren. Dann gäbe es niemanden, der auf sie aufpasste. Niemanden, der sie beschützte.

Sie spürte seine Beunruhigung und zog fragend die Augenbrauen hoch. „Was ist?"

„Nichts." Er würde jetzt nicht an den bevorstehenden Tod denken. Er hielt Ashlyn in den Armen und würde ihre Nähe genießen und die kurze Zeit auskosten, die ihnen miteinander blieb. „Lass uns nicht mehr von den Frauen oder den Flüchen reden."

„Tja, damit wären fast alle Gesprächsthemen tabu." Ihr Blick wanderte zu seinen Lippen. Sie zitterte. „Ich bin mit dem Institut schon durch die ganze Welt gereist, aber ich hätte mir niemals träumen lassen, jemandem wie dir zu begegnen."

„Jemandem, der so stark ist?"

Sie kicherte. „Ja."

„Und gut aussehend?"

„Natürlich."

„Und der einen scharfen Verstand hat *und* mit dem Schwert umzugehen weiß?"

„Genau." Noch ein Kichern. „Aber eigentlich meinte ich einen Mann … Freund … Vertrauten. Ach, ich weiß nicht, wie ich dich nennen soll!"

Er sog ihre Heiterkeit mit jeder Pore auf – genauso wie ihre ernsten Worte. „Nenn mich einfach dein. Das ist alles, was ich sein will."

Sie schmolz förmlich dahin. „Erzähl mir von dir." Sie entzog sich seinem Griff und kuschelte sich wieder an seine Seite. Mit den Händen fuhr sie an seinen Armen hoch bis zu seinem Hals und hielt ihn umschlungen, als hätte sie Angst davor, ihn auch nur eine einzige Sekunde loszulassen. Er hatte die gleiche Angst. Er wollte sie so sehr. Und er schwor sich, sie sich zu nehmen, sobald sie geduscht und sämtliche Blutspuren entfernt hätten, die sie an den Tod erinnerten. „Irgendwas, was du noch nie jemandem erzählt hast."

Er hätte ihr erzählen können, dass er lieber klassische Musik hörte statt Hardrock – wie seine Freunde –, aber er hatte das Gefühl, dass sie etwas Persönlicheres hören wollte. Außerdem fand er, sie sollte ihn besser kennenlernen als jeder sonst.

Das Gefühl tiefen Friedens wurde intensiver. Und alles nur, weil sie bei ihm war. Weil sie um ihn geweint und sich um ihn gesorgt hatte. Weil sie weder seine Sünden verurteilte noch ihn beschimpfte. Weil sie mehr über ihn erfahren wollte. Weil nur er ihre Qualen linderte.

Weil sie nicht den Gewaltdämon zu sehen schien, wenn sie ihn anschaute, sondern einen Mann. *Ihren* Mann. Ein aufregender Gedanke. Süchtig machend. Erschreckend. Grund genug, dass er sich ihr für alle Ewigkeit hingab.

„In all den Jahren habe ich mir manches Mal gewünscht, ein Mensch zu sein. Eine Frau zu haben und …", er schluckte, „Kinder." Das hatte er seinen Freunden noch nie erzählt. Sie hätten nur gelacht. Und er selbst hätte auch lachen sollen, so albern wie es sich anhörte.

Der Gewaltdämon in der Nähe von Kindern?

Ashlyn lachte nicht. „Was für ein wunderschöner Traum", erwiderte sie mit einem wehmütigen Klang in der Stimme. „Du wärst bestimmt ein wundervoller Vater. Kämpferisch und beschützend."

Ihre Worte waren Balsam für seine Seele, obwohl er wusste, dass er nie die Chance bekäme, sich zu beweisen. Er zeichnete kleine Kreise um jeden einzelnen ihrer Wirbel. „Jetzt bist du dran. Verrate mir eins von deinen Geheimnissen."

Mit zitternden Fingern umkreiste sie seine Brustwarze. Sein Geschlecht regte sich mit aller Kraft; sein Blut kochte. Ihm war nicht mehr einfach nur warm – in ihm tobte ein loderndes Feuer. Trotzdem küsste er sie nicht und rollte sich auch nicht auf sie. So sehr es seinen Körper auch schmerzte – er musste warten.

„Ich habe erst vor einem Jahr lesen gelernt", gestand sie verlegen. „Bis dahin musste ich all meine Berichte mündlich abliefern, und jeder wusste, warum. Ich konnte mich einfach nicht lange genug konzentrieren, um die Wörter zu entziffern. Immerzu waren die Stimmen da und störten mich. Als ich noch klein war, las mein Boss mir immer Märchen vor, dic so magisch waren, dass ich die flüsternden Stimmen beinahe ausblenden konnte. Damals beschloss ich, selbst lesen zu lernen. Aber ich habe ziemlich lange dafür gebraucht."

Es war ihm gleichgültig, ob sie lesen konnte oder nicht. Aber ihr war es anscheinend wichtig. Also versuchte er, sie zu trösten. „Aber du hast es gelernt, und das ist alles, was zählt."

Sie schenkte ihm ein strahlendes Lächeln. „Danke."

„Ich habe erst lesen gelernt, als ich schon einige Hundert Jahre von meinem Dämon besessen war, und das auch nur, weil ich es blöd fand, dass andere Dinge wussten, die ich nicht wusste. Du siehst also, du bist mir meilenweit voraus."

Sie kicherte und entspannte sich noch ein bisschen mehr. „Als ich endlich lesen konnte, habe ich mir im Internet jeden Liebesroman bestellt, den ich fand. Ich finde, das sind Märchen für Erwachsene. Sie wurden mir bis vor die Haustür geliefert, und ich habe sie so schnell verschlungen wie ich konnte."

„Ich werde Paris bitten, dir in der Stadt welche zu besorgen. Eine ganze Wagenladung voll."

„Das wäre toll. Danke." Wieder lächelte sie ihn an.

Seine Brust schmerzte, als er sie auf den Scheitel küsste. „Ich habe mal ein paar solcher Romanzen gesehen." Paris hatte sie in der Burg herumliegen lassen, woraufhin Maddox einen Blick hineingeworfen hatte – was er natürlich niemals zugeben würde. „Wenn ich sie gelesen hätte", er hüstelte, „würde ich wahrscheinlich denken, dass sie …", erotisch, lustig, unterhaltsam, „… interessant sind."

Ihre Dankbarkeit verwandelte sich in Verruchtheit. „Vielleicht … vielleicht können wir ja mal einen gemeinsam lesen."

„Das wäre schön."

Bei dem großen Appetit, den er auf sie hatte, war Maddox erstaunt, wie sehr er es genoss, einfach nur mit ihr zu reden. Sie erzählte ihm, dass sie einen Teil ihrer Kindheit in einem Labor verbracht hatte, wo man verschiedene Versuche mit ihr durchgeführt hatte – die manchmal schmerzhaft gewesen waren, was bedeutete, dass er eine Reihe von Wissenschaftlern würde töten müssen –, und dass sie trotzdem die meiste Zeit allein gewesen war, um den lauten Stimmen zu entkommen. Sie hatte nie eine richtige Familie gehabt. Nur ein Mann hatte sie nicht wie ein Versuchskaninchen behandelt, und Maddox fühlte sich ihm zu tiefem Dank verpflichtet.

Er hatte das Bedürfnis, diese Erinnerungen zu vertreiben und durch schönere und fröhlichere zu ersetzen. Außerdem spürte er das Verlangen, sie zu rächen. „Du hast etwas Besseres verdient", sagte er, als *Gewalt* anfing, sich zu räkeln und zu gähnen.

„Ich habe als Kind nicht gelitten", erwiderte sie. „Meistens zumindest. Ich habe ständig irgendetwas gehört. Deshalb war ich gern allein."

Aber niemand hatte mit ihr gespielt, sie berührt, sie geliebt. Er hörte eine Sehnsucht in ihrer Stimme, die sie nicht verbergen konnte. *Wie gut du sie doch kennst.* Ja, dachte er. Es ist ein Wunder. Ein Teil von ihm hatte sie von Anfang an gekannt – ein Teil, der so tief vergraben gewesen war, dass er seine Existenz vollkommen vergessen hatte.

Sie gehörte ihm. Sie war seine Frau. Sein … Ein und Alles.

Er streichelte ihren Arm und fühlte einen kleinen, harten, unnatürlichen Knoten. Er runzelte die Stirn und blickte hinab. „Was ist das?"

„Empfängnisverhütung", erwiderte sie, und ihr Gesicht lief tiefrot an. „Ein Standardprozedere des Instituts. Vor einer ganzen Weile wurde eine Frau bei einem Einsatz von einem Kobold vergewaltigt. Sie wurde schwanger, und das Kind war … nicht normal. Seitdem unterrichtet uns das Institut in Selbstverteidigung und bietet allen Mitarbeiterinnen an, sich ein Hormonimplantat einsetzen zu lassen."

Gewalt streckte den Rücken und schlug langsam die Augen auf. Die Vorstellung, diese zierliche Schönheit könnte missbraucht werden, war sowohl dem Mann als auch dem Dämon zuwider. Sie war zwar eine Jungfrau. Doch das hieß nicht, dass ihr noch nie jemand nahe gekommen war. „Hat man dir auch schon mal wehgetan?"

„Nein", versicherte sie. „Aber ich weiß, dass ich mich nicht wehren könnte, wenn die Stimmen die Kontrolle über mich übernähmen."

Gewalt entspannte sich nicht.

„Erzähl mir von *deiner* Kindheit", forderte sie ihn auf. Wieder liebkoste ihre Fingerspitze seine Brustwarze. Sie rieb sich an ihm, hörte jedoch sofort damit auf, als sie sich dessen bewusst wurde.

Bei der Berührung bekam er eine Gänsehaut. Genauso wie sie. Es war, als hätte er von Anfang an gewusst, wann sie erregt war. Und in diesem Moment war die Frau neben ihm definitiv erregt. „Ich hatte keine Kindheit. Ich kam schon als Mann auf die Welt. Als Krieger."

„Tut mir leid. Das hatte ich vergessen."

Ich will sie mit Haut und Haaren. Beim letzten Mal hatte er sich zurückgehalten, weil sie noch Jungfrau war. Er war noch derselbe wie am Vortag – noch immer hatte er noch nie mit einer Jungfrau geschlafen und war sich nicht sicher, wie er es am besten angehen sollte –, aber das alles war jetzt egal. Er hatte sie beinahe verloren. Fast hätte man sie ihm weggenommen.

Er würde nicht länger warten.

Er würde so vorsichtig sein, wie er nur konnte. Und falls sich der Dämon einmischen wollte, würde er Ashlyn erlauben, ihn zu fesseln. „Ich will mit dir schlafen, Ashlyn."

Ihr stockte der Atem, als sie über seine definierten Bauchmuskeln streichelte. Sie hielt erst an den Wunden inne, dann am Nabel. Sie umkreiste ihn. Ließ die Hand noch etwas tiefer gleiten. Hielt wieder inne. „Wirklich?"

Ich will sie, ich brauche sie, will sie, brauche sie. Bald … jetzt … Maddox fragte sich, ob sie ihn vielleicht noch weiter unten berühren und sein Glied in die Hand nehmen wollte, aber er traute sich nicht, es auszusprechen. *Ja, ja.* Wären er und sein Dämon nicht so lusttrunken gewesen, er hätte gelächelt.

Je mehr sie ihn berührte, umso mehr wollte er – wollten *sie* – sie. Er roch ihren süßen Duft, der ihn nur noch heißer machte. Die Süße sickerte bis in seine Knochen und entfachte die verschiedensten Bedürfnisse. „Ja, wirklich."

„Ich will es auch", flüsterte sie atemlos. „Aber …"

Nicht mehr warten. Ich muss sie haben, muss sie haben. Ein grimmiges Gefühl huschte durch seinen Körper. *Unser,* knurrte der Dämon. Mein, korrigierte Maddox. „Ich will in dir sein. Ich will nicht länger warten."

Sie rührte sich nicht, doch ihr Atem ging schnell.

„Ich möchte, dass du verstehst, dass ich dich hierbehalte. Du bleibst hier bei mir, und ich werde dich beschützen. Zusammen werden wir herausfinden, wie wir die Stimmen für immer zum Schweigen bringen."

„M-Maddox“, begann sie und presste dann die Lippen aufeinander.

Ja. Ich muss sie behalten. „Ich werde dir nicht wehtun“, beschwor er mehr sich selbst und den Dämon als sie.

„Ich weiß, dass du mir nicht wehtun wirst. Aber ich habe ein Leben und einen Job.“

Behalten!

„Ich bleibe so lange wie ich möchte, aber du musst mir versprechen, dass du mich nicht wieder einsperrst. Wenn deine Freunde kommen, um dich …“, sie schluckte, „… umzubringen, will ich bei dir sein. Ich schwöre, dass ich sie nicht angreifen werde, auch wenn ich nichts lieber täte. Ich möchte einfach nur deine Hand halten. Ich ertrage den Gedanken nicht, dass du alleine stirbst.“

In diesem Augenblick verliebte sich Maddox Hals über Kopf und unwiderruflich in sie.

Mein, mein, mein. Er brauchte sie mehr als die Luft zum Atmen, mehr als Nahrung oder Wasser oder ein Dach über dem Kopf. Nach Jahrtausenden des Krieges, der Gewalt und der Wut schenkte sie ihm Güte. Heiterkeit. Mitgefühl. Vertrauen. Wehe jedem – auch den Herren der Unterwelt und den Göttern –, der versuchte, ihr Leid zuzufügen. Was bislang nur ein flüchtiger Gedanke gewesen war, wurde jetzt zu einem Schwur. Wer auch immer versuchte, ihr etwas anzutun, würde von nun an vor Maddox' Füßen sterben.

Lucien und Reyes hatten sie letzte Nacht entgegen ihrer Ankündigung nicht mitgenommen. Sie waren gerade noch mal davongekommen. Aber sie würden trotzdem dafür bezahlen. *Gewalt* musste Vergeltung üben. Erst dann konnte er vergessen.

„Ich will nicht, dass du dabei zusiehst. Ich werde nicht allein sein, mein Herz. *Schmerz* und *Tod* sind doch bei mir.“

„Ja, aber sie kuscheln sich nicht an dich.“

Er lächelte. „Du gehörst mir, Frau, und ich gehöre dir. Bis du zu mir kamst, war mein Leben trostlos. Ich habe existiert, aber nicht gelebt. Jetzt lebe ich, sogar wenn ich tot bin.“ Seine Worte kamen fast einem Eheversprechen gleich. Sie würde immer zu ihm gehören und er immer zu ihr.

Ihre Augen füllten sich mit Tränen. „Das ist das Schönste, was ich je gehört habe.“

„Ich möchte nur, dass du dir gut überlegst, worum du mich bittest.“

Wenn sie wieder und wieder zusehen müsste, wie er starb ... Bei dem Gedanken wurde ihm übel. „Das Blut, die Brutalität ..."

„Ich weiß genau, worum ich dich bitte." Ihre Stimme klang entschlossen. „Ich will bei dir bleiben."

Von Neuem überkam ihn ein unglaubliches Verlangen. „Nimm jetzt eine Dusche. Paris sagt, Menschenfrauen lieben es zu duschen und dass sie sich dabei entspannen." Er setzte sich auf und zog sie mit sich hoch. *Endlich, endlich.*

Nein, noch nicht. Bald. Das erste Mal sollte für Ashlyn etwas Besonderes sein, auch wenn es ihn schier umbrachte.

Sie spielte mit ihren Haaren. „Leistest du mir wieder Gesellschaft?"

Maddox zwang sich, den Kopf zu schütteln, worauf der Dämon wütend brüllte. *Warum nicht sofort?* „Wenn ich mit dir dusche, würde ich dich sofort nehmen. Mit Haut und Haaren."

Aus den Augenwinkeln warf sie ihm einen heißen Blick zu, den er in allen Fasern seines Körpers spürte. „Wie gesagt, ich weiß genau, worum ich dich bitte", flüsterte sie.

Oh ihr Götter, wie gern würde er sie küssen. Aber wenn er sie küsste, würde er nicht aufhören, bis er in ihr war und immer wieder zustieß. „Zuerst muss ich noch etwas erledigen."

„Aber danach ..." Sie beendete den Satz nicht, doch das war auch nicht nötig.

„Ja, danach", versprach er. Oh ja. Danach.

Langsam begann der Dämon zu lächeln. Zum zweiten Mal innerhalb von zwei Tagen waren sich Mann und Dämon vollkommen einig.

18. Kapitel

Während Ashlyn duschte, fragte sie sich, was Maddox wohl zu erledigen hatte. Das Wasser war heiß und beruhigend. Es spülte die Spuren der Nacht weg. Nicht die verhasste Erinnerung an den leblosen Körper ihres Geliebten in ihren Armen, sondern die körperlichen Spuren. Die Erschöpfung, die entsetzliche Verzweiflung und die Wut darüber, was man dem Mann, in den sie sich verliebt hatte, antat.

Dem Mann, der sich vielleicht auch in sie verlieben würde.

Die Gefühle hatten sie übermannt, aber es fühlte sich richtig an. Sie sehnte sich so sehr nach Maddox. Sie sehnte sich danach, ihn zu halten und zu berühren, ihn glücklich zu machen und von ihm glücklich gemacht zu werden. Sich in diesen neuen Gefühlen zu sonnen. Er betrachtete sie nicht länger als Köder und wollte, dass sie bei ihm blieb. Jetzt und für alle Zeit. Ihr Mund verzog sich langsam zu einem glücklichen Lächeln.

Aber wie breche ich seinen Fluch?

Der Gedanke breitete sich in ihrem Kopf aus. Er überschattete alles andere, und ihr Lächeln verschwand. Es gab doch bestimmt etwas, das sie tun konnte, um ihn davor zu bewahren, bis in alle Ewigkeit immer wieder zu sterben und wiederaufzuerstehen, nur um dann von Neuem zu sterben. Niemand verdiente solche Qualen.

Ashlyn lehnte die Stirn gegen die feuchten, weißen Kacheln. Irgendwann hatte irgendwo auf der Welt doch bestimmt schon mal ein Mensch über die Götter gesprochen und darüber, wie man ihre dämlichen, ungerechten Flüche brechen konnte. In all den Jahren hatte sie mit Sicherheit schon mal etwas darüber gehört. Aber falls es so war, war es im Stimmengewirr untergegangen.

Immerhin wusste sie jetzt, wonach sie sich umhören musste.

Sie war sich sicher, dass Maddox sie niemals freiwillig aus der Burg lassen würde. Also würde sie heimlich gehen müssen. Außerdem konnte sie die Stimmen sowieso nicht hören, wenn er bei ihr war.

Bis du kamst, war mein Leben trostlos, hatte er gesagt. *Ich habe existiert, aber nicht gelebt. Jetzt lebe ich, sogar wenn ich tot bin.* Ein so leidenschaftlicher Beschützer wie er betrachtete sein eigenes Leid vermutlich als kleinen Preis, den er eben zahlen musste, damit sie in Sicherheit war. So viel wusste sie bereits über ihn.

Sie würde sich nachts davonschleichen, wenn er es nicht verhindern konnte, und am Morgen zurückkommen.

Hör auf, jetzt darüber nachzudenken. Für Spionagespielchen hast du später noch genug Zeit. Nicht mehr lange und sie würde mit einem Mann schlafen. Mit Maddox. Seine großen, kräftigen Hände würden ihren Körper liebkosen. Seine Zunge würde sie schmecken. Sein Penis würde tief in sie eindringen.

Sie erschauderte. *Zuerst unbedingt abhauen wollen und jetzt unbedingt bleiben wollen.* Irgendwie würde sie McIntosh kontaktieren, um ihm mitzuteilen, dass es ihr gut ging. Natürlich nicht jetzt. Danach. Nachdem sie den intimsten aller Akte erlebt hatte und wüsste, wie es sich anfühlte, sich mit einem anderen zu vereinen.

Ja, das war egoistisch. Aber nichts hätte sie jetzt noch aufhalten können.

Diesmal würde Maddox ohne Zweifel zu Ende bringen, womit er angefangen hatte. Das Gefühl seiner starken Muskeln, als er sie auf dem Bett im Arm gehalten hatte, war zu vielversprechend gewesen. Und der heiße Blick, den er ihr vor Verlassen des Zimmers zugeworfen hatte, hatte ihre Ahnung zur Gewissheit gemacht.

Sie würde keinen Gedanken mehr daran verschwenden, ob er sie danach fallen ließe, so wie es in den vergangenen Jahrhunderten so viele Männer mit den Frauen gemacht hatten. Maddox war stark, leidenschaftlich und anders. Er brauchte nicht zu lügen oder falsche Tatsachen vorzuspiegeln, um zu bekommen, was er wollte. Er brauchte es sich nur zu nehmen.

Dennoch entschied er sich dagegen. Er wollte, dass sie es ihm gab.

Das warme Wasser wurde kalt, und Ashlyn stellte es ab. *Tropf, tropf.* Gleich ist es soweit, dachte sie und wurde augenblicklich feucht zwischen den Beinen. Ihre Brustwarzen wurden hart wie Kieselsteine.

Wassertropfen liefen über ihre Haut und ließen sie frösteln. Sie stellte sich vor, dass Maddox sie ableckte, zitterte erneut und hätte fast gestöhnt. Sie schnappte sich ein Handtuch und trocknete sich sorgfältig ab, bevor sie sich in den weichen, weißen Stoff hüllte und ihn sich unter die Arme klemmte, sodass er ihr von der Brust bis zu den Knien reichte. Erwartungsvoll verließ sie mit einer Wolke aus Wasserdampf das Badezimmer.

Maddox war nicht in seinem Schlafzimmer.

Sie runzelte die Stirn … doch dann streiften ihre Zehen etwas Weiches, und sie blickte nach unten. Fliederfarbene Seidenschals bildeten einen gewundenen Pfad, der aus dem Schlafzimmer zum Nachbarraum führte. Als sie in der Tür stand, schnappte sie vor Freude nach Luft.

Sie war schon einmal in dem Zimmer gewesen, als sie über den Balkon und durchs Fenster geklettert war, aber da hatte es hier ganz anders ausgesehen. Alles war von Staub bedeckt gewesen. Sogar das Bettzeug. Jetzt war es ein Raum der Lust. Die Leuchter an den Wänden warfen ein goldenes, flackerndes Licht auf das Bett, das mit schwarzer Seide bezogen war. Maddox hatte alles sauber gemacht. Für sie. Ihr Herz klopfte wie wild in ihrer Brust.

Aber wo war er?

Die Balkontüren standen offen und ließen frische, kalte Luft hinein. Als sie auf die Türen zuging, war ihr Körper so erhitzt, dass sie die Kälte nicht spürte. Maddox hielt sich am Balkongeländer fest. Er wandte ihr den Rücken zu, und seine schwarzen Haare – die feucht waren, wie sie bemerkte – waren zerzaust. Seine Schultern waren breit, gebräunt und nackt.

Sie hatte noch nie seinen nackten Rücken gesehen.

Ein riesiges Schmetterlingstattoo erstreckte sich von seinen Schultern bis kurz unter seinen Hosenbund. Der Schmetterling war rot, fast neonrot, und sah aggressiv aus. Garstig. Als könnte er sich jede Sekunde vom Rücken lösen und sie in zwei Hälften teilen. Merkwürdig, dachte sie. Schmetterlinge waren doch so hübsche Kreaturen. Niemals hätte sie gedacht, dass einer derart böse aussehen könnte. Oder dass ein Mann, der so männlich war wie Maddox, sich ein solches Motiv eintätowieren ließe.

„Maddox“, flüsterte sie atemlos.

Er wirbelte herum, als hätte sie geschrieen. Seine sinnlichen Lippen zuckten. In diesem Augenblick war er nicht der Liebhaber, der sie unter die Dusche geschickt hatte, damit sie sich auf lustvolle Stunden einstimmen konnte. Er war der Krieger, der sie allein im Wald hatte zurücklassen wollen.

„Ist alles in Ordnung?“

„Jemand hat eine Decke an das Geländer geknotet.“ Er zeigte nach rechts, ohne den Blick von ihrem Gesicht abzuwenden. „Weißt du irgendetwas darüber?“

Außer in der Nacht im Wald hatte er sie eigentlich nie wütend angesehen. Normalerweise bedachte er nur andere mit diesem Blick. Daher verwirrte es sie ein wenig, dass er seine violetten Augen – die jetzt von einem Rot umrandet waren, das exakt dem Farbton des Tattoos entsprach – wie einen ermahnenden Finger auf sie richtete.

Das einzig Erfreuliche war, dass die scheußliche Skelettmaske nicht unter seiner Haut flackerte. Ashlyn schöpfte Mut, hob das Kinn und ging entschlossen auf ihn zu. „Natürlich weiß ich was über die Decke.“

„Wenn du jemand anderes wärst“, bemerkte er mit kühler Stimme, „würde ich denken, du hast die Decke ans Geländer gebunden, damit die Jäger in die Burg klettern können.“

„Aber weil du mich kennst, denkst du das natürlich nicht von mir, stimmt's?“ Sie schoss die Frage wie einen scharfen Dolch auf ihn ab.

„Nein“, erwiderte er, und sie entspannte sich. Ein wenig. „Aber bitte sag mir, wozu du sie in Wahrheit benutzt hast.“

Zeit zu beichten. „Ich habe dir doch erzählt, dass Torin mich in einen anderen Raum gebracht hat. Na ja, genau genommen hat er mich eingeschlossen, damit deine anderen Freunde mich nicht finden konnten. Warum, habe ich immer noch nicht so ganz verstanden, also frag erst gar nicht. Ich habe dich schreien gehört und getan, was nötig war, um zu dir zu kommen.“

Er machte einen bedrohlichen Schritt auf sie zu, hielt sich dann jedoch selbst zurück, als fürchte er sich davor, ihr in diesem Moment zu nahe zu kommen. „Du hättest in den Tod stürzen können“, flüsterte er.

„Bin ich aber nicht.“

„Du hast zwischen Himmel und Erde gebaumelt, Ashlyn.“

Nur nicht nachgeben. Nicht in diesem kritischen Moment. Sie hatten gerade erst festgestellt, dass sie einander mochten und bereit waren, in ihrer Beziehung den nächsten Schritt zu machen. Was auch immer hier geschähe, es wäre richtungsweisend für künftige Machtkämpfe. Und die würde es mit Sicherheit geben, stur und bestimmend wie er war.

„Ja“, stimmte sie ihm zu. „Das ist richtig.“

„Tu das nie – niemals! – wieder." Er überwand den letzten Rest Distanz zwischen ihnen, beugte sich vor und nahm ihr fast die Luft zum Atmen. „Verstanden?"

Ihr Herz schlug in Überschallgeschwindigkeit. „Sag deinen Freunden, sie sollen mich nicht mehr einsperren. Dann schwöre ich es."

Er riss ungläubig die Augen auf. Erwartete er von ihr, dass sie ihn schluchzend um Verzeihung anflehte? „Ich werde sie umbringen", knurrte er, was sie vollends überraschte. „Du hättest da draußen sterben können."

Als er an ihr vorbeiging, sah sie den Tod in seinen Augen. Oh nein, nein, nein, nein, nein. Er würde jetzt nicht verschwinden. Er würde seine Freunde nicht zusammenschlagen. Nicht jetzt. Ohne zu zögern legte Ashlyn die Hand um seinen großen, starken Bizeps. Mit einem Knurren wirbelte er herum und sah sie an.

„Du wirst diesen Tag nicht mit noch mehr Gewalt kaputtmachen", erklärte sie bestimmt.

„Ashlyn."

„Maddox."

Er hätte sie wegstoßen können. Sie zurückweisen oder beschimpfen. Sie schlagen. Stattdessen konzentrierte er sich auf seine Gefühle für sie. „Du hättest da draußen sterben können." Mit einem leisen, animalischen Knurren presste er seine Lippen auf ihre. Seine Zunge bahnte sich einen Weg vorbei an ihren Zähnen in ihren Mund.

Endlich. Danke, Gott! Endlich. Sie schmeckte eine Mischung aus Wut, Leidenschaft und Hitze. Das war der herrlichste Geschmack, der ihr je auf der Zunge zergangen war. Berauschend. Ihr Blut begann sofort zu brodeln.

„Ich will dir … nicht … wehtun", murmelte er zwischen den Küssen.

„Kannst du nicht."

„Nicht wehtun …"

„Wirst du nicht."

Er neigte den Kopf zur Seite und küsste sie intensiver. Er stillte einen Hunger, der tief in ihr lebte, und sie liebte und genoss es. Maddox war die pure, atemberaubende Leidenschaft, und er war wie versessen darauf, ihre Lust anzuheizen und sich davon zu nehmen. Genauso wie sie es wollte und brauchte.

„Ich werde dir geben, wonach du dich sehnst, und ich schwöre bei den Göttern, dass ich dir nicht wehtun werde", versprach er.

„Ich will dich und alles, was du mir gibst. Alles."

Er packte ihren Hintern und zog sie so fest an sich, dass ihr die Luft wegblieb. Atemlos schlang sie die Beine um seine Hüfte. Er drückte sie mit dem Rücken gegen die Wand. Kalte Steine bohrten sich in ihre Haut, doch es war ihr egal.

Sie hatte sich noch nie besonders wild benommen. Zu Hause sein, arbeiten, zu Hause sein, arbeiten – aus viel mehr bestand ihr Leben im Grunde nicht. Sie hatte Maddox gesagt, sie sei gern allein, doch in Wahrheit hatte sie sich oftmals nach einer Berührung verzehrt. Nach einer einfachen Berührung.

Das hier war mehr, als sie sich je erträumt hatte.

Sein erigierter Penis wanderte zwischen ihre geöffneten Schenkel, ohne in sie einzudringen. Sie spürte ihn hart und heiß durch den Stoff seiner Boxershorts und das Handtuch. Immer wieder berührte er sie dort, wo sie es am meisten brauchte. Ihr entwich ein Stöhnen. Sie vergrub die Fingernägel in seiner Brust, und seine harten Brustwarzen rieben an ihrer Haut.

„Fühlt sich gut an", raunte er, als er eine ihrer Brüste streichelte. Die Berührung war weder sanft noch zu grob. Er fand genau das richtige Gleichgewicht aus Lust und Schmerz. Er zitterte, als hinge seine Selbstbeherrschung am seidenen Faden.

„Ja." *Ja.* In ihrem Magen flatterten Tausende Schmetterlinge und schickten eine wohltuende Hitze durch ihren Körper, die sie zum Schmelzen brachte. Immer wieder bog sie sich vor und zurück und wieder vor, und rieb sich dabei an seinem harten Stab. Sie war noch nie so feucht gewesen. Noch nie hatte sie sich so sehr nach etwas gesehnt. Es gebraucht. Noch nie hatte sie zugleich sterben, leben, fliegen und sich fallen lassen wollen. Aber jetzt.

„Willst du es so … wie in den Büchern, die du immer liest?" Er biss ihr sanft ins Kinn und fuhr dann knabbernd an ihrem Hals hinunter.

„Ich will dich. Nur dich." Seine Bisse zwickten, aber er leckte jede Stelle so lange, bis sich der Schmerz gelegt hatte, und stachelte ihr Verlangen dadurch nur noch mehr an. Er schob das Handtuch zur Seite und kniff ihr in die Brustwarzen. Seine Finger waren noch etwas grober als seine Zähne. Aus seiner Brust drang ein tiefes Knurren, das seine Gelüste nur zu deutlich spiegelte.

„Handtuch. Weg damit." Er wartete keine Antwort ab, sondern riss ihr den Stoff vom Leib und warf ihn über die Schulter auf den Boden.

Eiskalte Luft küsste ihre Haut. Anstatt sie in die Arme zu nehmen und zu wärmen, lehnte er sich zurück und sah sie an. Er betrachtete sie von oben bis unten, ganz langsam, lüstern und genüsslich. Dieser Blick war heißer als jede Berührung und schirmte die Kälte von ihr ab.

Als er sie so ansah, fühlte sie sich wie eine Göttin. Eine Sirene. Eine Königin.

„Schön", sagte er. „Wunderschön." Mit den Händen folgte er dem Pfad, den er zuvor mit seinen Augen gezeichnet hatte. Er berührte sie am ganzen Körper und ließ nicht ein Fleckchen unerforscht.

„Alles deins."

„Meins." Er leckte ihr über das Schlüsselbein, saugte kurz daran und hinterließ eine knisternde Spur. „Du bist das Perfekteste, das ich je gesehen habe." Wieder nahm er ihre Brüste in die Hände. „Perfekte rosa Nippel, wie gemacht für meinen Mund."

„Probier sie."

Er sog eine der Knospen in den Mund und umspielte sie mit seiner Zunge, bevor er sich der anderen widmete. Dann schob er Ashlyn rückwärts in die Mitte des Zimmers und kniete sich hin.

Sie schloss die Augen in absoluter Hingabe. Jedes Mal, wenn sich dieser Mann hinkniete, geschahen erstaunliche Dinge. Fantastische Dinge. Er legte ihr einen Arm um die Taille und zog sie dicht zu sich heran. Während er sie weiterhin mit der Zunge verwöhnte, liebkoste er mit der freien Hand ihre Oberschenkel.

Berühr mich da … genau da … Oh! Doch er streifte ihre Klitoris nur flüchtig und zog die Finger schnell wieder weg. Mühsam kämpfte sie um ihr Gleichgewicht. Doch er hielt sie fest, während seine Zähne von ihrer Haut naschten. „Ich brauche mehr", seufzte sie.

„Gleich."

„Maddox." Ihre Stimme war voller Verlangen. Wenn er nur mit dem Finger in sie eindränge, würde sie sofort kommen. Aber noch viel sehnlicher als zu kommen, wünschte sie sich, seinen Körper zu erforschen. „Ich will dich auch berühren." Sie war so außer Atem, dass sie kaum sprechen konnte.

Blitzschnell stand er auf und starrte sie mit feurigem Blick an. Seine Augenfarbe war ein Mix aus Rot, Schwarz und Violett. Wortlos hob er sie hoch und legte sie auf das Bett. Kühle Seide umspielte ihre heiße Haut. Im nächsten Moment war er auch schon über ihr und drückte sie in die Matratze. Sein Gewicht zu spüren, war überraschend erregend und berauschend.

Goldenes Licht fiel auf seine Haut und erzeugte einen Heiligenschein. In diesem Augenblick war er wirklich ein Engel. *Ihr* Engel. Ihr Retter und ihr Liebhaber. „Zieh deine Hose aus", befahl sie. Seine nackte Brust war so herrlich heiß, und sie konnte es kaum erwarten, seine nackten Beine zu spüren … und seinen harten Penis – ohne störenden Stoff.

Er gehorchte nicht. Zitternd griff sie nach dem Hosenbund, um das unwillkommene Kleidungsstück runterzuschieben.

Er schüttelte den Kopf, und sie hielt inne. „Wenn du sie mir ausziehst, bin ich sofort in dir." Seine Stimme war leise und heiser.

„Gut. Genau das will ich."

„Aber ich habe dich noch nicht geschmeckt." Er stützte sich leicht auf und fuhr mit dem Finger ihren Bauch hinab.

Oh Gott. „Ja, schmecken. Ich will … ich brauche …" Mehr von allem. Wenn er sich weigerte, die Hose auszuziehen, war das auch kein Problem. Sie schob eine Hand in den Stoff und fasste ihn an.

Er atmete scharf ein und schloss kurz die Augen. „Ashlyn."

Er war so groß, dass sie die Hand nicht schließen konnte. Dick, voll, Wahnsinn. Als sie die Hand genauso hoch- und runterbewegte, wie er es unter der Dusche gemacht hatte – das ist gut, niemals aufhören –, drang er endlich mit einem Finger in sie ein. Das aufregende Gefühl entlockte ihr ein Stöhnen.

Er verharrte in der Bewegung. „Gut?"

„Gut", seufzte sie.

Er ließ den Finger tief in sie hineingleiten und zog ihn wieder heraus. Zuerst langsam, dann schneller … schneller … sie krümmte sich, sie liebte die leichte innere Dehnung und spannte ihre Muskeln an, um ihn tief in sich festzuhalten.

„Mehr?"

„Mehr", keuchte sie.

Er nahm einen zweiten Finger hinzu und dehnte sie stärker. Sie presste die Knie gegen seine Oberschenkel und gab sich ihm vollkommen hin. Ihre Blicke trafen sich. Ihm stand der Schweiß auf der Stirn, und sein Mund war vor Anspannung leicht verzogen.

„Heiß. Feucht."

„Groß", erwiderte sie, während sie leicht zudrückte. „Hart."

„Alles deins."

„Meins", pflichtete sie ihm bei. *Ich will ihn – jetzt und für immer.* „Mehr."

Der dritte Finger fand seinen Weg in ihre warme Höhle. Es brannte leicht. Sie liebte es. Sie liebte das wunderbare Gefühl, von ihm ausgefüllt zu sein. „Meins", sagte er. Sein Penis zuckte in ihrer Hand. „Bist du bereit, meine Schöne?"

„Ja. Und wie bereit ich bin." Sie war mehr als bereit. Noch nie hatte sie etwas so inbrünstig gewollt. Sie hätte ihr Leben dafür gegeben, diese Erfahrung machen zu dürfen. „Bitte."

Sie knetete seinen Rücken und zerkratzte ihm die Haut, während er sich die Boxershorts über die Knöchel schob und sie mit den Füßen auf den Boden schleuderte. Keine Unterwäsche mehr. Endlich war er vollkommen, wundervoll nackt.

„Sieh mich an."

Sie gehorchte ihm, und ihre Blicke verschlangen sich genauso ineinander wie ihre Körper.

Die harte Spitze seines Penis drückte zwischen ihre Beine, ohne ganz in sie einzudringen. Sie hob die Hüfte, damit er weitermachte. Doch er bewegte sich nicht tiefer in sie hinein. Trotz seiner Behauptung, in ihr zu sein, sobald er sich seiner Hose entledigte, zögerte er jetzt.

„Ich brauche einen Moment … um den Dämon … unter Kontrolle … zu … bringen", presste er hervor. „Ich will nicht aufhören. Aber die Triebe …"

„Mmmm, Triebe. Ja."

„Nein. Dunkel. Brutal. Hart."

„Ich habe keine Angst." Nein, sie war erregt und wollte ihn *und* den Dämon. Er war ein Teil von ihm. Also liebte sie auch ihn.

„Das solltest du aber." Der Schweiß tropfte von seiner Stirn auf ihre Wange. Trotz der eisigen Luft kühlte er nicht ab. „So habe ich es seit Jahrtausenden nicht mehr gemacht. Ich habe keine Frau angesehen, während ich …"

Er brach mitten im Satz ab, doch sie ahnte, was er nicht über die Lippen brachte. Er hatte keine Frau angesehen, während er mit ihr geschlafen hatte. Wieder trafen sich ihre Blicke. In Ashlyns Augen leuchtete die tiefe Liebe, die sie für ihn empfand. Sie versuchte nicht, sie zu verstecken, und es wäre ihr auch gar nicht gelungen. „Ich will nicht mehr warten."

„Du musst aber."

Sie zog die Knie an, um ihn nach vorne zu drängen, aber er stützte sich mit einer Hand am Kopfende ab und wehrte sich gegen jegliche Bewegung. Grrr! Sie wollte nicht, dass er Angst hatte, ihr wehzutun. „Schlag mich. Beiß mich."

„Nein. Nicht dich."

„Doch, bitte. Ich halte das aus."

„Ich werde dir nicht wehtun." Er schüttelte den Kopf, ohne sie anzusehen. „Ich werde dir nicht wehtun. Versprochen."

Sorg dafür, dass er die Kontrolle verliert. Beweis ihm, dass er dir nicht wehtun kann, ganz gleich, was er macht. Genau, dachte sie, als sie sein Kinn zwischen die Hände nahm und ihn zwang, sie anzusehen. Wenn er dieses Mal kniff und sich weiterhin davor fürchtete, was er ihr antun könnte, würde er irgendwann ganz aufhören, sie anzufassen und sie schließlich verlassen.

„Mach mit mir, was du tun musst. Aber mach es jetzt", stöhnte sie und versuchte einmal mehr, sich auf seinen harten Stab zu schieben. „Ich bin so feucht, dass es schon schmerzt."

Sein flacher Atem hallte in ihren Ohren wider. „Nur noch ein paar Minuten. Ich werde dich einfach im Arm halten. Dann muss ich gehen."

Auf keinen Fall.

Sie fuhr ihm mit den Fingerspitzen den Rücken hinunter und genoss das Gefühl samtweicher Haut auf stahlharten Muskeln. Seine Tätowierung hatte so echt ausgesehen, dass sie erwartete hatte, sie fühlen zu können. Aber sie war genauso weich und warm wie der Rest von ihm.

„Wenn du mich nicht nehmen willst …" Sie bemühte sich, unschuldig zu klingen, als sie seinen Po massierte. Bei der Berührung spannten sich seine Muskeln an. „Dann nehme ich dich."

Ohne Vorwarnung hielt sie ihn fester und zog ihn im selben Moment zu sich heran, als sie die Hüfte nach vorn schob.

Maddox Arm knickte ein, und er glitt in sie hinein. Sie stieß einen Schrei aus – vor Schmerz und vor Glück.

Maddox verlor die Kontrolle.

Er brüllt laut und lange, zog sich aus ihr zurück und stieß wieder zu. Immer und immer wieder. Sie keuchte. Sie spürte ihn so tief, dass sie sich nie mehr nur als Ashlyn würde betrachten können. Sie war jetzt Maddox' Frau.

Er biss ihr in die Halssehne, und sie zitterte. Wenn er sich zurückzog, bewegte er sich langsam, und wenn er zustieß, schnell und hart. Das Bett wackelte, die Metallbeine quietschten auf dem Boden. Er packte eins ihrer Beine und verhakte es in seiner Ellenbeuge, um ihre Beine weiter zu spreizen, damit er noch tiefer in sie eindringen konnte.

„Tut mir leid." Er sprach die Worte wie ein Mantra. „Tut mir leid."

„Muss es nicht. Weiter. Ja!", rief sie.

Seine Bewegungen wurden schneller und noch härter. „Ashlyn", keuchte er. „Ashlyn."

Ihr ganzer Körper stand in Flammen, von außen wie von innen. Ihr Puls hämmerte im Rhythmus seiner Stöße. Ihr Kopf wurde vor- und zurückgeschleudert, bis sie nur noch Lust empfand.

Er kniff ihr in die Brustwarzen, was sie noch heißer machte.

Er schabte mit den Zähnen über ihre Kehle, was sie noch feuchter machte.

Er drückte sanft ihre Schenkel, was sie noch williger machte. „Tut mir leid", entschuldigte er sich wieder. „So leid. Ich wollte zärtlich sein."

„Ich mag es hart. Mach's mir noch härter." Für die zärtliche Variante hatten sie immer noch Zeit, wenn ihr Verlangen gestillt war. Und nachdem er gemerkt hatte, dass sie – mit dem größten Vergnügen – alles ertrug, was er ihr gab. „Ja. Gleich." Es war fast so weit. Nur noch ein bisschen …

Er legte die Hand hinter ihren Kopf, zog ihr Gesicht an seins und stieß mit der Zunge in ihren Mund. Sein himmlischer Geschmack durchflutete sie wie eine Droge, wie ein Schuss Heroin. In dem Augenblick kam sie. Die Flammen der Ekstase verschlangen sie.

Ihr feuchter Körper bebte, und sie schrie, als weißes Licht und Schatten durch ihren Kopf rasten. Sie starb langsam und schnell. Sie starb einfach. Flog in den Himmel.

„Ashlyn“, rief Maddox, als auch er kam. Sein heißer Samen ergoss sich tief in ihr. Seine Muskeln spannten sich an. „Meins.“ Wieder biss er ihr in den Hals, als könnte er nichts dagegen tun.

Dieses Mal blutete es.

Eigentlich hätte es wehtun müssen, und es tat auch weh – oh, war das gut –, und trotzdem kam sie ein zweites Mal. Zitternd krümmte sie sich ihm entgegen und schrie vor Glück und Lust auf. Sie hätte nie gedacht, dass Lust und Schmerz so eine explosive Mischung ergeben konnten. Sie hätte nie gedacht, dass das eine das andere pushen konnte. Aber so war es. Und sie war glücklich.

Völlig außer Atem brach er auf ihr zusammen. „Es tut mir leid. Ich wollte nicht …“

„Keine Entschuldigungen mehr. Ich bin überglücklich.“ Zufrieden nahm sie sein Gewicht wahr, das auf ihr lastete. „Ich will es immer so.“

Er rollte sich auf den Rücken und zog sie mit sich. Entspannt lag sie auf seiner Brust. Er schlang die Arme um sie, hielt sie fest und streichelte ihr über den Rücken. „Die zärtliche Variante hätte dir besser gefallen. Vor allem beim ersten Mal.“

Ihr Mund verzog sich zu einem Lächeln. „Daran habe ich so meine Zweifel. Aber du kannst mich gern vom Gegenteil überzeugen.“

Für den Bruchteil einer Sekunde sah er sie erstaunt an. Dann begriff er und setzte sie rittlings auf sich. „Mit Vergnügen.“

19. Kapitel

In seinem ganzen Leben war Maddox noch nicht so gesättigt gewesen. Nicht in all den Jahrtausenden.

Er und Ashlyn hatten sich dreimal geliebt, und jetzt schlief sie an ihn gekuschelt, und ihr Atem streichelte seine Rippen. Auf hart und schnell war sanft und langsam gefolgt, woraufhin sie verlangte, noch einmal daran erinnert werden zu wollen, wie sich hart und schnell anfühlte, bevor sie sich entscheiden konnte, was ihr besser gefiel.

Ihre Worte schockierten, beeindruckten und demütigten ihn. Er hatte ihr den schlimmsten Teil seiner Persönlichkeit gezeigt, die Bestie, die er so sehr verachtete, doch sie war weder davongelaufen noch hatte sie geweint. Nein, sie hatte ihn um mehr gebeten.

Bei der Erinnerung musste er grinsen. Ein echtes, wahrhaftiges Grinsen, dachte er erstaunt. Als der Dämon von ihm verlangt hatte, sie zu beißen, konnte er nicht anders, als zu gehorchen. Während er zubiss und ihr Blut schmeckte, schrie alles in ihm beschämt auf. Aber ihr gefiel es. Es störte sie nicht im Geringsten. Im Gegenteil: Sie biss ihn ebenfalls. Und jetzt fühlte er sich frei. Er fürchtete sich nicht mehr davor, welche Reaktionen ihre Anwesenheit bei ihm auslösten. *Er brauchte sich nicht zu fürchten.*

Sie war alles, was er brauchte und was zu brauchen er sich nie bewusst gewesen war. Ohne sie könnte er nicht mehr leben. Sie hatte … ihn gezähmt. Sie hatte den Dämon bezirzt. Er hatte ihr von seinem Vorhaben erzählt, sie bei sich zu behalten, und es war ihm ernst damit. Sie gehörte zu ihm, jetzt und für alle Zeit.

Langsam fuhr er mit der Fingerkuppe über ihre Wirbelsäule. Sie murmelte im Schlaf und schmiegte sich noch enger an ihn. Ihr Busen drückte sich gegen seinen Unterarm und durchflutete ihn mit Wärme. Was war sie doch für ein Schatz. Er war in den Wald gegangen, um nach einem Ungeheuer zu suchen, und hatte stattdessen Erlösung gefunden.

Bei Ashlyn war *Gewalt* nicht wirklich gewalttätig, sondern er verwandelte sich in etwas Schönes. Düster, ja. Er war immer düster.

Aber dennoch sinnlich. Nicht böse, sondern gierig. Nicht zerstörerisch, sondern besitzergreifend. Noch vor zwei Tagen hätte er nicht geglaubt, dass so was möglich wäre.

Ashlyn. Zähmerin der Dämonen. Er lachte, leise, um sie nicht zu wecken. Nach dem ausgiebigen Liebesspiel musste sie ihre Energiespeicher wieder auffüllen. Er hatte vor, sie später noch mal hart zu neh…

Unter ihnen krachte eine Tür zu. Ein Mann fluchte. Maddox erkannte den kratzigen Bariton sofort. Reyes war wieder da.

Augenblicklich kippte Maddox' Stimmung von Zufriedenheit in Wut. Er und Reyes hatten noch eine Rechnung zu begleichen. Er musste den Krieger warnen, ihm klarmachen, dass jeder Versuch, Ashlyn etwas anzutun, Konsequenzen hätte.

Maddox rollte sich vom Bett und vergewisserte sich, dass er seine Frau nicht geweckt hatte. Ihre Augen blieben geschlossen, und die langen Wimpern warfen hübsche Schatten über die rosigen Wangen.

Leise zog er sich an. T-Shirt, Hose, Stiefel. Dolche. *Sie gehört uns. Niemand wird ihr etwas antun.* Der Dämon wollte sich ebenfalls rächen und brodelte unter seiner Haut und in seinem Blut. Er spie Feuer, warf Blasen … schmolz in ihm … aber Maddox behielt die Kontrolle.

Ich bin zwar wütend, aber *ich* kontrolliere mein Handeln, dachte er. *Ich* entscheide. Es war seltsam. Erstaunlich und berauschend. Er verdankte seine wiedergewonnene Kontrolle niemand anderem als Ashlyn.

Nach einem letzten Blick auf ihre schlafende Gestalt verließ er das Zimmer. Die Stimmung des Dämons verfinsterte sich mit jedem Schritt, den er sich von ihr entfernte, doch es gelang ihm nicht, das Kommando zu übernehmen.

Maddox fand Reyes im Foyer vor, jedoch nicht allein. Die anderen Krieger waren bei ihm. Sie alle hatten Schnittwunden, bluteten und waren mit schwarzem Ruß bedeckt. Außerdem waren ein paar Männer dabei, die Maddox nicht kannte …

Nein, das ist doch nicht …, dachte er und blinzelte mehrmals.

„Sabin?"

Niemand beachtete ihn. Sabin – gütige Götter – war zu beschäftigt damit, sich aus seinem T-Shirt zu schälen und den tiefen Schnitt an der Seite seines Bauchs zu inspizieren. Lucien hatte den Arm um … Strider gelegt. Cameo saß mit angezogenen Beinen auf dem Fußboden. Ihre dunklen Haare waren an den Spitzen angesengt, und ihre linke Gesichthälfte war verbrannt. Gideon und Amun standen gegen die Wand gelehnt, als könnten sie sich nicht mehr aus eigener Kraft auf den Beinen halten.

Die Krieger nach so langer Zeit wiederzusehen, war wie ein Hieb in die Magengrube. Was machten sie hier? Warum waren sie gekommen?

Er hörte Paris laut stöhnen und schaute zu ihm hinüber. Er sah die offene Fraktur an seinem Unterarm. Der Knochen hatte sich durch die Haut gebohrt. Aeron war … Maddox runzelte die Stirn. Aeron war an das Treppengeländer gekettet und fluchte laut. Das Blut rann ihm von der Stirn. „Töten. Ich muss töten." Seine Stimme troff vor Böswilligkeit. „Ich brauche ihr Blut. Mmmmh, Blut."

Die Titanen hatten nicht zu viel versprochen. Offenbar hatte *Zorn* die Kontrolle übernommen. Das bedeutete, dass er jetzt von dem Verlangen besessen war, die vier Frauen umzubringen. Müssten sie ihn jetzt anketten, bis sie einen Weg gefunden hatten, die Gefangenen zu retten – oder bis sie tot waren?

Bei dem Gedanken keimte Hass in Maddox auf. Hass auf die Titanen, weil sie seinen Freund in diese Lage gebracht hatten. Hass auf die Griechen, weil sie die Herren der Unterwelt verflucht hatten, Hass auf die Jäger, weil sie sie unerbittlich verfolgten, und vor allem Hass auf sich selbst als jungen Mann, weil er in jener schicksalhaften Nacht die Büchse geöffnet hatte.

„Was ist hier los?", wollte Maddox wissen. Dass er nicht einfach zum Angriff überging, zeigte, wie sehr Ashlyn ihn verändert hatte. „Seid ihr in unsere eigenen Fallen auf dem Hügel getappt?"

Einige Krieger sahen zu ihm nach oben. Die Mehrheit ignorierte ihn jedoch. „Nein", murmelte Sabin. „Die konnten wir umgehen."

„Bombe", brummte Reyes, ohne aufzublicken. Er zog sich gerade die Stiefel aus, die förmlich mit seinen Füßen verschmolzen waren. Er lächelte.

„Eine von unseren?", hakte Maddox nach, da er Sabin nicht traute.

„Wohl kaum. Ich kann mir was Besseres vorstellen, als mich selbst in die Luft zu jagen." Reyes seufzte und ließ sich endlich dazu herab, ihn anzusehen. Er wirkte irritiert. „Warum gehst du nicht auf mich los?"

Blitzschnell zog Maddox einen Dolch aus der Scheide und warf ihn zu dem Krieger hinüber. Im Bruchteil einer Sekunde zog er einen zweiten und zielte auf Lucien. Die Klingen segelten knapp über die Schultern der Männer und blieben in der Wand hinter ihnen stecken. „Keine Sorge, wenn ihr so was noch mal plant, werde ich euch umbringen."

Luciens Blick war leer. Er schien gelassen, doch Maddox spürte, dass es unter der ruhigen Oberfläche brodelte. Sein Gesicht war angespannt, als wäre er ein Eisblock, in den man einen Eispickel zu viel getrieben hätte. Würde er gleich zerbersten? „Sei froh, dass wir sie nicht gefunden haben. Ich bin es jedenfalls. Die Jäger haben uns reingelegt. Sie haben uns in einen Club gelockt und dann mit Bomben begrüßt."

Bomben. Dann hatte also wirklich ein neuer Krieg begonnen. Zähneknirschend ging Maddox die letzten Stufen hinunter. Er machte einen Bogen um den ausschlagenden Aeron und wurde zum Dank gegen den Oberschenkel getreten. Besser, als ein Messer abzukriegen, dachte er.

„Und warum ist Sabin hier?", hakte er nach, ohne den Mann, über den er sprach, anzusehen. „Hat *er* die Jäger hergeführt?"

„Allem Anschein nach waren die Jäger schon vor ihm hier. Sabin ist ihnen gefolgt und möchte, dass wir ihm bei der Suche nach *dimOuniak* helfen." Reyes pfefferte seine ruinierten Stiefel in die Ecke. Seine Fußsohlen waren von großen, nässenden Blasen bedeckt.

„Tut mir leid, dass wir hier mit unseren alten Freunden aufkreuzen." Paris packte seinen gebrochenen Arm und rammte ihn gegen die Wand, um den Knochen wieder in seine natürliche Position zu bringen. Er heulte kurz auf und wurde blass. „Aber du ahnst ja gar nicht, welche Entscheidungen du triffst, wenn dein Gehirn plötzlich auf der Tanzfläche eines Clubs verteilt liegt."

Lucien legte die Handfläche an die Wand und beugte sich mit verzerrtem Gesicht vor. „Bis wir die Orientierung wiedergefunden hatten, waren die Jäger auf und davon. Sie hatten keine Spuren hinterlassen, und da wir nicht wussten, ob sie vielleicht in Sabins Hotelzimmer auf uns warteten, haben wir beschlossen, ihn und die anderen mit zu uns zu nehmen. Dank Torins Überwachungsanlage sind wir hier zumindest sicher."

„Sie wussten genau, was sie taten, und hatten den Anschlag offenbar schon seit langem geplant", erklärte Reyes. „Aber mich würde interessieren, warum sie uns nicht die Köpfe abgetrennt haben, als sie es gekonnt hätten."

„Sie haben etwas anderes vor." Paris kreiste die Schulter. „Eine andere Erklärung gibt es nicht."

Alle Augen richteten sich auf Sabin.

Er zuckte die Achseln. „Sie wollen Blut sehen. Wir müssen mit allem rechnen."

Reyes nickte. „Am besten machen wir uns kampfbereit und spüren sie auf, ehe sie den nächsten Versuch starten."

Sabin wischte sich mit dem T-Shirt übers Gesicht. „Ich erinnere mich noch an eine Zeit, als ihr lieber mit euren Freunden gebrochen habt als einen Jäger anzugreifen."

„Nein", widersprach Lucien. „Wir haben mit Freunden gebrochen, die eine komplette Stadt samt ihrer Einwohner vernichten wollten. Wir haben mit Freunden gebrochen, die einen aus unseren Reihen hinterrücks angegriffen haben."

Mit starrem Blick wandte Sabin sich ab.

Maddox sah sich im Foyer um und musterte die abgekämpfte Truppe. „Wo ist Torin?"

Eine tödliche Stille senkte sich über Lucien. „Ist er noch nicht vom Friedhof zurück?"

Friedhof? Torin hatte die Burg verlassen? Was hatte Maddox denn noch alles verpasst, während er tot war? „Ich glaube nicht. Ich habe ihn nicht kommen hören, aber ich war auch … beschäftigt."

Mit hochgezogenen Augenbrauen zog Sabin ein Funkgerät hervor. „Kane. Hörst du mich?"

Nichts.

„Kane?"

Wieder nichts. Mit einem Anflug von Panik in der Stimme wiederholte Sabin: „Kane. Antworte mir."

Nichts.

Alle sahen einander an.

Lucien fuhr sich mit der Hand übers Kinn. Seine Gesichtszüge waren noch angespannter als zuvor. „Wir müssen Torin finden, bevor es jemand anderes tut. Maddox, du holst Verbandszeug. Wir treffen uns oben. Ich will in zehn Minuten los."

Auf einmal vernahm er das erschrockene Keuchen einer Frau. Maddox wirbelte herum und sah Ashlyn auf dem obersten Treppenabsatz stehen. Die langen Locken, die er so liebte, fielen ihr über die Schultern, und ihre weit aufgerissenen Augen blickten beunruhigt drein. Sie trug eins seiner T-Shirts und die schwarze Jogginghose, die an ihren Beinen schlackerte.

Binnen weniger Sekunden stand er neben ihr und zog sie hinter sich, um sie aus dem Sichtfeld der Krieger zu schaffen. Er wusste nicht, ob er den neuen „Familienmitgliedern" trauen konnte. Eher nicht. Nicht mehr. Zu viel Zeit war vergangen, als dass er irgendeine Form von Verbundenheit zu ihnen spürte.

„Ich brauche wohl gar nicht erst zu fragen, zu wem der Mensch gehört", stellte Sabin trocken fest.

„Was ist mit ihnen passiert?", fragte Ashlyn entsetzt. Sie lugte an seiner Schulter vorbei. „Sie sind voller Blut. Und wer sind die anderen Männer?"

„Eine Bombe. Die anderen sind … welche von uns."

„Fünf Minuten und ein Messer", schrie Aeron und riss an seinen Fesseln. „Mehr brauche ich nicht."

Ashlyn war kalkweiß im Gesicht, als sie nach Maddox' Arm griff.

Reyes ging auf den Gefangenen zu, der jetzt wild vor sich hin fluchte, und schlug ihm ins Gesicht. Einmal, zweimal, dreimal. Er schlug so lange auf Aeron ein, bis dieser zu Boden ging. Maddox meinte, Aeron „Danke" sagen zu hören, aber er war sich nicht sicher.

Während die Krieger nach oben humpelten, blieb Maddox schützend vor Ashlyn stehen. Als sie alleine waren, drehte er sich zu ihr um und zeichnete mit der Fingerkuppe die Kontur ihres Kiefers nach. „Geh zurück in mein Zimmer. Bitte", fügte er hinzu. „Ich komme so schnell wie möglich nach."

Entschlossen sah sie unter ihrem dichten Wimpernschleier zu ihm auf. „Ich kann ihnen helfen, und die anderen Frauen auch. Danika hat mir auch geholfen, als ich krank war, erinnerst du dich? Sie behält in Krisensituationen einen kühlen Kopf. Genauso wie ich."

Er schüttelt kurz und heftig den Kopf. „Ich will nicht, dass du ihnen zu nahe kommst."

„Wenn ich hier bleibe, habe ich auch das Recht, deine Freunde kennenzulernen."

„Nicht alle von diesen Männern sind meine Freunde. Und diejenigen, die meine Freunde sind, kannst du gern ein andermal kennenlernen. Jetzt brauchst du Ruhe."

Sie stemmte die Fäuste in die Hüfte. „Ich weigere mich, den ganzen Tag im Bett herumzulungern, wenn ich mich nützlich machen kann."

„Ruhe ist nützlich."

„Ist sie nicht."

„Ich kenne ein paar dieser Männer nicht, Ashlyn. Nicht mehr. Wenn einer von ihnen versucht, dir was anzutun …" Schon als er diese Worte aussprach spürte er eine tiefe Wut in sich.

„Ich will helfen. Ich hatte noch nie eine richtige Familie." Wie sie so vor ihm stand und auf ihre Hände hinabblickte, die den Stoff ihres T-Shirts zwirbelten, erschien sie ihm auf einmal verletzlicher als je zuvor. „Bisher habe ich immer nur daneben gestanden. Dabei wollte ich schon immer dazugehören. Bitte lass mich deiner Familie helfen, Maddox."

Etwas schnürte ihm die Brust zu. Er konnte dieser Frau einfach keinen Wunsch abschlagen. Nicht mal diesen. Er würde die Männer genau im Auge behalten und falls nötig die ganze Zeit hinter ihr stehen, aber er würde sie nicht davon abhalten, zu helfen.

„Geh in mein Zimmer und schnapp dir so viele Handtücher wie du tragen kannst." Er hatte stets einen riesigen Handtuchvorrat. „Weißt du, wie du zum Gemeinschaftsraum kommst?"

Sie schüttelte den Kopf, und er gab ihr eine Wegbeschreibung. Als er fertig war, erhellte ein kleines Lächeln ihr Gesicht. „Danke." Sie stellte sich auf die Zehenspitzen und hauchte ihm einen Kuss auf den Mund.

Entgegen aller Vernunft vertiefte er den Kuss und drückte sie mit dem Rücken gegen die Wand. In ihrer Gegenwart spürte er immer pures Verlangen. Er saugte ihren Geschmack auf, diese einzigartige Droge, von der er nicht genug kriegen konnte. Sie hob ein Bein und schlang es um seine Taille.

Sogleich übermannte ihn die Leidenschaft. Sein Geschlecht pulsierte, und er hätte ihr am liebsten die Kleider vom Leib gerissen, um ihre entblößten Kurven von Neuem zu erkunden. Um in ihren Körper einzutauchen wie ihre Zunge in seinen Mund, heiß und feucht, mit leidenschaftlichen Bewegungen. Sie stöhnte. Er schluckte das Geräusch herunter. Köstlich.

„Maddox!", rief Reyes vom anderen Ende des Flurs. „Wird das heute noch mal was?"

Mit unendlichem Bedauern löste er sich von Ashlyn und mied fortan jeglichen Hautkontakt. Das war sicherer. Eine Berührung würde zu einem weiteren Kuss führen. Und dann würde er sie in sein Zimmer zurücktragen, und Freunde – wie Feinde – wären vergessen.

„Das war … schön", sagte sie und wedelte sich Luft zu.

Mit halb geschlossenen Augen musterte er sie. Ihre Lippen waren rot, geschwollen und feucht. Sie fuhr sich mit der Zunge darüber, als wollte sie die Reste seines Geschmacks auskosten. Er musste wegsehen, doch im nächsten Moment wurde sein Blick wie magisch wieder von ihr angezogen. Ihre Augen strahlten golden und fiebrig. Seinetwegen.

An ihrem Hals hämmerte der Puls. Unwillkürlich streckte er die Hand aus, um sie an der Stelle zu streicheln, hielt sich jedoch gerade noch rechtzeitig zurück. Lieber nicht. Nicht jetzt.

„Maddox", rief jetzt auch Lucien.

„Kommst du vielleicht bald mal?", schrie Reyes.

„Die Handtücher", raunte er Ashlyn zu und machte dann auf dem Absatz kehrt, bevor er Gefahr lief, sich nicht mehr von ihr losreißen zu können.

Dieser Mann raubt mir wirklich den Verstand, dachte Ashlyn, während sie Maddox hinterhersah. Er flog um die Ecke und verschwand aus ihrem Blickfeld. Ihr Herz hämmerte immer noch unregelmäßig.

Mit einem verträumten Lächeln fuhr sie sich mit dem Finger über die kribbelnden Lippen. Gut, dass Maddox gegangen war. Wenn er sie auch nur ein paar Sekunden länger geküsst hätte, hätte sie ihm erlaubt – ach was, ihn *angefleht!* –, sie auf der Stelle zu nehmen, wo jeder sie hätte sehen können.

Sie hörte einen Mann stöhnen und einen anderen vulgär herumschimpfen und war augenblicklich wieder in der Realität. Sie hatte jetzt keine Zeit für schwärmerische Gedanken an Maddox. Mit einem Ruck setzte sie sich in Bewegung. Die Luft war kühl und etwas feucht, aber belebend. Sie liebte die Buntglasfenster der Burg und die glänzenden Steine, die von Ewigkeit und Vergänglichkeit erzählten.

Sie hätte gern den Ort aufgesucht, an dem die Bombe explodiert war, und sich die Gespräche angehört, die dort geführt worden waren. *Du hättest gerne? Darrow, du* wirst *hingehen.* Eigentlich hatte sie ihre Gabe immer verflucht. Sie brachte ihr keinerlei Nutzen, und kein Auftrag war so bedeutungsvoll gewesen, als dass er ihr ständiges Leid gerechtfertigt hätte. Aber für Maddox würde sie nur allzu gern

Kontakt zu den Stimmen aufnehmen. Ganz gleich wie oft. Die Vorstellung, dass sich dort draußen Männer versteckten, die nur darauf warteten, ihn zu töten, behagte ihr ganz und gar nicht.

Wenn sie sich aus der Burg schlich, um sich nach Möglichkeiten umzuhören, den Todesfluch zu brechen – was sie bereits für diese Nacht geplant hatte –, würde sie auch gleich herausfinden, wo das Bombenattentat verübt worden war, und den Ort aufsuchen. Wenn sie Glück hatte, erführe sie nicht nur, wo sich die Jäger versteckt hielten, sondern auch, wie sie Maddox vor dem ewigen Sterben retten konnte.

Vermutlich war es reines Wunschdenken, aber die Hoffnung starb schließlich zuletzt.

Der Schreck fuhr ihr in die Knochen, als ihr Blick an einer Blutspur hängenblieb. Bestimmt waren die verletzten Krieger hier, sagte sie sich und entspannte sich wieder.

… hier irgendwo. Oder?

Der winzige Gesprächsfetzen, der plötzlich durch ihren Kopf waberte, überraschte sie. Die neuen Krieger? Mitten im Gehen blieb Ashlyn stehen. Sie spitzte angestrengt die Ohren, hörte jedoch nichts mehr. Merkwürdig. Es war eine Männerstimme, die vor Kurzem noch nicht da gewesen war.

Sie machte noch einen Schritt. Nichts. Dann einen Schritt in die andere Richtung.

Ja. Darauf wette ich.

Da. Noch ein Fragment. Sie schluckte und ging weiter in dieselbe Richtung …

Komm, hier lang … wo sind sie … hoffentlich noch draußen … zu viele mit diesen verfluchten Sprengfallen verloren … es hat viel zu lange gedauert, die Sauerei zu beseitigen … ob sie wissen … kämpfen.

… und fand sich schon bald vor der Tür wieder, die Danika und ihre Familie von der Freiheit trennte.

Verdammt. Irgendjemand – offenbar mehrere Leute – waren hineingeschlichen. Also nicht die neuen Krieger. Waren sie immer noch da? Hatten sie den Frauen etwas angetan? Ashlyns Hand zitterte, als sie nach dem Türknauf griff. Halt. Vielleicht sollte sie lieber Maddox informieren.

Die Eindringlinge könnten Jäger sein.

Sie versuchte, den Kloß herunterzuschlucken, der ihren Hals blockierte. Wenn es dieselben Männer waren, die die Bombe im Club gezündet hatten, könnten sie hier und jetzt noch eine zünden. Sie machte ein paar Schritte zurück, um Maddox zu alarmieren. *Du kannst Danika und ihre Familie nicht hierlassen, Darrow.*

„Es geht ihnen bestimmt gut", flüsterte sie. Maddox hatte gesagt, die Jäger griffen nur Unsterbliche an, richtig? Richtig. Sie wich noch einen Schritt zurück. Trotzdem war es klüger, Maddox zu informieren. Er könnte sie aufhalten, sie nicht.

Noch ein Schritt, und sie vernahm einen anderen Dialog.

Wo ist sie?

Wenn ich das nur wüsste.

Glaubst du, sie haben sie … umgebracht?

Vielleicht. Aber, verdammt, es könnte auch noch schlimmer *sein. Das hier sind Dämonen.* Pause, Seufzen. *Zum Teufel, ich hätte mehr Wächter auf sie abstellen sollen.*

Mein Boss, ging es ihr plötzlich auf. Dr. McIntosh war hier. Eigentlich hätte sie froh sein sollen, seine Stimme zu hören, und glücklich, dass sie ihm so viel bedeutete, dass er sie aufgespürt hatte. Aber … er hatte Männer auf sie angesetzt, die sie beschützen sollten? Wie hatte er sie in die Burg eingeschleust?

Ashlyn, Süße, wenn du das hier hörst: Wir warten im Café Gerbeaud am …

Und wenn man sie eingesperrt hat? Dann kann sie sich alleine nicht befreien.

Shhh. Da kommt jemand.

Dann herrschte Stille.

Sie kratzte sich an der Augenbraue und versuchte, einen klaren Gedanken zu fassen. Waren sie immer noch hier? Was würde Maddox machen, wenn er sie fand? Und was würden sie mit Maddox machen? Panik stieg in ihr auf. *Okay, okay. Denk nach, Darrow. Denk nach.*

Doch sie brauchte überhaupt keine Entscheidung zu treffen.

Vor ihr öffnete sich die Tür einen Spaltbreit, und McIntosh spähte in den Flur. Als er sie sah, riss er die Augen auf. Sein vertrautes, offenes Gesicht tröstete sie – doch zum ersten Mal beunruhigte es sie auch.

„Ashlyn! Du lebst!"

„McIntosh, ich … ich …"

„Shhh, nicht hier." Er packte sie, zog sie ins Zimmer und schloss leise die Tür hinter ihr. Das Erste, was ihr auffiel, waren Danika und ihre Familie, die auf dem Fußboden lagen.

„Oh Gott." Sie wollte zu ihnen gehen, doch ihr Chef hielt sie fest. Mehrere Männer kundschafteten das Zimmer aus und suchten nach … sie wusste es nicht. Und sie kannte sie auch nicht. Sie hatte sie noch nie am Institut gesehen.

Einer der Männer hustete und würgte dann ekelerregend, woraufhin sie ihn ansah. Er hatte Blut an den Händen. Herr im Himmel. Er hustete noch einmal und krümmte sich dabei. Er war gefährlich blass und hatte Blutergüsse unter den Augen. Wieder ein Husten.

„Sei still", ermahnte McIntosh ihn mit Flüsterstimme.

„'Tschuldigung. Mein Hals tut weh."

„Das hat er vor fünf Minuten doch auch noch nicht."

„Aber …", husten, „… jetzt."

Ashlyn befreite sich aus McIntoshs Griff, eilte zu Danika und kniete sich neben sie. „Ist sie …" Sie fühlte den Puls und fand ihn auch. Gott sei Dank.

„Sie schläft nur", versicherte McIntosh ihr.

Erleichtert ließ sie die Schultern hängen. „Warum machen Sie so was? Warum haben Sie sie außer Gefecht gesetzt?" Während sie sprach, konnte sie einen Teil ihrer Unterhaltung hören.

Wer sind Sie?, fragte Danika. *Und was wollen Sie hier?*

Ich stelle hier die Fragen. Wer seid ihr?, entgegnete McIntosh.

Gefangene.

Habt ihr auch nach der Büchse gesucht?

Bei der Frage sank Ashlyn der Mut.

Büchse? Sie konnte Danika die Verwirrung anhören.

Haben sie euch gesagt, wo sie ist? McIntosh klang aufgeregt.

Offenbar hatte er sie gepackt, denn sie zischte: *Lassen Sie mich los!*

Haben sie?

Reyes! Reyes, Hilfe!

Sei still, oder ich sehe mich gezwungen, dich mundtot zu machen.

Reyes!

Dann hatte es wohl einen Kampf gegeben, denn Ashlyn vernahm ein angestrengtes Schnauben, die Schreie von Danikas Familie und dann plötzliche Stille. Anschließend wurde darüber gesprochen, die Frauen zu betäuben und später als Köder einzusetzen, falls erforderlich.

Jäger, schoss es ihr durch den Kopf, und sie schloss vor Entsetzen die Augen. Sie hatte gestern schon so was vermutet, als sie sich mit Danika unterhalten hatte, den Gedanken aber ganz schnell wieder beiseitegeschoben und sich daran erinnert, wie gut und ehrenwert das Institut doch war. Wenn sie ehrlich war, hatte ein Teil von ihr geglaubt, dass gerade vor ihr niemand ein solches Geheimnis hätte geheim halten können. Aber diese Männer waren ohne Zweifel Jäger. Daran gab es nichts zu beschönigen. Sie öffnete die Augen und musterte ihren Vorgesetzten.

Ihr war speiübel. Er hatte die ganze Zeit von der Schatulle gewusst. Er hatte danach gesucht, ohne sie einzuweihen. Oh Gott.

Er hatte sie belogen. Sie hatte ihr gesamtes Leben einer Sache gewidmet, die gar nicht existierte. McIntosh hatte ihr als Kind jahrelang Märchen vorgelesen und ihr gesagt, dass sie etwas Besonderes und zu Höherem berufen sei. Sie hatte gedacht, sie mache die Welt zu einem besseren Ort. Stattdessen hatte sie dabei geholfen, Menschen, vielleicht Unschuldige, zu vernichten. Sie fühlte sich verraten, und dieses Gefühl war so stark, dass es sie beinahe in die Knie gezwungen hätte.

„Sie untersuchen die Wesen, die ich für Sie finde, überhaupt nicht, oder?“ Ihre Stimme war ganz leise. „Jäger.“

„Natürlich tue ich das“, erwiderte er beleidigt. „Ich bin schließlich Wissenschaftler. Nicht jeder Mitarbeiter des Instituts ist ein Jäger, Ashlyn. Du bist der beste Beweis dafür. Neunzig Prozent unserer Arbeit besteht ausschließlich aus Beobachten. Aber wenn wir das Böse finden, merzen wir es aus. Und zwar gnadenlos.“

„Und was gibt Ihnen das Recht dazu?“

„Die Moral. Das Wohl der Allgemeinheit. Im Gegensatz zu den Dämonen hier bin ich kein Ungeheuer. Alles, was ich mache, mache ich zum Schutz der Menschheit.“

„Warum wusste ich nichts davon?“ Jetzt flüsterte sie fast. „Warum habe ich nie etwas davon gehört?“

Er hob das Kinn. Sein Blick bat um Verständnis. „Nur einige Wenige machen die eigentliche Schmutzarbeit. Darüber haben wir im Institut nie gesprochen. Außerdem haben wir dich nie an die Orte gelassen, an denen unsere Besprechungen stattfanden.“

„All die Jahre.“ Sie schüttelte benommen den Kopf. „Kein Wunder, dass Sie mich kaum aus den Augen gelassen haben. Sie wollten verhindern, dass ich über Informationen stolpere, die nicht für mich bestimmt waren."

„Du willst Informationen? Ich kann dir Bilder von den Dingen zeigen, die diese Dämonen angerichtet haben. Bilder, bei deren Anblick du kotzen wirst. Bilder, bei deren Anblick du dir am liebsten die Augen auskratzen möchtest, damit du so etwas nie wieder sehen musst."

Sie hielt sich den Magen. „Sie hätten mir die Wahrheit sagen müssen."

„Ich wollte dich da so weit wie möglich raushalten. Du bedeutest mir wirklich viel, Ashlyn. Wir wussten, dass es unter den Dämonen zwei Gruppen gibt. Die eine haben wir jahrelang bekämpft, und nach der anderen haben wir die ganze Zeit gesucht. Dann hat eine unserer Mitarbeiterinnen *Promiskuität* gefunden. Wir haben dich nach Budapest gebracht, damit du dich umhörst und so viel wie möglich über die neuen Feinde in Erfahrung bringst. Es war nicht geplant, dass du dich ihnen so dicht näherst."

Ihr Lebenswerk hatte sich soeben als krank und böse entpuppt. *Was war ich doch für ein Idiot.* „Sie sind hergekommen, um diese Männer zu töten. Dabei tun sie den Einwohnern von Budapest nur Gutes. Sie spenden Geld, als wäre es Wasser und halten die Kriminalitätsrate extrem gering. Sie bleiben unter sich und verlassen die Burg so gut wie nie. *Sie und Ihre Männer* waren es schließlich, die einen Club in die Luft gejagt haben, nicht die Dämonen."

McIntosh kam mit entschlossener Miene auf sie zu. „Wir sind nicht gekommen, um sie zu töten. Das können wir gar nicht. Noch nicht. Vor Jahren hat man herausgefunden, dass man die Herren der Unterwelt nur töten kann, indem man ihre Dämonen in die Welt entlässt – Dämonen, die nicht mehr sind als perverse, durch die Gefangenschaft verdrehte Zerstörungsmaschinen. Nein, wir sind hier, um die Krieger zu fangen. Wenn wir die Büchse der Pandora finden, können wir die Dämonen darin einsperren und die Männer töten, in denen sie zurzeit wohnen. Das hast du selbst für uns in Erfahrung gebracht, weißt du nicht mehr?" Er streckte die Hand aus und fasste sie an der Schulter. „Weißt du, wo sie ist? Haben sie es dir gesagt?"

„Nein."

„Du musste etwas gehört haben. Denk nach, Ashlyn."

„Wie gesagt: Ich weiß nicht, wo sie ist."

„Willst du nicht auch in einer Welt leben, in der das Böse nicht existiert? In der es weder Lügen noch Elend noch Gewalt gibt? Du hörst von alledem doch an einem Tag mehr als die meisten Menschen in ihrem ganzen Leben." Er sah sie eine ganze Weile mit hochgezogenen Augenbrauen an. „Ich habe dein Talent über Jahre gefördert. Ich habe dir ein Zuhause geschenkt, dir Essen gegeben und versucht, dir das Leben so friedlich wie möglich zu machen. Und alles, was ich im Gegenzug von dir verlangt habe, war, deine Gabe einzusetzen, um die paranormalen Wesen unter uns zu finden."

„Das habe ich ja auch immer gemacht. Aber ich habe trotzdem nichts über die Büchse gehört", bekräftigte sie energisch.

Sein Stirnrunzeln vertiefte sich. „Du musst. Du warst keine Gefangene wie diese Frauen hier. Du konntest dich frei durch die Flure bewegen." Während er sprach, wurden seine Augen größer, als entdeckte er in seinen eigenen Worten eine verblüffende Offenbarung. Er ließ sie los, griff in seine Hosentasche und holte eine mit einer klaren Flüssigkeit gefüllte Spritze hervor. „Arbeitest du jetzt für die Ungeheuer, Ashlyn? Und lüg mich nicht an. Hast du die ganze Zeit schon mit ihnen gemeinsame Sache gemacht?" Hätte sie nicht solch panische Angst gehabt, sein vorwurfsvoller Ton wäre lachhaft gewesen.

Sie machte einen Schritt zurück, dann noch einen. Sie stieß mit dem Rücken gegen eine Mauer und versuchte, zur Seite zu springen. Zwei starke Arme legten sich um ihren Körper und hielten sie fest. Doch keine Mauer. Ein Mann. Ein Jäger. Fieberhaft versuchte sie, sich zu befreien.

„Wo ist die Büchse, Ashlyn?", bohrte der Doktor nach. „Mehr will ich doch gar nicht. Sag mir, wo sie ist, und ich lasse dich gehen."

Beruhig dich. Halte ihn hin. Lenk ihn ab. Wenn sie nicht mit den Handtüchern auftauchte, würde Maddox nach ihr sehen. „Sie sind ein Jäger und trotzdem tragen Sie keine Tätowierung am Handgelenk. Wie kommt das?"

Er hob den Arm und schob den Hemdsärmel hoch. Eine schwarze, liegende Acht starrte sie an. „Ich habe einfach sorgfältig darauf geachtet, dass du sie nicht siehst. Mein Vater hat sie mir an meinem achtzehnten Geburtstag machen lassen, als ich den Schwur ablegte, die Familientradition fortzuführen."

Wie kam es nur, dass sie nichts davon bemerkt hatte? Sie kam sich so dumm vor. Die Frau, die geglaubt hatte, niemand könnte sie hintergehen, war jahrelang an der Nase herumgeführt worden. Sie wusste nicht, ob sie sich schämen und schuldig fühlen sollte oder verraten und verängstigt.

Verwickle ihn in ein Gespräch. „Warum das Unendlichkeitszeichen?“ Es kostete sie Mühe, überhaupt einen Laut herauszubringen.

„Unser Ziel ist eine Ewigkeit ohne das Böse. Welches Symbol wäre da geeigneter?“

„Aber die Männer hier sind nicht böse. Wirklich nicht. Sie haben sich um mich gekümmert. Sie haben mir geholfen. Wenn Sie sie kennenlernen würden, dann ...“

Der Hass fiel wie ein Vorhang über sein Gesicht. „Einen Dämon kennenlernen?“ Er knackte mit dem Kiefer. Kam näher. „Die Kreaturen aus der Unterwelt müssen vernichtet werden, Ashlyn. *Sie* haben Athen gestürzt. *Sie* haben zahlreiche Menschen getötet und unbeschreibliches Leid über sie gebracht ...“

„Aber wenn Sie ihnen etwas antun, sind Sie am Ende genauso böse wie Sie es ihnen vorwerfen zu sein. Haben Sie auf der Jagd nach ihnen nicht schon genug Menschen umgebracht?“

Ohne Vorwarnung schnellte sein Arm hervor, und er rammte ihr die Spritze in den Hals. Ein stechender Schmerz, ein warmer Schwall. Sie versuchte, den Kopf wegzuziehen. Zu spät. Plötzlich war sie so benommen, dass sie sich kaum noch bewegen konnte. Eine seltsame Schwere breitete sich in ihrem Körper aus und ließ die Umgebung immer dunkler werden. Alles drehte sich.

„Schlaf jetzt“, hörte sie McIntosh noch sagen.

Im nächsten Moment war sie bewusstlos.

20. Kapitel

Maddox traute seinen Augen kaum. War es eine Halluzination? Ein Albtraum? Er hatte die verletzten Krieger allein gelassen, um nachzusehen, ob Torin schon wieder da war. Zu seinem Entsetzen hatte er Blutspuren in den Fluren vorgefunden. Jetzt stand er in der Tür zu Torins Zimmer und musste feststellen, dass sein Freund tatsächlich zurück war. Er lag auf dem Boden in einer dunkelroten, teils geronnenen Blutlache. Das Rot war so dunkel, dass es beinahe schwarz wirkte. Selbst Torins silberblonde Haare waren von der tödlichen Flüssigkeit verfärbt.

In seinem Hals klaffte eine tiefe Wunde.

Irgendjemand hatte entweder erfolglos versucht ihn zu köpfen oder ihn erfolgreich außer Gefecht gesetzt. Torins Augen waren geschlossen, doch sein Brustkorb hob sich in regelmäßigen Abständen. Er lebte. Aber wie lange noch?

Maddox kam die Galle hoch – Galle und Wut und Entschlossenheit. Hatte Torin sich nach dem Angriff noch vom Friedhof nach Hause geschleppt? Oder war jemand in die Burg eingedrungen und hatte ihn im Flur hinterrücks überfallen? War Kane der Täter? Oder ein Jäger? Mit wachsender Panik sah Maddox sich im Zimmer um. Keine Spur von Jägern oder von Kane.

Während er darüber nachdachte, was er tun sollte, rief er nach seinen Freunden. Torin war wie ein Bruder für ihn; er konnte ihn nicht so leiden lassen. Aber er konnte ihn auch nicht anfassen. Er selbst würde zwar nicht erkranken, aber er würde die Krankheit unweigerlich an Ashlyn übertragen.

Ashlyn. Hatte der Schuldige sie auch erwischt? Nein. Nein! *Hilf Torin und finde sie!*

Erneut rief er nach den Kriegern.

Einen direkten Hautkontakt mit Torin konnte er nicht riskieren. Er brauchte Handschuhe. Da die Zeit drängte, rannte Maddox zum Schrank und nahm eins der vielen Paar schwarzer Handschuhe heraus, die Torin dort aufbewahrte. Hastig riss er sie aus der versiegelten Verpackung und schlüpfte hinein, bevor er sich ein schwarzes Hemd um den Hals knotete, um dem Hautkontakt auch dort vorzubeugen.

Er bückte sich und hob den verletzten Mann hoch. Dann brachte er ihn zum Bett, wickelte ihm ein schwarzes T-Shirt um den Hals und übte etwas Druck aus, um die Blutung zu stillen. Es war seltsam, ihm nach Jahrhunderten der Distanz so nah zu sein.

Langsam flackerten Torins Lider, und Maddox blickte in zwei grüne Augen, in denen sich der Schmerz spiegelte. Im Nu machte sich *Gewalt* zum Kampf bereit, schärfte seine Krallen und hätte am liebsten sofort angefangen.

„Jäger", gluckste Torin. Das Wort war kaum hörbar. „Auf Hügel. Kommen her. Kämpfen. Wollen Büchse. Mich berührt. Haben Kane." Dann wurde er bewusstlos, und sein Arm fiel schlaff herunter.

Verdammt. Maddox hatte getan, was er konnte. Also rannte er aus dem Zimmer, um Ashlyn und die anderen zu finden. *Bleib ruhig. Es geht ihr bestimmt gut.* Der Gedanke jedoch, dass sie verletzt sein könnte oder gar Schlimmeres …

„Ashlyn!" Wenn die Jäger sie nach dem Kontakt mit Torin in ihrer Gewalt hatten, könnte sie der Krankheit erliegen.

Ein vertrauter schwarzer Schleier trübte seinen Blick.

Sie war nicht in seinem Zimmer, und allem Anschein nach war sie auch überhaupt nicht dort gewesen. Die Handtücher waren unberührt. Sie war auch nicht in dem Zimmer der vier Frauen. Und die Frauen selbst auch nicht. Nein. *Nein!*

Aus dem Augenwinkel sah er etwas Silbernes aufblitzen. Er stürzte auf den Balkon, wobei er fast die Glastüren durchbrochen hätte. Ein Kletterseil hing vom Geländer bis zum Boden hinunter.

Mann und Dämon brüllten im Chor. Auf dem Hügel war keine Spur von den Jägern zu sehen, was bedeutete, dass sie bereits einen ordentlichen Vorsprung hatten. Gütige Götter, die Jäger hatten sie. Die Jäger hatten zuerst Torin und dann Ashlyn berührt.

Ihm war speiübel, als er zum Gemeinschaftsraum eilte. Auf dem Weg zog er die Handschuhe aus und nahm den T-Shirt-Wickel vom Hals und warf beides einfach auf den Boden.

„Die Handtücher?", fragte Lucien, als er ihn erblickte. Anscheinend hatte er Maddox' Hilferufe nicht gehört. Dann nahm er den Gesichtsausdruck seines Freundes wahr und legte die Stirn in Falten.

Maddox berichtete der Gruppe von seiner Entdeckung. Die Worte sprudelten nur so aus ihm heraus. Die Krieger hörten ihm aufmerksam zu und machten dann ihrer Empörung Luft. Alle waren vor Schreck kalkweiß.

„Sind sie in die Burg eingedrungen?", wollte Paris wissen.

„Ja." Maddox wandte sich mit einem Knurren an Sabin. „Habt ihr ihnen dabei geholfen?"

Der Mann hielt abwehrend die Hände hoch. Die Unschuld in Person. „Ich wurde bei der Explosion auch in Stücke zerrissen, falls du es vergessen haben solltest. Außerdem ist es seit jeher mein Ziel, sie zu vernichten."

„Was ist mit Danika?", fragte Reyes scharf.

„Verschwunden."

Reyes kniff die Augen zusammen.

„Torin braucht medizinische Versorgung", meinte Paris. „Wie stellen wir das an?"

„Er wird ohne Hilfe gesund werden müssen. Meine Götter, es wird eine Seuche geben", erwiderte Lucien grimmig. „Das können wir nicht mehr verhindern."

Maddox ballte die Hände zu Fäusten. „Die Seuche ist mir egal. Meine Frau ist da draußen. Ich werde alles tun, was nötig ist, um sie zu retten."

Strider trat vor. „Kane war mit Torin auf dem Friedhof. Vielleicht ist er ihm hierher gefolgt. Hast du ihn gesehen?"

„Torin hat gesagt, auf dem Hügel habe es einen Kampf gegeben. Sie haben Kane mitgenommen."

„Fuck", fluchte Sabin und rammte die Faust in die Wand.

Wie konnte ein Tag, der so vielversprechend begonnen hatte, nur so düster enden?

„Ich komme mit dir in die Stadt", meinte Reyes. Er hatte sich etwas von dem Ruß aus dem Gesicht gewischt, aber seine Füße waren immer noch verbrannt und nackt.

„Ich suche die Burg ab." In Luciens verschiedenfarbigen Augen loderte ein gefährliches Feuer. Aeron hatte einmal behauptet, Lucien besäße ein Temperament, das dunkler sei als der zerstörerischste Sturm. Damals hatte Maddox ihm nicht geglaubt. Jetzt schon. „Ich will sichergehen, dass sie sich nicht immer noch hier verstecken."

In Anbetracht des Kletterseils hegte Maddox diesbezüglich große Zweifel. „Gib mir fünf Minuten", bat er Reyes, bevor er in sein Zimmer raste und sich bis unter die Zähne bewaffnete. Messer, Pistolen, Wurfsterne.

Die Jäger würden heute Nacht bluten.

Reyes sah Maddox erschrocken an.

Nachdem sie die Straßen von Budapest abgesucht hatten, waren sie schließlich auf eine Gruppe Jäger gestoßen. Jetzt standen sie im Wald, wo die Bäume sie vor den neugierigen Blicken der Menschen schützten. Die Dunkelheit war hereingebrochen, und das silberne Mondlicht ergoss sich gleichermaßen über die Natur, die Dämonen und die Menschen.

Maddox hatte ohne Warnung angegriffen.

Er trug den Schleier der Gewalt auf seinem Gesicht, und dieser war nicht länger durchsichtig, sondern hatte vollkommen von ihm Besitz ergriffen. Sein Gesicht war jetzt eine einzige albtraumhafte Fratze. Blitzschnell tötete er – es – zwei Jäger mit einem einfachen Messerhieb, indem er ihnen die Kehle aufschlitzte, so wie man es bei Torin gemacht hatte. Sie stürzten zu Boden und waren auf der Stelle tot.

Reyes rührte sich nicht. Er war sich nicht sicher, ob Maddox wusste, wo er war, geschweige denn gegen wen er kämpfte. Deshalb fürchtete er, ebenfalls abgestochen zu werden, wenn er sich einmischte.

Er war genauso wütend wie Maddox. Aus irgendeinem Grund fühlte er sich für Danika verantwortlich und war erbost darüber, dass man sie ihm weggenommen hatte. Da machte es auch nichts, dass sie bereits zum Tode verurteilt gewesen war.

„Wo ist euer Anführer?", flüsterte Maddox bedrohlich, während er die beiden noch atmenden Jäger umkreiste.

„W-weiß ich nicht", wimmerte der eine.

„Wo sind die Frauen?"

„Weiß ich nicht", heulte der andere. „Bitte. Bitte tu uns nichts."

Maddox zeigte keine Gnade. Er spielte an der blutigen Messerspitze herum und fuhr sich mit der Zunge über die Zähne. Die Blutspritzer auf seinem Gesicht ließen die Skelettmaske noch grausamer wirken. „Wohin hat man sie gebracht?"

„W …"

„Wenn du mir wieder dieselbe Antwort gibst, schneide ich dir die Zunge raus. Und du wirst mir dabei zusehen, wie ich sie esse", warnte Maddox ihn.

Reyes hatte diese Stimme noch nie gehört. Maddox sprach tiefer und herber als je zuvor. Er war durch und durch Bestie. Von dem Mann Maddox war keine Spur zu sehen.

„Ich will wissen, wo sie sind."

„Ich wei…"

Der Mann hatte keine Chance, den Satz zu beenden. Mit erhobenem Arm sprang Maddox auf ihn zu. Dann ließ er die Hand hinab sausen. In der einen Sekunde lebte der Mann noch. In der nächsten war er mausetot. Das Blut lief ihm aus dem Hals.

Der einzige Überlebende begann zu winseln. Er hustete.

„Ich werde die Frage nur noch ein Mal stellen", erklärte Maddox, und der Jäger hustete wieder. „Wohin hat man sie gebracht?"

„McIntosh hat es uns nicht gesagt", war die zittrige Antwort. „Er hat nur gesagt, wir sollen die Stadt im Auge behalten und ihm Bescheid geben, wenn wir einen der Herren sehen. Wir haben außer Miss Darrow keine andere Frau in der Burg erwartet. Bitte. Sie wollen nur das Mädchen und die Büchse. Ihr Plan war es, sich in die Burg zu schleichen, sich das Mädchen zu schnappen und nach der Schatulle zu suchen. Das ist alles."

Reyes stapfte zu einem der toten Männer und nahm das Funkgerät an sich, das er bei sich trug. Er steckte es sich hinten unter den Gürtel. Vielleicht erhielt er darüber ja hilfreiche Informationen. Doch im Augenblick gab das Gerät keinen Mucks von sich.

Maddox schielte zu ihm hinüber, und Reyes nickte. Ohne ein warnendes Wort streckte Maddox die Hände aus, brach dem Mann das Genick und ließ ihn zu seinen Freunden auf den Boden fallen. Sie hätten ihm nicht gestatten können, weiterzuleben. Er war ein Jäger. Er war infiziert. Und er hatte eine Rolle bei Ashlyns Verschwinden gespielt.

„Was machen wir als Nächstes?" Reyes starrte gen Himmel. Ein Teil von ihm hoffte, die Antwort fiele von den Sternen zu ihnen herunter.

„Ich weiß es nicht." Maddox war geradezu krank vor Sorge, als er die unglückseligen Worte der Jäger wiederholte. *Gewalt* beherrschte ihn und steuerte sein Handeln, aber sein Geist war dennoch klar. Wenn er Ashlyn nicht bald fand, würde er bis zum nächsten Morgen warten müssen, wenn er von den Toten zurückgekehrt war. Und wenn er warten musste ... wenn Ashlyn die Nacht mit den Jägern verbringen musste ...

Er wollte sie alle töten.

„Lass uns die Stadt noch mal absuchen. Es muss einfach eine Spur geben", schlug Reyes vor. „Wir müssen irgendetwas übersehen haben."

Seite an Seite liefen sie zurück in die Stadt. Es waren nicht viele Menschen unterwegs, und die paar Gestalten, die sich draußen herumtrieben, hielten sich von ihnen fern. Vermutlich hatte die Bombenexplosion das Bild von den Engeln vom Hügel zerstört. Die Explosion und die Tatsache, dass Maddox an den Händen und im Gesicht Blut klebte.

Als er und Reyes in einer schmutzigen Gasse standen, in der es nach Urin stank und die ihm wie ein lebensgroßer Sarg vorkam, blieb er stehen und blickte – wie zuvor Reyes – in den samtenen Himmel. Auf einmal verspürte er nicht mehr nur Wut und niedere Gelüste, sondern auch Hilflosigkeit.

Ashlyn war sein Grund zu leben.

Er liebte sie. Das hatte er zwar schon vorher geahnt, aber jetzt war er sich ganz sicher. Sie verkörperte Sanftmut und Licht. Leidenschaft und Ruhe. Hoffnung und Leben. Unschuld und ... alles. Sie war sein Ein und Alles.

Jetzt, da er sie gefunden hatte, konnte er sich ein Leben ohne sie nicht mehr vorstellen. Ihm war, als wäre sie die fehlende Verbindung, das fehlende Teil seines Wesens, das Einzige, das ihn vollständig machte.

Er hatte ihr versprochen, dass er sie immer beschützen würde.

Er hatte versagt.

Brüllend schlug er in die Mauer neben sich. Er fühlte sich innerlich wie zerrissen.

Eine Zeitung tanzte um Reyes' Knöchel. Der Krieger bückte sich, hob sie auf, knüllte sie zu einem Ball zusammen und warf sie wütend weg. „Uns läuft die Zeit davon."

„Ich weiß." *Denk nach!* „Die Jäger haben die Frauen bestimmt nicht aus der Stadt gebracht. Wahrscheinlich richten sie ihre gesamte Energie auf die Suche nach der Büchse. Und so wie sie bei uns eingefallen sind, müssen sie denken, dass wir sie haben."

„Richtig."

„Vermutlich sind sie immer noch in der Stadt und verstecken sich."

„Es würde mich nicht wundern, wenn sie uns die Frauen im Tausch gegen die Büchse zurückgeben", meinte Reyes. „Wir sollten einen Handel arrangieren."

Maddox erkannte an Reyes' Tonfall, dass er nicht von einem fairen Handel sprach. Sie würden die Frauen mitnehmen und ein einziges Blutbad hinterlassen. „Und wie?"

Reyes hielt das Funkgerät hoch. Einige Minuten lang lauschten sie gebannt, hörten jedoch nur ein statisches Knistern. Auch als sie selbst hineinsprachen kam keine Reaktion.

„Zum Teufel! Ich will nicht mit leeren Händen zur Burg zurückkehren, aber ich weiß einfach nicht, was wir noch tun sollen." Reyes klang gequält. „Bald schlägt es Mitternacht."

Maddox wusste nur, dass er Ashlyn sicher und gesund in den Armen halten wollte. Den Blick noch immer gen Himmel gerichtet, breitete er die Arme aus. „Helft uns", schrien er und sein Dämon. „Helft uns. Bitte."

Nichts. Der Himmel öffnete seine Schleusen nicht. Er sandte auch keine Blitze. Alles blieb unverändert. Die Sterne funkelten weiter am tiefschwarzen Firmament. Maddox kniff die Augen zu zwei schmalen Schlitzen zusammen. Wenn das alles vorbei war, würde er mit diesen gleichgültigen, egoistischen Göttern abrechnen. Was man Ashlyn auch angetan haben mochte, er würde genau dasselbe mit ihnen machen. Ein Tausendfaches davon. „Komm, wir suchen die Gegend ein letztes Mal ab."

Reyes nickte.

Fünfzehn Minuten später verließen Reyes und Maddox eine Kapelle, die sie leise durchsucht hatten, und entdeckten auf der anderen Straßenseite einen alten Mann. Er war schmutzig und ungepflegt und trug nur einen dünnen, löchrigen Mantel. Und er hustete. Er hustete sich schier die Lunge aus dem Leib.

Maddox musste an die Nacht denken, als Torin in die Stadt gekommen war, die damals ein völlig anderes Gesicht gezeigt hatte. Statt Häusern gab es Hütten, statt Straßen mit Kopfsteinpflaster matschige

Wege. Aber die Menschen waren die gleichen. Zerbrechlich, schwach und arglos.

Torin zog seinen Handschuh aus und streichelte einer Frau über die Wange, die ihn angefleht hatte, sie zu berühren. Seit Jahren schmachtete er diese Frau schon aus der Ferne an. Sein Widerstand brach, und er hoffte, dass dieses eine Mal irgendjemand überleben würde. Dass die Liebe alles besiegte.

Eine Stunde später hatte die Frau zu husten begonnen. Genauso wie jetzt der alte Mann.

Nachdem noch eine Stunde vergangen war, hatte das gesamte Dorf gehustet. In den folgenden Tagen waren die meisten Einwohner einen grausamen Tod gestorben. Ihre Haut war von Pocken übersät gewesen und sie hatten aus jeder Körperöffnung geblutet.

Maddox fluchte leise. Ashlyn war irgendwo da draußen – zusammen mit den Jägern, die die neue Epidemie provoziert hatten. Denn genau das würde es werden – eine Epidemie.

Der Gewaltdämon zog sich vollständig in die dunklen Ecken seiner Seele zurück, als respektierte er, dass Maddox nun die Führung übernehmen musste. Er und Reyes überquerten die Straße und gingen auf den alten Mann zu.

Das Viertel lag immer noch verlassen in der Dunkelheit. Die meisten hielten sich in ihren sicheren Häusern auf. Morgen wären sie selbst dort nicht mehr sicher. „Ich muss mit Ihnen reden", sprach Maddox den Alten an.

Hustend blieb er stehen. Mit fiebrigem Blick sah er Maddox an. „Du bist einer von ihnen", sagte er schließlich. Wieder musste er husten und krümmte sich. „Von den *angyals.* Meine Eltern haben mir Gutenachtgeschichten über euch erzählt. Mein ganzes Leben lang wollte ich einem von euch begegnen."

Maddox verstand ihn kaum. „Hatten Sie vielleicht Kontakt zu einer Gruppe Männer? Sie sind fremd in der Stadt. Sie hatten es vermutlich sehr eilig und trugen Tätowierungen an den Handgelenken. Wahrscheinlich waren sie in Begleitung von fünf Frauen." Er bemühte sich, die Aufregung in seiner Stimme zu unterdrücken und sich nicht anmerken zu lassen, wie wütend, besorgt und verzweifelt er war. Schließlich wollte er den alten Mann nicht verängstigen. Nicht, dass er am Ende noch einen Herzanfall erlitt.

Obwohl das vielleicht sogar gnädig gewesen wäre. Der Tod, der ihn schon bald heimsuchen würde, wäre kein schöner. Ja, Lucien hätte in den nächsten Stunden eine Menge zu tun.

Reyes beschrieb die Jäger aus dem Club und die Frauen.

„Ich hab die kleine Blonde gesehen, von der Sie gesprochen haben", gab der Alte Auskunft. Husten. „Es waren drei Frauen bei ihr, aber ich weiß nicht mehr, wie sie aussahen."

Danika also. Aber wer war bei ihr? Höchstwahrscheinlich ihre Familie. Das bedeutete, dass Ashlyn … nein. Nein! Sie lebte. Es ging ihr gut. „Wohin sind sie gegangen?", stieß er zwischen zusammengebissenen Zähnen hervor. Diesmal war er nicht in der Lage, seine Reaktion zu mäßigen. Er spürte, wie der innere Druck immer größer wurde. „Sagen Sie es mir. Bitte."

Auf dem gegerbten Gesicht des Mannes spiegelte sich Verwirrung. Er taumelte und wäre fast gestürzt. Husten. „Sie sind die Straße entlanggerannt. Ein großer Mann ist ihnen gefolgt." Er zeigte auf irgendetwas und hustete. „Er hätte mich fast umgerannt."

„In welche Richtung sind sie gelaufen?", fragte Reyes.

„Norden."

„Danke", erwiderte Reyes. „Danke."

Der alte Mann hustete und fiel zu Boden. Obwohl Maddox nicht noch mehr Zeit verlieren wollte, kniete er sich neben ihn. „Schlaf nur. Wir … segnen dich."

Der Mensch starb mit einem Lächeln auf den Lippen, wie es Maddox noch nie gelungen war. Ashlyn, rief er in sich hinein. Ich komme und hole dich.

21. Kapitel

Ashlyn erwachte mit einem Japsen. Eiskaltes Wasser tropfte ihr vom Gesicht. Einige Sekunden verstrichen. Das einzige Geräusch, das sie vernahm, war ihr rasselnder Atem. Sie versuchte, sich zu orientieren. Das T-Shirt klebte an ihrer Haut. Es war fast zu Eis gefroren. Zuerst war ihr verwässerter Blick verschwommen, aber dann sah sie den Raum. Dunkle, abgenutzte Steinwände. An einer Seite waren Gitterstäbe, die auf einen schmalen Steinflur blickten. In der Ecke gegenüber hingen Ketten.

Ganz ruhig, keine Panik. Als Nächstes sah sie ein vertrautes, fein gezeichnetes Gesicht. Es hatte mal eine Zeit gegeben, da hätte sie sich gefreut, McIntosh zu sehen. Aber jetzt fühlte sie nur noch Hass.

Er warf den Eimer zur Seite, der jetzt leer war, und setzte sich vor sie auf einen Holzstuhl. Sie bemerkte, dass ihre Arme hinter ihrem Rücken an den Stuhl gefesselt waren und versuchte, sich zu befreien. Das kalte Metall schnitt ihr in die Haut, aber die Handschellen gingen nicht auf.

„Wo bin ich?“, fragte sie.

„Halal Foghaz.“ Seine Stimme klang rauer als gewöhnlich. Kratzig.

Das Gefängnis der Toten.

„Einige der schlimmsten Verbrecher in der Geschichte von Budapest wurden hier gefangen gehalten, bis sie den Aufstand probten und ihre Wärter abschlachteten. Bis vor ein paar Wochen war das Gebäude noch geschlossen.“

Ihre Augen verengten sich zu zwei schmalen Schlitzen.

„Entspann dich“, befahl er. Er war blass und seine Augen waren rot gerändert. „Ich bin nicht der Drache aus deinen Märchen, vor dem du dich als Mädchen so gefürchtet hast.“

Auch die Erinnerung an ihre gemeinsamen Jahre konnte sie nicht erweichen. „Lassen sie mich gehen. Bitte.“ Wassertropfen liefen ihr in den Mund. Tropfen, die mit Staub und wer weiß was noch verdreckt waren. Körner kratzten sie am Gaumen. „Was haben Sie mit den Männern gemacht, den Kriegern? Und wo sind die anderen Frauen?“

„Ich werde deine Fragen bald beantworten, Ashlyn. Aber jetzt möchte ich, dass du erst mal meine beantwortest. Okay?" Er hustete abermals. Zumindest klang er wieder vernünftig und nicht mehr so verrückt und fanatisch wie auf der Burg.

Sie zitterte vor Kälte. „Okay." Mehr konnte sie nicht sagen, denn plötzlich brachen die Stimmen über sie herein. Sie erstarrte.

Sie meinte, McIntosh seufzen und murmeln zu hören: „Wie ich sehe, bist du gerade nicht in der Verfassung, Fragen zu beantworten. Ich komme wieder, wenn die Stimmen schweigen." Sie meinte, Schritte und eine Gittertür zuknallen zu hören. Und dann hörte sie nur noch die Stimmen.

Es waren so viele, so unglaublich viele. Gefangene, Totschläger, Mörder, Diebe. Vergewaltiger. Oh Gott. Ein Mann vergewaltigte einen anderen, und das Opfer schrie vor Schmerz und Erniedrigung.

„Maddox", wimmerte sie. Weil ihre Hände mit den kalten Handschellen zusammengekettet waren, konnte sie sich nicht mal die Ohren zuhalten. Es war so laut, so laut, so laut. „Maddox." Vor ihrem geistigen Auge erschien sein Bild. Stark. Entschlossen. Seine violetten Augen waren sanft, seine Lippen weich vom Küssen. Die dunklen Haare fielen ihm in die Stirn.

Ich bin hier, sagte er lautlos. *Ich bin hier. Ich werde dich immer beschützen.*

Sogleich wurden die Stimmen langsamer und leiser. Sie verschwanden nicht vollständig, waren aber längst nicht mehr so lähmend. Sie blinzelte überrascht. Wie war das möglich? Das war noch nie passiert. War Maddox in der Nähe?

Sein Gesicht flackerte und verblasste, als Hoffnung in ihr aufkeimte. Als sein Antlitz verschwunden war, wurden die Stimmen wieder lauter. Und lauter. Sie riss die Augen auf und rief sich sein Gesicht wieder in Erinnerung. Die Stimmen wurden wieder leiser und ertragbar.

Wäre die Situation nicht so schrecklich gewesen, sie hätte übers ganze Gesicht gestrahlt. *Ich kann sie kontrollieren. Ich kann sie kontrollieren!* Das war schier unglaublich. Erstaunlich. Ein Wunder. Kein Verstecken mehr. Kein Meiden von Orten mit großen Menschenansammlungen. Nie wieder!

Äh, Darrow. Ich will ja keine Spaßbremse sein, aber du wirst gefangen gehalten. Von einem Jäger. Erinnerst du dich?

Eine Stimme kicherte fröhlich, als hätte sie den inneren Dialog gehört. *Ich weiß, wie man hier rauskommt. Machst du mit oder willst du in diesem Drecksloch bleiben? Wir müssen nur ein bisschen graben.*

Der Mann aus der Vergangenheit sprach nicht mit ihr, sondern mit einem anderen Gefangenen. Die Unterhaltung interessierte sie, und sie spitzte die Ohren. Ohne Maddox' Bild auch nur für eine Sekunde loszulassen, hörte sie der Stimme zu, die ihr genau beschrieb, wie sie vorgehen musste. Dann grinste sie tatsächlich.

„Danke", flüsterte sie, als es ruhig wurde.

„Ja, ja. Keine Ursache", ertönte eine neue Stimme. Gegenwart, nicht Vergangenheit.

Ihr Lächeln erstarb, und sie suchte mit den Augen die Zelle ab. Sie war allein, aber irgendetwas … erfüllte die Luft. Sie summte vor Energie. „Wer ist da?"

„Du willst doch wissen, wie man den Fluch brechen kann, oder nicht?" Das war eine Feststellung, keine Frage, und sie kam von einer Frau. „Ich dachte, ich hätte dich vor Kurzem danach fragen gehört."

Ashlyn spürte eine warme Linie, die sich von einer Schulter zur anderen ausbreitete, als würde ihr jemand mit der Fingerkuppe über die Haut fahren. Dann tanzte vor ihr eine warme Brise. Sie sah immer noch nichts. Womit sie es auch zu tun hatte, sie wusste, dass es kein Mensch war. Ein unsterbliches Wesen? Einer von Maddox' Göttern?

„Ja", erwiderte sie mit zitternder Stimme. „Das stimmt."

„Cool. Dabei kann ich dir voll helfen."

Cool? Voll? Und das aus dem Mund einer potenziellen Göttin? Wo waren die *Euchs* und *Ihrs*? „Hilfst du mir auch zu fliehen?"

„Eins nach dem anderen, mein Kätzchen." In der Ecke schimmerte irgendetwas. Dann wurden lange, weiße Haare sichtbar. Als Nächstes nahm eine große Frau mit der Figur eines Supermodels Gestalt an. Sie trug ein rotes, bauchfreies Top und einen schwarzen Rock, der ihr gerade eben bis über den Po reichte, und hohe, tiefschwarze Stiefel. Zuletzt materialisierte sich ein Gesicht, und auf einmal erblickte Ashlyn die Inkarnation der Schönheit. Die Gesichtszüge waren so perfekt, so erhaben und majestätisch, dass sie nur zu einer Göttin gehören konnten. „Dein Freund, Entführer, *was auch immer* hat doch von Märchen gesprochen, stimmt's?"

Hatte sie jetzt schon Wahnvorstellungen, oder war diese Frau echt? „Ja."

„Dann kennst du die Antwort ja schon. Denk über die Geschichten nach." Sie zog die Augenbrauen hoch und leckte an einem grellpinken Lutscher. „Was hast du daraus gelernt?"

Für mich ist sie echt genug, dachte Ashlyn. „Dass ich nach meinem Prinz suchen muss?"

„Igitt. Falsch. Denk nach, Süße. Ich will wieder zurück."

Zurück wohin? Wie hieß dieses Wesen? Und warum war es hier und half ihr?

„Ich habe gesagt, du sollst nachdenken, und, Baby, du siehst nicht gerade so aus, als würdest du das tun. Stattdessen starrst du mich an. Willst du etwa ein Stück?"

Von ihr? „Nein. Natürlich nicht."

Achselzucken. „Dann schlage ich vor, du machst dich an die Arbeit."

Okay, okay. Nachdenken ... Es war gar nicht so einfach, sich an die Details einer Geschichte zu erinnern, wenn der Drang zu fliehen so groß war. Aber irgendwie schaffte sie es. In „Dornröschen" kämpft sich der Prinz durch Dornen und Feuer, um den Drachen zu töten und seine Frau zu retten. In „Jungfrau Maleen" durchbohrt die Prinzessin die Mauern des Turms, in dem sie sieben Jahre lang eingesperrt war. Dabei geben ihr ihr Lebenswille und die feste Entschlossenheit, ihren Prinzen zu finden, die Kraft. In „Die sechs Schwäne" schweigt die Prinzessin sechs Jahre lang, um ihre Brüder von einem schrecklichen Fluch zu befreien.

Ashlyn hatte bei den Märchen immer geseufzt und sie tief in ihrem Herzen eingeschlossen, damit sie davon zehren konnte, wenn sie alleine war. Insgeheim hatte sie sich gewünscht, dass ein Prinz ins Institut galoppiert käme, sie auf sein weißes Ross hob und mit ihr in den Sonnenuntergang und in ein Land ritt, in dem es keine Stimmen gab. Er war nie gekommen. Und das war auch gut gewesen, denn so hatte sie gelernt, sich auf sich selbst zu verlassen.

„Also?"

„Märchen lehren einen Entschlossenheit, Beharrlichkeit und Aufopferung. Ich bin entschlossen, ich werde beharrlich sein, aber was muss ich opfern?" Ein Schauder durchlief sie. Würde sie ihre Beziehung mit Maddox opfern müssen? Er war alles für sie. Aber wenn sie ihn erlösen könnte ... würde sie alles tun. Sogar – ihr Magen verkrampfte sich – das. „Ich bin keine Prinzessin, und mein Leben ist alles andere als ein Märchen."

Ein Kichern. „Na ja, aber wäre das nicht schön?" Pause. „Ach, Mist. Der Feind naht. Denk darüber nach, was ich gesagt habe. Wir quatschen später weiter."

„Aber eigentlich hast du gar nichts gesagt!"

Eine Sekunde später verschwand das Summen und die Luft schien stumpf zu werden.

„Wieder besser?", ertönte plötzlich McIntoshs Stimme.

Ashlyn riss die Augen auf. Wann hatte sie sie geschlossen? McIntosh stand hinter den Gitterstäben. Er hustete. Dieses Mal so heftig, dass er sich dabei krümmte. Er konnte sich nur noch auf den Beinen halten, indem er sich an dem Metall festhielt. Er sah kranker und blasser aus als vorher.

„Ja", antwortet sie leise. Hatte sie sich die Begegnung mit der übersinnlichen Göttin nur eingebildet?

Er schloss die Tür auf und kam hereingestolpert. Hustend steckte er den Schlüssel ein. Er schaffte es nicht bis zum Stuhl, sondern brach auf dem schmutzigen Boden hinter ihr zusammen. Eine Minute verstrich, dann noch eine. Er bewegte sich nicht und gab keinen Laut von sich.

„McIntosh? Geht es Ihnen gut?"

Dann endlich eine Bewegung. Er schüttelte den Kopf, als müsste er einen dicken Nebel vertreiben. „Hab mich wohl ein bisschen erkältet", krächzte er. „Wie die meisten meiner Männer." Er rollte sich auf den Rücken und setzte sich unter größter Anstrengung auf, wobei er die ganze Zeit zuckte.

Sie runzelte die Stirn. „Wann haben wir die Burg verlassen?"

„Vor knapp einem Tag."

Ein Tag? So schnell so krank? „Auf der Burg wirkte niemand von Ihnen krank."

„War auch keiner." Er hustete wieder, und dieses Mal lief ihm Blut aus den Mundwinkeln. „Einige sind kranker als andere. Verdammte Winterkeime. Pennington ist sogar gestorben, der Arme. Na ja, ist vielleicht besser so." Er rutschte zurück, bis er sich gegen die Gitterstäbe lehnen konnte.

Gestorben? An einer stinknormalen Erkältung?

„Sie brauchen einen Arzt."

Seine dunklen Augen funkelten wütend. Er gab sich sichtbar Mühe, sich zusammenzureißen. „Was ich brauche, ist diese verdammte Büchse. Diese Männer sind alle böse, Ashlyn. Allein durch ihre Anwesenheit verbreiten sie Lügen, Schmerz, Zweifel und Elend. Ihretwegen gibt es Krieg und Hungersnöte und Tod." Wieder ein Husten. Er griff in seine Hosentasche und warf ihr kraftlos mehrere Fotos auf den Schoß. „Seit ich denken kann, kämpfen wir gegen diese Bastarde. Ihre Boshaftigkeit ist endlos."

Automatisch sah Ashlyn sich die Bilder an. Und würgte. Enthauptete Körper, eine abgehackte Hand, Bäche aus Blut.

„Das haben die Männer getan, die du die ganze Zeit verteidigst."

Nicht Maddox, dachte sie und wandte den Blick ab. Er würde so etwas nicht tun. Das könnte er gar nicht. „Die Männer, denen ich begegnet bin, sind nicht die Quelle alles Bösen auf der Welt." Sie mäßigte ihren Ton. „Sie hätten mir etwas antun können, aber das haben sie nicht. Sie hätten die anderen Frauen vergewaltigen oder töten können, aber das haben sie nicht. Sie hätten Budapest stürmen und die Einwohner niedermetzeln können, aber auch das haben sie nicht getan."

Sein Kopf fiel zur Seite, und für einen Augenblick dachte sie, er sei eingeschlafen – oder gestorben. Das war keine Erkältung. Unmöglich. Vor ihren Augen erschienen rote Pocken auf seinem Gesicht. „McIntosh?"

Mit einem Ruck wachte er auf. „'Tschuldigung. Schwindelig."

„Machen Sie mich frei. Lassen Sie mich Ihnen helfen." *Lassen Sie mich fliehen.*

„Nein. Zuerst die Fragen", erwiderte er schwach. „Ich traue dir nicht mehr."

„Wenn Sie mich losmachen, erzähle ich Ihnen alles, was Sie wissen wollen."

„Wie gesagt: Ich traue dir nicht. Du warst bei diesen Bestien. Sie haben dich verdorben."

„Nein. Sie haben mir *geholfen.*"

„*Ich* habe dir geholfen. Ich habe dafür gesorgt, dass dir niemand schadet. Ich habe dir ein Leben geschenkt, nachdem deine Eltern dich verstoßen haben."

„Ja, Sie haben mir geholfen." *Nur nicht aus Sympathie oder Mitleid, sondern aus purem Eigennutz.* „Und jetzt schließen Sie endlich diese Handschellen auf, damit ich *Ihnen* helfen kann."

Er stieß einen leisen Seufzer aus, der in einem schweren Hustenanfall endete. Als er vorbei war, keuchte er: „Du hättest nach Hause gehen sollen, so wie ich es dir gesagt habe. Aber du hast dich mir widersetzt, und deine Wächter konnten mir keinen Bericht mehr erstatten. Und als ich dich geortet hatte, war es schon zu spät. Ich wünschte, ich wäre früher da gewesen, aber ich konnte ja nicht einfach so an die Tür klopfen. Ich brauchte einen Plan."

„Mich geortet? Was für einen Plan?"

„Die Explosion. Um die Bestien abzulenken und dich zurückzuholen. GPS. In deinem Arm."

Oh Gott. Sie hatten die Bombe *ihretwegen* hochgehen lassen. Tränen der Schuld stiegen ihr in die Augen. *Es ist meine Schuld.* Sie hätten alle ihretwegen sterben können. „Das mit dem GPS verstehe ich nicht." Sie musste sich zwingen, die Worte an dem harten Kloß vorbeizuquetschen, der ihre Kehle blockierte.

„Keine Verhütung, wie wir dir gesagt haben. Der Chip. Wir konnten dich immer aufspüren."

Sie starrte ihn fassungslos an. Sie fühlte sich verraten, war verletzt und wütend. Und all diese Emotionen vermischten sich mit ihrem Schuldgefühl. Wie konnten sie es nur wagen! Noch nie hatte man sie mehr verletzt. Sie wollte weinen; sie wollte schreien. Zum ersten Mal in ihrem Leben wollte sie jemanden umbringen.

Dann war ich wohl doch ein Köder, dachte sie beinahe hysterisch. Wenn auch unbeabsichtigt, aber sie hatte die Jäger direkt zu Maddox' Haustür geführt.

„Gestern haben wir zugelassen, dass sie einen von uns gefangen nehmen", erklärte er mit glasigem Blick. „Er hat die Dämonen zu einem Club geführt. Wir haben sie dort gelassen, als wir sie hätten mitnehmen können. Deinetwegen." Er lächelte sie schwach an, bevor er von einem weiteren Hustenanfall geschüttelt wurde. Als er wieder still war, sah sie eine feine, rote Linie Blut aus seinen Augen fließen, wie kleine, giftige Wasserläufe.

„Machen Sie mich los, Dr. McIntosh. Bitte. Ich habe Ihnen all die Jahre geholfen. Lassen Sie mich hier nicht sterben."

Er schwieg mehrere Sekunden lang. Dann hievte er sich überraschenderweise auf die Füße. Er schlurfte zu ihr hinüber und kniete sich hinter sie. Völlig ermattet öffnete er die Handschellen. Mit einem Scheppern fiel das Metall zu Boden. Sie war frei.

Sie rutschte vom Stuhl und kniete sich neben ihn. Er atmete schwer und rang nach Luft. Er sah nicht so aus, als würde er die nächste Stunde überleben. Trotz ihrer Wut und trotz allem, was er getan hatte, empfand sie Mitleid für ihn. „Wo sind die anderen Frauen?" Erst die Informationen, dann die Flucht.

Eine Pause. Pfeifendes Ausatmen. „In einem Flugzeug nach New York."

„Wohin genau in New York?"

Er schloss die Augen und schien abzudriften.

„McIntosh! Bleiben Sie wach und reden Sie mit mir."

Seine Augenlider zuckten. Auf – zu, auf – zu. Sein Körper wurde zusehends schwächer. „Sie werden … ausgetauscht gegen Büchse. Du wirst sehen … eines Tages", flüsterte er. „Bessere Welt ohne sie." Er öffnete kurz die Augen und sah sie an. „Hübsches Ding. Vater wäre stolz." Er sprach nicht länger in verständlichen Sätzen. Unzusammenhängende Gedankenfetzen flossen unsortiert aus seinem Mund. Dann schloss er die Augen wieder, und dieses Mal blieben sie geschlossen. „Was ist los mit mir?"

„Ich weiß es nicht." Ihre Stimme zitterte. „Sie müssen in ein Krankenhaus."

„Ja." Eine Sekunde später fiel sein Kopf zur Seite, und sein Körper erschlaffte vollends.

Ashlyn schlug sich die Hand vor den Mund. McIntosh war tot. Ja, er hatte sie verraten, und ein Teil von ihr hasste ihn dafür. Aber das kleine Mädchen in ihr sehnte sich noch immer nach seiner Anerkennung.

Zitternd und blind vor Tränen sprang sie auf die Füße, ohne ihm vorher den Schlüssel aus der Hand zu nehmen. Den würde sie nicht brauchen. Sie hatte vor, denselben Weg nach draußen zu nehmen wie der Gefangene.

Aber zuerst … *Mach schon. Es wird zwar wehtun, aber du musst es tun.* Mit zitternden Händen nahm sie den Stuhl, auf dem McIntosh zuvor gesessen hatte, und schlug ihn so oft gegen die Gitterstäbe, bis ein Bein abbrach. Mit der gezackten Bruchkante schabte sie verzweifelt über ihren Arm. Sie zuckte zusammen und biss die

Zähne zusammen, um nicht laut zu schreien. Als das Blut floss, wimmerte sie vor Schmerzen. Endlich bekam sie den GPS-Chip zu fassen. Sie zog ihn heraus, warf ihn auf den Boden und verscharrte ihn im Dreck.

Beeil dich, Darrow, beeil dich. Sie durfte es nicht riskieren, den anderen Mitarbeitern des Instituts in die Arme zu laufen. Zwar waren die meisten vermutlich krank, so wie McIntosh gesagt hatte. Aber das hieß nicht, dass diejenigen, die wohlauf waren, sie mir nichts dir nichts aus dem Gefängnis spazieren ließen. Sie rief sich die Stimme des Gefangenen ins Gedächtnis, stolperte zur einzigen Toilette in der Zelle und drehte an den Schrauben, mit denen sie an der Wand befestigt war. Einige wollten sich einfach nicht bewegen, und sie brach sich fast die Finger, während sie sie bearbeitete. Als die letzte in den Schmutz fiel, trat sie die Toilette von der Wand.

Ein von Menschenhand gefertigtes Loch starrte sie düster an – ein Loch, das direkt zur Außenwelt führte. Alles in ihr sträubte sich dagegen, in den engen, pechschwarzen Gang zu krabbeln, aber nach einem Blick zurück auf McIntoshs leblosen Körper, stieg sie hinein. Völlige Finsternis umgab sie.

„Keine Panik", redete sie sich gut zu, während sie in ihrem Kopf die Stimme des Gefangenen dieselben Worte sagen hörte. Ihr Atem hallte von den matschigen Wänden wider. Eine Ratte lief ihr über die Finger.

Sie schrie kurz auf.

Sie kroch eine halbe Ewigkeit, bis ihre Beine vor Anstrengung brannten. Es wäre halb so schlimm gewesen, hätte sie nicht bergauf kriechen müssen. Erdklumpen fielen auf sie herab, fielen ihr in den Mund und bildeten einen schmierigen Belag auf ihrer Zunge. *Weiter. Einfach weiter.*

Sie fühlte sich wie die Jungfrau Maleen, die sich den Weg in die Freiheit bahnte. Dieser Gedanke ließ sie wieder an die merkwürdige Unterhaltung mit der Göttin denken. Oder an die Halluzination. Ashlyn würde sich nie wieder wünschen, in einem Märchen zu leben.

Am Ende des Tunnels tauchte ein Licht auf, klein aber sichtbar. Erleichterung machte sich in ihr breit und beschleunigte ihre Bewegungen. Im nächsten Moment fand sie sich vor einer kleinen Öffnung, durch die noch nicht mal ein Kind gepasst hätte. „Nein. Nein!" Verzweifelt grub und grub und grub sie.

Nach einer Ewigkeit erhaschte sie einen Blick auf den vom Mond erleuchteten Himmel. Vor Erleichterung und Erschöpfung waren ihre Arme kraftlos und schlaff. Dennoch gelang es ihr, sich auf den gefrorenen Boden hochzuziehen. Mit pochenden Knien stellte sie sich aufrecht hin. Um sie herum erhoben sich schneebedeckte Bäume. Sie zitterte am ganzen Leib. Maddox' schlackernde Kleidung hielt sie kaum warm.

Ein Mann schrie. Es war ein gequältes Schreien.

Sie erstarrte. Maddox. Maddox! Es musste schon Mitternacht sein. Hastig blickte sie sich um und erspähte die Burg am Horizont, doch der Schrei war aus einer anderen Richtung gekommen. Als sie ihn wieder hörte, lief sie trotz aller Erschöpfung los und folgte dem Geräusch. Noch ein Schrei. Dann ein Brüllen.

„Ich komme. Ich komme!"

Während Ashlyn rannte, begann sie zu husten.

22. Kapitel

Als Maddox erwachte, hielt der Schrecken ihn bereits fest in seinen Klauen. Ashlyn brauchte ihn.

Er war ... nicht im Wald, wie er feststellte. Nein, er lag in seinem Bett, in seinem Zimmer und starrte wie jeden Morgen an die gewölbte Decke. Aber er war nicht gefesselt.

Wieso nicht? Warum?

Sonnenlicht fiel durchs Fenster und wärmte ihn. Er hatte Ashlyn nicht rechtzeitig gefunden, und dann hatte *Tod* ihn daran gehindert, weiterzusuchen. Reyes, dachte er. Reyes muss mich nach Hause geschleppt haben.

Fest entschlossen, die Suche fortzusetzen, sprang Maddox aus dem Bett. Heute würde er sie finden, kostete es was es wollte. *Wir werden die Welt Stück für Stück zerstören, bis sie in Sicherheit ist.*

Er würde keine Pause machen, bis ...

Er hörte eine Frau husten und verharrte in seiner Bewegung. Er war gerade im Begriff gewesen, auf den Flur zu laufen, doch jetzt wirbelte er herum. Ashlyn lag auf seinem Bett. Der Schrecken fuhr ihm mit derselben Kraft in die Knochen wie jede Nacht das Schwert in den Bauch.

Er rieb sich mit der Hand über die Augen, aus Angst, sich alles nur einzubilden. Doch der Anblick blieb. Die Erleichterung überlagerte den Schrecken, und er lief rasch zum Bett. Mit einem breiten Lächeln auf den Lippen sank er auf die Knie, dankte den Göttern und streckte die Hand aus, um seine Frau in die Arme zu schließen.

Sie hustete abermals.

Als er zu begreifen begann, erstarrte er. Sein Lächeln erstarb. *Nein!* Nicht Ashlyn. Dann sah er sie genauer an. Sie war blass, viel zu blass, und unter den Augen zeichneten sich dunkle Ringe ab. Ihre hübsche Haut war von kleinen rosafarbenen Flecken übersät.

Am liebsten hätte er sich das Herz aus der Brust gerissen.

Er hatte es geahnt ... befürchtet ... und jetzt hatte sich seine größte Angst bewahrheitet. Die Jäger hatten sie mit der Krankheit infiziert.

Vermutlich waren sie einer nach dem anderen gestorben, weshalb sie hatte fliehen können.

Weshalb sie hatte nach Hause kommen können, um zu sterben.

„Nein!“, brüllte er. Das würde er nicht zulassen; sie war sein Leben. Lieber würde er für alle Ewigkeit in der Hölle schmoren, als auch nur eine einzige Minute ohne sie auf der Erde zu verbringen.

Reyes kam ins Zimmer gestapft, als hätte er auf ein Lebenszeichen gewartet. Er war so wütend wie eine Gewitterwolke und stand kurz davor zu explodieren. „Ist sie aufgewacht?“ Er hatte so viele Schnitte auf den Armen, dass man kaum erkennen konnte, wo der eine aufhörte und der nächste begann.

„Nein“, erwiderte Maddox mit brüchiger Stimme.

Der Krieger musterte sie scharf. „Ich bin in der Nähe geblieben. Sie hat die ganze Nacht gehustet. Es tut mir leid.“ Dann fügte er tröstend hinzu: „Die meisten sterben innerhalb weniger Stunden nach der Infektion, aber sie ist immer noch am Leben. Vielleicht schafft sie es ja.“

Vielleicht war nicht genug. Maddox legte eine Hand auf ihre zu heiße Stirn. Dann sprudelten die Befehle nur so über seine Lippen. „Bring mir kühle Lappen. Und mehr von diesen Pillen, falls wir Danikas Tasche noch haben. Und Wasser.“

Folgsam eilte Reyes davon und kam schon nach kurzer Zeit mit den gewünschten Dingen zurück. Ashlyn wollte einfach nicht aufwachen, also zerdrückte Maddox die Tabletten und steckte ihr das Pulver in den Mund. Danach goss er ihr Wasser die Kehle hinab.

Sie hustete und würgte, schluckte dann aber. Endlich schlug sie langsam die Augen auf und blinzelte wegen des hellen Lichts. „Zu Hause“, lallte sie heiser, als sie ihn erblickte. „Krank. Schlimmer als vorher.“

„Ich weiß, meine Schöne.“ Er küsste sie zärtlich auf die Schläfe. Torin konnte die Krankheit auf ihn übertragen, nicht jedoch ein Mensch. Doch das hätte ohnehin keinen Unterschied gemacht, denn er hätte sie trotzdem im Arm gehalten. „Aber du wirst auch dieses Mal wieder gesund werden.“

„Boss … Jäger. Tot.“

Er nickte nur bestätigend, da er nicht aussprechen wollte, was er beim Tod des Mannes empfand. Befriedigung.

„Was ist mit Danika?“, erkundigte sich Reyes und machte einen

Schritt vor. „Ich bin durch den Tunnel gekrochen, aus dem du gekommen bist, und habe das Gefängnis samt den toten Jägern gefunden, aber Danika war nicht dort."

„Ist vielleicht … auf dem Weg nach … New York", stammelte Ashlyn.

Reyes erblasste. Die Farbe wich aus seinem Gesicht, als saugte der Staubsauger, den Aeron so hasste, sie auf. „Haben sie sonst noch etwas gesagt?"

„Tut mir leid." Sie hustete.

Maddox zuckte bei dem schrecklichen, rasselnden Geräusch zusammen. Er legte einen kühlen, feuchten Lappen auf ihre Stirn. Sie seufzte und schloss die Augen. Offensichtlich frustriert fuhr Reyes sich durchs Haar. Er konnte nicht länger still stehen, er brauchte Schmerzen.

„Geh nur", sagte Maddox, „und finde sie."

Der Krieger blickte von Ashlyn zu Maddox und nickte dann. Wortlos verließ er den Raum.

Maddox blieb stundenlang bei Ashlyn, tupfte ihr die Stirn ab und zwang sie, Wasser zu trinken. Torin hatte es damals genauso gemacht, nachdem er die Frau berührt und die Seuche sich verbreitet hatte.

Eine Zeitlang dachte Maddox, Ashlyns Lebenswille sei stärker als die Krankheit, da sie im Gegensatz zu den anderen noch nicht gestorben war. Dass ihr vielleicht irgendetwas – oder irgendjemand – half. Aber dann wurde ihr Husten blutig und ihr Körper so schwach, dass sie nicht mehr sitzen konnte. Ihr Hals schwoll zu, und sie konnte nicht länger schlucken. Wie lange würde sie noch durchhalten?

Hilflos nahm Maddox sie auf den Arm. Ohne ein Wort mit seinen Freunden zu wechseln, trug er sie aus der Burg. Sie fragten ihn nicht, was er vorhatte, vermutlich weil sie den Ausbruch von *Gewalt* fürchteten. Womit sie recht hätten. In ihm tobte der Dämon. Auch er sorgte sich um Ashlyn und hätte am liebsten ein Blutbad angerichtet. Diesmal jedoch nicht vor Wut, sondern aus Hilflosigkeit und Verzweiflung.

Im Eiltempo lief Maddox den Hügel hinunter in die Stadt. Das Mondlicht erinnerte ihn voller Hohn daran, dass er ihr schon gestern nicht hatte helfen können. *Rette sie, du musst sie retten.* Sie gab keinen Laut von sich. Selbst zum Husten war sie inzwischen zu schwach. Die Straßen der Stadt waren verwaist. *Koste es, was es wolle – du musst sie retten.*

Er brachte sie ohne Umwege in das Krankenhaus, das er gestern während der erfolglosen Suche nach ihr entdeckt hatte. Das Gebäude platzte fast aus allen Nähten. Hunderte Menschen husteten sich hier die Seele aus dem Leib. Und starben. Er wollte sie nicht hier lassen, wollte den Ärzten nicht ihr Leben anvertrauen. Aber er wusste auch nicht, was er sonst tun sollte.

In einem überfüllten, weiß gestrichenen Flur fand er einen Mann mit Handschuhen und Mundschutz, der Anweisungen erteilte. „Helfen Sie mir", unterbrach er den Mann. „Helfen Sie ihr. Bitte."

Der Mann in dem weißen Mantel warf einen flüchtigen Blick auf Ashlyn und seufzte müde. „Jeder hier braucht Hilfe, Sir. Sie müssen warten, bis Sie an der Reihe sind."

Maddox durchbohrte ihn mit einem finsteren Blick und wusste, dass der Dämon auf seinem Gesicht aufblitzte. Er wusste, dass seine Augen feuerrot waren.

„Sie sind … Sie sind … einer von ihnen. Vom Hügel." Der Mann schluckte. „Legen Sie sie dort hin." Er zeigte auf ein Bett mit Rollen am Ende des Flurs. „Ich werde mich persönlich um sie kümmern."

Maddox befolgte die Anweisungen. Dann küsste er Ashlyns weiche Lippen. Noch immer keine Reaktion. „Retten Sie sie", befahl er.

„Ich … ich werde mein Bestes tun."

Bitte lasst sie überleben. Er wollte bei ihr bleiben, sie beschützen, über sie wachen. Sich um sie kümmern. Mehr als alles andere wollte er bei ihr sein. Doch dann ging er fort und hinaus in die Nacht. Bald war Mitternacht.

Gleich am Morgen käme er zurück. Wehe der Welt – wehe den *Göttern* –, wenn er sie dann nicht lebend und wohlbehalten hier vorfand.

Reyes fluchte, als er den Flughafen und die nahe gelegenen Hotels und Krankenhäuser absuchte. In zwei Tagen hatte er mehr von der Stadt gesehen, als während all der Jahrhunderte, die er schon hier lebte. Er fühlte sich wie ein Tier in einem Käfig, das sich frei bewegen wollte, aber nicht ausbrechen konnte. Danika war immer noch irgendwo hier draußen. Vielleicht war sie genauso krank wie Ashlyn. Vielleicht lag sie im Sterben. Und er fand nicht einen Hinweis auf sie.

Es war schon wieder dunkel, und er stellte überrascht fest, dass er in derselben Gasse gelandet war, in der er und Maddox bereits am Vorabend gestanden hatten. Er konnte die Stelle sehen, an der Maddox wütend gegen die Mauer geschlagen hatte. Die Steine waren zertrümmert und verformt.

Reyes war kurz davor gewesen, in ein Flugzeug nach New York zu springen, aber er wusste, dass er sich nicht allzu weit von Maddox' Seite entfernen durfte. Als die Götter Maddox dazu verflucht hatten, jede Nacht zu sterben, hatten sie auch ihn verflucht und wie mit Eisenketten an seinen Freund gefesselt. Warum gerade ihn und nicht Aeron, wusste er nicht. Er wusste nur, dass er bis Mitternacht wieder in der Burg sein müsste. Und er kam immer zurück.

Er hatte sich schon mehrmals freigenommen, um zu testen, wie weit seine Fesseln reichten, und um auszuprobieren, wie die Götter reagierten, aber jede Nacht um Punkt zwölf wurde er an Maddox' Seite gezogen.

„Verdammt noch mal!" Er zog einen Dolch aus der Scheide und führte die Spitze über seinen Oberschenkel. Der Stoff riss auf, und Blut rann aus der Wunde. Was sollte er bloß tun? Zum ersten Mal empfand er ein tiefes, dringliches Bedürfnis zu helfen und zu retten. Zu beschützen. Aber nur Danika gegenüber. Er wollte noch einmal in diese engelsgleichen Augen schauen und einen Hauch von Glück spüren.

Ein Glück, das er eigentlich nie hätte erfahren sollen.

Aber er *hatte* es erfahren, und jetzt wollte er mehr.

Die Götter hätten nicht Aeron damit beauftragt, sie aufzuspüren und zu töten, wenn sie an Torins Krankheit sterben könnte, oder wenn die Jäger bestimmt wären, ihr den Todesstoß zu versetzen. Dieser Gedanke beruhigte ihn und machte ihn zugleich wütend.

Vielleicht sollte er Aeron, den er vor Verlassen der Burg in den Kerker gesperrt hatte, befreien und ihm zu Danika folgen. *Zorn* könnte sie mit Sicherheit aufspüren, und Reyes bräuchte sie dann nur noch aus den Fängen der Jäger zu befreien.

Nein, dachte er sogleich. Wenn Danika nicht in der Nähe war, würde er Aeron nicht folgen können. Und wenn Aeron vor ihm bei ihr wäre, würde sie ohne Zweifel sterben.

Vergiss sie. Sie ist nur ein Mensch. Davon gibt es Tausende. Millionen. Du kannst dir doch eine andere Frau suchen, die wie ein Engel aussieht.

„Ich will aber keine andere", rief er. Aber er würde Aeron auch nicht für immer und ewig anketten können. „Verdammt."

Hör auf, dich wie ein Baby zu benehmen, erklang eine weibliche Stimme in seinem Kopf. Er war überrascht. *Sieh dich auf dem Hügel um und halt in drei Teufelsnamen endlich die Klappe. Du gehst mir echt schwer auf die Nerven.*

Er erstarrte. Mit gezogenem Messer blickte er sich um. Er sah niemanden.

Worauf wartest du noch? Wieder diese Stimme. *Beeil dich.*

Eine Göttin? Oder eine aus seinen Reihen? *Zweifel* konnte es nicht sein, denn diese Stimme war eindeutig weiblich. Reyes verschwendete keine Zeit darauf, herauszufinden, wer zu ihm sprach. Er rannte los und stand zehn Minuten später am Fuße des Hügels.

Danika war tatsächlich dort. Sie und ein Mann – Kane, wie er feststellte – lagen stöhnend auf dem Boden.

Erleichterung machte sich in ihm breit, doch er war auch wütend, als er merkte, dass sie verletzt war. Vermutlich hatte sie versucht, zur Burg zurückzukriechen. Rings um sie und Kane lagen Felsen, die aussahen, als wären sie vom Himmel gefallen und hätten versucht, die beiden zu treffen.

Reyes nahm Danika auf den Arm und hätte sie am liebsten nie wieder losgelassen. Kane stupste er mit der Stiefelspitze an, um ihn aufzuwecken. Zur Sicherheit legte er eine Hand an den Griff seines Dolchs. Es behagte ihm nicht sonderlich, dass die anderen Krieger in sein Leben zurückgekehrt waren.

Kane grunzte und schlug die Augen auf. Er packte die Pistole, die in seinem Hosenbund steckte. Reyes trat sie ihm aus der Hand.

„Na los, bringt euch gegenseitig um“, forderte Danika sie schwach auf. Ihre blonden Haare waren blutverschmiert. In diesem Augenblick glaubte Reys zu wissen, welch dunkle und alles verschlingende Wut Maddox jedes Mal verspürte, wenn er daran dachte, dass Ashlyn etwas zustoßen könnte.

„Wie ist das passiert?“ Wenn *Katastrophe* etwas damit zu tun hatte …

„Es war eine Art Steinlawine“, schnitt sie seine wilden Gedanken ab. „Ich weiß nicht genau, von welchem Berg. Er hat mich zur Seite geschubst, um mich aus der Gefahrenzone zu bringen, und ich bin gestolpert und habe mir den Kopf angeschlagen.“

Reyes entspannte sich leicht. „Danke“, sagte er zu Kane.

Der Mann nickte, rieb sch beinahe bedauernd die Schläfe und stand auf.

„Wo ist deine Familie?“, wollte Reyes von Danika wissen. Er hätte für immer und ewig so mit ihr hier stehen können.

„Sie fliegen an einen Ort, wo ihr sie nie vermuten würdet.“ Sie sah ihm nicht in die Augen und wehrte sich gegen seine Umarmung. „Und jetzt lass mich runter.“

Niemals, hätte er fast gesagt. „Nein. Du bist zu schwach zum Gehen.“ Er wandte sich wieder an Kane und sprach ungarisch mit ihm, damit Danika ihn – hoffentlich – nicht verstand. „Wie hast du es geschafft, sie zu retten? Und antworte mir nicht auf Englisch.“ Er betete, dass Kane ihn verstand.

„Die Jäger waren gerade auf dem Weg zur Burg, als Torin und ich ihnen begegnet sind“, war die ungarische Antwort. Natürlich spricht der Mann diese Sprache, dachte Reyes. Er wäre niemals unvorbereitet nach Budapest gekommen. „Es gab einen Kampf, aber sie waren in der Überzahl … Sie haben Torin schwer verletzt, und mich haben sie mitgenommen. Aber sie haben den Fehler gemacht, mich in denselben Wagen zu setzen, in dem sie saß. Die Reifen sind geplatzt und das Fahrzeug kam von der Straße ab.“

„Und jetzt sind die Jäger …?

„Tot.“

Gut. Obwohl ein Teil von ihm sie nur zu gern noch mal umgebracht hätte. Auf eine schmerzhafte Art. Langsam und genüsslich. Er musterte Danika und suchte nach irgendeinem Anzeichen für die Krankheit. Sie hatte einen rosigen Teint und keinen verräterischen Husten. Sie hatte sich also tatsächlich nicht angesteckt. Aus dem gefürchteten Grund?

„Warum bist du zurückgekommen?“ Mit ihr sprach er wieder Englisch.

„Das habe ich *ihm* zu verdanken.“ Sie zeigte auf *Katastrophe.* „Geht es Ashlyn gut? Ich habe die Männer sagen hören …“ Sie musste plötzlich schluchzen. „… dass sie ihr etwas antun wollen, um euch anzulocken, damit sic irgendeine dämliche Büchse finden.“

„Ashlyn ist bei uns“, antwortete er und hielt sie unwillkürlich fester. Er spürte ihren Schmerz wie ein heißes Schüreisen in der Brust, und ausnahmsweise genoss er das Gefühl nicht. „Sie ist sehr krank.“

Danika schluckte. „Wird sie …"

„Das wird die Zeit zeigen." Reyes bedeutete Kane, voranzugehen. Der Krieger nickte und setzte sich in Bewegung. „In der Stadt lauert an jeder Ecke der Tod, Danika. Du bleibst so lange in der Burg, bis wir die Jäger vernichtet haben und die Seuche bekämpft ist."

„Auf keinen Fall." Sie begann zu zappeln und versuchte, sich zu befreien. „Ich will *sofort* nach Hause."

„Wenn du weiter so herumzappelst, drückst du dich nur noch enger an mich."

Augenblicklich hörte sie auf, sich zu bewegen, und er war darüber zugleich froh und enttäuscht. Ihr Körper war warm und duftete nach Kiefernholz, und jede Bewegung hatte seine Synapsen gereizt.

Als er den Hügel erklomm, nahm er einen anderen Weg als *Katastrophe.* Nur zur Sicherheit. Reyes war so unglaublich erleichtert, Danika gesund wiederzuhaben, dass er am ganzen Leib zitterte.

„Und, bin ich dann wieder eure Gefangene?"

„Unser Gast, wenn du nicht versuchst abzuhauen." Sobald keine Gefahr mehr drohte, würde er sie freilassen, damit sie den Rest ihres Lebens so verbringen konnte, wie sie es wollte. Wie lang es auch wäre. „Wir mussten Aeron in den Kerker sperren. Du darfst nicht hinuntergehen. Niemals. Verstanden?" Seine Stimme troff vor Wut und unterdrückter Qual. „Sonst bringt er dich ohne mit der Wimper zu zucken um."

„Noch ein Grund, warum ich nach Hause will." Ihr schauderte. „Da passieren solche Sachen nicht."

„Und wo ist dein Zuhause?"

„Als wenn ich dir das verraten würde, du *Entführer.*"

Wenn es nach ihm ginge, würde sie ihm schon bald alles verraten, was es über sie zu erzählen gab. Sie würden ihre kurze gemeinsame Zeit in seinem Zimmer, in seinem Bett verbringen. Bei der Vorstellung, wie sich ihr Engelshaar auf seinem Kissen ausbreitete … wie sich ihm ihre reifen, rosa Brüste entgegenreckten … wie sich ihre süßen Beine teilten, regte sich sein Geschlecht.

In seinem Traum würde sie ihn nie mehr verlassen wollen.

Von wegen! Frauen wie sie wollten niemals Männer wie ihn. Er ritzte sich, um Freude und Erleichterung zu empfinden. Er konnte nicht anders. Manchmal hatte er das Gefühl zu sterben, wenn er es nicht tat. Wenn sie davon wüsste, würde sie ihn verspotten. Und das wäre auch besser so. Ohne ihn war sie besser dran. Weit weg von ihm und auch von *Zorn.*

Sobald die Seuche vorüber war, würde er Danika gehen lassen. Er könnte sie weder begleiten, um sie zu beschützen – was sie ohnehin abgelehnt hätte –, noch könnte er Aeron davon abhalten, seine Pflicht zu erfüllen.

Für Reyes war eben kein Happy End vorgesehen.

23. Kapitel

Ashlyn schwebte im Reich der Bewusstlosigkeit. Sie sah nichts als Schatten und vernahm nur eine Stimme. Alle anderen Geräusche aus Vergangenheit und Gegenwart waren aus Ehrfurcht vor dieser einen Stimme verstummt. Es war dieselbe Stimme, die sie schon zuvor gehört hatte. Himmlisch wie ein Phantom. Allerdings ein ziemlich modernes Phantom, das leicht gelangweilt wirkte und immer noch einen Lolli lutschte.

„Ich bin wieder daa-haaa." Lutschen. „Schon gut. Du brauchst mir deine Freude nicht zu zeigen. Ich spüre die Liebe auch so. Und, wie sieht's aus? Hast du dir Gedanken über die Märchen gemacht, oder was?", ertönte die Frauenstimme aus der Zelle. Die Göttin. „Mir bleibt höchstens eine Woche, bis ich auffliege. Deshalb muss ich hier ruckzuck wieder verschwinden."

„Ich habe darüber nachgedacht", versuchte Ashlyn zu antworten, aber sie brachte die Worte einfach nicht über die Lippen.

„Gut."

Okay, die Göttin hörte sie also auch so. *Opfer,* sagte sie in Gedanken. *Ich muss irgendein Opfer erbringen, um Maddox' Fluch zu brechen.*

„Bing, bing, bing. Und was musst du opfern, Schätzchen?"

Das weiß ich immer noch nicht. Oder besser gesagt: Darüber wollte sie immer noch nicht nachdenken. *Wie heißt du?* Das Thema war schon wesentlich leichter.

„Ich heiße … Anya."

Anya. Hübsch. Aber sie hatte kurz gezögert, als hätte sie überlegen müssen, was sie antworten sollte. Gab es eine Göttin, die Anya oder ähnlich hieß? Ihr fiel keine ein. *Bist du …*

„Ähm, es geht hier um dein Opfer. Konzentrier dich. Ich missachte die Befehle der Götter schließlich nicht, damit du mich ausfragst und auf die Revolte scheißt, die ihr hier am Laufen habt. Ich habe dir eine Frage gestellt, und ich hätte gern eine klare Antwort."

Das Opfer. Richtig. Es war gar nicht so einfach, sich zu konzentrieren, wenn sich das Gehirn wie Brei anfühlte. Nur eines war ihr sonnenklar: Ein Leben ohne Maddox wäre unerträglich. Trotzdem würde sie ihn aufgeben, wenn sie ihn so retten konnte.

„Schon besser", kommentierte Anya, die erneut ihre Gedanken las. „Aber die Dimensionen, in denen du denkst, sind noch nicht groß genug. Komm schon, hast du die wichtigste Lektion dieser Märchen etwa nicht kapiert? Das ist deine Chance, zu beweisen, dass dein unbrauchbarer Boss dir am Ende doch etwas Wertvolles beigebracht hat."

Wertvoll. Das Wort traf sie wie ein Blitz, und plötzlich wurde Ashlyn alles klar. Das Blut gefror ihr in den Adern. *Das höchste Opfer ist es, ein Leben für ein anderes zu geben.*

„Na bitte! Ich wusste doch, dass du nicht auf den Kopf gefallen bist. Das bedeutet dein Leben für seins, Zuckerschnute. Bist du dafür stark genug?"

Für ihn würde sie alles tun, ob Schmerzen erleiden oder sterben. Ihn zu retten war wichtiger, als ihn zu halten.

„Supi." Anya klatschte in die Hände. „Dann lass uns mal loslegen. Wach auf. Er braucht dich."

Vor ihrem geistigen Auge erschien das Bild von Maddox, und sie meinte, seine Hand zu spüren, die ihre hielt, um ihr Kraft zu geben. Dann drang … irgendetwas in ihren Körper ein – die Gegenwart. Wärme. Es erfüllte sie und heilte ihre raue Lunge und die geschändeten Muskeln rings um den Brustkorb.

Unter großer Anstrengung öffnete sie die Augen – und sah, wie Maddox sie anschaute. Er sah müde aus, aber er lächelte, und das war das Schönste, was sie je erblickt hatte.

Konnte sie ihn wirklich aufgeben?

Drei Tage später war Ashlyn so kräftig, dass sie entlassen werden konnte. Maddox trug sie wortlos zur Burg zurück – ihr persönlicher Superman brauchte kein Auto – und brachte sie auf direktem Weg in sein Zimmer. In den Fluren erspähte sie einige Krieger. Einige wirkten grimmig, andere wütend, doch alle nickten ihr zu, als tolerierten sie ihre Anwesenheit jetzt – wenn sie auch nicht begeistert davon waren.

Als Maddox die Zimmertür geschlossen und verriegelt hatte, setzte er Ashlyn sacht ab und ließ sie los. Es gelang ihr, wenn auch wackelig, auf den eigenen Beinen zu stehen.

„Hast du was Neues von den Frauen gehört?“, erkundigte sie sich, ohne sich von ihm wegzubewegen. Sie wurde von Wärme umhüllt, und seine Nähe reizte sie.

„Sie wurden befreit. Alle außer Danika. Die treibt Reyes in den Wahnsinn, indem sie ihn in einer Tour beleidigt.“ Er musterte sie. „Wie geht es dir?“

„Gut“, erwiderte sie ehrlich. Sie hatte zwar immer noch einen leichten Husten, und die Lunge fühlte sich noch etwas rau an, aber sie war so gut wie gesund. Was bedeutete, dass es Zeit war. Zeit, ihn zu retten.

Er braucht dich, hatte die Göttin Anya gesagt.

Ashlyn hatte nicht vor, Maddox von Anya zu erzählen. Er würde nur Fragen stellen, die sie nicht beantworten wollte. Sie wusste, was sie zu tun hatte, um ihn von seinem Fluch zu befreien – wusste es, hasste es, würde es aber tun –, und sie durfte sich nicht von ihm aufhalten lassen. Durfte sich nicht von sich selbst aufhalten lassen, denn der Gedanke, ohne ihn zu sein, brachte sie schier zur Verzweiflung.

Ich will mich wenigstens noch von ihm verabschieden.

Sie spürte, wie die Tränen in ihr hochstiegen und zwang sich zu lächeln. Das war *ihr* Märchen, und sie würde ihren Prinzen retten. *Nur … Verabschiede dich nicht. Noch nicht.* Sie würde den restlichen Tag mit ihm genießen, würde mit ihm reden und ihn berühren. Alles, was ihr im Krankenhaus verwehrt geblieben war.

„Ich will dich“, gestand sie. „Ich will dich so sehr.“

„Ich will dich auch.“ Seine violetten Augen flackerten plötzlich verrucht. „Ich habe das Gefühl, es ist schon eine Ewigkeit her, seit ich dich das letzte Mal berührt habe.“

Doch sie sahen einander nur an. Niemand machte den ersten Schritt.

„Ich möchte wissen …“ Sie biss sich auf die Lippe und schielte auf ihre Stiefelspitzen. Sie musste es ihm sagen. „Ich liebe dich.“

Maddox sah erschrocken aus. Er öffnete den Mund, um ihn gleich wieder zu schließen.

„Ich weiß, es ist noch zu früh für solche Worte“, sprach sie an seiner Stelle. „Unsere Leben sind zu verschieden, und ich bin für den ganzen Mist verantwortlich, mit dem ihr euch in der letzten Woche rumschlagen musstet, aber ich kann nichts dagegen tun. Ich liebe dich trotzdem.“

Endlich berührte er sie. Er nahm ihr Gesicht zwischen die Hände und zwang sie sanft, ihm in die Augen zu sehen. Zärtlichkeit überschattete den Schrecken in seinem Blick. „Ich liebe dich auch. Über alles. Ich bin ein brutaler Mann mit brutalen Gefühlen, aber du brauchst keine Angst davor zu haben, dass ich dir etwas antue. Ich *kann* dir nicht wehtun. Das wäre schlimmer für mich, als mir selbst das Herz aus der Brust zu schneiden."

Ihr Innerstes flatterte vor Glück. Sie hätte nie gedacht, dass sie solches Glück empfinden könnte. Ihre Augen füllten sich mit Tränen. Sie schmiegte sich an seine Brust. Sie brauchte ihn mehr als je zuvor. Er senkte langsam den Kopf … die reine Versuchung … und wandte dennoch den Blick nicht von ihr ab. Ihre Lippen berührten sich flüchtig. Es war ein sanfter Kuss, ein wunderschöner Kuss voll Liebe.

Dann teilte seine Zunge ihre Lippen, und er küsste sie leidenschaftlicher. Er küsste sie, schmeckte sie, kostete sie. Sie spürte seine Freude und seine Verwunderung, zwei Emotionen, die sich in ihrer Brust spiegelten.

„Wunderschön", flüsterte er.

„Ich liebe dich."

„Ich dich auch. Ich brauche dich."

Er zog ihr ein Kleidungsstück nach dem anderen aus, und sie schälte ihn Stück für Stück aus seiner Kleidung, wobei sie jeden Zentimeter Haut lobpreiste, den sie enthüllte. Er war so groß und hart. Er … gehörte ihr. Sie genoss es, ihn zu berühren und zu schmecken. Sie speicherte jede Hautpore und jeden Muskel in ihrem Kopf ab. Er, der immer so viel Gewalt zurückhalten musste, liebte sie.

Als er ihr die drei Worte gesagt hatte, hatte sie einen erhabenen Frieden gefühlt. Als sie das erste Mal krank gewesen war, hatte er die Burg ihr Zuhause genannt. Und das war sie auch. Die Burg war das einzige Zuhause, das sie je gehabt hatte. Wie ungewöhnlich es doch war, dass ausgerechnet ein von der Gewalt besessener Mann ihr ein Zuhause schenkte. Dass ausgerechnet er die Erinnerung an schallisolierte Räume, unerträglichen Lärm, Einsamkeit und letztlich Verrat auslöschte. Wie … außergewöhnlich.

„Ich möchte dich verwöhnen", sagte er. „Mit meinem Mund und mit meinen Händen." Er sank auf die Knie.

„Nein." Ashlyn fasste ihn an den Schultern und zog ihn hoch.

Er hob irritiert die Augenbrauen.

„Jetzt bin ich dran." Und schon kniete sie sich hin. *Sie* verwöhnte *ihn.* Ihre Lippen umschlossen seinen dicken, harten, heißen Schaft. Sie glitt daran hinunter, bis er ihren Mund vollständig ausfüllte. So etwas hatte sie noch nie zuvor gemacht, doch da sie schon unzählige Frauen en détail darüber hatte reden hören, wusste sie, wie es ging.

Er fasste sanft in ihre Haare und stöhnte: „Ashlyn."

Sie hätte nicht gedacht, dass es ihr gefallen würde, aber sie musste feststellen, dass sie liebte, was sie hier tat. Sie liebte es, wie glücklich es ihn machte. Hoch und runter, sie leckte ihn, saugte an ihm und genoss es, wie Maddox zitterte, als sie mit der Zunge seine Spitze umkreiste, bevor sie seine ganze Länge wieder tief in ihrem Mund aufnahm. Zärtlich nahm sie seine Hoden in die Hand. Maddox zu verwöhnen, befriedigte sie mehr als alles andere. Es machte sie feucht und heiß. Sie wurde zu einer Sklavin der Lust.

Er stieß hart zu, hielt dann inne und versuchte, sich vorsichtiger zu bewegen. Aber sie erhöhte das Tempo. Sie wollte, dass er zustieß, sie wollte es hart.

„Ashlyn, Ashlyn." Er stöhnte laut, als sich sein heißer Samen in ihren Mund ergoss.

Sie schluckte ihn bis zum letzten Tropfen herunter. Als sein Körper aufhörte zu beben, stellte sie sich auf ihre wackligen Füße. Seine Augen waren halb geschlossen, und seine Unterlippe war geschwollen, als hätte er darauf gebissen, um nicht vor Lust und Qual zu schreien. Die Knochenmaske hatte sich über sein Gesicht gelegt, und Ashlyn sah, wie Mann und Bestie sie voller Zärtlichkeit ansahen. Sie erkannte grenzenlose Liebe in diesem Blick.

Er würde bereitwillig für sie sterben. Das wusste sie ganz tief in ihrer Seele. *Und ich werde dasselbe für ihn tun.*

„Ich werde nicht mit dir ins Bett gehen", sagte er heiser.

„W-was?"

„Ich werde dich an der Wand nehmen und langsam, aber tief zustoßen. Unsere Körper werden zu einem einzigen verschmelzen."

Bei diesen wunderbaren Worten wurden ihre Beine weich wie Pudding, und sie wäre um ein Haar umgefallen, hätte er sie nicht festgehalten. Sie schlang die Arme um seinen Hals und verschränkte sie in seinem Nacken. Selbst die Ewigkeit hätte nicht gereicht, um den Moment in seinen Armen auszukosten.

Er beugte sich zu ihr hinab und küsste sie langsam und süß, heiß und gierig. Wie versprochen dirigierte er sie Schritt für Schritt mit dem

Rücken in Richtung Wand. Als sich die kalten Steine in ihren Rücken drückten, keuchte sie.

Er hörte nicht auf, sie zu küssen, knetete ihre Brüste und liebkoste ihre harten Spitzen. Schon bald wand sie sich unter seinen Berührungen, atmete schwer, stöhnte. Und flehte ihn an.

„Mehr", versprach er ihr. „Ich gebe dir mehr."

Das soll niemals aufhören. „Ich liebe dich. Ich liebe dich über alles."

Er hob sie hoch, presste sie mit der Hüfte gegen die Wand, drang aber noch nicht in sie ein – oh bitte, nimm mich, nein, leck mich –, und sie schlang die Beine um seine Taille. Sie drückte ihn fest an sich, aber er zwang sie, die Umklammerung zu lockern und die Beine zu spreizen, um sich für ihn zu öffnen. Kühle Luft küsste ihre intimste Stelle.

Mit zwei Fingern zeichnete er von ihrem Bauch hinunter einen heißen Pfad und spielte mit den feinen Härchen ihrer Scham. Mit geschlossenen Augen bog sie die Hüfte nach vorn und versuchte, seine Finger in ihr Innerstes zu lenken. Sie verging schier vor Lust.

Sie hatte ihn schon die ersten Tausend Mal gewollt, als sie zusammen waren, aber jetzt ... jetzt spürte sie das pure Verlangen, sich mit dem Mann zu vereinen, dem sie ihr Herz geschenkt hatte. Das hier war mehr als Sex, mehr als Lust. Das hier war Schicksal, die Vereinigung zweier Seelen.

„Berühr mich, Maddox."

„Gleich, meine Liebste, gleich."

„Tiefer."

„So?" Seine Finger glitten hinab ... hinab ... und stoppten dann an der feuchten Spalte.

„Weiter."

„So?" Noch ein Zentimeter.

„Weiter. *Bitte.*"

Er schüttelte den Kopf, fasste mit der freien Hand ihr Kinn und drehte ihren Kopf so, dass er ihren liebestrunkenen Blick auffing. „Du brauchst mich nicht zu bitten, Ashlyn. Niemals. Ich erfülle dir jeden deiner Wünsche mit der größten Freude." Dann drang er mit zwei Fingern in sie ein.

Sie bog den Rücken durch. Er bewegte sich in ihr und rieb mit dem Daumen über ihre Klitoris. Oh Gott. „Ja!" Genau so brauchte sie es. Sonst würde sie sterben. „Ja, ja. Weiter."

Sofort nahm er noch einen Finger dazu. Ihre Lust wuchs ins Unermessliche.

„Ja. Das ist gut.“ Sie schnappte nach Luft.

„So eng und feucht.“

„Für dich.“

„Nur für mich.“

Zu viel … nicht genug … Schnell, langsam. Schnell. Sie krümmte sich, ritt auf seinen Fingern, schob sich ihnen entgegen. Ihre Lustperle war geschwollen und willig. „Ich … ich komme gleich.“

„Ich will dich spüren.“ Eben noch waren seine Finger in ihr gewesen, und jetzt spürte sie seinen harten Stab. Er füllte sie aus und dehnte sie; er machte sie zu einem Ganzen.

Sie keuchte und stöhnte. Sie war so heiß, ihr ganzer Körper brannte. *Allein für diesen Mann und für seine Berührungen hat es sich gelohnt zu leben.*

„Ich liebe dich“, raunte er, den Mund an ihren Hals gepresst.

„Ich liebe dich, liebe dich, liebe dich“, sang sie im Rhythmus seiner Stöße.

Er liebkoste ihren Hals, als könnte er ihre Worte auflecken und in seinem Herzen verschließen. Seine Stöße waren langsam und beherrscht, genauso wie er es versprochen hatte. „So was habe ich noch nie gefühlt. Es soll niemals aufhören.“

Ihr ging es genauso. Sie war wie elektrisiert, jede Zelle schien hellwach zu sein. „Das ist so gut.“

„Für immer“, raunte er.

„Für immer.“ *Ich schenke dir für immer mein Herz.*

Er stieß ein letztes Mal zu und war so tief in ihr, dass sie ihn im ganzen Körper spürte. Er traf genau die richtige Stelle. Der Orgasmus schüttelte sie. Sie schrie seinen Namen und klammerte sich eng an ihn.

Er rief ihren, während er sie beschützend festhielt. Sie waren von einer unglaublichen Hitze umgeben. Einer Hitze, die niemals sterben würde.

„Mein“, flüsterte er und küsste sanft ihre Lippen.

„Dein.“ *Für immer.*

Maddox trug sie zum Bett und legte sie sanft hin. Dann ließ er sich neben ihr nieder und nahm sie in die Arme. Eine ganze Weile sprachen sie kein Wort, sondern genossen einfach die Nähe des anderen. Noch ein bisschen, betete sie. Gib mir noch ein bisschen.

„Ich habe dich vermisst“, gestand er schließlich.

„Ich habe dich auch vermisst. Mehr als ich sagen kann.“ Sie schlang ein Bein um seine. „Was ist passiert, während ich weg war?“

Er zeichnete einen trägen Kreis auf ihrem Rücken. „Wir mussten Aeron in den Kerker sperren. Reyes versucht, Danika zu umwerben und sie gleichzeitig zurückzuweisen. Er musste sie in seinem Zimmer einschließen, damit sie nicht wegläuft. Torin wurde verletzt, ist aber auf dem Wege der Besserung. Sabin und die anderen – die Männer, die du nach dem Bombenanschlag hier gesehen hast – sind bei uns eingezogen. Wir haben vorerst Waffenstillstand geschlossen. Uns ist zwar nicht ganz wohl dabei, aber immerhin ist es ein Waffenstillstand.“

Wow. Anscheinend war es nicht eine Sekunde langweilig gewesen. „Ich finde es nicht richtig, dass Danika eingesperrt ist.“

„Glaub mir, meine Schöne, es ist nur zu ihrem Besten.“

Sie seufzte. „Ich glaube dir ja.“

„Was …“ Er zögerte und verkrampfte leicht. „Was haben die Jäger mit dir gemacht, Ashlyn? Ich muss es wissen.“

„Nichts, ich schwöre“, versicherte sie. „Aber ich muss dir etwas sagen.“ *Bitte hör nicht auf, mich zu lieben.* „Ich habe sie hierher gebracht, Maddox. Ich. Es tut mir so leid. Es war nicht meine Absicht. Wirklich nicht. Sie haben mich reingelegt und …“

„Ich weiß, meine Schöne. Ich weiß.“

Sie war erleichtert und entspannte sich. Er liebte sie wahrhaftig, sonst hätte er ihr nicht so schnell eine Tat vergeben, für die er sie vor nicht allzu langer Zeit fast getötet hätte. Sie umarmte ihn innig. „Kurz bevor er gestorben ist, hat McIntosh mir erzählt, dass sie die Büchse der Pandora finden wollen, um eure Dämonen darin einzusperren.“

„Das hat man uns auch gesagt.“ Plötzlich gähnte er. Ein friedliches Lächeln hob seine Mundwinkel. „Ich schulde den Göttern Dank, dass sie dich zu mir zurückgebracht haben, aber ich bin zu müde, um mich jetzt darum zu kümmern. Ich muss mich ein wenig ausruhen. Die letzten Tage waren ziemlich anstrengend.“

„Schlaf nur. Ich will doch auch, dass du bei Kräften bleibst“, flüsterte sie heiser.

Er lächelte glücklich. „Dein Wunsch ist mir Befehl.“

24. Kapitel

„Er schuldet den Göttern überhaupt nichts, sondern nur mir. Aber ich schwöre, das ist echt der letzte Gefallen, den ich dir tue. Ich sorge dafür, dass er schläft. Also verplempere keine Zeit."

Ashlyn gefror das Blut in den Adern, als Anyas Stimme in ihren Kopf drang. *Nein, noch nicht,* winselte ihr Körper. *Ich brauche noch mehr Zeit mit ihm.*

„Es ist deine Entscheidung, chica. Aber ich bin jetzt raus."

Und weg war sie. Das energiegeladene Summen verstummte und hinterließ eine bedrückende Leere.

Zitternd stand Ashlyn auf und schlich sich aus dem Zimmer – jedoch nicht, ohne Maddox einen letzten wehmütigen Blick zuzuwerfen. Wie gern hätte sie weiter in seinen starken Armen gelegen, aber sie wollte diese einmalige Möglichkeit nicht leichtfertig aufs Spiel setzen.

„Es ist am besten so", redete sie sich gut zu. „Er wird nie wieder sterben. Nicht, wenn ich ihn retten kann."

Fünfzehn Minuten lang streifte sie durch die Flure der Burg und klopfte an verschiedene Zimmertüren. Niemand antwortete. Nicht mal Danika. Aber die ganze Zeit über hallten vulgäre Flüche durch die Flure. Sie hörte Ketten rasseln. Aeron, ging es ihr auf, und sie erschauderte. Er machte ihr Angst.

Endlich fand sie einen der Unsterblichen. Der silberblonde Engel, der sie aus Danikas Zimmer geholt und in einem anderen versteckt hatte. Torin. *Krankheit.* Er lag auf einem Bett und hatte ein rotes Handtuch um den Hals. Er war blass und hatte ein wenig abgenommen, und die Falten um Augen und Mund waren vor Schmerzen gespannt. Aber er atmete.

Sie weckte ihn nicht. Doch sie schlich sich an sein Bett und flüsterte: „Ich wünschte, ich könnte dich berühren, deine Hand halten und mich dafür bedanken, was du vor ein paar Tagen für mich getan hast. Ich konnte in jener Nacht zu Maddox gehen und ihn festhalten."

Er schlug die Augen auf.

Erschrocken machte sie einen Satz zurück. Als sich ihre Blicke trafen, entspannte sie sich. Seine grünen Augen schauten freundlich drein, und sie bildete sich ein, er hätte „Willkommen zu Hause" gesagt, wenn er hätte sprechen können. „Ich hoffe, es geht dir bald besser, Torin."

Nickte er? Sie wusste es nicht genau.

Ihre Nerven waren zum Zerreißen gespannt, als sie die Suche fortsetzte.

Endlich fand sie die Krieger. Das Herz schlug ihr bis zum Hals, während sie sie unbemerkt musterte. Sie trainierten, und jeder stemmte dabei mehr Gewichte, als fünf Menschen es zusammen geschafft hätten. Der Mann, der Reyes hieß, schlug unentwegt auf einen Sandsack ein. Der Schweiß rann ihm über die nackte Brust, die von blutigen Streifen übersät war.

Er war es, der immer das Schwert führte. Sie versuchte, ihn nicht dafür zu hassen.

Sie räusperte sich und zog die Aufmerksamkeit der Truppe auf sich.

Alle hielten mit ihren Übungen inne und starrten sie an. Einige kniffen leicht die Augen zusammen. Sie hob das Kinn. „Ich muss mit euch reden", begann sie und richtete ihre Worte gezielt an Reyes und Lucien.

Reyes wandte sich wieder seinem Sandsack zu. „Wenn du uns davon abbringen willst, Maddox heute Nacht zu töten, kannst du dir den Atem sparen."

„Ich höre dir zu, meine Süße", sagte der Größte aus der Gruppe. Er hieß Paris. Blaue Augen, blasser Teint, braunschwarze Haare. Sex pur, hatte Maddox gesagt, und sie glaubte ihm. Er hatte sie damit warnen wollen, sich bloß von ihm fernzuhalten.

„Sei still", ermahnte Lucien ihn. „Wenn Maddox dich hören würde, würde er dir den Kopf abreißen."

Ein blauhaariger Mann sah sie an. „Willst du, dass ich die anderen für dich küsse?"

Sie *küssen?* Sie hatte ihn erst einmal gesehen. Im Foyer, unmittelbar nach der Bombenexplosion. Aber da hatte er nicht wie jemand auf sie gewirkt, der gerne küsste. Er sah vielmehr so aus, als wollte er sie alle umbringen.

Reyes stöhnte. „Halt die Klappe, Gideon. Und hör auf, dich bei ihr einzuschmeicheln. Sie ist schon vergeben. Sonst muss ich dir wehtun."

„Oh, das würde mir aber gar nicht gefallen", erwiderte der Mann mit einem Grinsen.

Sie blinzelte. Wie sonderbar. Seine Worte sagten das Eine und sein Ton das genaue Gegenteil. Na ja, egal.

„Du hast recht", wandte sie sich an Reyes. „Ich will nicht, dass ihr Maddox heute Nacht tötet. Ich will, dass ihr …", *oh Gott, wirst du das wirklich sagen?*, „… stattdessen mich umbringt."

Damit hatte sie die ungeteilte Aufmerksamkeit der gesamten Gruppe. Gewichte wurden fallen gelassen, Laufbänder blieben stehen, und alle sahen sie fassungslos an.

„Was hast du gerade gesagt?", stieß Reyes hervor und wischte sich den Schweiß von der Stirn.

„Flüche werden durch Opfer gebrochen. Vorzugsweise durch Selbstopferung. Wenn ich mein Leben opfere und anstelle von Maddox sterbe, wird sein Fluch gebrochen sein."

Stille.

Dicke, schwere Stille. Hätte sie sie doch nur genießen können.

„Wieso bist du dir da so sicher?" Lucien sah sie finster an. „Was ist, wenn es nicht funktioniert? Was ist, wenn Maddox' Todesfluch nicht gebrochen wird und du umsonst gestorben bist?"

Sie nahm allen Mut zusammen und wickelte sich darin ein wie in eine kuschelige Decke im Winter. „Dann habe ich es zumindest versucht. Und, äh, außerdem habe ich gewissermaßen die Zusicherung von höchster Stelle, dass es funktioniert."

„Von den Göttern?"

Sie nickte. Zwar hatte Anya nie erwähnt, dass sie eine Göttin war. Aber Ashlyn ging einfach davon aus.

Wieder Stille.

„Das würdest du tun?" Paris sah sie ungläubig an. „Für *Gewalt?*"

„Ja." Bei dem Gedanken an den Schmerz, den sie erleiden müsste, wurde ihr vor Angst ganz übel, aber sie antwortete dennoch ohne zu zögern.

„Aber ich ersteche ihn", erinnerte Reyes sie. „Das bedeutet, ich müsste dich sechsmal in den Bauch stechen. Sechsmal. In den Bauch."

„Ich weiß", erwiderte sie leise. Sie starrte auf ihre nackten Füße. „Ich habe es jeden Tag vor Augen, und ich durchlebe es jede Nacht von Neuem."

„Angenommen, du brichst seinen Fluch tatsächlich“, bemerkte Lucien. „Dann würdest du ihn zu einem Leben ohne dich verurteilen.“

„Ich glaube, er wird lieber ohne mich leben, als mit mir an seiner Seite immer wieder zu sterben. Er leidet so sehr darunter. Das kann ich einfach nicht zulassen.“

„Selbstopferung“, schnaubte Reyes. „Klingt in meinen Ohren lächerlich.“

Ashlyn hob das Kinn noch ein Stück und versuchte sich in derselben Logik, mit der die Göttin ihr gegenüber argumentiert hatte. „Sieh dir die beliebtesten Märchen der Welt an.“ Der ganze Zauber und die permanenten Und-wenn-sie-nicht-gestorben-sinds. „Die egoistischen Königinnen sterben immer, und die guten Prinzessinnen gewinnen immer.“

Wieder schnaubte Reyes. „Ja, aber wie du selbst gesagt hast: Das sind Märchen.“

„Basieren nicht alle Märchen auf Tatsachen? Ihr selbst seid doch eigentlich auch nicht mehr als ein Mythos. Die Büchse der Pandora – das ist eine Geschichte, die Eltern ihren Kindern abends am Bett vorlesen“, konterte sie. „Das heißt, dass das Leben selbst ein Märchen ist. Und wie die Märchenfiguren leben und lieben auch wir, und wir alle suchen nach dem Und-wenn-sie-nicht-gestorben-sind.“

Die Männer starrten sie immer noch mit undeutbaren Blicken an. Lag womöglich … Bewunderung darin? Quälend langsam verstrichen die Minuten. Sie hatte eine Entscheidung getroffen, und wenn sie sich selbst erstechen müsste, würde sie auch das tun.

„In Ordnung“, stimmte Lucien plötzlich zu, und sie zuckte zusammen. „Wir machen es.“

„Lucien!“, empörte sich Reyes.

Lucien sah zu Reyes hinüber, und Ashlyn konnte die Hoffnung erkennen, die sein vernarbtes Gesicht erhellte. „Das würde uns auch befreien, Reyes. Wir könnten die Burg endlich länger verlassen als nur für einen Tag. Wir könnten reisen, wenn wir wollen. Wir könnten gehen – und fortbleiben –, wenn wir allein sein wollen.“

Reyes öffnete den Mund und machte ihn wieder zu.

„In den Filmen, die wir uns mit Paris ansehen mussten“, fuhr Lucien fort, „siegt das Gute immer in einem außergewöhnlichen Akt der Selbstopferung über das Böse.“

„Die Filme der Menschen sind bedeutungslos. Wenn wir das tun, könnten die Götter uns sogar noch mehr verfluchen. Sie könnten uns bestrafen, weil wir uns ihrem Willen widersetzen."

„Um Maddox' und der Freiheit willen sollten wir es riskieren."

„Es wird Maddox nicht gefallen", wendete Reyes ein, doch auch in seiner Stimme schwang jetzt Hoffnung mit. „Ich denke ... ich denke, er würde die Menschenfrau der Erlösung vorziehen."

Diese Aussage wärmte zwar ihr Herz. Doch sie blieb standhaft. Sie konnte und wollte Maddox nicht weiterhin Nacht für Nacht so leiden lassen. Nicht wenn sie wusste, dass sie es verhindern konnte. Er hatte für seine Verbrechen bezahlt. Er hatte seine Schuld samt Zinsen beglichen.

Auge um Auge, dachte sie. Er hatte ihr Frieden geschenkt. Dasselbe würde sie nun für ihn tun.

„Manchmal ist das, was wir wollen, nicht das, was wir brauchen", philosophierte Lucien. Sein Tonfall hatte sich verändert und klang jetzt leicht wehmütig. Was war es wohl, das er brauchte, aber nicht wollte?

„Also gut", lenkte Reyes schließlich ein.

„Heute Abend", bekräftigte Ashlyn. „Es muss heute Abend passieren." Sie wollte weder, dass er noch einmal mehr leiden musste, noch, dass sie ihre Meinung änderte. „Gebt mir nur ... so viel Zeit wie möglich mit ihm, ja?"

Beide Männer nickten grimmig.

Den Rest des Tages verbrachte Maddox damit, Ashlyn jeden Wunsch zu erfüllen. Er fütterte sie und liebte sie so oft, dass er nicht mehr wusste, wie oft. Er erzählte ihr von den Plänen, die er für ihre gemeinsame Zukunft geschmiedet hatte. Wie ihr neuer Job den Kriegern bei der Suche nach der Büchse der Pandora helfen könnte – wenn sie es wünschte. Wie sie heiraten und jede wache Minute miteinander verbringen würden – wenn sie es wünschte. Wie sie einen Weg finden würden, sie unsterblich zu machen, sodass sie bis in alle Ewigkeit zusammenbleiben könnten – wenn sie es wünschte. Er würde ihr so viele Möbel schnitzen, wie sie wollte, und sie könnte ihm aus ihren Liebesromanen vorlesen. Wenn sie es wünschte.

Sie lachte mit ihm, neckte ihn und liebte ihn, doch sie strahlte eine Verzweiflung aus, die er nicht verstand. Eine tiefe Traurigkeit. Er drängte sie nicht. Sie hatten Zeit. Ausnahmsweise betrachtete er die Zeit als seinen Freund. Sie konnte nicht wissen, dass sie ihn gezähmt hatte. Dass sie seinen Dämon gezähmt hatte. Und dass Mann und Bestie jetzt nur noch existierten, um sie glücklich zu machen.

„Was ist mir dir, meine Liebste?“, fragte er. „Sag es mir, damit ich dir helfen kann.“

„Es ist fast Mitternacht“, erwiderte sie zitternd.

Aha. Jetzt verstand er. Er schaute sie an. Sie saßen auf der Bettkante, und er nahm ihre Hand. Das Mondlicht beschien ihr liebliches Gesicht und ließ die Sorge in ihren Augen sichtbar werden. „Ich werde es überleben.“

„Ich weiß.“

„Es tut auch kaum weh, ich schwöre.“

Sie lachte leise. „Lügner.“

Ihr Lachen wärmte ihn. „Ich möchte, dass du heute Nacht in einem anderen Zimmer schläfst.“

Sie schüttelte den Kopf, wobei ihn ihre Haarspitzen am Arm kitzelten. „Ich werde bei dir bleiben.“

Er seufzte. Sie klang fest entschlossen. „In Ordnung.“ Er würde sich jegliche Reaktion auf die Schwertstiche versagen. Er würde keinen Laut von sich geben und nicht mit einem Muskel zucken. Er würde mit einem Lächeln auf dem Gesicht sterben. „Wir werden …“

Reyes und Lucien kamen ins Zimmer. Sie sahen grimmiger aus, als er es je erlebt hatte. Er fragte sich, was der Grund dafür war, beschloss jedoch, sie nicht vor Ashlyn danach zu fragen. Er wollte ihr nicht noch mehr auf die zierlichen Schultern laden; schließlich würde sie gleich schon mit ansehen müssen, wie er ermordet wurde.

Maddox küsste sie flüchtig, und sie nahm sein Gesicht in ihre Hände, um den Kuss zu verlängern. Sie war leidenschaftlich und beinahe verzweifelt. Er gönnte sich noch einen Moment. Götter, wie sehr er diese Frau liebte …

„Wir machen morgen weiter“, versprach er. Morgen … Er konnte es kaum erwarten.

Er legte sich auf die Baumwolllaken und rutschte zum Kopfende hoch. Reyes fesselte ihn an den Handgelenken, Lucien an den Füßen. „Dreh dich wenigstens weg, wenn sie anfangen“, bat er Ashlyn.

Sie lächelte ein trauriges Lächeln und kauerte sich neben ihn. Zärtlich streichelte sie seine Wange. Es fühlte sich fast an wie die Berührung eines Schmetterlings. „Du weißt, dass ich dich liebe, nicht?"

„Ja." Und nichts in seinem Leben hatte ihn jemals glücklicher gemacht. Diese Frau war sein Wunder. „Und du weißt, dass ich dich für immer und ewig lieben werde."

„Maddox, hör mir zu … Gib niemand anderem als mir die Schuld dafür, ja? Du hast genug gelitten, und als die Frau, die dich liebt, ist es nun an mir, dich zu retten. Du sollst wissen, dass ich es gern tue, weil du mir mehr bedeutest als mein eigenes Leben." Sie küsste ihn noch mal, dieses Mal ganz kurz, und stand auf. Sie drehte sich zu Lucien und Reyes. „Ich bin bereit."

Er zog irritiert die Augenbrauchen zusammen. Plötzlich verspürte er Panik. „Bereit wofür? Wofür soll ich dir die Schuld geben?"

Reyes zog das Schwert aus der Scheide, und die Klinge rauschte pfeifend durch die Luft. Maddox Panik wurde stärker. „Was geht hier vor? Sagt es mir. Sofort!"

Niemand sprach ein Wort, während Reyes auf Ashlyn zuging.

Maddox zerrte an den Ketten. „Ashlyn. Verlass sofort das Zimmer. Verlass das Zimmer und komm nicht zurück."

„Ich bin bereit", flüsterte sie noch einmal. „Sollen wir in einen anderen Raum gehen?"

„Ashlyn!", knurrte Maddox.

„Nein", erwiderte Lucien. „Du hast gesagt, dass du das letzte Opfer erbringen willst, erinnerst du dich? Er muss dabei zusehen, um zu begreifen, was du für ihn tust."

Sie sah Maddox in die Augen. Tränen standen darin. „Ich liebe dich."

In dem Moment war ihm klar, was sie vorhatten. Mit aller Kraft versuchte er, sich zu befreien. Er stieß vulgäre Flüche aus, die noch nicht mal Paris über die Lippen gebracht hätte. Und die ganze Zeit flossen ihm heiße Tränen über die Wangen. „Nein. Tu das nicht. Bitte tu das nicht. Ich brauche dich, Ashlyn. Reyes, Lucien. Bitte. *Bitte!*"

Reyes zögerte. Er schluckte.

Und dann stach er Ashlyn in den Bauch.

Maddox schrie und zerrte so heftig an den Ketten, dass das Metall bis zu den Knochen in seine Haut schnitt. Er lief Gefahr, sich Hände und Füße abzutrennen. Es war ihm egal. Das Einzige, was jetzt zählte, war, dass sie vor seinen Augen starb. „Nein! Nein! Ashlyn!"

Das Blut sickerte aus ihrem Bauch und durchnässte ihr Hemd. Sie presste die Lippen aufeinander und schaffte es, keinen Laut von sich zu geben und stehen zu bleiben. „Ich liebe dich", wiederholte sie.

Reyes stach noch einmal zu. Maddox spürte, wie die Fesseln, mit denen er an Mitternacht gebunden war, sich mit jedem Stich ein Stückchen lockerten. Als ob man ihm die unsichtbaren Ketten, die ihn über Jahrtausende gefesselt hatten, langsam abnahm. Er wollte sie zurückhaben! Er wollte Ashlyn.

„Ashlyn! Reyes! Hör auf. Hör auf!" Vor Hilflosigkeit und Wut schluchzte er ungehemmt. Er starb selbst, obwohl er sich so stark wie schon lange nicht mehr fühlte. „Lucien, tu doch was."

Tod senkte den Blick und schwieg.

Als sich die Klinge das dritte Mal in ihren Bauch bohrte, fiel Ashlyn zu Boden. Sie schrie. Nein, er schrie. Sie wimmerte nur. „Tut nicht … weh", keuchte sie. „Wie du gesagt hast."

„Ashlyn." Ihr Name kam wie ein verzweifeltes Flehen über seine Lippen. „Oh Götter. Nein. Ashlyn. Warum machst du das? Reyes, hör auf. Du musst aufhören!" Er konnte es nicht oft genug sagen.

Wieder trafen sich ihre Blicke, und die grenzenlose Liebe in ihrem Blick demütigte ihn. „Ich liebe dich."

„Ashlyn, Ashlyn." Er bäumte sich auf. Die Ketten schnitten tiefer in seine Haut. „Halte durch, meine Schöne. Halte durch. Wir kriegen das wieder hin. Wir geben dir deine Tabletten. Mach dir keine Sorgen, ganz ruhig. Reyes, hör auf. Tu das nicht. Sie ist unschuldig."

Reyes beachtete ihn nicht, sondern stach wieder und wieder auf sie ein. Sie schloss die Augen. Er hielt inne. Schluckte. Er sah gen Himmel und dann hinüber zu Lucien, der immer noch schwieg und reglos dastand.

„Nimm sie nicht mit! Bitte nimm sie nicht mit."

Schließlich verpasste er ihr den sechsten Stich.

„Ashlyn!"

Ein dunkelroter Teich aus Blut hatte sich rings um ihren Körper gesammelt, der jetzt leblos am Boden lag. Maddox weinte immer noch. Kämpfte immer noch. Und die mitternächtlichen Fesseln schwanden weiter. „Warum? Warum?"

Lucien war so gnädig, ihn loszumachen. Kaum waren Hände und Füße frei, sank er auf den Boden und kroch zu ihr, wobei er eine Blutspur hinterließ. Er schloss seine Frau in die Arme.

Ihr Kopf fiel kraftlos zur Seite. Tot. Sie war tot. Und er spürte, wie sich tief in seinem Innern das Gewicht des Todesfluchs in Nichts auflöste. Es verpuffte, als wäre es nie da gewesen. „Nein!“ Er schluchzte und krümmte sich vor Schmerz. Es hatte eine Zeit gegeben, da hatte er sich nichts sehnlicher gewünscht, als von dem Fluch befreit zu werden. Aber jetzt würde er lieber noch tausend weitere Flüche ertragen als diese Frau zu verlieren. „Bitte nicht.“

„Es ist vollbracht“, sagte Reyes grimmig. „Wollen wir hoffen, dass ihr Opfer nicht vergebens war.“

Maddox vergrub das Gesicht in Ashlyns Haar und wiegte sie in seinen Armen.

25. Kapitel

Maddox wiegte seine Geliebte eine halbe Ewigkeit. Er konnte den Gedanken an ein Leben ohne sie nicht ertragen. Lieber würde er selbst sterben.

Lucien und Reyes standen still hinter ihm.

„Lasst meine Seele bis in alle Ewigkeit in der Hölle schmoren“, weinte er gen Himmel. „Macht mit mir, was ihr wollt, aber bringt sie mir zurück. Lasst mich ihren Platz an der Himmelspforte einnehmen.“

Bis in alle Ewigkeit?, schnurrte eine Stimme. Das war nicht Sabin, sondern eine Frau. *Na, das nenne ich mal einen Einsatz.*

Er zögerte keine Sekunde. „Ja. Ja! Für immer. Bis in alle Ewigkeit. Ich kann ohne sie nicht leben. Sie ist alles für mich.“

Du gefällst mir, Cowboy. Ehrlich.

„Hört ihr auch diese Stimme?“ Lucien klang erschrocken.

„Ja“, erwiderte Reyes genauso verblüfft. „Wer bist du?“

Eure neue beste Freundin, Süßer.

„Dann hilf mir“, bettelte Maddox.

Dummer Unsterblicher. Seit Tagen setze ich mich schon über die Regeln hinweg – das ist quasi ein Hobby von mir –, um dir zu helfen. Aber ich bin mir nicht sicher, ob ich damit weitermachen will. Du und deine Frau, ihr raubt mir echt den letzten Nerv.

„Bitte. Wenn du ihr hilfst, werde ich deine Zeit nie wieder in Anspruch nehmen. Ich schwöre. Bring sie mir nur einfach zurück. Bitte. *Bitte.*“

Du hast die hohen Tiere letzte Woche ernsthaft beleidigt, Gewalt, *und das fand ich ziemlich cool. Um ehrlich zu sein, es hat mich sogar schwer beeindruckt. Es gibt nicht mehr viele Leute, die mit den Traditionen brechen. Und wenn es dann ausgerechnet ein Herr der Unterwelt macht … das rockt! Weißt du auch, warum?*

„Nein.“ Und es interessierte ihn auch nicht.

Spitze. Kleine Nachhilfestunde.

„Aber Ashlyn braucht …“

Momentan überhaupt nichts. Und jetzt sei still. Du brauchst ein paar Hintergrundinformationen, damit du genau verstehst, was ich für dich riskiere.

Während er Ashlyn sanft wiegte, presste er die Lippen zusammen, um seine Verzweiflung niederzukämpfen.

Also, die Titanen, diese Bastarde, haben die Kontrolle, und ihr Plan ist es, die Welt wieder zu dem zu machen, was sie zu ihrer Glanzzeit war: ein Ort des Friedens und der Verehrung, bla, bla, bla, an dem die Menschen sich vor den Göttern verneigen und ihnen opfern und dieser ganze Scheiß. In ein paar Tagen werden sich plötzlich zwei Tempel aus dem Meer erheben. Ihr werdet schon sehen. Das wird der Anfang vom Ende sein, so viel ist sicher. Sie machte eine dramatische Pause. *Ich weiß nicht, ob die Tities euch Jungs am Ende tot sehen wollen oder nicht, aber ich weiß, dass sie euch benutzen wollen, um ihr großes Ziel zu erreichen.*

„Die Frauen. Danika", meinte Reyes.

Bingo. Hat irgendwas mit ihrer Abstammung zu tun, vielleicht 'ne Prophezeiung oder so. Da muss ich noch mal genauer recherchieren. Aber jetzt könnt ihr mein Dilemma verstehen, oder? Wenn ich euch helfe, wird die neue Führungsetage ganz schön angepisst sein."

„Willst du, dass ich sie für dich umbringe?", platzte Maddox hervor. „Das mache ich. Kein Problem." Wie viel Zeit es ihn auch kosten würde und was er auch tun müsste – er würde einen Weg finden.

„Maddox", ermahnte Lucien ihn. „Hör auf, bevor du einen noch größeren Fluch über unser Haus bringst. Sie wird dir helfen. Sie gibt nur vor, mit dir zu handeln. Richtig, Göttin?"

Oho, was bist du doch für ein kluger Mr. Klugscheißer, schnurrte sie. *Du bist ganz schön sexy, das kann ich dir sagen.* Sie stieß noch einen Seufzer aus, diesmal einen verträumten. Dann riss sie sich zusammen. *Dafür haben wir jetzt keine Zeit. Leider. Also, wie gesagt: Die kleine Lady hat mich schwer beeindruckt. Ehrlich gesagt, hätte ich nicht gedacht, dass sie das wirklich durchzieht. Die Show war echt erste Sahne, findet ihr nicht auch?* Kichern. *Wenn ich irgendwelche Körperfunktionen hätte, dann hätte ich mir bestimmt in die Hose gepinkelt.*

„Göttin. Konzentrier dich. Bitte."

„Maddox", ermahnte Lucien ihn erneut.

Anya. Ich heiße Anya. Und theoretisch bin ich gar keine Göttin, sondern nur die Tochter einer Göttin. Also hört gefälligst auf, mich in einen Topf mit diesen Arschlöchern zu werfen. Ein wütender Seufzer.

„Was soll ich tun? Sag es mir! Ich werde alles tun." Maddox fragte sich, ob Anya einen Lolli lutschte, denn er hörte ein Schlürfen und ein Ploppen und nahm dann den Geruch von Erdbeersahne wahr.

Deine Frau hat ihr Leben für dich geopfert. Bist du bereit, dasselbe zu tun? Du musst nämlich wissen, dass meine Kräfte begrenzt sind. Ich kann nur handeln, wenn der andere – also in diesem Fall du – auch handelt. Ach ja, und natürlich verlange ich auch eine kleine Bezahlung.

„Ja. Ich werde alles für sie opfern." Auch diesmal zögerte er nicht. „Und du bekommst jede Bezahlung, die du verlangst."

Wieder eine Lutschpause. *Okay, es sieht so aus: Ich werde von den Titanen verfolgt. Fragt mich nicht, warum. Das ist eine lange Geschichte. Auf jeden Fall jagen sie mich wie ein dämliches Tier und das schon seit, keine Ahnung, Tagen. Wenn ich also jemals zu euch komme und euch um Hilfe bitte, werdet ihr mir helfen. Verstanden?*

„Ja. Alles"

Nicht nur du, Süßer. Ihr alle.

Einen Moment lang antworteten weder Lucien noch Reyes. Maddox stand kurz davor aufzuspringen und ihnen die Kehle durchzuschneiden, da sagten beide: „Ja."

Alles klar. Dann schließen wir also einen Pakt. Deine Frau wird aufwachen und an dich gebunden sein. Sie wird genauso lange leben wie du. Wirklich kein schlechter Deal für eine Sterbliche. Aber wenn einer von euch beiden hops geht, sterbt ihr beide. Klar?

„Ja, ja."

Falls du dein Wort brichst, werde ich dich töten, was zur Folge hat, dass sie ebenfalls stirbt. Ihre Stimme verwandelte sich in ein zuckersüßes Summen. *Ich werde euch die Köpfe abschneiden und sie den Göttern auf dem Silbertablett servieren.*

„Ich verstehe. Und ich bin einverstanden", erwiderte er sofort.

Eine Sekunde verstrich. Und noch eine. Dann ertönte ein zufriedenes Schnurren, und Maddox wurde plötzlich von einem Wirbelsturm gepackt. Ashlyn wurde ihm aus den Armen gerissen, und er streckte brüllend die Hände nach ihr aus. Sie lag immer noch reglos da, doch das Blut schien in ihren Körper zurückzufließen.

Maddox wurde aufs Bett geworfen, und die Ketten legten sich wieder um Hand- und Fußgelenke, während die tiefen Einschnitte in seiner Haut innerhalb von Sekunden heilten. Reyes und Lucien gingen in die Mitte des Raums – rückwärts.

Die Zeit wurde im Zeitraffer zurückgedreht. In seinem langen Leben hatte Maddox schon vieles gesehen, so was jedoch nicht.

Reyes stand vor Ashlyn und zog das Schwert aus ihrem Körper, statt es hineinzubohren. Und statt hinzufallen, stand sie auf.

Genauso unvermittelt wie der Wirbelsturm eingesetzt hatte, hörte er auch wieder auf. Alle sahen sich verwirrt um.

„Was ist passiert?“, fragte Ashlyn ungläubig. „Ich war tot.“ Sie hielt die Arme hoch und betrachtete sie, betastete dann ihren Bauch und suchte nach den Wunden. „Ich weiß es genau. Ich kann immer noch spüren, wie die Klinge in mich eindringt und sich durch meine… Oh Gott, Maddox, was hast du getan? Ist der Fluch auch zurückgekehrt?“

„Das war … Ich bin sprachlos“, stammelte Reyes und runzelte die Stirn. „Ich habe sie erstochen.“

Sie alle konnten sich noch an das Ereignis erinnern, obwohl es zu diesem Zeitpunkt noch gar nicht stattgefunden hatte. „Macht mich los“, bellte Maddox. „Die Ketten.“

Sichtlich irritiert gehorchte Lucien.

Maddox sprang auf, zog Ashlyn in seine Arme, küsste ihr Gesicht und drückte sie so fest er konnte, ohne sie zu zerquetschen. Sie lachte und entzog sich ihm dann, um ihn genau anzusehen. „Aber der Todesfluch …“

„Ist wirklich gebrochen. Ich schwöre es. Ich spüre die Fesseln nicht mehr.“

Viel Spaß, Jungs, denn ihr seid jetzt auch von Maddox' Fluch befreit, trällerte Anya auf einmal. *Aber keine Sorge. Ich bin mir sicher, dass eure Dämonen euch trotzdem noch genügend Kummer bereiten werden. Vergesst nur unseren Deal nicht. Aber jetzt erst mal tschau!*

Ein Ruck ging durch Reyes' Körper. Luciens Kopf wurde zurückgeworfen. Beide zitterten. Dann gaben ihre Knie nach, und sie fielen hin. Für eine ganze Weile verharrten beide auf dem Boden und atmeten schwer. Dann sahen sie gleichzeitig auf. Ihre Blicke trafen sich.

„Ich muss Maddox nicht mehr töten“, stellte Reyes ehrfürchtig fest. „Die Sogwirkung des Fluchs ist verschwunden. Einfach weg!“

„Der Todesfluch ist wahrhaftig gebrochen.“ Lucien klang beinahe fröhlich. Das hatte Maddox bei ihm noch nie gehört. „Danke, Ashlyn. Danke. Du bist ein bemerkenswerter Mensch.“

„Ich würde ja gerne sagen, dass es mir ein Vergnügen war, aber …“, scherzte sie lächelnd.

„Du bist meinetwegen gestorben“, sagte Maddox und blendete die Anwesenheit seiner Freunde vorübergehend aus. Jetzt war nur noch eine Person wichtig. Und er war erschrocken, überwältigt und wütend zugleich. „Du bist für mich gestorben“, grummelte er.

„Und ich würde es wieder tun“, erwiderte sie, „denn ich liebe dich.“

Er wirbelte sie durch die Luft, und sie quiekte glücklich. „Nie wieder, Darling. Du wirst mich nie wieder verlassen.“

„Niemals.“

„Reyes, Lucien. *Ihr* werdet uns jetzt verlassen“, befahl er, ohne den Blick von Ashlyn abzuwenden.

Leise verließen die Männer das Zimmer und schenkten den Verliebten ihre Zweisamkeit. Maddox zog Ashlyn aus und küsste ihren Bauch an den Stellen, wo sich Reyes' Schwert in sie gebohrt hatte.

„Ich brauche dich“, keuchte sie.

Und er brauchte sie. Jetzt und für alle Zeit. Er drang in sie ein, unfähig aufzuhören, und stöhnte vor Lust.

„Ich liebe dich“, flüsterte er, während er sich langsam in ihr bewegte.

„Ich liebe dich auch.“ Seufzend warf sie den Kopf hin und her.

„Danke für das, was du getan hast. Danke.“ Noch nie hatte jemand so viel für ihn geopfert. „Aber … lass dich nie wieder töten. Verstanden?“

Sie lachte, und als er sie ganz tief berührte, verwandelte sich ihr Lachen in ein Stöhnen. „Dann lass du dich nicht wieder verfluchen, mein süßer Prinz.“

„Verfluchen? Ach Liebste, ich wurde mit einem unsagbar kostbaren Preis belohnt.“

„Genau wie ich, Maddox“, erwiderte sie, und beide erreichten den Höhepunkt. „Genau wie ich.“

Am nächsten Nachmittag berief Lucien ein Treffen ein.

Ashlyn setzte sich auf Maddox' Schoß. Sie war glücklicher als je zuvor. Ihre kühnsten Träume hatten sich erfüllt. Sie konnte ihr Talent mit Gedanken an Maddox kontrollieren, und er konnte die Stimmen vollständig zum Schweigen bringen. Wahre Liebe überwand tatsächlich alles.

Sie hatte sogar eine Familie. Eine echte Familie mit Kleinkriegen und allem Drum und Dran. Die zwei Männergruppen gingen steif und distanziert miteinander um, waren dabei jedoch so höflich, wie Dämonen sein konnten. Sie fühlte sich wie eine Schwester, und als solche war sie fest entschlossen, die Kluft zwischen den Kriegern zu überbrücken.

Seit ihrem erstaunlichen Opfer brachten ihr die meisten Krieger große Zuneigung entgegen, wuschelten ihr durch das Haar, wenn sie sie sahen, und zogen sie damit auf, dass sie jetzt für immer und ewig an Maddox gebunden war. Außer *Krankheit,* der immer noch nicht ganz und gar genesen war. Aber er zwinkerte ihr immer zu. Ashlyn wusste, wie furchtbar es für ihn sein musste, dass er die Einwohner Budapests ungewollt mit der Krankheit infiziert hatte. Zwar waren die Auswirkungen verheerend. Doch die moderne Medizin hatte die Epidemie eindämmen können. Vielleicht tröstete ihn das ein wenig. Wenn er erst gesund war, würde er den Kriegern beim Wiederaufbau des Club Destiny helfen und der Stadt so etwas Gutes tun.

Das Leben war schön. Viel schöner, als sie es sich je vorzustellen gewagt hatte. Sie lächelte.

Lucien stand vorne im Zimmer und verkündete: „Ich habe mit Sabin gesprochen, und wie ihr alles wisst, habe ich beschlossen, ihm bei der Suche nach der Büchse zu helfen. Es wird Zeit, dass wir das verfluchte Ding endlich finden. Solange sie da draußen ist, besteht für die Dämonen die Gefahr, dass sie von ihr aufgesaugt werden. Und somit besteht für uns die Gefahr zu sterben."

„Verdammte Jäger", schimpfte Ashlyn, und Maddox drückte zärtlich ihre Taille.

„Sie sind tot. *Krankheit* hat sie umgebracht", betonte Reyes.

Ashlyn schüttelte den Kopf. Sie hasste es, ihn in diesem Punkt zu korrigieren. „Ihr habt einige von ihnen getötet, aber nicht alle. McIntosh war lediglich der stellvertretende Vorsitzende des Instituts. Dem Leiter bin ich in all den Jahren, die ich dort gearbeitet habe, nie begegnet. Man hat mir erzählt, er scheue die Öffentlichkeit. Ich habe das nie infrage gestellt, aber jetzt kommt es mir verdächtig vor.

Außerdem gibt es noch viel mehr Mitarbeiter, die auf der ganzen Welt verstreut sind. Und vielleicht sogar weitere Jäger, die nichts mit dem Institut zu tun haben."

Ein Murmeln ging durch die Gruppe.

„Wir haben gehofft, die Büchse wäre hier in Budapest", ergriff nun Sabin das Wort. Er trat an Luciens Seite und zog die Augenbrauen hoch, als sich die Körperhaltung der Krieger anspannte, als erwarteten sie seinen Angriff. „Schließlich hat uns die Befragung eines Jägers hierher gebracht. Aber …"

„Sie haben keine Spur von der Schatulle gefunden", beendete Lucien den Satz für ihn. „Und sie bitten uns nach wie vor um Hilfe."

„Wenn ihr wollt, dass ich euch bei der Suche nach der Büchse helfe, müsst ihr mir schon sagen, wo ich suchen soll", meinte Reyes. Er klang gereizt, und Ashlyn wusste auch, woran es lag: Danika hatte sich am Morgen davongeschlichen, ohne sich zu verabschieden. Niemand war ihr gefolgt. Ashlyn war traurig darüber, ihre erste Freundin verloren zu haben, auch wenn sie wusste, dass es besser so war.

Irgendwann würden sie Aeron freilassen müssen.

Maddox hatte Ashlyn von Aeron erzählt. Davon, dass er Danika und ihre Familie töten musste. Das war der einzige dunkle Fleck in Ashlyns Leben. Aber Maddox hatte auch erwähnt, dass Reyes fest entschlossen war, die Frau zu beschützen – wenn er auch gegen dieses Bedürfnis ankämpfte.

Irgendwie hoffte Ashlyn, dass Anya am Ende auch Danika helfen würde. Wenn Anya ihr überhaupt helfen konnte. Von Maddox wusste sie, dass Anya von den Titanen gejagt wurde. Sie war irgendein übernatürliches Wesen, das durch Wände gehen, sich unsichtbar machen und die Zeit zurückdrehen konnte, und trotzdem hatte sie Angst davor, besiegt zu werden – was bedeutete, dass sie besiegt werden *konnte.*

„Zügle deinen Ton, *Schmerz*", ermahnte Cameo Reyes und stellte sich auf die andere Seite neben Lucien. „Du zerstörst damit die Moral."

Okay, es gibt zwei dunkle Flecken, dachte Ashlyn. Wenn sie Cameo ansah, wurde ihr jedes Mal ganz schwer ums Herz. Die Frau brauchte Liebe. Doch bisher schien sich keiner der Krieger für sie zu interessieren, und das trotz ihrer Schönheit. Alle blieben auf Abstand, als hätten sie Angst, die Frau – oder sich selbst – umzubringen, wenn sie sich ihr zu weit näherten. Na ja, aber sie waren ja nicht die einzigen männlichen Wesen auf der Welt. Irgendeiner würde sich bestimmt in *Elend* verlieben können.

„Ashlyn hat zwei verschiedene Geschichten gehört", meinte Maddox. „Willst du ihnen davon erzählen?"

Sie nickte. „Die einen sagen, die Büchse werde von Argus bewacht. Die anderen behaupten, sie sei in den Tiefen des Meeres versteckt und werde von Hydra beschützt, aber ich weiß nicht wo."

Alle stöhnten.

„Hast du einen Vorschlag, wo wir anfangen sollen?", wollte Lucien wissen.

Sie schüttelte den Kopf.

„Anya hat erwähnt, dass zwei Tempel auftauchen werden", erklärte Maddox. „Vermutlich handelt es sich um einstige Göttertempel, die noch nicht von den Menschen geschändet oder geplündert wurden. Wenn sie auftauchen, sollte einer von uns danach suchen. Vielleicht finden wir irgendetwas, das uns auf die richtige Spur bringt."

„Ausgezeichnet." Lucien nickte. „Jemand muss bei Aeron und Torin bleiben und die Burg bewachen."

„Ashlyn und ich bleiben hier. Wir werden Bücher wälzen", verkündete Maddox.

„Und ich werde mich in der Stadt nach Hinweisen umhören", ergänzte Ashlyn.

Maddox zog sie enger an sich und flüsterte ihr ins Ohr: „Ich brauche dich so sehr."

„Gut. Denn ich habe vor, dir all deine Bedürfnisse von den Augen abzulesen", erwiderte sie verführerisch.

Seine Lippen wurden weich, und seine violetten Augen wanderten zu ihrem Mund. „Im Augenblick stelle ich mir dich in einem schwarzen Lederanzug mit einem Schwert an der Seite vor. Paris hat mir den Gefallen getan und so ein Outfit in der Stadt besorgt, weil ich weiß, wie sehr du sexy Kleidung liebst."

Sie schmolz förmlich dahin und hatte das Gefühl, vor Liebe überzulaufen. „Und wenn ich es trage – werde ich dann meine Keuschheit verteidigen und versuchen, dir deine zu nehmen?"

„Mir meine zu nehmen, natürlich."

Sogleich begann ihr Körper vor Erregung zu beben. „Wollen wir das Treffen schmeißen und auf unser Zimmer gehen? Wir können uns ja später eine Zusammenfassung geben lassen."

„Nichts lieber als das."

Sie standen auf. Und dann jagte der Mann mit dem schwärzesten und brutalsten Charakterzug auf der ganzen Welt sie lachend aus dem Zimmer und ließ die anderen verwundert und mit neidischem Blick zurück.

Vielleicht käme ihre Zeit ja auch noch …

– ENDE –

Gena Showalter

Die Herren der Unterwelt 2: Schwarzer Kuss

Roman

Aus dem Amerikanischen von
Martha Windgassen

mtb

Prolog

Man kannte ihn unter dem Namen *Der Dunkle.* Malach ha-Maet. Yama. Azreal. Der Schattenwandler. Mairya. König der Toten. All das war er und noch mehr, denn er war ein Lord der Unterwelt.

Vor langer Zeit hatte er das *dimOuniak* geöffnet, ein magisches Gefäß, das aus den Gebeinen einer Göttin gefertigt war, und dadurch eine Handvoll Dämonen befreit. Zur Strafe mussten er und alle Krieger, die ihm geholfen hatten, diese Dämonen in sich aufnehmen und Licht und Dunkelheit, Ordnung und Chaos in sich vereinen.

Weil er derjenige war, der die Schatulle geöffnet hatte, wurde ihm der Dämon des Todes zugeteilt. Ein fairer Handel, wie er fand, denn seine Tat hätte fast den Untergang der Welt nach sich gezogen.

Nun war es seine Aufgabe, die Seelen der Menschen zu holen und zu ihrer letzten Ruhestätte zu geleiten, auch wenn ihm das nicht gefiel. Er schätzte es überhaupt nicht, Unschuldige aus ihren Familien zu reißen. Ebenso wenig hatte er Freude daran, die Bösen der Verdammnis auszuliefern, aber er tat beides, ohne zu fragen und ohne zu zögern. Sich zu widersetzen, das hatte er schnell gelernt, zog etwas nach sich, das viel schlimmer war als der Tod. Widerstand brachte eine Höllenqual mit sich, die so mächtig, so erbarmungslos war, dass sogar die Götter bei dem Gedanken daran erschauerten.

Bedeutete sein Gehorsam, dass er sanftmütig war? Dass er sich um andere sorgte? Dass er fürsorglich war? Nein. Oh nein! Solche Gefühle konnte er sich nicht leisten. Liebe, Mitleid und Gnade hätten seinem Gelöbnis im Weg gestanden.

Wut hingegen? Zorn? *Diese* Gefühle hatte er durchaus manchmal.

Wehe, jemand trieb es zu weit mit ihm, dann wurde er ganz zum Dämon. Zum Tier. In solch einem Fall verwandelte er sich in ein unheimliches Wesen, das ohne zu zögern bereit war, seine Finger um ein menschliches Herz zu schließen und es herauszureißen. So stark zusammendrücken würde er es, bis dieses menschliche Wesen nach Luft rang und um den süßen Kuss des ewigen Schlafes bettelte, den nur er bringen konnte.

Oh ja. Der Mensch hielt Dämonen an einer kurzen Leine. Denn wenn du nicht aufpasst, dann kommen sie, um dich zu holen …

1. Kapitel

Anya, die Göttin der Anarchie, die Tochter der Gesetzlosigkeit und Verbreiterin des Chaos, stand am Rand der überfüllten Tanzfläche. Wohin sie blickte, schaute sie auf schöne und fast nackte Frauenkörper. Die Herren der Unterwelt oder auch Lords, wie sie sich nannten, hatten die Mädchen ausgesucht. Sie sollten die Attraktion des Abends sein. Sowohl in der Vertikalen als auch in der Horizontalen.

Rauchwolken schwebten über ihnen wie ein Traumnebel, das Stroboskop ließ Reflexe wie Nadelstiche auf sie herabregnen. Aus dem Augenwinkel nahm sie wahr, wie einer der Unsterblichen seine muskulösen Lenden immer wieder an einer der ekstatischen Tänzerinnen rieb.

Genau meine Party, dachte sie und grinste boshaft. Nicht dass sie eingeladen gewesen wäre.

Als ob mich irgendetwas hätte zurückhalten können.

Die Herren der Unterwelt waren äußerst reizvolle unsterbliche Krieger, die von bösen Dämonen aus der Büchse der Pandora besessen waren. Und nun, nach einigen Runden harter Drinks und noch härterem Sex, verabschiedeten sie sich aus Budapest, der Stadt, die für Hunderte von Jahren ihr Zuhause gewesen war.

Anya wollte auch ihren Spaß haben. Und zwar mit einem ganz speziellen Krieger.

„Geht", flüsterte sie und kämpfte gegen ihren Drang an, „Feuer" zu rufen, um zusehen zu können, wie die menschlichen Wesen panisch und hysterisch schreiend davonrannten. *Lasst uns Spaß haben.*

Aus den Lautsprechern dröhnte Rock, der zu ihrem harten Herzschlag passte. Es war unmöglich, eine Stimme zu hören, dennoch gehorchten die Menschen ihr. Wahrscheinlich hatten sie etwas wahrgenommen, das sie noch nicht einmal selbst verstehen konnten.

Die Menge teilte sich und langsam … ganz langsam …

Schließlich stand sie vor dem Mann, der sie so faszinierte. Der Atem brannte ihr in der Lunge, und sie zitterte. Lucien! Seine Narben waren köstlich, er war unwiderstehlich stoisch und vom Dämon des Todes besessen. Im Moment saß er im hinteren Teil des Clubs an einem Tisch und starrte ausdruckslos Reyes an. Die beiden Unsterblichen waren gute Freunde.

Worüber sprachen sie? Falls Lucien den Hüter des Schmerzes bitten wollte, ihm eine dieser sterblichen Frauen zu beschaffen, dann würde ihn ein falscher Feueralarm nicht im Geringsten interessieren. Zähneknirschend neigte Anya den Kopf zur Seite und betrachtete die beiden aufmerksam, während sie versuchte, den Lärm zu ignorieren und zuzuhören.

„… sie hatte recht. Ich habe die Satellitenbilder auf Torins Rechner gesehen. Diese Tempel erheben sich tatsächlich langsam aus dem Meer." Reyes hielt einen silbernen Flachmann in der Hand und trank den Rest des Inhalts aus. „Einer befindet sich in Griechenland und einer in Rom, und wenn sie weiter so schnell aufsteigen, dann sind sie morgen hoch genug, dass wir mehr sehen können."

„Warum wissen die Menschen nicht mehr darüber?" Lucien rieb sich das Kinn mit seinem kräftigen Daumen und Zeigefinger – eine Angewohnheit von ihm. „Paris hat sich die Nachrichten auf allen Sendern angesehen, und dort ist nichts berichtet worden. Es gab noch nicht einmal Gerüchte."

Dummer Junge, dachte Anya und war froh, dass wenigstens einmal nicht Sex das Thema des Abends war. *Du weißt lediglich davon, weil ich dafür gesorgt habe, dass du davon erfährst.* Niemand sonst konnte – und würde – die Tempel sehen. Sie hatte es so eingerichtet, dass das süße kleine Etwas, das Chaos genannt wird und ihre stärkste Waffe war, die Tempel mit Stürmen umtoste, sodass Menschen sich nicht dort hintrauten. Währenddessen hatten die Lords genügend Informationen bekommen, dass sie sich so schnell wie möglich von Buda aufmachten.

Sie wollte, dass auch Lucien die Stadt verließ und sich aus dem Staub machte. Und sei es nur für eine Weile, denn einen verwirrten Mann konnte sie leichter kontrollieren.

Reyes seufzte. „Vielleicht sind die neuen Götter dafür verantwortlich. Eigentlich glaube ich, dass sie uns hassen und darauf warten, uns zu vernichten, nur weil wir Halbdämonen sind."

Lucien sah ihn immer noch ausdruckslos an. „Ist egal, wer dafür verantwortlich ist. Wir fahren morgen früh ab wie geplant. Mich juckt es in den Fingern, einen dieser Tempel zu suchen."

Reyes warf die mittlerweile leere Taschenflasche auf den Tisch. Er umschloss mit den Fingern eine der Stuhllehnen, bis die Haut über den Gelenken ihre Farbe verlor. „Wenn wir Glück haben, finden wir diese verdammte Büchse, wenn wir dort sind."

Anya fuhr sich mit der Zunge über ihre Zähne. Diese verdammte Büchse wurde *dimOuniak* genannt, ebenfalls bekannt unter dem Namen *Die Büchse der Pandora*. Sie bestand aus den Knochen der Göttin der Unterdrückung und besaß solche Zauberkräfte, dass sie sogar in der Lage war, die Dämonen einzuschließen, die sonst selbst aus der Hölle entkommen konnten. Die Büchse verfügte über eine Magie, die die Dämonen so stark anzog, dass sie dafür ihre neuen – unfreiwilligen – Wirte, die Lords, verließen. Mittlerweile waren diese wunderbar aggressiven Krieger so von den Ungetümen abhängig, dass sie ohne sie nicht mehr leben konnten. Und, überflüssig zu sagen – Anya wollte diese Büchse natürlich in ihren Besitz bringen.

Wieder nickte Lucien. „Denk darüber jetzt nicht nach, dafür hast du morgen auch noch Zeit. Geh und genieß den Rest des Abends. Du hast es nicht nötig, dich mit mir zu langweilen."

Mit ihm langweilen? Ha! Anya hatte noch nie jemanden kennengelernt, den sie so aufregend fand.

Reyes zögerte, bevor er davontrottete und Lucien allein ließ. Keine der menschlichen Frauen näherte sich ihm. Zwar sahen sie Lucien an, das schon. Sie zuckten zusammen, wenn sie seine Narben entdeckten. Doch keine wollte irgendetwas mit ihm zu tun haben – und das wiederum garantierte den Damen das Überleben.

Der ist schon vergeben, Biyatches, meine Damen.

„Sieh mich an, schenk mir deine Aufmerksamkeit", befahl Anya leise.

Es verging eine Weile. Lucien gehorchte ihr nicht.

Einige Menschen sahen in ihre Richtung, weil sie ihren Befehl gespürt hatten, aber Lucien starrte weiter auf den leeren Flachmann vor sich auf dem Tisch und blieb sitzen, fast schon ein bisschen wehmütig. Zu ihrem Ärger prallten ihre Befehle an Unsterblichen ab. Eine freundliche Geste der Götter.

„Mistkerle", murmelte sie. Alle möglichen Einschränkungen hatten sie ihr auferlegt. „Alles nur, um der wunderbaren Anarchie Knüppel zwischen die Beine zu werfen."

Anya war es nicht sonderlich gut ergangen, während sie ihre Tage auf dem Olymp verbracht hatte. Die Göttinnen hatten sie nicht leiden können, denn sie glaubten, dass sie ganz nach ihrer „Hure von Mutter“ geraten sei und darauf erpicht, ihren Göttergatten zu bezirzen. Genauso wenig war sie von den Göttern respektiert worden, ebenfalls wegen ihrer Mutter. Obwohl die Kerle sie schon *gewollt* hatten. Bis sie schließlich ihren heiß geliebten Wachkapitän getötet hatte. Dann war ihnen der Verdacht gekommen, Anya sei doch wilder als erwartet.

Idioten. Der Captain hatte verdient, was sie ihm zugefügt hatte. Verdammt, er hätte eigentlich noch Schlimmeres verdient. Dieses Schwein hatte versucht, sie zu vergewaltigen. Wenn er sie in Ruhe gelassen hätte, dann hätte sie auch ihn in Ruhe gelassen. Aber nein! Sie bereute es nicht, ihm sein schwarzes Herz aus der Brust geschnitten und es dann auf einem Speer vor dem Tempel der Aphrodite aufgespießt zu haben. Es tat ihr nicht im Geringsten leid. Ihre Freiheit war ihr heilig, und jeder, der versuchte, sie ihr zu nehmen, würde ihre Dolche zu spüren bekommen.

Freiheit. Das Wort hallte in ihr nach und brachte sie wieder in die Gegenwart zurück. Was zur Hölle musste sie tun, um Lucien davon zu überzeugen, dass sie für ihn geschaffen war?

„Nimm mich wahr, Lucien. Bitte.“

Noch immer ignorierte er sie.

Sie stampfte mit dem Fuß auf. Wochenlang hatte sie sich unsichtbar gemacht und war Lucien gefolgt, um ihn beobachten und kennenlernen zu können. Und zugegeben, sie war scharf auf ihn. Er hatte es nicht mitbekommen, dass sie sich in seiner Nähe aufhielt, auch als sie ihn zu zwingen versuchte, alle möglichen schlimmen Sachen zu machen: sich auszuziehen, sich selbst Lust zu verschaffen … zu lächeln. Okay, also das Letzte war nicht schlimm. Aber sie wollte sein wunderschönes vernarbtes Gesicht sehen, wenn er lachte – ebenso, wenn sein nackter Körper vor Erregung glühte.

Hatte er auch nur einer dieser freundlichen Bitten nachgegeben? Nein!

Auf der anderen Seite wünschte sie sich, dass sie ihm nie begegnet wäre. Dass sie vor einigen Monaten Cronus, dem neuen König der Götter, nie erlaubt hätte, ihr die Geschichten der Lords zu erzählen. *Vielleicht bin ich hier die Idiotin.*

Cronus war gerade erst Tartarus entkommen, einem Gefängnis für die Unsterblichen, das sie sofort wiedererkannt hatte, als sie es sah. Er hatte Zeus und seine Gefolgschaft dort eingekerkert, ebenso wie Anyas Eltern. Als Anya zurückgekommen war, um ihre Eltern zu befreien, hatte Cronus schon auf sie gewartet. Er hatte ihren größten Schatz verlangt. Sie hatte abgelehnt – puh –, und daher hatte er versucht, sie einzuschüchtern.

Gib mir, was ich will, oder ich werde die Lords der Unterwelt auf dich hetzen. Sie sind von Dämonen besessen, die sind so blutrünstig wie hungrige Tiere, und sie werden nicht zögern, dir das zarte Fleisch von den Knochen zu reißen ... Und so weiter und so fort.

Anstatt sie zu erschrecken, hatten seine Worte ihre Neugier geweckt. Am Ende war sie losgezogen, um von sich aus die Krieger aufzutreiben. Sie wollte sie besiegen und dann Cronus ins Gesicht lachen. So stellte Anya es sich vor: Schau mal, was ich mit deinen großen fürchterlichen Dämonen angestellt habe!

Beim Anblick von Lucien war sie allerdings auf der Stelle von ihm verzaubert gewesen. Sie hatte vergessen, aus welchem Grund sie gekommen war, und hatte den vermeintlich übelwollenden Kriegern sogar *geholfen.*

Es waren die Widersprüche, die sie reizten, und Lucien war die Inkarnation des Widerspruchs. Zwar hatte er viele Narben, aber er war kein gebrochener Mann, er war sanft, aber unnachgiebig. Er war ein ruhiger, nach allen Regeln der Kunst Unsterblicher, aber nicht so blutrünstig, wie Cronus behauptet hatte. Lucien war von einem bösen Geist besessen, dennoch richtete er sich immer nach seinem persönlichen Ehrenkodex. Tagtäglich hatte er mit dem Tod zu tun, dennoch kämpfte er darum, zu leben.

Faszinierend.

Und als wenn das nicht schon genug gewesen wäre, um ihr Interesse zu wecken, so löste sein blumiger Duft in ihr ziemlich verruchte Gedanken aus, wann immer sie sich ihm näherte. Warum? Jeden anderen Mann, der nach Rosen duftete, hätte sie ausgelacht. Doch bei Lucien bekam sie Appetit, und ihre Haut prickelte, als würde sie von glühend heißen Nadeln gestochen, so sehr sehnte sie sich danach, von ihm berührt zu werden.

Auch jetzt, während sie ihn einfach nur ansah und sich vorstellte, dass sein Geruch sie anwehte, musste sie sich die Arme reiben, um ihre Gänsehaut zu vertreiben. Aber dann dachte sie daran, wie es wäre, wenn *er* das tun würde, und die köstlichen Schauer wollten einfach nicht verschwinden.

Götter im Himmel, war der Mann sexy. Er hatte die seltsamsten Augen, die sie jemals gesehen hatte: Eines war blau, das andere braun, und beide strahlten die Essenz von Mann und Dämon aus. Und seine Narben ... Sie dachte daran, träumte davon und *sehnte* sich nach nichts anderem, als sie zu lecken. Sie waren wunderschön, ein Zeugnis dessen, was er an Schmerz alles durchgemacht hatte.

„He, meine Schöne, tanz mit mir." Plötzlich stand ein Krieger neben ihr.

Sie erkannte Paris an seiner erotischen Stimme. Anscheinend hatte er genug davon, mit einer der Tänzerinnen in einer dunklen Ecke heftig zu flirten, und versuchte jetzt bei ihr sein Glück. Da würde er wohl weitersuchen müssen. „Verschwinde."

Von ihrem Desinteresse unbeeindruckt, nahm er sie beim Handgelenk. „Du wirst es mögen, das verspreche ich dir."

Mit einer Handbewegung schob sie ihn zur Seite. Paris, besessen von sexueller Freizügigkeit, war attraktiv: Er hatte helle, fast leuchtende Haut, stahlblaue Augen und ein Gesicht, dem die Engel wahrscheinlich mit Hallelujas huldigten, aber er war nun mal nicht Lucien und löste nichts in ihr aus.

„Behalt deine Hände für dich, bevor ich sie dir abschneide."

Er lachte, als habe sie einen Scherz gemacht, denn ihm war nicht klar, dass sie genau das und noch mehr tun würde. Vielleicht machte sie ihre läppischen Geschäfte mit dem Unfrieden, aber wenn sie eine Drohung aussprach, dann machte sie diese auch wahr. Einen Plan nicht bis zum Ende zu verfolgen, das hielt Anya für eine Schwäche. Vor langer Zeit hatte sie sich geschworen, sich nie die kleinste Schwäche zu erlauben.

Ihre Feinde warteten nur darauf, dass sie endlich einen Fehler machte.

Dankenswerterweise versuchte Paris nicht noch einmal, sie zu berühren. „Für einen Kuss ...", versprach er ihr mit rauer Stimme, „... kannst du mit meinen Händen anstellen, was du willst."

„In diesem Fall würde ich dir auch noch deinen Schwanz abschneiden." Es nervte sie, dass er sie bei ihren Beobachtungen störte, besonders da sie selten die Gelegenheit hatte, diesen Anblick zu genießen. Heutzutage verbrachte sie die meisten ihrer wachen Stunden damit, Cronus abzuschütteln. „Wie findest du das?"

Paris lachte lauter und zog damit Luciens Aufmerksamkeit auf sich. Zunächst sah Lucien auf, schaute Paris an, dann wandte er sich Anya zu.

Ihre Knie gaben fast nach. Oh süßer Himmel. Paris war schon vergessen, und es fiel ihr schwer, Luft zu holen. Hatte sie sich eingebildet, dass es plötzlich in Luciens Augen aufblitzte? War es wahr, dass seine Nasenflügel bebten, als er sie genauer ansah?

Jetzt oder nie. Sie fuhr sich mit der Zunge über die Lippen, ohne ein einziges Mal den Blick von ihm abzuwenden. Dann schlug sie den Weg zu seinem Tisch ein, indem sie lässig, aber sinnlich auf ihn zuging. In der Mitte hielt sie an und bedeutete ihm mit dem Zeigefinger, zu ihr zu kommen. Einen Moment später stand er vor ihr, als sei er an einer unsichtbaren Leine gezogen worden, deren Kraft er nicht widerstehen konnte.

Er war zwei Meter groß, muskulös und gefährlich. Einfach verführerisch.

Langsam verzog sie die Lippen zu einem Lächeln. „Endlich lernen wir uns mal kennen, Darling."

Anya gab ihm keine Zeit zu antworten. Sie rieb ihren linken Hüftknochen an dem steilen Winkel zwischen seinen Beinen und drehte sich dann aufreizend herum. Sie wollte ihm ihren Rücken präsentieren. Ihre eisblaue Korsage wurde durch nichts als dünne Bändchen auf dem Rücken zusammengehalten, und sie wusste, dass ihr Rock so tief auf den Hüften saß, dass man ihren Stringtanga sehen konnte. *Ups!*

Männer, seien sie sterblich oder nicht, schmolzen für gewöhnlich dahin, wenn sie etwas sahen, das sie nicht sehen sollten.

Lucien zog geräuschvoll die Luft ein.

Anyas Grinsen wurde breiter. *Aha, wir machen Fortschritte.*

Ihre langsamen Bewegungen widersprachen dem schnellen Schlagen des Steins an der Stelle, wo andere Menschen ihr Herz hatten. Aber nicht einen Moment beschleunigte sie die verführerische Bewegung, mit der sie die Hände über den Kopf hob und sie wie zufällig durch ihre dicken schneeweißen Haare gleiten ließ. Dann strich sie an ihren Arme hinunter und streichelte ihre Haut, während sie sich vorstellte, dass es seine Hände seien. Ihre Brustwarzen wurden steif.

„Warum hast du mich gerufen, Frau?" Seine Stimme war tief. Er klang so diszipliniert, wie es sich für einen Krieger gehörte.

Als sie seine Stimme vernahm, war das für sie erregender, als von einem Mann berührt zu werden. Ihr Magen zog sich zusammen. „Ich wollte mit dir tanzen." Sie drehte den Kopf. Hüftschwung links, Hüftschwung rechts und langsam kreisen. „Ist das verboten?"

Seine Antwort ließ nicht auf sich warten. „Ja."

„Gut. Es hat mir schon immer Spaß gemacht, gegen die Regeln zu verstoßen."

Er schwieg verwirrt. „Wie viel hat dir Paris gezahlt, damit du dich so aufführst?"

„Mich bezahlt? Um Himmels willen!" Nachdem sie noch einmal ihren Hintern an seinen Lenden gerieben hatte, trat sie einen Schritt vor und drehte sich dann so verführerisch wie möglich um. Bingo! Er hatte eine Erektion. Sie spürte die Hitze, die von ihm ausging, und hatte das Gefühl, ihre Knochen würden schmelzen. „Was ist die Währung? Orgasmen?"

In ihren Träumen war das der Moment, in dem er sie packte und seine harte Rute der Länge nach in ihr vergrub. Doch in der Realität sprang er zurück, als sei sie eine Bombe, die kurz davor war, zu detonieren. Der Abstand zwischen ihnen wurde größer, was sie hasste.

Sofort spürte sie etwas, das sich wie Verlust anfühlte.

„Keine Berührung", befahl er. Wahrscheinlich hatte er sich Mühe gegeben, ruhig zu klingen, aber seine Stimme hatte etwas Schroffes. Angestrengtes. Eher angespannt als erregt.

Sie kniff die Augen zusammen. Um sie herum sahen die Leute zu, wie sie miteinander sprachen. Alle hatten mitbekommen, dass er ihr eine Abfuhr erteilt hatte. Das hier sind nicht die Nachrichten im Fernsehen, schleuderte sie ihnen lautlos entgegen. Dreht euch gefälligst wieder um.

Einer nach dem anderen gehorchte, und die menschlichen Wesen wandten sich ab. Doch die anderen Lords kamen näher und starrten sie vielsagend an. Zweifelsohne waren sie neugierig, wer sie war und was sie dort machte.

Sie mussten vorsichtig sein, so viel hatte sie verstanden. Sie wurden immer noch von den Jägern verfolgt. Es waren Menschen, die wie Narren daran glaubten, dass es möglich war, in einer Welt voller Frieden und Harmonie zu leben, indem sie die Erde von den Lords befreiten und von den Dämonen, die sie plagten.

Ignorier sie, du hast nicht mehr viel Zeit, Baby. Sie wandte sich wieder Lucien zu und drehte sich nur so weit herum, dass sie ihn zwar ansehen konnte, aber sie sich nicht ganz gegenüberstanden. „Wo waren wir gerade?“, fragte sie mit gedämpfter Stimme. Sie strich mit der Fingerspitze über den Rand ihres Tangas und hielt dort inne, wo in der Mitte zwei glitzernde Engelsflügel zusammenstießen, sodass auch sein lüsterner Blick dort hängen bleiben musste.

„Ich wollte gerade gehen“, brachte er hervor.

Als er das sagte, krallte sie ihre Fingernägel in den Stoff. Hatte er immer noch vor, sie zu verleugnen? Im Ernst?

Sie hatte sich ihm gezeigt, obwohl sie wusste, dass die Götter in der Lage waren, genau zu bestimmen, wo sie sich aufhielt. Das war etwas, was man um jeden Preis vermeiden musste, weil die Götter planten, sie zu töten wie ein lästiges Tier. Sie würde diesen Club *nicht* ohne ihre Belohnung verlassen.

Entschlossen drehte sie sich noch einmal mit wiegenden Hüften um, sodass ihre Haare über seine Brust strichen. Während sie an ihrer Unterlippe nagte, streckte sie ihre Brüste vor. „Aber ich will nicht, dass du schon gehst.“ Gekonnt schmollte sie.

Er trat noch einen Schritt zurück.

„Was ist los, mein Süßer?“ Gnadenlos folgte sie ihm. „Hast du vor kleinen Mädchen Angst?“

Lucien presste die Lippen aufeinander. Er antwortete nicht. Aber glücklicherweise wich er auch nicht weiter zurück.

„Stimmt das?“

„Du hast ja keine Ahnung, auf was du dich einlässt, Weib.“

„Ach, das glaube ich aber schon.“ Sie betrachtete ihn von oben bis unten und hielt inne, weil er so etwas Besonderes war. Wirklich bemerkenswert. Das Licht des Stroboskops ließ regenbogenfarbene Reflexe über sein Gesicht und seinen Körper regnen, einen Körper, der so markant war, als sei er aus Stein gemeißelt. Lucien trug ein schwarzes T-Shirt und eine Jeans. Unter dem Stoff zeichneten sich so deutlich seine Muskelstränge ab, dass man als Frau das Höschen festhalten musste. *Alles meins.*

„Ich habe gesagt, fass mich nicht an!“, bellte er.

Sie sah ihm wieder in die Augen und hob die Hände. „Ich fasse dich gar nicht an, Baby.“ *Aber ich will dich anfassen … ich habe da einen Plan … ich werde es tun.*

„Dein Blick sieht aber nicht danach aus.“ Er betrachtete sie mürrisch.

„Das liegt daran, dass …“

„Ich werde mit dir tanzen“, unterbrach sie ein anderer Krieger. Schon wieder Paris.

„Nein.“ Anya ließ sich nicht ablenken. Sie wollte nur Lucien und keinen anderen.

„Könnte ein Lockvogel sein“, meldete sich ein anderer Lord zu Wort, der sie wahrscheinlich schon misstrauisch beobachtet hatte. Sie erkannte seine tiefe Stimme. Sabin, der Wächter des Zweifels.

Ich bitte euch, ein Lockvogel? Als wollte sie jemanden aus anderen Gründen als den eigenen irgendwohin locken. Lockvögel, das waren dumme Mädchen, die sich selbst opferten. Im Auftrag der Jäger verführten sie die Lords, damit sie hinterrücks von den Jägern umgebracht werden konnten. Und mal im Ernst: Welcher Idiot würde einen Lord umbringen, ohne sich vorher ein wenig mit ihm vergnügt zu haben?

„Ich glaube kaum, dass die Jäger sich so schnell nach der Seuche wieder aufraffen konnten“, gab Reyes zu bedenken.

Ach ja, die Seuche. Einer der Lords war von dem Dämon der Krankheit besessen. Sobald er einen Sterblichen berührte, infizierte er diese Person mit einer grauenhaften Pest, die innerhalb kürzester Zeit tödlich verlief.

Seitdem er dies wusste, trug Torin jederzeit Handschuhe und verließ die Burg kaum, um zu vermeiden, dass er menschliche Wesen ansteckte. Er lebte zurückgezogen und schützte so die Menschen vor seinem Fluch. Schließlich konnte er nichts dafür, dass eine Gruppe Jäger in die Burg geschlichen war und versucht hatte, ihm die Kehle durchzuschneiden. Das war vor einigen Wochen gewesen.

Torin hatte überlebt, im Gegensatz zu den Jägern.

Aber leider waren da draußen noch viel mehr Jäger. Im Ernst, sie waren wie die Fliegen. Sobald man einen ausgeschaltet hatte, tauchten an seiner Stelle zwei neue auf. Auch gerade jetzt warteten sie irgendwo da draußen und lauerten auf ihre Chance. Die Lords mussten weiterhin vorsichtig sein.

„Außerdem wäre sie auf keinen Fall an unseren Sicherheitsleuten vorbeigekommen“, fügte Reyes hinzu. Seine schrille Stimme holte Anya aus ihren Tagträumen.

„Genauso wie sie es niemals geschafft hätten, in die Burg zu kommen und Torin fast den Kopf abzuschlagen?“, fragte Sabin.

„Verdammt! Paris, du bleibst hier und passt auf sie auf, während ich draußen mal nach dem Rechten sehe.“

Sie hörte Schritte und leises Fluchen.

Na toll. So ein Mist. Wenn die Krieger draußen irgendwelche Spuren von Jägern fanden, dann hatte sie keine Chance mehr, sie von ihrer Unschuld zu überzeugen. Unschuld insofern, als sie zumindest mit den Jägern nichts zu tun hatte. Lucien würde ihr nie sein Vertrauen schenken und sich in ihrer Gegenwart entspannen. Er würde sie niemals anfassen, es sei denn, er wäre wütend.

Doch sie ließ sich ihre Überlegungen nicht anmerken. „Vielleicht habe ich nur die Schlange vor der Tür gesehen und bin mit den anderen hereingekommen?“, sagte sie zu Paris und einem anderen Lord, der sie aufmerksam beobachtete. Mit gepresster Stimme fügte sie hinzu: „Und vielleicht kann ich mit dem großen Kerl hier mal eine Minute allein sprechen. Das ist privat.“

Auch wenn sie den Hinweis verstanden hatten, rührten sich die übrigen Lords keinen Millimeter von der Stelle.

Gut. Dann musste es eben anders gehen.

Als sie anfing, sich langsam im Rhythmus der Musik zu bewegen, sah sie Lucien in die Augen und strich sich mit den Fingerspitzen über den flachen Bauch. Stell dir vor, das wären deine Hände, suggerierte sie ihm in Gedanken.

Natürlich gab er nicht nach. Aber seine Nasenflügel bebten auf diese aufregende Art, und sein Blick folgte jeder Bewegung ihrer Hände. Er schluckte.

„Tanz mit mir.“ Dieses Mal sprach sie die Worte laut aus und hoffte, er würde sie nicht so einfach ignorieren. Sie fuhr sich mit der feuchten Zunge über die Lippen.

„Nein.“ Seine Stimme war rau, kaum zu hören.

„Bitte, bitte!“

Sie konnte in seinen Augen beobachten, wie die Wut in ihm aufstieg. Nein, sie bildete es sich nicht ein. Hoffnung stieg in ihr auf. Aber als mehrere Sekunden verstrichen waren und er immer noch keine Hand nach ihr ausgestreckt hatte, verwandelte sich ihre Hoffnung in pure Frustration. Die Zeit war gegen sie. Je länger sie im Club blieb, desto größer wurde die Chance, dass sie aufflog.

„Findest du mich nicht begehrenswert, Honey?“

Unter seinem Auge zuckte ein Muskel. „So heiße ich nicht.“

„Gut. Also … findest du mich nicht begehrenswert, Darling?“

Das Zucken zog sich jetzt bis zu seinem Kinn hinunter. „Wie ich dich finde, spielt keine Rolle.“

„Das beantwortet meine Frage nicht wirklich.“ Sie fing wieder an zu schmollen.

„Darum geht es auch nicht.“

Grr! Dieser Mann konnte einen wirklich aufregen!

Versuch etwas anderes. Etwas Direktes.

Als wenn ich nicht schon eindeutig genug gewesen wäre.

Na, dann mal los! Sie stellte sich vor ihn und beugte sich weit nach hinten. Dabei rutschte ihr Rock hoch und gab den Blick frei auf ihren blauen String mit den beiden Glitzerflügeln. Während sie sich wieder aufrichtete, ließ sie das Becken aufreizend langsam kreisen und räkelte sich.

Er zog geräuschvoll die Luft ein, während sich jeder Muskel in seinem Körper anspannte. „Du riechst wie Erdbeeren mit Sahne.“ Als er das sagte, sah er aus wie ein Raubtier kurz vor dem Sprung.

Bitte, bitte, bitte, dachte sie. „Du kannst darauf wetten, dass ich auch genauso schmecke.“ Sie machte ihm schöne Augen, obwohl er darauf geachtet hatte, sein vermeintliches Kompliment wie eine Beleidigung klingen zu lassen.

Er murmelte etwas und trat einen bedrohlichen Schritt auf sie zu. Er hob die Hand, um sie … festzuhalten? Zu schlagen? Wow, was sollte *das* denn? … Dann hielt er inne und ballte seine Hand zur Faust. Bevor er sich über ihren Duft ausgelassen hatte, hatte er distanziert, aber nicht völlig desinteressiert gewirkt. Nun sah es so aus, als wolle er sie einfach nur erwürgen.

„Du hast Glück, dass ich dir nicht hier und jetzt eine runterhaue“, raunte er und bestätigte so ihren Eindruck. Dennoch ließ er die Hand sinken.

Anya hatte aufgehört, sich zu bewegen und starrte ihn erschrocken an. Ihr Mund stand offen. Nur weil sie nach Früchten roch, wollte er sie schlagen? Das war … das war extrem enttäuschend. Ihr kam das Wort *katastrophal* in den Sinn, aber das war zu stark. Sie kannte diesen Mann kaum, er konnte bei ihr keine Katastrophe auslösen.

Sie hatte ja nicht von ihm erwartet, dass er gleich vor ihr auf die Knie fiel, aber auf ein *wenig* positive Resonanz hatte sie schon gehofft. Wenigstens ein bisschen Begeisterung wäre schön gewesen.

Männer mochten Frauen, die sich ihnen an den Hals warfen, oder? Sie hatte die Sterblichen zu viele Jahre lang beobachtet, und immer schien es so gewesen zu sein. *Stichwort Mädels und Sterbliche.* Lucien war nicht sterblich und war es nie gewesen.

Warum will er mich nicht?

Die ganze Zeit über, die sie ihn schon beobachtete, hatte er sich keiner einzigen Frau genähert. Ashlyn, die Freundin seines Freundes, hatte er mit Respekt und Entgegenkommen behandelt. Cameo, die einzige weibliche Kriegerin, die in Budapest lebte, begegnete er mit Freundlichkeit und fast elterlicher Fürsorge. Aber keiner gegenüber zeigte er Verlangen.

Er stand auch nicht auf Männer. Er betrachtete Männer weder mit Begehren noch anderen Gefühlen. Hieß das, dass er in eine bestimmte Frau verliebt war und es keine andere sein durfte? Falls ja, dann würde diese Schlampe was erleben!

Anya fuhr sich mit der Zunge über die Zähne und ballte die Fäuste. Trockeneisdunst waberte weiterhin durch den Raum und hüllte alles in einen verträumten Nebel. Die sterblichen Frauen begannen wieder, auf die Tanzfläche zu strömen und versuchten abermals, die Aufmerksamkeit der Lords auf sich zu ziehen.

Aber die Krieger beobachteten Anya weiter und warteten auf den entscheidenden Hinweis darauf, wer oder was sie war.

Lucien hatte sich keinen Zentimeter bewegt: Es schien, als sei sein gesamter Körper am Boden festgewachsen. Sie sollte einfach aufgeben und gehen. Sie sollte nichts riskieren und verschwinden, bevor Cronus sie fand. *Nur die Schwachen geben auf.* Das stimmte. Entschieden hob sie das Kinn. Mit einem einzigen Gedanken sorgte Anya dafür, dass die Musik wechselte. Sofort ertönte ein ruhiger Song.

Sie schlenderte auf Lucien zu, um diese furchtbare Distanz zwischen ihnen abzubauen. Mit den Fingerspitzen fuhr sie seine muskulöse Brust hinauf und zitterte. Nicht anfassen – ha! Das würde er noch lernen. Sie war nun einmal die Göttin der Anarchie und kein gehorsames Schoßhündchen.

Zumindest wich er nicht zurück.

„Du wirst mit mir tanzen“, schnurrte sie. „Das ist der einzige Weg, wie du mich loswerden kannst.“ Nur um ihn noch ein wenig zu verhöhnen, stellte sie sich auf die Zehenspitzen und biss ihm sanft ins Ohrläppchen.

Er räusperte sich, als er sie in die Arme schloss. Zuerst dachte sie, er würde sie von sich stoßen. Dann aber zog er sie fester an sich heran, sodass ihr Körper eng an seinem lag. Das reichte, um sie feucht werden zu lassen.

„Du willst tanzen, also tanzen wir.“ Langsam und verführerisch bewegte er sich, während ihre Körper sich weiter ineinander verwoben und sie ihre Mitte an seinem Oberschenkel rieb.

Sie spürte die Lust wie glühende Pfeilspitzen, die durch ihre Blutbahnen schossen und auch die letzte Faser ihres Körpers erreichten.

Götter im Himmel, das war besser, als sie es sich vorgestellt hatte. Ergeben schloss sie die Augen. Er war groß. Überall. Seine Schultern waren so breit, dass sie sich wie ein Zwerg vorkam. Sein Oberkörper war so muskulös, dass sie in seinen Armen verschwand, wenn er sie umarmte. Und währenddessen spürte sie seinen warmen Atem auf ihrer Wange wie den Hauch eines aufmerksamen Liebhabers. Zitternd schob sie die Arme über seinen Rücken hinauf bis zum Hinterkopf und vergrub ihre Finger in seinen dunklen, seidigen Haaren. *Ja. Mehr.*

Schön langsam, Mädchen. Auch wenn er sie genauso wollte, wie sie ihn begehrte, durfte sie ihn nicht bekommen. Nicht ganz und gar. Nicht bis zum Ende. In dieser Hinsicht lastete auf ihr genauso ein Fluch wie auf ihm. Aber immerhin konnte sie sich diesem Moment hingeben. Oh, wie sehr konnte sie diesen Augenblick genießen. Endlich reagierte er auf sie!

Er berührte ihr Kinn mit der Nasenspitze. „Jeder Mann in diesem

Gebäude will dich“, murmelte er leise, dennoch war sein Ton scharf. „Warum ich?“

„Einfach so.“ Sie sog seinen Duft tief ein.

„Das heißt gar nichts.“

„Darum geht es auch nicht“, wiederholte sie, was er zu ihr gesagt hatte.

Ihre Brustwarzen waren immer noch hart, sodass sie gegen ihre Korsage rieben und sich ihr Verlangen weiter steigerte. Ihre Haut war wunderbar empfindlich, sie nahm jede Bewegung von Lucien übergenau wahr. Hatte sich jemals etwas so erotisch angefühlt? So … richtig?

Lucien griff ihr in die Haare, bis sie das Gefühl hatte, er würde ihr fast einige Strähnen herausreißen. „Findest du es lustig, den hässlichsten Mann hier zu ärgern?“

„Den hässlichsten?“ Wenn er ihr doch besser gefiel als all die anderen, die sie jemals kennengelernt hatte? „Aber ich sehe Paris nirgends, Darling.“

Das gab ihm zu denken. Er runzelte die Stirn und ließ sie los, bevor er den Kopf schüttelte, als wolle er die Gedanken vertreiben. „Ich weiß, wie ich aussehe“, knurrte er mit leicht bitterem Unterton. „Und hässlich ist noch nett ausgedrückt.“

Anya stand ruhig da und schaute in seine verführerischen Augen mit den unterschiedlichen Farben. Wusste er wirklich nicht, wie attraktiv er war? Er strahlte Kraft und Lebendigkeit aus. Sein Auftreten war unglaublich männlich. Alles an ihm fesselte sie.

„Wenn du wüsstest, wie du aussiehst, Honey, dann wüsstest du auch, wie sexy und aufregend gefährlich du bist.“ Und sie wollte mehr von ihm. Es fröstelte sie, Gänsehaut zog ihr Rückgrat hinauf, und die Kühle strahlte bis in die Arme und Beine aus. *Fass mich noch einmal an.*

Er starrte sie an. „Gefährlich? Soll das heißen, du stehst darauf, wenn man dir etwas antut?“

Langsam fing sie an zu grinsen. „Nur wenn das Schlagen mit einschließt.“

Wieder bebten seine Nasenflügel. „Ich nehme an, dir machen meine Narben nichts aus“, sagte er nun extrem sachlich.

„Mir etwas ausmachen?“ Diese Narben verunstalteten ihn nicht, sondern machten ihn unwiderstehlich.

Näher … näher … ja, Berührung. Oh, Götter im Himmel! Sie ließ ihre Hände über seinen Brustkorb gleiten und genoss das Gefühl seiner Brustwarzen, die nach ihr zu rufen schienen. Sie liebkoste die Muskelstränge, die sich unter ihren Handflächen wölbten. „Sie machen mich an."

„Lügnerin."

„Manchmal", gab sie zu. „Aber nicht in diesem Fall." Anya betrachtete sein Gesicht genau. Die Verletzungen, die zu diesen Narben geführt haben, müssen furchtbar gewesen sein. Er muss sehr gelitten haben. Sehr lange und viel gelitten haben. Dieser Gedanke machte sie plötzlich ebenso wütend, wie er sie faszinierte. Wer hatte ihm das angetan? Und warum? War es eine eifersüchtige Liebhaberin gewesen?

Es sah aus, als habe jemand Lucien mit einem scharfen Messer wie eine Frucht zerteilt und dann schief wieder zusammengesetzt. Es schien, als würde etwas in seinem Körper nicht mehr zusammenpassen. Aber die Wunden der meisten Unsterblichen heilten schnell, ohne Narben zu hinterlassen. Also hätte er keine Spuren von einem Kampf behalten sollen, auch wenn er aufgeschlitzt gewesen wäre.

Hatte er ähnliche Narben auch am ganzen Körper? Anyas Knie schienen vor Lust nachzugeben, als sie sich das überlegte. Sie hatte ihn seit Wochen beobachtet, aber in dieser Zeit keinen einzigen Blick auf seinen nackten Körper werfen können. Immer hatte er es geschafft, sich zu duschen oder umzuziehen, wenn sie gerade nicht da war.

Hatte er vielleicht ihre Anwesenheit gespürt und sich vor ihr versteckt?

„Wenn ich es nicht besser wüsste, würde ich dich wie meine Leute für einen Köder halten", stellte er knapp fest.

„Und woher willst du es besser wissen?"

Er hob eine Augenbraue. „Bist du ein Lockvogel?"

Das musstest du jetzt fragen, oder? Wenn sie ihm versicherte, sie wäre kein Köder, dann würde sie zugeben, dass sie wusste, was das war. Sie glaubte ihn gut genug zu kennen, dass in seinen Augen dieses Eingeständnis bedeuten würde, dass sie ein Lockvogel war. Dann würde er sich genötigt fühlen, sie zu töten. Wenn sie aber behauptete, dass sie kein Lockvogel sei, dann würde er sie ebenfalls töten müssen.

Es war eine verfahrene Situation.

„Fändest du es gut, wenn ich ein Köder wäre?", fragte sie in einem verführerischen Ton. „Denn ich kann alles für dich sein, was du willst, mein Herz."

„Stopp", knurrte er. Für einen winzigen Moment hatte er seinen Gesichtsausdruck nicht mehr unter Kontrolle, und hinter seiner Coolness wurde Leidenschaft sichtbar. Sie verbrannte sich fast daran.

„Ich mag dieses Spielchen nicht, das du mit mir spielst."

„Es ist kein Spiel, Honey, das verspreche ich dir."

„Was willst du von mir? Und wage es ja nicht, mich anzulügen."

Es war eine gefährliche Frage. Sie wollte, dass er sich auf sie konzentrierte, und dass ihr seine ganze Männlichkeit gehörte. Sie wollte Stunden damit verbringen, ihn auszuziehen und seinen Körper zu erforschen. Sie wollte, dass er sie auszog und ihren Leib entdeckte. Sie wollte, dass er sie anlächelte. Sie wollte seine Zunge schmecken.

In diesem Moment schien nur Letzteres realistisch. Und nur dann, wenn sie sich nicht ganz fair verhielt. Gott sei Dank war Betrug ihr so vertraut wie ihr Name.

„Ich würde einen Kuss nehmen." Sie betrachtete seine rosafarbenen weichen Lippen. „Um genau zu sein, ich bestehe auf einen Kuss."

„Ich habe draußen keine Jäger gefunden", berichtete Reyes, der plötzlich neben Lucien auftauchte.

„Das muss nichts heißen", entgegnete Sabin.

„Sie ist kein Jäger, und sie arbeitet auch nicht mit ihnen zusammen." Luciens ließ sie keinen Moment aus den Augen, während er seine Freunde zur Seite winkte. „Ich will eine Minute mit ihr allein sein."

Seine Gewissheit erstaunte sie. Und er wollte mit ihr allein sein? Endlich! Nur dass seine Freunde dort stehen blieben, wo sie waren, die Idioten.

„Wir sind Fremde", erklärte Lucien und nahm ihr Gespräch wieder auf, als sei es nicht unterbrochen worden.

„Ach? Leute, die sich zuerst fremd waren, lernen einander ständig kennen." Sie lehnte sich zurück und drängte ihre Mitte gegen seinen Schaft. Ah! Eine Erektion. Er war immer noch scharf auf sie. „Ein kleiner Kuss kann doch nicht so schlimm sein, oder?"

Seine Hände glitten hinab zu ihren Hüften und packten sie. „Wirst du mich hinterher verlassen?"

Sie hätte auf seine Frage beleidigt reagieren können, aber sie war zu beschäftigt damit, seine Berührungen zu genießen, auch wenn es nur eine simple Umarmung war. Ihr Herz fing an zu rasen. In ihrem Magen machte sich eine seltsame, lüsterne Wärme breit.

„Ja." Mehr als einen Kuss hätte sie von ihm sowieso nicht haben können, auch wenn sie gewollt hätte. Und sie nahm das, was sie bekommen konnte: Nötigung, Gewalt, Betrug. Sie war es leid, sich nach seinem Kuss zu sehnen. Sie wollte ihn erleben. Sie *musste* ihn erleben. Endlich. Sicherlich schmeckte er nicht halb so gut, wie sie es sich vorgestellt hatte.

„Das verstehe ich nicht", murmelte er und schloss halb die Augen. Seine dunklen Wimpern warfen Schatten auf seine verunstalteten Wangen und ließen ihn gefährlicher denn je aussehen.

„Das ist in Ordnung, ich verstehe es auch nicht."

Er beugte sich zu ihr herab. Sein heißer, duftender Atem verbrannte ihr die Haut. „Was ist mit einem einzigen Kuss erreicht?"

Alles. Während die Erwartung in ihr hochstieg, fuhr sie mit der Zungenspitze den Rand ihrer Lippen entlang. „Bist du immer so redselig?"

„Nein."

„Nun küss sie, Lucien, bevor ich es tue. Ob sie nun ein Köder ist oder nicht", rief Paris lachend herüber. Auch wenn es ein freundliches Lachen war, der scharfe Unterton war nicht zu überhören.

Lucien schaffte es weiterhin, sich zurückzuhalten. Sie konnte spüren, wie sein Herz gegen seine Rippen schlug. War es ihm unangenehm, dass man ihnen zuhörte? Das war egal. Sie hatte alles riskiert für diesen Moment, und sie wollte Lucien jetzt nicht gehen lassen.

„Das ist sinnlos."

„Na und? Sinnlos kann auch Spaß machen. Komm schon, zier dich nicht länger. Tu was." Anya zog seinen Kopf zu sich herunter und presste ihre Lippen auf seine. Sofort öffnete er den Mund, und ihre Zungen trafen sich in einem tiefen Kuss.

Sie drängte ihren Körper noch enger an seinen. Sie wollte alles von ihm, wollte ihn ganz. Glühende Lava schien durch ihren Körper zu schießen. Sie rieb sich an seinem harten Schaft, sie konnte sich nicht länger zurückhalten. Er packte ihr Haar und übernahm die Kontrolle. Im Handumdrehen war sie in einem Mahlstrom der Leidenschaft gefangen und verspürte einen Durst, den nur Lucien stillen konnte. Sie war im siebten Himmel gelandet, ohne einen Schritt getan zu haben.

Jemand feuerte sie an. Ein anderer pfiff.

Einen Moment lang fühlte sie sich, als berührten ihre Füße den Boden nicht mehr, als fehle ihr jeder Halt. Im nächsten Augenblick spürte sie, wie sie gegen eine kalte Mauer gepresst wurde. Irgendwie waren die Beifallsrufe verstummt, und sie spürte eine empfindliche Kälte auf ihrer Haut.

Sind wir draußen?, fragte sie sich. Doch im nächsten Moment war es ihr bereits egal, und ihrer Kehle entfuhr ein erregter Seufzer, während sie die Beine um Luciens Hüfte schlang. Mit einer Hand umfasste er energisch ihren Po, sodass es fast weh tat – Gott, wie sie das liebte –, und die andere griff in ihre Haare. Mit den Fingern fuhr er in ihre Mähne und zog ihren Kopf ein wenig zur Seite, um mit der Zunge tiefer in ihren Mund eindringen zu können.

„Du bist … du bist …“, flüsterte er heiser vor Leidenschaft.

„Verzweifelt. Nicht reden. Nur küssen.“

Er hatte sich nicht länger unter Kontrolle. Seine Zunge glitt noch tiefer in ihren Mund, bis ihre Zähne gegeneinander schlugen. Ihre Leidenschaft und Erregung waren wie eine lodernde Feuersbrunst, ein tobendes Inferno. Sie stand in Flammen. Sie war außer sich. Ihr Körper schmerzte. Seine Hände berührten sie überall. Er war schon ein Teil ihres Leibes. Sie wollte, dass es nie aufhörte.

„Mehr“, sagte er heiser, während er seine Hände auf ihre Brüste legte.

„Ja.“ Ihre Brustwarzen wurden noch härter. Sie wollte, dass er sie noch fester packte. „Mehr. Mehr. Mehr.“

„Das tut so gut.“

„…“

„Fass mich an“, beschwor er sie.

„Das tue ich.“

„Nein. Fass *mich* an.“

Es dämmerte ihr, dass er sie tatsächlich wollte. Und damit wurde auch ihr Begehren stärker. Er wollte ihre Hände auf seiner Haut spüren, er wollte mehr als nur einen Kuss.

„Das lasse ich mir nicht zweimal sagen.“ Mit einer Hand griff sie nach dem Saum seines T-Shirts und hob es hoch. Mit der anderen streichelte sie die Haut über den Muskelsträngen seines Bauches. Sie spürte die Narben und erschauerte, denn die zerklüftete Haut war wunderbar heiß.

Mit jeder ihrer Bewegungen presste er seinen Bauch stärker gegen sie und biss sie in die Unterlippe. „Ja, genau so."

Fast wäre sie gekommen. Seine Reaktion war Wasser auf ihre Mühlen, Öl in das Feuer ihrer Leidenschaft. Sie stöhnte auf.

Ihre Finger zogen die Rundung seiner Brustwarzen nach, bevor sie die Spitzen betastete. Jedes Mal, wenn sie sie streifte, spürte sie ihre empfindliche Stelle pochen, als würde sie sich selbst berühren. „Ich mag es, wie du dich anfühlst."

Lucien fuhr mit der Zunge ihren Hals hinab. Sie öffnete die Augen und musste fast nach Luft ringen, als sie bemerkte, dass sie tatsächlich draußen waren. Sie lehnten in einer dunklen Ecke gegen die Mauer des Clubs. Er musste sie blitzartig dorthin gezaubert haben, der böse Junge.

Er war der einzige der Lords, der sich mithilfe eines Gedankens von einem Ort zum anderen befördern konnte. Das war eine Fähigkeit, über die auch Anya verfügte. Sie wünschte sich nur, er hätte sie in ein Schlafzimmer gezaubert.

Nein, ein Schlafzimmer war keine gute Idee. Das gehörte sich nicht. Schlimm, so etwas zu denken. Andere Frauen konnten sich an dem elektrisierenden Gefühl von Haut auf Haut und auch daran erfreuen, mit einem anderen Körper gemeinsam die Erlösung zu suchen, aber das war ihr nicht vergönnt. Anya durfte das nicht.

„Ich will dich." Er biss zu.

„Tatsächlich?", flüsterte sie.

Er hob den Kopf, und seine blaue und seine braune Iris flackerten wild, bevor er Anya wieder leidenschaftlich küsste. Bis in ihr Innerstes berührt, war sie nicht mehr Anya, sondern Luciens Frau. Luciens Sklavin. Sie konnte einfach nicht genug von ihm bekommen. Nur zu gern hätte sie ihm an Ort und Stelle erlaubt, sie zu nehmen, wenn sie gekonnt hätte. Bei den Göttern, die Wirklichkeit konnte so viel schöner sein als die Fantasie.

„Ich will dringend mehr von dir spüren. Ich will, dass du mich mit deinen Händen berührst." Sie ließ die Beine sinken. Sobald sie stand, griff sie nach seinem Hosenbund, denn sie wollte seine Rute befreien und seine Härte umfassen. Da hörte sie Schritte.

Auch Lucien musste die Geräusche gehört haben, denn er hielt inne und löste sich schnell von ihr.

Er atmete hektisch, so wie sie. Ihr wurden die Knie weich, als sie sich in die Augen sahen. Die Zeit schien still zu stehen, und es knisterte zwischen ihnen wie in der aufgeladenen Atmosphäre vor einem Gewitter. Sie hätte nie gedacht, dass ein einziger Kuss solche Gefühle bei ihr auslösen konnte.

„Zieh dich wieder richtig an", befahl er.

„Aber … aber …" Sie wollte noch nicht aufhören, und es war ihr egal, ob man sie beobachtete oder nicht. Wenn er ihr nur einen Moment Zeit gab, konnte sie sie an einen anderen Ort zaubern.

„Nein. Mach schon."

Enttäuscht sah sie ein, dass es nicht dazu kommen würde. Sein unnahbarer Gesichtsausdruck machte deutlich, dass er eine Entscheidung getroffen hatte.

Sie zwang sich, den Blick von ihm abzuwenden und sah an sich herunter. Ihr Top war ihr unter die Brüste gerutscht. Da sie keinen BH trug, sah man ihre rosafarbenen Brustwarzen hervorstehen wie zwei kleine Blüten. Ihr Rock war auf die Taille hochgeschoben und gab den Blick auf das Vorderteil ihres Stringtangas frei, der ziemlich verrutscht war.

Anya strich den Rock herunter und zog ihr Oberteil hoch. Zum ersten Mal seit Hunderten von Jahren spürte sie, dass sie rot wurde. *Warum jetzt? Macht es einen Unterschied?* Ihre Hände zitterten. Die Schwäche war ihr peinlich. Sie versuchte, ruhig zu bleiben, aber der einzige Befehl, dem ihr Körper gehorchen würde, war, sich wieder in Luciens Arme sinken zu lassen.

Die Lords bogen um die Ecke. Sie alle sahen düster und wütend drein.

„Es ist mir immer ein ganz besonderes Vergnügen, wenn du einfach so verschwindest", erklärte einer, dessen Name Gideon lautete. Sein Ton verriet allerdings, was er tatsächlich davon hielt. Er war besessen vom Dämon der Lüge, das wusste Anya, also war er nicht in der Lage, die Wahrheit zu sagen.

„Halt den Mund", fuhr ihn Reyes an. Der arme, gequälte Reyes, der Hüter des Schmerzes. Er schlitzte sich. Einmal hatte Anya sogar gesehen, wie er sich von den Zinnen der Kriegerburg stürzte, um sich Schmerzen zuzufügen und sich sämtliche Knochen zu brechen. „Vielleicht wirkt sie unschuldig, Lucien, aber du hast vergessen, sie nach Waffen zu durchsuchen, bevor du ihr die Zunge in den Hals gesteckt hast.“

„Ich bin so gut wie nackt“, stellte sie verärgert klar, obwohl ihr niemand Beachtung schenkte. „Wo sollte ich denn eine Waffe versteckt haben?“ Okay, sie *hatte* einige Messer versteckt. Na und? Ein Mädchen musste sich ja irgendwie schützen.

„Ich habe alles unter Kontrolle“, stellte Lucien trocken fest. „Ich glaube, mit einer einzigen Frau, bewaffnet oder nicht, komme ich schon klar.“

Seine ruhige Art hatte Anya schon immer fasziniert. Nur jetzt war sie davon genervt. Wo war seine unterschwellige Leidenschaft geblieben? Es war nicht fair, dass er bereits wieder Herr seiner Sinne war, während sie noch nach Luft rang. Ihre Beine hatten noch nicht mal aufgehört zu zittern. Und was noch schlimmer war: Ihr Herz schlug immer noch wie wild.

„Also wer ist sie?“, wollte Reyes wissen.

„Vielleicht ist sie kein Lockvogel, aber irgendwas stimmt nicht mit ihr“, fügte Paris hinzu. „Du hast sie an einen anderen Ort portiert, aber sie hat keinen Ton von sich gegeben.“

Das war der Moment, in dem sich alle Blicke Anya zuwandten. In all den Jahrhunderten, die sie durchlebt hatte, hatte sie sich noch nie so nackt und verletzlich gefühlt wie jetzt. Lucien zu küssen, war das Risiko wert gewesen, erwischt zu werden. Aber das hieß ja nicht, dass sie sich jetzt ausfragen lassen musste. „Ich bin euch keinerlei Rechenschaft schuldig.“

„Dazu habe ich dich auch nicht aufgefordert, und Reyes hat mir erzählt, dass du nicht behaupten kannst, du hättest hier Freunde“, stellte Paris fest. „Warum hast du versucht, Lucien zu verführen?“

Weil niemand *freiwillig* mit dem vernarbten Krieger losziehen würde, suggerierte sein Ton. Das irritierte sie, auch wenn sie wusste, dass dieser Unterton nicht verletzend oder grob gemeint war. Möglicherweise drückte er einfach aus, was alle als gegeben annahmen.

„Ist das hier ein Kreuzverhör?“ Sie starrte alle der Reihe nach an. Bis auf Lucien, dessen Blick sie mied. Würde er nun immer noch keine Regung zeigen, wäre sie geliefert. „Ich habe ihn gesehen, er gefiel mir, also habe ich mich an ihn herangemacht. Da ist nichts dabei. Mehr gibt es nicht zu sagen.“

Sämtliche Lords verschränkte die Arme über der Brust, als wolle jeder „Ja, klar“ sagen. Die Krieger standen in einem Halbkreis um sie herum, bemerkte Anya, obwohl sie nicht gesehen hatte, dass sie sich überhaupt bewegt hatten. Es fiel ihr schwer, nicht die Augen zu verdrehen.

„Du willst ihn doch gar nicht wirklich“, sagte Reyes. „Das wissen wir alle. Also erzähl uns, wohinter du wirklich her bist, bevor wir dich dazu *zwingen*, es uns zu sagen.“

Sie zwingen? Oh, bitte! Auch Anya verschränkte die Arme. Noch vor wenigen Minuten hatten sie Beifall geklatscht und Lucien aufgefordert, sie zu küssen. Oder etwa nicht? Vielleicht hatte sie sich selbst angefeuert. Aber jetzt wollten sie, dass sie ihnen schrittweise ihre Gedanken erläuterte? Jetzt taten alle so, als sei Lucien noch nicht mal in der Lage, eine blinde Frau zu verführen? „Ich wollte seinen Schwanz haben. Begreifst du das, Arschloch?“

Die Lords schwiegen geschockt.

Lucien trat vor und stellte sich zwischen die Männer und sie. Wollte er sie … beschützen? Wie reizend. Unnötig, aber reizend. Sie beruhigte sich ein wenig und hätte ihn am liebsten umarmt.

„Lass sie in Ruhe“, sagte Lucien. „Sie ist egal. Sie ist nicht wichtig.“

Ebenso schnell verpuffte Anyas kurzer Glücksmoment. Sie und nicht wichtig? Er hatte nur gerade ihre Brüste gestreichelt und seinen Schaft zwischen ihren Beinen gerieben. Wie konnte er es jetzt wagen, so etwas zu sagen?

Vor ihre Augen legte sich ein roter Nebel. *So muss sich meine Mutter immer gefühlt haben.* Fast alle Männer, die Dysnomia in ihr Bett geholt hatte, hatten die Frau beschimpft, sobald ihr Verlangen befriedigt worden war. Alles klar, hatten sie gesagt. Sie ist zu nichts anderem zu gebrauchen.

Anya kannte ihre Mutter gut. Sie wusste, dass Dysnomia sowohl Sklavin ihrer willenlosen Natur war als auch immer nach Liebe suchte. Ihre Geliebten waren Götter mit Beziehungen und Götter ohne. Das war ihr gleichgültig. Wenn sie sie begehrt hatten, hatte sie sich ihnen hingegeben. Vielleicht war sie für die Dauer, die sie in den Armen ihres Liebhabers gelegen hatte, akzeptiert und geschätzt worden und ihre dunkleren Begierden wurden gestillt.

Was den anschließenden Verrat nur noch schmerzhafter machte, dachte Anya und beobachtete Lucien. Von all den Dingen, die sie gern von ihm gehört hätte, war *unwichtig* so ziemlich das allerletzte. „Sie gehört mir“ vielleicht. Oder: „Ich brauche sie“. Sehr gern auch: „Fass meine Frau nicht an“.

Sie wollte nicht das gleiche Leben wie ihre Mutter führen, auch wenn sie sie sehr liebte. Und vor langer Zeit hatte sich Anya geschworen, es nie zuzulassen, dass jemand sie benutzte. *Aber seht mich jetzt an. Ich habe Lucien um einen Kuss angefleht, und er fand das* unwichtig, *mehr nicht.*

Knurrend versetzte sie ihm einen Stoß, wobei sie all ihre Kraft, Wut und Enttäuschung zusammennahm, und die war nicht zu gering. Er schoss mit der Wucht einer Pistolenkugel nach vorn und knallte gegen Paris. Beide Männer gaben einen undefinierbaren Laut von sich und krachten zu Boden.

Als Lucien sich wieder aufrichtete, drehte er sich blitzschnell zu ihr um. „Das war das letzte Mal.“

„Oh nein, das wird sicherlich nicht das letzte Mal gewesen sein.“ Sie schritt mit erhobener Faust auf ihn zu. Gleich würde sie dafür sorgen, dass er sich an seinen perfekten weißen Zähnen verschluckte.

„Anya.“ Es klang wie ein Flehen. „Stopp!“

Sie hielt inne, ihr gefror jeder einzelne Tropfen Blut in den Adern. „Du weißt, wer ich bin.“ Es war eine Aussage, keine Frage. „Wie?“ Sie hatten vor einigen Wochen miteinander gesprochen, aber an diesem Abend hatte er sie zum ersten Mal gesehen. Dafür hatte sie gesorgt.

„Du bist mir gefolgt. Ich erkenne deinen Duft.“

„Erdbeeren und Sahne“, hatte er vorhin in beleidigendem Ton gesagt. Ihre Augen wurden groß. Ein Schreck, aber auch Freude durchfuhr sie. Er hatte die ganze Zeit gewusst, dass sie ihm gefolgt war.

„Warum hast du mich so ins Verhör genommen, wenn du doch gewusst hast, wer ich bin? Und warum hast du nicht verlangt, dass ich mich dir zeige?“ Die Fragen schossen aus ihr heraus wie Speerspitzen.

„Erstens“, erklärte er, „habe ich dich nicht erkannt, bis die Diskussion über die Jäger aufkam. Zweitens wollte ich dich nicht verscheuchen, bis ich nicht wusste, was du von mir wolltest.“ Er schwieg und wartete, was sie antworten würde. Als sie schwieg, fügte er hinzu: „Also was willst du?“

„Ich … du …“ Verdammt! Was sollte sie ihm erzählen? „Du schuldest mir einen Gefallen! Ich habe deinem Freund das Leben gerettet und ihn von seinem Fluch befreit.“ Na also. Das klang rational und ehrlich und würde hoffentlich das Gespräch von ihren wahren Beweggründen ablenken.

„Aha.“ Er nickte und nahm die Schultern zurück. „Das erklärt alles. Du willst dir deine Belohnung abholen.“

„Eigentlich nicht.“ Auch wenn es ihren Stolz nicht angekratzt hätte, wenn er der Überzeugung gewesen wäre, dass sie ihre Küsse freimütig verteilte. Doch das wollte Anya nicht. „Noch nicht.“

Er runzelte die Stirn. „Aber du hast doch gerade gesagt …“

„Ich weiß, was ich gesagt habe.“

„Warum bist du dann gekommen? Warum folgst du mir auf Schritt und Tritt?“

Ärgerlich presste sie die Zunge gegen den Gaumen. Doch sie hatte keine Zeit zu antworten, denn Reyes, Paris und Gideon kamen näher. Ihr Blick war finster. Wollten sie sie festhalten?

Anstatt Lucien zu antworten, drehte sie sich zu den drei Männern um und fuhr sie an: „Was? Ich kann mich nicht daran erinnern, dass ich euch gebeten habe, an dieser Unterhaltung teilzunehmen?“

„Du bist Anya?“ Reyes musterte sie von oben bis unten und machte keinen Hehl aus seiner Abscheu.

Abscheu? Dankbar sollte er sein! Hatte sie ihn nicht von dem Fluch befreit, der ihn dazu gebracht hatte, jede Nacht seinen besten Freund zu erstechen? Aber diesen Blick von ihm kannte sie nur zu gut, und er schaffte es immer wieder, dass sich ihr die Nackenhaare sträubten. Aufgrund der Vergangenheit ihrer Mutter, das heißt aufgrund ihrer amourösen Abenteuer, erwartete man von ihr, dass sie, ausgestattet mit dem gleichen Freigeist, in ihre Fußstapfen treten würde. Jeder griechische Gott auf dem Olymp ging davon aus, dass sie ihrer Mutter glich und begegnete ihr früher oder später mit Abscheu.

Zuerst hatte die selbstgefällige Geringschätzung der Götter Anya verletzt. Und einige Jahrhunderte lang hatte sie versucht, das liebe Mädchen zu spielen: Sie hatte sich wie eine durchgeknallte Nonne angezogen, hatte nur etwas gesagt, wenn sie gefragt wurde, und immer brav den Blick gesenkt. Irgendwie hatte sie es sogar geschafft, ihr dringendes Verlangen, Unheil zu stiften, zu unterdrücken. Sie hatte alles getan, um den Respekt von Leuten zu gewinnen, die sie nie anders als eine Hure bezeichnet hatten.

Eines schicksalhaften Tages, als sie von dem blöden Göttinnen-Unterricht nach Hause kam, musste sie weinen, denn sie hatte Ares angelächelt, und die Zicke Artemis hatte sie eine *ta ma de* genannt. Daraufhin hatte Dysnomia sie zur Seite genommen. „Du kannst machen, was du willst und dich verhalten wie du willst, sie werden dich immer gnadenlos verurteilen", hatte ihr die Göttin gesagt. „Aber wir müssen uns selbst immer treu bleiben. Wenn du dich so verhältst wie die anderen und nicht wie du selbst, bringt dir das nur Unglück, und du wirkst, als würdest du dich dafür schämen, wer und was du bist. Andere werden sich an deiner Scham ergötzen und dich auslachen. Du bist ein wunderbares Geschöpf, Anya. Sei stolz darauf, wer du bist. Ich *bin* stolz auf dich."

Von diesem Moment an zog Anya sich so sexy an, wie sie wollte, sprach, wann immer und wie sie wollte und blickte nur dann zu Boden, wenn sie sich an ihren Riemchenstilettos nicht sattsehen konnte. Auch ihren Drang, Unordnung zu stiften, unterdrückte sie nicht länger. Es war ein Weg, allen, die sie nicht mochten, deutlich zu machen, dass sie bleiben konnten, wo der Pfeffer wuchs. Vor allem aber war es ihr wichtig, dass sie sich *selbst* mochte.

Nie wieder wollte sie sich schämen.

„Es ist … interessant, dich einmal persönlich zu sehen, nachdem ich mich in der letzten Zeit so intensiv mit dir beschäftigt habe. Du bist die Tochter von Dysnomia", fuhr Reyes fort. „Du bist die nicht so bedeutende Göttin der Anarchie."

„Nicht so bedeutend bin ich keineswegs." Nicht so bedeutend hieße nichts anderes als unwichtig, und sie war genauso wichtig wie die anderen „höheren" Wesen, verdammt noch mal! Nur weil niemand wusste, wer ihr Vater war – nun, mittlerweile wusste sie selbst es zumindest – war sie als weniger bedeutend eingestuft worden. „Aber, das stimmt. Ich bin eine Göttin." Sie hob das Kinn und sah ihn kalt an.

„In der Nacht, als du dich uns gezeigt und Ashlyn das Leben gerettet hast, hast du uns erzählt, du seiest keine Göttin", bemerkte Lucien. „Du hast behauptet, du seiest lediglich eine Unsterbliche."

Sie zuckte die Schultern. Sie hasste die Götter so sehr, dass sie diesen Titel kaum benutzte. „Ich habe gelogen. Ich lüge häufig. Es ist Teil meines Charmes, findet ihr nicht auch?“

Niemand antwortete ihr. Das sagte alles.

„Früher waren wir einmal die Krieger der Götter und lebten im Himmelreich, wie du wahrscheinlich weißt“, fuhr Reyes fort, als sei sie Luft. „Ich kann mich nicht an dich erinnern.“

„Vielleicht war ich da noch nicht auf der Welt, Klugscheißer.“

Sein Blick wirkte irritiert, aber er sagte ruhig: „Wie ich dir schon gesagt habe, seitdem du vor einigen Wochen aufgetaucht bist, habe ich Nachforschungen angestellt und so viel wie möglich über dich herausgefunden. Vor langer Zeit hast du für den Mord an einem unschuldigen Mann im Gefängnis gesessen. Nachdem du ungefähr hundert Jahre im Verlies gesessen hast, waren die Götter zu einer Entscheidung gelangt, welche Strafe sie über dich verhängen wollten. Aber bevor sie das Urteil vollstrecken konnten, hast du etwas geschafft, was zuvor keinem Unsterblichen gelungen war. Du bist entkommen.“

Anya versuchte gar nicht, es zu leugnen. „Das stimmt.“ *Zum größten Teil zumindest.*

Der Sage nach hast du den Hüter des Tartarus mit einer Krankheit infiziert, denn kurz nachdem du entkommen warst, ist er krank geworden und hat sein Gedächtnis verloren. An jeder Ecke wurden Extrawachen postiert, um dafür zu sorgen, dass niemand hinein- oder hinauskam, denn die Götter waren überzeugt, dass die Sicherheit in einem Gefängnis von der Zuverlässigkeit seines Hüters abhing. Mit der Zeit haben tatsächlich die Mauern nachgegeben. Sie sind gerissen und eingestürzt, was am Ende dazu führte, dass die Titanen entkommen konnten.“

Er gab ihr dafür natürlich auch die Schuld. *Oder etwa nicht?* Anya kniff die Augen zusammen. „Das Problem an den Überlieferungen ist“, gab sie knapp zurück, „dass die Wahrheit verzerrt wird, um Dinge zu erklären, die Sterbliche sonst nicht begreifen können. Komisch, dass du, ein Held so vieler Sagen, so etwas nicht weißt.“

„Du hast dich zwischen den menschlichen Wesen versteckt.“ Reyes ignorierte ihre Worte schon wieder. „Aber du bist auch dann nicht zufrieden gewesen, obwohl du in Frieden gelebt hast. Du hast Kriege angezettelt, hast Waffen gestohlen und sogar Schiffe verschwinden lassen. Du hast gewaltige Brände entfacht und andere Katastrophen heraufbeschworen, die wiederum zu Massenpanik und Aufständen unter den Menschen führten. Hunderte von ihnen sind aufgrund deiner Taten eingekerkert worden."

Anya spürte, wie ihr Gesicht heiß wurde. Ja, sie hatte all diese Dinge getan. Als sie am Anfang auf die Erde gekommen war, hatte sie nicht gewusst, wie sie ihre rebellische Ader unter Kontrolle bringen sollte. Die Götter waren in der Lage gewesen, sich davor zu schützen, aber die Menschen konnten das nicht. Außerdem war sie durch die vielen Jahre im Gefängnis wild und unberechenbar geworden. Ein einfacher Satz von ihr – *Du willst doch nicht etwa zulassen, dass dein Bruder in so einem Ton mit dir redet, oder?* – konnte blutige Fehden zwischen Clans provozieren. Wenn sie vor Gericht zitiert wurde – manchmal lachte sie über die dort herrschenden Regeln und Vorgehensweisen –, konnte es passieren, dass die adeligen Richter es vorzogen, ihren König zu ermorden anstatt Recht zu sprechen.

Was die Feuer anging – nun, eine innere Stimme hatte ihr befohlen, aus Versehen die Fackel „fallenzulassen" und den Flammen dabei zuzusehen, wie sie sich tanzend ausbreiteten. Bei den Diebstählen war es dasselbe gewesen. Die Stimme hatte gesagte: *Greif zu. Keiner wird es merken.*

Schließlich hatte sie gelernt, dass wenn sie ihrem Bedürfnis nach Chaos in den kleinen Dingen nachgab – Diebstahl, Notlügen und hin und wieder eine Schlägerei auf der Straße –, dann konnten schlimmere Katastrophen abgewendet werden.

„Ich habe, was dich angeht, auch meine Hausaufgaben gemacht,", sagte sie leise. „Hast du nicht auch einmal ganze Städte zerstört und Unschuldige umgebracht?"

Jetzt war es Reyes, der rot wurde.

„Du bist nicht mehr derselbe Mann, der du einmal warst. Genauso wenig wie ich dieselbe bin, die ich einmal …" Bevor sie den Satz zu Ende bringen konnte, erhob sich plötzlich eine Brise und pfiff ihr kalt um die Ohren. Anya blinzelte und war nur einen kurzen Moment lang abgelenkt. „Verdammt!", rief sie, denn sie wusste, was nun kommen würde.

Natürlich hielten die Krieger inne, als für sie die Zeit aufhörte zu existieren. Eine Macht, die größer war als sie, übernahm die Herrschaft über die Welt um sie herum. Auch Lucien, der ihr Gespräch mit Reyes aufmerksam verfolgt hatte, erstarrte zu Stein.

Und selbst Anya verwandelte sich.

Oh nein, nein, nein, dachte sie und mit diesen Worten befreite sie sich aus ihrem unsichtbaren Gefängnis. Nichts und niemand würde sie je wieder einsperren können. Dafür hatte ihr Vater gesorgt.

Anya ging hinüber zu Lucien, um ihn zu befreien. Warum sie das tat, wusste sie nicht. Schließlich hatte er all diese schrecklichen Dinge über sie gesagt. Aber der Wind legte sich so schnell, wie er aufgekommen war. Ihr Mund war trocken, und sie spürte, wie ihr Herz unruhig schlug. Cronus, der vor wenigen Monaten den himmlischen Thron bestiegen und neue Regeln, neue Wünsche und neue Strafen mitgebracht hatte, war kurz davor, sein Ziel zu erreichen.

Er hatte sie gefunden.

Na toll! Als ein leuchtend blaues Licht vor ihr erschien und die Dunkelheit verdrängte, löste sie sich in Rauch auf, um der unglaublichen Kraft, die es verströmte, zu entkommen. Irgendwie bedauerte sie es, Lucien zurücklassen zu müssen, aber sie nahm die Erinnerung daran, wie sein Kuss schmeckte, mit auf ihre Reise.

2. Kapitel

Ein schwarzer Nebel schien sich über Lucien zu senken, und seine Gedanken kreisten nur noch um Anya.

Er hatte sich gerade mit ihr unterhalten, hatte dabei versucht zu vergessen, wie perfekt sich ihr Körper an seinen schmiegte. Sein Begehren war beinah übermächtig gewesen. Ihm war bewusst, dass er alle, die er kannte, verraten hätte, um noch eine Weile mit ihr zusammen sein zu dürfen und sie in den Armen zu halten. Die Zeit, die er mit ihr verbracht hatte, war viel zu kurz gewesen.

Noch nie zuvor hatte ihn ein Kuss so tief ergriffen.

Irgendetwas konnte mit ihm nicht stimmen.

Warum sonst hatte es ihn fast umgebracht zu sagen, dass Anya keine Bedeutung für ihn habe, dass sie ein Nichts sei? Aber er hatte es aussprechen müssen. Zu ihrem, aber auch zu seinem eigenen Wohl. Sein Bedürfnis, mit ihr zusammen zu sein, war gefährlich. Und ihm zu folgen, konnte tödlich enden. Außerdem setzte er seine legendäre Selbstbeherrschung aufs Spiel.

Selbstbeherrschung. Wenn er in der Lage gewesen wäre, sich zu bewegen, hätte er verächtlich geschnaubt. Es war offensichtlich, dass er keine Kontrolle hatte, was diese Frau anging.

Warum hatte sie so getan, als würde sie ihn begehren? Warum hatte sie ihn so verzweifelt geküsst? Frauen begehrten ihn einfach nicht auf diese Art und Weise. Zumindest nicht mehr. Das wusste er nur zu genau. Und dennoch hatte Anya ihn geradezu angebettelt, mehr von ihm zu bekommen.

Und nun konnte er ihr Bild nicht mehr aus seinen Gedanken vertreiben. Sie war groß, sie hatte die perfekte Größe für eine Frau mit einem perfekten Elfengesicht und einer perfekten Haut, die samtig und von der Sonne gebräunt war: zart und so erotisch schimmernd, dass ihm unwillkürlich das Wasser im Mund zusammenlief. Er stellte sich vor, jeden einzelnen Zentimeter mit seiner Zunge zu liebkosen.

Ihre Brüste hatten fast die himmelblaue Korsage gesprengt, und unter ihrem schwarzen Minirock hatten schier endlos lange Beine hervorgeschaut, die in schwarzen, hochhackigen Stiefeln steckten.

Ihr Haar war hell und fiel einem Schneesturm gleich über ihre Schultern. Sie hatte große blaue Augen, die perfekt zur Farbe ihres Tops passten, eine niedliche Nase, volle rote Lippen, zum Küssen wie geschaffen, und gerade weiße Zähne. Sie strahlte eine gewisse Verdorbenheit aus und versprach höchsten Genuss, als sei sie seine Traumfrau, die zum Leben erweckt worden war.

Eigentlich hatte er sie nicht mehr aus dem Kopf bekommen können, seit sie vor Wochen in sein Leben getreten war und Ashlyn gerettet hatte. Zu diesem Zeitpunkt hatte sie sich nicht zu erkennen gegeben, aber ihr Geruch nach Erdbeeren hatte ihn zutiefst erfüllt.

Bei der Erinnerung daran wie sie schmeckte, spürte Lucien sein Herz pochen, seine Kehle brennen und seine Haut vor Hitze kribbeln. Die gleichen Gefühle übermannten ihn, wenn er seine Freunde Maddox und Ashlyn zusammen sah, wenn sie miteinander turtelten und schmusten. Die beiden liebten sich so sehr und hielten einander fest, als hätten sie Angst, sich jemals loslassen zu müssen.

Überraschenderweise hob sich der Nebel auf einmal und gab ihn frei. Als er wieder klar denken konnte, bemerkte Lucien, dass er immer noch draußen war. Anya war fort, und seine Freunde um ihn herum schienen wie eingefroren. Er kniff die Augen zusammen, während er nach hinten zu seinem Hosenbund griff und den Schaft seines Dolches umfasste. Was ging hier vor?

„Reyes?“ Er bekam keine Antwort. Reyes zwinkerte noch nicht einmal. „Gideon? Paris?“

Nichts.

Etwas weiter im Schatten bewegte sich etwas. Langsam zog Lucien seine Waffe aus der Scheide und wartete. Er war auf alles gefasst … bis ihm ein Gedanke kam. Anya hätte seinen Dolch nehmen und ihn gegen ihn richten können, und er hätte es niemals rechtzeitig geahnt. Es wäre ihm egal gewesen, denn er war zu verzaubert von ihr gewesen. Aber sie hatte ihn nicht angegriffen, obwohl es für sie ein Leichtes gewesen wäre. Sie wollte ihm also tatsächlich nichts antun.

Warum hatte sie ihn dann angesprochen? Er war ratlos.

„Hallo *Tod*“, sagte eine sehr ernste männliche Stimme. Niemand war da, aber etwas oder jemand nahm Lucien die Waffe aus der Hand und warf sie auf den Boden. „Weißt du, wer ich bin?“

Lucien ließ sich nichts anmerken, doch in ihm stieg eine derartige Angst auf, dass er stocksteif wurde. Er hatte die Stimme noch nie gehört, dennoch wusste er, wem sie gehörte. Tief in seinem Innersten wusste er es. „Lord Titan“, sagte er heiser. Noch vor nicht allzu langer Zeit hätte es Lucien gefreut, von diesem Gott angesprochen zu werden. Aber jetzt sah die Sache anders aus.

Vor einem Monat hatte Aeron, der Hüter des Zorns, die Aufmerksamkeit des Lords erregt. Er sollte den Auftrag bekommen, vier Menschenfrauen umzubringen. Den Grund wollten die Titanen nicht preisgeben. Aeron hatte abgelehnt und war nun im Verlies der Herren der Unterwelt gefangen. Ihn herauszulassen, war viel zu gefährlich, denn er war für sich und die Welt zu einer Bedrohung geworden. Jede Minute des Tages verzehrte sich der Krieger nach Blut.

Lucien bedauerte es, seinen Freund in dieser Verfassung sehen zu müssen, denn er glich eher einem Tier als einem Lord. Noch schlimmer war für Lucien das Gefühl, so machtlos zu sein und ihm trotz seiner Stärke nicht helfen zu können. Und daran war das Wesen schuld, das jetzt vor ihm stand.

„Wem verdanken wir denn heute diese … Ehre?“, erkundigte er sich gespannt.

Lautlos und fließend wie Wasser trat Cronus aus einem orangefarbenen Mondstrahl. Sein Haar war silbergrau, ebenso sein Bart. Seinen großen, schlanken Körper hatte er in einen Umhang aus Leinen und Dalmatinerfell gehüllt, das wie Seide glänzte. Seine Augen waren dunkle abgrundtiefe Höhlen.

In seiner linken Hand hielt er die Sichel des Todes. Es war eine Waffe, die Lucien dem grausamen Gott nur zu gern entwunden und gegen ihn selbst gerichtet hätte, denn sie konnte einen Unsterblichen mit nur einem Streich enthaupten. Als das Symbol des Todes hätte die Sichel ohnehin ihm zugestanden, aber sie war verschwunden, als Cronus ins Gefängnis geworfen worden war. Lucien fragte sich, wie Cronus an sie herangekommen war – und ob er die Büchse der Pandora ebenso leicht würde finden können.

„Mir gefällt dein Ton nicht“, antwortete der König schließlich mit trügerischer Ruhe. Dieses Timbre kannte Lucien nur zu gut, denn er selbst bemühte sich immer um einen möglichst ruhigen Ton, wenn er versuchte, seine Gefühle unter Kontrolle zu bringen.

„Ich entschuldige mich." *Mistkerl.* Abgesehen von der Waffe wirkte Cronus nicht mächtig genug, um sich aus Tartarus zu befreien und Zeus zu entmachten. Doch er hatte es geschafft. Mit Brutalität und Durchtriebenheit hatte er bewiesen, dass man es sich mit ihm lieber nicht verscherzte. Daran gab es keinen Zweifel.

„Du hast Anya kennengelernt, das kleine widerspenstige Biest." Der Gott sprach jetzt in einem flüsternden, sanften Ton, der dennoch die Nacht zerschnitt und eine Kraft besaß, die eine ganze Armee zu Fall gebracht hätte.

Luciens Furcht steigerte sich ins Unermessliche. „Ja, ich habe sie kennengelernt."

„Du hast sie geküsst."

Er ballte die Fäuste – aus Unbesonnenheit und aus Wut, dass das Wesen diesen, einen leidenschaftlichen Augenblick beobachtet hatte. *Nur ruhig bleiben.* „Ja."

Lautlos schwebte Cronus durch die Nacht auf ihn zu. „Irgendwie hat sie es geschafft, mir seit Wochen zu entkommen. Dich hingegen sucht sie auf. Woran liegt das, glaubst du?"

„Ehrlich gesagt, habe ich keine Ahnung." Lucien wusste es tatsächlich nicht. Für ihn ergab es keinen Sinn, dass sie ihm solche Aufmerksamkeit schenkte. Bestimmt war die Leidenschaft in ihrem Kuss nur vorgetäuscht gewesen. Und dennoch hatte sie es geschafft, dass er sich mit Leib und Seele nach ihr verzehrte.

„Macht nichts." Der Gott stand nun direkt vor ihm und starrte ihm in die Augen. „Du wirst sie töten."

„Ich soll sie töten?"

„Du klingst überrascht." Damit wandte der Gott sich von Lucien ab und entfernte sich, als sei die Unterredung beendet. Obwohl er ihn dabei nur ganz leicht berührte, wurde Lucien mit einer Wucht zu Boden geworfen, als habe ihn ein Wagen gestreift. Seine Muskeln verkrampften sich, seine Lunge brannte. Während er nach Atem rang, sah er sich nach Cronus um. Doch der verschwand in die Nacht und war schon kaum noch zu sehen.

„Wenn du schon darauf bestehst …!", rief Lucien ihm nach. „Darf ich erfahren, warum du willst, dass … sie stirbt?"

Ohne sich umzuwenden, erwiderte der Gott: „Sie ist die pure Anarchie und bereitet allen, auf die sie trifft, nur Ärger. Das ist Grund genug. Du solltest mir dankbar sein, dass ich dir diese Ehre zuteil werden lasse."

Ihm danken? Lucien biss sich auf die Unterlippe, um nicht auszusprechen, was ihm auf der Zunge lag. In diesem Moment wollte er dem Gott mehr als je zuvor den Kopf abschlagen. Aber er blieb, wo er war, denn er wusste, wie brutal die Rache der Götter sein würde, wenn er es versuchte. Er, Reyes und Maddox waren erst vor Kurzem von einem alten Fluch freigesprochen worden, der Reyes gezwungen hatte, Maddox jede Nacht aufs Neue zu erdolchen. Und Lucien hatte die Seele des gefallenen Kriegers Nacht für Nacht in die Hölle begleiten müssen.

Dieser Todesfluch war ihnen von den Griechen auferlegt worden, nachdem Maddox unabsichtlich Pandora getötet hatte. Wie viel schlimmer würde wohl die Strafe der Titanen sein, wenn Lucien ihren König umbrachte?

Es war ihm eigentlich egal, was sie ihm antun würden, doch er fürchtete um seine Freunde. Sie hatten schon jetzt schlimmere Torturen durchlitten, als andere Wesen in Hunderten von Jahren.

Dennoch hörte er sich sagen: „Ich lehne es ab, diese Aufgabe zu erfüllen."

Obwohl er nicht sah, dass sich der Gott sich ihm auch nur zugewandt hatte, stand Cronus eine Sekunde später direkt vor ihm. Seine hellen Augen, die nicht von dieser Welt zu sein schienen, durchbohrten Lucien wie ein Schwert. Cronus streckte den Arm aus, sodass die Sichel über Reyes Kopf schwebte. „Wie lange es auch dauern mag und was immer du auch tun musst … du, Krieger, wirst mir ihren toten Leib bringen. Versäumst du es, meinen Befehl zu befolgen, werden du und alle, die du liebst, leiden."

In einem blendenden blauen Lichtstrahl verschwand der Gott, und danach drehte sich die Welt weiter, als sei nichts geschehen. Lucien rang nach Atem. Cronus hatte Reyes beinah mit einer Handbewegung enthauptet.

„Was zum Teufel ist hier los?", brummte Reyes und sah sich um. „Wo ist sie hin?"

„Sie war doch gerade noch hier?" Paris drehte sich um die eigene Achse und zückte seinen Dolch.

Du und alle, die du liebst, werden leiden, hatte der König gesagt. Das war keine leere Drohung. Es würde so geschehen. Lucien ballte die Faust. „Lasst uns wieder hineingehen und den Rest des Abends genießen“, versuchte er, die Situation zu überspielen. Er brauchte Zeit, um nachzudenken.

„He, Moment mal …“, begann Paris.

„Nein“, unterbrach Lucien und schüttelte den Kopf. „Wir werden nicht mehr darüber reden.“

Wortlos starrten sie ihn an. Dann nickten sie. Weder den göttlichen Besuch noch das Verschwinden von Anya erwähnte Lucien, während er zusammen mit den Lords wieder den Club betrat. Doch als Reyes versuchte, an ihm vorbeizukommen, hielt er ihn mit einer Handbewegung zurück.

Sein Freund blieb stehen und sah ihn irritiert an.

Lucien deutete mit dem Kopf in Richtung eines Tischs im hinteren Teil des Clubs, an dem sie schon zuvor gesessen hatten. Reyes nickte und folgte ihm.

Nachdem sie sich gesetzt hatten, forderte Reyes: „Spuck’s schon aus!“ Er lehnte sich zurück und starrte so unbeteiligt es ging auf die Tanzfläche, als wolle er mit Lucien über das Wetter reden.

„Du hast Informationen über Anya eingeholt. Wen hat sie umgebracht, dass sie im Gefängnis gelandet ist? Warum hat sie ihn getötet?“

Im Hintergrund lief ein Song mit stampfendem Rhythmus. Das Stroboskop ließ grelle Lichter über Reyes olivfarbene Haut und seine pechschwarzen Augen zucken. Er hob die Schultern. „In den Rollen, die ich gelesen habe, stand nichts über die Gründe. Nur wer es gewesen ist. *Aias*.“

„Ich erinnere mich an ihn.“ Lucien hatte den arroganten Mistkerl noch nie gemocht. „Wahrscheinlich hatte er es verdient.“

„Als sie ihn getötet hat, war er Captain der Wachen der Unsterblichen. Ich nehme an, dass Anya irgendeine Katastrophe verursacht hat, und Aias wollte sie festnehmen. Dann haben sie miteinander gekämpft.“

Lucien blinzelte überrascht. Der selbstgerechte, egozentrische Aias hatte also seinen Job bekommen? Bevor er die Büchse der Pandora geöffnet hatte, war Lucien nämlich der Hauptmann gewesen. Er hatte für Frieden gesorgt und den Götterkönig beschützt. Nachdem er allerdings mit dem Dämon geschlagen war, hatte man ihn für ungeeignet erklärt, und der Posten war ihm entzogen worden. Dann waren er und die Krieger, die ihm geholfen hatten, die Büchse zu entwenden, allesamt aus dem Himmelreich verbannt worden.

„Ich frage mich, ob sie als Nächstes dich attackieren wird", meinte Reyes.

Vielleicht war das ihre Absicht. Aber in dieser Nacht hatte sie die Gelegenheit dazu gehabt und sie nicht genutzt. Er hätte es jedoch verdient, daran bestand kein Zweifel. Als er und seine Freunde auf die Erde gekommen waren, hatten sie zunächst nichts anderes als Dunkelheit und Zerstörung, Schmerz und Leid gebracht. Sie hatten keine Kontrolle über ihre Dämonen gehabt und hatten, ohne irgendwelche Unterschiede zu machen, getötet, Häuser und Familien zerstört, Hunger und Krankheit mit sich gebracht.

Als er gelernt hatte, diese gefährliche Seite in sich zu unterdrücken, war es schon zu spät gewesen. Jäger hatten sich bereits aufgemacht, ihn und seine Freunde zu bekämpfen. Zu jener Zeit konnte er ihnen dafür noch nicht einmal die Schuld geben. Ja, er hatte sogar das Gefühl gehabt, dass er ihren Zorn verdiente. Dann hatten diese Jäger Baden getötet, den Hüter des Argwohns und Luciens Schicksalsgefährten. Der Verlust des Freundes hatte Lucien bis ins Mark getroffen.

Die Tatsache, dass er die Motive der Jäger verstand, spielte nun keine Rolle mehr. Es sorgte nur dafür, dass es ihm leichter fiel, die Verantwortlichen zu töten. Dennoch wünschte er sich Frieden für die Zeit, wenn alle Kämpfe vorbei waren. *Süßer Friede*. Doch einige der Krieger waren anderer Meinung. Sie forderten, dass alle Jäger umgebracht wurden, um sich auf diese Weise an ihnen zu rächen.

Also zogen Lucien und fünf weitere Krieger nach Budapest, wo sie Hunderte von Jahren relativ geschützt und friedvoll leben konnten. Vor wenigen Wochen waren die anderen sechs Lords in der Stadt angekommen. Sie waren den Jägern auf den Fersen, die sich vorgenommen hatten, sowohl Lucien als auch seine Männer ein für alle Mal auszulöschen. So einfach war es, die Blutfehde wieder zu entfachen. Dieses Mal konnte er ihr nicht entkommen. Und er wollte auch gar nicht fliehen. Bis die Jäger vollständig ausgerottet waren, konnte es keinen Frieden geben.

„Was hast du noch über Anya herausgefunden?"

Reyes zuckte die Schultern. „Wie ich draußen schon gesagt habe, ist sie die Tochter von Dysnomia."

„Dysnomia?" Lucien strich mit zwei Fingern an seinem Kinn entlang. „Ich kann mich nicht an sie erinnern."

„Sie ist die Göttin der Gesetzlosigkeit und wird von den Griechen am heftigsten verschmäht. Sie hat mit allem geschlafen, was männlich ist, gleichgültig ob verheiratet oder nicht. Niemand weiß übrigens, wer Anyas Vater ist."

„Gibt es keine Hinweise?"

„Wie sollte es die geben, wenn die Mutter an jedem Tag zahlreiche Liebhaber hatte?"

Der Gedanke, dass Anya ihrer Mutter nachkommen könne und viele Männer ins Bett schleppen würde, machte Lucien wütend. Er wollte sie nicht begehren, dennoch hatte er sie gewollt – geradezu verzweifelt gewollt. Er wollte sie noch immer. Fürwahr, er hatte versucht, ihr zu widerstehen. Und er hätte ihr widerstanden, wenn er nicht erkannt hätte, wer sie war und dass sie ja unsterblich war. *Sie kann nicht sterben. Im Gegensatz zu einer Sterblichen kann sie mir nicht genommen werden, wenn ich mich an ihr ergötze. Ich werde nie ihre Seele in die Hölle begleiten müssen.*

Was für ein Narr er gewesen war! Er hätte es besser wissen müssen. Er war der Tod. Jeder konnte sterben. Auch er, seine Freunde. Er sah jeden Tag mehr Tote, als die meisten Menschen im Laufe ihres ganzen Lebens ertragen könnten.

„Es hat mich überrascht", fuhr Reyes fort, „dass solch eine Mutter eine Tochter haben kann, die wie ein Engel aussieht. Es fällt schwer zu glauben, dass die hübsche Anya so böse sein kann."

Ihr Kuss war die reine Sünde gewesen. Erfreulich. Aber die Frau, die er in seinen Armen gehalten hatte, schien ihm nicht böse gewesen zu sein. Süß war sie gewesen. Amüsant auf alle Fälle. Und, erstaunlich genug, sie war verletzlich und wunderbar sehnsuchtsvoll. Nach ihm.

Warum hatte sie ihn geküsst?, fragte er sich noch einmal. Die Frage, und dass er darauf keine Antwort wusste, wurmte ihn. Warum hatte sie ihn zum Tanzen aufgefordert? Warum mit ihm getanzt? Hatte sie etwas von ihm gewollt? Oder war er nur eine Herausforderung für sie gewesen? War er für sie nur jemand, den sie verführen und versklaven konnte, um ihn dann zu verlassen, sobald jemand Attraktiveres daherkam? Um dann über die anhaltende Leichtgläubigkeit dieses hässlichen Mannes zu lachen?

Lucien wurde allein bei dem Gedanken ganz kalt. *Denk das nicht. Du wirst dich damit nur selbst quälen.* Was sollte er davon halten? Woran sollte er dann denken? An ihren Tod? Götter, er war sich nicht sicher, ob er dazu in der Lage wäre.

Weil sie ihm vor einer Weile geholfen hatte, schuldete er Anya nun einen Gefallen. Wie sollte er eine Frau töten, in deren Schuld er stand? Wie sollte er eine Frau umbringen, deren Lippen er gekostet hatte? Er legte seine Hände auf die Knie und presste sie zusammen, um die plötzlich aufkeimende Dunkelheit in ihm zu unterdrücken.

„Was weißt du sonst noch über sie? Es muss doch noch mehr geben."

Reyes schüttelte den Kopf. „Anya ist auf eine gewisse Weise verflucht, aber ich habe nicht herausbekommen, auf welche."

Verflucht? Diese Nachricht erschütterte Lucien und machte ihn wütend. Hatte sie deshalb zu leiden? Und warum war es ihm nicht egal? „Weißt du etwas darüber, was dahintersteckt? Wer hat sie verflucht?"

„Themis, die Göttin der Gerechtigkeit. Sie ist ein Titan, obwohl sie die Titanen verraten hat, um den Griechen zu helfen, als die den himmlischen Thron besteigen wollten."

Lucien erinnerte sich an die Göttin, obwohl er kein klares Bild von ihr vor Augen hatte. Sie war groß, dunkelhaarig und schlank, das wusste er noch. Sie hatte aristokratische Züge und zierliche Hände, mit denen sie viel gestikulierte. An manchen Tagen war sie sanftmütig, an anderen unerträglich barsch. „Was weißt du über Themis?"

„Nur, dass sie die Frau von Tartarus, dem Gefängniswächter war."

Lucien runzelte die Stirn. „Vielleicht hat sie Anya verflucht, um sie dafür zu bestrafen, dass sie Tartarus verletzt hatte, um fliehen zu können?"

Reyes schüttelte den Kopf. „Wenn die Informationen über die Zeitschiene korrekt sind, dann ist Anya verflucht worden, bevor sie ins Gefängnis kam." Er schnalzte mit der Zunge. „Vielleicht ist sie genau wie ihre Mutter. Vielleicht hat sie mit Tartarus geschlafen und dadurch die Göttin gegen sich aufgebracht. Ist das nicht der häufigste Grund, warum Frauen ihren Geschlechtsgenossinnen den Tod an den Hals wünschen?"

Lucien war auch dieser Verdacht nicht recht. Mit der Hand fuhr er sich durch sein raues, vernarbtes Gesicht. Hatte er Anya mit seinen Entstellungen abgestoßen?, fragte er sich plötzlich. Unter dem verunstalteten Gewebe spürte er, wie seine Wangen vor Scham heiß wurden. Vermutlich hatte sie bei ihren vorherigen Männern nur körperliche Perfektion kennengelernt. Ihn würde sie gewiss als den hässlichen Krieger erinnern, der ihre wunderbar zarte Haut gereizt hatte.

Reyes fuhr mit der Fingerspitze über den Rand eines Glases, das auf dem Tisch stand. „Es passt mir nicht, dass wir in ihrer Schuld stehen. Und es gefällt mir auch nicht, dass sie in den Club gekommen ist. Wie ich schon sagte, Anya zieht eine Spur der Verwüstung und des Chaos' hinter sich her, wo immer sie auch auftaucht."

„*Wir* hinterlassen eine Spur der Verwüstung und des Chaos', wo immer wir uns auch aufhalten."

„Das war früher, und es hat uns nie Spaß gemacht." Er wurde still. „Sie hat gelächelt, während sie dich verführte." Reyes starrte finster vor sich hin. „Ich habe gesehen, wie du sie angeschaut hast. So wie ich Danika früher angesehen habe."

Danika. Sie war einer der Menschen, den Aeron auf Befehl töten sollte. Reyes begehrte sie mehr als den nächsten Atemzug, vermutete Lucien. Aber Reyes musste sie gehen lassen, um sie vor der Brutalität der Götter zu bewahren. Lucien fragte sich, ob sein Freund diese Entscheidung jemals bereut hatte. Vielleicht hätte er sie lieber direkt beschützt.

Was mache ich jetzt? Lucien wusste, was er gern tun *würde*. Er wollte Anya vergessen und Cronus ignorieren, so wie es Aeron getan hatte. Den König der Götter zu ignorieren, bedeutete allerdings, bestraft zu werden – so wie es Aeron passiert war. Seine Freunde konnten es nicht mehr ertragen, dessen war er sich sicher. Schon jetzt standen sie zwischen Gut und Böse. Wenn er sie noch weiter herausforderte, würden sie fallen und einfach ihren Dämonen nachgeben. Dann hätten sie keine Chance mehr, ihrem ständigen Drang zu zerstören zu widerstehen.

Er seufzte. Verdammte Götter! Der Befehl aus dem Himmel war zum denkbar schlechtesten Zeitpunkt gekommen. Irgendwo da draußen war die Büchse der Pandora versteckt. Es bedeutete, dass sein Leben unmittelbar in Gefahr war. Falls ein Jäger die Büchse vor ihm fand, konnte ihm der Dämon ausgetrieben werden und ihn töten, denn Mann und Dämon waren untrennbar miteinander verbunden.

Während Lucien es nicht schlimm fand, an seinen eigenen Untergang zu denken, konnte er es nicht ertragen, den Tod seiner Kampfesbrüder zu riskieren. Er fühlte sich für sie verantwortlich. Wenn er die Büchse nicht geöffnet hätte, um seinen stechenden Hass darüber, dass er nicht als ihr Hüter auserkoren worden war, zu befriedigen, dann wären seine Männer nicht bestraft worden. So waren sie dazu verdammt, die Dämonen in ihrem Körper zu beherbergen. Dann hätte er nicht ihr Leben zerstört – ein Leben, das sie zuvor als Elitekämpfer der Griechen genossen hatten: vergnügt, sorglos und sogar glücklich.

Wieder seufzte er. Wenn er seine Freunde davor bewahren wollte, weitere Qualen ertragen zu müssen, musste er Anya wie befohlen töten. Lucien traf den Entschluss, obwohl er ihm das Herz schwer machte. Und das hieß, er musste die Göttin finden und ihr noch einmal nahe kommen.

Der Gedanke, wieder mit Anya zusammenzutreffen, ihren Erdbeerduft einzuatmen, ihre weiche Haut zu streicheln, reizten und quälten ihn gleichermaßen. Vor vielen hundert Jahren, als er sich einmal sehr in eine Sterbliche namens Mariah verliebt hatte, die auch ihn begehrte, hatte er trotzdem nicht dieses Verlangen gespürt. Das Gefühl glich einem heißen Schmerz, der seinen Körper ganz und gar erfüllte und nicht schwinden wollte.

Mariah … die süße, unschuldige Mariah, die Frau, der er zu schnell sein Herz geschenkt hatte, kurz nachdem er gelernt hatte, seinen Dämon zu bezwingen. Damals hatte er bereits seit mindestens zweihundert Jahren auf der Erde gelebt. Die Zeit schien einfach nicht zu verstreichen, ein Tag glich dem anderen. Dann hatte er Mariah gesehen, und plötzlich hatte sein Leben einen Sinn ergeben. Er hatte Sehnsucht nach etwas Gutem, etwas Reinem, das die Dunkelheit in seinem Inneren vertreiben konnte.

In dunkelster Nacht war sie sein Sonnenschein, eine helle Kerzenflamme in gnadenloser Düsternis, und er hatte gehofft, eine Ewigkeit damit verbringen zu dürfen, sie anzubeten. Aber nur zu bald wurde sie von einer Krankheit dahingerafft. Der Tod wusste sofort, dass sie nicht überleben würde. Lucien hätte ihre Seele in genau diesem Moment nehmen sollen, aber dazu hatte er sich nicht durchringen können.

Wochenlang hatte die Krankheit in ihrem Körper getobt und sie Stück für Stück aufgezehrt. Je länger Lucien wartete und hoffte, dass sie wieder gesund werden würde, desto stärker litt sie. Mit gebrochenem Herzen gab er nach und tat seine Pflicht, denn er wusste, sie würden nie wieder zusammen sein können.

In jener Nacht entstanden seine Narben.

Lucien verletzte sich selbst. Dazu hatte er eine Klinge mit Gift bestrichen. Jedes Mal, wenn ein Schnitt heilte, flehte er darum, Narben zu bekommen, und öffnete die Wunde wieder und wieder. Er hatte sich sogar Verbrennungen zugefügt, die so schlimm waren, dass seine Haut sich nicht wieder erholen konnte. In seiner Trauer hatte er gehofft, dass sich ihm nie wieder eine Frau nähern würde, und dass er nie wieder den Schmerz erdulden müsse, einen geliebten Menschen zu verlieren.

Nie hatte er diese Tat bereut. Bis jetzt. Er hatte damals die Chance vertan, ein Mann zu sein, den Anya tatsächlich begehren konnte. Eine Frau von solch einer perfekten Schönheit verdiente einen Mann, der ebenso aussah. Er runzelte die Stirn. Warum hatte er diese Gedanken? Sie musste sterben. Verlangen würde die ganze Sache nur komplizierter machen.

Wieder kreisten seine Gedanken um Anya. Ihr Gesicht war ein Fest für die Sinne, ihr Körper sorgte für erotische Höhepunkte. Als Mann hatte er bei dem bloßen Gedanken, diese Kreatur zerstören zu müssen, das Bedürfnis zu schreien. Und als ein unsterblicher Krieger war ihm ebenfalls zum Schreien zumute.

Vielleicht konnte er Cronus davon überzeugen, seinen Befehl zu widerrufen? Vielleicht … Lucien schnaubte. Nein. Das würde nicht funktionieren. Mit Cronus verhandeln zu wollen, war noch idiotischer, als sich einzubilden, ihn ignorieren zu können. Der König der Götter würde ihm höchstens einen Befehl erteilen, der noch furchtbarer war als der erste.

Verdammt! Warum wollte Cronus unbedingt, dass sie starb? Was hatte sie getan?

Hatte sie einen anderen ihm vorgezogen?

Lucien ignorierte die Tatsache, dass seine plötzlich aufflammende Eifersucht und Besitzgier dafür sorgte, dass er nicht mehr klar sehen konnte. Ebenso ignorierte er das Wort *mein*, das in seinen Ohren widerhallte.

„Ich warte“, erinnerte ihn Reyes und unterbrach damit seine Gedanken.

Er blinzelte und versuchte, seine Fantasie zu zügeln. „Worauf?“

„Dass du mir erzählst, was da draußen vorgefallen ist.“

„Nichts ist vorgefallen“, log er mühelos und hasste sich selbst dafür, dass er Reyes gegenüber nicht offen war.

Reyes schüttelte den Kopf. „Deine Lippen sind immer noch rot und geschwollen vom Küssen. Deine Haare stehen vom Kopf ab. Es ist offensichtlich, dass ihr euch vergnügt habt. Du hast dich vor sie gestellt, als wir versucht haben, ihr auf die Schliche zu kommen, und dann ist sie schließlich ganz verschwunden. Und das nennst du nichts? Nächster Versuch.“

Reyes hatte genug eigene Sorgen, da musste Lucien ihm nicht noch seine aufbürden. „Sag den anderen, wir treffen uns in Griechenland. Ich werde nicht wie geplant mit euch mitkommen.“

„Was?“ Reyes runzelte die Stirn. „Warum?“

„Ich habe den Befehl bekommen, eine Seele zu holen.“

„Eine Seele zu holen? Nicht, sie in den Himmel oder in die Hölle zu begleiten? Das verstehe ich nicht.“

Lucien nickte bedächtig. „Das musst du auch nicht verstehen mein treuer Freund.“

„Weißt du, ich hasse es, wenn du so kryptisch daherredest. Sag schon, wessen Seele es ist und warum du sie holen sollst?“

„Ist das nicht egal? Eine Seele ist eine Seele und das Ergebnis ist dasselbe, gleichgültig, was der Grund dafür ist. Es geht immer um den Tod.“ Lucien schlug Reyes auf die Schulter und erhob sich. Bevor der Krieger noch ein Wort sagen konnte, marschierte Lucien aus dem Club und hielt nicht eher an, bis er den Platz erreicht hatte, wo er Anya geküsst – und verloren – hatte.

In seinen Gedanken konnte er sie noch stöhnen hören. Fast war es ihm, als spüre er noch, wie sie ihre Fingernägel in seinen Rücken krallte und wie ihre Hüfte seine Männlichkeit reizte. Er war immer noch hart, trotz allem, was passiert war.

Der Drang quälte ihn weiter, doch er schob ihn beiseite und schloss sein rechtes Auge. Mit dem blauen, seinem spirituellen Auge schaute er sich um. Er sah einen Regenbogen aus schimmernden ätherischen Farben. Anhand dieser Farben konnte er erkennen, was an dem Ort passiert war und welche Gefühle die Wesen gehabt hatten, die dort gewesen waren. Manchmal konnte er sogar bis in alle Einzelheiten erkennen, was geschehen war.

Lucien hatte viel Erfahrung darin, die spirituelle Welt zu erkunden, daher fiel es ihm leicht, sich durch die Masse der Empfindungen zu arbeiten und herauszuschälen, was zuletzt geschehen war. Da, an einem Schild, das an einem Neubau hing und frisch gestrichen war, erkannte er etwas: leuchtende Sterne der Leidenschaft.

Der Kuss.

In diesem spirituellen Reich erschien Anyas Leidenschaft als ein strahlendes Pink. Sie war echt, nicht vorgetäuscht, wie Lucien gedacht hatte. Diese pinkfarbene Spur leuchtete mit solcher Kraft, wie er es selten gesehen hatte. Sie begehrte ihn also wirklich? Das schien ihm nicht plausibel, aber der Beweis lag direkt vor ihm wie ein Pfad der Errettung inmitten eines Sturmes.

Sein Magen krampfte sich zusammen, und Hitze schoss ihm ins Gesicht. Er fuhr sich über die Lippen, denn er sehnte sich danach, sie zu schmecken. In seinem Herzen machte sich ein pulsierender Schmerz breit. Oh, noch einmal diese Brüste in seinen Händen spüren und ihre Knospen unter seiner Berührung steif werden lassen. Seine Finger einmal in ihre feuchte Höhle führen und hinein- und hinausgleiten lassen, zuerst langsam, dann schneller und schneller. Sie würde kommen und vielleicht sogar um mehr betteln. Er stöhnte.

Sie muss durch deine Hand sterben. Vergiss das nicht.

Als ob er das könnte, dachte er und ballte die Fäuste. „Wo bist du hingegangen?“, murmelte er und folgte den Blitzen, wo sie gestanden und ihn geschubst hatte. Er sah es blau aufleuchten. Traurigkeit. Sie war traurig gewesen? Weil er behauptet hatte, dass sie unwichtig sei? Als er das erkannte, schämte er sich.

Er sah sich die Farben genauer an. Mit dem Blau verwoben war ein helles pulsierendes Rot. Zorn. Wahrscheinlich hatte er ihre Gefühle verletzt, und daher war sie wütend auf ihn. Sein schlechtes Gewissen wurde stärker. Er hatte geglaubt, sie habe mit ihm gespielt; niemals hatte er vermutet, sie könne ihn wirklich begehren. Lucien hatte nicht gedacht, dass es ihr wichtig war, ob er sie wollte oder nicht.

Dass sie ihn tatsächlich verehrte, erstaunte ihn sehr.

Als er die Farben weiter erforschte, fand er eine winzige Spur Weiß. Angst. Etwas hatte ihr Angst gemacht. Aber was? Hatte sie gespürt, dass Cronus in der Nähe gewesen war? Hatte sie ihn gesehen? Wusste sie, dass er bereits ihr Todesurteil gesprochen hatte?

Lucien wollte nicht, dass sie sich fürchtete.

Mit angespannten Muskeln folgte er der schwachen weißen Spur. Während er sich bewegte, erlaubte er seinem Körper, sich mit dem Dämon des Todes zu verbinden. So wurde er zu einem Geist, einem mitternächtlichen Nebel, der sich in einer Sekunde von einem Ort zum anderen bewegen konnte.

Erstaunt stellte er fest, dass Anyas Essenz ihn zu seiner Festung führte. Um genauer zu sein, führte sie ihn zu seinem Schlafzimmer. Offensichtlich hatte sie sich dort nicht lange aufgehalten, sondern hatte den Raum nur kurz durchquert, um einen anderen Ort aufzusuchen …

Maddox' und Ashlyns Schlafzimmer. Irritiert runzelte Lucien die Stirn. Was wollte sie da? Das Pärchen lag ineinander verschlugen im Bett. Beide hatten rosige Wangen, die von einem erneuten sexuellen Marathon herrührten, da war er sich sicher.

Er unterdrückte einen kurzen Anfall von Neid, bevor er Anyas Spur weiterverfolgte und …

… sich in einer Wohnung wiederfand, die er nicht kannte. Durch die schweren schwarzen Vorhänge drang dünnes Mondlicht herein. Trotzdem war es dunkel. Befand er sich noch in Budapest? Das Zimmer war spärlich möbliert. An einer Wand stand eine braune, abgewetzte Couch und ein Korbstuhl. Es gab weder einen Fernseher noch einen Computer oder irgendein anderes modernes technisches Gerät, an das sich Lucien in den letzten Jahrzehnten gewöhnt hatte.

Aus dem Nachbarzimmer drang das Scheppern zweier Säbel. Dieses Geräusch kannte er gut. Leise ging er hinüber, denn er wusste, dass er für die Kämpfenden unsichtbar sein würde.

Sobald er die Tür erreicht hatte, rang er nach Luft, denn er musste den Schock verdauen. Er sah Danika, die zum Untergang verdammte Frau, hinter der Reyes her war. Sie stieß immer wieder zwei Schwerter in einen Sack, der von der Decke hing. Er hatte die Form eines Menschen und sah aus wie eine Mischung aus Reyes und Aeron.

„So, du willst mich also entführen?“, stieß sie keuchend hervor. Der Schweiß rann ihr an Schläfen und Hals herab, und ihr graues Unterhemd klebte an ihrem Körper. Die blonden Haare, die sie zu einem Pferdeschwanz gebunden hatte, blieben an ihrem Nacken haften. Um so ins Schwitzen zu kommen, musste sie seit Stunden in der kalten Wohnung trainiert haben.

Warum war Anya dorthin gegangen? Danika hatte sich versteckt. Sie ab und an in Ruhe zu lassen, war der einzige Weg gewesen, der Sterblichen so etwas wie ein Leben zu gönnen, bevor Aeron ihr auf den Schwingen des Zorns nachjagte und sie stellte, wie die Götter es befohlen hatten. Und das würde er tun. Es war nur noch eine Frage der Zeit, bis Aeron dem Verlies entkam. Es gab nur eine Fessel, die ihn auf Dauer wirklich halten konnte – sie musste von den Göttern geschmiedet sein.

Lucien war versucht, seine Deckung aufzugeben und sich zu erkennen zu geben, um mit Danika zu reden. Aber er entschied sich dagegen. Sie war nicht gut auf ihn zu sprechen und würde ihm kaum helfen, Anya zu finden. Mit zwei Fingern strich er sich übers Kinn. Was immer die Göttin der Anarchie auch umtrieb, sie interessierte sich für alles, was in der Unterwelt eine Rolle spielte.

Lucien war noch irritierter als zuvor.

Dort würde er keine Antworten finden. Es tauchten nur noch mehr Fragen auf. Unnütz, seine Zeit weiter zu verschwenden. Er folgte Anyas erleuchteter Spur, die nun hellrot war – Zorn keimte wieder auf – und fand sich …

… in einer Tankstelle wieder. So glaubte er zumindest, nannten die Sterblichen diese Art von Geschäft.

Er runzelte die Stirn. Helles Sonnenlicht fiel durch die Fensterscheiben, also konnte er nicht mehr in Budapest sein. Im Laden befanden sich viele Menschen, einige zahlten ihr Benzin, andere kauften eine Kleinigkeit zu essen.

Unbemerkt ging Lucien hinaus. Eine Reihe gelber Autos jagte die Straße entlang, und Sterbliche eilten den Bürgersteig hinauf und hinab. Nachdem er eine kleine, schattige Gasse gefunden hatte, materialisierte sich Lucien unauffällig. Neugierig ging er dann zurück in den Verkaufsraum der Tankstelle.

Eine Frau holte tief Luft, als sie ihn sah, dann schaute sie so schnell wie möglich wieder weg. Ein Kind zeigte mit dem Finger auf ihn und wurde von seiner Mutter zurechtgewiesen. Jeder trat einen Schritt zurück, sobald sein Blick auf Lucien fiel. Wenn auch die meisten versuchten, es so unauffällig wie möglich zu tun, ohne offensichtlich unhöflich zu erscheinen. An der Kasse stand eine Schlange, an der er bis nach vorn vorbeiging, ohne sich zu entschuldigen.

Keiner der Kunden protestierte.

Der Kassierer war ein Teenager, der Gideon sehr ähnlich sah. Seine Haare waren blau gefärbt, sein Körper tätowiert und gepierct. Dennoch fehlte ihm Gideons Wildheit, während er seine Kaugummiblase platzen ließ und die Geldscheine in die jeweiligen Fächer sortierte. Auf einem Schild an seinem Hemd stand sein Name.

„Dennis, hast du hier eine blonde Frau gesehen, die einen engen schwarzen Rock …"

„Und ein hellblaues winziges Top trug? Ja, die habe ich gesehen", erwiderte Dennis, während er die Kassenschublade schloss. Lucien erkannte den Akzent. Er befand sich offenbar in den USA. Der Junge hob den Blick und erstarrte. Er schluckte. „Oh … ja." Seine Stimme zitterte. „Ich habe sie gesehen. Darf ich fragen, warum?"

Lucien nahm drei unterschiedliche Regungen bei sich wahr, die er nicht sonderlich schätzte: Eifersucht, dass ein anderer Mann Anya gern angeschaut hatte, Ungeduld, weil er ihr auf der Spur war und *Furcht,* da er sie vielleicht jeden Moment finden würde. „Hat sie mit jemandem geredet?"

Der Junge trat einen Schritt zurück und schüttelte den Kopf. „Nein."

„Hat sie etwas gekauft?"

Es gab eine längere Pause, als habe der Junge Angst, seine Antwort könne Lucien wütend machen. „Irgendwie schon."

Irgendwie schon? Als Dennis nichts weiter dazu sagte, knirschte Lucien mit den Zähnen und hakte nach: „Was hat sie denn ‚irgendwie schon' gekauft?"

„W…warum wollen Sie das wissen? Ich meine, sind Sie Polizist? Oder ihr Exmann?"

Lucien presste die Zunge gegen den Gaumen. *Ganz ruhig. Ruhig bleiben.* Er sah dem immer blasser werdenden Sterblichen ins Gesicht, suchte seinen Blick und starrte ihm in die Augen. Ein Duft von Rosen ging nun von ihm aus, der sich um den Jungen herum verteilte.

Dennis schluckte noch einmal schwer, aber seine Augen begannen zu strahlen.

„Ich habe dich etwas gefragt", wiederholte Lucien leise, „und du wirst mir jetzt antworten. Was hat die Frau gekauft?"

„Drei Erdbeer-Sahne-Lollis." Seine Antwort kam wie in Trance.

„Aber sie hat sie nicht bezahlt. Sie hat sie sich genommen und ist einfach mit ihnen rausgegangen. Ich habe nicht versucht, sie aufzuhalten oder was Ähnliches, das schwöre ich."

„Zeig mir die Lollis."

Während die Leute hinter ihm anfingen zu grummeln, weil sich ihr Einkauf verzögerte – bis Lucien ihnen einen schneidenden Blick zuwarf und sie lieber schnell den Mund hielten – kam Dennis hinter der Kasse hervor und führte Lucien zu dem Gang, in dem die Süßigkeiten in den Regalen lagen. Der Verkäufer deutete auf eine halb leere Schachtel mit Lutschern.

Als Lucien zwei einpackte, musste er sich zusammenreißen, nicht an ihnen zu schnuppern, dann zog er einige Scheine aus der Tasche. Es war die falsche Währung, aber immer noch besser als gar nichts. „Wie viel bin ich dir schuldig?"

Abwehrend hob Dennis die Hände. „Ich gebe einen aus."

Lucien wollte dem Jungen das Geld aufdrängen, hatte aber gleichzeitig Angst, noch mehr Aufsehen zu erregen. Schließlich stopfte er die Scheine zurück in die Tasche. „Geh wieder an deine Kasse", sagte er und sah sich um, weil er sich einen Überblick verschaffen wollte. Auf der spirituellen Ebene waren Abermillionen von Farben vorhanden. Sie in eine Ordnung zu bringen, war anstrengend, aber möglich. Endlich gelang es ihm, Anyas einmalige Farbe zu finden.

Ihm wurde heiß.

Alles an ihr zog ihn an, sogar die minimale Spur, die sie hinterlassen hatte. Er konnte nicht widerstehen. Und wenn er nicht vorsichtig war, konnte er in eine Falle tappen. Diese Frau war einfach so … bezaubernd. Ein wunderschönes Rätsel.

Lucien verließ den kleinen Laden der Tankstelle und kehrte in die kleine Nebenstraße zurück, in der er sich unbemerkt wieder in Luft auflöste und in das Reich der Geister aufstieg. Er folgte ihr zu Anyas nächstem Aufenthaltsort.

Er fand sie in einem Park. Endlich.

Als er sie sah, spürte er einen scharfen Schmerz in der Brust, und plötzlich fiel es ihm schwer, Luft zu holen. In diesem Augenblick wirkte sie ruhig und gelassen, nicht wie die Verführerin, die sie im Club gewesen war. Sie saß auf einer Schaukel, und das Sonnenlicht tauchte sie in ein goldenes Licht, während sie vor- und zurückschwang.

Sie schien in Gedanken versunken, die eine Schläfe gegen die Kette der Schaukel gelehnt. Ihr seidiges, silbriges Haar fiel ihr bis auf die Arme, wehte im Rhythmus ihrer Bewegung und bedeckte ab und zu ihr elfenhaftes Gesicht.

Der Wunsch, sie in seine Arme zu schließen und festzuhalten, war geradezu überwältigend stark.

Hatte eine Frau jemals so verletzlich ausgesehen? Oder so einsam? Sie leckte an einem der Lollis, die sie gestohlen hatte. Die rosafarbene Spitze ihrer Zunge schnellte zwischen ihren Lippen hervor und umkreiste den pastellfarbenen Lutscher. Sofort spürte er, wie er hart wurde. *Nein. Jetzt nicht.* Aber sein Verlangen wollte einfach nicht verschwinden.

Wie lange es auch dauern mag, oder was auch immer du tun musst, du wirst sie mir bringen, hatte Cronus gesagt. Oder alle, die du liebst, werden leiden.

Wut stieg in ihm auf, aber es gelang ihm schnell, sie zu unterdrücken. Für Wut hatte er keinen Platz in seinem Herzen. Er war der Tod. Im Moment hatte er keine andere Aufgabe zu erfüllen. Gefühle würden ihn nur behindern, das wusste er nur zu gut.

Wie lange es auch dauern mag, hallten Cronus' Worte in seinem Kopf nach.

Einen Moment lang, einen einzigen Moment lang überlegte Lucien, wie es wäre, wenn er für seine Aufgabe einfach ewig brauchen würde. Eine Ewigkeit. *Du weißt, was passiert, wenn du zögerst. Der Mensch, der sterben muss, wird dann nur länger unnötigen Qualen ausgesetzt. Tue es! Oder auch deine Freunde werden für dein Zögern büßen.*

Entschlossen nahm Lucien wieder seine Gestalt an und trat einen Schritt vor. Unter seinen Stiefeln knirschte der Kies, und Anya blickte abrupt auf. Ihre kristallklaren Augen weiteten sich, und ihr Blick versprühte ein solches Feuer und Verlangen, dass er ihn zu verbrennen schien.

Sie sprang auf und rang vor Überraschung nach Luft.

„Lucien."

Die Süße ihrer Stimme vermischte sich mit ihrem Erdbeer-Sahne-Duft, der Anya anscheinend schon in Fleisch und Blut übergegangen war. Als er spürte, dass sich jeder Muskel in ihm vor Lust anspannte, wurde er schwach. Schon wieder! *Bleib stark, verdammt noch mal.*

Da sie nicht wusste, in welch einer Gefahr sie sich befand, blieb sie stehen und sah ihn unter ihren dichten Wimpern hervor an. „Wie hast du mich gefunden?“

„Du bist nicht die Einzige, die die Spur von Unsterblichen aufnehmen kann.“ Aber das war nur die halbe Wahrheit.

Sie betrachtete ihn lange und aufmerksam. Lucien hatte das Gefühl, sie würde ihn in Gedanken ausziehen. Frauen sahen ihn einfach nie so an. Nicht mehr. Aber sie tat es … Es fiel ihm immer schwerer, seine Reaktionen unter Kontrolle zu behalten. Mit jeder Sekunde, die verstrich, wuchs seine Erregung.

„Also bist du hergekommen, um das zu vollenden, was wir begonnen haben, Honey?“ Sie klang erfreut.

„Nein, das ist nicht der Grund.“ Er sprach überdeutlich. *Es gibt keinen anderen Weg. Du musst es tun.*

Ihre vollen roten Lippen formten einen Schmollmund. „Aber warum …“ Sie holte Luft und stemmte eine Hand in die Hüfte. „Oder bist du nur gekommen, um mich noch weiter zu beleidigen? Denn eins solltest du wissen, ich werde das nicht mit mir machen lassen. Ich bin *nicht* unwichtig!“

Oh ja, damit hatte er sie tatsächlich verletzt. Als es ihm wieder einfiel, bekam er sofort ein schlechtes Gewissen. Es war Irrsinn, sich schuldig zu fühlen, da er doch gekommen war, um sie zu vernichten. Aber dieses Gefühl war zu stark. Noch einmal wiederholte er: „Das ist nicht der Grund, warum ich hier bin.“ Dann er fügte hinzu: „Es tut mir leid, Anya, aber ich bin hier, um dich zu töten.“

3. Kapitel

Ich bin hier, um dich zu töten.

Die Worte hallten in Anyas Kopf wider. Lucien machte keine Witze. Das wusste sie nur zu gut. Sie hatte ihn in all diesen Wochen, die sie ihn beschattet hatte, nie lächeln sehen oder einen Scherz machen hören. Es kam keine einzige lustige Bemerkung über seine hübschen Lippen. Eher strahlte er die Aura des Todes aus. Es war, als trüge er eine Totenmaske, die durch seine Haut schimmerte.

In der Luft lag Rosenduft, der sie fast hypnotisierte und sie hätte alles getan, was er von ihr verlangte. Sie wäre sogar gestorben.

Ihr Herz schlug schnell. Sie hatte schon zuvor einmal beobachtet, wie er eine Seele holte, es war ein tragischer und doch wunderbarer Anblick gewesen. Dennoch hätte sie nie gedacht, dass sie es einmal selbst erleben sollte. Sie war schließlich unsterblich. Aber sie wusste, dass auch Unsterbliche den Tod erleiden konnten.

In der Nacht, in der sie dem Captain der Wachen das Herz herausgeschnitten und sein jämmerliches Leben für immer beendet hatte, wurde ihr bewusst, was Sterblichkeit bedeutete. Natürlich war es ihr noch deutlicher geworden, als man sie festgenommen und in den Kerker geworfen hatte und die Götter darüber beratschlagten, was sie mit ihr anstellen sollten.

Jeden Tag, den sie im Kerker verbrachte, schienen die Zelle kleiner und die Schreie und das Stöhnen der anderen Gefangenen lauter zu werden. Vielleicht hatte auch sie selbst so geschrien. Sie konnte es kaum ertragen, ihrem Drang, Chaos zu stiften, nicht nachgeben zu können.

Bald war ihr klar geworden, dass das Leben auch für einen Unsterblichen ruiniert oder zu früh zu Ende sein konnte. Und sie hatte entschieden, für ihr Leben zu kämpfen, damals und auch in Zukunft. Um jeden Preis. Sie würde sich ihre Freiheit, ob nun körperlich oder seelisch, niemals wieder nehmen lassen.

Aber die Götter hatten andere Pläne mit ihr. Schließlich hatten sie entschieden, sie zu einer Sexsklavin für ihre Krieger zu machen. Eine angemessene Strafe, hatten sie gesagt. Anya hatte ihnen den Hauptmann genommen, nun sollte sie die Männer trösten.

Wäre es dazu gekommen, es hätte sie vernichtet. Sowohl ihren Körper als auch ihre Seele. Aber ihr Vater war gekommen und hatte sie gerettet, trotz aller ihm drohenden Konsequenzen. Damit war sie frei und hatte wieder einmal die Chance, glücklich zu werden – und nach nichts sehnte sie sich mehr.

Und nun wollte Lucien, der Mann, den sie begehrte, der Mann, den sie geküsst hatte, ihr *alles* nehmen? Tausende von Gedanken schossen ihr durch den Kopf. Sie wusste nicht, was sie davon halten sollte. Was fühlte sie? Wut? Verwirrung? Schmerz?

„Warum willst du mir etwas antun?"

„Ich möchte dir kein Leid zufügen, aber ich muss es tun. Offensichtlich bist du zu wild, um frei herumzulaufen."

Oh, diese Worte taten ihr weh! Dass der Olymp sie klein hielt, daran war sie gewöhnt. Aber aus irgendeinem Grund war es ihr trotz allem wichtig, was Lucien von ihr dachte.

„Wie hast du mich gefunden?", fragte sie noch einmal.

Lucien ließ sich nicht die geringste Regung anmerken. „Das tut nichts zur Sache."

„Ich könnte im Handumdrehen verschwinden."

„Lauf nur fort, ich werde dich finden. Egal, wohin du auch fliehst, ich werde dich immer aufspüren."

Das klang verlockend, aber es machte ihr auch Angst. „Warum greifst du mich dann nicht an? Warum bringst du es nicht endlich hinter dich, damit du mich nicht noch einmal verfolgen musst?"

Er reckte sein Kinn vorn. „Das werde ich. Aber zuerst werde ich dich aus meinem Kopf vertreiben."

Anya tat ihr Bestes, um gelassen zu wirken. „Ich weiß nicht, ob das ein Kompliment oder eine Beleidigung sein soll, Süßer. Küsst die kleine Anya so miserabel, dass dich die Erinnerung daran nicht ruhig schlafen lässt?"

Wie konnte es sein, dass sein Anblick sie immer noch so mitnahm? Schlimmer noch, jetzt da sie wusste, wie er schmeckte, wie es sich anfühlte, wenn er seinen Körper an sie presste und seine Hände sie festhielten, schienen alle ihre Gefühle nur noch stärker zu sein.

Sie wollte mehr. *Vielleicht sollte ich mal eine Therapie machen.*

„Ich bin sicher, dass du weißt, wie gut du küsst." In seinen Worten schwang Bitterkeit mit.

„Aus deinem Mund klingt es wie ein Verbrechen."

„Das ist es auch."

Anya kniff die Augen zusammen. Sie hatte schon so lange auf der Erde gelebt. Sie war zwar nicht wirklich keusch gewesen, aber sie hatte es auch nicht zu schlimm getrieben. Warum hätte sie das auch tun sollen? Ihr Ruf war ohnehin schon schlecht genug? Sie wusste, wie es war, ungerechtfertigt abgestempelt zu werden.

„Wir können es ganz einfach machen, Anya."

„Was? Küssen?"

Er schluckte schwer. „Dich töten."

Lass dir nichts anmerken. Ein guter Krieger setzte immer die Gefühle seines Gegners gegen ihn ein. Lucien war ein verdammt guter Krieger, aber sie auch. „Dann sag mir doch noch mal, warum du mich umbringen möchtest, Darling. Ich habe es schon wieder vergessen."

Unter seinem Auge zuckte ein Muskel. „Das habe ich dir bereits erklärt. Ich möchte dich nicht töten, aber die Götter haben es mir befohlen."

Und niemand, noch nicht einmal ein Herr der Unterwelt, durfte sich dem Willen der Götter widersetzen, ohne dass er ernste Konsequenzen zu fürchten hatte. Anya spürte, wie Angst ihr den Magen zusammenzog. Dennoch musste sie zugeben, wie sehr es sie erfreute, dass Lucien nicht übereifrig war.

„Alle Götter oder nur einer?" Doch sie kannte die Antwort schon.

„Einer. Cronus."

„So ein Mistkerl von König", sagte sie, nur um den Gott zu reizen. *Ich hoffe, das hast du gehört, du gieriger Feigling.*

Lucien zuckte zusammen, was bewies, dass er sich vor dem mächtigen Gott tatsächlich fürchtete. Und zu recht. Als in der Schule die Bedeutung von Gnade erklärt worden war, hatte Cronus gerade geschwänzt.

Sobald der Titan aus seinem himmlischen Gefängnis ausgebrochen war, hatte er ziemlich schnell und brutal die Griechen besiegt und die Überlebenden hinter Gitter gebracht. Deshalb war Anya in den Himmel zurückgekehrt und hatte einige von ihnen befreit. Bei dieser Gelegenheit hatte er sie gefangen und eingesperrt. Er hatte ihr höchstes Gut als Gegenwert für ihre Freiheit verlangt. Bevor er sie dafür bestrafen konnte, dass sie sich weigerte, auf diesen Handel einzugehen, war sie geflohen. Eins zu null für Anya. Doch kurz danach hatte Cronus sie wieder aufgespürt und ihr mit den Lords gedroht. Und jetzt war sie mit Lucien dort, und beide waren kurz davor, einander an die Gurgel zu gehen. Ein Punkt für Cronus.

„Bist du sicher, dass du einem so gemeinen Kerl gehorchen willst?"

Lucien sah ihr direkt in die Augen. Er hatte die Macht, sie zu verführen und ihren Willen zu brechen. „Ich muss, und nichts, was du sagst, wird mich von meinem Plan abbringen."

Sie hob eine Augenbraue und gab sich größte Mühe, selbstbewusst zu wirken. „Wetten?"

„Nein. Das würde dir nur falsche Hoffnungen machen." Eine leichte Brise kam auf und wehte ihm einige Strähnen ins Gesicht. Er strich sie sich hinters Ohr, ohne den Blick von Anya abzuwenden.

Bei der Handbewegung schienen seine starken schwarzen Augenbrauen, seine Nase und die große Narbe auf seiner Wange stärker hervorzutreten. Aber immer wieder musste sie ihm in die Augen schauen. Seine braune Iris schien sie festzuhalten, während die blaue scheinbar in Bewegung war und sie tiefer und tiefer in eine Welt hineinzog, in der nur noch er existierte.

Gehorche mir. Gib auf.

Diese Worte geisterten durch ihren Kopf.

Sie biss die Zähne zusammen und ballte die Fäuste. Sie wusste, *wusste* einfach, was er vorhatte. Er wollte sie in Sicherheit wiegen, um sie dann zu zwingen, seinen Todesstoß zu akzeptieren.

Verdammt. Nicht mit ihr. Wenn es eine Fähigkeit gab, die sie in den letzten Jahrhunderten seit ihrer Verdammung perfektioniert hatte, dann war es das Vermögen, einem Mann zu widerstehen. Sie schüttelte den Kopf, um sich seinem sinnlichen Blick zu entziehen. *Vergiss es.*

Bloß keine Reaktion zeigen, ermahnte sie sich. Sie ließ den Blick zu seinem breiten Brustkorb gleiten und überlegte, was sie als nächstes tun sollte. Unbewusst saugte sie weiter an ihrem Erdbeerlutscher. „Du schuldest mir noch einen Gefallen, Sweety, und darauf komme ich jetzt zurück. Du wirst mich *nicht* töten."

Es entstand eine quälende Pause. „Du weißt, dass ich es tun muss." Er richtete sich auf, als wolle er sich gegen etwas wappnen. „Du kannst mich bitten, es schmerzlos zu machen. Dafür kann ich sorgen. Bitte mich, dich zu küssen, bevor ich deine Seele hole. Auch diesen Wunsch kann ich erfüllen."

„Tut mir leid, Herzchen, aber ich glaube, ich bleibe dabei, dass du mich nicht töten wirst. Und nur zur Erinnerung: Ich habe dir vor einigen Wochen gesagt, dass ich *dich* töten werde, wenn du dein Wort nicht hältst."

Wieder entstand eine längere Pause. Er strich sich mit einer Hand durchs Haar, sein Gesichtsausdruck war gequält. „Warum will Cronus, dass du stirbst?"

„Die Frage hast du dir selbst schon beantwortet. Ich bin zu wild." Sie setzte sich wieder auf die Schaukel. Langsam ließ sie im Verborgenen eine Hand ihr Bein hinuntergleiten und schob sie in den Schaft ihres Stiefels, in dem sie Dolche versteckt hielt. Ihre Finger schlossen sich um einen Griff. Sie war zwar vielleicht völlig verrückt nach diesem Mann, aber sie würde sich nicht kampflos töten lassen.

„Aber ich glaube nicht, dass das der einzige Grund ist."

„Vielleicht hatte er versucht, bei mir zu landen, und ich habe ihn ausgelacht." Das war eine Lüge. Sie wollte die Wahrheit nicht zugeben, also musste sie ihn mit einer Lüge ablenken.

Schließlich verriet Luciens Gesichtsausdruck seine Gedanken, aber sie war sich nicht sicher, was es zu bedeuten hatte. Immer noch blickte er ernst und kompromisslos drein. „Vielleicht war er dein Liebhaber, und du hast ihn mit Füßen getreten. Vielleicht hast du einen anderen ihm vorgezogen. Vielleicht hast du ihn absichtlich angemacht und dann stehen lassen, um ihn wie einen Idioten aussehen zu lasen.

Sie kniff die Augen zusammen und starrte Lucien gnadenlos an. Als sie aufstand, versuchte sie, den Dolch hinter ihrem Rücken zu verbergen. „Es ist wirklich unverschämt, so etwas zu sagen. Als würde ich mich dazu herablassen, mit einem Mann zu spielen, der mich nicht interessiert."

Lucien murmelte etwas, was sich anhörte wie: „Du hast auch mit mir gespielt".

Zornig runzelte sie die Stirn. „Glaub, was du glauben willst, aber du hast keinen Grund, verletzt zu sein."

„Du bist die pure Anarchie. Ich glaube kaum, dass du dich mit den Gefühlen anderer Menschen beschäftigst."

„Du weißt gar nichts über mich“, fuhr sie ihn an.

„Ich weiß, dass, wenn du tanzt, es sich so anfühlt, als hättest du Sex. Und ich weiß auch, dass du so schmeckst, als würdest du jeden Mann zu Fall bringen.“

Verdammt. Schon allein diese Sätze erregten sie. Diese Worte und seine tiefe, raue Stimme sorgten dafür, dass sie der Zorn verließ und sie sich plötzlich nur noch in seine Arme fallen lassen wollte. Anstatt das aber zuzugeben, erwiderte sie: „Ich bleibe dabei. Aber ich muss mich korrigieren: Du bist nicht nur unverschämt, du bist diabolisch.“ Sollte es ihr zu denken geben, dass sie ihn nun noch umso attraktiver fand?

„Nichts desto trotz stimmt es.“ Lucien neigte seinen Kopf zur Seite und betrachtete sie. Obwohl er sich bemühte, keine Reaktionen zu zeigen, umgab ihn eine weißglühende Aura. „Bist du immer so freizügig mit deiner Zuneigung?“

In seinem Ton lag kein Urteil, aber dennoch ärgerte sie die Bemerkung. Sie konnte sich daran erinnern, dass zahlreiche Götter ihrer Mutter dieselbe Frage gestellt hatten. Genauso erinnerte sie sich an den verletzten Blick ihrer Mutter, jedes Mal, wenn ein Liebhaber ihrer Mutter bedeutet hatte, sie sei nicht gut genug für ihn. Lucien würde dafür bezahlen müssen.

Anya leckte noch einmal mit der Zunge über die Rundung des Lutschers und tat so, als interessiere sie sich nur für die Süßigkeit. Inbrünstig genoss sie den fruchtigen Geschmack. Währenddessen hielt sie den Griff des Dolches fester umklammert, bis die Fingernägel ihr in die Handfläche schnitten.

„Und wenn schon? Die meisten Männer sind mit ihrer Zuneigung auch freizügig, und sie werden als Sex-Götter gelobt.“

Er ignorierte ihren letzten Satz. Die Lords waren offensichtlich ganz gut darin. „Bevor ich …“ Er presste die Lippen zusammen und schüttelte den Kopf. Er hatte es sich anders überlegt, denn er beendete den Satz nicht. „Erklär mir mal etwas.“ Als fürchtete er, keine Antwort von ihr zu bekommen, fügt er hinzu: „Bitte.“

Sie machte ihm schöne Augen. „Für dich tue ich doch alles, Darling.“

„Sag mir die Wahrheit. Warum hast du mich geküsst? Du hättest Paris, Reyes, Gideon oder einen von den anderen haben können. Sie hätten nichts dagegen gehabt. Im Gegenteil, sie hätten dich auch gewollt.“

Auch gewollt. Pah! Als ob er sie überhaupt nicht attraktiv gefunden hätte. Sie war keine zweite Wahl, verdammt. Außerdem … warum konnte er nicht einfach akzeptieren, dass sie nun einmal *ihn* wollte und nicht die anderen?

Vielleicht war es am besten, wenn er weiterhin dachte, dass ihre Leidenschaft für ihn nur vorgetäuscht war, überlegte sie. Zumindest rettete es ihren Stolz, denn sie bedeutete ihm ja nichts, und er hatte sie nicht gewollt. *Was für ein Esel.*

„Vielleicht habe ich ja gewusst, dass Cronie-Ponie dir sagen würde, dass du mich töten sollst, und ich wollte dich nur umgarnen, damit du nicht auf die Idee kommst, ihm zu gehorchen." Na bitte, wie gefiel ihm das?

Es war ihm anzusehen, dass es ihm dämmerte. „Wenigstens ergibt das endlich mal einen Sinn", sagte er, ohne sich seine Enttäuschung anmerken zu lassen.

Oder bildete sie sich nur ein, dass er enttäuscht dreinblickte? Denn schließlich war dieser Mann ihr gefolgt, um sie zu töten. Zartere Gefühle kannte er wahrscheinlich gar nicht.

Unterwirf dich mir.

Ach, Mist. Sie sah in sein Gesicht und war wieder einmal wie gefesselt. Sein blaues Auge schien sie anzuziehen, während sein braunes so sanft und einladend war, dass sie am liebsten darin versunken wäre. Ihr Magen krampfte sich ein wenig zusammen.

Nein. Nein. Nein! Sie zeigte ihm die Zähne und wandte sich von ihm ab, wenn es ihr auch schwerfiel. Verletze ihn so, dass er dich nicht mehr einholen kann, und dann verschwinde von hier. Das war ein Gedanke, dem sie nur zu gern folgte. Er war schließlich ein Unsterblicher, er würde sich schnell von einer Stichwunde erholen. Aber verflucht, sie war noch nicht soweit, sich von ihm losreißen zu können. Seit Wochen hatte sie mit niemand anderem gesprochen, so beschäftigt war sie damit gewesen, ihm zu folgen, ihn zu beschatten, ihn anzustarren.

Es ist egal, was du tun willst. Greif ihn an, bevor er dich angreift.

„Du hast noch eine letzte Chance, mir den Gefallen zu tun, den du mir schuldig bist: Beschütze mich vor Cronus."

„Es tut mir leid."

„Na gut. Nun, da wir das wohl geklärt hätten", fuhr sie in beleidigtem Ton fort, „können wir mit der Party ja endlich anfangen." Sie schleckte noch einmal am Lolli und knickte in der Hüfte so ein, dass ihr Rock ein wenig auf der rechten Seite hochrutschte. Lucien schaute auf ihren nackten Oberschenkel, wie sie gehofft hatte.

In seinen Augen spiegelte sich ein Hauch Leidenschaft, die er nicht verbergen konnte. *Zu spät.* Sie warf den Dolch nach ihm.

Die silberne Klinge überschlug sich einmal und landete in seinem Herzen, bevor er überhaupt ahnen konnte, was sie vorhatte. Sein Körper krümmte sich, und er riss die Augen auf.

„Du wolltest mich erstechen", stellte er ungläubig fest. Mit verzerrtem Gesicht zog er den blutigen Dolch aus seinem Fleisch und rieb sich mit der Hand über die Wunde. Dann sah er auf seine blutverschmierten Hände. Die Überraschung wich Wut.

„Wenn du willst, kannst du den Dolch als Souvenir behalten." Sie warf ihm eine Kusshand zu und teleportierte sich auf einen Eisblock in der Antarktis, denn sie wusste, dass er ihr folgen würde. Dafür wollte sie ihn leiden lassen. Sofort umtobte sie ein eisiger Wind und drang erbarmungslos durch die dünne Kleidung bis auf ihre Knochen. Sie klapperte mit den Zähnen.

Pinguine ergriffen schnatternd die Flucht vor ihr. Das Wasser rauschte um sie herum. Bis zum Horizont konnte sie nichts als schwarze Nacht sehen. Nur der Mond sandte einige goldene Strahlen, die von den Gletschern reflektiert wurden.

Wäre sie menschlich gewesen, wäre sie innerhalb von Minuten erfroren. Da sie aber eine Göttin war, fühlte sich Anya einfach nur schlecht. „Das war es aber wert", sagte sie zu sich. Ihr Atem bildete eine dichte Wolke vor dem Gesicht. Wenn es ihr schon nicht gut ging, wie erst sollte es Lucien ergehen, wenn …

Und schon tauchte er direkt vor ihr auf. Es strahlte so, als sei er die Sonne selbst.

Er presste die Zähne zusammen. Sein T-Shirt hatte er ausgezogen, sodass sie jeden einzelnen Muskelstrang seines Oberkörpers erkennen konnte. Er war völlig unbehaart. Seine Haut hatte die Farbe von karamelisiertem Honig. Auf der einen Seite seines Körpers war sie glatt, wie Samt, der über Stahl gespannt war, auf der anderen Seite war sie zerrissen und vernarbt. Beide Hälften waren so verführerisch, dass Anya schlucken musste.

Seine Brustwarzen waren winzig, dunkel und hart wie Pfeilspitzen.

Sie würden sich unter ihrer Zunge großartig anfühlen. Auf seiner linken Brust befand sich Blut, das aus der Stichwunde über seinem Herzen sickerte. Aber seine Haut hatte schon begonnnen, sich wieder zu schließen.

Ihn so zu sehen, blutig vom Kampf, wütend und bereit, sich zu wehren, erregte Anya. Ihre Knie wurden wieder weich. Wie blöd. *Ich hasse es, schwach zu sein.* Aber verdammt noch mal, es fühlte sich einfach gut an. Würde er immer so eine Wirkung auf sie haben?

Dummes Mädchen.

Als sie einen Windstoß spürte, wusste sie, dass er in diesem Moment unter einer unerträglichen Anspannung leiden musste, während das Blut in seinem Körper erstarrte und der Sauerstoff in seinen Lungen brannte. „Anya", murmelte er.

„Schön, dich wiederzusehen, mein Herz." Sie verschwendete nicht eine Sekunde. Mit all ihrer Kraft stieß sie ihn ins Wasser. Lucien hätte sich an ihr festhalten können, um seinen Sturz zu verhindern, aber er tat es nicht. Er ließ sich nach hinten fallen, ohne sie mit sich zu reißen. Wie … süß. Dieser Mistkerl! Er hatte kein Recht, jetzt auf einmal rücksichtsvoll zu sein.

Er seufzte auf, als er unterging. Es war eine Mischung aus Wut, Schock und eisiger Folter. Eine Fontäne spritzte hoch und fiel auf ihren Oberschenkel. Vor lauter Kälte hielt sie den Atem an.

„Anya!", schrie er, als er wieder an die Oberfläche kam.

„Du brauchst mir nicht für die kleine Erfrischung zu danken, das ist wirklich nicht nötig. Ich meine, das war das wenigste, was ich für dich tun konnte, nachdem ich dir das Hemd mit Blut versaut habe. Jedenfalls habe ich geholfen, die Flecken von deiner Brust zu waschen. Bis dann!"

„Geh nicht fort", stieß er hervor. „Bleib, bitte."

Anstatt sich zu beeilen, hielt sie inne. „Warum?"

Lucien hätte sich auf den Eisblock portieren können, stattdessen strampelte er sich im Wasser ab und sah sie von unten herauf böse an. „Du solltest mich besser nicht provozieren." Die dichte Wolkendecke löste sich, und ein Sonnenstrahl tauchte Lucien in goldenes Licht.

„Ach nein? Wirst du dich sonst in ein schreckliches grünes Monster verwandeln und mich fressen? Ich möchte dich nicht enttäuschen, Zuckerhase, aber ich steh nicht auf so etwas. Viel Spaß beim Abtauen."

Lachend winkte sie ihm zu und zauberte sich an ihren Lieblingsstrand auf Hawaii.

Sofort umgaben sie Wärme und Sonnenlicht, die die Eisschicht auf ihrem Haar schmelzen ließ. Normalerweise legte sie sich gleich an den Strand, wenn sie hier war. Sie liebte es, die Ruhe in sich aufzusaugen. Oder sie verzog sich in das Haus, das in der Nähe zwischen Palmen verborgen lag. Dann ruhte sie einfach und schaute sich Filme an. Aber dieses Mal behielt sie am Strand ihre Sachen an, warf den Lolli weg und zog die Dolche aus ihren Stiefelschäften. Mit ausgebreiteten Armen wartete sie.

Einen Moment später sah sie Lucien durchgefrorenen und zitternd vor sich stehen. Seine Lippen waren blau vor Kälte und schmal vor Zorn. Auch seine Haare waren an den Spitzen gefroren, auf seinen Augenbrauen glitzerten Eiskristalle.

„Danke. Für den Strand, meine ich“, brachte er mit klappernden Zähnen hervor.

„Wie zur Hölle folgst du mir immer?“, wollte sie wissen. Mit vorgerecktem Kinn blitzte sie ihn unfreundlich an, um seinem hasserfüllten Blick zu begegnen.

Aus welchem Grund auch immer war er endlich so gnädig, ihre Frage zu beantworten. „Du hinterlässt energetische Spuren. Ich folge ihnen einfach. Hättest du dich im Club nicht zu erkennen gegeben, wäre mir das nicht möglich.“

Toll. Jetzt würde sie ihn niemals loswerden. Blöde Idee, dass sie unbedingt mit ihm hatte tanzen müssen. Sie hätte sich weiter im Schatten halten sollen. *Ich ähnel meiner Mutter wohl mehr, als mir bisher klar war.* „Ich werde es dir nicht leicht machen.“

Er schien sich ein wenig abzuregen, seine Lippen verzogen sich zu einer Art Lächeln. „Ich habe mir schon so etwas gedacht.“

Wie konnte er es in diesem Augenblick wagen, Humor zu zeigen? Sein Gesicht war unwiderstehlich und sehr sexy, wenn er lächelte. Wieso hatte er sich weder gestern noch am Tag zuvor so amüsiert?

„Ich habe es dir schon gesagt, und ich sage es dir noch einmal, ich möchte dir nicht weh tun.“

„Oh, na gut.“ Sie schüttelte den Kopf, und ihre hellen Haare fielen ihr über die Schultern. „Dann ist es ja okay. Mach einfach weiter wie geplant und töte mich.“ Ihr Ton war sarkastisch geworden.

„Anya."

„Halt den Mund. Ich war immer nur nett zu dir, habe dir und deinen Freunden geholfen, und so dankst du es mir?"

Der Muskel unter seinem Auge fing wieder an zu zucken. Hatte sie da vielleicht einen wunden Punkt getroffen?

„Wenn ich könnte, würde ich die Umstände ändern. Ich würde …"

„Du kannst wählen. Du kannst verschwinden."

„Kann ich nicht."

„Egal, Darling. Lass es uns einfach hinter uns bringen, okay? Von dem ganzen Gerede bekomme ich Kopfschmerzen."

Er runzelte die Stirn. „Du lässt mich also deine Seele holen?"

„Nein. Natürlich nicht. Ich dachte, ich hätte es dir schon erklärt, dass ich bis zum bitteren Ende kämpfen werde. Ich habe schon einmal einen Unsterblichen umgebracht, und ich würde es wieder tun. Das wird mir nicht schwerfallen."

„Ja. Reyes hat mir von Aias erzählt." Lucien kam auf sie zu. „Warum hast du ihn getötet?"

Gelangweilt zuckte sie die Schultern, aber das war aufgesetzt. Die Erinnerung an den Streit mit Aias war alles andere als schön und verfolgte sie immer noch. Was hätte alles passieren können! „Er wollte mit mir ins Bett, aber ich wollte nicht. Allerdings hat ihn das nicht interessiert, also dachte ich mir, dass ihm ein Loch in der Brust ganz gut stehen würde."

Lucien kniff die Lippen zusammen. „Ich hoffe, du hast es ihn ordentlich büßen lassen."

Ihre Augen wurden groß. Okay, alles zurück. Ein Unsterblicher – ein Captain der Wachen – war *froh,* dass sie einen Elitekrieger getötet hatte? Das war ihr noch nie passiert. Diese Erkenntnis verwirrte sie so sehr, dass sie innehielt.

„Keine Sorge", brachte sie trotz des Kloßes in ihrem Hals hervor.

Lucien ballte die Fäuste. Warum? Es war gleichgültig, dachte sie. Aber sie war froh, dass sie zur Abwechslung mal etwas anderes an ihm wahrnahm als seine bezaubernden Augen, die sie mit treuem Hundeblick anschauten.

„Es muss so nicht sein", sagte er mit ausdrucksloser Stimme.

„Das hast du schon einmal behauptet. Aber jetzt sag ich dir mal was: doch, es muss so sein. Ich habe nicht vor, mich zu verbiegen, bloß weil neue Götter die Macht übernommen haben und es ihnen nicht passt, wie ich meine Dinge regle. Ich werde mich nicht verbiegen, bloß weil der neue Boss gierig ist und etwas von dem Kuchen abhaben will."

Lucien kniff die Augen zusammen. „Was will er dir wegnehmen?"

Anya spitzte die Lippen. Sie ärgerte sich darüber, dass sie sich verplappert hatte. Natürlich musste Lucien beim letzten Teil ihres Satzes nachhaken. „Vergiss, was ich gesagt habe. Ich erzähle alle möglichen Sachen, wenn ich Angst habe. Erinnerst du dich daran, dass ich dir erzählt habe, dass ich gern lüge?"

„Du hast weder Angst vor mir noch vor sonst etwas. Ich wette, dass du dieses Mal nicht lügst." Er gab ihr keine Gelegenheit, darauf zu antworten. „Also hast du Cronus nicht links liegen lassen oder ihn betrogen?"

„Macht es einen Unterschied?" Mit der Dolchspitze spielte sie in ihren Haaren, sodass die Klinge in der Sonne aufblitzte. „Hat das einen Einfluss auf deine Absicht, mich hinzurichten?"

„Nein."

„Dann muss ich deine Frage auch nicht beantworten." Wenn er kein bisschen nachgab, würde sie es auch nicht tun.

Er strich sich mit der Hand durchs Gesicht und sah plötzlich sehr erschöpft aus. „Ich kann dir vielleicht einen Tag Zeit geben, um dich von deinen Lieben zu verabschieden."

„Oh, wie großzügig von dir", antwortete sie knapp. Doch ihre Ironie hielt nicht lange an. Sie ging in Gedanken die kurze Liste der Menschen durch, die ihr wichtig waren. Ihr Herz zog sich zusammen. Ihre Mutter. Ihr Vater. William, ihr einziger Freund. Wenn es Lucien gelang, sie zu besiegen, würden sie wahrscheinlich nie erfahren, was mit ihr geschehen war. Vielleicht würden sie sich Sorgen machen und nach ihr suchen. „Bist du zu allen deinen Opfern so höflich?"

Seine vollen Lippen wurden zu einem schmalen Strich. Seine Wangen trugen schlimme Narben, aber nichts konnte von seinen wunderbaren Lippen ablenken. Vielleicht lag es daran, dass sie wusste, wie weich sie sich anfühlten. Vielleicht weil sie sich ihren Weg direkt bis zu ihrer Seele gebahnt hatten.

„Ja", sagte er endlich.

„Ich werde dein so großzügiges Angebot aber ablehnen, Schatz. Ich werde dich, denke ich, jetzt einfach umbringen, anstatt noch länger zu warten. Denn weißt du was? Deine Anwesenheit fängt wirklich an, mich zu stören."

Er richtete sich auf, als sei er ein gewöhnlicher Mensch, nicht der fast gefühllose Krieger, den sie kannte. Beinahe hatte sie den Eindruck, sie habe ihn verletzt. „Na, wer von uns beiden ist jetzt unhöflich?", fragte er trocken.

Glaubte er, sie sprach von seinen Narben? Dummchen. Aber wenn sie ihm geantwortet hätte, wäre es nur wieder zu einer Diskussion gekommen, deshalb fragte sie: „Und wie sollen wir es jetzt machen?" Mit beiden Händen wirbelte sie die Dolche in die Höhe und fing sie dann wieder auf.

Er sah sie resigniert an. „Vergiss nie, du hast es dir so ausgesucht. Es war deine Entscheidung, nicht meine."

„Du bist mir gefolgt, Sugar. Du hast es so gewollt."

Kaum hatte sie den Satz beendet, baute er sich direkt vor ihr auf, sodass sich ihre Nasenspitzen fast berührten. Sie rang nach Luft und nahm dabei noch einmal seinen Rosenduft wahr. Er versuchte, ihr die Dolche aus den Händen zu ringen. Beim ersten überraschte er sie, aber beim zweiten war sie darauf vorbereitet, und es gelang ihm nicht. Im Bruchteil einer Sekunde portierte sie sich hinter ihn und trat ihm gezielt gegen den Kopf. Warum hatte sie ihm nicht einfach einen Dolch in den Rücken gestoßen?

Lucien stolperte nach vorn, fing sich aber wieder und drehte sich mit schmalen Augen zu ihr um.

„Ich habe gesehen, wie du jemanden umgebracht hast", sagte sie und versuchte, möglichst unbeeindruckt zu klingen. „Ich kenne deine Bewegungen. Es wird für dich nicht so leicht sein, mich zu Boden zu ringen." Sie zauberte sich wiederum hinter seinen Rücken, aber nun war er geschickter und fuhr herum, um seinen Arm um ihre Taille zu schlingen und ihr den Dolch aus der anderen Hand zu schlagen. Fast stöhnte sie in seiner Umarmung auf, so überrascht war sie, wieder in seinen Armen zu liegen. Die Gewalttätigkeit tat ihrer Erregung keinen Abbruch. Nur zu gern ließ sie sich von ihm festhalten, denn sie spürte wieder seine … Erektion. Konnte das sein? Oh ja, Baby. Also gefiel es ihm auch, wenn sie mit ihm rang? Das war interessant. Aufregend. Und auf alle Fälle lecker.

„Wenn mein kleiner Lucien auch stark ist, tut es mir leid, dass ich schmutzig kämpfen muss“, fügte sie hinzu, bevor sie ihm das Knie zwischen die Beine rammte.

Unter Schmerzen krümmte er sich.

Während sie sich einige Meter von ihm entfernte, lachte sie in sich hinein. „Die kleine böse Anya wäre viel netter zu diesem Körperteil gewesen, wenn es die Umstände erlaubt hätten.“

„Zum letzten Mal, Weib, ich *will* dir nichts tun“, knurrte er. „Man zwingt mich dazu.“

Sie sah sich ihre Fingernägel an und gähnte. „Willst du jetzt mit mir kämpfen oder nicht? Es fängt an, langweilig zu werden. Oder warte: Bist du immer so schwach?“

Vielleicht hätte sie ihn nicht derart provozieren sollen. Man erntet, was man sät. Einen Moment später stand er direkt vor ihr, trat ihr die Füße weg und schubste sie zu Boden. Als sie mit dem Rücken aufschlug, entwich sämtliche Luft aus ihren Lungen, und ihr wurde schwindelig.

Als Nächstes spürte sie, wie er mit seinem ganzen Gewicht auf ihr lag. Da sie ihre Arme bewegen konnte, ballte sie die Fäuste und schlug ihm auf die Nase. Als das Blut anfing zu fließen, wandte er den Kopf ab. Aber sowohl die Blutgefäße als auch das Nasenbein erholten sich in Sekundenschnelle.

Er starrte sie an. „Kämpf wie ein Mädchen, verdammt noch mal“, sagte er und atmete flach. Nach einigen Versuchen war es ihm gelungen, ihre Handgelenke zu packen und festzuhalten.

So einfach hatte er sie festgesetzt. Aias hatte sie auch auf diese Weise festgehalten, aber nur einen Augenblick lang. Dann hatte sie ihn abgeschüttelt. Bei Lucien dagegen konnte sie sich keinen Zentimeter bewegen, egal, wie sehr sie sich auch abmühte. Und dennoch war sie nicht von derselben mörderischen Wut erfüllt wie bei Aias. Sie war erregt. „Du tust mir weh“, log sie.

Lucien beging den Fehler, ihre Handgelenke loszulassen. Dann schlug sie ihn, dieses Mal ins Auge. Der Knochen knackte, und das Gewebe schwoll sofort an – sie lachte. Ein Bluterguss färbte die Wange dunkel – sie lachte lauter, aber nicht lange, denn das Auge heilte bereits wieder.

„Du wirst dich nirgendwo hinzaubern“, stieß er hervor. Sein stechender Blick fixierte sie, und sein Rosenduft benebelte ihre Sinne. Es war ein Befehl, sich zu entspannen, endlich zu bleiben, wo sie war und sich ihm nicht länger andauernd zu widersetzen.

„Nein, ich werde bleiben“, versprach sie. Ich bin viel zu sehr damit beschäftigt, mir vorzustellen, wie ich meine Beine um deine Taille schlinge.“

Seine Pupillen weiteten sich, und er stöhnte auf. „Hör auf damit!“

„Womit soll ich aufhören?“, erwiderte sie unschuldig.

„Hör auf damit, solche Sachen zu sagen. Und hör auf, mich so anzusehen.“

„Du meinst, ich soll dich nicht länger so ansehen, als würde ich dich gleich auffressen?“

Er neigte kurz den Kopf zur Seite.

„Das schaffe ich nicht“, sagte sie mit einem breiten Grinsen.

„Doch, das kannst du. Du wirst aufhören.“

„Nur, wenn du aufhörst, so lecker auszusehen, erst dann gehorche ich dir.“ Doch während sie ihm dieses heißblütige Versprechen gab, arbeitete ihr Gehirn auf Hochtouren. *Du bist eine Kämpferin, Anarchie. Du hast Unsterbliche besiegt, die stärker als der Tod waren. Die Spielchen sind vorbei.*

Sie zwang sich, sich aus der erotischen Lage mit Lucien zu befreien und besann sich auf ihre Instinkte, die sie auch in den dunkelsten Tagen ihres Lebens bisher nicht im Stich gelassen hatten. Dann teleportierte sie sich hinter ihn – und Lucien fiel mit dem Gesicht voran in den Sand.

Es ging nicht anders. Als er hustend wieder hochkam, schickte sie ihn mit einem gezielten Tritt wieder zu Boden. Dann setzte sie sich rittlings auf ihn, schloss ihre Hände um seinen Unterkiefer und drehte seinen Kopf zur Seite, um ihm so das Genick zu brechen.

Aber auch er verschwand wie durch Zauberhand und erschien einige Meter von ihr entfernt vor einer Palme. Bevor sie sich besinnen konnte, lag sie selbst im Sand. Er kam nicht auf sie zu. Sobald Anya wieder auf den Füßen war, klopfte sie sich den Sand von den Knien. Die leichte Brise trug den Duft von Salzwasser vom Meer herüber, der sich mit dem Aroma von Kokosnüssen mischte. Rosen. Ich hätte ihn fast getötet, dachte sie geschockt.

„Wenn wir so weitermachen, wird niemand von uns gewinnen“, stellte er fest.

Sie grinste ihn an. „Ich gewinne auf alle Fälle.“

Er boxte mit einer Faust gegen den Baumstamm, sodass eine Handvoll roter Früchte aus der Krone fielen. „Es muss noch einen anderen Weg geben. Sicherlich gibt es eine Möglichkeit, deinen Tod zu umgehen."

Seine Vehemenz sandte einen Schauder durch Anya. Sein plötzlicher Entschluss, sie zu retten, berührte sie. Sie seufzte. Dieser Mann schaffte es, sie innerhalb von Sekunden von einem emotionalen Extrem in das andere zu stürzen. „Wenn du daran denkst, Cronus um Gnade für mich zu bitten, dann vergiss es. Er wird seinen Entschluss nicht ändern, und er würde dich dafür bestrafen, dass du es versucht hast."

Lucien breitete seine Arme aus – die Karikatur eines verzweifelten Mannes. „Warum tötet er dich nicht einfach persönlich?"

„Das musst du ihn selbst fragen." Sie zuckte die Schultern.

„Anya", sagte Lucien mit einem warnenden Unterton, „erzähl es mir."

„Nein."

„Anya!"

„Nein!" Sie hätte sich noch einmal zu ihren Dolchen teleportieren können, aber sie tat es nicht. Sie hätte auch zu ihm hinfliegen können, aber auch das wollte sie nicht. Stattdessen stand sie da und wartete neugierig darauf, was der Krieger sagen oder tun würde.

Er seufzte tief, so wie sie es zuvor getan hatte, und ließ die Arme hängen. „Also, was machen wir jetzt?"

„Knutschen?", schlug sie frech vor. Sie sagte es wie einen Scherz. Sie hasste sich dafür, dass sie bei der kleinsten Ermunterung seinerseits sofort zu ihm gehen würde. *Das ist erbärmlich.*

Er wurde bleich, als habe sie ihn geschlagen.

Verunsichert fuhr sie sich mit der Zunge über die Zähne. War der Gedanke daran, sie noch einmal zu küssen, so furchtbar? „Warum hasst du mich?", hörte sie sich fragen, noch bevor sie darüber nachdenken konnte, was sie da sagte. Verdammt. Sie klang, als schäme sie sich. Als ob sie es nicht verdienen würde, geliebt zu werden. *Entschuldige, Mom.* Dysnomia hatte ihr etwas anderes beigebracht.

„Ich hasse dich nicht", gab Lucien leise zu.

„Ach, wirklich? Du siehst aus, als müsstest du dich bei dem Gedanken daran, mich noch einmal anzufassen, gleich übergeben."

Er lächelte sie schief an, aber nur ganz kurz. Anya ging vor Rührung fast in die Knie. Endlich hatte er sie einmal angelächelt. Sie hätte wissen müssen, dass dieses Lächeln verführerisch war, sinnlich, und dass es süchtig machte. Schon verlangte sie erneut danach. Sein Grinsen war so strahlend wie die Sonne.

„Und dennoch habe ich eine Erektion", sagte er so schüchtern wie sein Lächeln.

Wer war dieser Mann nur? Erst lächelt er sie an, dann ärgert er sie. Anya spürte, wie ihr heiß wurde und sich ihre Brustwarzen schon wieder versteiften. „Ein Mann muss eine Frau nicht mögen, um sie zu begehren."

Er wollte etwas sagen, aber sie unterbrach ihn. „Sag nichts, das ist schon in Ordnung. Ich will deine Antwort gar nicht wissen." Er hätte ihr sonst die Stimmung verdorben, dessen war sie sich sicher. „Bleib da stehen und sieh einfach hübsch aus, während ich nachdenke."

„Du musst mich immer provozieren, nicht wahr?"

Ja, das stimmte. Das war eine blöde Angewohnheit von ihr. Er hatte den Befehl bekommen, sie zu töten. Jedes Mal, wenn sie ihn provozierte, fiel es ihm wahrscheinlich leichter, seinen Plan in die Tat umzusetzen. Aber sie konnte einfach nicht anders. Dieses Lächeln …

„Willst du mir nicht antworten?"

„Das geht dich nichts an." Warum musste er so sexy aussehen? Die Sonne stand hinter ihm und verlieh ihm eine Art Heiligenschein. Das Licht schmeichelte seiner Figur. Er sah aus wie ein Engel. Ja, wie ein Engel. Er war ein gefallener Engel, der ihr Herz dazu brachte, wild zu schlagen und ihren Magen dazu, sich zu verkrampfen.

Warum konnten sie nicht einfach ein Mann und eine Frau sein?

Warum konnte er sie nicht einfach so begehren wie sie ihn?

Warum wollte sie ihn immer noch, obwohl sie jetzt wusste, dass er vorhatte, sie umzubringen?

„Du machst es mir wirklich nicht leicht."

„Du willst also meinetwegen nicht gegen die Regeln verstoßen?" Mit großen Augen sah sie ihn an. „Diesen winzigen Gefallen willst du mir nicht tun? Du schuldest mir etwas."

„Nein, das kann ich nicht."

Keine Sekunde hatte er mit seiner Antwort gezögert, und genau das regte sie jetzt auf. Zumindest hätte er sich einige Minuten Zeit lassen und darüber nachdenken können. Mistkerl. Sie starrte ihn finster an.

„Ich gebe dir noch eine einzige Chance, mir diesen Gefallen zu tun. Dann wären wir quitt."

„Es tut mir leid. Das kann ich nicht machen."

Gut. Das bedeutete, dass es nur einen Weg gab, diesen Wahnsinn zu beenden.

Sie teleportierte sich zurück zu ihren Dolchen. Mit den Klingen in den Fäusten flog sie zu ihm. Als sie vor ihm auftauchte, weiteten sich seine Augen. Sie wirbelte einmal um die eigene Achse und stieß den Griff des einen Dolchs mit Wucht gegen seine Schläfe, um ihn bewusstlos zu schlagen.

Treffer.

Nur verlor er nicht das Bewusstsein. Zwar fiel er stöhnend auf die Knie, aber das machte nichts. Auf alle Fälle war das Ergebnis dasselbe. Enttäuscht ließ sie die Dolche in den Händen herumkreiseln, sodass die Spitzen der Klingen direkt auf ihn zeigten.

Ihre Finger zitterten, während sie auf seinen Kopf starrte. Eine innere Stimme beschwor sie, nicht zu tun, was sie vorhatte, aber sie schwang die Klingen über Kreuz. Es gab nur wenige Todesarten, mit denen man einen Unsterblichen wirklich töten konnte. Und die Enthauptung war eine davon. *Tu es … es führt kein Weg daran vorbei …* Sie hatte die Klingen schon an seinem Hals angelegt, und musste nur noch ihre Hände auf einander zu bewegen. *Tu es jetzt, bevor er wegfliegt!*

Oh Götter, oh Götter, sie tat es. Sie bewegte die Hände, um ihm den Kopf abzuschneiden. Aber die Dolche trafen nur ins Leere.

Er war verschwunden.

Alles Mögliche ging Anya durch den Kopf. Sie war sowohl frustriert als auch unglaublich erleichtert. Aber bevor sie dem einen oder anderen Gefühl nachgeben konnte, klammerten sich kräftige Finger wie Schraubstöcke um ihre Schultern und drehten sie herum. Heiße Lippen berührten ihren Mund, zwangen ihn auf und stahlen ihr den Atem.

In einem glühendheißen Kuss glitt Luciens Zunge in ihren Mund, an den sie sich noch Tausende von Jahren erinnern würde. Es war pure Glückseligkeit und zugleich schlimmste Höllenqual. Als sie spürte, dass sein Duft sie ganz und gar einhüllte, wurde sie sich seiner Stärke bewusst. Er goss Öl ins Feuer, und sie wollte mehr.

„Lucien." Sie rang nach Luft und ließ die Waffen fallen, um nach ihm zu greifen. Es ging ihr nicht schnell genug, seine Haut zu spüren.

„Sag nichts. Küss mich noch einmal wie gerade eben."

Sein Drängen erregte sie noch mehr. Offensichtlich hatte es nicht ausgereicht, vor ihm zu tanzen und sich ihm an den Hals zu werfen. Offensichtlich musste sie ihn fast töten, um ihn so zu erregen, dass er den ersten Schritt tat.

Er schlang die Arme um ihre Taille und zog sie näher an sich heran, bis sie seine Körperwärme spüren konnte. Dabei drängte er seine harte Männlicheit gegen ihre feuchte gierige Mitte, und beide stöhnten auf.

Anya wollte ihn zu Boden werfen und verschlingen. Doch dann begnügte sie sich damit, seinen Kopf zur Seite zu drücken, um mit der Zunge noch tiefer in ihn eindringen zu können.

Auf der einen Seite befürchtete sie, dass er das alles nur tat, um sie abzulenken, auf der anderen Seite rührte er ihre Kehle nicht an. Lucien küsste sie immer weiter, immer leidenschaftlicher, als könne er nicht genug von ihr bekommen.

Ihre Brustwarzen waren so steif, dass sie wahrscheinlich so spitz wie die Messerklingen waren, die sie mit dem letzten Rest ihres gesunden Menschenverstands weit von sich geschleudert hatte. Mit einem weiteren Atemzug seufzte sie „Lucien!". Sie wollte ihn dazu bringen, ihr die Korsage auszuziehen. Haut an Haut. Sie brauchte das. Es war zwar dumm, aber in diesem Moment war ihr das wichtiger als ihre Freiheit. „Lucien, mach es auf."

Dieses Mal schienen ihre Worte ihn aus einem Bann zu lösen, und abrupt ließ er sie los. Ohne diesen Halt fiel sie fast in den Sand, so wie es ihm vorher ergangen war.

„Was tust du da?", wollte sie wissen, als sie sich aufrichtete.

„Ich kann jetzt nicht richtig denken." Keuchend wich er einen Schritt zurück. „Ich muss von dir weg."

In seinen Augen blitzte eine Wut auf, die so dunkel und gefährlich war, dass Anya erschrak. Sie spürte, wie die Angst ihr den Rücken hinaufkroch. Aber noch stärker spürte sie Erregung.

Was stimmt nicht mit mir?

Er hatte sie davor gewarnt, ihn wütend zu machen. Sie wusste, dass er dann zu furchtbaren Dingen in der Lage war. Es stimmte. Irgendwie hatte sie ihn aufgeregt, und deshalb hatte er aufgehört, sie zu küssen. Sie konnte sich nichts Schlimmeres vorstellen.

„Du willst mich so hier stehen lassen? Ohne mich zu lieben?“ *Mist!* Es hatte lässig klingen sollen. Stattdessen klang es bedürftig und jammernd. Und atemlos.

Seine Augen glommen noch dunkler. „Wir werden uns bald wiedersehen. Anya. Sehr bald!“ Mit diesem Versprechen verschwand er.

4. Kapitel

Lucien war immer noch verwirrt, als er am späteren Abend vier Menschenseelen ins Himmelreich begleitete. Auch als er die verzierten Torflügel weit öffnete, wusste er nicht, was er denken sollte. Auf den goldenen Straßen mit den mit Juwelen besetzten Laternenpfosten, deren Lampen wie mit Diamanten geschmückte Wolken herabhingen, standen Engel in weißen Gewändern. Sie sangen einen Willkommensgruß. Ihre anmutigen weißen Flügel schwangen dabei sacht hin und her.

Sobald die Seelen die Schwelle zum Paradies überschritten hatten, schloss sich das Tor, und Lucien blieb allein zurück. Es war sehr still.

Und er wusste immer noch nicht, was er denken sollte.

Normalerweise lösten die Schönheit und der Friede, die er hier vorfand, bei ihm immer Hass aus. Er war eifersüchtig auf die Seelen, denn niemals durfte er das Paradies betreten. Aber an diesem Abend war ihm das gleichgültig. Anya schwirrte ihm im Kopf herum. Er hatte keine Ahnung, was er mit ihr anstellen sollte.

Lucien teleportierte sich in seine Räume in Buda, sein Körper materialisierte sich am Fußende seines Bettes. Reglos stand er da, gefangen in seinen Gedanken und chaotischen Gefühlen, die er gar nicht hätte haben dürfen. Wenn es um den Tod ging, dann kannte er die Folgen, die ein Zögern haben konnte, nur zu gut. Aber an diesem Tag hatte er nicht nur gezögert, sondern fast mit seinem zukünftigen Opfer geschlafen. Er hatte sie leidenschaftlich geküsst, sie gestreichelt. Er hatte die Gelegenheit gehabt, sie umzubringen, also hätte er sie verdammt noch mal umbringen sollen.

„Ich bin ein Narr“, murmelte er.

Sie war auf ihn losgegangen mit dem Vorsatz, ihn zu erstechen. Aber er hatte sie abgewehrt und gesehen, wie ihre leuchtenden roten Lippen sich öffneten, während sie nach Luft rang. Er hatte ihren warmen Atem auf seiner Haut gespürt, ihren Duft aus Erdbeeren und Sahne wahrgenommen und hatte gehört, wie sein Dämon schnurrte. Lucien war von einer Lust überwältigt worden, wie er sie niemals zuvor erlebt hatte.

Wie konnte er Anya stärker begehren als Mariah, die Frau, die er geliebt hatte?

Wie war das möglich?

Anya hätte ihn fast umgebracht, dennoch dachte er: Ich kann nicht sterben, ohne sie noch einmal geküsst zu haben. Alles andere war ihm gleichgültig gewesen. Er wollte nur ihre Lippen. Ihren Körper. *Sie.*

Doch sie benutzte ihn dazu, sich gegen Cronus aufzulehnen. Soviel hatte sie zugegeben, was Luciens Begehren nur noch lächerlicher machte. Sie schien aber nichts dagegen gehabt zu haben, dass er sie küsste. Nein, sie schien es sogar genossen zu haben.

„Verdammt noch mal." Er ging hinüber zur Wand und schlug mit der Faust dagegen. Sofort löste sich Putz und rieselte auf den Boden, sodass Lucien in einer Staubwolke stand und nichts mehr sehen konnte. Es fühlte sich so gut an, dass er noch einmal zuschlug, bis seine Fingergelenke knackten und schmerzten. *Entspann dich. Jetzt.*

Seine Wut war sinnlos.

Langsam atmete er aus und ließ den Blick durch sein Schlafzimmer wandern. Es war bereits Morgen, stellte er überrascht fest. Durch das Hin- und Hergefliege in verschiedenen Zeitzonen hatte er jedes Gefühl für die Tageszeit verloren. Das Sonnenlicht strömte durch das einzige Fenster herein. Bis auf Maddox und Torin hatten wahrscheinlich schon alle Krieger Budapest verlassen und waren auf dem Weg zu ihren jeweiligen Zielen in Griechenland und dem römischen Reich. *Ich sollte auch los. Um Anya kann ich mich später kümmern, wenn ich nicht mehr nach ihrem Geschmack und ihrer Haut lechze.*

Er ging hinüber zu seinem Schrank und bemerkte dabei, dass drei Vasen auf seiner Kommode standen. In jeder befanden sich weiße Christrosen, die nach Honig dufteten. Das letzte Mal, als er hier gewesen war, gestern Nacht, hatten sie noch nicht dort gestanden. Das bedeutete, dass Ashlyn am Morgen in sein Zimmer gekommen sein musste.

Die liebe, zartbesaitete Ashlyn hatte ihm wahrscheinlich eine Freude mit den Blumen machen wollen, aber als er nun die Blüten sah, merkte er, dass er melancholisch wurde.

Mariah hatte immer Blumen gepflückt und sie in ihr Haar geflochten.

Plötzlich ging die Tür auf, und Ashlyn eilte herein. Offensichtlich war sie in Sorge, denn ihr hübsches Gesicht wirkte bedrückt. Maddox war wie immer direkt hinter ihr. Er wirkte wie ein schwarzer drohender Pfeil von tödlicher Eleganz. Er trug zwei Säbel in den Händen und war jederzeit bereit anzugreifen.

„Ist alles in Ordnung?", fragte Ashlyn, als sie Lucien sah. Ihre hellbraunen Haare fielen ihr weit über die Schulter. Sie hatte die Arme vor der Brust verschränkt. Sie schien sich Sorgen um ihn gemacht zu haben. „Wir waren gerade im Flur, als wir ein lautes Geräusch gehört haben."

„Alles in Ordnung", versicherte Lucien ihr. Aber er ließ Maddox nicht aus den Augen, der ihn verkniffen ansah. Sorge dafür, dass sie hinausgeht, teilte er Maddox wortlos mit, denn er wollte Ashlyns Gefühle nicht verletzen. Ich bin nicht ich selbst.

Lucien lief Gefahr, seine für ihn typische Reserviertheit zu verlieren. Er musste sich zusammenreißen, was man ihm vermutlich ansah.

Maddox verstand und nickte. „Ashlyn." Er legte ihr die Hand auf die Schulter. „Lucien bereitet sich auf seine Reise zum Tempel vor. Wir lassen ihn besser in Ruhe."

Sie schüttelte die Hand des Kriegers nicht ab. Stattdessen lehnte sie sich an ihn. Doch sie wich keinen Zentimeter und betrachtete Lucien aufmerksam. „Du siehst nicht gut aus."

„Mir geht es gut", log er. Sollte er ihnen die Wahrheit sagen? Er beugte sich vor, griff nach den Riemen seiner Reisetasche und warf sie auf das Bett.

„Deine Hände bluten, und deine Knochen sind … meine Güte." Sie runzelte die Stirn und streckte die Hand nach ihm aus.

Maddox berührte ihre Hand, um sie zurückzuhalten. Obwohl er der Hüter der Gewalt war, behandelte er seine Freundin mit äußerster Zärtlichkeit. Er beschützte sie in einem Maße, dass es fast komisch wirkte.

„Maddox", sagte sie verärgert. „Ich will doch nur nachsehen, wie schlimm er verletzt ist. Vielleicht müssen wir ihn verarzten."

„Lucien heilt schon, und du musst dich ausruhen."

„Ausruhen, ausruhen, ausruhen. Ich bin schwanger, nicht krank."

Das stolze Paar hatte die Nachricht erst vor wenigen Tagen bekannt gegeben. Ab und zu freute sich Lucien für sie, aber dann fragte er sich, wie ihr Kind werden würde. Wie würde der Nachkomme eines Kriegers, der von einem Dämon besessen war, und von einer sterblichen Frau, die über übersinnliche Kräfte verfügte, wohl aussehen. Wurde er ein Halbdämon? Einfach ein Dämon? Ein Sterblicher? Früher hatte sich Lucien auch Gedanken darüber gemacht, wie sein eigenes Kind sein würde, hätten er und Mariah eines bekommen. Aber sie war ihm schon genommen worden, bevor sie sich darüber einig gewesen waren, ob sie überhaupt Kinder wollten.

„Dein Mann hat recht. Mir geht es gut."

Ashlyn sah ihn entschlossen an und suchte mit ihren großen braunen Augen seinen Blick. Sie mochte wohl sanft sein, aber sie war auch äußerst dickköpfig.

Ashlyn war in einem medizinischen Labor groß geworden. Als Kind wurde sie viel untersucht, und ihre besonderen Fähigkeiten wurden dort genutzt. Erst kürzlich hatte sie gelernt, diese Fähigkeit zu beherrschen. Wo auch immer sie war, konnte Ashlyn jedes Gespräch hören, gleichgültig, wie viele Jahre oder Jahrhunderte seither vergangen waren. Allerdings konnte sie keine Gespräche verstehen, die nur unter Unsterblichen geführt wurden. Das machte sie rasend, wenn sie versuchte, Antworten auf ihre Fragen zu bekommen.

„Es gibt schon Gerüchte über dich und diese Frau aus dem Club." Sie blinzelte unschuldig. „Wer ist sie?"

„Niemand." Nur der neue Mittelpunkt seiner Welt. *Anya, die schöne Anya.* Lucien ballte die Fäuste. Allein ihr Name genügte, um ihn zu erregen. Sein Blut geriet in Wallung, und er spürte, wie die Lust in ihm aufstieg. *Du bekommst sie nicht.* „Krieger sollten nicht tratschen."

Er und Anya wirkten wahrscheinlich lächerlich, wenn sie zusammen waren. Sie war der Inbegriff von üppiger Weiblichkeit, und er war eine hässliche Kreatur. Dennoch konnte er nicht anders, als sich vorzustellen, wie er seine Hände in ihren Haaren vergrub und ihre Körper miteinander verschmolzen. Hart … schnell … langsam … zärtlich.

Hübsch. Der Tod knurrte plötzlich.

Überrascht blinzelte Lucien. Normalerweise war der Dämon eher ein starkes Gefühl als eine Stimme. Er war zwar stets ein Teil von Lucien, verhielt sich aber immer distanziert. Warum sollte er sich jetzt zu Wort melden? Lucien hatte keine Ahnung. Dennoch ertappte er sich dabei, dass er seinem Dämon antwortete. *Ja, das stimmt.* Vier Mal hatte er sie getroffen. Vier Mal hatten sie miteinander gesprochen. Die ganzen letzten Wochen hatte er ihren Duft wahrnehmen können. Und schon war sie in seine Zellen eingebrannt, in seine Gedanken, sein Verlangen, seine Pläne – mehr als jeder andere, sogar mehr als es seine geliebte Mariah jemals gewesen war.

Du willst sie. Es war der Tod, der zu ihm sprach.

Ja.

Sie schmeckt gut. Nimm sie dir, bevor wir sie töten.

Nein! Auch als er das zu sich sagte, spürte Lucien, wie der Dämon in seinem Innern tobte und ihn zwingen wollte, Anya zu suchen.

Er stampfte auf. *Noch nicht!*

„Lucien", versuchte Ashlyn ihn wieder in die Gegenwart zurückzuholen. Der Druck schien von ihm zu weichen. „Ich bin kein Krieger, also darf ich tratschen. Du hast sie geküsst. Alle sagen, dass du sie vor allen Leuten ..."

„Mir geht es gut, und die Frau hat niemanden zu interessieren." Er log. Schon wieder. Normalerweise hasste er es zu lügen. Er streckte die Hand aus, um Ashlyn in die Nase zu zwicken, aber weil er Maddox knurren hörte, hielt er inne. Maddox mochte es nicht, wenn jemand seine Frau berührte. Niemals. Und zum ersten Mal verstand Lucien ihn. Er hasste den bloßen Gedanken, dass ein anderer Mann Anya berührte.

Idiot. Diese Frau verzückte alle mit ihrem Lächeln und ihrem perfekten Gesicht, und er konnte wetten, dass sie, wie ihre Mutter, mit Hunderten von Männern zusammen gewesen war. Ob sie diese Liebhaber nur für ihre Lust oder ihre Macht benutzt hatte, dessen war er sich nicht sicher. Es sollte ihm auch egal sein.

Was, wenn sie gerade in diesem Moment einen anderen Mann verführte, um sich so vor Lucien zu schützen?

Er hörte sich brüllen und fand sich vor der Wand wieder, auf die er immer wieder mit seinen Fäusten eindrosch, bis seine Knöchel schmerzten. Aus dem Augenwinkel sah er, wie Maddox sich vor Ashlyn schob.

Was machst du eigentlich? Anya kann sich sehr gut selbst beschützen. Sie braucht dazu keinen Mann.

Vielleicht war sie jetzt am Strand und fühlte sich ebenso allein und bedürftig wie er. Bei diesem Gedanken ließ sein Ärger ein wenig nach, auch wenn er dadurch unglaublich steif wurde. Aber so sehr er auch wünschte, daran zu glauben, wusste er doch, dass eine Frau wie sie nie einen Mann begehren konnte, der solche Narben wie er hatte. Auch wenn sie ihn unglaublich leidenschaftlich geküsst hatte. Wie viele Frauen hatten sich in den vergangenen Jahrhunderten von ihm abgewandt? Wie viele hatten das Gesicht verzogen, wenn er sich ihnen genähert hatte?

Es waren zahllose gewesen.

Und genau das hatte ihm gefallen oder gefiel ihm noch.

Tief einatmen, tief ausatmen, ermahnte er sich. „Wie geht es Torin?“, fragte er, um das Thema zu wechseln, während er hinüber zum Bett ging. „Es gefällt mir nicht, dass er so lange braucht, um wieder gesund zu werden.“

Ashlyn schob Maddox zur Seite. Er brummte zwar Unverständliches, ließ sie aber gewähren. „Ich glaube, ich habe herausgefunden, warum er so lange krank ist und sich nicht so schnell erholt wie ihr anderen. Er ist die Krankheit, oder? Nun, ich glaube, dass seine Zellen von dieser Krankheit befallen sind. Und sie müssen sowohl diesen Virus bekämpfen als auch dafür sorgen, dass die Wunde verheilt. Aber es geht ihm etwas besser. Er kann schon wieder alleine essen.“

„Schön. Das ist gut.“ Lucien hatte immer noch ein schlechtes Gewissen wegen des Kampfes, den Torin hatte durchstehen müssen. Er hätte dort sein sollen. Er hätte Torins Schmerzen spüren müssen.

Wenn die Jäger, die in die Burg geschlichen waren, Torins Haut nicht berührt und sich damit infiziert hätten, dann *wäre* Torin gestorben. Denn so waren die Jäger geschwächt gewesen und hatten ihn nicht umbringen können. Lucien war sich sicher gewesen, dass er ausreichende Vorsichtsmaßnahmen ergriffen hatte, um genau das zu verhindern, aber seine Vorbereitungen waren gescheitert. Lieber hätte *er* sich den Hals durchschneiden lassen, als dass seine Kampfgefährten litten.

„Und wie geht es Aeron?“

„Nun …“, Ashlyn zögerte und seufzte und biss sich auf die Lippe. „Nicht so gut.“

„Sein Blutdurst ist so stark, dass er angefangen hat, sich selbst zu verletzen.“ Maddox’ Stimme war ernst. „Nichts, was ich sage, dringt zu ihm durch. Er ist in düsterer Verfassung.“

Lucien rieb sich den Nacken. „Kommt ihr beide allein zurecht?“

„Ja." Maddox schlang die Arme um Ashlyns Taille. „Torin kann das Gelände auf seinen Monitoren überwachen, und jetzt, da mein Todesfluch aufgehoben ist, kann ich jederzeit weggehen, um uns zu verteidigen oder einfach, um uns Dinge zu besorgen." Er zog seine Frau näher an sich heran.

Lucien nickte. „Gut. Ich lasse Euch wissen, was ich herausgefunden habe." Er schwang die Tasche über seine Schulter. „Danke für die Blumen, Ashlyn." Ohne ein weiteres Wort zu sagen, teleportierte er sich auf die griechischen Kykladen.

Silberfarbene Steinmauern endeten in weißem Stuck. Das Haus, das er lange zuvor gekauft und eingerichtet hatte, war groß und luftig. Zahlreiche Säulen schmückten die Räume, und vor den Fenstern hingen zarte weiße Gardinen.

Er ließ seine Tasche fallen und trat hinaus auf die nächste Terrasse. Sie erstreckte sich fast bis zum Meer. Lucien hatte nie zuvor so klares Wasser gesehen. Es war spiegelglatt, ohne die kleinste Welle. Die Sonne schien warm – es war schon Mittag –, und üppige grüne Büsche mit hellroten Blüten umrankten das Gebäude.

Vielleicht hätten er und die anderen Krieger in Athen oder auf Kreta bleiben sollen, um näher an dem Tempel zu sein, den sie erforschen wollten. Doch dort wären sie nicht so ungestört geblieben wie auf den Inseln.

„Je weniger, desto besser", sagte er sich.

Er konnte sich nicht daran erinnern, wie es das letzte Mal gewesen war, als er sich vor vielen Tausend Jahren dort aufgehalten hatte. Er konnte es also nicht mit der aktuellen Situation vergleichen. Jene Tage damals waren dunkel gewesen, und er erinnerte sich bruchstückhaft an Schreie und Schmerzen und Dinge, die so böse waren, dass er sich nicht daran erinnern *wollte.*

Ich bin jetzt ein anderer.

Und dennoch beschlich ihn das Gefühl, dass er bald die schlimmste Tat umsetzen würde. Er würde Anya umbringen. *Denke nicht an ihren Tod, noch nicht.*

Worüber sollte er dann nachdenken? Er grübelte und schaute auf das kristallklare Wasser. Ob sie diesen Ausblick wohl genießen würde? Er rieb sich das Kinn und seufzte – nun war er wirklich neugierig. Würde es ihr hier gefallen?

Das spielt keine Rolle. Du darfst nicht zulassen, dass es Bedeutung bekommt. Er blickte nach links – *denk nicht an Anya* – und entdeckte in der Ferne grüne Berge, deren Spitzen mit Weiß und einem hellen Lila überzogen waren. *Sicherlich ist das hier das Schönste, was die Götter jemals erschaffen hatten.*

Nein, das war Anya.

Er knirschte mit den Zähnen. Was konnte er tun, damit er nicht immerzu an sie denken musste? Er wusste, wonach ihm zumute war. Genau hier auf der Terrasse wollte er sie ausziehen und ihren Körper an das Eisengitter pressen, während die Sonnenstrahlen sie in ihr goldenes Licht tauchten. Wie die Sonne wollte er ihre Haut streicheln. Er würde sie so zart berühren, dass es ihr gleichgültig war, wie viele Narben er hatte. Er würde sie zum Höhepunkt bringen, immer wieder und wieder, bis sie seinen Namen keuchte. Sie würde mehr von ihm wollen. Er wollte sie soweit bringen, dass sie ihn verzweifelt begehrte und alle Männer vergaß, die sie jemals zuvor gehabt hatte. Sie würde nur noch an ihn denken. Nur Lucien würde sie haben wollen.

Die Chance, dass das jemals Wirklichkeit werden würde, war so gering wie die, dass sein Gesicht wieder in seiner ursprünglichen Schönheit erstrahlen würde. Nicht, dass er das wollte. Jede einzelne seiner Narben hatte er sich redlich verdient. Sie waren ein Teil von ihm und erinnerten ihn immer daran, dass die Liebe zu einer Frau auch immer gleichzeitig Qualen und Schmerzen bedeutete.

Gerade jetzt half ihm diese Erinnerung.

Er durfte es nicht länger aufschieben, über Anyas Tod nachzudenken. Sie würde ihm noch länger im Kopf herumspuken, wenn er nicht bald eine Lösung fand. *Bring es hinter dich.* Wie sollte er sie töten? Er wollte ihr keine Schmerzen zufügen, also musste es schnell gehen. Wie sollte er es anstellen? Nachts, während sie schlief? Er spürte seinen Magen brennen. Was würden die Titanen mit ihm machen, wenn es ihm nicht gelänge? Würde er wie Aeron damit bestraft werden, dass sein Durst nach Blut unstillbar war? Würde es seine Freunde dahinraffen, einen nach dem anderen? Bei diesem Gedanken wurde er wütend und spürte eine Pein im Herzen, als würde man ihn mit Messern malträtieren.

Lucien holte einen der Lollis aus der Tasche, wickelte ihn aus und schnupperte daran. Sofort erregte ihn der Duft. Allein die Erinnerung an Anya reichte dazu. Warum hatte er solch eine Dummheit begangen? Die Wut kam wieder, nur richtete sie sich dieses Mal gegen ihn selbst.

Mürrisch warf er den Lutscher über das Geländer. Als er im Wasser auftraf, gab es ein platschendes Geräusch. Auf der glatten Oberfläche bildeten sich kleine Wellen, die nacheinander verschwanden.

Hinter ihm ging eine Tür auf. Dann wurde sie geschlossen. Plötzlich hörte er männliche Stimmen und unterdrücktes Lachen. Lucien drehte sich unbekümmert um. Im Raum stand aufrecht Paris, wie immer blass und perfekt aussehend, und strahlte, als habe er gerade den besten Sex seines Lebens gehabt. Der Krieger war gerade mit einer Frau im Bett gewesen, so viel war sicher.

Hinter ihm stand Amun, ein stiller, dunkler Mann, der unzählige Geheimnisse hatte.

Strider, dessen unglaublich anziehendes Gesicht vor Freude geradezu leuchtete, schlug Gideon auf die Schulter. „Weißt du, du bist einfach nur eifersüchtig."

„Mach es ihm nicht so schwer", sagte Paris und grinste. „Ich kann doch auch nichts dafür, wenn gleich beide Stewardessen dafür sorgen wollen, dass ich den Flug genieße."

Lucien ging mit großen Schritten durch die weitläufigen Räume, die jetzt ein wenig kühler waren. „Wir haben schließlich nur für einen Privatjet für Paris gezahlt, nicht für ein privates Bett in der Luft."

Alle vier zogen eine Waffe, als sie seine Stimme hörten, die ihre Scherze unterbrach. Sobald sie ihn erkannt hatten, steckten sie sie wieder weg und lächelten.

„Privat ist der falsche Begriff." Striders Augen funkelten. „Sie haben es vor allen gemacht. Und ich kann mich nicht beschweren. Der Film war öde, und sie haben mich vorzüglich unterhalten."

Lucien verdrehte die Augen und bemühte sich, nicht eifersüchtig zu wirken. „Seht euch um. Sucht euch einen Schlafplatz." Weil er sich von einem Ort zum anderen zaubern konnte, war er der Einzige, der sich im Haus auskannte. Lucien hatte sich noch kein Zimmer genommen, denn er wollte den anderen die Möglichkeit lassen, sich zuerst zu entscheiden. Gleichgültig, welches Zimmer übrig blieb, er würde sich damit zufrieden geben.

Schnell wurden die Taschen in die Ecke gestellt, während sich die

Männer ihre neuen „Behausungen“ aussuchten, wie Paris es ausdrückte.

„Nett.“ Paris kam zurück, nachdem er sich ein Zimmer im hinteren Teil der Villa ausgesucht hatte. „Die Miezen stehen bestimmt drauf.“

„Mir gefällt's überhaupt nicht“, entgegnete Gideon, aber alle ignorierten ihn wie immer. Alles, was aus seinem Mund kam, war gelogen. Er hatte sich das Zimmer ausgesucht, das dem Eingang am nächsten lag.

„Wie lange bist du schon hier?“ Strider kam ebenfalls ins Wohnzimmer.

„Erst ein paar Minuten.“

„Aber wie kann das sein?“ Strider und Lucien hatten sich vor einem Monat getroffen. Er gehörte zu den Männern, die in Griechenland geblieben waren, um die Jäger zu bekämpfen, während Lucien mit seinen Leuten schon nach Budapest gefahren war.

Seitdem waren Hunderte von Jahren vergangen, und jetzt lernten die beiden sich erst wieder langsam kennen. „Du bist nicht vor uns abgeflogen, und du bist hundertprozentig nicht mit uns geflogen.“

Paris legte seinen Arm um die breiten Schultern von Lucien. „Mein Kumpel hier hat etwas getan, was man teleportieren nennt.“ Er erklärte Strider, wie Lucien im Handumdrehen in die Welt der Geister eintauchen und dort von einem Ort zum anderen fliegen konnte. „Er hat es gelernt, als wir schon einige Jahre lang in Buda gewesen sind.“

Davor hatte Lucien nicht genügend Kontrolle über seinen Dämon gehabt, um diese Fertigkeit zu erlernen.

Strider nickte beeindruckt. „Coole Sache. Aber warum hast du nicht uns alle teleportiert?“

Paris beantwortete seine Frage. „Beim letzten Mal hat Reyes sein Hemd vollgekotzt. Ich habe noch nie so gelacht. Lucien allerdings hat wenig Sinn für Humor und weigert sich, uns jemals wieder mitzunehmen.“

„Es überrascht mich, dass du vergessen hast zu erwähnen, dass du ohnmächtig geworden bist“, fügte Lucien trocken hinzu.

Strider lachte. „Oh Mann, du bist ohnmächtig geworden? Was für ein Baby!“ Nach einer kurzen Pause fügte er hinzu: „Verdammt, seht euch mal diese Aussicht an.“ Er ging zum Fenster. „Es erinnert mich an den Olymp.“

„Hey“, warf Paris ein und wandte sich stirnrunzelnd an Lucien.

„Ich habe dir doch gesagt, dass ich mir mitten beim Teleportieren den Kopf gestoßen habe."

„Das macht es auch nicht besser, du bist ein Jammerlappen." Strider stand immer noch mit dem Gesicht zum Fenster. Er lehnte sich gegen den Rahmen und beugte sich vor. „Egal, wie häufig ich das Meer hier sehe, immer ist es ein Gefühl, als sei es das erste Mal."

Paris ließ aber nicht locker. „Lasst uns mal ausprobieren, wie *du* darauf reagierst, teleportiert zu werden. Ich wette, du …"

„Stop", unterbrach Lucien ihn mit erhobener Hand. Paris sollte lieber nicht riskieren, sich auf ein Kräftemessen mit Strider einzulassen. Sobald er sich einem Vergleich unterzog, sei es ein Waffengang, ein Boxkampf oder dieses menschliche Spiel, das Paris gern spielte und das er Xbox nannte, konnte er nicht gewinnen, sondern würde unter schlimmen und kräftezehrenden Schmerzen leiden. Es verstand sich von allein, dass Paris immer alles tat, um zu gewinnen. „Wir müssen an die Arbeit."

„Die Arbeit ist Mist", erklärte Gideon.

Lucien ignorierte ihn. „Wir sollten lieber das Gebäude sichern für den Fall, dass uns die Jäger gefolgt sind. Danach bereiten wir uns auf unseren morgigen Ausflug vor."

Die erste Aufgabe hatten sie innerhalb einer Stunde erledigt. An Fenstern und Türen wurden Bewegungsmelder angebracht. Die Krieger schwitzten, als sie wieder ins Wohnzimmer zurückkehrten.

„Ich hatte Torin gebeten, ein paar Dinge zu recherchieren, bevor wir abgefahren sind." Paris zog seine Waffen aus den Schäften seiner Stiefel und legte sie auf den Tisch, neben dem er stand. „Er ist der Meinung, dass der Tempel, den wir erforschen wollen, der Tempel aller Götter ist. Habt ihr schon mal davon gehört?"

Lucien schüttelte den Kopf. Anya hatte ihm keine Namen genannt. *Anya …* Er fuhr sich mit der Zunge über die Zähne und merkte, wie Hitze in ihm aufstieg. Dafür gab es zwei Gründe: seine Erregung bei dem Gedanken an diese Frau und seine Wut auf den Gott, der sie töten wollte.

„Was meinst du, was werden wir dort finden?" Strider sah ihn gedankenverloren an. „Warum zur Hölle siehst du auf einmal so aus, als wolltest du jemanden umbringen? In den letzten Wochen hast du nur gelangweilt dreingeschaut."

Die anderen drehten sich zu ihnen um und waren offensichtlich schockiert von dem, was sie sahen. „Hoffentlich finden wir die Büchse“, antwortete Lucien und ignorierte die anderen Fragen. „Oder zumindest einen Hinweis darauf, wo wir sie finden können.“ Leider würde er wieder auf Anya stoßen, wenn sie die Büchse der Pandora suchten. *Anya.* Kampf. Sterben. Tod.

„Verdammt. Seine Augen sind rot, das habe ich noch nie bei ihm gesehen“, bemerkte Paris.

„Ich weiß noch, wie er war, als er früher mehr mit den Dämonen zu tun hatte. Das war kein Spaß“, fügte Strider hinzu. „Sollten wir ihn vielleicht lieber festbinden?“

„Ja, das wird bestimmt lustig“, meinte Gideon sofort.

„Lasst mich mal kurz in Ruhe, dann geht es mir wieder gut.“ Bevor sie ihn zurückhalten konnten, teleportierte sich Lucien zurück in die Antarktis und direkt hinein in das eiskalte Wasser. Er rang nach Atem, denn sofort fror er bis ins Mark. Dennoch half die Kälte, seine Wut zu zähmen. Auch änderte seine Umgebung nichts daran, dass die Frau immer noch viel zu viel Raum in seinen Gedanken einnahm.

Lucien begriff allmählich, dass nichts dagegen helfen würde.

5. Kapitel

Vierundzwanzig Stunden lang hielt sich Anya von Lucien fern. Aber am Ende des Tages zitterte sie vor lauter Nervosität und fragte sich ständig, ob er wieder auftauchen würde. Bei jedem kleinsten Geräusch zuckte sie zusammen, rang nach Luft, und ihr Herz fing an zu rasen.

Sie war alle Zimmer ihres Strandhauses abgelaufen und hatte versucht, einen Film anzuschauen, aber sie konnte sich nach kurzer Zeit noch nicht einmal daran erinnern, welche DVD sie in den Player gelegt hatte. Schließlich schloss sie sich in ihr Lieblingszimmer ein – das Schatzzimmer. Sie wühlte in den Sachen, die sie in den vergangenen Jahrhunderten gestohlen hatte. Normalerweise machte ihr das Freude, heute allerdings nicht.

Sie hüllte sich in die Juwelen von Queen Elizabeth und spielte Dart mit dem Dolch von King George V. Sie nippte an einem Erdbeer-Kiwi-Saft aus einem Kelch des Bischofs und malte schließlich der *Mona Lisa* einen Schnurrbart. Da sie Leo ein wenig kannte, war sie sich sicher, dass es ihm nichts ausgemacht hätte.

Was Lucien wohl von ihren Schätzen halten würde? Würde er zurückweichen, weil ihn die Mengen glitzernder Schmuggelware erschrecken würden? Wahrscheinlich. Er war manchmal so ein Spielverderber. Oder vielleicht hätte er sie verstanden, dachte sie hoffnungsvoll. Vielleicht würde er sie verstehen und einsehen, dass Diebstahl dazu diente, die Menschen vor der dunkleren Seite ihres Charakters zu schützen. Schließlich hatte er lange genug gegen seinen eigenen Dämon ankämpfen müssen. Vielleicht. Und sie mochte die hübschen Sachen doch so sehr.

Anya seufzte und ging wieder nach draußen, wo der Sand in der Abendsonne glitzerte. Er kommt nicht mehr, dachte sie enttäuscht und starrte in die Brandung des Ozeans.

Die Sonne war schon einmal auf- und wieder untergegangen. Am Horizont breitete sich nun bernsteinfarbenes und violettes Licht aus, das vom Wasser reflektiert wurde. Sie trat barfuß in den warmen Sand. In der Luft lag der Duft von Kokosnüssen und Orchideen.

An dieser Stelle hatte sie Lucien sowohl bekämpft als auch besiegt. Das war das Aufregendste, was seit Hunderten von Jahren passiert war. Sie hasste es, ihn zu verlassen. War es töricht, ihn zu vermissen?

„Wahrscheinlich", sagte sie zu sich selbst und wirbelte mit einer Bewegung ihres Fußes Sand auf.

Sie trug einen knappen Bikini in Saphirblau, der auf beiden Seiten mit Bändern zusammengehalten wurde. Wenn Lucien zurückgekommen wäre, wie sie es sich erträumt hatte, dann hätte sie so wild mit ihm gekämpft, dass „aus Versehen" eine ihrer Brüste aus dem Oberteil gerutscht wäre. Er hätte zu schwitzen begonnen, der Kampf hätte sich in einen Kuss gewandelt, und sie hätten sich geliebt.

Sie hätten einander wieder berührt.

Sie seufzte. *Das wird wohl nicht noch einmal passieren.* Die leichte Brise wehte ihr eine Strähne in die Augen. Sie strich sie hinters Ohr. Was er wohl gerade machte? Vermisste er sie? Nur ein kleines bisschen? Ersann er gerade einen Plan, wie er sie am besten umbringen könne? In diesem Moment?

Der Mistkerl war vermutlich froh, weit weg zu sein. „Aber das reicht nicht aus."

Sie kniff die Augen zusammen und ballte die Fäuste. Wenn er nicht zu ihr kam, dann musste sie eben zu ihm gehen.

Die Jäger hatten es geschafft, den Tempel aller Götter vor ihnen zu erreichen.

Die winzige Insel war erst einige Wochen zuvor langsam aus dem Meer aufgestiegen. Und bisher schien der Rest der Welt davon noch nichts bemerkt zu haben. Die Menschen hatten sie weder mit ihren Satelliten noch mit anderen Technologien aufgespürt. Wie konnten die Jäger von ihr erfahren haben?

Wer also hatte ihnen davon erzählt?

Was Lucien wusste, das wusste er von Anya. Wenn sie Maddox geholfen hatte, hatte sie allen Kriegern geholfen, denn sie hatte ihnen verraten, wo die Ruinen waren. Außerdem hatte sie ihnen die Pläne der neuen Götter preisgegeben: Sie wollten die Welt wieder so herstellen, wie sie vor Urzeiten gewesen war: Anbetung und Blutopfer. Hatte sie das auch den Jägern verraten?

Vielleicht hatte sie das getan, um ihm zu schaden, dachte Lucien. Schließlich hatte er ja versucht, sie umzubringen.

Allerdings auf die denkbar peinlichste Art und Weise.

Sein Kinn zitterte, so schämte er sich. *Jetzt ist es kein guter Zeitpunkt, an sie zu denken.*

Wann würde es besser passen?

Später.

Fast konnte er hören, wie der Tod in seinem Innersten freudig in die Hände klatschte. Aber Lucien glaubte nicht, dass es daran lag, dass der Dämon sich darauf freute, Anyas Seele zu holen. Er hatte noch nicht verstanden, warum der Dämon sie gern wiedersehen wollte, aber er hatte auch keine Zeit, sich darüber Gedanken zu machen.

Die Jäger hatten ihre Lager in den Hügeln um den Tempel herum aufgeschlagen, und man musste sie restlos und schnell loswerden. Schon einmal hatte er diesem Krieg den Rücken gekehrt. Einmal zuviel, und das würde nicht wieder passieren. Alles, was die Jäger vorhatten, jede Bewegung von ihnen, zielte darauf ab, seinen Freunden zu schaden.

Lucien hatte die Jäger nicht bemerkt, als er sich am Morgen auf die Insel teleportiert hatte, um sich umzuschauen. Erst als er wusste, dass es dort sicher war, hatte er seine Freunde dorthin gebracht. Aber er war nur kurz geblieben. Der Tod hatte an ihm herumgezerrt. Wenn er dem Dämon länger nicht nachgab, verursachte ihm das physische Schmerzen.

Am Ende verbrachte er den ganzen Tag damit, Menschenseelen zu ihrer letzten Stätte zu geleiten. Erst in der Dämmerung kehrte er zurück und war endlich in der Lage, die Gegend zu sondieren, wie er es sich vorgenommen hatte. So konnte er feststellen, ob es sicher genug war, die anderen zu holen.

In genau diesem Augenblick hatte er die Jäger gesehen. Er war überrascht gewesen. Er war immer noch schockiert. Nicht nur, weil sie vor ihm den Tempel erreicht hatten, sondern dass sie so schnell nach der Plage ihre Kräfte wieder gesammelt hatten. Ihre Entschlossenheit war größer, als er geglaubt hatte.

Es konnte noch nicht lange her gewesen sein, da hatten sie die Ruinen verlassen und waren zu ihrem Lager zurückgekehrt. Sie hatten ihre Zelte sehr gut versteckt, hatten Äste und Zweige benutzt, um sich zu tarnen.

Wie lange waren sie schon hier gewesen? Die Antwort darauf war egal, denn Lucien wusste, was sie geplant hatten.

„Wir werden sie alle töten“, hatte er einen von ihnen sagen hören, als sie an ihm vorbeigingen. Lucien war unbemerkt geblieben, denn er befand sich in der Welt der Geister und war daher unsichtbar.

„Sie sollen aber erst ordentlich leiden, darauf müssen wir achten“, fügte ein anderer lachend hinzu.

„Wenn die Dämonen erst einmal sicher hinter Gitter sind, dann werde ich die Zähne ihrer Wächter als Kette um den Hals tragen. Jedes Mal, wenn sie Luft holen und ihren bösen Atem auf die Welt loslassen, habe ich das Gefühl, dass jemand, den ich kenne oder liebe, Pech hat oder krank wird. Ich habe es satt. Wenn wir sie schon vor Jahren losgeworden wären, dann wäre meine Marilyn nicht an Krebs gestorben. Dann wäre sie noch bei mir. Da bin ich mir sicher.“

„Die Welt ist nicht sicher vor ihnen, solange sie noch am Leben sind. Vielleicht haben sie es geschafft, die Leute in Buda glauben zu lassen, sie seien Engel. Aber jetzt wissen wir ja alle, was sie im Schilde führen. Kennt ihr das Porträt vom Tod, das in Athen hängt?“ Die Jäger zuckten mit den Schultern. „Es gibt keinen einzigen Überlebenden.“

Merkt euch diese Worte. Offensichtlich suchten sie nach der Büchse. Soweit Lucien wusste, hatten sie schon eine Spur gefunden. Es gefiel ihm überhaupt nicht, dass seine Feinde auch auf der Jagd nach der Büchse der Pandora waren. Er ahnte, warum sie sie haben wollten. Nachdem sie Baden umgebracht hatten, hatte der Dämon des Misstrauens den leblosen Körper verlassen und wanderte nun immer noch auf der Erde umher. Er war wahnsinniger und zerstörerischer als jemals zuvor.

In diesem Moment war den Jägern klargeworden, dass sie die Lords *und* deren Dämonen nicht zugleich töten konnten. Also mussten sie die Lords gefangen nehmen, um die Welt von beiden zu befreien. Sie mussten die Lords unterwerfen und deren Dämonen zurück in die Büchse jagen. Das hieß, falls sie sie fanden.

Die Zeit lief ihm davon. Lucien teleportierte sich zu seinen

Kriegern. Sie saßen zu Hause und guckten einen Film, um sich die Zeit zu vertreiben.

„Endlich. Wir haben uns schon Sorgen gemacht." Strider sah ihn an.

„Jäger", sagte Lucien nur, und sofort richteten sich alle auf.

Paris sprang auf und zog sofort seine Waffen. „Wie viele?"

„Ich habe dreizehn gezählt, aber es kann sein, dass sich noch mehr unter der Erde versteckt halten. Sie haben Tunnel gegraben. So kommen sie unbemerkt von einem Ort zum anderen."

Amun zog eine halbautomatische Waffe aus seinem Hosenbund und kontrollierte das Magazin.

„Es wird heute *kein* Blutbad geben", stellte Gideon mit einem Grinsen fest.

Anstatt, wie ursprünglich geplant, mit dem Boot zur Insel zu fahren, teleportierte Lucien einen nach dem anderen dorthin. Lieber hätte er vor Anya in einem Kleid ein lächerliches Tänzchen aufgeführt, als noch länger damit zu warten, gegen die Jäger vorzugehen. Alle Lords hatten ihren Spaß, als Paris wieder bewusstlos wurde. Es dauerte einige Minuten, bis sie ihn wieder auf den Beinen hatten. Strider vertrug die Teleportation ganz gut, obwohl es für ihn das erste Mal war. Er grinste von einem Ohr zum anderen, während er im Nu auf die Insel gezaubert wurde. Amun zeigte gar keine Reaktion. Wie zuvor Reyes, musste sich Gideon übergeben, erholte sich aber rasch wieder.

Die ganze Zeit hatte Lucien das Gefühl, Anya würde ihn dabei beobachten. Sie hatte ihn in seinem Innersten berührt. Ihr gegenüber hatte er das Gefühl, nackt zu sein, in seinem Herzen brannte etwas, wenn er an sie dachte. Sogar der Tod fing wieder an zu schnurren.

In dem Bewusstsein, dass sie anwesend war, spannte Lucien jeden einzelnen Muskel an. Nicht, weil er fürchtete, dass sie ihn angreifen könne … das erwartete er, fürchtete es aber nicht. Er konnte nicht vergessen, wie es sich angefühlt hatte, als sie in seinen Armen gelegen hatte. Er konnte nicht vergessen, wie sie gestöhnt hatte, als er ihr mit seiner heißen Zungenspitze über die Kehle gefahren war. Er erinnerte sich nur zu gut, wie hart ihre Brustwarzen gewesen waren, als würde sie darum betteln, dort geküsst zu werden. Oder die Art und Weise, wie sie für ihn die Beine gespreizt und ihn willkommen geheißen hatte. Sie hatte ihm den Himmel angeboten, und er war ihm so nahe gekommen, wie einem Mann wie ihm das nur gelingen konnte.

In diesem Moment wollte er die Insel am liebsten sofort verlassen. Er wünschte sich, sie wäre bei ihm, ganz nackt, und sie lägen in seinem Bett. Er wollte über ihren Körper streichen und von *ihr* gestreichelt werden. Er wollte mit seiner Zunge ihre weibliche Mitte erkunden und ihre Lippen an seiner Männlichkeit spüren. Er wollte einfach …

Und er sollte sie einfach nicht bekommen.

Konzentrier dich! Er hockte unter dichtem, feuchtem Blattwerk, überall um ihn herum rauschte das Wasser. „Misch dich nicht ein."

„Was?" Strider hockte sich irritiert neben ihn.

„Vergiss es." Der Mond stand hoch am Himmel und hatte eine goldene Aura. Er tauchte den Strand und die Gräser in sein fahles Licht. Lucien hörte Insekten. Er hätte allein mit den Jägern kämpfen sollen. Er hätte sich einfach in einen ihrer Tunnel teleportieren und sie angreifen sollen. Aber er durfte nicht riskieren, dass einer von ihnen entkam.

„Bist du sicher, dass es Jäger sind?" Paris robbte neben Lucien durch das Gebüsch.

„Ja, ich habe ihre Zeichen gesehen." Jede Jägersekte hatte ihr eigenes Unendlichkeitssymbol, das sie ihren Mitgliedern auf die Handgelenke brannte. „Unendlichkeit ohne das Böse" war ihr Credo.

Lucien betrachtete sich selbst nicht als durch und durch böse. Allerdings war das nicht immer so gewesen. Früher hatte sein Dämon ihn ständig dazu gezwungen, Menschen umzubringen und nicht nur Seelen zu holen. Und er hatte ihm nur zu gern gehorcht. Aber das war Vergangenheit. Sein Bedürfnis zu töten, hatte er Gott sei Dank in den Griff bekommen. Jetzt kämpfte er nur noch für Frieden und Sicherheit.

Plötzlich bedauerte Lucien, kein anderer zu sein. Er schloss die Augen. Wenn er doch nur ein normaler Sterblicher wäre, hätte er schon lange geheiratet. Er und Mariah hätten viele Kinder gehabt. Er hätte die Tage damit zugebracht, seine Familie zu versorgen, und die Nächte damit, seine Frau zu lieben. Und wenn er gestorben wäre, hätte man ihn im Paradies willkommen geheißen.

Aber er war nicht dafür geschaffen, sich am Leben zu erfreuen. Seine Aufgabe war es, den Gotteskönig zu bewachen und das Himmelreich zu verteidigen. Und in dem Moment, als er und sein Dämon zusammengebracht wurden, war ihm auch dieses Privileg genommen worden. *Du hast die Strafe verdient. Du weißt, dass es richtig war.*

„Das könnte eine Falle sein." Strider wandte sich zu ihm um.

„Sie haben nicht bemerkt, dass ich hier gewesen bin. Außerdem hatte ich nicht den Eindruck, als würden sie sich auf einen Kampf vorbereiten."

Paris umfasste den Griff seines Dolchs. „Wie gehen wir vor?"

„Wir umzingeln ihr Lager. Auf mein Signal hin kriechen wir in die Tunnel und schließen sie ein, sodass sie keine Chance haben zu entkommen. Es gibt vier Eingänge, das habe ich vorher kontrolliert. Paris, du gehst mit Strider, und ihr kümmert euch um den westlichen Eingang. Gideon, du übernimmst den östlichen. Amun geht in den nördlichen Eingang, und ich bleibe am südlichen."

Die Männer nickten und machten sich wortlos auf den Weg.

„Ach du meine Güte, eine Schlacht!" Anya lachte leise und tauchte plötzlich an Luciens Seite auf. Auch sie kauerte auf dem Boden, ganz die Kriegerin.

Sofort war er von ihrem Erdbeer-Sahne-Duft gefangen. Ihm wurde heiß – glühend heiß. „Still", flüsterte er und vermied es, sie anzusehen. Er hatte Angst, dass ihn ihr Anblick vollends aus der Fassung bringen würde.

„Willst du mich gar nicht angreifen?", fragte sie, und Lucien war sich sicher, dass sie schmollte.

„Ich habe im Moment keine Zeit für dich." Er wollte sie mit diesem Satz beleidigen, aber seine Worte klangen eher enttäuscht. „Wir können später kämpfen."

„Du hast dich nicht um mich gekümmert. Das habe ich nicht gern."

„Du solltest dankbar sein, dass ich dich ignoriert habe."

„Stell dein Licht nicht unter den Scheffel." Sie verschwand nicht, wie Lucien es eigentlich erwartet hatte. Stattdessen rückte sie näher an ihn heran. „Kann ich dir helfen, gegen die Jäger zu kämpfen? Bitte, bitte, bitte, darf ich?"

„Nein. Sei still." Falls die Krieger auf ihren Positionen die beiden gehört hatten, ließen sie sich zumindest nichts anmerken. Lucien konnte sie nur schemenhaft erkennen, denn sie verbargen sich im Unterholz. Einzig ihre Köpfe lugten hier und da zwischen den Zweigen hervor, um sein Signal sehen zu können.

„Aber ich bin eine gute Kämpferin."

„Ich weiß", gab er trocken zurück. Seine Brust schmerzte immer noch, wo sie ihn verletzt hatte. Es sollte für Frauen, die so aussahen wie sie, verboten werden, auch noch so mutig zu sein. „Hast du diesen Jägern vom Tempel erzählt?"

„Ihhh. Warum sollte ich den Jägern helfen?"

„Damit sie mich töten, und damit du dir nicht mehr Sorgen darum zu machen brauchst, dass ich dich umbringe."

„Aber darum mache ich mir jetzt gar keine Sorgen", stellte sie sachlich fest.

Die Götter hatten ihn gerettet. Waren Frauen schon immer so gewesen? „Was machst du eigentlich hier, Anya? Ich habe dich verlassen, denn ich brauchte ein wenig meine Ruhe. Etwas Zeit für mich. Ist das zu viel verlangt?"

„Ja." Sie verlagerte ihr Gewicht, sodass sie ihm noch näher war. „Ich … ich muss einfach immer an dich denken. Ich habe dich vermisst."

Als Lucien das hörte, fühlte er den Schmerz beinah physisch. Log sie? „Anya?"

„Nein. Nein. Sag nichts. Du wirst mich nur wütend machen, und dann wird etwas Schlimmes passieren. Oh, Götter im Himmel. Ich habe mich gerade wie du angehört", fügte sie mit einem Lachen hinzu. „Hör mal, lass mich dir helfen. Ich werde dir nicht im Weg sein. Ich schwöre es. Großes Indianerehrenwort. Hexenehrenwort. Oder welches Ehrenwort du auch immer hören willst."

Eine sanfte salzige Brise zog vom Meer herüber und wehte Lucien eine Strähne von ihr ins Gesicht. Sofort spürte er, wie er hart wurde, während er die seidigen Haare mit der Hand fortwischte wie eine Fliege. „Ich habe dir gesagt, dass du still sein sollst. Ich muss mich konzentrieren." Nicht, dass er sich auf irgendetwas außer Anya hätte konzentrieren können, während ihm auch noch ständig ihre Haare ins Gesicht wehten. „Und mach um Himmels willen was mit deinen Haaren."

„Abschneiden?"

„Abrasieren." Lucien war sich sicher, so traurig das auch war, dass Anya mit Glatze genauso schön sein würde. Konzentrier dich!, ermahnte er sich. Die Jäger waren schon vor über einer Stunde in den Tunneln verschwunden. Sie hatten genügend Zeit gehabt, sich einzurichten, sich zu entspannen. Es gab keinerlei Bewegung vor den Eingängen, keinen Hinweis auf Wachposten.

„Wirklich?“, fragte Anya überrascht. „Du willst wirklich, dass ich mir die Haare abrasiere wie dieser sexy Kriegerkönig Vin Diesel?“

Wer war Vin Diesel? Und warum wollte Lucien ihn plötzlich umbringen? „Ja“, sagte er nur.

„Wenn ich das mache, darf ich dir dann heute Nacht helfen?“

Es lag so viel Ungeduld in ihrer Stimme, dass er annehmen musste, dass sie es tatsächlich tun würde. Sie würde sich den Kopf ganz und gar kahl scheren. Offensichtlich bedeuteten ihr ihre Haare nichts. Dass sie gar nicht eitel war, überraschte ihn.

Warum fand er sie nur deshalb noch begehrenswerter?

„Nein“, meinte er schließlich.

„Du bist so blöd“, murmelte sie. „Na, rate mal? Ich bin schon mal in den Tunneln gewesen, und die Jäger sind wohl schon etwas länger hier. Sie haben sogar Gefangene dort unten.“

Lucien spannte jeden Muskel an. „Also erstens bist du ohne meine Erlaubnis in die Tunnel gegangen und hast dich und auch meinen Plan in Gefahr gebracht?“

„Hör mal, Süßer“, Ärger schwang in ihrer Stimme mit. „Obwohl du das Gegenteil annimmst, bin ich eine starke Frau, und ich entscheide selbst, wann ich mich in Gefahr begebe und wann nicht. Außerdem solltest du mir dankbar sein, dass ich schon dort unten gewesen bin. Wenn ich gefangen genommen worden wäre, dann hätten sie dir die Mühe erspart, mich umbringen zu müssen.“

„Und zweitens“, fuhr Lucien fort, als habe sie nichts gesagt. Doch dann konnte er kaum weiterreden, denn ihm saß ein Kloß im Hals. „Sie haben Gefangene?“

„Mhm. Zwei.“

Schließlich sah er sie an – und bereute es augenblicklich. Sie trug ein weißes hauchdünnes Kleid, das mit Goldfäden durchwirkt war. Sie war sogar noch schöner, als er sie in Erinnerung hatte. Im goldenen Schein des Mondes, der hinter ihr am Himmel stand, und den glitzernden smaragdfarbenen Blättern um sie herum sah sie aus wie eine Märchenprinzessin.

Einige Strähnen ihres weißen Haars hatte sie hochgesteckt, die restlichen Strähnen fielen ihr über die Schultern herab. Lucien wollte sie berühren. Sein Verlangen tobte durch seinen Körper. „Wer ist es?“, zwang er sich zu fragen.

„Du sagst gar nichts dazu, wie ich aussehe?“

„Nein.“ *Dich nur anzusehen, ist schon so, als würde ich durch die Tore ins Paradies schreiten.* In seiner Brust spürte er einen stechenden Schmerz, als bliebe sein Herz stehen.

„Im Ernst, wozu gebe ich mir eigentlich all die Mühe?“, knurrte sie. „Ich könnte zweihundert Kilo wiegen, wie ein Abwasserkanal riechen und Müllbeutel als Kleidung tragen und würde dieselbe Reaktion von dir bekommen.“

„Die Gefangenen“, erinnerte er sie.

Sie zuckte mit der Schulter, sodass der feine Stoff ihr auf den Ellenbogen hinabglitt und die zarte Haut ihres Armes freigab. War das … Götter im Himmel, es stimmte. Er konnte ein Stück ihrer Brust sehen.

„Was soll mit ihnen sein?“, fragte sie. „Es sind menschliche Wesen.“

Er war kurz davor, Cronus seine Seele anzubieten, wenn er Anya in Ruhe ließ und Lucien erlaubte, sie einmal ganz kurz mit der Zunge zu erkunden. Mehr brauchte er gar nicht. *Bitte.* „Und?“

Sie verzog ihre vollen Lippen zu einem Lächeln. „Es sind die Leute, die genau das wissen, was du erfahren willst. Frag mich nicht weiter, denn ich werde es dir nicht erzählen. Du hast noch nicht einmal gesagt, ob dir mein Kleid gefällt, und ich hatte mir solche Mühe gegeben, es zu stehlen.“

„Es gehört sich nicht zu stehlen. Aber es ist … hübsch.“ Das war untertrieben. Geradezu eine Lüge. An ihr sah das Kleid wunderschön aus. Noch schöner wäre es allerdings gewesen, wenn es auf dem Boden eines Schlafzimmers läge. *Dummer Gedanke.* „Wissen sie etwas über die Büchse der Pandora?“

„Ich habe dir doch gesagt, von mir erfährst du nichts. Du hättest nicht sagen sollen, dass es hübsch ist. Du hättest mir lieber sagen sollen, dass ich es ausziehen soll, und dass ich ohne besser aussehe. Lucien, ich schwöre bei den Göttern, ich bin so kurz davor …“, sie presste Daumen und Zeigefinger zusammen, „… es bei dir aufzugeben. So kurz davor bin ich!“

Hör gar nicht erst hin, was sie sagt. Die Gefangenen wussten etwas über die Büchse der Pandora, darauf wollte er wetten. Warum sollten die Jäger sie sonst festgesetzt haben? Er kniff die Augen zusammen und blickte zum Tunneleingang. Er konnte es nicht riskieren, die Gefangenen zu verletzen. Sie waren unschuldig, und außerdem wollte er von ihnen erfahren, was sie wussten.

„Es ist wirklich frustrierend mit dir! Ich fände es besser, du versuchst, mich zu töten, als wenn du mich einfach ignorierst."

Seufzend ließ er seinen Blick über das Unterholz schweifen. Die Krieger warteten immer noch auf sein Signal. Wahrscheinlich wunderten sie sich schon, warum es so lange dauerte. Ohne ein weiteres Wort zu Anya teleportierte er sich zu Paris und Strider und warnte sie vor den menschlichen Gefangenen. Außerdem ließ er sie wissen, dass er noch einige Minuten brauchen würde. Dasselbe besprach er mit Amun und Gideon. Bis auf den stillen Amun murrten die Krieger.

Dann zauberte er sich zu Anya zurück. Er landete direkt auf ihr, doch er gestattete sich nicht, es zu genießen. *Du hättest auch neben ihr landen können.*

Ja, er hätte das Gefühl ihres Körpers an seinem genießen können, aber er wollte nicht. In dieser Position konnte sie ihm wenigstens nicht weglaufen. Jedenfalls redete er sich das ein.

„Was ist … Mmh." Ihre Worte gingen in einen wohligen Seufzer über. Sie schloss halb die Augen, sodass ihre langen Wimpern Schatten auf ihre Wangen warfen. „Du willst mich küssen?"

Ja. „Nein. Warte hier auf mich." Dann teleportierte er sich in sein Schlafzimmer in Budapest, während er noch ihren Atem an seinem Ohr spürte. In den Monaten, in denen Maddox unter dem Fluch des Todes stand, mussten sie ihn jede Nacht in seinem Bett festbinden, damit er nicht in einem Wutanfall gewalttätig wurde und unkontrolliert seine Freunde in Gefahr brachte.

Maddox hatte den Wunsch geäußert, dass die Fesseln gesprengt werden sollten, sobald der Fluch von ihm genommen wurde. Aber nichts, was sie ausprobiert hatten, schien in der Lage zu sein, das von den Göttern geschmiedete Metall zu zerstören. Weil er die Ketten nicht hatte loswerden können, und weil er sich weigerte, sie bei Aeron anzuwenden, hatte Lucien Angst, die Jäger würden die Fesseln in seinem Schlafgemach finden und sie gegen einen Lord richten.

In diesem Moment nahm er die Ketten aus seinem Schrank und tat den Schlüssel in seine Tasche. Die Fesseln band er jeweils an die vier Bettpfosten und ließ die Enden lose liegen, damit sie sofort einsatzbereit waren. Entschlossen teleportierte er sich zurück zu Anya. Sie hatte sich noch kein Stück bewegt, als er zum zweiten Mal auf ihr landete.

Als sie gewahr wurde, dass er zurückgekehrt war, schlang sie die Beine um seine Taille und fuhr mit der Zunge seinen Hals hinauf. „Woran es auch liegen mag, dass du plötzlich so unartig bist, ich begrüße es voll und ganz."

Er wurde hart und spürte das Pulsieren in seiner Hose. Er stand in Flammen. Plötzlich überkam ihn Verzweiflung, sein Verlangen war größer als jemals zuvor. Die Frau, die er begehrte und an die er Tag und Nacht dachte, lag jetzt tatsächlich unter ihm und schlang sich um seinen Körper. Sie fuhr mit ihren Händen über seinen Rücken und war noch gieriger als er.

Nur ein Kuss. Mehr nicht.

Ob er das dachte oder ob sein Dämon es ihm einflüsterte, wusste Lucien nicht. Er war sich nur sicher, wenn er Anya einen Kuss gab, würde er sich nicht mehr beherrschen können. Diese Frau zu küssen, war augenscheinlich erregender, als mit einer beliebigen anderen zu schlafen. Und auch wenn der Ort und die Zeit angemessen schienen, wäre es klüger gewesen, sich nicht mit einer Frau einzulassen, die er bald würde töten müssen. *Lass nicht zu, dass die Dinge sich wiederholen. Beende es jetzt.*

„Lucien", keuchte sie, „küss mich."

„Bald", schwor er, und es war sein Ernst. Auch wenn es schrecklich war, wusste er, dass er sie töten musste, sobald er sie geküsst hatte.

Während er noch auf ihr lag, teleportierte er sie beide zurück in sein Schlafzimmer und auf das Bett. Als Anyas Rücken auf der kühlen Matratze zu liegen kam, packte er ihre Arme und schloss die Fesseln um ihre Handgelenke. *Klick.*

Sie protestierte nicht, wie er erwartet hatte.

Sie sah sich um und murmelte: „Mmh, dein Schlafzimmer. Ich wollte schon immer mal eine Einladung in ein richtiges Bett haben." Grinsend hob sie ihren Unterkörper seinen Lenden entgegen – *Götter im Himmel* – und schnurrte in sein Ohr. Der köstliche Ton harmonierte mit dem zustimmenden Summen seines Dämons. „Ist das ein schmutziges neues Spiel?" Sie biss sogar in sein Ohrläppchen. „Was in Buda passiert, wird niemand erfahren. Versprochen."

Sein harter Pfahl pulsierte, als ihn die Lust durchströmte. Er bebte am ganzen Körper. Wieder schien sein ganzer Körper in Flammen zu stehen. Lucien hatte das Gefühl, durch seine Adern flösse Lava und fülle jede einzelne Zelle mit Verlangen. Er öffnete die Lippen, um Anya leidenschaftlich zu küssen, wie er es ihr versprochen hatte. Doch noch einmal gelang es ihm, innezuhalten.

„Willst du nicht mit mir spielen?", fragte sie mit ihrer rauen Stimme. „Willst du mich nicht küssen? Bald ist jetzt."

„Anya." Er wusste nicht, was er sonst sagen sollte. Mit seinem Gewicht drückte er sie auf die Matratze, und sie spreizte die Beine. Er war unglaublich hart.

Sie biss ihn ein wenig in den Hals und wiegte ihn hin und her, sodass ihre Körper unzertrennlich schienen. Er griff nach ihren Hüften, um sie ruhig zu stellen, doch diese Bewegung hatte einen hohen Preis. Er musste die Zähne zusammenbeißen, um seine Lust noch einigermaßen unter Kontrolle zu halten.

„Ich mag dieses Spiel", keuchte sie atemlos. „Wie sind die Regeln?"

„Es gibt nur eine", murmelte er durch zusammengebissene Zähne.

„Erzähl's mir." Sie fuhr mit ihren Knien an seinen Flanken auf und ab, sodass er noch tiefer zwischen ihre Schenkel zu sinken schien.

„Die einzige Regel …" Er hob die Hände und berührte die samtzarte Haut ihrer Wangen. Ach, könnte er doch nur für immer so bleiben. Könnte er sie doch nur so voll und ganz genießen, nur für einen Moment. „Die einzige Regel ist, dass du hierbleibst."

„Mmh, ich habe große Lust, die zu ignorieren …" Sie runzelte die Stirn und sah zu ihm auf. „Hier bei *dir* zu bleiben, meinst du?"

„Nein." Er richtete sich auf und entzog sich ihr. Sein Körper fühlte sich bei Weitem nicht mehr so gut an, sein Dämon verfluchte ihn. Von allen Verbrechen, die Lucien jemals begangen hatte, schien dies hier das schlimmste zu sein.

Die Falten auf ihrer Stirn wurden tiefer. „Lucien? Was …" Sie versuchte, sich aufzustützen, aber es gelang ihr nicht. Sie kniff die Augen zusammen und starrte auf das Kopfende. Nachdem sie noch einmal an den Ketten gezerrt hatte, wandte sie sich an Lucien. „Das verstehe ich nicht."

„Das einzige Vergnügen, dass du in diesem Bett erleben wirst, ist das Vergnügen, dass du dir selbst verschaffst." *Im Moment jedenfalls.*

Himmel, denk das nicht.

„Damit habe ich kein Problem. Aber wenn du mir dabei zusehen willst, wie ich mich selbst verwöhne, musst du schon die Ketten abmachen."

Das war nicht die Antwort, mit der er gerechnet hatte. Er wollte schreien. Anya … die Hand zwischen ihren Beinen … wie sie die empfindlichste Stelle ihres Körpers liebkoste … bis sie kam … Wenn schon die Vorstellung allein so erotisch für ihn war, dass er nach Luft rang und seine Knie weich wurden wie bei einem Menschen, wie würde es sein, wenn er ihr tatsächlich dabei zusehen durfte?

„Bleib hier", brachte er hervor, „und verhalte dich still. Ich komme zurück zu dir. Das verspreche ich dir."

„Du kommst zurück?" Ihre Augen wurden groß. „Wohin willst du? Und außerdem besorgst du besser noch eine Peitsche und ein Stachelhalsband, denn du wirst mein Hund sein."

„Ich gehe zurück zum Tempel. Ich werde zurückkommen, sobald die Jäger besiegt sind."

Erschüttert stöhnte sie auf. Vielleicht war sie auch verletzt, aber daran wollte Lucien jetzt gar nicht denken. „Ich kann mich mit dir zusammen dorthin teleportieren. Die Ketten werden mich daran nicht hindern."

„Diese schon. Sie sind für Unsterbliche gemacht."

Mit zusammengepressten Lippen starrte sie ihn an. Um wie vieles lieber mochte er doch ihren Mund, wenn er sich ihm weich öffnete. Aber er hatte keine Aussicht darauf. Das hatte er sich gründlich vermasselt. Keine Chance!

Es war besser so, redete er sich ein, aber er konnte nichts dagegen tun, dass er es gleichzeitig bitter bereute.

„Sagst du mir gerade, dass ich nicht verschwinden kann?", brachte sie zerknirscht hervor.

„Genau das wollte ich sagen."

„Und du willst mich hier liegenlassen?"

„Ja. Sei brav." Er verließ sie und landete an genau der Stelle, von wo er gekommen war.

Sobald er sich zwischen den üppigen Büschen wiederfand, überkam ihn sowohl das schlechtes Gewissen als auch Verlangen. Er dachte noch einmal daran, wie er auf ihrem Körper lag, und die Erinnerung daran war frisch und verlockend, wundersam.

Und sie schien ihn zu wollen. Bis er es vermasselt hatte. Und was sollte er nun mit ihr machen? Diese Frau verstand es, ihn zu verwirren.

Wahrscheinlich hasste sie ihn jetzt. Niemals würde sie ihm vergeben. Sie … landete genau neben ihm und boxte ihn ins Gesicht.

„Mistkerl", schleuderte sie ihm entgegen.

Während er sie ansah, spürte Lucien sowohl den Schmerz als auch die Überraschung. Verdammt, sie war aber auch stark. Sie hatte es wieder geschafft, ihm den Knochen zu brechen, vermutete er, denn er spürte, wie sein Auge anschwoll. „Wie hast du dich befreien können?" Diese Fesseln waren jahrhundertelang nicht gesprengt worden.

„Ich habe so meine Methoden."

„Wie?" Er ließ nicht locker.

„Man kann mich nicht einsperren, weißt du. Egal, welche Mittel man benutzt. Ich lasse mich einfach nicht einsperren. Und falls du so etwas noch einmal machst …" Sie ballte die Fäuste. „Die Freiheit ist alles. Das weißt du am besten, denn du wurdest ja gezwungen, einen Dämon in dir zu beherbergen. Du wurdest sogar dazu gebracht, die Seele deines Freundes jahrhundertelang jede Nacht zu holen. Es war ein Zwang, von dem ich dich befreit habe. Erinnerst du dich? Dass ausgerechnet du versuchst, mir meine Freiheit zu nehmen … Oh! Ich würde dich am liebsten mit bloßen Händen in Stücke reißen."

Lieber so als anders … „Diese Fesseln haben sogar Göttern widerstanden. Man kann sie nur mit einem Schlüssel öffnen, den ich in der Tasche trage."

„Na toll, du Mistkerl! Ich habe dir doch gesagt, dass ich stark bin. Es ist nicht meine Schuld, dass du mir nicht zugehört hast. Ich versuche jetzt, dir dabei zu helfen, die Jäger zu besiegen, und du kannst von Glück sagen, dass meine Bemühungen sich nicht rein zufällig gegen dich richten, denn sonst würde ich dich töten. Um genau zu sein, ich warte nicht länger auf dich." Sie sah kurz zu dem Tunnel hinüber und reckte den Zeigefinger in die Höhe. „Wir sehen uns in … in dem zweiten Tunnel, Süßer. Als ich das letzte Mal nachgesehen habe, verbarg sich dort der mächtigste und schlimmste Jäger. Ich tue einfach so, als sei er du, und mach ihn fertig."

Einen Augenblick später war Anya verschwunden und hinterließ nur eine Duftwolke aus Erdbeeren mit Sahne. Verdammt selbstgerecht und wütend war sie abgezogen.

Lucien pfiff durch die Zähne und machte einen Satz nach vorn. Im selben Moment stürzten die ungeduldigen Krieger aus den Büschen, als habe man sie von der Leine gelassen.

Als Lucien den zweiten Tunnel erreichte, für den Gideon zuständig war, warf er das improvisierte Dach zur Seite und ließ sich in die Öffnung hineinfallen. Er wollte sich nicht dorthin zaubern, denn er hatte Angst, seine Männer zu erschrecken. Gideon verzog das Gesicht, aber folgte ihm, als er es ihm befahl. Beide hatten ihre Waffen gezückt.

Sie hörten einen Grunzlaut, dann einen Schrei. Luciens Muskeln spannten sich an, während er sich umschaute ... aber er konnte weder Anya noch die anderen entdecken.

Jäger. Es waren zwei, drüben in der Ecke. Einer schlug auf einen älteren Mann ein, und der andere drückte einen etwas jüngeren Menschen zu Boden. Beide Gefangenen flehten die Jäger an aufzuhören.

„Sag mir endlich, wonach ich dich gefragt habe", befahl einer der Jäger. Obwohl er die Worte ruhig aussprach, schlug er brutal auf seinen Gefangenen ein. „Dann höre ich auf. Mehr musst du gar nicht tun."

„Ich bin es leid, immer mit leeren Händen zurückzukommen." Der andere, ein großer und muskulöser Jäger, klang ebenfalls recht ruhig, während er dem älteren Mann in den Magen trat.

Lucien hörte ein dumpfes Geräusch. Der jüngere Mann rief: „Aufhören. Bitte aufhören. Er weiß auch nichts!"

„Und ob er das tut. Er muss etwas wissen. Sag es uns oder stirb. Das sind im Moment deine einzigen Alternativen."

Der Jäger, der den Mann getreten hatte, machte einen Schritt zur Seite und beugte sich zum Gesicht seines Opfers hinunter. „Falls du dich dafür entscheidest zu sterben, wird es kein schneller und sanfter Abschied sein, hast du mich verstanden? Du wirst langsam und qualvoll sterben."

„Lass doch einfach meinen Vater in Ruhe." Der Jüngere hatte seinen Arm um den Älteren gelegt und beschützte ihn mit seinem Körper. „Ich schwöre euch, wir haben euch alles erzählt, was wir wissen. Lasst uns einfach gehen. Bitte."

„Das habt ihr nicht. Ihr habt diese Dämonen beschützt. Vielleicht arbeitet ihr ja sogar mit ihnen zusammen."

Als habe sie auf Lucien gewartet, erschien plötzlich Anya neben dem größeren Jäger und schnitt ihm einfach die Kehle durch, bevor er sie überhaupt bemerkt hatte. Leblos sackte er in sich zusammen. Sie warf Lucien einen triumphierenden Blick zu. *Guck mal, was ich kann.*

Als Lucien sie grinsen sah, geriet seine Welt ins Wanken. Sie war so ein wunderbarer und schöner Engel. Aber sie konnte auch, ohne mit der Wimper zu zucken, töten. So wie er.

Obwohl er immer noch von ihrem Anblick verzaubert war und sie an sich schmiegen wollte, schaffte es Lucien, den zweiten Jäger mit zwei Dolchen zu töten, indem er sie nach ihm warf. Einer landete in der Kehle des Mannes, der zweite in seinem Oberschenkel. Beide Würfe waren tödlich. Lucien war es nicht recht, dass Anya sich so nah am Ort des Geschehens befand, auch wenn sie unsterblich war. Sie könnte verletzt werden, und allein der Gedanke daran, dass einer der Jäger ihr etwas antun könne, machte ihn rasend.

„Hinter dir!“, rief Anya plötzlich.

Er fuhr herum, aber zu spät. Ein Jäger, der sich versteckt gehalten hatte, warf sich auf Lucien. Sie fielen beide zu Boden. Eine Klinge blitzte an Luciens Kehle auf. Der Mann schien entschlossen, ihn umzubringen und seinen Dämon auf die Welt loszulassen.

„Dämonenbrut!“, rief sein Gegner. „Auf diesen Tag habe ich gewartet.“

Lucien teleportierte sich fort und sorgte so dafür, dass der Jäger zu Boden fiel. Blutig tauchte er hinter dem Mann wieder auf, beugte sich zu ihm hinab und brach ihm das Genick. Gleichzeitig jagte Anya dem Jäger ein Messer in die Brust.

Keuchend richtete sich Lucien auf. „Wo sind die anderen?“

„Zwei habe ich schon umgebracht, und den Rest habe ich noch nicht gesehen.“ Sie wischte sich die blutverschmierten Hände an ihrem Kleid ab. Das Rot bildete einen starken Kontrast zu dem jungfräulichen Weiß des Stoffes.

In diesem Moment erschien sie ihm wieder erotischer als zu dem Zeitpunkt, als sie auf seinem Bett gelegen hatte. Sie war eine zarte Schönheit, dennoch tödlich und sehr mutig. Eine Kriegerprinzessin. Sie schien auch von ihm beeindruckt zu sein. Lustvoll ließ sie ihren Blick über seinen Körper gleiten.

„Gut getroffen“, lobte sie.

Bevor sie entdecken konnte, dass er schon wieder hart war, wandte Lucien sich ab und sah sich um. Die Jäger hatten ihr Versteck klug gewählt und ebenso gut geschützt. Es gab verschiedene Räume und

Gänge, die Erdwände waren mit Bohlen abgestützt. Im hinteren Teil stand ein Tisch, auf dem sich Lebensmittel und Zweige stapelten, um ein Feuer zu machen.

Aus dem Augenwinkel sah Lucien, dass sich Anya zu den Gefangenen herunterbeugte, die immer noch auf dem Boden kauerten. Vielleicht hatten sie Angst, dass sie auch dieser Racheengel quälen würde. „Keine Angst“, beruhigte Anya sie. „Ich bin nur hinter den Bösen her. Sie dagegen brauchen sich vor mir nicht fürchten. Wir holen sie hier raus.“

So nett. Sogar Lucien war verzaubert.

Aus einem der Gänge hörte er Ächzen und irgendwelche Geräusche, dann einen gellenden Schmerzensschrei. Einen Bruchteil einer Sekunde später hallten aus einem anderen Gang Schreie von Menschen – Schreie, die schnell verstummten. Lucien sprang schützend vor Anya und bereitete sich auf einen Kampf vor, sollte jemand aus den Tunneln hervorkommen.

Aber dann stolzierte Paris aus einem der Räume, und Lucien entspannte sich wieder.

Paris war im Gesicht verletzt. „Meine zwei sind tot“, verkündete der Krieger stolz, wenn auch ein wenig geschwächt.

Amun kam aus einer anderen Richtung, von seinen Wangen troff Blut. Er sprach nicht, das tat er nie, aber er nickte. Er hatte seine Gegner ebenfalls ausgeschaltet.

Strider und Gideon kamen hinter ihm herein und grinsten. „Ich habe drei fertig gemacht“, erklärte Strider. Lucien bemerkte, dass er humpelte. „Zwar habe ich ein Messer in den Oberschenkel kassiert, aber der Sieg ist unser.“

„Ich bin gescheitert“, meinte Gideon.

„Ich nehme an, dass die Höhlen miteinander verbunden sind.“ Jetzt sah man Paris die Anstrengung an. Sein Gesicht schien nicht mehr ganz so perfekt. Der Kampf musste ihn einige Kraft gekostet haben. Normalerweise hätte er um diese Uhrzeit schon eine oder zwei Frauen gehabt. Er brauchte sie, um seinen Dämon der Vielweiberei zu besänftigen. Aber seit dem Flug gestern war er noch nicht zum Zuge gekommen.

Anya erhob sich von den Gefangenen und trat neben Lucien. Alle Krieger folgten ihr mit Blicken – und alle holten tief Luft. Aus Ehrerbietung? Erregung? Überraschung?

„Was zur Hölle macht *sie* denn hier?“, fragte Strider. „Und warum sollte eine niedere Göttin die Jäger bekämpfen …“

„Hey, ich bin keine niedere Göttin!“ Anya stampfte mit dem Fuß auf.

Lucien hatte keine Chance zu antworten. Der Tod machte sich in seinem Innersten bemerkbar. Ihn verlangte es danach, neue Seelen zu holen. Der Tod jammerte aber auch in Luciens Kopf, denn er wollte ebenso gern mit der hübschen Anya zusammenbleiben.

Welche Macht übte sie über diese Kreatur aus? Wie genau machte sie das?

„Ich werde zurückkommen.“ Lucien tauchte vollkommen in die spirituelle Welt ein. Er hätte seinen Körper in der realen zurücklassen können, aber er wollte nicht, dass die Krieger seine sterbliche Hülle bewachen mussten. Seine Freunde, sogar Anya, verschwanden aus seinem Blickfeld.

Er sah nur die Jäger, die auf dem Boden lagen, blutverschmiert und leblos. In ihren fast toten Körpern krümmten sich ihre Seelen und warteten auf ihn.

„Anya“, rief er. Lucien wollte sie nur ungern mit den Kriegern allein lassen. Man konnte nie wissen, was sie vorhatten, besonders Paris nicht.

Aber sie kam nicht. Sie war ihm bereits einmal in sein Reich gefolgt, dass wusste er, denn er hatte sie gespürt. Warum erschien sie jetzt nicht? *Sie kann sehr gut auf sich selbst aufpassen. Das hast du mit eigenen Augen gesehen.*

Schnell jetzt! Lucien war nicht für alle Seelen auf der Erde verantwortlich. Vielen war es sogar gestattet, auf der Erde zu bleiben und unsichtbar herumzuwandern. Lucien dachte bei sich, dass er verrückt werden würde, wenn er die ganze Zeit im Geisterreich sein müsste. Er konnte sich nicht vorstellen, pausenlos zwischen der Erde und dem Himmelreich hin- und herzureisen. Es war schon Belastung genug, dass er für diejenigen verantwortlich war, deren endgültige Ruhestätte feststand.

Er war sich immer sicher, wohin er die Seelen geleiten musste. Es war ein Gefühl in seinem Innersten. Manchmal sah er sogar mit an, wie die Person die letzten Minuten auf der Erde verlebte – es konnten Momente größter Grausamkeit oder unvorstellbarer Güte sein.

Lucien seufzte und betrachtete seine Opfer. Jeden von ihnen umgab eine schwarze Aura, die von ihrer Bestechlichkeit zeugte. Diese Männer würden sehr bald in den ewigen Flammen brennen. Das überraschte ihn nicht. Während einige Jäger es tatsächlich schafften, in den Himmel zu kommen, war er sich sicher, dass diese nicht zu ihnen gehörten. Diese waren zu fanatisch gewesen und hatten viele Unschuldige unberechtigter Weise gefoltert, um aus ihnen Informationen herauszupressen.

„Ist das der Friede, den du dir immer gewünscht hast?“ Lucien ließ sein spirituelles Selbst zu dem ersten Jäger gleiten. Er streckte die Hand aus und fuhr in die Brust des Jägers. Als er einen eiskalten Block spürte, griff er zu.

Der Geist des Toten begriff, dass er gefangen war und begann, sich zu wehren, als Lucien ihn aus dem leblosen Körper zog. Als ihre Blicke sich trafen, glomm in Luciens Augen ein blau-braunes Feuer.

„Nein“, schrie der Geist. „Nein, ich will nicht.“

Die Sünden des Jägers liefen wie ein Film durch das Bewusstsein des Dämons und gleichzeitig durch Luciens. Wie der Mann in seinem Leben bewiesen hatte, glaubte er, er stünde über dem Gesetz und habe das Recht, jeden umzubringen, der ihm auf den Weg zu einer besseren Welt im Weg stand, egal ob Männer, Frauen oder Kinder.

Mistkerl.

Während er den Geist fest im Griff hielt, teleportierte Lucien sich an die Pforten der Hölle. Es war nicht der Hades. Diese düstere Unterwelt war für jene reserviert, die weder die Qualen der Hölle noch den Glanz des Himmelreichs verdienten. Dieser Mann aber hatte die Flammen verdient. Obwohl die Tore zur Feuergrube geschlossen waren, spürte Lucien die unermessliche Hitze. Er konnte die Symphonie aus den Schreien der gefolterten Seelen hören und das dämonische Lachen. Die Rufe. Der schlimme Schwefelgestank, der über der ganzen Ebene lag, sodass einem schlecht wurde.

Tausende von Jahren hatte er jede Nacht Maddox herbringen müssen. Er hasste sich dafür und hatte gewünscht, etwas tun zu können, um seinem Freund diese Qualen zu ersparen. Aber ihm war bewusst gewesen, dass es nichts gab, was er tun konnte. Bis Anya gekommen war. Wie sie ihn immer gern erinnerte, hatte sie dem bösen Spiel ein Ende gemacht.

„Bitte!“, flehte der Geist. „Es tut mir leid, dass …“

„Spar dir dein Flehen.“ Im Laufe der Jahrhunderte hatte er schon alle Entschuldigungen gehört, die man sich nur vorstellen konnte. Nichts brachte ihn von seiner Aufgabe ab.

Was werde ich tun, wenn Anya mich anfleht, sie zu verschonen? Was dann?

Plötzlich wurde Lucien übel. Was auch immer sie verbrochen hatte, er zweifelte daran, dass sie es verdient hatte, dort brennen zu müssen. Er stellte sich vor, wie das Fleisch ihres üppigen Körpers von den Knochen schmolz, nur um sich wieder zu verfestigen und wiederum zu schmelzen.

Vielleicht durfte sie aber in den Himmel, wenn sie starb. Dafür konnte er zumindest beten.

„Bitte!“ Der Geist des Jägers schrie, als sich zwei dicke Bohlen über der Feuergrube öffneten. Orangefarbene und goldene Flammen stießen nach oben, sie zischten und krachten, während sich der strenge Geruch von Schwefel mit dem Gestank von verbranntem Haar und Fleisch mischte.

Der Geist wehrte sich stärker, um freizukommen.

Als Lucien die dämonischen schuppigen Arme sah, die sich durch die Flammen nach oben streckten, und das Knurren zu eifrigem Kichern wurde, warf er den Geist hinein. Ein ohrenbetäubender Schmerzensschrei ertönte, dann schoben sich die Bohlen wieder zusammen.

Lucien wusste nicht, was die Dämonen dort unten hielt, aber irgendetwas musste es sein. Doch für den Dämon, den er nun in seinem Körper beherbergte, galt das nicht. Und das war der Büchse der Pandora zu verdanken.

Wenn du die Büchse nicht geöffnet hättest, wärst du vielleicht nie Anya begegnet. Wahrschein wäre das auch besser gewesen. Auf der anderen Seite fühlte es sich auch richtig an, dass er sie getroffen hatte. Doch dann hätte er nie den Befehl bekommen, sie zu töten.

Jeden einzelnen der Jäger brachte er in die Hölle, und als er mit ihnen fertig war, öffnete er die Augen, um sich in der körperlichen Welt wieder zurechtzufinden. Um ihn herum waren die Mauern der Höhle dunkel und kahl. Es herrschte Ruhe, aber Lucien war sich nicht sicher, ob die Stille besser war als die Schreie der Unterwelt. Wieder musste er an Anya denken. Nur noch mit ihr wollte er sich beschäftigen.

Er war von ihr besessen.

Doch sie war fort. Er war enttäuscht.

In seiner Abwesenheit hatten sich seine Männer um die unschuldigen Gefangenen gekümmert. Oder war das Anya gewesen, bevor sie verschwunden war? Wo war sie hin?

„Eins verstehe ich nicht." Paris sprach mit einem der Gefangenen. „Worum ging es?"

„Um Artefakte." Die Lippen des alten Mannes waren geschwollen. „Von unermesslichem Wert, göttlich, mächtig. Jedes Objekt wird seinen Besitzer einen Schritt näher zur Büchse der Pandora bringen und ihm helfen, den Schatz endlich zu finden."

Die Büchse der Pandora. Bei diesen Worten konnte man sicher sein, dass man Luciens volle Aufmerksamkeit hatte. Er gesellte sich zur Gruppe hinzu. „Und wie sollten die Artefakte uns helfen, die Büchse zu finden?"

Amun stand ein wenig abseits und betrachtete Paris, drehte sich aber um, als Lucien sprach. Strider warf ihm einen Blick zu und sagte leise: „Gut, dass du wieder da bist."

„Die Frau?"

„Es ist still hier", antwortete Gideon, was bedeutete, dass sie tatsächlich schon fort war.

„Sie ist einfach so verschwunden, kurz nach dir", meinte Strider. „Warum taucht sie immer wieder auf?"

Lucien antwortete nicht darauf, denn er wusste nicht, was Anya wirklich antrieb. Ich habe dich vermisst, hatte sie gesagt. Stimmte das? Er wusste es nicht. Sie war so mysteriös, wie sie schön war. „Wer sind diese Männer, und wie sollen uns diese Artefakte helfen, die Büchse der Pandora zu finden?"

Strider zuckte die Schultern und wunderte sich, warum Lucien plötzlich das Thema wechselte. „Es sind Sterbliche, die ihr Leben der Erforschung der Mythologie gewidmet haben. Ich weiß es nicht."

„Können wir wieder nach Hause gehen?" In den braunen Augen des jüngeren Mannes standen Tränen. „Bitte."

„Bald", versprach Lucien freundlich. „Wir müssen nur wissen, was Sie den Jägern erzählt haben."

„Jäger?", fragten beide Männer zugleich.

„Die Männer, die Sie gefangen gehalten haben."

„Mistkerle“, stieß der Jüngere hervor. „Werden Sie uns töten, nachdem wir es Ihnen gesagt haben?“

„Nein.“ Strider lachte. „Bitte, schauen Sie sich doch einmal an. Und dann sehen Sie mich an. Ich kümmere mich nicht um so mickrige Gegner.“

Der alte Mann schluckte und öffnete den Mund.

„Nicht“, ermahnte ihn sein Sohn.

„Es ist okay. Ich sage es ihnen.“ Durch seine blutigen Lippen holte der alte Mann tief Luft. „Nach einer alten Sage gibt es vier Artefakte. Das Auge, das alles sieht, der Mantel der Unsichtbarkeit, der Zwangskäfig und der Hobelmeißel.“

Von zweien hatte Lucien irgendwann schon einmal gehört, die anderen beiden kannte er nicht. Er war sowohl erfreut als auch verwirrt. Aber am meisten ärgerte er sich über die Ironie des Schicksals, dass diese zwei Menschen, sollten sie die Wahrheit sagen, mehr über die Welt, aus der er stammte, zu wissen schienen. In dieser alten Welt war er ein Soldat der Götter gewesen. „Bitte erzählen Sie mir mehr davon.“

Mit ängstlichem Blick fuhr der Mann fort. „Einige Legenden behaupten, dass alle vier Artefakte Cronus gehört haben, in anderen steht, dass jedes einzelne sich im Besitz eines anderen Titanen befunden hat. Aber die meisten Berichte stimmen darin überein, dass als Zeus Cronus besiegt hat, er – also Zeus – sie in der ganzen Welt verstreute. Damit wollte er verhindern, dass der frühere König der Götter sie wieder verwenden konnte, sollte er jemals aus seinem Gefängnis entkommen. Denn es war prophezeit worden, dass die Titanen die Griechen für immer vernichten würden.

Warum hat Zeus dann Cronus nicht gleich getötet? Warum hat er ihn stattdessen eingesperrt? Und anders herum: Warum hat Cronus nicht Zeus umgebracht, nachdem er aus seiner Haft entkommen war. Warum hat er ihn überhaupt eingekerkert? Götter!. Lucien würde sie wohl nie verstehen können. Auch wenn er Jahre damit zugebracht hatte, sie zu erforschen, wie es diese Sterblichen auch getan hatten. „Was wissen Sie noch über die vier Artefakte?“

Der junge Mann zuckte mit den Schultern und erzählte die Geschichte weiter. „Das Auge, das alles sehen kann, erlaubt es seinem Besitzer, in die Anderwelt zu schauen und erleuchtet den rechten Pfad. Der Mantel beschützt seinen Träger vor neugierigen Blicken.

Der Meißel kann den Ozean teilen, obwohl es darüber verschiedene Meinungen gibt. Der Käfig macht jeden, der in ihm eingeschlossen ist, zum Sklaven. Wie wir vorhin schon gesagt haben, braucht man alle vier, um die Büchse zu finden und sie zu besitzen. Jedenfalls behaupten es so die Legenden. Wir wissen aber nicht warum."

„Und wo sind diese Artefakte jetzt?", platzte Paris heraus. Alle Krieger versammelten sich neugierig um die Sterblichen, um deren Antwort zu hören.

Der alte Mann seufzte und wich ein Stück zurück, als fürchte er, die Krieger würden ihn nach seinen Worten niederschlagen. „Noch einmal: Wir wissen es nicht." Er lachte bitter. „Wir suchen schon seit langer Zeit nach ihnen und haben sie nie gefunden, noch nicht einmal einen Hinweis darauf, ob sie tatsächlich existieren."

„Deswegen haben uns diese Mistkerle hierher verschleppt", fügte der Jüngere hinzu. „Damit wir ihnen helfen, sie zu finden."

„Und sind sie weitergekommen?", fragte Lucien.

„Nein." Der Jüngere schüttelte den Kopf. „Sie wurden nur jeden Tag frustrierter. Sie haben überall Helfer. Auf der ganzen Welt suchen Jäger nach den Artefakten. Auch wenn ich es mir anders wünschte, glaube ich nicht, dass es wirklich etwas zu finden gibt. Sonst hätten wir es schon entdeckt."

Lucien hatte gewusst, dass die Jäger überall waren, aber er hatte nichts von der Existenz der Artefakte geahnt. Das war eigentlich seine Schuld. Sehr lange hatte er sich von der Welt zurückgezogen und sich damit zufriedengegeben, dass er ruhig in seinem Schloss lebte. An das Himmelreich erinnerte er sich nur mit Bitterkeit.

Cronus wollte die Artefakte unbedingt zurückhaben und war verzweifelt. Vielleicht konnte Lucien das zu seinem Vorteil nutzen. Er nahm sich vor, Sabin und die Krieger in Rom zu besuchen, um sie darüber zu informieren. „Ist das alles?", fragte er die Männer.

Beide nickten müde.

„Wir sind Ihnen dankbar für diese Informationen. Wir bringen Sie jetzt nach Hause." Lucien griff nach ihren Handgelenken.

„Unser Haus steht in Athen", sagte der jüngere Mann mit zitternder Stimme. Aus seinen Worten klang Hoffnung. „Wir leben zusammen, und wir können allein nach Hause finden."

Tränen der Erleichterung rannen über die Wangen des alten Mannes.

„Danke. Sind Sie … einer von ihnen? Von den Unsterblichen? Sie sind vorhin einfach verschwunden."

„Geben Sie mir Ihre Adresse", sagte Lucien und ignorierte die Frage. „Ich bringe Sie hin."

Als der Alte ihm die Adresse mit leuchtenden Augen mitteilte, teleportierte Lucien sie dorthin.

Überraschenderweise wartete Anya in dem Haus. „Ich werde ihre Erinnerungen ausradieren", bemerkte sie gleichmütig. „Sie werden sich weder an die Jäger noch an die Lords erinnern."

Lucien freute sich, sie zu sehen, und dass sie immer noch vorhatte, ihm zu helfen. Dennoch teleportierte er sich zurück auf die Insel, ohne ein Wort mit ihr zu wechseln. Denn eins hätte zum anderen geführt, und dann hätte er sie nur angefleht, ihn zu küssen, ihn zu berühren und damit Cronus herausgefordert. *Ich werde sie nicht töten. Ich werde dich töten.* In diesem Moment war es Lucien gleichgültig, welche Flüche Cronus ihm und seinen Freunden auferlegen würde. Ihm war es egal, dass der König der Götter sie alle bis ans Ende Zeit leiden lassen konnte.

Ohne Anya würde er sowieso leiden.

6. Kapitel

„Rasier mir den Kopf", murmelte Anya mürrisch. Wie würde Lucien reagieren, wenn sie es tatsächlich tun würde? Wenn sie ihm demnächst mit einer Glatze entgegenträte? Wahrscheinlich würde er sie „hässlich" und „leichtgläubig" nennen und ihr noch vehementer widerstehen. „Mistkerl."

Und doch vermisste sie ihn irgendwie, auch wenn es absurd war.

Sobald er das Geisterreich betreten hatte, um die Seelen abzuholen und sie zur Hölle zu begleiten, hatte sie sich in die Häuser der Sterblichen teleportiert. Sie wusste, dass er dorthin kommen musste. Als sie ihn sah, war sie aufgewühlt. Am liebsten hätte sie sich ihm an den Hals geworfen, so froh war sie, dass er gesund war. Die Wunden in seinem Gesicht und an seinem Hals waren schon wieder verheilt. Ihr war es nur gelungen, sich zurückzuhalten, weil sie ihre Gefühle vollkommen unterdrückt hatte.

Schließlich kehrte sie niedergeschlagen zu ihrem Strand auf Hawaii zurück, zog sich ihren weißen Lieblingsbadeanzug an und brach zu einem Spaziergang auf. Sie schlenderte an der Wasserkante entlang. Der Sand glitzerte bis zum Horizont. Ihre langen, nassen Haare fielen ihr über Schultern und Rücken, und sie genoss die heißen Sonnenstrahlen auf ihrer Haut.

Die Wellen rollten sanft über den rosafarbenen Sand. Nun kamen ihr wieder ihre Gefühle in den Sinn, die sie in jenem Moment nicht zugelassen hatte.

Ich wollte ihm nur helfen.

Und was hatte sie von ihrer Großzügigkeit gehabt? Er hatte vorgegeben, sie zu begehren, hatte sie sogar an sein Bett gefesselt – und war danach verschwunden. Das tat immer noch weh. Sie war verrückt nach ihm, doch er hatte nicht schnell genug wieder von ihr wegkommen können. *Ich bin so eine Idiotin.*

Warum fiel es ihr so schwer, ihn zu vergessen?

Bisher hatte kein Mann einen derartigen Einfluss auf sie gehabt, und obwohl sie verdammt war, hatte sie sich mit vielen Männern getroffen! Sie hatte sich immer mit Sterblichen verabredet, um sich mit ihnen zu amüsieren. Von ihnen hatte sie die Komplimente bekommen, die ihr die Götter versagt hatten. Dennoch hielt das gute Gefühl stets nur für kurze Zeit an, denn diese Männer waren meistens so schnell in ihrer Erinnerung verblasst, wie sie sich das bei Lucien wünschte. Diejenigen, die ihr mehr bedeutet hatten, waren zu Freunden geworden, auch wenn sie sich geweigert hatte, mit ihnen zu schlafen.

Dann waren sie einer nach dem anderen gestorben. Auch wenn die Freundschaften nicht sehr eng gewesen waren, hatte sie dieser Verlust geschmerzt. Die Tatsache, dass ihre Freunde menschliche Wesen waren, war eine Schwäche, die sie mit der Zeit zu verachten lernte. Dann hatte sie beschlossen, sich nicht mehr mit Menschen zu treffen. Lange Zeit war das gut gegangen, aber in manchen Nächten war sie so einsam gewesen, dass sie sich dabei ertappte, einen Teddybären an sich zu drücken, den sie bei der Eröffnung eines großen Spielzeugmarktes gestohlen hatte.

Aber mit Lucien war sie nicht einsam. Es war aufregend, mit ihm zusammen zu sein. Jeder Moment gemeinsam mit ihm war eine Überraschung. Und jetzt wollte er nichts mehr mit ihr zu tun haben!

Grrrr! Von nun an wollte sie nicht mehr an ihn denken. Sie würde ihm fernbleiben. Wenn schon, dann sollte er zu ihr kommen. Früher oder später musste er das sowieso tun, wenn er Cronus' Befehl ausführen wollte. Jedoch war Geduld nicht gerade Anyas Stärke, und trotz allem bemerkte sie, dass sie sich während des Tages danach sehnte, ihn zu sehen.

„Ich bin nicht nur eine Idiotin, ich bin eine verdammte Idiotin." Als sie Lucien beim Kampf beobachtete, war er für sie der erotischste Mann gewesen, den sie jemals gesehen hatte. Wirklich. Seine Kraft war tödlich ... in ihm steckte der Tod schlechthin, er bewegte sich schnell und elegant, während er die Dolche zückte. Im Kampf glühten seine braun-blauen Augen, und er war wild entschlossen, seine Gegner auf immer und ewig in die Hölle zu schicken. Zu jenem Zeitpunkt war das unwiderstehlich gewesen!

Und er war es immer noch.

Es gefiel ihr, mit ihm beziehungsweise gegen ihn zu kämpfen. Sie war gern mit ihm zusammen und langweilte sich, wenn er nicht da war.

So war es einfach. Aber das passte alles nicht zusammen. So ernst er auch war, langweilig war er nie. Er brachte sie zum Lachen, forderte sie heraus und sorgte dafür, dass sie sich lebendig fühlte. Das war seltsam, war er doch vom Tod selbst besessen.

Hatte er Gefühle für sie? Empfand er noch etwas anderes für sie außer Geringschätzung und Verwunderung? Falls das der Fall war, dann verbarg er es gut. Außer wenn sie sich küssten. Dann war er ein ganz anderer Mann – leidenschaftlich und zärtlich, ein bisschen wild. Er küsste mit seinem ganzen Körper, er hüllte sie mit seinem Verlangen und seinem Rosenduft ein.

Wem will ich hier eigentlich etwas vormachen? Ich gehe doch wieder zu ihm zurück.

Cronus hatte eine gute Wahl getroffen, was ihren Todesboten anging. Sie konnte ihm nicht fernbleiben und wollte in seiner Nähe sein. Vielleicht ließ sie sogar zu, dass er versuchte, sie umzubringen, und sei es nur, um als Gegenleistung einen letzten Kuss zu bekommen.

„Das kann sogar ganz lustig werden“, murmelte sie und wurde rot.

Bevor Lucien auf die griechische Insel zurückkehren konnte, musste er einige Menschenseelen in den Himmel begleiten. Es ging um die Seelen zahlreicher Unfallopfer. Die Menschen waren in den USA auf dem Weg zu einem Kirchenfest bei einem Busunglück gestorben. Der Fahrer des anderen Wagens war betrunken gewesen. Bei dem Unfall waren alle Insassen des Busses ums Leben gekommeen. Was für eine Tragödie! Gott sei Dank war Lucien inzwischen so abgestumpft, dass ihn nicht mal das Schicksal der Kinder noch berührte. Das war traurig, aber er hatte keine andere Wahl. Er hatte so viel mit dem Tod zu tun, dass es ihn nur fertig machen würde, wenn er sich alles zu Herzen nahm.

Du bist ohnehin schon am Ende, so viel wie du an Anya denkst.

Lucien wusste, dass Anya auch auf der Insel war, denn die leichte Brise, die nach Erdbeeren und Sahne roch, konnte nur von ihr stammen. Sein Dämon reagierte sofort darauf.

Du willst sie küssen.

Lucien war nicht überrascht. Gleichgültig, welche Frau ihn ansprach, der Tod schnurrte immer wie ein kleines Kätzchen. Das war etwas, was er immer noch nicht verstand. *Warum bist du in sie vernarrt?*

Er hasste den Gedanken, dass irgendjemand, selbst sein Dämon, sie ebenso leidenschaftlich begehrte wie er.

Sie schmeckt gut.

Daran gab es keinen Zweifel.

Mit der Zeit spürte Lucien immer deutlicher, dass Cronus seinen Ärger nicht länger verbarg. Lucien war unruhig, und sein Magen machte ihm Probleme. Der König würde sicherlich nicht mehr lange warten und würde ihn bestrafen, wenn er seinen Befehl nicht ausführte. Ihn und seine Freunde.

Schon allein der Gedanke daran, dass er Anya wiedersehen würde, sorgte dafür, dass sein Verlangen wieder aufflammte und verdrängte die Tatsache, dass sie entweder sterben oder er bestraft werden würde. Zwei Tage war der Kampf gegen die Jäger erst her. Seitdem war sie weder zu ihm gekommen noch er zu ihr. Er vermisste sie genauso, wie sie behauptete, ihn vermisst zu haben.

Lucien ging in den Tempel aller Götter, um nach einem Zeichen von ihr zu suchen. Dort fand er nichts außer moosbewachsenen Säulen, Schutthaufen und kleinen Teichen mit kristallklarem Wasser. Keine Spur von Anya.

So häufig hatte er sie sich dort vorgestellt. In seiner Fantasie sah er, wie sie zwischen efeuumrankten Säulen stand, die den perfekten Hintergrund für ihre exotische Schönheit bildeten. Vor seinem geistigen Auge erlebte er, wie sie in den Teichen, die sich allerdings in Whirlpools verwandelt hatten, plantschte und sich vergnügte. Sie war nackt.

„Anya."

Sie antwortete nicht.

Er wartete einige Minuten, dann rief er noch einmal ihren Namen.

Wieder geschah nichts.

„Ich weiß, dass du hier bist."

Nichts. Welches Spiel spielte sie jetzt wieder mit ihm?

Als Lucien sich zu einem kleinen Sandhaufen herabbeugte, bemühte er sich, nicht die Stirn zu runzeln. Langsam ließ er die feinen Körner durch die Finger rieseln. Wenn sie schon nicht aus ihrem Versteck herauszulocken war, konnte er wenigstens die Zeit nutzen und vielleicht etwas über die vier Artefakte herausfinden.

Etwas berührte ihn leicht an der Schulter. Der Duft von Erdbeeren wurde stärker, er schnupperte, doch er drehte sich nicht um und tat so, als habe er nichts bemerkt. Jedenfalls nach außen. Innerlich jedoch durchlief ihn ein Zittern.

„Was machst du da?“, fragte sie. Endlich gab sie sich zu erkennen.

Während sich sein Magen vor Verlangen zusammenkrampfte, betrachtete Lucien sie. Götter im Himmel. Ihr Kleid … Er schluckte trocken. Sie lehnte an einer der weißen Säulen. Ihr perfektes Elfengesicht leuchtete vor dem Hintergrund alter Steine und Marmorwände. Eine Brise ließ ihr eine Strähne ins Gesicht wehen und ihre Wange liebkosen. Plötzlich empfand Lucien Eifersucht.

Er wollte, dass allein seine Finger sie berühren durften, sonst nichts und niemand.

Sie trug ein fast durchsichtiges weißes Kleid – hatte sie davon noch mehr? –, das über einer Schulter zusammengerafft war und die andere bloß ließ, sodass man ihre zarte, sonnengebräunte Haut sehen konnte. Ein Gürtel aus goldfarbenem, geflochtenem Leder betonte ihre schmale Taille und ihre Hüften. Der Rock war am Oberschenkel bis zur Taille geschlitzt, man sah viel samtene Haut und konnte ihr weißes Höschen erahnen.

Plötzlich fiel es Lucien schwer zu atmen. Da die Sonne direkt hinter Anya stand, konnte er die Umrisse ihrer Brust erkennen.

Erdbeeren. Anya war ohne das Wort Erdbeere nicht mehr denkbar.

Sorge dafür, dass sie verschwindet. Sie lenkt dich ab, das kannst du dir nicht leisten.

Ich will aber, dass sie bleibt! Sein Dämon muckte auf.

Das wäre zu schön. „Die Sonne wird in einigen Stunden untergehen, also …“ Seine Stimme war heiser.

Er sah in ihrem Blick, dass sie verletzt war. „Ich soll verschwinden. Ist es das, was du sagen willst?“

„Ja.“ Er drehte sich um – *es ist zu deinem Besten, das weißt du auch* – und grub seine Hand noch einmal in die Erde.

Küss sie. Küss sie.

Er presste die Zähne zusammen.

Einen Moment lang sagten sie nichts. „Tz tz tz, das ist aber nicht besonders schlau, mir den Rücken zuzuwenden!“

„Die anderen Kämpfer sind in der Nähe.“ Sie befanden sich in der Gegend, zwar nahe genug dran, um mitzubekommen, dass es einen Kampf gab, aber zu weit weg, um schnell zur Hilfe eilen zu können. „Sie werden sich darum kümmern." Das war gelogen. Er konnte sich einfach nicht wieder zu ihr umdrehen. Wenn er sie sah, wirbelten alle seine Gefühle durcheinander. Gefühle, die er lieber nicht wahrnahm.

„Na gut. Wolltest du mich nicht eigentlich angreifen? Stehe ich nicht ganz oben auf deiner Liste der Leute, die du ermorden sollst?"

„Später. Im Moment habe ich zu tun." Er hörte, wie sie sich bewegte. Er nahm wahr, dass ein Stein von irgendwo herabfiel. Er wollte sich umdrehen. Aber er tat es nicht. Wenn er sie noch einmal anschaute, würde er vielleicht nie mehr seinen Blick abwenden können. Er würde sie umbringen, wie sie sagte, aber er würde es so tun, dass sie keine Schmerzen dabei empfand. Und er würde sie küssen, so, wie es der Tod von ihm verlangt hatte. Immer wieder würde er sie küssen. Bis sie ihre Kleider abgeworfen hatten und er in ihr pulsierte.

Bei diesem Gedanken wurde er so hart, dass er das Gefühl hatte, er würde platzen.

„Lucien!" Paris rief von außerhalb des Tempels nach ihm. Er klang angestrengt.

Er richtete sich auf, ohne Anya anzusehen. „Ja?"

„Ich rieche eine Frau. *Deine* Frau."

„Bleib, wo du bist." Lucien wollte nicht, dass die anderen ihn in diesem Zustand sahen. „Das gilt für alle. Sucht lieber nach einem Hinweis auf die richtige Spur."

Paris murmelte undeutlich etwas vor sich hin. Strider rief: „Du Hurensohn hast vielleicht ein Glück!"

Weder Amun noch Gideon sagten etwas.

„Ich nehme an, dass sie sich nicht darum kümmern werden." Anyas Stimme klang sachlich.

Lucien hasste es, wenn er nicht aus ihr schlau wurde. Er nahm an, dass das ihr Weg war, sich davor zu schützen, verletzt zu werden. Von ihm verletzt zu werden.

„Also, ihr Jungs sucht nach Artefakten, hm?"

„Tu nicht so, als wüsstest du das nicht. Schließlich hast *du* uns hierher geschickt." Er ging noch einmal in die Knie und schob einen silberglänzenden Stein beiseite, um Kieselsteine und eine halbe Miesmuschel darunter hervorzuholen. Er knirschte mit den Zähnen. Warum war er so ungeduldig und benahm sich wie ein Idiot? Welcher erwachsene Krieger spielte mit Sand?

„Dieser Tempel ist vor Tausenden von Jahren vom Meer überschwemmt worden. Wahrscheinlich hat das Salzwasser alle Spuren der Vergangenheit fortgewaschen.“ Er merkte, dass Anya ihn dabei ansah. „Vielleicht ist aber noch etwas übrig geblieben.“ Er musste daran glauben, dass es so war, denn sonst wäre alles sinnlos gewesen.

„Ich dachte, deine tolle Ashlyn hat dir erzählt, dass die Büchse von der Hydra bewacht wird.“ Dieses Mal klang ihre Stimme gehässig.

Ja, Ashlyn hatte etwas während ihrer Reisen mit dem World Institute of Parapsychologie von der Hydra gehört. Aber warum klang Anya so verächtlich? Zuvor hatte sie Ashlyn noch geholfen, und es hatte den Anschein gehabt, sie hätte sie gemocht. *Macht nichts, ist egal.*

In verschiedenen Quellen hieß es, die Hydra habe viele Köpfe und einen Atem, der giftig war. Angeblich hatte Herkules sie im Sumpf von Lerna besiegt. Aber Ashlyn hatte behauptet, dass Hydra in den letzten Jahren gesehen worden sein sollte. Immer an verschiedenen Orten – in der Arktis, in Ägypten, in Afrika, Schottland und sogar in den USA. Die Menschen nannten sie das Ungeheuer von Loch Ness, den Yeti oder auch noch anders. Sterbliche begriffen nie, was direkt vor ihrer Nase geschah.

Einerseits wollte Lucien diesen Tempel am liebsten sofort verlassen und an einem dieser Orte nach der Hydra suchen. Denn wenn er sie gefunden hatte, konnte er vielleicht auch die Büchse der Pandora finden. Vielleicht konnte er die Schatulle endlich zerstören und damit die Jäger – und schließlich auch die Götter – davon abhalten, die Dämonen weiter einzusperren und ihn und die anderen Lords zu töten.

Aber neugierig wie er war, blieb Lucien im Tempel. Die Titanen hatten diese heilige Stätte aus verschiedenen Gründen erbaut. Sie hatten geplant, durch diesen Ort die menschlichen Wesen dazu zu bringen, Götter wieder anzubeten und ihnen Opfergaben zu reichen. Aber es gab noch etwas anderes. Es musste noch etwas anderes geben. Warum waren sonst die Jäger so fleißig gewesen?

„Ich liebe es, auf Schatzsuche zu gehen“, sagte Anya, um wieder auf sich aufmerksam zu machen. „Das ist so aufregend.“

„Du bist nicht gerade eine Hilfe.“

Sie schwieg. Dann stand sie plötzlich direkt neben ihm. Ihr Haar berührte seinen Arm. Er hatte vor etwa einer Stunde sein Hemd ausgezogen, denn die Sonne hatte zu heiß gebrannt. Der Schweiß lief über die Muskelstränge an seinem Bauch. Lucien knirschte mit den Zähnen, so verführerisch war es, ihr derart nah zu sein.

„Warum kann ich euch nicht helfen?" Anyas Stimme klang ein wenig seltsam. Sie schmollte. Götter, wie liebte er es, wenn sie beleidigt war und er es an ihrer Stimme erkennen konnte. „Bisher habe ich mich als unverzichtbar erwiesen."

Dummerweise erlaubte er sich aufzublicken. Zuerst kam ihr Slip in sein Blickfeld, und er musste schlucken. Wie eine Welle durchströmte das Begehren seinen Körper. Er zwang sich, ihr in die Augen zu sehen. Sie war so hübsch. Er richtete sich auf, obwohl seine verdammten Beine zitterten.

Sofort fiel ihr Blick auf seinen Oberkörper. Das Tattoo eines schwarzen Schmetterlings zierte seine Brust und Schulter. Er räusperte sich und sah zur Seite. Sie verströmte pures Verlangen. Sie streckte die Hand aus, um ihn zu berühren, hielt sich aber noch im letzten Moment zurück und ließ den Arm wieder sinken.

Tue es. Berühr mich. Es waren zu viele Tage vergangen, seitdem er ihre Fingerspitzen auf seiner Haut gespürt hatte.

Jedoch geschah nichts. „Das ist aber hübsch." Sie deutete auf das Tattoo.

„Danke." Zwar war Lucien enttäuscht, dass sie seinen Schmetterling nicht angefasst hatte, aber es war besser so, das wusste er. „Ich hasse es", gab er zu.

„Wirklich? Warum?"

„Es ist das Symbol des Dämons. Nachdem der Tod einfach in meinen Körper gestoßen worden war, tauchte die Tätowierung auf einmal auf."

„Na, zu deiner Information: Damit kriegst du jede 'rum. Vielleicht sollte ich mir auch ein Tattoo machen lassen. Vielleicht einen Dolch oder sogar einen Engelsflügel. Oh, ich weiß! Ich lasse mir einen Schmetterling stechen, der zu deinem passt! Dann sind wir Zwillinge!"

Anya mit einer Tätowierung. Er stellte sich vor, wie er mit seiner Zunge die Umrisse des Schmetterlings auf ihrer Haut nachfuhr. Er räusperte sich. *Fass mich an. Bitte fass mich an.* „Um deine Frage von vorhin zu beantworten, du kannst uns nicht helfen, weil du uns von unserem Ziel ablenken würdest." Lucien sagte das mit ein wenig mehr Nachdruck als beabsichtigt. Er konnte sich kaum konzentrieren, weil er jedes Mal, wenn sie sich ihm näherte, von ihrem Duft und ihrer Schönheit abgelenkt wurde. „Es tut mir leid."

Sie sah ihn geradewegs an. „Es tut dir nicht leid, aber ist ja auch egal." Sie verschränkte die Arme über der Brust. „Dann sage ich dir eben nicht, wo sich die Büchse befindet."

Ohne nachzudenken griff er nach ihrem Arm. „Du weißt, wo sie ist?"

Anya nahm seine Handgelenke und drückte zu. Nicht, um ihn fortzustoßen, sondern um ihn festzuhalten. „Würdest du mich am Leben lassen, wenn ich es dir verrate?"

„Nein."

Missmutig stampfte sie mit dem Fuß auf. Dadurch wogten ihre Brüste sanft gegen seinen Arm. „Ich weiß noch nicht mal, warum ich mich überhaupt noch mit dir abgebe."

„Das hast du schon mal gesagt."

„Na, es stimmt doch. Da kann ich es auch ruhig zwei Mal sagen."

Er seufzte. „Warum bist du hier, Anya?"

Stur wie ein Maultier sah sie ihn an. „Das geht dich gar nichts an, Herzchen."

„Willst du mir noch eine verpassen?"

Sie kniff die Augen zusammen, sodass nur noch ein schmaler Spalt ihrer vor Wut funkelnden blauen Iris sichtbar wurde. „Du bist echt eine Nervensäge, weißt du das?"

Er konnte nicht anders – Würde er es jemals können? – und hob sie hoch, sodass sie direkt vor ihm stand, Nasenspitze an Nasenspitze, Brust an Brust. Seitdem ihn der Dämon besessen hatte, war Lucien nicht mehr so außer Kontrolle geraten. Er spürte, wie Anyas Brustwarzen gegen seinen Oberkörper drückten. „Dasselbe gilt für dich. Du machst mich wahnsinnig."

„Ach, verdammt. *Du* machst mich wahnsinnig."

Er schüttelte sie, und Anya holte Luft, ihr Ärger schien verflogen. Sie stöhnte. *Stöhnte!* „Mmh. Heute muss mein Glückstag sein, du bist schon wieder hart."

Luciens Nasenflügel bebten, er spürte, wie ein unbändiges Begehren durch seine Adern rauschte. Er fühlte es immer stärker werden.

Konzentriere dich. „Was weißt du über die Büchse, Anya?" Sie hatte sie doch erwähnt, oder? Er konnte sich nicht genau erinnern. Allerdings erinnerte er sich gut daran, wie sie schmeckte, heiß und wild.

Ihre köstliche kleine Zunge schoss aus ihrem Mund hervor und fuhr über ihre Lippen. „Ich gestehe, ich weiß nicht, wo sie ist. Aber ich weiß, dass du sie niemals finden wirst."

Das sagte sie ohne die geringste, ohne eine einzige Gefühlsregung. „Warum nicht?"

„Weil noch nicht einmal die Götter wissen, wo die Büchse der Pandora ist. Wenn sie es täten, dann hätten sie sie jetzt schon aufgespürt und benutzt."

Ja, das ergab einen Sinn. „Was weißt du sonst noch darüber?"

Sie schürzte die Lippen und drückte sie sanft gegen seine. Sie stöhnte. „Nachdem die Titanen die Griechen besiegt hatten – nun, die *meisten* der Griechen besiegt hatten, weil einige ihnen entwischt waren. Egal – folterten und verhörten sie sie. Das war nicht schön. Cronus und seine Leute wollten die Artefakte zurückbekommen. Zeus erzählte ihm, was mit ihnen geschehen war, und Cronus fing an, sie zu suchen, hatte aber kein Glück.

Lucien presste die Zähne zusammen, um nicht laut aufzustöhnen vor Lust. Sie erregte ihn so, dass er kaum zuhören konnte. „Wozu braucht Cronus die Artefakte?"

„Warum er sie haben will? Die Frage müsste eigentlich lauten: Wer wollte sie nicht haben? Sie sind die Quelle größter Macht. Wenn sie seinen Feinden in die Hände fallen, könnte der kleine Cronus sehr wohl wieder besiegt werden. Aber wenn Cronus sie hat, dann kann er sich ziemlich sicher sein, unverwundbar und unbesiegbar zu sein."

„Aber wie führen die Artefakte zu der Büchse? Warum wollen die Götter überhaupt die Büchse haben? Sie beherbergt doch nur die Dämonen, mehr nicht."

„Da liegst du aber falsch. Denk doch mal nach. Die Büchse der Pandora besteht aus den Gebeinen der Göttin der Unterdrückung. Sie kann aus jedem Wesen den Geist beschwören. Wenn Tartarus sich auflöst und Cronus seine Soldaten dafür benutzt, um die Griechen hinter Gitter zu bringen, dann wäre die Büchse die perfekte Lösung: Er könnte seine Feinde dort einschließen *und* eure Dämonen. Was wäre eine bessere Rache? Er könnte die Götter, die ihm das Leben schwer machen, zusammen mit den Dämonen einschließen, die *ihnen* das Leben schwer gemacht haben."

Einen Moment lang sah Lucien rot. Sein Dämon, der Tod, war eintausend Jahre in dieser verdammten Büchse eingeschlossen gewesen, was man nicht wirklich einen lebenswerten Zustand nennen konnte. Er hatte sehr viel geschrien. Es war dort sehr, sehr dunkel gewesen. Freiwillig würde sich der Dämon dort nicht wieder einschließen lassen. Der Tod würde zuerst Lucien vernichten, so viel war sicher.

„Du siehst so aus, als würdest du gleich in die Luft gehen, Sugar. Willst du mit mir kämpfen? Hmm? Ach bitte!"

Beruhige dich wieder. Er ließ ihre Arme los und versuchte, einen Schritt zurückzutreten. Sie zu bekämpfen ... sie zu Boden zu ringen ... sie zu küssen und mit seiner Zunge ihren Mund zu erobern ... *Beruhige dich wieder!* Anya griff erneut nach seinen Handgelenken und ließ ihn nicht weit kommen.

„Warum bringt Cronus die Griechen nicht einfach um?"

„Du hast einige Zeit mit den Göttern verbracht, nicht wahr?"

„Das ist lange her."

Überraschenderweise ließ sie ihn los. Keiner von beiden rührte sich. „Sie sind vergnügungssüchtig, könnte man sagen. Und sie richten sich nach einem Ehren- und Rachekodex. Zeus wird nicht so leiden, wie Cronus gelitten hat, wenn er tot ist. Und Cronus hätte niemanden, vor dem er sich mit seinen Siegen brüsten kann. Es gäbe niemanden, den er verhöhnen könnte, den er herausfordern könnte, wenn Zeus tot wäre. Die Ewigkeit wäre langweilig, weil es keine Überraschungen gäbe."

„Aber warum ist dann Cronus nicht hier, um die Büchse zu suchen?"

Anya grinste. „Warum sollte er? Du machst doch die ganze Arbeit für ihn."

Das bedeutete wiederum, dass es nicht im Interesse des Gottes war, dass Lucien oder die anderen Kämpfer starben. Lucien hätte also etwas Zeit gewonnen, sich zu überlegen, was er mit Anya anstellen wollte. Plötzlich reizte es ihn, Anya ebenfalls anzugrinsen. Der einzige Gedanke, der seine Fröhlichkeit dämpfte, war, dass Cronus jedes Artefakt, das Lucien fand, ihm wegnehmen würde. Es sei denn natürlich, dass er, Lucien, einen Weg fand, es zu verstecken.

„Wie führen der Käfig, der Meißel, das Auge und der Mantel zur Büchse?"

„Das wiederum weiß ich nicht.“ Sie zuckte mit den Schultern, wobei sie ihn leicht anstieß.

Lucien nagte mit den Zähnen von innen an seiner Wange. Der Tod schnurrte unüberhörbar. Das Vergnügen, das ihre Berührung, sei sie auch noch so unabsichtlich, in ihm auslöste, erschütterte ihn bis ins Mark.

„Vielleicht sind sie so etwas wie ein Schlüssel oder eine Karte, um jemandem die richtige Richtung zu weisen.“ Sie bekam kaum noch Luft. „Also, was machen wir jetzt damit, du und ich?“

Die Berührung schien sie ebenfalls aus dem Gleichgewicht gebracht zu haben.

„Ich weiß es nicht.“

Sie sah ihn mit glänzenden Augen an, ihre Gesichtszüge wurden weich. „Also, was *möchtest* du tun?“

Er zwang sich dazu, ruhig zu antworten: „Den Tempel weiter nach den Artefakten durchsuchen.“ Aber eigentlich wünschte er sich, sie möge ihn um einen Kuss anflehen. Wie er plötzlich Gideon beneidete, der so mühelos log und damit ein Spinnennetz um sich wob. Der hatte keine Schuldgefühle.

Anya kniff noch einmal die Augen zusammen und trat einen Schritt zurück. Lucien fühlte sich ihrer Nähe beraubt und spürte, wie der Dämon in seinem Kopf knurrte.

„Du hast mich dafür benutzt, Informationen zu bekommen, was? Du hast mich an der Nase herumgeführt, so getan, als würdest du mich wollen, aber du wolltest nur, dass ich dir alles erzähle, was ich weiß.“

„Ja“, log er.

Ihr entglitten die Gesichtszüge.

Lucien überkam ein schlechtes Gewissen. Er musste aufhören, sie so gemein zu behandeln. Vielleicht hatte sie so viele Affären wie Paris. Vielleicht benutzte auch sie Lucien, obwohl sie ihn beschuldigte, umgekehrt das Gleiche zu tun. Aber sie war süß und lustig und stellte für ihn eine Herausforderung dar.

„Du lässt mich abblitzen. Gut.“ Sie warf die Haare über die Schulter. „Du glaubst, du bist besser als ich, was auch immer. Aber weißt du was? Das bist du nicht. Du lehnst dich zurück und machst gar nichts, während die Götter dich steuern wie eine Marionette. Ich jedenfalls werde versuchen, sie zu bekämpfen.“

„Anya …“

Sie war noch nicht fertig. „Was machst du, wenn dein kleiner Freund Aeron aus seinem Verlies entkommt und das Mädchen Danika und ihre Familie abschlachtet? Tust du dann immer noch nichts? Wenn er wieder zu Sinnen kommt, wird sein Leben ruiniert sein, sobald ihm klar wird, was er angestellt hat. Und du wirst ihm helfen, ihre Seelen ins Paradies zu bringen, auch wenn sie zu früh ums Leben gekommen sind.“

Lucien wurde klar, dass sie recht hatte. Er hasste sich für seine Taten. Was für ein Mann war er nur? Die ganze Zeit hatte er immer das getan, was Cronus von ihm verlangt hatte. Er war sein Spielzeug. Er hatte den Gott nicht bekämpft, wie es ein Krieger hätte tun sollen. Er hatte nicht im Geringsten versucht, sich von diesem Gott zu lösen.

„Vielleicht sind die Frauen nicht unschuldig“, sagte er und wusste, dass es nicht stimmte. Er wusste einfach nicht, was er sonst sagen sollte. „Vielleicht gibt es einen guten Grund, dass Danika und ihre Familie dazu auserkoren sind zu sterben.“

„Damit hast du recht. Es *gibt* einen Grund, warum sie auserwählt sind.“

„Sag ihn mir.“ Über die sterblichen Menschen nachzudenken war einfacher, als über ihn und sein Versagen.

„Find das selbst heraus, Arschloch. Ich denke, ich habe dir schon genug erzählt.“

Er wandte sich von ihr ab. Er hatte in ihren Augen gesehen, dass sie gelogen hatte, doch das wusste sie nicht. Aber sie war verletzt, das war offensichtlich. Er wollte sie trösten und hatte doch kein Recht, das zu tun. „Sag mir wenigstens, ob ich meine Zeit verschwende, wenn ich hier nach Hinweisen suche.“ Sie war ihm nichts schuldig, aber er konnte nicht anders, er musste ihr diese Frage stellen.

Lange Zeit schwieg Anya. Sie schien sich auch nicht vom Fleck zu rühren und gab keinen einzigen Laut von sich. „Deine Zeit verschwendest du hier nicht.“

„Danke, dass du mir geantwortet hast. Was …“

„Vergiss es. Keine Fragen mehr. Ich werde dir nicht erzählen, wonach du suchen musst, und wie du es finden wirst. Auch wenn es echt total toll war, dass du dich bei mir bedankt hast.“ Zwar klang sie extrem sarkastisch, aber nicht verletzend.

„Gern geschehen“, antwortete er scherzhaft und hoffte, sie damit aufzuheitern.

Sie trat mit schwingenden Hüften auf ihn zu. Sie schien wieder entspannter zu sein und lehnte sich gegen eine Säule. „Lass uns zum eigentlichen Thema zurückkehren. Wie lange dauert es noch, bevor du wieder versuchst, mich zu ermorden?“

Ermorden. Lucien fuhr ein Schmerz durch die Brust. Genau das würde er mit ihr machen. Er musste sie töten, dachte er. Beschämt beugte er sich wieder hinab und begann erneut, den Sand und die Kiesel mit den Händen zu durchpflügen. „Ich weiß es nicht.“

„Wird es Cronie-Wonie nicht zum Kotzen finden, wenn du zu lange damit wartest?“

„Er hat mir keine Frist gesetzt.“

„Vielleicht könnten wir das in ein paar hundert Jahren noch einmal besprechen?“

Lucien schnaubte verächtlich, obwohl er begriff, dass sie ihn mit einem Scherz hatte aufheitern wollen.

„Du kannst dann nicht? Dein Terminkalender ist schon voll?“

„So ungefähr“, murmelte er.

„Wie sieht es mit morgen aus? Hast du da schon was vor?“

„Ich bin in den nächsten Wochen ausgebucht.“

„Und du kannst mich nicht für einen Kampf dazwischen schieben?“ Fast hörte sie sich eifrig an.

Für dich mach ich alles. „Tut mir leid.“

„Allmählich habe ich den Eindruck, dass du diese Mordaufträge ernst nimmst.“

„Oh, ich nehme meine Aufgaben ernst.“ Leider. „Mach dir darüber keine Sorgen.“

Sie seufzte traurig. „Wie sieht es aus mit einem Termin, um ein bisschen herumzuknutschen? Ginge das?“

Lucien hatte sofort ein Bild vor seinem inneren Auge. Anya lag angekettet auf seinem Bett, hatte die Beine gespreizt, ihre weibliche Mitte schimmerte. Sein Schaft wurde hart. Schon wieder. „Tut mir leid, das geht leider auch nicht.“

Sie zuckte mit den Schultern, als interessiere sie das nicht, aber er sah, dass sie verletzt war. Sie starrte auf ihre Füße, die in Sandalen steckten und mit denen sie einen Stein umherstieß. „Wundere dich nicht, wenn ich dich irgendwann überrasche und deinen Kopf abhacke."

„Danke für die Warnung."

„Gern geschehen. Mist!", rief sie plötzlich aus.

Er richtete sich auf und griff nach einer Waffe. „Was ist los?"

„Ich habe auf meine Füße gesehen."

Langsam entspannte er sich wieder. „Und das ist so schlimm?"

„Das ist grauenhaft! Das schlimmste, was passieren kann. Ich schaue nie meine Füße an."

Er sah auf ihre Zehen, die dunkelrot lackiert waren. „Ich finde sie hinreißend." Er gab ihr keine Zeit zu antworten. Mit roten Wangen sagte er: „Vielleicht kann ich es einrichten, dass ich *dich* überrasche."

Sie grinste breit und sah ihn zärtlich an. „Du bist so süß, wenn man überlegt, dass du ein Auftragsmörder bist."

Er presste seine Lippen zusammen, um nicht ebenfalls grinsen zu müssen. Diese Frau amüsierte ihn genauso, wie sie ihn erregte.

„Vielleicht suche ich auch nach den Artefakten", sagte sie, als habe sie sich es anders überlegt. „Wenn ich sie finde, sperre ich dich in den Käfig. Dann *musst* du nett zu mir sein."

Bevor er eine Antwort herausbrachte, grinste sie ihn wieder an, winkte ihm zu und verschwand.

7. Kapitel

In der nächsten Woche folgte Anya Lucien auf Schritt und Tritt, wenn sie nicht zwischendurch stahl, um bei Sinnen zu bleiben. Sie beobachtete ihn auch dabei, wenn er Seelen der Sterblichen holte. Sie hasste es, wenn er in die Hölle musste. Sie hasst die Hitze, die Gerüche, den Spott und die Flüche, die aus der dunklen, feurigen Grube emporstiegen. Lucien versuchte immer, so zu tun, als beträfe ihn das alles nicht, aber sie sah in seinen Augen, dass es das doch tat. Das machte sie traurig. Er hatte immer wieder das Schlimmste in der Welt gesehen. Um das zu überleben, musste er sich ein dickes Fell zulegen.

Jetzt wollte sie ihm das Schönste in der Welt zeigen. Sie hoffte, dass er irgendwann seine Gefühle zulassen und zu ihnen stehen konnte.

Sie redete sich ein, dass es ihr Spaß machen würde. Sie hätte einfach Freude daran, wenn ausgerechnet der Prinz des Untergangs und der Dunkelheit ein wenig Licht in sein Leben lassen würde. Aber schnell dachte sie wieder an etwas anderes, denn sie hatte Angst davor, was dies eigentlich hieß.

Sie seufzte und wusste, dass sie Lucien schon vor Tagen hätte aufgeben sollen. Sie hätte ihn zumindest angreifen oder ihn von dem Tempel weglocken sollen, um die Jagd aufeinander zu eröffnen. Aber sie fürchtete, er werde nie die Hand gegen sie erheben und sich weigern, ihr zu folgen. Also blieb sie unsichtbar und ließ ihn nicht aus den Augen. Außerdem würde sie so auch alle Informationen über die Artefakte bekommen, die er herausbekam.

Erst nachdem sie ihm gesagt hatte, dass auch sie nach den Artefakten suchen wollte, stellte sie fest, dass sie sie tatsächlich haben wollte. Sobald sie eines dieser Schätzchen in ihren heißen Händen hielt, würde sie dafür sorgen, dass Lucien sie darum anbettelte. Götter im Himmel, sein Gesicht wollte sie sehen, wenn sie ihm eines der Artefakte präsentierte. Erst recht, wenn sie ihn abweisen und dann mit Cronus verhandeln würde. Ihr Leben für ein Artefakt.

„Geh weg, Anya“, flüsterte Lucien.

Obwohl er sie nicht sehen konnte, streckte sie ihm die Zunge heraus. Sie schmollte, denn das waren die einzigen Worte, die er im Laufe der Woche zu ihr gesagt hatte. Sollte er sie noch einmal aussprechen, plante sie, direkt vor ihm aufzutauchen, ihm eine runterzuhauen und dann sofort wieder zu verschwinden.

„Ich meine es ernst."

Er wusste immer, wenn sie da war. Er hatte ihr gestanden, dass er sie riechen könne. Sie freute sich darüber, denn es bedeutete, dass er sie immerhin wahrnahm. Sie war auch jetzt noch froh darüber, wenn das auch hieß, dass sie ihn nicht mehr überraschen konnte.

In diesem Moment stand ihr Krieger in dem Tempel aller Götter und schaute sich die nackten Steinwände sehr genau an. Er und die anderen Lords waren jeden Tag hergekommen. Ihre Entschlossenheit, etwas über die Artefakte herauszufinden, war erstaunlich, wenn man bedachte, dass sie kaum etwas finden würden und sie das auch wussten.

Kein Wunder, dass ich ihn so begehrenswert finde.

Sich noch länger bei Lucien aufzuhalten, war dumm und gefährlich. Doch dieser Gedanke verstärkte bei Anya nur noch das Gefühl, ihn zu wollen. Wenn sie sein Schmetterlingstattoo sah, kamen ihr alle möglichen schmutzigen Gedanken. Sie dachte daran, die Konturen stundenlang mit ihrer Zunge nachzuzeichnen. Oder während sie darüber strich, seinen Schaft in den Mund zu nehmen. Oder mit dem Finger Schokoladensoße darauf zu verteilen und Lucien als Nachtisch zu verspeisen.

Wahrscheinlich würde er sie mit seinem Dolch erstechen, falls sie ihm nur eine dieser Ideen vorschlug. Nie zuvor hatte sie einen Mann kennengelernt, der so wenig Selbstsicherheit hatte und stärker mit Ablehnung reagierte, wenn eine Frau versuchte, ihm zu sagen, dass sie ihn begehrte. Warum sahen die anderen denn nicht, wie unglaublich sexy er war? Wie wild er war? Wie er ihre weiblichen Instinkte in jeder Hinsicht ansprach?

Noch einmal beugte sich Lucien hinab und fuhr mit den gespreizten Fingern durch Steine und Sand in der Hoffnung, irgendetwas zu finden. Seine Haut reflektierte die Sonnenstrahlen. Verdammt noch mal. *Er gehört mir.*

„Geh weg, Anya", wiederholte er.

Grrr! Sie erschien vor ihm. Aber anstatt ihren Plan auszuführen und ihn ins Gesicht zu schlagen, setzte sie sich auf einen Felsblock neben ihn. Wieder trug er kein Hemd. Seine Haut war durch die Sonne leicht gerötet, an einigen Stellen rau und aufgesprungen.

Er sah sie nicht an. „Ich habe gesagt, du sollst fortgehen."

„Es ist mir egal, was du sagst. Ich werde dir nicht gehorchen. Du bist schließlich nicht mein Vater. Es sei denn, du legst es darauf an, mir Befehle zu geben, weil ich ein böses Mädchen war und Schläge verdient habe."

Lucien stöhnte gequält auf. „Anya, bitte." Ihm lief der Schweiß den Rücken hinunter und hinterließ hie und da eine Spur auf seinen Narben.

Anya streckte die Hand aus, um eine seiner Narben zu streicheln, hielt aber inne, als sie die Stimme eines der Krieger hörte.

„Lucien. Deine Frau ..." Es war Paris' Stimme. Er klang sogar noch angespannter als jemals zuvor. Hier draußen bekam er sonst wohl keine Frau zu Gesicht. Der Ärmste. Ohne Sex ging es Paris nicht gut. Und er konnte nie ein zweites Mal mit derselben Frau schlafen. Sein Dämon der Vielweiberei ließ es nicht zu.

Anya kannte die Belastung, die so ein Fluch mit sich brachte und bemitleidete ihn. Während ihr Fluch genau das Gegenteil hervorrief, nämlich dass sie niemals bis zum Schluss ging, sorgten die beiden Unsegen dafür, dass sie keinen freien Willen hatten. Es war grauenvoll.

Nichts kann mich an dem, was ich tun will, hindern, bis auf diesen Fluch, dachte sie traurig. Schon bevor sie die Fähigkeit erlernt hatte, ihre Grenzen zu überwinden, hatte sie unter diesem Fluch zu leiden gehabt. Sie konnte ihm nicht entkommen.

Wieder schaute sie Lucien an und ließ die Schultern hängen. Nein, es gab keinen Ausweg, auch wenn sie es gern anders gehabt hätte.

„Bleib da, wo du gerade bist", rief Lucien Paris zu. „Ich kümmere mich um sie."

Er kümmert sich um mich? Sie wusste nicht, ob sie darüber erfreut oder erbost sein sollte. „Warum hast du etwas dagegen, dass deine Freunde herkommen und mit uns spielen?"

Aus zusammengekniffenen Augen sah er sie ganz kurz an und dann sofort wieder weg. Doch der Blick dauerte lange genug, um zu spüren, dass sie feucht wurde, sobald er ihr in die Augen sah. In ihrem Bauch kribbelte es, und ihre Haut prickelte. Er war unglaublich sexy, so verschwitzt, schmutzig und männlich. *Ahh, lecker!*

„Was hast du da an?“, fragte er rau.

„Eine Zofenuniform. Damit kann ich besser Staub wischen.“

Er fluchte in sich hinein. „Also noch mal: Meine Freunde sind dort hinter dem Stein“, belehrte er sie. „Und dort werden sie auch bleiben, solange sie arbeiten. Sie dürfen nicht abgelenkt werden.“

Wie häufig wollte er ihr noch sagen, dass sie sie ablenkte? Sie betrachtete die Steine und den Sand in seiner Hand und runzelte die Stirn. Vielleicht, wenn sie ihm zeigen könnte, dass sie auch etwas leitete, dann würde er sie mit anderen Augen betrachten. „Ich kenne den Tempel von früher. Bevor er auf die Erde gesetzt wurde, hatten wir dort Unterricht. Ich meine, die anderen Gottheiten und ich. Wir sollten lernen, unsere Macht richtig einzusetzen, uns anständig zu benehmen … bla, bla, bla.“

Lucien konnte nicht verbergen, dass ihn interessierte, was sie ihm erzählte. Er wurde rot. „Ich durfte nie hinein“, gab er zu. „Wir sind immer nur mit Zeus mitgegangen, aber er hat nie Zeit im Tempel verbracht.“

Von diesem unberechenbaren Dickkopf abhängig zu sein, musste wirklich eine Qual gewesen sein. „Es ist eine Schande, dass jetzt alles zerstört ist. Es hätte dir gefallen.“

„Wie hat es früher ausgesehen?“ Er ließ die Steine zu Boden fallen und nahm eine weitere Handvoll auf. Jeden einzelnen Kiesel hielt er gegen das Licht und drehte ihn herum. An jedem suchte er nach irgendwelchen Hinweisen. Wenn er nichts gefunden hatte, warf er den Stein hinter sich.

„Der ganze Tempel war von riesigen Statuen umgeben. Einige Wände waren mit Efeu bewachsen. Der Boden war mit glitzernden Diamanten, Smaragden, Saphiren und Rubinen gepflastert. Ich wette, der alte ruhmsüchtige Cronus wird alles wieder aufmöbeln, wenn er und seine Brüder, diese Hunde, die Macht übernehmen.“

Lucien schnaubte verächtlich. Auch wenn es Anya peinlich war, sie mochte dieses Geräusch. Wenn er sich amüsierte, wirkte das wie ein Aphrodisiakum auf sie. Und *sie* hatte das ausgelöst.

„Was noch?“

„Warte mal.“ Sie tippte sich mit einem hellblau lackierten Fingernagel ans Kinn. „Jede Tür war von zwei weißen Säulen eingerahmt. Säulen der Kraft wurden sie genannt.“

„Wie viele Räume gab es in dem Tempel?"

Anya ging in Gedanken in die Zeit zurück, die sie dort verbracht hatte. Auch wenn sie den Tempel geliebt hatte, weil er so schön war, war sie doch nie gern drin gewesen. Wie häufig hatten sich die anderen Novizen-Göttinen bei den Lehrern beschwert: „Warum darf *sie* hier überhaupt sein? Sie gehört nicht zu uns. Sie lernt nicht, sie macht nur Ärger." Wie häufig hatten sie die jungen Götter verspottet: „Ich habe keine Ahnung, warum sie sich überhaupt noch etwas überzieht, sie verbringt die meiste Zeit doch ohnehin nackt."

Sie verdrängte die schmerzliche Erinnerung. „Natürlich stand im Hauptraum der Altar. Das war dort, wo du jetzt gerade hockst. Es gab einen Versammlungsraum, wo sich die Gläubigen wuschen und vor dem Opfergang sich versammelten. Dann gab es die innere Kammer und die Räume, in denen die Priester wohnten."

Er nickte, während er jedem ihrer Worte lauschte. „Erzähl mir mehr über den Altarraum."

Nur zu gern tat sie das. „Stell es dir so vor: Genau vor dir steht ein weißer Marmortisch. An den Wänden befinden sich Friese. Himmel, die waren vielleicht cool! Ich muss eine meiner Wohnungen renovieren, und dann lasse ich mir diese Gemälde ins …"

„Wandgemälde? Was war auf ihnen zu sehen?", unterbrach Lucien. Er richtete sich auf und sah ihr direkt in die Augen. Es schien ihm wichtig zu sein.

Wow. Wenn sie geahnt hätte, dass sie nur von langweiligen Tempeln sprechen musste, um seine volle Aufmerksamkeit zu bekommen, dann hätte sie es schon vor Tagen getan.

„Na?", bohrte er nach.

Sie zuckte die Schultern und gab vor, desinteressiert zu sein, obwohl genau das Gegenteil der Fall war. „Göttliche Heldentaten, Siege. Manchmal sogar auch Niederlagen."

Seine Augen strahlten. „Und war auch die Büchse zu sehen, Anya?"

„Nein. Leider nicht." Sie wollte ihn nur ungern enttäuschen.

Er fuhr sich mit der Hand über das Gesicht. Sie ging auf ihn zu, um ihn zu berühren, aber hielt mittendrin inne, weil sie sich nicht sicher war, wie er reagieren würde. So nah an ihm dran, konnte sie sehen, wie dreckig er wirklich war. Der Schmutz zog sich über seinen Oberkörper und seine Arme. Sie sah seinen Puls wild pochen, und das Wasser lief ihr im Mund zusammen. Sein Schmetterlingstattoo schien … nervös zu flattern? War es lebendig?

„Was geht dir durch den Kopf?“, fragte er.

„Schmutzige Dinge.“

Sein braunes Auge wurde noch dunkler, das blaue flackerte. Er richtete seinen Blick auf ihre winzige schwarz-weiße Schürze. Seine Pupillen weiteten sich. „Dir macht es wohl Spaß, mich zu quälen, wie?“

Sie machte eine Bewegung mit Daumen und Zeigefinger und sagte: „Nur so ein bisschen. Aber keine Sorge – ich behandle dich nicht anders als die anderen Männer, die mich umbringen wollen. Es ist eine Macke von mir, sie zu quälen.“

Plötzlich brach ein Sonnenstrahl durch die Wolken. Gab es Wolken an so einem heißen Tag? Hatte sie die Wolken aus Versehen herbeigerufen? Sie sah nicht zum Himmel. Sie konnte ihren Blick nicht von Lucien abwenden. Denn dieser Sonnenstrahl hatte sein Gesicht erleuchtet, ließ seine Narben glänzen und unter seinen Augen Schatten entstehen. In diesem Moment sah er unglaublich böse und unheimlich aus. Als käme er aus einer anderen Welt. *Abgefahren!*

Lecker!

Anyas Herz schlug schneller, und ihre Brustwarzen verwandelten sich in kleine feste Knoten. *Fass mich an. Bitte.*

Aber er tat es nicht.

Sie musste sich zwingen, ihren Blick von ihm abzuwenden. Es war töricht, so nach ihm zu schmachten. Nicht nur wegen ihres Fluchs, sondern auch, weil er darauf nicht reagieren würde. *Aber es schadet nichts, ihm ein bisschen Honig um den Bart zu schmieren. Du hast es ihm ja schließlich auch angekündigt.*

Es sei denn, sie würde sich dabei richtig in ihn verlieben. Das wäre dann ein Problem. Ein ziemlich großes sogar. Schon jetzt war es ihr unheimlich, wie sehr sie ihn begehrte. Noch ein bisschen und …

„Anya.“ Er holte sie aus ihren Gedanken zurück.

„Was?“ Sie sah ihn nicht an, sondern zückte einen Erdbeerlolli aus ihrem Gürtel, wickelte ihn aus und fuhr mit der Zungenspitze über die Rundung. Genussvoll seufzte sie. Lecker. Sie hatte Lollis erst vor einigen Jahren entdeckt, als ein Freund von ihr bei einem Autounfall ums Leben gekommen war. Seitdem tröstete sie sich immer damit.

Sofort stand Lucien direkt vor ihr und riss ihr den Lutscher aus der

Hand. Wie sie das hasste! Sie starrte ihn böse an, als er den Lolli auf den Boden warf.

„He, was soll das?"

Er schaute sie missmutig an. „Iss diese Dinger nicht, wenn ich dabei bin."

„Warum nicht?" Irritiert hob sie die Arme.

„Deswegen", antwortete er stur.

Anya bemerkte, dass der Blumenduft, der von ihm ausging, stärker wurde und sie einhüllte. Sie konnte sich nicht rühren. „Wenn du auch einen willst, warum fragst du mich das nächste Mal nicht einfach, verdammt?"

„Ich will keinen."

„Dann …"

„Ich hab keine Lust mehr zu reden. Ich muss arbeiten." Er drehte sich auf dem Absatz um und ging zu seinem Sandhaufen zurück.

Doch vorher hatte sie schon das Feuer gesehen, dass in seinen Augen glühte.

Sie zögerte, ihrer Hoffnung Raum zu geben, aber sie betrachtete ihn aufmerksam. Seine Schultern waren straff und sein Rücken war kerzengerade, als würde er sein Verlangen unterdrücken. Ihretwegen?

In ihr stieg eine noch heißere Welle der Erregung auf. Vielleicht meinte er es gar nicht so, wie er es sagte. So wie sie. Vielleicht hatte er tatsächlich Sehnsucht nach ihr.

Aber sie konnte ihn nicht danach fragen. Er würde es nur abstreiten. Doch warum tat er das? Warum wollte er nicht, dass sie es erfuhr? Warum wollte er sie nicht begehren? Offensichtlich dachte auch er, sie wäre nur kokett. Warum wollte er nicht haben, wovon er glaubte, dass es auch schon tausend andere Männer bekommen hatten? Und was würde er tun, wenn sie ihm sagte, wie lächerlich allein diese Idee schon war?"

„Du verschwendest da unten im Sand deine Zeit", sagte sie gleichmütig. Endlich ließ sie sich dazu herab, ihm zu helfen, damit er sich ihr wieder zuwandte. *Komm her und küss mich.*

„Ich kann mich jetzt nicht mit dir unterhalten."

„Das tust du aber gerade."

„Verschwinde."

„Zwing mich doch." *Bitte. Begehre mich so, wie ich dich begehre. Sag nicht, dass ich mich irre.*

Er antwortete nicht.

Frustriert ließ sie sich auf den nächstbesten Felsbrocken sinken. „Ich will diese Artefakte doch genauso finden wie du“, grummelte sie. „Und wenn du mir nur die kalte Schulter zeigst, dann hilft uns das auch nicht weiter.“

Das erregte seine Aufmerksamkeit. Mit einem Mal stand er direkt vor ihr und schob sie einfach vom Felsen in den Sand. Als sein schwerer, muskulöser Körper im nächsten Moment auf ihr lag, musste sie unwillkürlich ausatmen.

Nicht vergessen: Die Artefakte häufiger erwähnen. Da ihre Uniform kurz war, hatte sie keine Probleme, ihre Beine zu spreizen und ihn vollständig zu umschlingen. Sofort durchschoss sie ein Blitz der Lust von den Haarwurzeln bis zu den Zehen und sammelte sich in ihrer Mitte.

„Was bedeuten sie dir?“, fragte er.

„Hm. Macht.“ Die Macht, sie gegen etwas anderes eintauschen zu können. Aber das brauchte er nicht zu wissen.

„Ich dachte, das hätten wir schon alles geklärt.“ Seine Stimme überschlug sich fast. „Du wirst mit den Artefakten nichts zu tun haben.“

„Dann hättest du mich töten sollen.“ Während sie sich mit der Zunge über die Lippen fuhr, sah sie ihm in die Augen. Wie immer verschlug er ihr den Atem. „Ich habe beschlossen, dass ich sie wirklich ganz dringend haben will.“

Ihm entfuhr ein tiefes Brummen. „Nein, ich glaube, du willst sterben. Du provozierst mich schon die ganze Zeit, während ich dir die Chance gegeben habe, die letzten Tage deines Lebens zu genießen.“

„Ach, das ist aber lieb von dir“, gab sie zurück. Sie versuchte nicht, ihn abzuschütteln, sondern schlang ihre Arme um seinen Nacken. „Ich versuche einfach zu überleben, Lover. Und dabei noch ein wenig Spaß zu haben.“

Seine Nasenflügel bebten, als habe er sich gerade an etwas Unangenehmes erinnert. An seinem Kinn zuckte ein Muskel, was seine Narben stärker hervortreten ließ. Sie schluckte. Sie wollte mit der Zunge darüberfahren. „Auch wenn du dich mit mir zusammentust, wird es dich nicht vor dem Tod bewahren.“

Das Thema schon wieder! Kaum spricht man eine kleine Lüge aus, schon kommt sie immer wieder zu einem zurück. „Warum hast du mich denn nicht schon längst getötet? Und behaupte nicht, du hättest mir noch ein paar schöne letzte Tage gönnen wollen. Anderen Seelen gewährst du auch keinen Aufschub."

Er antwortete nicht. Sein Blick wurde finster. „Vielleicht habe ich dich verschont, weil du etwas weißt, das ich brauche, um die Artefakte zu finden. Und die Büchse. Sag mir, was es ist."

„Wenn ich wüsste, wo die Artefakte sind, dann hätte ich sie mir schon längst geholt, du Trottel."

„Dann nützt du mir nichts." Er richtete sich ein wenig auf und hob die Faust, als wolle er zuschlagen.

In den letzten Wochen hatte sie ihn häufiger dabei beobachtete, wie er das tat. Sie wusste, dass er sie nicht schlagen, sondern mit seiner Geisterhand ihre Seele herausreißen und ihren Körper wie eine leere Hülle zurücklassen würde.

Am liebsten hätte sie sich für ihren Spott selbst einen Tritt versetzt. Ich wollte doch nur noch ein wenig Zeit mit ihm verbringen, jammerte sie still vor sich hin. Es war tatsächlich das Einzige, woran sie noch denken konnte. Das war der Grund, warum sie morgens aufstand. Weil sie ihn sehen wollte … und natürlich, weil sie süchtig nach seinen Küssen war.

„Ich weiß nicht, wo die Artefakte sind", fügte sie schnell hinzu. „Aber ich kann dir noch mehr über den Tempel erzählen. Wie wäre das?"

Er nickte, als habe er nur darauf gewartet, dass sie ihm dieses Angebot machte. „Also?"

Hatte er sie nur an der Nase herumgeführt? Schlauer Teufel. Und trotzdem – da sie ahnte, dass er das getan hatte, erregte es sie nur noch mehr. Das schaffte kaum noch jemand.

Sie massierte ihm die Schultern und kratzte ihn ein wenig. Er sagte nicht, sie solle damit aufhören. Er atmete unregelmäßiger, flacher. Sie senkte ihren Blick und betrachtete fasziniert seine Brust, während seine Körperwärme sie durchfloss. *So könnte ich eine Ewigkeit liegen bleiben.*

„Anya", stöhnte er. Sie knetete weiter, und er gab es auf und schloss die Augen.

„Worüber haben wir gerade gesprochen?", fragte sie.

„Über den … Tempel." Er hatte Mühe, die Worte auszusprechen. „Ja, der Tempel."

„Ich werde dir ein Geheimnis über mich und all die Götter verraten, die durch diese heiligen Hallen gewandelt sind“, flüsterte sie.

„Ich höre. Erzähl weiter.“

Sie intensivierte ihren Griff und arbeitete sich seinen Rücken hinab – zu seinem Po. „Meistens hängen unsere magischen Kräfte von etwas ab, das Aktion und Reaktion heißt. Die Menschen agieren, und uns steht es frei, darauf zu reagieren. Zu helfen. Oder jemanden zu verletzen. Das ist der Grund, warum ich Maddox und Ashlyn nicht helfen konnte, bevor sie nicht irgendetwas getan hatten und dadurch sozusagen meine Fesseln gelöst hatten.“

Luciens riss die Augen auf. Anya sah in seinem blauen und in seinem braunen Auge, wie sehr er ihre Massage genossen hatte. „Das muss wirklich ein gut gehütetes Geheimnis sein, denn davon wusste ich nichts.“ Er hielt inne. „Maddox und Ashlyn mussten beide etwas opfern, damit sie deine Hilfe bekommen konnten.“

„Ja.“ Sie strahlte ihn an. „Jetzt denkst du wie ein Gott.“

„Wenn ich also etwas erfahren möchte, muss ich zuerst ein Opfer bringen.“ Er nickte, dann griff er hinter sich, um eine ihrer Hände zu nehmen. Er zog sie über seinen Kopf und legte sie auf Anyas Brust. Dort hielt er sie fest, ließ nicht los. Nein, er fuhr sogar die Konturen ihrer Finger nach.

Sie spürte, wie ein warmes Prickeln durch ihre Adern lief.

Er war hart. Sie konnte seine Männlichkeit zwischen ihren Beinen spüren. Sicherlich war er nicht der erste Mann, der auf ihr lag, aber er war mit Abstand der größte. Der erotischste. Und der faszinierendste. Und trotz ihres Fluchs war er der erste, den sie auch wirklich haben wollte.

Endlich erkannte sie den Sinn in dem, was Themis ihr prophezeit hatte.

Anya hatte auf dem Weg nach Hause die Göttin getroffen. Weinend war sie von einem Rendezvous mit einem süßen jungen Gott zurückgekommen. Themis hatte sie nur angesehen und ihren Augen nicht trauen wollen. Anya war, ohne ein Wort zu sagen, weitergeeilt. Am nächsten Tag hatte Themis vor ihrer Tür gestanden.

„Du hast meinen Ehemann verführt“, hatte die Göttin der Gerechtigkeit ihre Mutter angeschrien.

Dysnomia reckte nur das Kinn vor und nahm die Schultern zurück. Keine Silbe brachte sie zu ihrer eigenen Verteidigung hervor.

„Deine Tochter sieht genau so aus wie mein Mann. Sie ist seine Tochter. Leugnest du es?“

„Nein. Ich leugne es nicht.“

Anya war zutiefst erschüttert gewesen. Sie hatte sich schon immer gefragt, wer wohl ihr Vater sein mochte. Jetzt zu erfahren, dass der mächtige Wärter des Gefängnisses, Tartarus selbst, sie gezeugt hatte, erfreute sie, denn sie würde nie wieder eine Sterbliche genannt werden. Aber zugleich machte es sie auch wütend. Warum hatte er sich all diese Jahre nicht bei ihr gemeldet?

„Du wusstest, dass er verheiratet war“, schrie Themis. „Und dennoch bist du mit ihm ins Bett gegangen. Dafür, dass du seinen Bastard ausgetragen hast, wirst du büßen. Ich werde für Gerechtigkeit sorgen.“

Dysnomias hübsches Gesicht verzog sich vor Schreck, aber sie sagte nur: „Ich bin die, als die ich geboren wurde.“

„Das ist keine Entschuldigung. Von heute an, wirst du jedes Mal, wenn du einen Mann in dir aufnimmst, krank werden. Du wirst für viele Tage nicht in der Lage sein aufzustehen. Niemals wirst du die Zuneigung eines Mannes ungestraft stehlen. So habe ich gesprochen, so wird es geschehen.“

Jammernd fiel ihre Mutter auf die Knie.

„Und du …“, wandte sich Themis mit zusammengekniffenen Augen an Anya, die zitternd um die Ecke schaute.

„Nein!“, rief Dysnomia und versuchte aufzustehen. „Lass sie. Sie ist unschuldig.“

„Unschuldig?“, fuhr die Göttin gnadenlos fort. „Das glaube ich nicht. Sie ist deine Tochter – das ist schon Schuld genug. Eines Tages wirst du einen Mann begehren, und auch er wird dich begehren. Euch wird alles gleichgültig sein, solange ihr zusammen seid. Dir wird es gleichgültig sein, wer er ist, was er ist oder zu wem er gehört. Du wirst ihn dir nehmen. Genau wie deine Mutter wirst du ihn dir nehmen.“

„Und du wirst einsam sterben, denn du bist gemein und voller Hass“, warf ihr Anya entgegen. Sie konnte sich nicht vorstellen, jemals so für einen der jungen schmierigen Götter zu empfinden, geschweige denn, das zu lieben, was eine andere Frau ihr übrig gelassen hatte.

„Dir wird es vergönnt bleiben, in die Fußstapfen deiner rücksichtslosen Mutter zu treten. Wenn du es einem Mann erlaubst, in dich einzudringen, wirst du bis in alle Ewigkeit an ihn gebunden sein. Du wirst für ihn und nur noch für ihn leben. Seine Lust wird deine Lust sein. Sein Schmerz deiner. Wenn er dich verstößt und sich eine andere nimmt, wirst du den Horror des Verlusts spüren, aber du wirst nicht in der Lage sein, ihn zu verlassen. Wenn er stirbt, wirst du dich nie von der Trauer erholen können. Das Erbe deiner Mutter ist heute zu Ende. So habe ich gesprochen, so wird es geschehen."

Die Worte schwirrten in ihrem Kopf herum. Es war ihr, als solle sie daran ersticken. Sie waren ihr durch die Haut gedrungen, bis in die Knochen gefahren und hatten ihre Seele durchbohrt. Es war wie ein Brandmal, das sie nie würde abschütteln können. Wochenlang war sie danach wie in Trance umhergegangen. Sie war geschockt von der Tatsache, dass ihr Vater verheiratet war, und sie musste begreifen, was der Fluch für sie bedeutete. Es war so viel, sie konnte es kaum ertragen.

Als sie sich von dem Schock erholt hatte, fing sie an, ihren Vater dafür zu hassen, dass er sie ignoriert hatte. Und sie hasste alle Männer dafür, was sie ihr antun konnten, wenn sie nicht gut auf sich Acht gab.

Und sie hatte Angst, schreckliche Angst.

Als ihre Mutter sie zum Kampfunterricht schickte, damit sie sich schützen konnte, da nun so viel auf dem Spiel stand, nahm sie die Stunden sehr ernst. Je stärker sie wurde, desto geringer wurden der Hass und die Angst. Doch sie schwor sich, immer allein zu bleiben.

In all den Jahren, in denen sie inzwischen unter dem Fluch litt, hatte sie niemals einem Mann diese Macht über sich zugestanden. Da die Götter sie in das Gefängnis, das von ihrem Vater bewacht wurde, eingesperrt hatten, wurde sie nur noch entschlossener.

Bis zu diesem Zeitpunkt.

Jetzt wollte sie Luciens zärtlichste Berührung in ihrem Innersten genießen. Sie wollte ihn einfach, ob er nun einer anderen Frau versprochen war oder nicht.

Allein der Gedanke daran, dass sie ihn haben wollte, sorgte dafür, dass sie noch mehr zerfloss. Der dünne Stoff ihres Slips war schon durchnässt. Sie hatte das Gefühl, dass ihre Haut am ganzen Körper spannte. Sie konnte nicht anders, als ihre Oberschenkel an seinen zu reiben.

Freiheit, ermahnte sie sich. Es gab nichts Großartigeres.

All die Menschen, die sie über die Jahre in ihr Bett gelassen hatte, hatten nie wirklich in sie eindringen dürfen. Mit Aias, dem Captain der Wache der Unsterblichen, hatte sie herumgeknutscht. Aber als sie ihn bremste, als er schon dabei gewesen war, sie auszuziehen und zu streicheln, hatte er sie eine Hure und ein Flittchen genannt und sie festgehalten.

Böse hatte er sie angestarrt und an ihren Kleidern und an seiner Hose gezerrt. Sie hatte Angst bekommen und gefordert, dass er sie loslassen solle. Er hatte gelacht. Damals konnte sie sich noch nicht von einem Ort an den anderen teleportieren. Das war ein Geschenk, das einzige, das ihr Vater ihr später gegeben hatte. Also kämpfte sie mit all ihrer Kraft und schaffte es endlich, Aias den tödlichen Schlag zu versetzen, so wie sie es gelernt hatte.

Anya hatte es niemals leid getan. Auch nicht, als sie deswegen im Gefängnis gesessen hatte. Niemand konnte ihr nehmen, was nur ihr allein gehörte. Niemand.

„Woran denkst du?" Luciens Stimme war rau … War er erregt?

Warum sollte sie ihm nicht die Wahrheit sagen? „An dich. An Sex. An Diebstahl. An einen anderen Mann."

„Den du geliebt hast?" Seine Stimme wurde noch tiefer.

Eifersüchtig? „Ja, so ähnlich."

Er kniff die Augen zusammen.

„Regt es dich auf, Hase, wenn du dir vorstellst, dass ich mit einem anderen Mann zusammen war?"

„Natürlich nicht", gab er zurück, löste sich aus ihrer Umarmung und stand auf.

Plötzlich fühlte sie sich unglaublich allein gelassen. Vorsichtig erhob sie sich ebenfalls und fuhr mit den Händen über ihre Netzstrümpfe, um den Sand loszuwerden. Es ist am besten so, redete sie sich ein. Du warst zu knapp davor, dich einem Mann hinzugeben, der dich vielleicht noch nicht einmal begehrt. Und außerdem will er dich um jeden Preis töten.

„Worüber sprachen wir gerade? Ashlyn musste sich opfern, um Maddox zu retten", sagte Lucien mit zusammengekniffenen Lippen. Er ging an die Stelle zurück, wo einst der Altarraum gewesen war und drehte sich um die eigene Achse, um sich die Leere anzuschauen. „Was kann ich also opfern?"

„Lucien!" Es war Strider. „Es ist bald Zeit zu essen."

„Ich komme gleich." Er sah sie an. „Anya? Opferungen?"

„Fragst du mich, ob hier Opfer dargebracht wurden?" Sie hatte nicht richtig zugehört, sie war einfach zu traurig. „Ja. Und?"

„Waren es Blutopfer?"

„Ja." Worauf wollte er hinaus? „Als der Tempel auf die Erde gebracht wurde, kam es auch zu Blutopfern."

„Und was haben die Leute, die in diesen Tempel gekommen sind, genau geopfert? Was haben sie geschlachtet?"

Sie ließ ihre Gedanken wieder in die Vergangenheit schweifen. Auch sie war damals von Sterblichen angebetet worden. Aber heutzutage glaubte niemand mehr an Götter. Sie sind als Mythen und Legenden abgeschrieben worden. Ihr war das gleichgültig, während die anderen sich darüber aufregten. Sie wollte ohnehin lieber unerkannt bleiben.

„Sie haben ihre Familienmitglieder geopfert", antwortete sie schließlich, während sich ihr Magen zusammenzog. Wie sehr sie das gehasst hatte! Gott sei Dank waren diese Zeiten endlich vorbei! „Meistens wurden unschuldige Menschen dafür ausgewählt. Jungfrauen. Ihnen wurden die Kehlen durchgeschnitten, dann hat man sie ausbluten lassen."

Lucien wurde blass. „Das ist es, was die Götter wiederhaben wollen? Das war es, was man früher tat?"

„Nicht immer. Aber manchmal war es auch so, dass jemand, der Hilfe von den Göttern benötigte, freiwillig sein Blut opfern wollte. Das war mehr wert, als jemanden zu töten und hätte ausgereicht. Aber letztendlich sind die Leute doch feige und opfern lieber jemanden aus der Familie, was sie dann noch als gute Tat deklarieren."

Lucien sah jetzt schon wieder besser aus. Er nahm einen Dolch aus dem Schaft seines Stiefels. Die Klinge machte ein Geräusch, als er mit ihr am Leder entlangfuhr.

Anya wich einen Schritt zurück, hob die Hände und rief: „Was, willst du mich jetzt opfern?"

„Weder bist du eine Jungfrau, noch liebe ich dich", murmelte er.

Mit knirschenden Zähnen hielt sie plötzlich inne und richtete sich auf. Mit beiden Füßen stand sie sicher auf dem Boden. Dieser Mistkerl. Er wusste beide Male nicht, wovon er redete, und es war nicht so, dass er es ihr noch einmal unter die Nase reiben musste, dass er sie nicht liebte. „Ich bin deine Beleidigungen allmählich leid, Honey. Ich habe dir heute geholfen. Und ich habe dir schon letzte Woche geholfen. Ich habe dir auch vor einem Monat geholfen."

Er seufzte beschämt. „Stimmt. Entschuldige bitte. Das war ungehörig, und ich werde es nie wieder sagen."

„Nun gut." Anya hatte nicht erwartet, dass er sich entschuldigen würde. Das brachte sie nun aus der Fassung. Sie musste sich etwas anderes überlegen. „Was willst du …" Sie unterbrach sich, als sie sah, wie er sich mit dem Messer erst das linke und dann das rechte Handgelenk aufschlitzte. Geschockt eilte sie zu ihm: „Du bist doch wahnsinnig, Lucien! Absolut wahnsinnig." Er würde nicht sterben, das wusste sie ja, aber trotzdem!

„Wir werden sehen." Die Schnitte waren tief und troffen vor Blut.

Aus Mitleid fingen auch ihre Handgelenke an zu schmerzen. Zwar hatte sie ihn selbst schon einmal fast abgestochen, aber in diesem Moment konnte sie es nicht ertragen zu sehen, wie er sich verletzte. Sie nahm seinen Arm und drückte seine Hand an sich, in der Hoffnung, mit ihrem Kleid die Blutung des Gelenks aufzuhalten. Das Blut floss an ihr hinunter zu Boden.

Sobald es in den Sand tropfte, stieß Lucien einen Schrei aus und fiel auf die Knie. Sie war noch besorgter. „Lucien. Was ist los?" Er war doch unsterblich und konnte unmöglich aufgrund solch einer Wunde sterben. Aber dennoch machte sie sich Sorgen. Vielleicht lastete ein Fluch auf ihm. Vielleicht war er …

Noch einmal stöhnte er auf und griff sich an den Bauch.

„Lucien, sag mir verdammt noch mal, was los ist!"

Er kniff die Augen zusammen, atmete schwer und öffnete sie langsam wieder. Plötzlich war die Iris auf beiden Seiten blau. Seine Augen wirkten wie aus einer anderen Welt. Sie waren glasklar, und in ihnen schien ein Sturm zu wüten. Schwankend kam er auf die Beine und riss sich wie in Trance von ihr los. Er stolperte vorwärts zu der einzigen noch stehenden Wand des Tempels.

„Ich kann es sehen."

Vor Erleichterung wäre Anya fast umgefallen. Er hatte eine Vision. Früher gaben die Götter, oder manchmal sogar der Tempel selbst, eine Belohnung, wenn ihnen das Opfer zusagte. Anya überlegte, ob es dem Tempel wohl gefiel, dass er nun wieder benutzt wurde. „Was siehst du?" Sie musste sich zwingen, ihn nicht zu umarmen.

„Vielleicht habe ich etwas gefunden", rief er und beachtete sie nicht weiter.

Alle vier Krieger kamen wie Racheengel um die Säulenstümpfe herumgestürmt. Dann sahen sie sie und hielten die Luft an. Ihr Kostüm einer französischen Kammerzofe war heiß und eigentlich nur für Luciens Augen bestimmt gewesen. Dennoch teleportierte sie sich nicht fort, um sich umzuziehen. Sie wollte nichts verpassen.

Keiner der Männer sprach sie an, aber sie sah, wie sich Paris über die Lippen fuhr, als sei sie die Mahlzeit, auf die er nur gewartet hatte. Sie verdrehte die Augen.

„Warum blutest du?", wollte Strider wissen und zog seinen Dolch. Er sah Anya böse an. „Und warum zur Hölle sieht sie aus wie zu Halloween?"

„Die Frau rührt ihr nicht an", sagte Lucien mit tonloser Stimme, während er immer noch die Mauer anstarrte. „Sie gehört mir."

Ich gehöre ihm. Lächelnd winkte sie jedem der Krieger zu. „Habt ihr gehört? Ich gehöre ihm, also könnt ihr mich alle mal."

Lucien murmelte: „Und du, Anya, bist lieber still und hörst auf zu winken, sonst bist du deine Hände los."

„Ach bitte. Als ob deine Kumpels hier gegen mich eine Chance hätten." Aber er reagierte nicht.

Als sich die Lords in einem Kreis um Lucien stellten, drängte sie sich dazwischen. Und ja, währenddessen stibitzte sie ein paar Dolche. Das tat gut! Das hatte sie lange nicht mehr getan, sie war zu beschäftigt mit Lucien gewesen. Stehlen beruhigte immer ihre Nerven. Ihr Herz schlug langsamer, und die ständigen Schmerzen in ihrem Magen wurden besser. Die Kerle hatten nicht bemerkt, was sie getan hatte. Sonst hätten sie es ihr sicherlich heimgezahlt. Aber so ließen sie sie einfach durch.

Was hatte Lucien entdeckt. Was sah er?

Lucien breitete die Arme aus und schob alle zurück. Dann blickte er noch einmal an die Wand.

„Lucien?" Strider war offensichtlich verwirrt. Anya sah ihn aus dem Augenwinkel an. Er hatte blaue Augen, blondes Haar, er war groß, muskulös und sonnengebräunt. Seine Gesichtszüge waren recht grob, und er besaß einen schwarzen Humor, was Anya gefiel.

Warum hatte sie sich nicht von *ihm* angezogen gefühlt?

„Was siehst du?", fragte Paris. Niemand sagte etwas, aber man spürte, dass alle aufgeregt und konzentriert waren.

„Warten macht wirklich Spaß.“ Gideon starrte wütend drein.

„Erinnert ihr euch noch daran, was uns die beiden Sterblichen über Zeus und die Artefakte erzählt haben?“, frage Lucien.

Die Gruppe murmelte zustimmend.

„Sie hatten im Großen und Ganzen recht. Ich sehe auf einen Fries, der lebendig zu sein scheint. Die Bilder verändern sich und geben immer mehr Details preis.

Nachdem Zeus die Titanen hinter Gitter verbannt hatte, befahl er der Hydra, ihre wertvollen Artefakte zu verstecken und sie zu bewachen. Hydra teilte sich daraufhin in vier fürchterliche Kreaturen auf. Jede von ihnen bewachte eine Reliquie.“

„Oh, Mann“, sagte Anya. „Wenn Hydra die Artefakte bewacht, Jungs, dann habt ihr wirklich ein Problem. Das ist ein harter Knochen, so viel ist mal sicher. Zwei Köpfe stecken auf dem Körper einer Schlange – ergibt acht Köpfe auf vier Körpern, wenn Lucien mit seiner Vision recht behält. Und alle diese Körper leiden ständig unter PMS.“

„Jede Schlange sollte sich für die Ewigkeit verstecken und niemals ihren Standort aufgeben oder preisgeben. Noch nicht einmal die Götter wussten, wo sie steckten“, fuhr Lucien fort.

Strider schnaufte. „Und was sollen wir jetzt damit machen?“

Anfänger. „Kannst du irgendwelche Symbole erkennen?“, fragte Anya.

Pause. Er runzelte die Stirn. „Ja.“

„Was ist es? Zeus wollte vielleicht nicht, dass die anderen Götter wussten, wo sich Hydra aufhielt, aber er hat todsicher dafür gesorgt, dass er sie in die richtige Richtung lenken konnte, wenn er es gewollt hätte. Nach seiner Hochzeit, bei der er jedem das gestohlen hatte, was sein Herz begehrte – und das bewundere ich echt an ihm – hat er das Diebesgut versteckt, bis sich die Wogen geglättet hatten. Dann hat er Visionen wie Schatzkarten benutzt. Er hat dafür gesorgt, dass sich die Visionen von selbst anpassten, sobald ein Teil der Beute an einen anderen Ort gebracht wurde.“

Lucien drehte sich zwar nicht zu ihr um, sagte aber: „Du hast uns erzählt, dass er Cronus berichtet hat, was mit den Artefakten geschehen ist. Du hast auch gesagt, dass Cronus nach ihnen gesucht hatte, sie aber nicht finden konnte.“

„Hallo? Bedeutet das, dass Zeus die Wahrheit gesagt hat? Sie waren doch Feinde, oder nicht? Sag mir jetzt nur schnell, was du für Symbole siehst."

Aber Lucien presste seine wunderschönen Lippen zusammen. Aus ihm war kein Ton herauszubekommen.

„Gut, dann sag es mir eben nicht. Dann gehe ich einfach weg, damit du es in aller Ruhe deinen Jungs erzählen kannst. Ich werde absolut *nicht* im Weg stehen und zuhören." Sie grinste ihn an und wartete auf seine Antwort.

Er brummte vor sich hin.

„Im Ernst, du weißt doch, dass ich es sowieso herausfinden werde. Außerdem habe ich dir viel Mühe erspart, sodass du das mit der Vision nicht selbst herausbekommen musstest. Du brauchst meine Hilfe. Das kannst du ruhig zugeben."

„Also gut. Wir brauchen deine Hilfe." Er fuhr sich mit den Fingerspitzen über das Kinn – er schmollte. „Das erste Symbol besteht aus zwei Linien, die senkrecht stehen und die mit einer geschwungenen Linie verbunden sind."

„Südafrika", sagte sie, ohne zu zögern.

„Woher weißt du das?" Paris sah sie gequält an. Er trat neben sie und kniff sie in den Po.

Sie schlug seine Hand beiseite und ging von ihm weg. „Ich bin klüger als du", ließ sie ihn arrogant wissen. „Deshalb weiß ich das."

Paris griff schon fast verzweifelt nach ihrer Hand. Was er von ihr wollte, war nicht zu übersehen. Er … Lucien trat zwischen sie und trennte sie.

„Okay." Paris seufzte und wich zurück. „Ich verstehe schon, ich darf sie nicht anfassen." Er hielt inne und betrachtete seinen Gürtel. „Verdammt! Mein Dolch ist weg!"

Die anderen Lords sahen abwechselnd ihn und Anya an.

Schließlich fragte sie: „Was? Glaubt ihr, ich hätte die Waffe gestohlen?"

„Mein Messer fehlt auch", fügte Strider grinsend hinzu. „Aber du kannst es ruhig behalten. Nur denk an mich, wenn du es benutzt."

Sie wunderte sich, dass er es mit Humor nahm und lächelte zurück. Bis Lucien ihn ebenfalls böse anguckte. Sie verdrehte die Augen, obwohl sie sich darüber heimlich freute.

„Mach weiter, Großer", sagte sie. „Ich weiß, dass du es nicht leiden kannst, wenn du abgelenkt wirst."

Dankenswerterweise hörte Lucien auf zu schmollen. „Das zweite Symbol", fuhr er fort und lenkte damit die Aufmerksamkeit wieder auf die Wand, „ist eine einzelne gezackte Linie."

„Das ist die Arktis." Sie legte eine Hand auf ihr Herz. „Diese eisigen Sphären erinnern mich an unsere erste Verabredung. Als du dich im Wasser etwas erfrischt hast, während ich dich vom Gletscher aus beobachtet habe. Erinnerst du dich?" Sie wartete seine Antwort nicht ab. „Vielleicht ist das ein Zeichen, dass wir für alle Ewigkeit beste Freunde sein werden. Ist jetzt nicht der richtige Moment gekommen, dass wir uns einmal umarmen? Was meinst du?"

Seine Lippen wurden schmal. „Das dritte ist eine horizontale geschwungene Linie mit einer zweiten, die daraus emporwächst."

Sie war sich sicher, dass er damit nein meinte. „Das sind die USA."

„Das letzte Symbol besteht aus einer geraden Linie, die am Ende eine leichte Biegung nach unten hat. Wie eine Machete."

„Ägypten." Sie grinste und klatschte in die Hände. „Ihr wisst, was das heißt, oder? Reisen und den Schatz suchen! Wo fahren wir zuerst hin? Na?"

„Woher kennst du die Bedeutung und die Orte", fragte Lucien und drehte sich endlich zu ihr um. Seine Augen waren immer noch beide unglaublich blau.

„Vielleicht ist Zeus herumgewandert und hat allen erzählt, was die Symbole bedeuten."

„Wieso weißt du das?", hakte er nach.

Zu jener Zeit war ihre Mutter die Geliebte des Zeus' gewesen und hatte ein Gespräch belauscht, in dem es um die Staatsangelegenheiten ging. Aber dieses kleine Geheimnis wollte Anya nicht von den Dächern pfeifen. „Habe ich dir doch schon gesagt: Ich bin schlau."

„Und woher sollen wir wissen, ob wir *dir* vertrauen können?", fragte Paris mit in die Hüften gestemmten Händen.

„Tja. Das könnt ihr absolut nicht. Aber ihr braucht mich, also glaube ich, dass euch das wahrschcinlich schon ordentlich in die Enge treibt."

Lucien nahm ihren Arm und drückte zu, sodass sie sich zu ihm umdrehen musste. „Du wirst nicht mit uns mitkommen, Anya. Das kannst du vergessen."

Ach ja? „Versuch nur, mich aufzuhalten. Ich fordere dich heraus."

„Du weißt, dass ich dich daran hindern kann."

Sie hob eine Augenbraue, ihr Selbstbewusstsein war ungebrochen. „Wirklich? Noch stehe ich ja hier und kerngesund, oder?"

Bildete sie sich das ein, oder sah sie aus seinen Nasenlöchern Rauch aufsteigen, und roch sie Höllenqualm? In dieser Sekunde benahm er sich wie ihr persönlicher Drache. Wie süß! Sie konnte praktisch die Gedanken sehen, die sich in seinem Kopf im Kreis drehten, während er versuchte, sich zu beruhigen. Wenn er sich aufregte, war er noch attraktiver. „Gib es zu. Du wärest nie im Leben darauf gekommen, was die Symbole zu bedeuten haben, hättest du mich nicht gehabt. Ohne mich kommst du nicht weiter."

„Vielleicht lügst du", sagte er und wiederholte Paris' Verdacht.

„Dann sucht doch selbst und verschwendet eure Zeit. Ist mir doch egal. Ich kann die Hydras ja ausfindig machen, während ihr noch am Computer sitzt und recherchiert. Ich werde die Artefakte zusammentragen *und* die Büchse finden. Und das schaffe ich, bevor du und dein Testosteron-Kommando überhaupt einen einzigen Flug gebucht habt."

Alle vier Krieger starrten sie hasserfüllt an.

„Was? Habe ich etwas gesagt, was ich nicht hätte sagen sollen?", fragte sie unschuldig.

„Wir teilen uns auf", bestimmte Lucien, ohne sie aus den Augen zu lassen. „Paris, du und Gideon fahrt in die USA."

Paris hob die Augen gen Himmel. „Oh Mann, warum kriege ich immer die Scheiße ab?"

„Es ist das größte Land mit den meisten Einwohnern. Es wird besser sein, wenn zwei Krieger sich die USA vornehmen", erklärte Lucien. „Strider, du übernimmst Südafrika und du, Amun, Ägypten." Er starrte Anya an. „Und ich suche die Arktis ab."

„Vielleicht solltest du an was Warmes zum Anziehen denken", schlug Anya vor.

Lucien kniff die Augen zusammen. Sie konnte sich gerade noch zurückhalten, sonst hätte sie ihm eine Kusshand zugeworfen.

„Ich rufe Sabin auf seinem Mobiltelefon an", erklärte Strider, „und erzähle ihm, was wir herausgefunden haben. Wer weiß? Vielleicht findet er noch mehr im römischen Tempel heraus."

Weißt du irgendetwas über diesen Tempel, Anya?", wandte sich Lucien an sie.

„Ich weiß nur, dass er der Tempel der Unaussprechlichen genannt wurde."

„Die Unaussprechlichen? Davon habe ich schon gehört", unterbrach Gideon.

Was natürlich nur bedeutete, dass er das nicht getan hatte.

Allein bei dem Gedanken an diesen Tempel erschauerte Anya. „Eltern haben ihren Kindern damit gedroht, wenn sie nicht artig seien, kämen sie an diesen verfluchten Ort. Vielleicht weil man darin die Schreie ewig hörte, da sie an den Wänden unendlich widerhallten."

„Wer sind die Unaussprechlichen?"

„Ich habe sie nie gesehen. Ich habe immer versucht, ihnen nicht zu begegnen. Und wie der Name schon andeutet, wurde über sie nicht viel gesprochen, es sei denn, Eltern mussten mit ihnen drohen."

Lucien seufzte. „Ruf Sabin an, wenn du willst", sagte er zu Strider, „aber ich habe vor, ihn selbst in Rom aufzusuchen und es ihm zu sagen. Dabei schaue ich mir den Tempel an. Mein Blut hat dafür gesorgt, dass ich hier eine Vision hatte, vielleicht funktioniert es dort auch."

Die Männer machten hoffnungsvolle Gesichter. Sie waren näher daran, die Artefakte zu finden als jemals zuvor, das wusste Anya.

„Womit sollen wir anfangen, sobald wir an unseren Zielorten angekommen sind?", fragte Paris. „Bis jetzt weiß ich nur, dass ich in die USA fahren soll. Und wie du schon gesagt hast, es ist ein riesiges Land. Mit einer Menge Frauen", fügte er sogleich hinzu. Langsam verzog sich sein Mund zu einem Lächeln. Kaum dachte er an Frischfleisch, sah er auch schon fröhlicher aus.

„Wo sollen sie suchen?" Lucien fragte Anya.

Alle wandten sich ihr zu.

Erst wollten sie ihre Hilfe nicht, dann doch. Dann wieder nicht, jetzt doch. „Wie? Ich bin doch nur eine dumme, nervige Halbgöttin. Ich werde nicht gemocht, nicht gebraucht …"

„Du kannst mit mir gehen", unterbrach sie Lucien.

Ah, plötzlich dieser Enthusiasmus! Nervös fuhr sie sich mit der Zunge über die Lippen. Seine Forderungen und seine schlechte Laune waren bestimmt besser, als wenn er sich so unbeteiligt gab. Ha! Vielleicht sollte sie ihn noch ein wenig mehr reizen. „Entschuldigung, was hast du gesagt?" Sie hielt eine Hand hinters Ohr. „Ich habe dich nicht verstanden."

„Du kannst mit mir kommen", wiederholte er lauter und grimmiger.

Jetzt verschränkte sie die Arme vor der Brust. *Nerv ihn weiter, dann springt er dir an die Gurgel. Bitte. Bitte.* „Wirst du versuchen, mich umzubringen?"

„Du weißt, dass ich das tun muss. Aber ich werde dich rechtzeitig warnen."

Davon wollte sie ihn eigentlich gar nicht abhalten. „Also gut." Hätte dieser Tag überhaupt noch schöner werden können? Bald würde sie mit ihm verreisen, wahrscheinlich sogar mit ihm kämpfen. Diese Aussicht hätte sie im Prinzip nicht erfreuen sollen, aber sie tat es. Sie wollte eine Chance bekommen, das Begehren, das sie vorher in seinen Augen gesehen hatte, zu schüren. Auch wenn es gefährlich werden konnte. „Also akzeptiere ich."

„Wo sollen wir suchen?", wiederholte Paris.

„Ich weiß schließlich nicht auf alles eine Antwort." Wenn das so weiterginge, würden die Männer sie nur noch wegen ihrer Intelligenz respektieren. Bah!

„Anya", ermahnte sie Lucien.

„Was? Weiß ich wirklich nicht! Fragt Ashlyn einfach nach den Gerüchten über riesige Monster. Das wird wahrscheinlich dann Hydra sein. Und … sie mag Wasser. Also hört euch nach riesigen, ekligen Monstern um, die am Wasser gesichtet worden sind."

Die Männer nickten. Sie fingen an zu überlegen, was sie für die Reise brauchten, wann sie abfahren würden und all das. Und schon war Anya vergessen.

Sie schlich sich an Luciens Seite und fuhr ihm mit der Fingerspitze über die Brust. „Wir werden Spaß haben, wir zwei."

Er war gerade dabei gewesen, Strider alles zu erzählen, was er über Südafrika wusste, aber nun verstummte er. Mit zornigem Blick fuhr er zu ihr herum. Aber was er ihr sagen wollte, sollte sie nie erfahren. Denn sie warf ihm einen Handkuss zu und verschwand.

8. Kapitel

Als er seine Reiseutensilien, die er für den bevorstehenden Trip brauchte, einkaufte, spürte Lucien nicht, dass ihn Anya die ganze Zeit beobachtete. Zwischendurch holte er auch noch achtzehn Seelen ab und brachte sie zu ihrer letzten Ruhestätte. Auch Anyas verführerischen Duft nach Erdbeeren nahm er nicht wahr.

Wo war sie? Was trieb sie?

Mit wem trieb sie es?

Er ballte die Fäuste, bis ihm die Gelenke schmerzten.

Er vermisste sie mehr denn je. Er hatte sich an sie gewöhnt. Wenn sie fort war, fühlte er sich ganz seltsam. Alles schien dann anders, nicht richtig zu sein. Außerdem machte er sich Sorgen. War Cronus ungeduldig geworden, weil er Anya nicht getötet hatte, und hatte der Gott diese Aufgabe nun selbst übernommen?

Lucien bemerkte erst, dass seine Fingernägel ihm in die Handflächen schnitten, als Blut herabtropfte. *Es geht ihr gut.* Cronus hatte es nicht geschafft, sie zu töten, deshalb hatte er den Auftrag an Lucien abgegeben. Anya war vor dem Götterkönig sicher.

Aber die Zeit läuft davon ...

Lucien erwartete jeden Augenblick, dass dieser Mistkerl ihn für sein Versagen bestrafen würde. Aber ihm wurde allmählich immer gleichgültiger, wie seine Strafe aussehen würde.

Er wollte mehr Zeit mit Anya verbringen. Und dieser Wunsch würde bald in Erfüllung gehen. Schade, dass sie nicht zusammen nach Hawaii fahren sollten. Aber Lucien wusste, dass Anya ihm immer folgen würde, egal, wohin er ging. Also hatte er sich die Arktis ausgesucht. Es war der Ort, von dem er dachte oder sich wünschte, dass er sein Verlangen abkühlen werde.

Er vermisste Anya zwar, aber noch mehr begehrte er sie. Sehr sogar.

Er konnte schon kaum noch an etwas anderes denken. Vor seinem inneren Auge zog er sie aus. Liebkoste sie zwischen den Schenkeln und bereitete ihr auf jede erdenkliche Weise Lust.

Allein bei dem Gedanken begann er zu zittern. Wie ein Sterblicher, verdammt noch mal! Sein Körper, der so lange nicht berührt worden war, verzehrte sich nach Anya, sobald sie in der Nähe war. Es fiel ihm immer schwerer, das Weite zu suchen. Und noch schwerer fiel es ihm, sie nicht darin zu bestärken, sich ihm zu nähern.

Hör auf, darüber nachzudenken, und mach deine letzten Besorgungen, befahl er sich, während er die Straßen der Innenstadt entlangging. Er hatte sich von den Inseln nach Athen teleportiert. Es herrschte schönster Sonnenschein. Das letzte Mal, als er vor Jahrhunderten dort gewesen war, hatten überall Tote gelegen, deren Blut sich in purpurroten Strömen über die Straßen ergoss.

Er verdrängte diesen Gedanken. Die Luft war frisch und roch salzig. Er sollte das Wetter genießen, solange er dort war. Bald würde er nur noch den eisigen Sturm der Arktis spüren. Zusammen mit Anya.

Verdammt! Warum konnte er sie nicht ein für alle Mal aus seinem Kopf verbannen?

Entschlossen machte Lucien in Gedanken eine Liste, was er alles brauchte. Mantel. Stiefel. Warme Unterwäsche. Dicke Socken. Und Handschuhe. Er hätte sich auch zurück nach Buda teleportieren können, aber die Wintersachen, die er dort noch hatte, reichten gerade mal für einen normalen Winter. Die Arktis war da schon eine andere Sache. Er würde eisigen Winden ausgesetzt sein und Schnee, soweit das Auge reichte. Vielleicht hatte er ja Glück und fand die Hydra schnell. Er rief Maddox an und sorgte dafür, dass er Torin darum bat, alle Informationen, wo die Hydra gesichtet worden war, zusammenzutragen.

Wo steckte Anya bloß?

Dieses Mal bemühte er sich gar nicht erst darum, seine Gedanken zu kontrollieren. Offensichtlich hatte es ja doch keinen Sinn. Anya. Die Arktis. Allein mit ihr. Vielleicht wäre es doch nicht so gut, die Hydra gleich zu finden.

Das letzte Mal, als er mit Anya in der Kälte gewesen war, hatte sie ihn in das eiskalte Wasser gestoßen. Die Erinnerung war nicht angenehm, aber dennoch musste er lächeln. Anya, die auf dem Gletscher stand und auf ihn wartete und ihn dann mit all ihrer Kraft ins Wasser hinabstieß. Das war ein wunderschöner, wenn auch grausiger Anblick gewesen.

Sie hatte ihn ausgelacht. Ihr helles Lachen, es war verführerisch, und er wollte es wieder hören.

Bei den Göttern, er bewunderte ihren Mut und ihre Hartnäckigkeit. Jeder andere hätte den Kopf eingezogen, wenn er gewusst hätte, dass der Dämon Tod hinter ihm her war.

Wo war sie?, fragte er sich erneut. War sie es schließlich doch müde geworden, ihn zu verfolgen?

Als er an einem Eckladen vorbeikam, schlug er mit der Faust gegen die Mauer. Der raue Putz schürfte ihm die Haut ab. Auch wenn sie ihn satt hatte, bald würde sie ihm ganz gehören, ohne dass die anderen Krieger dabei waren. Hoffentlich würde er noch viel von ihr lernen können. Und hoffentlich würde er endlich seinen Auftrag erfüllen.

Er verlangsamte seine eiligen Schritte und sah sich um. Vor den meisten Gebäuden standen große Bäume, deren smaragdgrüne Blätter leuchteten und Schatten spendeten. Auf den Straßen fuhren keine Autos – es war eine verkehrsberuhigte Zone –, sodass die Menschen zu Fuß gehen mussten.

Es gab Straßenhändler, die alles Mögliche, von Obst und Gemüse über leichte Schals bis hin zu Türklinken, verkauften. Nichts allerdings, was er in der Arktis gebrauchen konnte.

„Hier wirst du nichts finden, was du für die Reise brauchst." Plötzlich lief Anya neben ihm her.

Sofort pulsierte sein Blut schneller, während er sich umsah, ob auch niemand mitbekommen hatte, wie Anya aufgetaucht war. Nur Männer starrten sie an, und Lucien konnte nicht erkennen, ob sie geschockt oder einfach nur fasziniert von ihr waren.

Sie war hübscher denn je.

Ihr helles Haar hatte sie im Nacken zu einem aufwendigen Knoten gebunden, der von einem rosa Bändchen zusammengehalten wurde. Sie trug einen pelzgefütterten Mantel und kniehohe Stiefel, die den gleichen Pelz als Besatz hatten.

„Wo hast du gesteckt?" Die Frage klang harscher, als sie gemeint war. Denn endlich war sie bei ihm, und das war alles, was zählte. Im Geiste sagte er zu sich: Sie ist dort, wo sie hingehört. Wenn sie bei mir ist, kann ich sie beschützen. Dann bekommt sie nicht so leicht Ärger. Er runzelte die Stirn.

Sie wedelte mit den Händen. „Ach, hier und da."

Hatte sie einen anderen Mann getroffen? Er presste die Zähne aufeinander. Am besten ließ er es gar nicht zu, dass er in diese Richtung weiterdachte, also wechselte er das Thema. „Warum bist du so angezogen?" Er trug ein T-Shirt und eine Leinenhose und schwitzte.

„Weil wir in die Schweiz fahren, Dummchen. Und da ist es kalt. Und du, mein Freund, bist nicht warm genug angezogen."

„Anya, ich …"

„Es ist nur eine Stunde Zeitunterschied", unterbrach sie ihn, „also passt es doch perfekt, in Zürich einkaufen zu gehen."

„Warum müssen wir nach Zürich, um zu shoppen?" Wir? Verdammt, dachte er. Er musste sich wieder angewöhnen, sie beide als einzelne Wesen zu sehen, nicht als ein Paar. Das war zu gefährlich.

„Weil es dort schneit und ein weißer Hintergrund mir steht. Wer als erster da ist!"

Sie verschwand und hinterließ nur ihren Erdbeerduft. Lucien ließ seinen Blick noch einmal über die Passanten schweifen. Viele Menschen hatten bemerkt, dass sie verschwunden war. Es war offensichtlich, denn ihre Münder standen weit offen.

In Budapest wussten die meisten Menschen, dass es Leute dort gab, die anders als sie waren. Meistens ließen sie die Lords in Ruhe. Manchmal schützten sie sie sogar. Das lag möglicherweise daran, dass die Krieger so viel Geld dort ließen. Oder die Budapester hatten einfach Angst davor, was passieren würde, wenn sie die Lords nicht freundlich behandelten.

Trotzdem. Seitdem er vor so vielen hundert Jahren Griechenland fast völlig zerstört hinterlassen hatte, bemühte sich Lucien, die Sterblichen nicht wissen zu lassen, wer er war und welche Macht er hatte. Niemand brauchte zu wissen, dass er dort war.

Trotz allem bemühte er sich nicht, den Menschen zu erklären, was mit Anya passiert war. Auch er verschwand einfach. Er hoffte, dass die Passanten, die sie beobachtet hatten, einfach glaubten, das Ganze nur geträumt zu haben. Er hatte diesen inneren Drang, mit Anya zusammen zu sein. Er konnte keine weitere Sekunde warten. Seitdem sie wieder aufgetaucht war, schlug sein Herz wie verrückt.

Ihre Aura führte ihn tatsächlich nach Zürich. Lucien war schon zwei Mal hier gewesen, um Seelen abzuholen. Aber damals hatte er keine Zeit gehabt, sich etwas anzuschauen. Das traf auch für alle anderen Länder zu, in denen er sich jemals aufgehalten hatte. Einsammeln – in die Hölle oder in den Himmel begleiten – wegen Maddox' Fluch vor

Mitternacht zurück sein. So hatte er Jahrhunderte lang gelebt. Als der Fluch endlich aufgehoben war, hatte er mit den Kriegern so fieberhaft nach der Büchse der Pandora gesucht, dass er auch wieder keine Zeit gehabt hatte zu reisen. Aber es hatte ihm auch nichts ausgemacht. Die Jäger mussten vernichtet werden, damit der Friede erhalten blieb.

Lucien hoffte nur, dass er heute keine Seele begleiten musste. Ein Urlaubstag also. Er wollte den Tag mit Anya verbringen, in Ruhe und ohne Zwischenfälle.

Narr. Das könnte auch eine Falle sein. Vielleicht führt sie dich hinters Licht, um dir etwas anzutun.

Er fand Anya auf einem Holzsteg. Die Sonne stand hoch am Himmel und ließ ihre Haare glänzen. Hinter ihr sah er das atemberaubende Panorama der schneebedeckten Berge. Es war kalt.

Sie sah ihn an, einige Strähnen fielen ihr ins Gesicht, als sie die Arme ausbreitete und ihn fragte: „Na, was sagst du?"

„Großartig." Sie war wunderschön.

Langsam, fast vorsichtig begann sie zu lächeln und wirkte dabei sehr verletzlich. „Finde ich auch."

Was meinte sie? Ihn? Ihre Worte ärgerten ihn, auch wenn sie wahrscheinlich verführerisch, aufregend oder sogar beruhigend gemeint waren. Er begehrte sie mehr als den nächsten Atemzug, und sie spielte mit seinen Gefühlen. Sein ganzer Körper verspannte sich.

Das alte Spiel, dachte Lucien. „Lass es uns hinter uns bringen", antwortete er.

Sie hörte auf zu lächeln. „Es hinter uns bringen? Du bist so ein Spielverderber. Na, dieses Mal lasse ich es nicht zu, dass du mir den Spaß verdirbst. Hast du schon gegessen?"

„Nein."

„Dann gehen wir erstmal essen und später einkaufen."

„Anya, ich denke, wir …"

Sie ging an ihm vorbei, als habe sie ihn nicht gehört. Hinter einem großen Torbogen lag ein großes Appartement, das farbenprächtig und luxuriös eingerichtet war. Weil er nicht wusste, was er sonst tun sollte, folgte er ihr einfach.

„Ich nehme an, das gehört dir?", sagte er. „Ich hätte allerdings etwas Größeres erwartet."

„Ich habe überall eine Wohnung. Und mehr Platz brauche ich

nicht. So ist es ... gemütlicher." Im Wohnzimmer stand ein niedriger Holztisch, auf dem zum Essen gedeckt war. Sie ließ sich auf einem der lilafarbenen Sitzkissen nieder und betrachtete all die Köstlichkeiten. „Ich bin allerdings lange nicht mehr hier gewesen – wegen Du-weißt-schon-wem."

„Cronus?"

Sie nickte und füllte sich auf: Hühnerpastete, frisch gebackenes Brot und dampfendes Gemüse. Lucien schnupperte. Es war nicht unbedingt die exklusive Mahlzeit, die er einer Halbgöttin zugetraut hätte.

„Setz dich." Sie sah ihn nicht an. Sie nahm den ersten Bissen und schloss genussvoll die Augen.

Er tat, was sie ihm sagte. Ihn schmerzte die Vertraulichkeit dieses Moments und wie sie ganz einfaches Essen so sehr genießen konnte. Er war nie verheiratet gewesen und war mit einer Frau nie länger als wenige Monate zusammen gewesen, daher kannte er das Gefühl überhaupt nicht, zu zweit zu Hause zu sein. Auch nicht, als er noch mit Mariah zusammen gewesen war. Es sei denn, er berücksichtigte Paris' Kochversuche, aber die zählten nicht.

Mariah. Sie war tot. Dieses Mal, als er an sie dachte, fühlte er sich nicht schuldig oder wütend oder erfüllt von Hass. Hatte er ihren Tod endlich überwunden? Jeden Tag, der vergangen war, hatte er immer weniger an sie gedacht. Das war genauso traurig wie befreiend.

Sein Dämon hatte sich nichts aus ihr gemacht, obwohl sie Luciens ein und alles gewesen war.

Würde der Tod es bedauern, wenn Anya stürbe?

Lucien nahm es an, denn genau in diesem Moment schnurrte sein Dämon.

„Du hast mir nie erzählt, warum Cronus will, das du stirbst."

Anya trank einen Schluck schweren Rotwein und sah ihn über den Rand des Glases hinweg an. „Stimmt nicht. Ich habe dir erzählt, dass ich etwas besitze, das er haben will."

„Deinen Körper?" Noch bevor er nachdenken konnte, hatte er es schon ausgesprochen.

„Wenn ich dir glauben soll, gebe ich meinen Körper ja jedem." Ihre Worte klangen ein wenig verbittert. „Isst du auch etwas, oder willst du mir nur zusehen?"

Sein Magen knurrte. Lucien füllte sich etwas auf den Teller und biss in die Hühnerpastete. Sie war köstlich, hervorragend zubereitet. „Hast du die gemacht?“ Er konnte sich nicht vorstellen, dass sie in der Küche stand und kochte.

„Himmel, nein. Ich habe sie gestohlen.“

Sie verzog das Gesicht, als ekele sie sich. Er musste grinsen. „Gestohlen?“

„Ja.“ Sie starrte ihm auf den Mund, ihr Blick war feurig. „Ich mag es, wenn du lächelst.“

Er schluckte. „Also … Cronus.“ Er wollte, dass sie beim Thema blieb. „Warum sucht er dich nicht und bringt dich selbst um? Ich bin sicher, dass er Mittel und Wege hat, deinen Aufenthaltsort herauszufinden.“

„Er ist ein interstellarer Mann, der seine Geheimnisse hat. Niemand weiß, was ihn antreibt. Warum er die Dinge tut, die er tut.“

„Du hast keine Ahnung?“

„Nun ja …“ Sie zuckte mit den Schultern. „Er ist einfach ein Idiot. Soviel weiß ich.“

Lucien lauschte angespannt. Er wartete darauf, dass es blitzte und donnerte. Es dauerte einige Minuten, bis er sich wieder entspannen konnte. „Das, was er unbedingt haben will … bitte sag mir, was es ist. Bitte. Und um Himmels willen, gib mir einmal eine klare Antwort, Anya.“

Wenn er nur wüsste, worum es ging. Er könnte es Anya stehlen und Cronus übergeben. Dann hätte der Albtraum ein Ende.

„Eine klare Antwort?“ Sie zeigte mit ihrer Gabel auf Lucien. „Ich gebe dir nur klare Antworten.“

„Dann einfach noch mal.“ Er seufzte.

Sie sah ihn lange eindringlich an. Sie sprach nicht, noch rührte sie sich. Schließlich sagte sie: „Du willst die Wahrheit wissen, dann sage ich sie dir. Aber diese Information ist nicht umsonst. Wir machen ein Tauschgeschäft. Was hältst du davon, wenn ich dir deine Frage beantworte, und du beantwortest mir meine.“

„Abgemacht. Was hast du, was Cronus haben will?“

„Ich habe einen … einen … verdammt, Lucien … ich habe einen Schlüssel. Jetzt zufrieden?“

„Ja. Geht doch. Wir haben beide eine Frage beantwortet.“

„Wir haben beide … Verdammt. Tatsächlich, ich habe dich was gefragt. Eins zu null für dich.“

„Also, du hast einen Schlüssel", nahm Lucien das Thema wieder auf. „Für was?"

„Das werde ich dir nicht sagen." Sie nahm noch ein Stückchen Huhn, schob es in den Mund, kaute und schluckte.

„Für was ist der Schlüssel?"

„Ich habe deine Frage beantwortet, wie wir es vereinbart hatten", stellte sie trocken fest. „Du hältst dich nicht an die Regeln."

Er konnte zu ihrem Gerechtigkeitssinn nichts mehr sagen, spielte das Spielchen aber weiter: „Warum gibst du ihm den Schlüssel nicht einfach?"

„Weil er mir gehört", gab sie kurz zurück. Sie ließ die Gabel klirrend auf den Teller fallen. „Und nun gib Ruhe, bevor ich dich den Krokodilen zum Fraß vorwerfe. Du ruinierst mir den Appetit, obwohl ich das Essen stundenlang gekocht habe."

„Du hast doch gerade gesagt, dass du es nicht gemacht hast."

„Ich habe gelogen."

„Ein Schlüssel wird dir wenig nützen, wenn du erst mal tot bist", stellte er fest. Er konnte das Thema einfach nicht ruhen lassen. Es stand zu viel auf dem Spiel.

„Hau ab, Tod."

Sie nannte ihn nur Tod, wenn sie auf ihn wütend war, wurde ihm bewusst. Sonst nannte sie ihn Honey, Love oder Zuckerschnecke. Und Liebster, fiel ihm noch ein. Diese Kosenamen waren ihm lieber. Mit Ausnahme von Zuckerschnecke gaben ihm die Spitznamen das Gefühl, ein Mann zu sein. Er fühlte sich dann nicht wie ein Unsterblicher, ein verfluchter Krieger und auch nicht hässlich. Oder wie jemand, der sie früher oder später vernichten musste.

Er runzelte die Stirn. „Ich glaube einfach nicht, dass du nur wegen eines Schlüssels bereit bist zu sterben."

„Es ist schließlich nicht irgendein Schlüssel, und du brauchst mich ja auch nicht umzubringen."

„Ich muss es aber tun."

„Ist ja auch egal." Sie trank den restlichen Wein, der noch im Glas war, zügig aus. „Ich habe dir noch mehr Fragen beantwortet, jetzt bist du mir auch einige Antworten schuldig."

„Sehr gern." Er spießte mit der Gabel eine knackige grüne Bohne auf. „Was möchtest du wissen?"

Sie stützte die Ellbogen auf den Tisch und legte ihr Kinn in die Handflächen. „Hast du jemals einen Befehl von den Göttern nicht ausgeführt?"

„Nein. Aber damals wurde mir von ihnen noch nichts aufgetragen, bis die Titanen die Herrschaft über den Himmel bekommen hatten. Die Griechen haben uns in Ruhe gelassen, nachdem sie den Todesfluch über Maddox verhängt hatten."

„Hast du es zumindest mal *versucht*, dich den Titanen zu widersetzen?"

„Noch einmal: Nein. Nicht direkt. Aber Aeron hat sich einmal geweigert, diese vier Frauen zu töten. Und da hättest du mal sehen sollen, was dann passiert ist. Er wurde von Blutrünstigkeit übermannt. Jetzt will er alles und jeden töten. Sogar seine Freunde. Vielleicht sogar sich selbst. Wir mussten ihn einschließen. Damit haben wir ihm sogar mehr Freiheit genommen, als er hätte, wenn er so wie wir einen Dämon in sich tragen würde. Wir haben einander geschworen, dass wir so etwas nie wieder tun würden."

„Verstehe", bemerkte sie geistesabwesend. „Seine Freiheit zu verlieren, ist schlimmer, als zum Tode verurteilt zu sein."

„Ja." Lucien betrachtete sie aufmerksam und staunte darüber, was er sah: Nie hatte er diese humorvolle Person so ernst gesehen. Vielleicht musste sie daran denken, wie es war, als sie sich hinter Gittern befunden hatte. Vielleicht hatte man sie gefoltert? Er ballte die Fäuste. „Wie lange hast du im Gefängnis gesessen?"

Sie zuckte mit den Schultern. „Mir erschien es wie eine Ewigkeit, und die alten Rollen besagen, dass es einige hundert Jahre gewesen sein müssen. Aber ich glaube, es waren eher zwei."

Offensichtlich bemühte sie sich darum, unbeteiligt zu klingen, aber es gelang ihr nicht. „Was hast du gemacht, solange du eingesperrt warst?"

„Nachgedacht. Hin und her gerannt. Mich mit meinem Schmerz beschäftigt. Mit dem Mann, der in der Zelle neben meiner einsaß, geredet. Er war ziemlich eingebildet, aber das war immer noch besser, als gar nicht zu reden." Sie seufzte. „Hast du je gegen den Todesdämon angekämpft?"

Irritiert runzelte er die Stirn. Er wunderte sich darüber, dass sie all das hatte durchmachen müssen, war aber nicht wütend. „Was meinst du? Ob ich mit ihm körperlich gerungen habe?"

„Nein. Ich weiß, dass er deinen Körper erst dann verlassen kann, wenn du gestorben bist oder er exorziert wird. Mir ist auch klar, dass er in deinem Körper gefangen ist, und dass ihr beide eins seid. Aber hast du jemals dem Bedürfnis widerstanden, eine Seele zu holen?"

Alle seine Muskeln spannten sich an. Über dieses Thema sprach er normalerweise nicht. Aber Anya hatte eines ihrer Geheimnisse gelüftet, also war er ihr auch eine Antwort schuldig. „Ja."

„Und?" Sie sah ihn aufmerksam an, ihr Blick brannte in seinen Augen wie ein Laserstrahl. „Was ist dann passiert?"

Keiner seiner Krieger wusste, dass er einmal eine Frau geliebt hatte. Niemand ahnte, dass er einst hatte zusehen müssen, wie seine Geliebte an einer Krankheit starb, wie ihr Körper immer schwächer wurde, bis sie aufgeben musste. „Wenn ich eine Seele nicht hole, dann leidet der Körper, zu dem sie gehört, unsagbare Qualen. Der Mensch leidet in einer Weise, die niemandem zu wünschen ist. Er leidet mehr, als das Schicksal es eigentlich vorgesehen hatte."

„Ich habe einen wunden Punkt getroffen, oder? Unter deinem Auge zuckt ein Muskel." Aber anstatt ihn weiter auszufragen, aß sie still weiter.

Während er ihr beim Essen zusah, rückten die bösen Erinnerungen wieder in den Hintergrund, und er dachte nur noch: Nimm sie! Tief in seinem Innern hörte er diese Stimme. Vielleicht lag es daran, dass jede Bewegung, die sie machte, sinnlicher schien als die letzte. *Schlaf mit ihr.*

Nein. Du bist schließlich kein Monster. Jedenfalls nicht mehr. Er konnte Zeit mit ihr verbringen, aber mehr auch nicht.

Als sie die Mahlzeit beendet hatte, stand sie auf. „Wollen wir ein bisschen herumknutschen oder gleich Shoppen gehen?"

Sie hatte ihren hellen Mantel nicht ausgezogen, und ihr schien warm zu sein. Mehr noch: Er wollte sie ausziehen. *Er* wollte derjenige sein, der dafür sorgte, dass ihr warm wurde. „Einkaufen", antwortete er, stand aber nicht auf.

Sie zuckte mit den Schultern, als sei ihr die Antwort gleichgültig, was ihm komisch vorkam. Und das machte ihn wütend. Und darüber ärgerte er sich. Ihm sollte das alles doch egal sein.

„Du kannst deine Waffen ruhig hierlassen", sagte sie mit einem anzüglichen Grinsen. „Jäger kommen nicht hierher. Es ist neutrales Land."

„Ich gehe nie ohne meine Waffen. Niemals."

Heißblütig, aber auch liebevoll sah sie ihn von oben bis unten an. „Auch nicht zum Duschen?"

Seine Männlichkeit regte sich, als er sie sich mit ihm in der Dusche vorstellte, während heißes Wasser über ihren nackten Körper rann. „Noch nicht mal dann."

„Oh, du meine Güte, das ist ja schrecklich!" Sie biss sich auf die Unterlippe und ging schnell um den Tisch herum, um sich zu ihm hinabzubeugen und ihm ins Ohr zu flüstern: „Aber genau das möchte ich als Erste miterleben."

Eine Haarsträhne hatte sich gelöst und berührte seine Wange. Er stellte fest, dass er die Augen genießerisch geschlossen hatte. Plötzlich schien sein Blut in Flammen zu stehen. Innerhalb kürzester Zeit war sein Herzschlag nicht mehr zu kontrollieren. Anstatt sie zu küssen – dumm und gefährlich, so etwas –, was er aber am liebsten getan hätte, fand er die Kraft, aufzustehen und fortzugehen.

„Du schaffst es wirklich immer wieder, die Stimmung auf den Nullpunkt zu bringen."

„Anya."

„Nein. Sag nichts. Lass uns einfach losgehen." Ihre Stimme klang ein wenig unsicher.

Lucien war es unangenehm, dass seine Knie zitterten. Er war so hart, dass es beim Gehen schmerzte.

Anya ging ohne zu zögern zur Wohnungstür, öffnete sie und ging einfach hinaus, als erwarte sie, dass er ihr schon folgen werde. Er ließ sich einen Moment Zeit und atmete langsam ein und aus, ließ die Winterluft, die von draußen hereinkam, seine Gedanken abkühlen.

Jeder einzelne Muskel war angespannt. Er brauchte sie. Sie und keine andere. Sogar sein Dämon schien solche Sehnsucht nach ihr zu haben, dass es schmerzte. Der Tod schnurrte nicht länger, sondern knurrte, als habe er Hunger.

Denk an die Artefakte und die Büchse. Denk an die Jäger! Denk daran, dass du Anya bald leblos in deinen Armen halten wirst!

Von draußen nahm er eine wütenden Stimme wahr, die ihn leise rief: „Ich warte, Tod."

Cronus.

Sofort wurde es Lucien eiskalt. Endlich war der Götterkönig zurückgekehrt. Warum hierher? Warum jetzt? *Weil deine Gnadenfrist allmählich um ist.* Aber der König hatte sich nicht materialisiert. Wo war er?

„Du hast mich im Stich gelassen, Tod. Immer wieder hast du mich im Stich gelassen."

„Es tut mir leid."

„Du lügst."

Der Klang dieser Worte ließ fast sein Trommelfell platzen.

„Nicht du wirst dafür bezahlen, sondern deine Freunde. Ich werde mit Paris beginnen und ihn an einen Ort schicken, wo es keine Frauen gibt. Ich werde es zu verhindern wissen, dass er diesen Ort verlässt, und ich werde lachend mit ansehen, wie sein Körper schwächer wird. Ich werde lachen, wenn er mit Männern vorlieb nehmen muss, um seine Kraft zu erhalten. Und wenn ich mit ihm fertig bin, nehme ich mir Reyes vor."

Bekämpfe ihn, wie es Anya getan hat. „Du würdest sie also töten, ja? Du würdest ihre Dämonen freisetzen, damit sie die Erde mit ihrer Wut verwüsten? Kein Sterblicher wird sein Haupt vor dir beugen, wenn erstmal die Dämonen die Erde ins Chaos gestürzt haben."

„Zeus hatte vielleicht nicht die Macht, die Menschen vor euren Dämonen zu beschützen, aber *ich* habe sie. Möchtest du hören, was ich mit Reyes vorhabe?"

Kämpfe! „Ich bin mir sicher, dass du ihn davor beschützen wirst, sich selbst etwas anzutun. Vielleicht sorgst du dafür, dass er einen Genuss kennenlernt, der so stark ist, dass er ihn nicht länger ertragen kann."

„Du wagst es, dich über mich lustig zu machen?"

„Nein. Noch mache ich mich darüber lustig, was du von mir verlangst."

„Das ist mir wohl klar, Tod. Aber ich bin es auch leid zu warten. Was glaubst du, wer von uns beiden geht aus diesem Streit als Sieger hervor und bekommt, was er sich wünscht?"

„Was wäre, wenn …" Lucien presste die Lippen zusammen. Sollte er es wagen? Ja. Er musste es tun. Es gab keinen anderen Weg. „Anya hat etwas, was du haben willst. Was wäre, wenn es mir gelänge, es dir zu besorgen?"

Einige Sekunden knisterte die Luft vor Spannung.

Dann erwiderte Cronus sehr ruhig: „Ich werde dir gestatten, es zu versuchen. Wenn du es nicht schaffst, wirst du mir ihren toten Leib bringen. Wenn dir auch das nicht gelingt, dann werde ich nicht mehr so nachsichtig sein. Ich werde alles tun, was ich vorgehabt habe. Sogar noch mehr. Und ich werde dich dazu bringen, dabei zuzusehen, wenn ich es tue. Jetzt geh!"

Ein kräftiger Windstoß schob Lucien voran. Er unterdrückte ein Knurren, richtete sich auf und folgte Anya hinaus. Sie befand sich in der Eingangshalle des Hauses, und sie war wohlauf, obwohl Cronus in der Nähe war. Er musste diesen Schlüssel von ihr bekommen. Das war im Moment der einzige Weg, wie er sie retten konnte. Wenn er es nicht schaffte …

Sein Magen krampfte sich bei diesem Gedanken zusammen. Er würde es schaffen.

Lucien betrachtete den Raum. In einer Ecke befand sich ein riesiger, offener Kamin, in dem die Scheite hell brannten. Daneben standen zwei Männer und starrten Anya unverhohlen interessiert an. Lucien knurrte vor sich hin. Als ob sie die beiden Sterblichen nicht bemerkte hätte … Vielleicht waren sie ihr auch egal. Sie tippte mit der Schuhspitze auf den Boden und betrachtete ihre rosafarbenen Fingernägel.

Gestern waren sie rot gewesen. Oder doch nicht? Vielleicht auch blau. Sie war sprunghaft und wechselte die Farbe so oft wie ihre Stimmung.

Als Lucien an dem Tresen vorbeiging, zischte er die Männer an. Er konnte sich einfach nicht zusammennehmen. Zu aufgebracht war er, um sich über die Konsequenzen Gedanken zu machen. Seine Nerven lagen blank, obwohl er wissen musste, dass Anya ihm nur Kummer machen würde, wenn er sie besitzen wollte.

Sie gehört dir nicht, und sie wird dir nie gehören. Auch wenn alles andere gleichgültig war, würde er auch daran nichts ändern, wenn es ihm gelang, ihren Schlüssel zu stehlen.

Wortlos ging er an ihr vorüber, und sie fiel neben ihn in denselben Schritt. Er konnte spüren, wie sich ihre Wärme und ihr Duft nach Erdbeeren ausbreiteten. Ihm wurde klar, dass es zwei Dinge waren, die er liebte. Ohne sie würde seine Welt nicht mehr dieselbe sein.

„Was willst du zuerst besorgen?", fragte sie ihn. Sie hatte keine Ahnung, worüber er sich Sorgen machte.

Lucien holte Luft, um nach dem Schlüssel zu fragen, aber er brachte keinen Ton heraus. Vorhin, als er den Schlüssel erwähnte, hatte sie das Gespräch abgebrochen. Also musste er erst ihr Vertrauen gewinnen, dachte er. Zuerst musste er sie ein wenig weichklopfen.

„Fangen wir mit dem Mantel an." Obwohl die Sonne hell strahlte, war es doch empfindlich kalt und windig.

„Dann sollst du einen Mantel bekommen. Ich weiß auch schon den perfekten Laden dafür." Sie nahm seine Hand, verschränkte ihre Finger mit seinen und zog ihn nach links.

Sein Instinkt sagte ihm, dass er sich zurückziehen sollte. Aber er hörte nicht darauf. Stattdessen hielt er ihre Hand nur noch fester, denn er wünschte sich, dass er sie nie wieder loslassen musste. Anya holte Luft und warf ihm über die Schulter ein süßes Lächeln zu. In seinem Kopf beschwerte sich der Tod, denn auch er wollte sie halten.

Sie führte ihn eine Straße mit Kopfsteinpflaster entlang, die mit Schnee und Eis bedeckt war. Langsam fuhren die Autos vorbei, und auf den verschneiten Bürgersteigen schlenderten die Menschen an Geschäften vorbei, wenn sie nicht gerade in den kleinen Läden ein und aus gingen. Im Hintergrund waren immer die majestätischen Berge zusehen. Mit dieser wunderschönen Landschaft hatten sich die Götter selbst übertroffen.

Es hätte das Paradies sein können.

„Hier rein." Anya zog ihn am Ärmel und bugsierte ihn in einen Laden, der *Handgemachtes Teegebäck* hieß.

„Warme Muffins?", übersetzte er, da er über die Jahrhunderte einige Sprachen gelernt hatte. „Wir haben doch erst gegessen. Und ich dachte eigentlich, wir gehen einen Mantel kaufen."

Sie lachte in sich hinein. „Das hier ist keine Konditorei, Liebling. Es ist ein Lagerverkauf." Drinnen gab es Mäntel, Mützen, Handschuhe – kurz alles, was er für den Winter brauchte. „Mach dir keine Sorgen, Anya wird dich schon gut anziehen."

Lachend ging sie durch die Reihen mit den Kleiderständern und reichte ihm verschiedene Mäntel. „Der hier passt zu deinen Augen. Na ja, wenigstens zu einem." Pause. „Dieser Ton hier passt hervorragend zu deinem Teint." Pause. „Mmh. Der hier hat Taschen, wenn man reingreift, ist man gleich an den richtigen Stellen."

Pause. „Oh, Volltreffer! Sieh dir den mal an!" Sie hielt einen Mantel hoch, der so aussah wie ihrer, nur eben für Männer war. „Wir können im Partnerlook gehen, wenn wir die Gletscher besteigen."

Wenn er diesen Schlüssel nicht fand, würde sie nicht mit ihm mitfahren. Bei dem Gedanken wurde er missmutig. „Ich brauche doch nur *einen* Mantel. Welchen meinst du denn, sollte ich …"

Mit einem Seitenblick zur Kasse stopfte sie ein Paar große Wollhandschuhe in ihre Jacke.

Er runzelte die Stirn, weil er sich nicht sicher war, ob er das gerade wirklich gesehen hatte. „Was machst du da eigentlich?"

„Ich klaue." Sie klang so glücklich, als sie das sagte, als habe sie gerade tollen Sex gehabt.

Kalt lief es ihm das Rückgrat entlang. „Dann hast du mich, was das Essen angeht, also nicht angelogen. Bist du gerade knapp bei Kasse?"

„Wohl kaum. Ich habe mehr als genug Geld." Sie stemmte die Hände in die Hüften und sah ihn schmollend an. „Jetzt erzähl mir nicht, dass mir der große Dämon deswegen böse ist. Denn darüber solltest du dich nicht aufregen. Ich bezahle das alles später … vielleicht."

„Leg die Handschuhe zurück, Anya." *Machte man sie so gefügig?* Er knirschte mit den Zähnen. Nein, natürlich nicht. Aber er weigerte sich, das eben Gesagte zurückzunehmen.

„Nein."

„Na gut, dann bezahle ich sie eben." Lucien legte den Mantel zur Seite, nahm sanft ihren Arm und zupfte die Handschuhe wieder aus ihrer Jacke. Dabei streifte er aus Versehen ihre Brust. Sie schluckte schwer und stand sofort in Flammen. Trotzdem drehte er sich um und ging zur Kasse, um mit dem Geld zu bezahlen, das Paris ihm gegeben hatte.

Als sie zum Ausgang gingen, fauchte Anya ihn an: „Ich muss das tun, verstehst du?"

Ihre Wut überraschte ihn. „Warum?"

„Du hast deine Zwangshandlungen, ich habe meine. Entweder brenne ich den Laden nieder, oder ich stibitze ein Paar Handschuhe."

Ihm dämmerte es allmählich. Offenbar musste sie ebenfalls gegen einen inneren Dämon ankämpfen. Auch Anya hatte eine Schattenseite, die sie versuchte zu kontrollieren. Und er wusste aus eigener Erfahrung, wie schwer das war. „Tut mir leid, dass ich sie dir weggenommen habe."

Sie schwieg und schniefte. „Kein Problem."

Er verließ mit ihren Einkäufen das Gebäude und wartete auf dem Bürgersteig auf sie. Kalte Luft schlug ihm entgegen, aber er zog den neuen Mantel nicht aus der Tüte. Seine Haut brannte immer noch seit dem Moment, in dem er ihren Körper berührt hatte.

Er sehnte sich danach, dass sie wieder neben ihm stand, ihm nah war, und das hatte nichts mit diesem Schlüssel zu tun. Es verging eine Minute, sie war noch nicht auf der Straße. Wo blieb sie nur? Er drehte sich um und wollte wieder in den Laden gehen.

Doch schon flog die Tür auf, und Anya kam mit einem zufriedenen Lächeln heraus. Ihm wurde noch wärmer.

„Wenn ich in der Arktis bin, muss ich vielleicht nach den Artefakten graben, dafür brauche ich das richtige Werkzeug“, sagte er. „Wo bekomme ich das her?“

„Uh. Graben zu müssen, wird kein Spaß.“

„Bei der Reise geht es ja auch nicht darum, Spaß zu haben.“

„Spielverderber.“ Sie griff in ihre Manteltasche und zog ein Paar schwarzer Handschuhe hervor. Mit den Zähnen entfernte sie die Preisschilder. Dann zog sie sich einen Handschuh an, ohne Lucien aus den Augen zu lassen.

„Du hast sie gestohlen?“

„Das mag ich so an dir, Zuckerstückchen, du bist so ein guter Beobachter.“

Lucien schüttelte den Kopf, seine Lippen zitterten. Er ging voran und überließ es ihr nachzukommen. „Erklär mir, warum du stehlen musst, um dich davon abzuhalten, Brände zu legen. Du hast es angedeutet, aber ich habe es nicht verstanden.“

Sie holte etwas auf. „Erinnerst du dich daran, wie Reyes in der Nacht im Club die Kriege erwähnte? Nun, rate mal. Ich habe sie angezettelt. Als ich zu den Sterblichen auf die Erde kam, brachte mich der Wunsch, Chaos anzurichten, fast um. Egal, was ich tat, die Menschen wurden sofort wütend. Nicht auf mich, sondern aufeinander. Schlimmer noch, ich konnte keine Fackel anschauen, ohne dass ich sie umwarf. Manchmal merkte ich erst, dass ich es getan hatte, wenn die Flammen mir um die Beine leckten und die Menschen schreiend davonliefen. Und diese Schreie, was waren das für wunderbare Schreie!“, sagte sie schwärmerisch. „Sie klangen herrlich in meinen Ohren. Wie schöne Musik. Immer häufiger wollte ich das hören. Ich *musste* das hören.“

„Anarchie bedeutet gesetzlos. Vielleicht repräsentierten diese Schreie das, was du in deinem Inneren gespürt hast. Dieses Bedürfnis nach Chaos."

„Genau." Ihre Augen wurden groß.

„Der Dämon, der in mir steckt, ist der Tod. Sehr, sehr lange wollte er nichts anderes, als das Gegenteil von Lebendigkeit. Ich konnte ihn mit nichts anderem zufriedenstellen."

„Du verstehst es also." Sie schüttelte den Kopf. Ein wenig erschüttert sah sie aus. Sie klemmte sich eine Strähne, die ihr aus dem Knoten gerutscht war, hinters Ohr.

„Eines Tages wollte ich einen Kronleuchter mit brennenden Kerzen von der Decke schlagen, nur um das Glas splittern und die Menschen schreien zu hören. Doch dann ging eine Dame vorüber, die einen Diamanten trug, der noch viel heller strahlte als alle Kerzen zusammen. Götter, diesen Ring wollte ich unbedingt haben. Also folgte ich ihr und stahl ihn. Sobald ich ihn mir auf den Finger schob, hörte das rasende Bedürfnis auf … so unerträglich zu sein. Seitdem stehle ich."

Einen Moment lang schwieg er. „Mich kannst du jederzeit bestehlen." Insgeheim wusste er, dass er es wahrscheinlich sein würde, der ihr etwas stahl. Er wurde traurig. In diesem Augenblick wollte er sie auf keinen Fall töten. Genauso wie er, hatte sie das Potenzial, zu töten und zu zerstören. Aber sie versuchte, sich zu bessern. So wie er.

Sie warf ihm ein Lächeln zu. „Danke."

Es wurde ihm schwer ums Herz. *Der Schlüssel. Frag sie nach dem Schlüssel.* Stattdessen hörte er sie sagen: „Warst du schon öfter in der Arktis?"

„Ein paar Mal. Ach, das wird schon toll! Na ja, mal abgesehen von der Graberei." Aufgeregt klatschte sie in die Hände. „Nur wir beide. Wir kuscheln, damit uns nicht kalt wird. Und keine Jäger weit und breit. Ich glaube nicht, dass ein Mensch diese Kälte lang aushalten kann. Nun komm schon. Ich kann nicht mehr laufen, es ist Zeitverschwendung." In der nächsten Sekunde war sie verschwunden.

Ohne zu zögern, folgte er ihr …

Schon waren sie in Griechenland, in dem Haus, das er gemietet hatte. Er ließ die Tüten fallen. Von den Kriegern war nichts zu hören oder zu sehen. Wahrscheinlich waren auch sie dabei, sich auf die Reise vorzubereiten und ihre Utensilien zu besorgen.

Anya ließ sich auf die cremefarbene Ledercouch fallen, als ginge sie das alles nichts an. Mit einem zufriedenen Seufzer zog sie die gestohlenen Handschuhe aus und danach ihre Stiefel. Darunter kamen hübsche weiße Leggins zum Vorschein. Auch die fielen zu Boden. Dann zog sie ihren Mantel aus – darunter trug sie nichts als einen weißen Spitzen-BH.

Seine Augen fielen ihm fast aus dem Kopf. „*Das* hast du den ganzen Tag angehabt?“

Sie grinste durchtrieben. „Ja. Gefällt es dir?“

Sofort reagierte seine Männlichkeit. Schon wieder. Er war steifer, dicker. Voller. Heißer. In diesem Augenblick sah sie noch erotischer aus als in der Zofenuniform – und die hatte ihn schon umgehauen. Den Göttern sei Dank, hatte er vorher nicht gewusst, was sie unter dem Mantel trug. Er hätte sonst jeden umgebracht, der sie angesehen hatte … und er hätte sich im Schnee auf sie geworfen.

Er konnte den Blick nicht von ihr wenden. Ihr Bauch war flach und leicht gebräunt. Ihr Bauchnabel war eine Freude für die Augen. Ihre Brüste waren voll und rund. Durch den BH konnte er ihre rosafarbenen Spitzen sehen, die sich aufgerichtet hatten. Die Leggins schmiegten sich wie eine zweite Haut um ihre Beine.

„Und? Wie findest du mich?“, wiederholte sie und räkelte sich auf dem Sofa. Sie war barfuß, ihre lackierten Fußnägel glänzten. „Du hättest mich schon viel früher so sehen können, aber du warst ja zu bockig.“

„Du bist schön, Anya.“

„Dann komm her und küss mich“, beschwor sie ihn leise.

„Ich kann nicht“, krächzte er.

„Warum nicht?“ Sie strich mit einem Finger über ihren Körper und ließ ihn um den Bauchnabel kreisen. „Es ist ja nicht so, dass ich dich darum bitte, mit mir zu schlafen. Küss mich einfach und fass mich ein bisschen an. Und zu deiner Information: Das ist das letzte Mal, dass ich mich dir anbiete. Deine ewige Ablehnung zerstört mein Selbstbewusstsein.“

In seinen Ohren dröhnte es. Er sollte sie nicht anfassen? Sie nicht küssen? „Warum nur küssen und streicheln?“

„Darum.“ Sie verschränkte die Arme, sodass ihre Brüste zusammengedrückt wurden.

Götter im Himmel. „Sag es mir."

„Warum sollte ich? Du beantwortest mir doch auch nicht jede Frage." Noch einmal strich sie sich mit dem Finger über den flachen Bauch.

Wie hypnotisiert folgte er ihrer Bewegung. Er schluckte schwer. Sie schlief mit anderen Männern, nur nicht mit ihm. Als ihm das bewusst wurde, knirschte er mit den Zähnen. Er durfte sie nur küssen. Er war nicht gut genug, um mit ihr zu schlafen.

Dafür wollte er sie hassen, aber er hatte es sich selbst zu verdanken. Er hatte sich so verletzt, damit Frauen ihn nicht attraktiv fanden. Und obwohl Anya ihn nicht für würdig befand, mit ihm zu schlafen, wollte er immer noch ihr Leben retten. „Wir müssen über etwas reden, Anya."

„Worüber? Was du am besten mit deiner Zunge machen solltest?"

„Der Schlüssel. Gib mir den Schlüssel, den Cronus haben will. Dann tue ich alles, was du willst. Ich küsse dich so, wie und wo du es willst."

Sie wurde blaß. „Verdammt nein. So dringend will ich dich auch wieder nicht."

Das wusste er, aber als sie es aussprach, tat es ihm sehr weh. „Wenn du mir den Schlüssel gibst, wird es dir das Leben retten."

„Wenn ich den Schlüssel verliere, ist mein Leben nichts mehr wert. Ich will darüber jetzt nicht mehr nachdenken. Ich will mit dir über uns reden."

„Es wird kein ‚uns' geben, wenn ich den Schlüssel nicht bekomme."

„Der Schlüssel gehört mir", schrie Anya, „und ich werde ihn niemals hergeben. Hast du das verstanden? Niemals! Lieber sterbe ich!"

„Du *wirst* sterben, wenn du ihn mir nicht gibst! Du zwingst mich, etwas zu tun, was ich nicht tun will, Anya!"

„Und? Willst du ihn mir jetzt wegnehmen?"

Er blieb die Antwort schuldig.

„Du wirst es bereuen, wenn du es versuchst."

Keine Antwort.

„Vergiss den Schlüssel! Wir hatten doch so viel Spaß, und wir könnten jetzt noch mehr haben!"

„Cronus ist zu mir gekommen und hat damit gedroht, diejenigen, die ich liebe, zu quälen. Ich habe keine Zeit mehr, Anya. Entweder bekommt er den Schlüssel oder dich. Und ich würde ihm lieber diesen Schlüssel bringen."

Er sah, wie der Puls an ihrem Hals raste. „Wann hat er dir das gesagt?“

„Bevor wir einkaufen gegangen sind.“

„Deshalb bist du so gern mitgekommen. Du dachtest, du besänftigst mich, dann würde ich dir den Schlüssel einfach so geben.“ Sie lachte bitter. „Oder vielleicht hast du gehofft, dass ich mich verplappere und dir sage, wo er sich befindet, damit du ihn dir selbst holen kannst. Das sagt ja viel über deine pathetischen Prinzipien aus.“

„Wie entscheidest du dich? Du oder der Schlüssel?“

„Für mich.“ Sie reckte das Kinn vor. „Das habe ich dir erklärt. Ich werde mich nicht von dem Schlüssel trennen.“

„Anya.“ Als er das sagte, hasste er sich dafür. Er hasste Cronus. Er hasste sogar die Frau, die er zu retten versuchte. Sie löste Gefühle in ihm aus. Und jetzt waren seine Gefühle mehr denn je seine Feinde. „Das ist deine letzte Chance.“

„Lucien, ich kann ihn dir nicht geben.“ Tränen stiegen ihr in die Augen. „Ich kann es einfach nicht.“

Diese Tränen … „Warum nicht?“

„Ich kann es nicht. Ich *werde* es nicht tun.“

Es gab für ihn nichts mehr zu sagen. *Tu es. Beende es. Es ist an der Zeit.* „Ich warne dich. Ich werde es schnell tun. Ich werde dich erst töten. Dann nehme ich deine Seele.“ Er teleportierte sich einfach über sie, setzte sich rittlings auf ihren Körper, zückte die Dolche und hob sie über den Kopf, bereit zuzustechen.“

Ihre Augen weiteten sich entsetzt.

„Es tut mir leid.“ Dann stach er zu.

9. Kapitel

Paris schlenderte durch die gepflasterten Straßen von Athen, die vom goldenen Sonnenlicht erwärmt wurden. Es herrschte eine friedliche Stimmung. Die Sehenswürdigkeiten der Alten Welt strahlten im hellen Licht. Von der See, die nur ein kleines Stück entfernt war, wehte das leise Geräusch der Brandung herüber.

Eigentlich sollte er sich auf seine bevorstehende Reise in die USA vorbereiten.

Doch er tat es nicht.

Er war auf der Suche nach einer Frau, irgendeiner Frau, die mit ihm ins Bett gehen würde. Aber was er auch sagte oder tat, die griechischen Frauen reagierten nicht. Die Budapesterinnen waren da anders gewesen. Verdammt, nicht nur die Budapesterinnen!

Er konnte es nicht verstehen. Sein Aussehen hatte sich schließlich nicht verändert. Er war ein verdammt gut aussehender Bursche. Sein Verhalten war auch nicht anders. Er war der reizendste Mann, den er kannte. *Nichts* hatte sich verändert, was seine Person anging. Bevor er in Griechenland ankam, hatte es ausgereicht, einer Frau nur in die Augen zu sehen, schon war sie bereit gewesen, ihm alles zu geben. Aber hier – nichts. Nada.

Frauen jeglichen Alters, jeder Größe und Hautfarbe behandelten ihn wie einen Aussätzigen.

Ohne Sex ging es ihm nicht gut. Er wurde verletzlich und war nicht mehr in der Lage, sich gegen Angriffe von Jägern zu wehren.

Wenn es möglich gewesen wäre, hätte er sich einfach eine Frau ausgesucht, sie geheiratet und überall mit hingenommen. Er wäre dann ausschließlich mit ihr zusammen gewesen. Aber abgesehen davon, dass menschliche Frauen sterblich waren, ließ sein innerer Dämon das nicht zu. Sobald Paris einmal mit einer Frau im Bett gewesen war, konnte er sich nie mehr für sie erwärmen. Gleichgültig, wie sehr er sie auch begehrte … es funktionierte einfach nicht mehr.

Daher versuchte er gar nicht erst, eine Frau zu finden, die ihn für mehr als nur eine Nacht wollte. Um überleben zu können, hätte er seine Frau ununterbrochen betrügen müssen. Und das lehnte er ab.

Hallo, seht mich doch einfach an. Findet ihr mich nicht schön? Wenn er nicht bald eine Frau finden würde … Als er daran dachte, zu was er dann gezwungen wäre, wurde ihm schlecht.

Bloß nicht vergewaltigen, bitte! Bloß nicht! Seinem Dämon war es gleichgültig, mit wem er ins Bett stieg: Frau oder Mann. Aber Paris nicht. Paris wollte nur Frauen. Sein Magen zog sich zusammen, als er daran dachte, was er früher einmal getan hatte. Wie er diese Erinnerungen hasste. Er presste die Zähne zusammen, um sich nicht mehr daran erinnern zu müssen.

Such dir doch eine Prostituierte, schlug sein Dämon der Vielweiberei vor, der den Sex nun mal brauchte.

Das habe ich schon versucht. Es ist, als hätten sie sich vor mir versteckt. Paris schätzte Prostituierte im Prinzip. Da hatten beide etwas von dem Geschäft, und die Frau hatte darüber hinaus keine Erwartungen an ihn.

Eine Frau mit braunen Haaren ging auf dem Bürgersteig gegenüber entlang. *Eine Frau.* Er roch sie, bevor er sie sehen konnte. Er wandte den Kopf nach ihr um, damit er ihren weiblichen Duft besser einatmen konnte. *Die reicht aus.*

Er hatte schon die Straße überquert, noch bevor er wahrgenommen hatte, einen einzigen Schritt gegangen zu sein. „Entschuldigung!“, rief er ihr zu, bevor er sie ganz erreicht hatte. In seiner Stimme klang Verzweiflung.

Sie sah ihn kurz an. Was sie sah, schien ihr zu gefallen, aber das war auch schon alles. Nicht mehr. Keine Verzauberung, kein Begehren. Als er vor ihr stand, sah er, dass auf ihrem Kopf einzelne Strähnen silbrig glänzten, und dass sie unter den Augen Falten hatte.

Macht nichts. Ihm lief das Wasser im Munde zusammen.

„Ja?“, fragte sie mit einem deutlich englischen Akzent, ohne stehen zu bleiben.

Normalerweise hielten die Frauen an. Sie brannten darauf, ihn zu berühren. Was war mit diesen Griechinnen los? „Würden Sie vielleicht gern …“ Verdammt. Er konnte sie nicht geradeheraus fragen, ob sie mit ihm schlafen wollte. Sie würde wahrscheinlich gleich weitergehen. „Würden Sie vielleicht mit mir zu Abend essen?“

„Nein, danke. Ich habe gerade gegessen.“ Dabei beließ sie es und ging schnell weiter.

Erstaunt, irritiert und entnervt hielt er an. Was war verdammt noch mal hier los?

Waren es vielleicht die Götter? Mischten sie sich ein? Er starrte böse gen Himmel. Mistkerle. Er würde es ihnen zutrauen. Aber warum kümmerten sie sich überhaupt um ihn? Sie wollten doch schließlich, dass er und die anderen die Artefakte fanden, oder etwa nicht? Wenn er und die Krieger den Göttern nicht halfen, hatten sie keine andere Chance.

„Ich habe euch nichts getan!“, rief er.

Gerade als er es ausgesprochen hatte, kam ihm ein finsterer Gedanke. Maddox – mit seinem Dämon der Gewalt – hatte zunächst auch nicht bemerkt, dass er sich verändert hatte. Er war weniger kontrolliert und bösartiger geworden, bevor er Ashlyn, die Liebe seines Lebens getroffen hatte. Lucien schien etwas Ähnliches mit Anya durchzumachen. Natürlich würde der stoische Tod das niemals zugeben wollen. Würde Paris es ihm gegenüber erwähnen, konnte er damit rechnen, dass Lucien ihn vor Wut zu Tode prügelte. Niemals zuvor hätte Lucien seine Wut geäußert.

Liebe Götter. Bin ich der nächste?

Nein. Nein. Da er niemals einer einzigen Frau treu sein konnte, hoffte er, niemals eine Frau zu treffen, in die er sich verliebte. Jedes Mal, wenn er eine Schönheit traf, deren Namen mit A begann – zunächst Ashlyn, dann Anya –, musste er dafür sorgen, so schnell wie möglich wegzukommen. Das kam nicht infrage.

Eine Blondine ging an ihm vorbei, aus deren Einkaufstüten es nach frisch gebackenem Brot duftete. Sofort ging er hinter ihr her, um die Chance nicht zu versäumen. „Entschuldigung, lassen Sie mich Ihnen mit den Taschen helfen.“ Bei den Göttern, er klang wirklich verzweifelt.

„Nein, danke schön.“ Sie sah ihn noch nicht einmal an und ging einfach weiter.

Wieder blieb er mitten auf dem Gehweg stehen. Verdammt! Was sollte er nur machen? Und wenn er nach Buda zurückfliegen müsste, er würde es tun. Oder er würde versuchen, Lucien aufzuspüren und ihn bitten, ihn dorthin zu teleportieren, auch wenn ihm dann wieder schlecht würde. Aber immerhin wäre er dann schneller dort. Er pfiff auf die Artefakte und die Büchse der Pandora. Er würde …

Eine blonde Frau ging an ihm vorbei.

Wieder wurde er abgelehnt.

Eine dunkelhaarige.

Nochmals eine Abfuhr.

Eine Stunde später war er heiß und hart und … verdammt schwach. Seine Hände zitterten, und er spürte, wie der verzweifelte Drang nach Sex in jede seiner Körperzellen fuhr. Daher bemerkte er nicht, dass jemand hinter ihm ging und ihn umrannte. Gerade konnte er sich noch fangen, bevor er stürzte.

„Das tut mir leid." Es war eine Frauenstimme.

Sie sorgte dafür, dass er am ganzen Leib erschauderte. Langsam drehte er sich um, denn er hatte Angst, dass sie ihm sofort davonlief, falls er sich zu schnell umdrehte. Als erstes bemerkte er, dass Blätter auf dem Boden lagen, die sie versuchte aufzuheben.

„Das hat man davon, wenn man zur selben Zeit liest und geht", murmelte sie.

„Es ist doch schön, dass Sie gelesen haben", antwortete Paris und beugte sich ebenfalls hinunter, um ihr beim Aufsammeln zu helfen. „Ich bin froh, dass wir zusammengestoßen sind."

Sie sah zu ihm auf. Sie holte Luft.

Interesse? Bitte, bitte, lass es Interesse sein!

Sie war keine Schönheit. Ihre Augen waren braun, sie hatte Sommersprossen, und ihre lockigen braunen Haare fielen in Wellen bis über die Schultern. Ihre Augen waren zu groß für ihr Gesicht, und ihre Lippen waren so üppig, dass sie aussahen, als seien sie von einem Insektenstich angeschwollen. Aber sie hatte etwas, das ihn faszinierte. Etwas, dass ihn sie länger ansehen ließ, als es sich gehörte. Er nahm ihren Anblick in sich auf und erfreute sich daran. Vielleicht war es ihre versteckte Sinnlichkeit. Ihre braun-grünen Augen funkelten auf seltsame Weise.

Stille Wasser sind tief. Die unscheinbaren Mäuschen waren im Bett immer die wildesten.

„Ihr Name beginnt nicht mit einem A, oder?", fragte er vorsichtig.

Sie runzelte die Stirn und schüttelte den Kopf. „Nein. Ich heiße Sienna. Aber das interessiert Sie wahrscheinlich gar nicht, und Sie haben auch nicht danach gefragt. Entschuldigung. Ich wollte mich nicht aufdrängen."

„Doch, es interessiert mich." Seine Stimme war rau. Er konnte es nicht abwarten, sie auszuziehen.

Ihre Wangen überzog ein leichtes Rot, und sie bemühte sich, schnell die Papiere einzusammeln.

„Sind Sie ... Amerikanerin?" Er gab ihr ein paar Bögen, die er aufgesammelt hatte.

„Ja. Ich mache hier Urlaub und arbeite an meinem Manuskript. Aber danach haben Sie ja auch nicht gefragt. Ihr Akzent ... woher kommen Sie?"

„Aus Ungarn." Jedenfalls hatte er einige Jahrhunderte lang in Budapest gelebt, also konnte er mit Fug und Recht behaupten, er sei Ungar. Schnell wechselte er das Thema. „Sie sind Schriftstellerin?"

„Ja. Jedenfalls versuche ich es. Aber das stimmt auch nicht ganz. Ich bin zwar Schriftstellerin, aber mein Buch ist noch nicht veröffentlicht." Während sie versuchte, Ordnung in den Stapel Papier zu bringen, nagte sie an ihrer vollen Unterlippe. „Tut mir leid, wenn ich zu viel rede. Eine Angewohnheit von mir. Sagen Sie mir einfach, ich soll den Mund halten, wenn es Ihnen zu viel wird."

„Ich würde gern mehr von Ihnen hören." Er spürte, wie er sich entspannte. Erleichterung durchfloss ihn wie Ambrosia. Endlich eine Frau, die nicht wegrannte, als habe er eine ansteckende Krankheit.

Sie wurde wieder rot und schob sich eine Haarsträhne hinters Ohr.

Er sah ihr dabei zu, und sein Schaft reagierte sofort auf die Geste. Die Frau hatte unglaublich schöne Hände. Wahrscheinlich waren es die sinnlichsten Finger, die er jemals gesehen hatte. Sie waren zierlich, die Finger waren schlank, die Nägel unlackiert. Um ihr schmales Handgelenk trug sie ein silbernes Gliederarmband. Sie trug drei Ringe: zwei schlichte Silberringe und einen auffälliger schillernden Opal.

Verheiratet?

Er mochte nicht daran denken, aber das sollte ihn nicht ablenken. Er stellte sich vor, wie diese Hände über seinen Körper glitten und hätte auf der Stelle kommen können.

Er musste sie haben.

Vielleicht ist sie ein Lockvogel. Dieser Gedanke stellte sich bei Paris gewohnheitsmäßig ein. *Man konnte nie vorsichtig genug sein.*

Er betrachtete sie genauer. Ihr ganzes Gesicht war voller Sommersprossen, ihre Lippen waren im Verhältnis zu ihrem kleinen Gesicht überproportioniert. Wahrscheinlich kein Köder, entschied er. Normalerweise waren die Lockvögel wunderschön. Wie Ashlyn oder Anya. Sienna war kein Hingucker. Nicht annähernd. Dennoch sollte er auf der Hut sein.

Du musst sie haben! Auf der Stelle!, forderte der Dämon.

Gleich … gleich.

„Ach, Sie sind so nett …", unterbrach sie die Stille. Sie richtete sich auf und verstaute das Manuskript unter ihrem Arm. Sie war sehr dünn, fast flachbrüstig.

Auch Paris stand auf. Es gefiel ihm, dass sie im Vergleich zu ihm so klein und zart war. „Ach, gar nicht. Ich bin vielleicht nett, aber ich lüge nicht. Ich möchte wirklich gern alles über Sie wissen."

„Wirklich?", fragte sie erstaunt.

„Ich schwöre."

Sie trug weite dunkelblaue Kleidung, die ihre Figur nicht gerade betonte. Er fragte sich, ob sie vielleicht im Kontrast dazu erotische Unterwäsche trug. Er stellte sie sich in smaragdgrüner Spitze vor.

„Würden Sie … äh, mit mir einen Kaffee trinken gehen?", fragte sie.

„Ja." *Götter, nur zu gern!*

Langsam fing sie an zu grinsen. „Wo?"

Dieses Lächeln ergriff ihn aufs Tiefste. Er spürte es bis in den Magen. „Wohin Sie mich auch führen, ich werde Ihnen folgen." Er war zwar schon hart, aber auch beschwingt. Er würde ihr Komplimente machen, und danach würde er ihr den besten Orgasmus bescheren, den sie je in ihrem Leben gehabt hatte. Und hinterher würden sie sich freundschaftlich von einander verabschieden.

Sie würde eine Nacht mit ihm bekommen, die sie mit Sicherheit nie vergaß, und er würde seine Kraft wiedergewinnen. Zumindest für den Rest des Tages. Ein faires Geschäft.

„Kommen Sie", sagte er. „Wir suchen uns ein Café." *Schnell.*

Nebeneinander schlenderten sie die Straße hinunter. Mit der Zeit nahm er sie immer stärker wahr. Sie duftete nach … Seife und …? Er schnupperte. *Wiesenblüten.* Was waren ihre geheimsten Fantasien?

„Hier um die Ecke gibt es ein Café."

„Perfekt." Er erschauderte. War es Schwäche oder Begierde? Er wusste es nicht, und es war ihm auch gleichgültig. *Lenk dich ab.* „Wovon handelt Ihr Buch?“

„Ach.“ Sie fuhr mit einer Hand durch die Luft. „Das wollen Sie gar nicht wissen, mir ist es peinlich, darüber zu sprechen.“

„Also eine Liebesgeschichte?“

Sie riss die Augen auf und sah ihn an. „Woher wissen Sie das?“

„Hab ich geraten.“ Er kannte sich mit Frauen aus, auch wenn er nie länger als eine Nacht mit ihnen zusammen war. Die meisten lasen am liebsten Liebesgeschichten, aber versteckten sie immer vor ihm, als sei ihnen das peinlich. Sie konnten ja nicht wissen, dass auch er gern Romantisches las. Eigentlich liebte er kitschige Geschichten wegen ihres glücklichen Endes. Er wünschte sich selbst eins.

Jedenfalls, bis das Unmögliche möglich wurde. Was so wahrscheinlich war, wie dass die Titanen Ballettröckchen trugen und ihm zuwinkten, während sie Liebeslieder sangen und dazu tanzten.

Schließlich bogen sie um eine Ecke und sahen ein Café. Bistrotische und Stühle mit hohen Lehnen standen vor einem großen Schaufenster. Ein Tisch war gerade frei geworden, also setzten sie sich schnell dorthin.

„Wie lange sind Sie schon in Griechenland?“, fragte sie, während sie den Papierstapel in ihrer Handtasche verstaute.

„Ein bisschen länger als eine Woche, aber ich habe die ganze Zeit gearbeitet.“

„Das ist ja fürchterlich! Haben Sie sich denn überhaupt schon die Sehenswürdigkeiten angeschaut?“ Sie lehnte die Ellbogen auf den Tisch und sah ihn gespannt an. „Sind Sie allein hier oder mit einer Reisegruppe?“

Er ignorierte ihre Frage und sagte: „Ich schaue mir in diesem Moment gerade die schönste Sehenswürdigkeit an.“ *Junge, so geht das nicht. Das war selbst für dich ein bisschen zuviel Kitsch. Was kommt als Nächstes? Dass du sie bittest, dir die Liebesszenen aus ihrem Buch vorzulesen? Halt dich mal ein bisschen zurück.*

Sie wurde wieder rot. Ihre hübschen Sommersprossen verschwanden hinter einem zartem Rosa. Sein Schaft reagierte sofort mit hartem Pulsieren darauf.

Eine Bedienung nahm ihre Bestellung auf. Er war erstaunt, dass seine Begleitung – Wie war ihr Name doch gleich? – einfach nur schwarzen Kaffee bestellte. Er hätte gewettet, dass sie etwas Süßes nehmen würde. Er selbst entschied sich für einen doppelten Espresso.

Als die Getränke einige Minuten später kamen, konzentrierte er sich wieder auf die Frau mit den Sommersprossen. Mit jeder Minute wurde sie reizender, fand er. Unter den Sommersprossen hatte ihre Haut einen sahnig hellen Ton, und mittlerweile schienen ihre Augen eher grün als braun zu sein.

„Danke für den Kaffee", sagte sie, während sie trank. Sie schob ihre Hand über den Tisch, um seine Finger zu berühren. Sobald er den Körperkontakt spürte, liefen ihm heiße Schauer den Arm hinauf – so überraschend, wie sie sich plötzlich in eine begehrenswerte Frau verwandelt hatte.

Sie hielt den Atem an. Paris unterdrückte ein Stöhnen.

„Ist mir ein Vergnügen." Er spürte, wie seine Erregung stieg … und immer weiter stieg. War es zu früh, ihr jetzt schon etwas zu signalisieren? Würde er sie verjagen?

„Also. Sie haben mir noch gar nicht erzählt, was Sie eigentlich in Griechenland machen?" Sie zog ihre Hand weg, aber starrte seine Finger an, als würde etwas mit ihnen nicht stimmen.

„Ich hatte einfach Lust zu verreisen", log er. Nur wenige Minuten zuvor hatte er ihr doch gesagt, er sei zum Arbeiten dort. „Zum Arbeiten. Ich bin … Fotomodell."

Diese Lüge benutzte er hin und wieder.

„Wow." Offensichtlich war sie durch irgendetwas abgelenkt. Mit gerunzelter Stirn berührte sie erneut seine Hand.

Wieder durchlief ihn eine Welle des Verlangens. Und sie auch, wie es schien. Sie holte Atem und drehte ihre Hand um, als wolle sie etwas suchen. Vielleicht war dies doch der richtige Zeitpunkt, etwas deutlicher zu werden.

„Ich liebe es, wie sich Ihre Haut anfühlt."

Sie rutschte unruhig auf ihren Stuhl hin und her und schaute weg. „Danke."

Sehr langsam nahm er wieder ihre Hand und führte sie vorsichtig an seine Lippen. Er küsste zart die Innenseite ihres Handgelenkes. Wieder war es, als flögen Blitze zwischen ihnen hin und her. Die Situation war so erotisch, dass er es wagen wollte, sie zu bitten, mit ihm zu schlafen.

Da sie die Hand nicht wegzog, fuhr er mit der Zunge über ihre Pulsader.

Sie zuckte zusammen und rang nach Atem. Sie versuchte nicht, sich zurückzuziehen, sondern war eher erstaunt … oder sogar erfreut? Nie zuvor hatte Paris sich diese Frage stellen müssen, aber bei dieser Frau war er sich unsicher. Er wurde aus ihrer Miene nicht schlau. Ebenso wenig wollte er sie loslassen. Wenn er sie berührte, war es, als berühre er ein Stromkabel, das ihn an seinen Stuhl band, und ihn mit den Stromstößen daran hinderte, sich zu bewegen.

„Ich tue so etwas nicht“, stieß sie plötzlich hervor. „Ich gehe nicht mit fremden Männern Kaffee trinken oder lasse mich von ihnen küssen. Schon gar nicht von männlichen Fotomodellen.“

„Ich küsse dich doch gar nicht.“

„Ich meine, also … ich meine meine Hand. Sie … du hast meine Hand geküsst.“

„Ich würde dich gern küssen.“ Er sah sie mit seinen dunklen Augen unter dichten Wimpern hervor eindringlich an. „Ich meine, dich wirklich küssen.“

„Warum? Ich meine, bitte missversteh mich nicht“, beeilte sie sich zu sagen. „Ich freue mich darüber. Aber warum ich?“

„Weil du eine begehrenswerte Frau bist.“

„Wer? Ich?“

„Oh, ja.“ Seine Stimme war rau, so erregt war er. „Spürst du nicht, wie ich darauf brenne, mit dir zusammen zu sein?“

„Ich … ich …“ Sie biss sich wieder auf die Unterlippe. War das ein nervöser Tick?

Es war reizend, aber *er* wollte an ihrer Unterlippe nagen.

„Ich weiß gar nicht, was ich sagen soll.“ Sie fuhr sich mit einem Finger über die Lippen, als stelle sie sich ebenfalls vor, er würde sie dort berühren.

„Sag einfach ja.“

„Aber wir kennen uns doch gar nicht.“

„Das müssen wir doch auch nicht.“ Götter, er konnte es nicht abwarten, sie zu schmecken. Alles von ihr zu schmecken.

Schüchtern schlug sie vor: „Ich weiß nicht, wir können ja … in mein Hotelzimmer gehen. Wenn du willst, heißt das. Wir könnten etwas trinken. Ich meine, noch etwas anderes als Kaffee. Aber ich will jetzt auch nichts vorschlagen, was du vielleicht gar nicht möchtest. Ach, verdammt. Ich bin nervös. Tut mir leid."

„Lass uns irgendwo hingehen, wo wir beide noch nicht gewesen sind." Paris hatte es sich zur Gewohnheit gemacht, nie das Haus oder die Wohnung einer Sterblichen zu betreten. Diesen Fehler hatte er nur ein Mal gemacht. Außerdem konnte er sie nicht mit in seine neue Bleibe nehmen. Das würde die anderen Krieger in Gefahr bringen, falls ihm Jäger auf er Spur waren. Also musste er ein Hotelzimmer suchen. „Irgendetwas in der Nähe."

„Ich ... ich ...", fing sie wieder an zu stottern.

Er richtete sich auf, beugte sich über den Tisch und presste seinen Mund auf ihren. Ohne zu protestieren, öffnete sie die Lippen, und er küsste sie lange und heiß. Sie schmeckte besser, als er zu hoffen gewagt hatte. Pfefferminze und Zitrone, Kaffee und bedingungslose Leidenschaft. Sofort spürte er, wie er an Stärke gewann.

Wie würde wohl ihre Mitte schmecken?

„O-okay." Sie holte Luft, nachdem er sich von ihren Lippen gelöst hatte. Ihre Brustwarzen waren steif. „Wollen wir uns ein Zimmer nehmen?"

Er sehnte sich danach, seine Zunge um diese Brustspitzen kreisen lassen, um dann an ihnen zu saugen. Er würde dafür sorgen, dass sie sich vor Lust wälzte, wenn er sie erst streichelte und dann vollkommen ausfüllen würde. Stundenlang.

Mit einem leisen Stöhnen nahm er ihre Hand und stand auf. Sie protestierte nicht, als er ihr half aufzustehen. Dann legte er etwas Geld auf den Tisch.

„Da lang", sagte er.

Sie hielten sich an den Händen, während sie den Bürgersteig entlanggingen, und Paris wünschte sich einmal mehr, dass er wie Lucien fliegen könnte. Er war sich nicht sicher, wie lange er noch in der Lage war, sich zusammenzunehmen. Er wollte diese Frau. Natürlich würde sie ihren Charme für ihn verlieren, sobald es vorüber war. Aber bis dahin ...

„Warte", sagte sie plötzlich.

„Nein!", rief er fast. Ihm wurde bewusst, dass er keuchte. Er zog sie in eine kleine Gasse. Seine Verzweiflung war unermesslich. Die Gasse war von Sonnenlicht hell erleuchtet, aber wenigstens hatten sie hier ein wenig Privatsphäre.

„Ja", sagte er und drückte sie gegen eine Mauer. Ihre dunkelblaue Bluse rutschte ein wenig hoch und gab den Blick auf ein kleines Stück samtiger Haut frei.

„Ich weiß doch noch nicht einmal, wie du heißt." Sie schubste ihn nicht weg, wie er befürchtet hatte. In ihren braunen Augen las er brennendes Verlangen, während sie ihre Arme um seinen Hals schlang.

Ich bin zurück, dachte er, während er murmelte: „Paris. Ich heiße Paris." Und dann küsste er sie so, dass sie kaum noch Atem holen konnte.

Sie stöhnte, und er sog diese Laut in sich auf. Sie spreizte die Beine. Seine Männlichkeit drückte gegen ihre weiblichste Stelle. Er rieb sich an ihr, und jetzt war *er* es, der stöhnte.

Perfekt.

Sie knetete seinen Nacken, während ihre Nägel fast durch den Stoff seines T-Shirts drangen. Ihre Zungen fochten miteinander. Als er ihre Brüste berührte, wurde der Kuss intensiver. Beide versanken in einen Mahlstrom des Verlangens.

Ich muss ihre Haut fühlen. Er fuhr mit der Hand unter ihre Bluse. Sie trug keinen BH. Endlich konnte er ihre Haut berühren. *Gnädige Götter im Himmel!* Sie hatte einen kleinen Busen, aber er hatte die perfekte Form. Sanft zwickte er eine Brustwarze und rollte sie zwischen seinen gierigen Fingern. Er liebte dieses Gefühl. Sie reckte ihre Hüften vor und streichelte seinen Schaft.

„Du bist süß", knurrte er.

„Paris", keuchte sie.

„Ich muss in dich eindringen."

„Es … es tut mir leid."

Er verteilte Küsse auf ihrer Wange und dann auf ihrem Kinn und den Hals hinab. Sie würde es nicht bereuen, sich ihm hingegeben zu haben. Er würde sich mit ihr richtig Mühe geben. Sie würde sich an ihn bis zum Ende ihres Lebens erinnern. Und lächeln. „Was?"

„Das." Plötzlich klang sie weder atemlos noch erregt, sondern sehr entschlossen.

Er spürte einen stechenden Schmerz in seinem Nacken. Verwirrt ließ er sie los. Er stolperte und fühlte, wie eine seltsame Mattigkeit von ihm Besitz ergriff. Seine Knie zitterten. „Was … warum." Seine Stimme klang schwach.

Er konnte sich nicht mehr auf ihr Gesicht konzentrieren, das vor seinen Augen verschwamm. Was er sah, war eine Maske ohne Ausdruck. Ihre Sommersprossen wurden zu einem braunen Fleck. Er sah ihr dabei zu, wie sie den Opal ihres Ringes in die Fassung drückte und so die Nadel verbarg, die sich darin befand.

„Das Böse muss ausgerottet werden", stellte sie sachlich fest.

Also doch ein Lockvogel …, dachte er, bevor ihm schwarz vor Augen wurde.

Reyes saß in der dunkelsten Ecke eines italienischen Striplokals. Eine Bar sah aus wie die andere, dachte er. Es war egal, in welchem Land man sich aufhielt. Er war nach Rom gekommen, um hier die Büchse der Pandora zu suchen, aber er konnte sich nicht auf seine Aufgabe konzentrieren, was nur dazu führte, dass er seine Kollegen wahnsinnig machte, anstatt ihnen zu helfen.

Schließlich schlugen sie ihm vor, einfach wegzubleiben und etwas zu unternehmen, um sich ein wenig zu beruhigen, bevor er wieder zu den Ruinen der Unaussprechlichen zurückkehrte.

Deshalb saß er dort in der dunklen Ecke und schnitt sich unter dem Tisch mit einem Messer in den Unterarm. Niemand konnte beobachten, was er tat. Sein Dämon war der Schmerz, und er musste ihn jeden Tag aufs Neue spüren. Nichts sonst auf der Welt beruhigte seine Nerven.

Gerade jetzt, wenn er so mit dem Gedanken an Danika beschäftigt war. Wo war sie? Ging es ihr gut? Hasste sie ihn, oder träumte sie auch von ihm, so wie er abends nur an sie dachte?

Er sah sie vor sich. Blond, zierlich, engelsgleich. Sinnlich. Mutig, leidenschaftlich. Nun, er nahm an, dass sie leidenschaftlich war. Er hatte sie noch nie geküsst, ganz zu schweigen davon, sie berührt oder gar ausgezogen.

Nicht, dass er das nicht wollte. Bei den Göttern, so war es nicht.

Er musste sie vergessen. Das war der Grund, warum er hergekommen war. Aber die vier nackten Frauen, die sich auf der Bühne räkelten, machten ihn nicht an. Er war noch nicht einmal hart. Er bekam nur noch einen hoch, wenn er an Danika dachte.

So sehr er sie auch finden wollte, sie beschützen … lieben wollte, er konnte es nicht. Abgesehen von den Dingen, die im Moment Vorrang hatten, würde Aeron sie in der nächsten Zeit töten, denn das hatten ihm die Titanen befohlen. Und Reyes wollte sich nicht mit ihr einlassen, wenn er schon wusste, dass er sie verlieren würde. Denn niemand würde es schaffen, Aeron aufzuhalten. Um ihn davon abzuhalten, sie zu töten, müsste Reyes ihn umbringen. Oder seinen Freund dazu verdammen, ein Leben lang gequält zu werden.

Aber Reyes war unglücklicherweise nicht so eigennützig. Aeron war sein Blutsbruder. Ein Krieger, der Seite an Seite mit Reyes nicht nur gegen die Jäger gekämpft hatte, der ihm den Rücken freigehalten hatte. Und das für eine Frau zu vergessen, für einige Momente der Lust … Reyes biss sich auf die Lippe.

Er presste die Klinge in sein Handgelenk, bis er spürte, wie ihm das warme Blut über die Hand rann. Sofort verheilte die Wunde, das Gewebe verschloss sich fast sofort nach dem Schnitt.

Er setzte sich noch einen Schnitt und verzog das Gesicht. Dann seufzte er vor Erleichterung.

„Soll ich für dich tanzen?“, fragte ihn eins der Mädchen auf Italienisch.

„Nein.“ Seine Antwort klang unfreundlicher, als er es gemeint hatte. Ihm entfuhr ein weiterer Seufzer, aber ohne dass es ihm danach besser ging. Es tat ihm nicht gut, noch länger hierzubleiben. Es entspannte ihn nicht, er wurde nur noch ungnädiger.

„Bist du sicher?“ Sie legte die Hände auf ihre Brüste, die in einem Spitzen-BH steckten. „Ich mache es dir nett.“

Seitdem der Fluch mit dem Dämon des Schmerzes auf ihm lag, hatte er sich nur einmal gut gefühlt, und das war, wenn er Danika anschaute. Der Schmerz dieser Freude … hatte ihn süchtig gemacht. Nichts anderes, so schien es, bereitete ihm seither noch Vergnügen. „Ich bin sicher. Lass mich in Ruhe.“

Schnaubend drehte sich die Stripperin um und ging fort.

Er fuhr sich mit der Hand über das Gesicht. Sicherlich konnte er irgendetwas tun, um Danika zu helfen. Er ertrug es nicht, sich vorzustellen, dass sie sterben sollte. Sie war einfach noch zu jung und zu lebenslustig. Das war zu viel. Sogar für ihn.

Vielleicht konnte er die Götter bitten, ihren Befehl, Danika zu töten, zurückzunehmen. Dann wäre Zorn, also Aeron, frei.

Vielleicht wäre das möglich, dachte er. Er lehnte sich in seinem

Stuhl zurück und empfand zum ersten Mal seit langer Zeit so etwas wie Frieden. Allerdings bräuchte er etwas, das er den Göttern anbieten könnte. Etwas, das sie begehrten. Er wusste nicht viel über die Titanen, die noch nicht lange an der Macht waren. Was brauchten sie? Und wie sollte er es ihnen beschaffen?

Aeron kauerte in seiner Zelle. Er hatte seinem Körper Schaden zugefügt, als er in seiner Raserei um sich geschlagen hatte. Aber der Schmerz machte ihm nichts aus. Im Gegenteil, er wurde stärker durch ihn.

Töten.

Er musste aus diesem Gefängnis entkommen. *Ich bin Gefangener in meinem eigenen Haus.* Der Blutdurst hatte ihn fest im Griff. Er war ihm so ausgeliefert, dass er die Welt nur in einem rötlichen Schimmer wahrnahm. Jedes Mal, wenn er aß, sah er sich gleichzeitig Danikas Kehle mit einem Messer durchschneiden, dann die ihrer Schwester, ihrer Mutter und ihrer Großmutter. Er konnte weder atmen, noch sich bewegen oder schlafen, ohne es sich vorzustellen. *Töten.*

So lange Zeit hatte er gehofft und gebetet, dass er diese Mordlust loswerden würde. Aber jeden Tag wurde das Bedürfnis größer. Seine Freunde besuchten ihn nicht mehr im Gefängnis. Er bekam sein Essen nur auf einem Tablett durch eine Klappe geschoben. Keiner sprach mit ihm. Es war, als hätten sie ihn abgeschrieben.

Töten. Töten. Er musste aus diesem Verlies entkommen. Er musste zerstören. Dann würde dieses Bedürfnis nachlassen. Das wusste er. Und ach, fast konnte er den Geschmack in seinem Mund spüren, den diese Morde hinterlassen würden. Ja, er musste hier raus.

Er konnte nicht länger warten. Er ertrug es nicht mehr, auf Frieden zu hoffen. Er musste tun, was nötig war. Er musste seinen Auftrag erfüllen.

Aeron starrte durch die Gitter hindurch. In seinen Gedanken formte sich ein Plan. Er grinste. Bald …

10. Kapitel

Anya konnte es nicht fassen, dass Lucien gerade versucht hatte, sie umzubringen. Wirklich umzubringen, nicht nur im Spaß. Ja, sie wusste, dass er dazu verdammt war, es zu tun. Und ja, er hatte behauptet, es auch durchzuziehen. Und ja, er hatte es schon zuvor versucht.

Aber die ersten Versuche waren alle nur halbherzig gewesen. Jetzt war es anders. Er hatte tatsächlich versucht, sie zu erstechen. Sie zu töten. Für immer. Unwiderruflich. Wenn sie sich nicht einfach teleportiert hätte, wäre er ihm gelungen, ihr den Kopf abzutrennen. Und jetzt war er ihr auf den Fersen, immer noch davon besessen, sie umzubringen.

Sie war verletzt und wütend. Sie versuchte, ihn loszuwerden, indem sie sich von einem Ort an den anderen teleportierte. Mittlerweile konnte sie nicht mehr klar sehen, so schnell war sie. Noch heute Morgen war sie mit ihm shoppen gegangen, und sie hatten miteinander gelacht! Sie hatte ihm sogar von dem Schlüssel erzählt. Zum ersten Mal schien er ihre Anwesenheit genossen zu haben! Und darüber hinaus hatte er ihr versprochen, sie mit in die Arktis zu nehmen.

Und jetzt hatte er versucht, sie zu töten.

Die Wut pulsierte heiß in ihren Adern. Der Schmerz raubte ihr den Atem. Wie konnte er es wagen! Sie war immer nur nett zu ihm gewesen.

Sie kniff die Augen zusammen. Nun, die Zeiten waren jetzt vorbei. Jetzt würde sie *ihn* töten. Sie wollte ihn nicht mehr. Sie wollte ihn nicht noch ein einziges Mal küssen, oder sich vorstellen, wie es wäre, ihn an ihrer Seite zu haben. Aufgebracht teleportierte sie sich zurück in ihre Wohnung in der Schweiz. Schnell zog sie sich ein schwarzes T-Shirt und schwarze Stretchhosen über, auf denen Luciens Blut nicht so zu sehen sein würde. Sie ließen sich leicht waschen, und die Flecken würden sie nicht noch jahrelang daran erinnern, was sie ihm angetan hatte. Dann teleportierte sie sich an zwei weitere Orte, um Waffen abzuholen.

Sobald sie ihre Waffen eingesammelt hatte – Messer, Wurfsterne und ein Elektroschockgerät, kehrte sie zurück in sein Haus auf den

Kykladen. Sie wollte Lucien nicht einfach nur töten, sie wollte ihn mit Elektroschocks zu Tode foltern, bevor sie ihn mit einer Elektrosäge wie eine Weihnachtsgans in Scheiben schnitt.

Er war nicht da. Wahrscheinlich suchte er sie noch.

Aber früher oder später würde er auftauchen.

Sie machte sich bereit. Die Beine schulterbreit auseinander, die Hände an der Hosennaht. Er konnte kommen … sie wartete …

Kaum eine Sekunde später stand er vor ihr. Sein wunderbar zerfurchtes Gesicht verriet keine Regung. Als sie ihn sah, erinnerte sie sich daran, was sie mit ihm vorhatte, und grinste gemein. *Dir zahle ich es heim …*

„Anya."

Anstatt ihn anzugreifen, teleportierte sie sich in sein Zimmer in Buda. Dort sammelte sie die Ketten ein, in die er sie gelegt hatte, dann flog sie auf den Gletscher in der Arktis. Sie schlug die Ketten wie einen Gürtel um ihre Hüften.

„Mistkerl." Der kalte Wind schnitt durch die Kleidung in ihre Haut. Lucien hatte nicht gewusst, dass sie die einzige Unsterbliche war, der Ketten nichts anhaben konnten. Weder Ketten noch ein Gefängnis konnten sie halten. Das hatte sie ihrem Vater zu verdanken, der ihr den Schlüssel gegeben hatte. Den Schlüssel, der es vermochte, alle Schlösser dieser Welt zu öffnen. Sie konnte allen Fesseln entkommen, nur ihrem Fluch nicht.

Ich werde nicht aufgeben.

Lucien den Schlüssel zu geben, hieße ihren eigenen Untergang zu besiegeln. Das wusste sie. Ihr Vater hatte ihr den Schlüssel übertragen, obwohl es ihn schwächte. Dennoch hatte er es getan, um wieder gut zu machen, dass sie die meisten Zeit ihres Lebens ohne ihn hatte leben müssen. Und weil er sie wirklich liebte.

Sie musste erschüttert mit ansehen, wie er stetig schwächer wurde. Jetzt, viele Jahre später, war er nur noch ein Schatten seiner selbst. Er wusste nicht mehr, wer er war, was er Zeit seines langen Lebens getan hatte oder dass er eine Frau hatte. Kaum konnte er sich selbst versorgen. Und weil Anya Themis allein im Gefängnis zurückgelassen hatte, musste sich nun ihre Mutter um ihn kümmern.

Dennoch waren beide glücklich miteinander, glaubte Anya. Dysnomia war froh, denn sie hatte einen Mann, der sie brauchte und der sie nicht verachtete. Und Tartarus war glücklich darüber, dass er nicht länger im Gefängnis sein musste und seine schreckliche Frau ihn nicht mehr unterdrückte.

Das bedeutete, dass Anya das Opfer ihres Vaters nicht bei einem Geschäft mit Cronus eintauschen würde. Es würde bedeuten, dass sie all das verlor, was sie hatte. Falls sie den Schlüssel aus der Hand gab, wäre sie wieder verletzbar geworden. Ihre Kräfte wären dahin. Ihre Erinnerungen wären gelöscht. Sie wäre nie wieder in der Lage, ihren Fesseln zu entkommen.

Dieser verdammte Cronus! Sie wünschte, er hätte nie von dem Schlüssel erfahren. Aber wahrscheinlich hatte er beobachtet, wie Tartarus, der diesen Schlüssel schon als Kind bekommen hatte, ihn ihr gegeben hatte. Schließlich waren sie im selben Gefängnis eingesperrt gewesen. Wenn sie den Schlüssel nicht dazu verwendet hätte, ihre Eltern aus dem Verlies zu befreien, in das Cronus sie gesteckt hatte, hätte der Gott es höchstwahrscheinlich vergessen. Aber so war es geschehen, und sie konnte nichts daran ändern.

„Jäger und Gejagte", murmelte sie.

Eigentlich wollte Cronus den Schlüssel nur haben, um sie daran zu hindern, ihn gegen den Gott einzusetzen. Sie hatte versucht, ihm beizubringen, dass ihr die anderen Götter gleichgültig waren, und dass sie nicht ins Gefängnis zurückkehren würde. Aber wie misstrauische Götter nun einmal so sind, hatte er ihr nicht geglaubt. Und ehrlich gesagt, war das auch recht schlau von ihm. Wenn er ihre Eltern abermals hinter Gitter gebracht hätte, wäre sie einfach zurückgekehrt, um sie zu befreien.

Plötzlich stand Lucien mit grimmigem Gesicht vor ihr. „Anya?" Sie ließ ihn nicht aus den Augen.

„Na, bist du bereit für ein bisschen Spaß?" Sie wartete seine Antwort nicht ab, sondern teleportierte sich trotz der schweren Ketten mitten auf eine belebte Straße in New York City. Sie hoffte, dass er ihr folgen und angefahren werden würde. Dann teleportierte sie sich in einen schwulen Nachtclub in Italien in der Hoffnung, jemand würde Lucien angrapschen. Danach ging es in einen Zoo in Oklahoma, weil er vielleicht in widerlicher Elefantenscheiße landen würde.

„Viel Spaß", wünschte sie ihm hämisch.

Ein letztes Mal teleportierte sich Anya fort, nämlich dorthin zurück, wo sie gestartet war: in sein Haus in Griechenland. Lucien war ihr immer noch auf den Fersen. Schnell wie der Blitz versteckte sie die Ketten unter seinem Bett und machte den Elektroschocker scharf. Gerade, als sie sich wieder aufrichtete, stand er genau vor ihr und starrte sie finster und mit gebleckten Zähnen an. In seinen Augen konnte sie den Tod sehen. In seinem Bein klaffte ein blutiger Schnitt, und er roch nach Scheiße.

Sie rümpfte die Nase. „Bist du in irgendwas reingetreten?", erkundigte sie sich unschuldig.

„Das ist mir egal." Er machte einen drohenden Schritt auf sie zu. „Nicht egal ist mir die Tatsache, dass ich von einem Taxi angefahren wurde und danach auf dem Schoß von einem nackten Mann gelandet bin. Er hatte eine Erektion, Anya. Er hatte einen Steifen."

Sie grinste, sie konnte einfach nicht anders.

„Und jetzt", fuhr er mit erregter Stimme fort, „wirst du mir erklären, was du in meinem Zimmer im Buda zu suchen gehabt hast."

„Nein, das werde ich nicht." Mit einem strahlenden Grinsen richtete sie das Elektroschockgerät auf ihn und drückte ab.

Die kleinen Haken am Ende der Drähte schlugen in seine Brust, und sein ganzer Körper zuckte. In einer Mischung aus Wut und Verwunderung sah er sie an. Erst als die erste Voltsalve abgeschossen war, senkte sie die Waffe. Sie hatte ihn voll getroffen.

„Anya", zischte er.

Sie achtete darauf, dass ihr Gesicht nichts verriet, als sie zwei Wurfsterne mit Silberspitzen herausholte und sie ihm entgegenschleuderte. Nur das Geräusch, als sie durch die Luft flogen, hätte ihn warnen können, aber da war es auch schon zu spät, und die Sterne bohrten sich bis in sein Herz.

Er stöhnte auf. „Schon wieder das Herz? Das ist nicht sehr originell!" Er kniff die Augen zusammen, als er sich die Waffen aus dem Fleisch zog. Mit schmalen Lippen warf er sie trotzig auf den Boden. „Wir müssen es nicht so unschön machen, Anya."

„Oh doch, müssen wir." Sie warf den nächsten Stern.

Er duckte sich, und die scharfen Klingen wirbelten an seiner Schulter vorbei. Er ging einen Schritt auf sie zu. Tapferer Mann. „Warum gibst du nicht einfach Cronus den Schlüssel?"

„Warum hast du dir ausgerechnet Cronus ausgesucht, und nicht mich?“, stieß sie hervor. „Warum ziehst du deine Freunde mir vor?“

Oh, Götter. Hatte sie das gerade eben wirklich gesagt? War *sie* das, die so gejammert hatte? Ihr Gesicht wurde heiß. Natürlich stellte er seine Freunde über sie. Auch wenn sie es sich anders wünschte – Anya träumte davon, dass sich Lucien für sie opferte, genauso wie sich Ashlyn in dieser einen Nacht für Maddox geopfert hatte. Aber so ging es eben. Liebende, ob sich ihre Liebe nun erfüllt hatte oder nicht, kamen und gingen, Freunde blieben fürs Leben.

Lucien hielt inne. „Alles, was ich weiß, Anya, ist, dass du mich schon morgen vergessen haben wirst. Warum sollte ich all das riskieren, nur um mit dir ein paar Tage lang zusammen zu sein?“

Weil ich es wert bin, verdammt! Sie hätte gern gehört, dass er alles getan hätte, nur um Zeit mit ihr zu verbringen, und sei sie auch noch so kurz. Wie egoistisch und naiv von ihr! Es war ihre Strafe. Hölle. Qual. Es war alles zugleich. „Ich hätte dir helfen können, diese Artefakte zu finden. Ich hätte mit dir Hydra besiegt. Und ich hätte dir geholfen, diese verdammte Büchse aufzuspüren.“

Er ließ die Schultern ein wenig hängen. „Ich weiß.“

Das schmerzte sie noch mehr. Er würde sie lieber töten, als sie näher kennenzulernen, um sie eines Tages nur wieder zu verlieren, und ihre Hilfe bei der Suche nach einer Sache anzunehmen, die er dringend haben wollte.

Mit einem heiseren Knurren warf sie noch einen Stern nach ihm. Aber dieses Mal war er nicht schnell genug, und die Waffe traf ihn in den Oberschenkel, der schon verletzt war.

„Verdammt, Anya.“ Er zog den Stern heraus und warf ihn beiseite, obwohl er ihn genau so gut hätte zurückschleudern können. „Reg dich endlich ab.“

„Mich abregen? Ist das dein Ernst?“

„Ja.“

Mistkerl. „Wenn du mich umbringen willst, dann musst du dich schon ein bisschen anstrengen.“

„Also schön.“ Mit zusammengekniffenen Augen ging er mit großen Schritten auf sie zu.

Sie teleportierte sich in das Wohnzimmer, aber er folgte ihr sofort. Sie drehte sich um und machte einen Satz rückwärts, sodass der

Couchtisch zwischen ihnen stand. Lucien hob ihn einfach hoch und warf ihn beiseite. Als der Tisch auf dem Boden landete, zersplitterte das Glas, die Scherben verteilten sich im ganzen Raum. Die hölzernen Beine waren ebenfalls zerbrochen.

Warum nur erregte diese Gewalt und Kraft sie so sehr? Warum gerade jetzt? Aber sie würde seiner erotischen Anziehung keine Beachtung schenken. Von Anfang an hatte er sie beleidigt, ihre Hoffnungen enttäuscht und ihre Gefühle missachtet. Er verdiente ein wenig Schmerz.

„Wenn wir schon miteinander kämpfen, dann können wir es auch anständig tun", sagte und verschwand.

Anya hatte keine Zeit, sich zu fragen, wohin er gegangen war.

Eine Sekunde später war er wieder im Wohnzimmer und hatte zwei Schwerter dabei. Eines warf er in ihre Richtung. Anya fing es am Griff auf. Es war zwar schwer, aber das würde für sie kein Problem darstellen. Sie war kräftiger, als sie aussah.

„Ehrenhaftigkeit macht keinen Spaß", wies sie ihn zurecht und schwang die rasiermesserscharfe Schneide vor seiner Nase hin und her.

„Versuch es mal. Du wirst überrascht sein."

„Im Ernst, du willst wirklich mit einem *Mädchen* einen Schwertkampf austragen?" Sie bemühte sich, möglichst entschieden zu klingen, um ihm zu zeigen, wie lächerlich die Idee schon war. Auf der anderen Seite glühte sie vor Aufregung. Ob er sie wohl besiegen würde?

„Man kann nicht behaupten, dass du ein typisches Mädchen bist, also lautet die Antwort: ja. Ich will mit dir kämpfen."

„Zuckerschnecke, das nehme ich als Kompliment."

„So war es auch gemeint."

Schon im nächsten Moment attackierte Lucien sie. Anya riss ihr Schwert hoch, um den Hieb zu parieren, und Metall schlug mit so einer Wucht auf Metall, dass sie stolperte. Er drängte sie weiter zurück. Seine Schläge waren schnell und wohl platziert, aber sie schaffte es, sich zur Seite zu drehen, und ihm mit einem Streich das Hemd aufzuschlitzen. Ups, ein Stück Haut war auch dabei gewesen.

Die Baumwolle färbte sich rot und klebte an seinem Bauch. Langsam hörte es auf zu bluten. Wahrscheinlich schloss sich die Wunde schon, vermutete Anya. Verdammt! Immer diese unsterblichen Krieger mit ihrer übernatürlichen Heilkraft! Weil sie für den Kampf bestimmt waren, heilten ihre Wunden viel schneller als die der Menschen und sogar der Götter.

„Glück", sagte er.

„Talent", entgegnete sie. Sie versetzte einer Vase mit einem Strauß Lilien einen Tritt, sodass sie ihm wie ein Fußball gegen die Brust flog. Auf seinem Hemd zeigte sich wieder Blut. Der Schweiß rann ihm übers Gesicht.

„Das werden wir ja sehen."

„Sollten wir uns Gedanken machen, ob wir Besuch bekommen?" Sie wich ihm aus.

„Dieses Haus habe ich ausgewählt, weil es so abgelegen ist. Außerdem haben wir viel Geld dafür bezahlt, dass man uns nicht beachtet, egal, was draußen zu hören ist." Er sprang zurück, um einer Parade von ihr zu entgehen und seinen Bauch in Sicherheit zu bringen.

„Mann, du bist vielleicht ein Klugscheißer." Sie zielte auf seine Knöchel. Es wäre lustig, wenn er nur noch humpeln könnte.

Leider schaffte er es, aus ihrer Reichweite zu kommen. Dann begannen sie den Tanz von Neuem. Angriff und Rückzug, es ging durchs ganze Haus. *Klank.* Irgendwas fiel zu Boden und zerschellte laut scheppernd. *Klank.* Noch etwas stürzte ab.

Innerhalb von einer Viertelstunde hatten sie die Couch und den Zweisitzer zerstört. Keine der Vasen, nichts von dem Nippes, noch nicht einmal der Fernseher blieben unversehrt. Mit den Schwertern holten sie die Vorhänge von den Fenstern und schlugen Scharten in die Wände. Es konnte nicht mehr lange dauern, und die Polizei würde vor der Tür stehen. Anya atmete schwer und schwitzte. Sie wurde müde, aber immerhin hatte sie es geschafft, Lucien am Oberarm, an der Wade und noch einmal am Bauch zu erwischen.

Er dagegen hatte keinen einzigen Treffer erzielt.

Ups, stimmt nicht. Gerade zerschnitt seine Klinge ihr Hemd über der linken Schulter und gab damit den Blick auf die Spitze ihres halterlosen Lieblings-BHs frei. Ihre Schulter schmerzte.

„Du hast mich getroffen", stellte sie erstaunt fest.

„Es tut mir leid." Das klang aufrichtig.

Sie knurrte wie ein Raubtier, dass seine Beute gerade in die Ecke treibt, um es zum Abendessen zu verspeisen. „Warte nur ab! Dir wird es noch viel mehr leid tun!“ Sie zückte einen Dolch und stieß ihn ihm in den Oberschenkel.

Treffer.

„Autsch!“

Beende es. Es gab nur einen Weg, es zu tun. Sie kreiselte auf dem Absatz herum, während sie nach ihm stach, und zwang ihn so, ins Schlafzimmer zurückzuweichen. Er war stark – stärker als sie, das musste sie zugeben. Jedes Mal, wenn seine Klinge sie berührte, hatte er zurückgezuckt. Warum er das getan hatte, wusste sie nicht. Wo er doch wild entschlossen schien, sie jetzt endlich umzubringen.

„Ich habe keine Ahnung, warum ich mich noch so lange mit dir abgegeben habe“, sagte sie zwischen zwei Hieben. „Ich weiß nicht mal, warum ich dir überhaupt geholfen habe.“

„Dann wären wir schon zu zweit.“ Er spannte die Lippen an, sodass seine schönen weißen Zähne blitzten.

„Weißt du was? Ich habe es satt, dass du dir ewig selbst leid tust, Honey.“ Sie wirbelte um die eigene Achse und schlug ihm die Faust ins Gesicht. Treffer. „Du hast Narben. Na und? Das heißt noch lange nicht, dass alle Frauen dich hässlich finden.“

Als sie noch mal ausholte, wehrte er ihre Faust ab. „Du kannst nicht im Ernst denken, dass ich schön bin. Also kannst du mich auch nicht wollen. Nicht wirklich. Du hast es gerade zugegeben.“

„Menschen lügen unentwegt, Idiot. Ich glaube, ich habe schon einmal erwähnt, dass auch ich das gern und regelmäßig tue.“

Keuchend hielt er inne und riss erstaunt die Augen auf. Vielleicht auch hoffnungsvoll? „Du hast mich angelogen, warum du bei mir geblieben bist?“

„Das ist jetzt auch egal. Mittlerweile kann ich dich nicht mehr ausstehen.“ Sie ließ ihr Schwert fallen und schubste ihn. „Du wolltest mich umbringen.“

Lucien stolperte rückwärts und fing sich erst wieder im Schlafzimmer. Auch er ließ sein Schwert auf den Boden klirren. „Von Anfang an wollte ich dich umbringen. Ich habe nie einen Hehl daraus gemacht, was ich vorhabe.“

„Ja, aber dir war es nicht ernst damit.“ Als er auf sie zuging, schubste sie ihn noch einmal. Und wieder stolperte er rückwärts. „Hättest du mir wirklich meine Seele geraubt?“

Er stand nun mit dem Rücken zum Bett, sodass seine Kniekehlen die Bettkante berührten. „Ja. Nein. Ich weiß es nicht. Du quälst mich wie keine andere Frau. Jedes Mal, wenn ich weiß, was ich von dir zu halten habe und mich entscheide, dich umzubringen, ändere ich meine Meinung."

Sie schubste ihn wieder, bis seine Knie einknickten und er auf die Matratze fiel. Dann warf sie sich auf ihn. Mit der Schulter traff sie ihn gezielt in den Bauch, sodass ihm die Luft wegblieb.

„Anya." Er bekam ihren Namen kaum über die Lippen.

„Nein. Du hast genug geredet."

„Du hasst mich doch gar nicht", bemerkte er düster. Dann packte er ihre Handgelenke, zog sie an seinem Körper hoch und küsste sie. Seine Zunge drang in ihren Mund, wie sein Schwert in ihren Körper eingedrungen wäre. Doch in diesem Moment war sein Ziel noch tödlicher.

Himmel Donnerwetter noch mal, stöhnte sie innerlich. Ihr wurde schwindelig. Dieser Mann wusste, wie man küsste. Seine Zunge tanzte in ihrem Mund umher und verteilte winzige elektrische Schläge. Ihre Brustwarzen wurden hart, und sie spürte, wie sie feucht wurde. Verdammt. Jede einzelne ihrer Zellen erwachte zu neuem Leben.

Du sollst ihn nicht mehr begehren!

Na, er sollte mich ja auch nicht küssen, sondern umbringen!

Hol die Ketten raus. Schnell!

Während sie noch mit seiner Zunge spielte, bereitete Anya die nächste Finte vor.

Aber anstatt die Ketten unter dem Bett hervorzuziehen, griff sie Lucien in die Haare, sodass sich ihre Fingernägel in seine Kopfhaut gruben. Einen Menschen hätte diese Liebkosung das Leben gekostet, aber Lucien schien sie zu genießen. Sie spürte, wie seine Erektion härter wurde.

Nur noch ein paar Minuten, dann lege ich ihn auch bestimmt in Ketten.

Er … schmeckte einfach zu gut. Er schmeckte besser, als sie in Erinnerung hatte. Er schmeckte männlich und ein wenig nach Fieber, dunkel und nach Rosen. Seine Berührungen machten sie leicht, wie in einem Rausch. Als er mit den Händen nach ihrem Po griff und ihn knetete, rieb er seine harte Männlichkeit zwischen ihren Beinen.

Noch ein wenig mehr, und sie würde kommen. Nur um ihn anzuflehen weiterzumachen.

Verdammt, sie hasste ihren Fluch.

Und sie hasste sich dafür, dass sie fest entschlossen war, ihrer Lust nicht nachzugeben und den Fluch zu erfüllen. *Denk gar nicht erst daran, dich an diesen Mann zu binden. Denn dann wirst du nie mehr einen anderen lieben können, oder ihn anfassen und küssen beziehungsweise jemals von einem anderen Mann träumen können.* Aber warum erregte sie die Idee, sich an Lucien zu binden? Warum fing sie fast an zu lächeln, wenn sie an die Möglichkeit dachte, bis in alle Ewigkeit mit Lucien zusammenzuleben? Ihr gefiel der Gedanke, dass ihr Herz nur ihm gehörte, selbst wenn er nichts mehr von ihr wissen wollte.

Grübel jetzt nicht darüber nach. Sie setzte sich rittlings auf Lucien und schob sich näher an seinen Schaft. Voller Ekstase schnappte sie nach Luft.

„Zieh dich aus“, befahl er ihr. „Ich will deine Haut spüren.“

Ja. Ja. „Nein.“ Ihr gesunder Menschenverstand mischte sich ein. Auch wenn sie Lucien noch so sehr begehrte, würde das nichts an dem weiteren Verlauf des Abends ändern. Sie würde Lucien ans Bett ketten, dann wäre er ganz in ihrer Hand. Und dann würde sie ihn dafür bestrafen, dass er versucht hatte, ihr den Kopf abzuschlagen.

Aber das heißt ja nicht, dass du dich nicht noch ein wenig mit ihm amüsieren kannst. Also zieh doch einfach etwas aus. Sie stemmte sich mit den Fäusten auf Luciens Brust. Offensichtlich war er nicht der Einzige, der sich nicht entscheiden konnte.

„Ich will dich, verstehst du?“, sagte er. „Ich kann es nicht länger leugnen. Während wir es tun, werde ich dich nicht töten. Darauf kannst du dich verlassen.“ Aber seine Stimme klang, als habe er ein schlechtes Gewissen.

„Hab jetzt Sex mit mir und töte mich später … hm“, meinte sie, weniger beleidigt als sie es vielleicht hätte sein sollen. „*Du* kannst dich ja ausziehen.“ Oh, wie er wohl aussehen würde? „Ich behalte meine Klamotten an.“

Er starrte zu ihr hinauf und hielt still. Die Leidenschaft wich aus seinem Gesicht. Es wirkte plötzlich wie eine ausdruckslose Maske. Anya hasste diesen Anblick.

Fast hätte sie angefangen zu weinen. Sie wollte nicht, dass es schon zu Ende war.

„Warum willst du dich nicht ausziehen?"

„Worüber reden wir hier überhaupt? Ich habe dir doch schon gesagt, dass du den Mund zu halten hast", schleuderte sie ihm entgegen, beugte sich über ihn und ließ ihre Zunge wieder in seinen Mund gleiten. Sie wollte ihm die Wahrheit nicht sagen, aber sie wollte ihn auch nicht belügen. Jedenfalls nicht deswegen. Lieber wollte sie ihn vernaschen.

Voller Leidenschaft fuhr er ihr mit den Händen über den Rücken. In seinem Kuss lag etwas Verzweifeltes. Auch sie war ein bisschen verzweifelt, das war ihr klar. Dieser Kuss durfte nie zu Ende gehen. Sie wollte für immer so in seinen Armen liegen. Aber schließlich ergriff er ihr Kinn und zwang sie, ihm in die Augen zu sehen.

Seine Lippen waren schmal vor Anspannung. „Du hast so getan, als würden dich meine Narben nicht stören", sagte er leise.

„Das stimmt auch", antwortete sie ebenso leise.

„Anya. Sag mir endlich die Wahrheit. Bitte."

„Es stimmt! Sie machen mir nichts aus!"

Er kniff die Augen zusammen, sodass seine dichten Wimpern wie Speerspitzen auf sie gerichtet waren. Plötzlich leuchtete etwas Böses in seiner blauen und seiner braunen Iris auf, als hätte der Dämon Tod in ihm die Macht übernommen. Lucien packte Anya um die Hüften und schob sie von sich hinunter.

Irritiert hockte sie auf der Bettkante.

„Du willst mich, aber du willst dich nicht vor mir ausziehen?", fragte er. Eigentlich kurrte er. „Ich kann mir nicht vorstellen, dass du mich wirklich begehrst."

„Doch, das tue ich."

Er starrte sie an und öffnete den Knopf seiner Jeans.

Sie riss sich von seinem Gesicht los und blickte auf seine Hände. Sie hielt den Atem an. Was tat er da? Zog er sich aus, wie sie es gerade verlangt hatte? Aber warum …?

Er zog den Reißverschluss auf und die Hose herunter, seine Schaft sprang hervor. Anya blieb der Mund offen stehen. Er war riesig, sehr lang, mit einer runden Spitze, auf der bereits kleine Tropfen glänzten. Sie schluckte. Lief ihr schon der Speichel aus dem Mund?

„Du willst mich also“, stellte er fast sachlich fest. „Dann beweis es jetzt.“

„W…was?“ Er war wirklich gigantisch.

„Beweis es mir. Lutsch meinen Schwanz.“

Solche Worte benutzte er normalerweise nicht. Sie sah ihm in die Augen. In seinem Blick lag Wut und Selbsthass. Seine Wangen waren gerötet – vor Scham. Erwartete er von ihr, dass sie ihn verhöhnte und dann fortging? Wollte er ihr eine Lektion erteilen, weil er glaubt, sie spiele nur mit ihm?

„Was ist dein Problem? Willst du mich nicht?“, zog er sie auf. „Kannst du dich nicht dazu überwinden, ein bisschen mehr zu tun, als mich zu küssen?“

Oh ja. Er schien tatsächlich zu erwarten, dass sie aufstand und ging. Aber sie hatte das noch nie bei einem Mann gemacht, denn angesichts ihres Fluchs hatte sie es immer als zu erniedrigend und intim betrachtet. Aber bei Lucien erregte sie allein der Gedanke. Seine Lust zu erfahren, würde ohne Zweifel etwas Wunderbares sein.

„War das die Strafe dafür, dass ich versucht habe, dich zu töten, oder war das nur ein weitere Anlauf, mich weich zu klopfen?“, hakte er nach, bevor sie auf seine Frage antworten konnte. „Ist ja auch egal. Wir wissen beide, dass du es nicht ernst gemeint hast. Deine Grausamkeit erstaunt mich.“

Grausamkeit? Wenn sie ihn doch so sehr vermisste? Wenn ein Teil von ihr nach ihm lechzte und sie kurz davor war, ihren Fluch zu vergessen und bis in alle Ewigkeit in seinen Armen liegen wollte? „Ich kann mich selbst gut über Wasser halten, schönen Dank. Ich brauche deine Hilfe nicht, und ich habe es noch nie nötig gehabt, dich weich zu klopfen. Habe ich das nicht bereits gesagt? Und, nur zu deiner Information: Du bist gerade der Richtige, von grausamen Hintergedanken zu reden.

„Du lenkst ab“, erwiderte er. „Mach schon. Lutsch mich.“

Er glaubte, er sei so hart zu ihr, dass sie gehen würde. Aber so war es nicht. Es überraschte sie selbst, aber sie *wollte* es tun.

Langsam glitt sie an seinem Körper empor, bis sich ihr Mund auf der Höhe mit seinem Schaft befand. Er hielt den Atem an, es war still im Zimmer. „Anya, du …“

„Ich mache das nicht, um dir irgendetwas zu beweisen“, sagte sie mit rauer Stimme. „Ich tue es, weil ich nicht anders kann. Ich muss es einfach tun. Ich will wissen … wie du schmeckst. Vielleicht so gut, wie ich es mir vorstelle.“ Und dann nahm sie ihn in den Mund, voll und ganz. Sie glitt mit den Lippen an ihm hinunter, bis sie seine Spitze tief im Rachen spürte. Es fühlte sich seltsam an, aber es gefiel ihr.

Er stöhnte vor Lust, und dieser Laut fühlte sich wie ein Streicheln auf ihrer Haut an. Mit den Fingern wühlte er in ihren Haaren. „Anya. Lass. Ich hätte es nicht … Anya.“

Sie bewegte den Kopf auf und ab, so wie sie es in Filmen gesehen hatte.

„Anya. Lass … warte … Ah, Götter. Anya. Hör nicht auf. Bitte, hör nicht auf.“

Zuerst hatte er ihr Anweisungen gegeben, jetzt bettelte er. Anya genoss ihre Macht und die Tatsache, dass er sie so begehrte. Er brauchte sie. Aber auch sie brauchte ihn. Sie spürte, wie sehr sie ihn wollte, und sie sorgte dafür, dass er ihre Lust weiter anheizte. *Er gehört mir.*

Immer wieder fuhr sie mit der Zunge an seinem Glied auf und ab. Ihre Hände tasteten weiter nach unten. Lucien bog sein Rückgrat durch und reckte sich ihr entgegen. Sie spürte, wie das Blut durch seinem Körper rauschte. Er wollte mehr …

„Stopp. Anya! Ich hab es mir anders überlegt.“

Doch gnadenlos machte sie weiter, glitt wieder nach oben und ließ ihre Zunge über seine geschwollene Spitze fahren. Sie saugte und nagte ein wenig mit ihren Zähnen an seinem Schaft, als sei sein Schwanz ihr Erdbeerlolli. Nur schmeckte Lucien besser. Sie war wild vor Leidenschaft.

Er war hart, und das nur ihretwegen.

„Ich … gleich … Anya!“ Er schrie ihren Namen, als ihn der Orgasmus durchfuhr und heißer Samen in ihren Mund schoss.

Sie schluckte alles und leckte auch noch den letzten Tropfen auf, weil sie instinktiv wusste, dass Lucien das mochte. Als sie sich aufrichtete, zuckte er noch vor Lust, auch wenn eigentlich schon alles vorüber war. Seine Augen waren geschlossen, sein Mund stand offen. Das war ich, dachte sie stolz. Noch nie hatte sie einen derart erotischen Anblick genossen. Sie wusste, dass sie große Macht besaß.

Aber auch ihre Bedürfnisse meldeten sich, und sie setzte sich rittlings auf ihn. Sie war so feucht, dass ihr Slip schon ganz durchnässt war.

Langsam öffnete er die Augen und sah sie zufrieden an. „Anya. Das hättest du nicht zu tun brauchen."

„Aber ich wollte es. Und ich will *dich*. Zweifle ja nie wieder daran!"

Zärtlich betrachtete er sie. „Warum lässt du mich denn nicht? Warum darf ich dich nicht ausziehen?"

Diese Zärtlichkeit ... Sie überkam Wehmut. Nie hatte sie jemand mit diesem Blick angesehen außer ihre Mutter und ihr Vater. Unter diesem Blick fühlte sie sich einmalig und wertvoll. Als sei sie ein Schatz. Anyas Herz klopfte ihr bis zum Hals.

Lucien streckte die Hand aus und strich ihr über die Wange. Sie erschauerte.

„Warum, Anya? Ich habe die ganze Zeit, seitdem ich dich das erste Mal gesehen habe, versucht, dir zu widerstehen. Dir und deinem Erdbeerduft", fügte er hinzu. „Und wie du siehst, ist es mir nicht gelungen."

Schon stieg neues Verlangen in ihm auf und er wurde erneut hart. Ihre Augen weiteten sich, und sie versuchte, sich ihm nicht noch weiter zu öffnen. Wenn er die Wahrheit sagte, dann hatte er sie von Anfang an begehrt und versucht, seine Gefühle zu bekämpfen. Jedes böse Wort und sein ganzen Verhalten hatten ausschließlich dazu gedient, sie auf Distanz zu halten.

Das hatte er schon einmal angedeutet. Aber jetzt, wo er unter ihr lag ...

Plötzlich wusste sie nicht mehr, was sie wollte. Mist. Das machte alles nur komplizierter, denn der Grund, warum sie auf ihn wütend war, existierte nun nicht mehr.

Trotz allem würde er versuchen, sie umzubringen. Er durfte das nicht tun. Es sei denn, er zog sie allem, was er liebte, vor. Wie egoistisch von ihr, das von ihm zu verlangen, wenn sie nichts hatte, was sie ihm dafür geben konnte.

„Anya."

„Was?" Sie blinzelte ihn an und konzentrierte sich wieder auf ihn.

Sein Mund zuckte. „Konzentrier dich."

„Oh, Entschuldigung. Hattest du etwas gesagt?"

Er drückte den Rücken durch und rieb seinen Schwanz an ihrer feuchte Mitte. „Ich habe dich gefragt, warum du deine Sachen anbehältst. Hast *du* Narben?"

Sie bekam eine Gänsehaut. „Nein." Zumindest keine körperlichen.

„Wenn du welche hättest, würde es mir nichts ausmachen. Ich schwöre es dir. Ich würde sie einfach küssen", sagte er mit rauer Stimme.

Ihr Magen zog sich zusammen. Was für ein toller Mann. Sie legte ihre Hände flach auf seine Brust und spürte seinen kräftigen Herzschlag durch das zerknautschte T-Shirt hindurch. Sie würde es ihm sagen, entschied sie in diesem Moment. Nach alldem, was sie zusammen durchgemacht hatten, sollte er es erfahren.

„Ich bin verflucht", gestand sie leise. Wenn er jetzt seltsam reagierte, dann hatte sie einen guten Grund, ihn wirklich zu hassen. Dann würde sie ihn vielleicht weniger wollen, und ihre Obsession wäre vorüber.

Er runzelte die Stirn. „Du hast auch einen Dämonen in dir?"

„Nein. Bei mir ist es nur ein ganz normaler Fluch."

„Ah. Reyes hat so etwas erwähnte, aber er wusste nicht, worum es genau geht."

„Nur wenige Menschen wissen es. Und die sind im Moment untergetaucht, um Cronus zu entgehen. Und die alte Schlampe, die mir das eingebrockt hat, sitzt jetzt hinter Gittern."

„Wer hat dich verflucht und warum?" Er klang so wütend, als wolle er die Person auf der Stelle töten, egal, um wen es sich handelte. „Reyes hat vermutet, es sei Themis."

Ihr Magen bebte wieder. „Ja. Das stimmt. Meine Mutter und Tartarus, Themis' Mann, waren zusammen, und neun Monate später bin ich geboren worden. Themis wusste das nicht, bis sie mich eines Tages sah: Ich bin quasi die weibliche Version meines Vaters."

„Ich erinnere mich an Tartarus", sagte Lucien. „Ich habe ihm immer Gefangene gebracht. Er war ein ehrenwerter Mann und durchaus attraktiv. Aber ich hätte ihn nie ausziehen wollen."

„Lucien hat einen Witz gemacht." Sie lächelte. Sie konnte sich nicht helfen. „Als Themis klar wurde, was geschehen war, ist sie ausgeflippt. Ich habe die Konsequenzen ihres Fluchs zuerst gar nicht so richtig begriffen. Das kam erst später. Götter, ich hätte ihr den Kopf abhacken können."

Sie sah die Lust in Luciens Augen aufleuchten. Aber so schnell, wie sie gekommen war, verschwand sie auch wieder. „Ich weiß nicht warum, aber irgendwie macht es mich an, wenn du so redest."

Anya glaubte zu wissen, woran das lag. Er war der Tod. Jeden Tag sah er starke und sichere Menschen schwach und unsicher werden. Sie dagegen war eine Frau, die austeilte, aber auch einstecken konnte. Sie war stark. Entschlossen. Und das gefiel ihm offenbar. Wenigstens hoffte sie das. Denn so war sie nun mal, und sie wünschte sich so sehr, dass Lucien sie mochte.

„Erzähl mir von deinem Fluch." Er senkte den Blick auf den Bund ihrer Hose und fuhr mit den Fingerspitzen darüber.

Götter im Himmel. *Jetzt geht es los.* „Wenn ich jemals einem Mann gestatte, in mich einzudringen, dann bin ich in alle Ewigkeit an ihn gebunden. Dann werde ich nie wieder einen anderen Mann ansehen."

Luciens Augenbrauen zogen sich erneut zusammen. „Das …"

„Es ist schrecklich, mir vorzustellen, dass ich meinen freien Willen an einen Mann verliere." Bei Lucien wäre es nicht ganz so schlimm. „Ich werde nie in der Lage sein, ihn wieder zu verlassen. Wenn er sich in eine andere Frau verliebt, kann ich nichts tun. Ich muss bei ihm bleiben, ich habe keine andere Chance."

Je mehr sie erzählte, desto mehr hatte sie den Eindruck, dass er sie verstand. „Eine ganze Weile war mein Wille auch völlig dem Tod unterworfen. Was er wollte, musste ich tun, ich konnte mich nicht dagegen wehren."

„Dann weißt du ja, wie schlimm es sein kann."

„Ja. Deswegen würde ich dir nie meinen Willen aufzwingen." Er fuhr sich mit der Zunge über die Lippen, die danach verlockend schimmerten. „Hm, warst du denn niemals …"

„Nein." Sie schüttelte den Kopf.

Er lag still da und sah sie eine Weile an. Sie wusste nicht, was ihm durch den Kopf ging, denn sein Gesichtsausdruck verriet nichts.

Schließlich sagte er: „Deshalb habe ich dich verurteilt. Das tut mir sehr leid, Anya …" Was er auch immer sagen wollte, er hatte es sich wohl anders überlegt und schwieg. Es gab eine Pause. „Hast du denn jemals einen Höhepunkt gehabt?" Seine Stimme war rau.

Anya war überrascht. Sie wusste selbst nicht, was sie als Nächstes von ihm zu erwarten hatte. Eine Entschuldigung vielleicht? Diese Frage auf alle Fälle nicht. Erstaunlich. „Nur wenn ich allein war", gab sie freimütig zu, ohne sich dabei zu schämen. „Ich weiß nicht, ob

Finger auch schon zählen, jedenfalls habe ich einen Mann nie unter die Gürtellinie gelassen."

„Vertraust du mir, wenn ich dir sage, dass ich nicht in dich eindringe?"

„Ich … vielleicht." *Dummes Mädchen! Du solltest ihm kein Stück trauen.*

Sein Blick strahlte plötzlich ein seltsames Feuer aus. „Zieh dich für mich aus, Anya. Ich werde nicht in dich eindringen, das schwöre ich dir. Aber ich möchte dich so gern anfassen. Ich *muss* dich einfach berühren."

Bevor sie ihm antworten konnte, war er verschwunden. Deshalb stürzte sie mit dem Gesicht flach auf die Matratze. Sie rang nach Luft und drehte sich auf den Rücken. Dieser Mistkerl!

Da erschien er wieder und lag auf ihr. Er war nackt.

Sie holte tief Luft und wartete darauf, dass er versuchte, in sie einzudringen, wie es Aidas getan hatte. Panik überkam sie, aber er rührte sich nicht, und dieser Moment ging vorbei. Allmählich beruhigte sie sich. Dann konnte sie sich wieder auf Lucien konzentrieren. Sie nahm wahr, wie herrlich sich sein Gewicht auf ihrem Körper anfühlte und wie verführerisch seine nackte Haut war.

„Lass mich", sagte er.

„Ich … ich …" Sie schluckte. Dass er ihr Vergnügen bereiten wollte, und sie die Konsequenzen nicht fürchten musste …

„Lass mich dich spüren, ohne dass ich in dich eindringe", murmelte er, während er an ihrem Nacken schnupperte. „Bitte, ich möchte dich schmecken."

Von allen Männern, die sie kannte, sollte sie Lucien am wenigsten trauen. Aber Götter, wie sehr sehnte sie sich danach, seinen Mund auf ihrer Haut zu spüren. Sie wollte endlich mit einem Mann zum Höhepunkt kommen. Mit *diesem* Mann. Und nur mit ihm.

Inzwischen war sie wild entschlossen. Sie sprang auf und zog sich so schnell aus wie sie konnte. Währenddessen warf sie Lucien heiße Blicke zu. Dann legte sie sich neben ihn. Er war auf dem Bett ausgestreckt, sein ganzer Körper bot sich ihr da. Die Narben reichten von seinem Gesicht bis hinunter zu seinem rechten Bein.

Licht fiel durch ein Oberlicht und beleuchtete seinen ganzen Körper. Es gab so viel zu sehen … und zu berühren. Er wirkte, als sei samtige Haut über stahlharten Muskeln gespannt worden. Er hatte keine Haare auf dem Oberkörper und nur sehr wenige auf den Beinen. Das schwarze Schmetterlingstattoo faszinierte sie und schien sich ihr entgegen zu wölben. Sie musste es berühren.

Anya streckte die Hand aus und fuhr mit den Fingerspitzen die Umrisse nach. Das hatte sie schon tun wollen, seitdem sie das Tattoo zum ersten Mal gesehen hatte. Hitze durchströmte sie. Lucien musste dasselbe fühlen, denn er reckte sich ihr entgegen und stöhnte.

„Das wollte ich schon so lange machen", gab sie zu.

„Und ich habe mich danach gesehnt, dass du es tust."

Auch die Narben fuhr sie mit der Fingerspitze nach. „Woher hast du sie?"

„Ich habe mich mit einer vergifteten Klinge geschnitten", erklärte er nach einem kurzen Zögern. „Und ich habe mir Verbrennungen zugefügt. Wenn die Wunden heilten, habe ich sie wieder geöffnet. Immer wieder."

Götter! Die Schmerzen, die er gehabt haben musste … „Wolltest du sterben?"

„Vielleicht zu Anfang. Die Frau, die ich geliebt habe, war gestorben. Und ich war derjenige, der ihre Seele in den Himmel begleiten musste."

War er in sie verliebt gewesen? Anya gefiel der Gedanke nicht, aber die Vorstellung, wie sehr er gelitten hatte, war noch viel schlimmer. „Es tut mir leid, dass du jemanden verloren hast, der dir so nahe gestanden hat."

Er nickte. „Als mir klar war, dass ich überleben würde, habe ich zu den Göttern gebetet, dass die Narben bleiben. Und jemand muss mein Gebet erhört haben – wer es war, weiß ich nicht. Jedenfalls verheilten die Wunden irgendwann nicht mehr spurlos."

Es klang danach, dass es vielleicht Anyas Mutter gewesen war, die dieses Gebet beantwortet hatte, denn körperliche Gebrechen trotzten der natürlichen Ordnung der Unsterblichkeit. „Warum wolltest du das? Warum hast du dafür gebetet? Ich meine, ich bin nur neugierig."

„Ich wollte, dass die Narben blieben, damit mich keine Frau mehr ansieht. Damit ich niemals mehr in Gefahr gerate, mich zu verlieben. Ich wollte die Narben, damit sie mich immer an meinen Auftrag erinnern. Damit ich nicht ins Wanken gerate."

„Mich konntest du nicht abschrecken."

„Das stimmt."

„Du bist ins Wanken gekommen."

„Ja, und ich bin froh darüber."

Auch Anya freute sich. Sie wandte sich wieder dem Studium seines Körpers zu. Seine Erektion war gewaltig. Sein Schaft war sehr dick und hatte eine perfekt geformte Spitze.

Meiner, dachte sie zufrieden.

„Komm her." Luciens Stimme klang dunkel vor Erregung.

Jetzt ist die letzte Chance, ihm zu widerstehen.

Zitternd näherte sie sich seinem heißen Körper. Sie war nackt und feucht und glitt an seinem Schwanz entlang. Beide sogen gleichzeitig die Luft durch die Zähne ein. Wunderbar! Was mochte sie wohl noch an derart herrlichen Dingen versäumt haben?

„Komm noch näher."

Sie beugte sich zu ihm hinab. Während sie ihre Brüste an seinen Oberkörper presste, verschmolzen ihre Lippen zu einem glühenden Kuss. Dann rollte Lucien sie auf den Rücken. Wieder überkam sie Panik, weil sie fürchtete, er würde sein Wort brechen, aber das geschah nicht. Er bedeckte sie lediglich mit zärtlichen Küssen, bis er ihre harten Brustwarzen erreicht hatte.

Mit seiner heißen Zunge umkreiste er die aufgerichteten Spitzen, und Anya spürte, wie immer wieder neue Schauer ihren Körper durchliefen. Lucien hob den Kopf, und blies sanft kühle Luft über ihre Brüste, wodurch die Knospen nur noch steifer wurden. Erst dann nahm er sie nacheinander in den Mund und sog daran. Stöhnend wölbte sich Anya im entgegen. Es war das Aufregendste, was sie jemals erlebt hatte.

Mit den Fingern fuhr sie ihm ins Haar und rieb ihre Hüften an ihm. Sie wollte mehr. „Lucien", keuchte sie.

„Ich bin schon sehr, sehr lange nicht mehr mit einer Frau zusammen gewesen", erklärte er mit rauer Stimme. „Sag mir, wenn ich etwas nicht richtig mache. Wenn du etwas nicht magst."

„Ich liebe es. Ich schwöre!"

Er küsste weiter, von ihren Brüsten abwärts über ihren Bauch bis zu ihrer feuchten Mitte.

„Lucien", stöhnte sie. *Halt ihn auf! Du musst ihn stoppen! Nein, nicht! Mehr! Mehr! Nein, aufhören.* „Lucien.“ Sie kniff die Knie zusammen.

„Ich werde nicht in dich eindringen, auch nicht mit der Zunge. Ich werde dich nur küssen“

Oh, Götter im Himmel. Wie von allein spreizten sich ihre Beine, ohne dass sie etwas dagegen unternehmen konnte. Wenn sie nicht bald kam, würde sie sterben. Sie hatte das Gefühl, in Flammen aufzugehen. Er musste irgendetwas tun, um diesen Qualen ein Ende zu bereiten.

Vielleicht hatte er genau das im Sinn gehabt: Sie so lange lustvoll zu quälen, bis sie starb. Tod durch Begehren. Aber sie konnte sich nicht dazu durchringen, sich in diesem Moment darüber große Gedanken zu machen.

Er nahm ihre Knie und spreizte sie weiter auseinander, um sie dann hochzudrücken. Nun war sie so verletzlich, wie es eine Frau nur sein konnte. *Wenn er versucht, mit dem Finger einzudringen, verschwinde ich einfach.*

Aber jetzt aufzustehen, würde sie genauso umbringen, dachte sie.

Und als seine Zunge sie zum ersten Mal berührte, vergaß sie ohnehin alles um sich herum. Sie schrie auf vor Lust. Es war so unglaublich, so real, so wunderbar, dass sie seinen Kopf ergriff, als er sich aufrichten wollte, um sie vermutlich zu fragen, ob sie Spaß habe. Nie hatte sie sich so verzaubert gefühlt wie in diesem Moment. In den ganzen Jahrhunderten nicht, die sie schon auf der Erde war.

„Mehr?“, fragte er.

„Mehr“, keuchte sie. „Bitte!“

„Du schmeckst verdammt gut.“

Er leckte sie und küsste sie und quälte und verwöhnte sie, und sie fand es wunderbar. Sie stemmte sich gegen sein Gesicht und gab sich ihm hin.

In diesem Moment war sie bereit, Lucien alles zu geben, worum er sie bat, aber er wollte nichts anderes, als dass sie es genoss. Er verwöhnte sie endlos. Für sie war es die pure Ekstase. Es fühlte sich so richtig an und einfach wunderbar …

Und dann explodierte ihr ganzer Körper.

Die Lust durchflutete sie, brandete bis in die letzte Faser ihres Körpers. Hinter ihren geschlossenen Augen funkelten Sterne, und vielleicht wäre sogar ihre Seele gen Himmel geflogen und hätte ihren

Körper auf der Erde zurückgelassen. Welch Ironie des Schicksals, dass es gerade der Tod war, der diese Gefühle in ihr auslöste. Sie schwankte hin und her, zwischen totaler Anspannung und totaler Erschöpfung – es war der intensivste Orgasmus, den sie jemals gehabt hatte. Sie plapperte sinnloses Zeug, vielleicht rief sie sogar Luciens Namen.

Als sie sich zurück auf die Matratze fallen ließ, sagte er: „Ich bin doch noch gar nicht fertig, noch nicht annähernd." Und dann ließ er seine Zunge erneut kreisen und brachte sie gleich noch einmal zum Orgasmus. Innerhalb weniger Sekunden war sie wieder so weit.

„Lucien. Lucien!" Es war wie ein göttlicher Segen. In diesem Moment erlöste er sie. Sie war frei. Frei und gesegnet.

Als das Zittern verklungen war, hatte sie das Gefühl, keinen einzigen Knochen mehr im Körper zu haben. Sie war satt und glücklich. Lucien hätte seine Finger tief in ihr versenken können, und sie hätte ihn nicht davon abgehalten, denn es wäre ihr gleichgültig gewesen. Schließlich streckte er sich auf ihr aus und rollte mit ihr herum, sodass sie auf ihm zu liegen kam. Er hatte sein Word gehalten.

„Immer noch nicht fertig?", fragte sie keuchend und schaute ihm in die glänzenden Augen.

„Nein", sagte er, „wir sind noch lange nicht fertig."

11. Kapitel

So viele Dinge gingen Lucien durch den Kopf. Anya begehrte ihn. Sie begehrte ihn wirklich. Sie hatte ihn befriedigt und ihn bis auf den letzten Tropfen leer gesaugt. Und seine Narben schienen sie nicht im Geringsten abzustoßen – im Gegenteil. Noch immer konnte er es nicht fassen, und auch der Tod begriff es nicht. Der Dämon schnurrte immer noch.

Lucien hatte nicht erwartet, dass Anya das für ihn tun würde. Er hatte gedacht, sie würde sofort weggehen. Außerdem war er sehr überrascht, dass sie noch Jungfrau gewesen war. Diese erotische, mutige, charakterstarke Frau hatte noch nie mit einem Mann geschlafen …

Er hatte sie mehr oder weniger als Hure bezeichnet, dabei war sie doch so rein wie frisch gefallener Schnee. Lucien fühlte sich schuldig. Sie musste diesen fürchterlichen Fluch ertragen – was für eine Schande, insbesondere für so eine unabhängige Frau wie Anya! Immerhin war sie zur Hälfte eine Göttin. Ihre Qual würde ja nicht wie bei Sterblichen nach siebzig oder achtzig Jahren enden, sondern bis in alle Ewigkeit weitergehen.

Lucien kannte das Gefühl gut, mit der Perspektive leben zu müssen, dass einem ein Fluch bis in alle Ewigkeit anhing.

Wie konnte Cronus nur den Tod dieser fabelhaften Frau fordern? Und wie sollte er es schaffen, sie zu töten, um nicht das Schicksal seiner Freunde zu besiegeln?

Ihm wurde klar, dass er es nicht konnte. Er wollte sich nie wieder in eine Frau verlieben, die er dann ins Jenseits befördern musste. Und dennoch schien es so zu kommen. Alles hätte so schön sein können. Schließlich war Anya wie er eine Unsterbliche, aber wenn sie nicht bereit war, ihm den Schlüssel freiwillig zu geben, würde Cronus seinen Tötungsbefehl nicht zurückziehen. Es war alles andere als perfekt. Eher ein Albtraum. Aber nun hatte sich Lucien auch noch in sie verliebt.

Diese Frau verstand ihn, brachte ihn zum Lachen und mochte ihn sogar. Und auf alle Fälle war sie scharf auf ihn. Sie war alles, was er nicht war, und das war auch gut so.

Vielleicht musste aber gar nicht alles im Chaos enden. Wenn er ihr nur den Schlüssel stehlen könnte … Sie würde wahrscheinlich böse auf ihn sein, aber das war ihm egal. Besser, dass sie wütend auf ihn war als tot.

Wo bewahrte sie das Ding bloß auf? Lucien zweifelte daran, dass sie ihn irgendwo weit weg verborgen hielt, aber an ihrem Körper trug sie ihn offensichtlich nicht. Vielleicht hatte sie den Schlüssel in einer ihrer zahlreichen Wohnungen versteckt?

Lucien hatte keine Ahnung, wann Cronus ihm das nächste Mal erscheinen würde. Die Zeit wurde knapp, er musste schnell handeln.

„Jetzt bist du wieder dran“, flüsterte Anya ihm ins Ohr. Sie erhob sich ein wenig. Ihr Anblick erinnerte ihn an eine Sirene im Blau des Ozeans. Ihr helles Haar fiel ihr sinnlich über die Schultern. Ihre Haut war rosig vor Erregung. Die Lippen glänzten von seinen Küssen.

Sie sah atemberaubend aus, sodass Lucien keineswegs mehr an den Schlüssel dachte.

„Das musst du nicht tun“, erwiderte er, aber natürlich wollte er, dass sie ihn verwöhnte. Sehr sogar. Sein Körper hatte seit so langer Zeit keine Freude mehr empfunden, und die Lust mit ihr war so intensiv. „Du hast dich doch schon vorhin um mich gekümmert.“

„Das ist doch schon lange her. Wir gehen jetzt in die zweite Runde. Außerdem macht es mir Spaß, dich zu verwöhnen.“ Sie grinste ihn schelmisch an. „Ich kriege einfach nicht genug von dir.“

„Ich bekomme von dir auch nie genug.“ Er strich ihr zärtlich eine Strähne aus dem Gesicht. „Es war so dumm von mir, dich wegjagen zu wollen.“

„Ja, das war es. Aber keine Sorge. Dafür bekommst du noch deine Strafe. Ich werde dich mit meiner Zunge peitschen – das wirst du so bald nicht vergessen.“ Sie leckte ihm über die Wange und dann den Hals hinunter. Jeder einzelnen Narbe widmete sie besondere Aufmerksamkeit: Anya küsste sie und nagte zärtlich an ihr.

Was für eine unglaubliche Frau, dache er. Sein Schaft war noch härter als zuvor und pulsierte gierig. Anstatt ihn gleich beim ersten Mal zu befriedigen, sorgte die Lust, die Anya ihm bereitete, nur dafür, dass er noch mehr wollte. Sie hatte ihn süchtig gemacht. Ihre Hitze. Ihre Zartheit. Einmal genascht, wollte er jetzt immer mehr und mehr.

Vielleicht würde er von ihr nie genug bekommen.

Früher war es für ihn einfacher gewesen, ganz auf Sex zu verzichten, weil er dann nicht Gefahr gelaufen war, seine Geliebte irgendwann sterben sehen zu müssen. Aber inzwischen war das unvorstellbar für ihn geworden.

Anya faszinierte ihn – ebenso seinen Dämon des Todes. Sie war ihm entgegengetreten, wo andere Menschen oder Götter einfach davongerannt wären. Das hatte er wohl ihrer Intelligenz und ihrer Entschlossenheit zu verdanken. Jeder andere hätte ihm den Rücken zugekehrt – wegen seines Aussehens, wegen seines Dämons. Aber Anya hatte ihn noch nicht einmal wegen der Beleidigungen stehen lassen, die er ihr entgegengeschleudert hatte.

„Es tut mir leid." Er spielte mit ihren Haaren. Dabei spürte er zum ersten Mal, dass sich der Tod meldete. Er hörte ihn brüllen. Lucien blinzelte. Der Dämon wurde zu den Seelen gerufen, die ihn brauchten. Und er war böse, dass er aufstehen musste. „Das habe ich dir zwar schon gesagt, aber ich glaube, ich kann es nicht oft genug wiederholen."

„Was tut dir denn leid?" Anya ließ ihre Zunge um Luciens Bauchnabel kreisen.

Lucien versuchte zu widerstehen. Er bemühte sich, den Dämon zu ignorieren. „Ich war grob zu dir, als du doch eigentlich nur Verständnis gebraucht hättest." Sein Schaft zuckte. Lucien versuchte, ihr noch näher zu kommen. Er beugte die Knie und stemmte die Füße auf die Matratze. Ihre Finger umfassten die Wurzel seiner Männlichkeit, und er stöhnte auf. Süßes Feuer. Er …

Wieder spürte er, wie der Tod an ihm zerrte. Dieses Mal drängender. Fast hätte Lucien laut geknurrt und sich dabei mit dem wild brüllenden Dämon vereint. *Wir müssen bald los.* Es war das erste Mal, dass er den Dämon zur Arbeit auffordern musste.

Bleib.

Sie wird doch noch hier sein, wenn wir wiederkommen.

Beeil dich!

„Ich muss los. Geh nicht weg!" Er setzte sich auf und gab Anya einen schnellen Kuss. „Bitte geh nicht weg!"

Und schon ließ er seinen Körper als Geisternebel in die Welt der Toten reisen. Sein Dämon hetzt unruhig durch seinen Kopf und führte ihn in ein kleines Zimmer, dessen Wände mit Blut besudelt waren. Mit Blut und anderen Dinge, die er sich lieber nicht so genau ansehen wollte.

Auf dem Boden lagen zwei Leichen: ein Mann und eine Frau. Der Dämon hatte ihm den Hintergrund über ihren Tod mitgeteilt. Der Mann hatte seine Frau fälschlicherweise bezichtigt, ihn betrogen zu haben. Deshalb hatte er sie erschossen und dann die Waffe gegen sich selbst gerichtet.

Mistkerl, dachte Lucien und hielt inne. Hatte er im Prinzip Anya nicht dasselbe vorgeworfen? Grimmig schlug er mit seiner Geisterhand den Körper des Mannes, bevor er ihm nicht besonders zimperlich die Seele herausriss.

Der Geist wehrte sich gegen Luciens Griff, und als er Lucien in die Augen sah, schrie er auf. Schneller als jemals zuvor, portierte sich Lucien zur Hölle und warf die Seele mit aller Gewalt hinein. Dann kehrte er in das Zimmer zurück und holte die Frau, wobei er umsichtiger vorging.

Sie sah ihn an und holte tief Luft. „Nackt“, sagte sie nur und starrte ihn an. „Bin ich im … Himmel?“

Er hätte sich vorher etwas überziehen sollen. „Gleich.“ Die Geister versuchten häufig, mit ihm zu sprechen, aber Lucien antwortete ihnen nur selten. Doch dieses Mal kam seine Antwort automatisch. „Bald sind Sie im Himmel. Aber die Engel dort sind viel hübscher als ich.“ Er beförderte sie möglichst schnell ins Paradies, um zügig wieder in seinem eigenen Himmel zu sein.

Nicht sicher, wie lange er fortgewesen war, materialisierte er sich wieder in seinem Haus in Griechenland. Endlich war auch der Dämon in ihm ruhig.

Anya lag auf dem Rücken. Mit einer Hand massierte sie ihre Brust, die andere hatte sie zwischen den Schenkeln.

Sie stöhnte auf, war rosa und feucht.

Und wieder brannte Lucien sofort lichterloh. Er legte sich auf sie, denn er war eifersüchtig, dass es ihre Finger waren und nicht er, die ihre Weiblichkeit erobern durften. Sobald er sie berührte, stöhnten er und der Dämon gleichzeitig auf. Dort gehörten sie hin.

Anya öffnete die Augen. Sie lächelte verführerisch. „Ich konnte nicht länger warten.“

Lucien rollte sich auf den Rücken und zog sie mit sich. Dann streckte er sich unter ihr aus. „Schön war das. Du sahst unglaublich gut aus."

„Mmh. Du bist so stark", flüsterte sie. „So mutig. Warum bekomme ich nur nicht genug von dir?"

Für den Bruchteil einer Sekunde trafen sich ihre Blicke, und Lucien fühlte sich wie der begehrenswerteste Mann, der jemals die Erde betreten hatte. In ihren hellen Augen leuchteten eine solche Leidenschaft und Bewunderung.

„Ich staune." Von Zärtlichkeit überwältigt, streichelte er ihre Wange. Solche zarteren Gefühle hatte er seit Jahrhunderten nicht mehr gespürt. Er wusste nicht so recht, wie er mit ihnen umgehen sollte. Aber er wollte es versuchen. Für Anya.

„Warte mal …" Aufreizend langsam glitt sie an seinem Körper herab. Sie beugte den Kopf und öffnete ihre vollen Lippen über seiner Spitze. Wieder nahm sie ihn vollständig auf.

Doch dieses Mal hatte er kein schlechtes Gewissen und konnte seiner Leidenschaft freien Lauf lassen. Er hatte sie um nichts gebeten, sie tat es freiwillig. Und dieser Gedanke machte ihn schwindelig und erregte ihn noch mehr. Er brannte bis ins Mark, als er sein Rückgrat durchdrückte, als er sich ihr entgegenwölbte, um noch mehr ihrer feuchten Hitze zu bekommen.

„Er ist so heiß …" Vorsichtig nagte sie an seiner empfindlichen Haut und machte ihn damit nur noch gieriger.

„Anya." Lucien krallte die Finger ins Laken.

Mit der einen Hand hielt sie ihn umfangen und mit der anderen berührte sie seine Brustwarzen, während sie ihn weiter mit den Lippen liebkoste. Schon bald wand er sich unter ihr und nahm nichts anderes mehr wahr als seine grenzenlosen Lust.

Es war zu viel, fast hielt er es nicht länger aus.

Bestimmt würde der Tod sterben, wenn er dieses Mal kam. Bestimmt …

Ganz am Rand bekam Lucien mit, dass eine Tür schlug und eine tiefe Männerstimme sich über die Unordnung im Wohnzimmer beschwerte.

Anya hielt mitten in der Bewegung inne, und fast hätte er angefangen zu schreien, zu fluchen und das Bett in seine Einzelteile zu zerlegen. *Wo bleibt deine Selbstbeherrschung?* Er keuchte und schwitze. Sein Schaft schmerzte. Der Dämon in seinem Innern schien nach ihm zu schnappen.

„Lucien", stieß Anya atemlos hervor.

Er bemühte sich, seinen Körper wieder unter Kontrolle zu bekommen ... seinen Körper, seine Gedanken. In diesem Moment kostete es ihn viel Kraft, überhaupt wieder ruhig atmen zu können. In seinen Ohren rauschte das Blut. Sein Verlangen ließ sich nicht bremsen. Er rang mit sich. Er musste einfach zum Orgasmus kommen. Er musste Anya zu seiner Frau machen.

„Lucien", wiederholte sie, während draußen die Stimme lauter wurde.

„Was zur Hölle ist hier los gewesen?", fragte Strider düster. Seine Schritte hallten durch den Flur.

„Ich musste eine Niederlage einstecken", rief Lucien durch die geschlossene Tür. „Bleib draußen. Ich brauche noch einen Moment."

„*Wir* brauchen noch einen Moment", ergänzte Anya.

Die Schritte hielten vor der Schlafzimmertür an. „Eine Minute, dann komme ich rein."

Lucien versuchte, sich aufzurichten, bis er spürte, dass kalter Stahl sein Handgelenk band. Er runzelte die Stirn und wandte den Kopf zur Seite. Anya hatte ihn ans Bett gefesselt.

„Anya", sagte er, „was soll das? Ist es ein Spiel?"

„Nein."

Er schwieg. Unter seinem Auge zuckte ein Muskel. „Ketten können mich nicht halten."

„Diese schon." Sie sprang vom Bett und ging zum Schrank. Dort nahm sie sich ein Hemd und eine Hose vom Bügel. „Tut mir leid, Sugar, aber unser Gespräch ist noch nicht zu Ende, und ich kann es nicht zulassen, dass du gehst, bevor wir alles geklärt haben."

Er zerrte an den Ketten. Sie rasselten, aber sonst passierte nichts. Furcht stieg in ihm hoch. Lucien versuchte, sich wegzuzaubern, aber auch das funktionierte nicht. Jetzt wurde ihm klar, was sie in seinem Zimmer in Buda gemacht hatte. Sie hatte die Ketten geholt. „Mach mich los. Sofort!"

Bedauernd sah sie ihn an. „Ich habe die Schlüssel nicht."

„Die sind in meiner Hosentasche." Mit der freien Hand deutete er auf ein Paar Hosen, die im Kleiderschrank auf dem Boden lagen.

Weil er von Anya so abgelenkt worden war, hatte er den Schlüssel aus Versehen nicht in Buda gelassen, sondern immer mit sich herumgetragen.

„Die hier?“ Sie hielt eine Hose in die Höhe.

„Ja.“

Sie nahm einen kleinen Schlüssel aus Metall aus der Tasche und hielt ihn vor sich auf der flachen Hand. Plötzlich entstanden um den Schlüssel herum kleine dunkle Wolken, und eine Böe fuhr über ihre Handfläche. Im nächsten Augenblick waren die Wolken verschwunden und der Wind hatte sich gelegt. Der Schlüssel war weg. Triumphierend rieb sie die Hände aneinander.

„Anya!“, rief Lucien. „Was hast du gemacht? Wo ist der Schlüssel?“

„Lucien?“ Strider klang besorgt.

„Gleich“, gab er zurück.

„Keine Sorge“, bemerkte Anya. „Du bist nicht hilflos. Dieser kleine Schlüssel, hinter dem Cronus so her ist … also, das ist ein allmächtiger Schlüssel. Er kann alle Schlösser öffnen. Sogar die hier.“ Sie deutete auf seine Ketten und zog dann seine Sachen über.

„Beweis es! Schließ sie auf! Sofort!“

„Tut mir leid, Zuckerstückchen. Ich werde dich ein wenig allein lassen, damit du in Ruhe nachdenken kannst. Und diese Zeit gebe ich dir, so nett bin ich nämlich.“

„Anya!“ Lucien war nackt und sehr erregt. Wenn seine Wut nur die Erektion verschwinden lassen würde! Aber das geschah nicht. „Wir hatten ein Abkommen.“

„Und darum liegst du in Ketten und bist noch nicht tot.“ Sie trat ans Bett.

Seine Kleidung war viel zu groß für sie, aber sie sah wunderschön darin aus.

Er drehte sich zu ihr um und versuchte, sie am Handgelenk zu erwischen, aber lachend wandte sie sich von ihm ab, sodass er sie nicht erreichen konnte. „Du verdienst es, und das weißt du auch. Akzeptier deine Strafe wie ein braver Junge.“

„Anya“, wiederholte Lucien und versuchte dabei, nüchtern zu klingen. Aber es funktionierte nicht. Wenn seine Stimme ein Schwert gewesen wäre, er hätte sie in kleine Stücke zerhackt.

Darauf bedacht, dass sie ihm nicht zu nahe kam, griff sie nach der Decke und zog sie über seine Erektion. „Damit du dich nicht schämen musst."

Sogar in dieser Situation begehrte er sie. Einige Haarsträhnen waren ihr ins Gesicht gefallen. Sie betrachtete die Decke, als wolle sie am liebsten mit ihr tauschen.

„Anya …"

„Sobald du den Mann mit dem Dämon der Niederlage losgeworden bist, werde ich wiederkommen." Damit verschwand sie.

Lucien ließ seinen Kopf auf das Kissen zurücksinken. „Verdammt!" Mit der freien Hand schlug er gegen das Kopfteil hinter ihm.

Strider marschierte an Anya vorbei ins Schlafzimmer, zwei Schwerter in der Hand und zum Kampf bereit. „Was ist los? Hier bin ich!" Er sah sich in dem verwüsteten Zimmer um. Erst dann fiel sein Blick auf die Ketten. „Was im Himmel ist denn passiert? Das ganze Haus sieht aus wie ein Saustall."

„Nimm die Waffen herunter." Lucien deutete mit dem Kinn auf die Schwerter. „Anya und ich haben uns ein bisschen gestritten."

Sofort war die Besorgnis aus Striders Gesicht verschwunden. „Und dann habt ihr euch offensichtlich überlegt, ihr macht ein paar Fesselspielchen." Er lachte. „Ich dachte, du stehst nicht auf so was."

„Halt den Mund und verschwinde. Sie kommt erst wieder zurück, wenn du weg bist."

„Verdammt noch mal! Nein, ich gehe auf keinen Fall weg." Strider ließ sich auf die Bettkante plumpsen. „Erstens will ich das Feuerwerk nicht verpassen. Und zweitens lasse ich dich hier nicht einfach so liegen. Wir hatten zwar in den letzten Jahrhunderten nicht viel Kontakt, aber dass heißt ja nicht, dass ich dich hier im Stich lasse. Aber nicht, dass du mich missverstehst … so einer bin ich nicht."

Lucien trat ihm so hart gegen den Oberkörper, sodass er zu Boden fiel. „Strider!" Mit der freien Hand fuhr er sich durchs Gesicht. „Götter, ist das peinlich." Hätten ihn Reyes oder Paris so gefunden, wäre es für ihn nicht derart erniedrigend gewesen.

„Soll ich dir Popcorn oder irgendwas Ähnliches bringen?" Strider kam grinsend wieder auf die Füße.

„Ich will, dass du gehst."

„Ach nein."

„Ich bin nicht hilflos! Und sie wird mir nichts antun! Wenn sie das gewollt hätte, dann hätte sie es schon lange getan."

Pause. Strider seufzte. „Also gut." Er verließ den Raum.

Lucien dachte, dass der Krieger das Haus ganz verlassen wollte, aber der kam einige Minuten später mit einem schwarzen Mobiltelefon zurück.

„Das Baby hier hat eine Kamera und kann auch E-Mails verschicken." Mit hochgezogenen Augenbrauen machte er ein paar Fotos von Lucien. Er achtete besonders darauf, dass auch die Ketten mit im Bild waren.

„Hör auf damit", knurrte Lucien.

„Äh … nein. Und jetzt hab bitte ein bisschen Sex mit der Kamera – komm, für mich! Genau! Super! Diese Mischung aus Wut und Sex ist klasse. Mann, das ist ein Foto fürs Album!"

Wütend starrte Lucien ihn an. „Es gibt Männer, die sich vor meinem Zorn fürchten."

„Tod, tut mir ja leid, dir das sagen zu müssen, aber ich glaube, das wird sich ändern, sobald sie diese Bilder von dir sehen."

Lucien wurde rot. „Das zahle ich dir heim. Das ist dir ja wohl klar, oder?"

Plötzlich wurde Strider ernst. „Fordere mich nicht heraus. Du weißt, dass mein Dämon die Niederlage ist, und ich werde alles tun, wenn es sein muss – sogar meine eigene Mutter umbringen –, um eine Herausforderung zu bestehen. Ich kann nicht anders, ich muss es tun."

Lucien warf ein Kissen nach ihm. „Dann pack endlich das Handy weg und verschwinde."

Lächelnd tat Strider schließlich, was ihm aufgetragen wurde. Jedenfalls zum Teil. Er steckte das Telefon zurück in seine Tasche. „Hast du Paris gesehen?"

„Nein, warum?"

„Er ist vorhin weggegangen, um einzukaufen, und seitdem habe ich ihn nicht mehr gesehen."

„Wahrscheinlich ist er mit einer Frau zusammen. Oder mit zweien. Um ihn würde ich mir keine Sorgen machen. So wie ich ihn kenne, will er in Topform sein und stark, bevor er mit der Suche anfängt. Das bedeutet, dass er ein paar Tage später als wir loslegt. In der letzten Zeit hat er noch mehr Sex als sonst gebraucht."

„Na, da scheint er ja nicht der einzige gewesen zu sein." Strider sah ihn spöttisch an. „Gideon wird sauer sein, dass Paris ohne ihn losgezogen ist. Ich glaube, ich sollte die beiden das unter sich ausmachen lassen. Ich muss meinen Flug nach Afrika kriegen. Ich freue mich drauf, die kleine Miss Hydra zu suchen und den Schatz, den sie vor uns verbirgt. Was das auch immer sein mag."

„Hattest du Sabin angerufen?"

„Oh, ja. Er ist auch ziemlich aufgeregt. Er hat mir erzählt, dass sie im Tempel der Unaussprechlichen bisher kein Glück gehabt haben. Auch nicht, als sie diverse Blutopfer dargebracht haben. Aber er hat das Gefühl, dass sie dort trotzdem etwas finden könnten. Deshalb will er noch nicht abfahren."

„Gut." Hoffentlich fand bald jemand was. „Ich habe noch keine Gelegenheit gehabt, mich zu ihm zu teleportieren." Lucien war einfach nur von Anya abgelenkt gewesen.

Striders Telefon klingelte laut. Der Krieger holte es hervor und klappte es grinsend auf. „Wenn man vom Teufel spricht … Es ist Sabin. Ich habe ihm schon ein Bild von dir gesimst. Hier ist seine Antwort. Er findet, dass es dir sehr gut steht, und dass du häufiger so posieren solltest."

Lucien ließ sich zurückfallen, sodass er sich den Kopf am Bettrahmen stieß. Die Ketten klimperten. „Verschwinde. Anya und ich müssen noch etwas klären."

„Mann, du hast ein Glück! Ich würde mit dieser Sahneschnitte auch nur zu gern etwas klären."

Lucien kniff die Augen zusammen. Er sah Strider wütend an. „Du sollst nicht so über sie reden."

Strider blinzelte irritiert, aber sagte dazu nichts. „Ich bleibe in der Nähe, bis ich weiß, dass du die Ketten los bist. Wir sehen uns, Tod. Viel Spaß." Er ging mit großen Schritten aus dem Raum und verließ dann das Haus. Lucien hörte hinter ihm die Haustür zuschnappen.

„Ich bin jetzt allein", rief Lucien laut.

Keine Antwort.

„Anya."

Nichts.

Nach einigen Minuten rief er wieder ihren Namen, aber sie antwortete ihm auch diesmal nicht. Verdammt! Spielte sie mit ihm? Wollte sie ihn bestrafen?

Oder war ihr etwas passiert?

Plötzlich kam ihm eine Idee, deren Bild so lebendig war, dass ihm der Schweiß ausbrach. Anya stand in ihrer Wohnung in der Schweiz. Cronus beugte sich über sie. Sie stritten lautstark.

Luciens Dämon knurrte. Und Lucien musste annehmen, dass seine Vision tatsächlich der Realität entsprach. Er sah zu viele Details vor sich, sogar den winzigen Schweißtropfen auf ihrer Schläfe. Was redeten die beiden? Er konnte es nicht verstehen. Panik überkam ihn.

Hatte Cronus entschieden, sie doch selbst umzubringen? Lucien bäumte sich noch einmal mit aller Kraft gegen seine Ketten auf, doch ohne jeden Erfolg.

„Anya!“

12. Kapitel

„Gib mir den allmächtigen Schlüssel, Anya!"

Anya spürte, dass jemand in ihren Raum eingedrungen war. Dann sah sie ihren Erzfeind. Das Herz schlug ihr bis zum Hals. Dort stand, direkt vor ihr und in voller Größe, Cronus, der neue König der Götter. Er war ein böser König und der Typ, der Lucien befohlen hatte, sie zu jagen und sie wie ein Tier abzuschlachten.

He, das wäre eine tolle Anzeige für eine Single-Börse, dachte sie zynisch.

Energischer Single mit der Schwäche, gegen das Böse kämpfen zu müssen, sucht Sie, um gemeinsam die Welt zu beherrschen. Interessiert? Dann streichle mein Ego und gib mir alles, was dir lieb und teuer ist.

„Ich will Frieden für alle Ewigkeit", antwortete sie, „aber leider bekommen wir nicht immer, was wir wollen, stimmt's?"

Sie hörte, wie seine Zähne aufeinander schlugen.

Anya hatte sich zurück nach Zürich teleportiert, um sich etwas anderes anzuziehen. Sie hatte die viel zu großen Sachen von Lucien abgelegt und sich etwas übergezogen, das erotischer war. Den Götter sei Dank, war Cronus zu diesem Zeitpunkt noch nicht aufgetaucht, denn Anya wollte nicht, dass sie ein anderer Mann außer Lucien nackt sah.

Lucien.

Sie war so in Gedanken an ihn versunken, dass sie nicht gemerkt hatte, wie sich Cronus in ihre Wohnung geschlichen hatte. Erst als er sie ansprach, wurde sie seiner Gegenwart gewahr. Das war seltsam. Denn normalerweise war sie sehr aufmerksam und bemerkte, wenn Cronus sich näherte.

Sie hätte sich sofort teleportieren können, aber sie tat es nicht. Plötzlich wollte sie erfahren, was der alte Idiot zu sagen hatte. Wollte er sich bei ihr über Lucien beschweren?

„Den Schlüssel", forderte Cronus sie auf. „Her damit."

„Wir haben schon mal darüber gesprochen, Chef. Meine Antwort steht fest."

Er ging um sie herum und starrte sie böse an. Er war so nah, dass sein dichter silbriger Bart sie am Kinn kitzelte. Seine lange weiße Robe berührte ihre Beine, und sein Ambrosiaduft drang ihr in die Nase. Er besaß viel Macht, soviel war sicher.

Auch die Griechen waren früher mächtig gewesen. Zeus hatte seine Blitze und Hera schwärmte für Eifersuchtsdramen. Aber diese Kreatur hier hatte dafür gesorgt, dass sie keinerlei Ansehen mehr besaß, sie hatten den Status von bedeutungslosen Tieren, etwa wie Fliegen. Und dasselbe hätte er gern ihr angetan.

Cronus richtete sich unerwartet auf und sah sie ruhig an. „Ich habe gesehen, dass du dich mit dem Tod getroffen hast."

„Und?" Sie bemühte sich, ihn nicht spüren zu lassen, dass es ihr unangenehm war. Was genau hatte er gesehen? Der Gedanke, dass er vielleicht mitbekommen hatte, was sie und Lucien in seinem Schlafzimmer getan hatten, widerte sie an. „Und, was ist damit?"

„Du magst ihn."

„Ja und? Ich mag viele Männer." *Hoffentlich hört er nicht, dass ich lüge.*

„Vorausgesetzt, du gibst mir den allmächtigen Schlüssel, sorge ich dafür, dass er dir nicht mehr von der Seite weicht. Er wird dir in alle Ewigkeit zugetan sein und machen, was du ihm befielst."

Das war verführerisch. Cronus hatte wahrscheinlich keine Ahnung, wie großartig dieser Tausch in Anyas Ohren klang. Schließlich würde sie auf derselben Augenhöhe wie ein Mann sein. Sie stellte sich vor, wie es wäre, Lucien so lange sie wollte zu besitzen. Ihn um etwas zu bitten und zu wissen, dass er ihrer Bitte nachkommen würde. Aber sie hatte Jahrhunderte lang dafür gekämpft, genau diesem Schicksal zu entkommen. Sie konnte es nicht zulassen, einem Mann dasselbe anzutun. Schon gar nicht Lucien, der so stolz war. Außerdem war er ja schon an seinen Dämon gebunden. Und er war gerade erst von dem Todesfluch von Maddox befreit worden. Noch mehr seiner Freiheit nehmen zu wollen, wäre unmoralisch.

„Nein. Tut mir leid. Nach einer Woche wäre er mir lästig. Und im Moment finde ich seine Versuche, mich umzubringen, noch recht amüsant, und es macht mir Spaß, mit seiner Zuneigung zu mir zu spielen, aber …" Sie zuckte die Schultern, als sei sie Lucien schon jetzt leid. „Warum holst du dir den Schlüssel nicht einfach?" Mit unschuldiger

Miene machte sie ihm schöne Augen. „Warum tötest du mich nicht einfach, dann kannst du ihn doch haben?"

Er verzog das Gesicht. „Das würde dir so passen, oder?"

„Vielleicht ein kleines bisschen, ja." Als sie Cronus so verhöhnte, kamen ihr die Worte ihres Vaters in den Sinn, als habe er gerade zu ihr gesprochen, obwohl es schon viele Jahre her war: *Männer werden versuchen, dich für das zu töten, was ich dir geben werde, denn sie glauben, dass sie so an den Schlüssel gelangen können.*

Sie wollen mich töten. Aber warum? Ich verstehe es nicht. Sie hatte den Kopf geschüttelt. *Egal, gib mir einfach den Schlüssel. Ich will nicht, dass noch mehr Männer hinter mir her sind. Lass mich einfach ziehen.*

Auf die Gefahr hin, dass du gefunden wirst und wieder ins Gefängnis kommst? Nein. Bald schon wirst du bemerken, dass der Schlüssel es wert ist, die Gefahr einzugehen, getötet zu werden. Du wirst nie wieder gefesselt werden. Dir wird es vergönnt sein, kraft deiner Gedanken an jeden Ort der Welt zu reisen, wohin du möchtest. Du wirst frei sein. Für immer.

Der Schlüssel? Vater …

Hör mir gut zu. Wenn sie es schaffen, dich zu töten, dann können sie den Schlüssel haben, aber derjenige, der dir den tödlichen Schlag versetzt, wird für den Rest seines Lebens machtlos sein. Daher werden dich viele Männer in Ruhe lassen. Jedoch werden andere die Folgen des Schlüssels vergessen, weil sie seine Macht haben wollen.

Hörst du mir zu?, schalt er sie und schüttelte sie. *Sei aufmerksam. Der Schlüssel wird dem Mann freiwillig gegeben werden, damit er seine Macht behält. Du gibst dem Mann damit Stärke, aber du hingegen wirst schwach sein. Denn der Schlüssel ist lebendig, er ist ein Teil von dir. Er nimmt deine Stärke auf, die einem anderen übertragen wird, solltest du ihm den Schlüssel geben. Hast du mich verstanden?*

Nein!

Wenn du den Schlüssel hast, gib ihn niemals fort. Er gehört dir. Es ist mein Geschenk an dich. Es ist der Beweis meiner Liebe.

Mit Tränen in den Augen setzte sie an zu fragen ob auch *er* kraftlos werden würde, wenn er ihr den geheimnisvollen Schlüssel gab. Aber da hatte er die Dinge bereits in die Hand genommen. Und sie sah es ihm an, dass er schon schwächer wurde.

„Ich werde das nicht gegen dich verwenden“, teilte sie Cronus mit. „Jedenfalls nicht noch einmal.“

„Wie du gerade gesagt hast, wir haben das schon alles hinter uns. Du wirst ihn mir geben.“

„Nur für meine Eltern. Das bedeutet, falls du sie noch einmal erwischst.“

„Ich neige dazu, dir nicht zu glauben. Du lügst, das weiß man.“

Das stimmte, sie konnte es nicht bestreiten. Jedenfalls nicht, ohne zu lügen. „Schau mal, wir wissen beide sehr gut, dass du Lucien damit beauftragt hast, mich zu töten. Das bedeutet, dass er machtlos ist, du dagegen die Zügel in der Hand behältst. Der Schlüssel wird dann leicht zu erreichen sein, er aber zu schwach, um ihn zu greifen. Das heißt, du hast alle Chancen, mit dem Schlüssel zu machen, was du willst. Ich könnte ihm das erzählen. Und ihm ist es dann vielleicht egal.“

„Das glaubst du doch selbst nicht. Denn sonst hättest du es ihm schon lange erzählt.“

Vielleicht. Vielleicht auch nicht. Sie hatte Lucien das Geheimnis des Schlüssels wahrscheinlich aus Furcht nicht offenbart, weil er sie dann vielleicht einfach verlassen würde. Davon abgesehen … hätte Lucien ihr überhaupt Glauben geschenkt? Wahrscheinlich hätte er ihr unterstellt, dass sie sich die ganze Geschichte ausgedacht hatte, um ihn auf Abstand zu halten.

„Wir wissen doch beide, dass er mir sowieso gehorchen wird“, stellte Cronus fest. „Er liebt seine Krieger viel zu sehr, als dass er mit ansehen könnte, wenn sie leiden. Auch wenn er für ihre Freiheit seine einbüßen müsste.“

„Also, warum hat er denn bisher deinen Befehl nicht ausgeführt?“

„Du hast ihn verhext.“

Wenn es doch nur wahr wäre! Sie seufzte, zum Teil aus Verzweiflung, zum Teil aus Vergnügen. Lucien … er lag immer noch im Bett. Nackt. Sehnte er sich nach ihr?

Sein Begehren hatte ihr gefallen. Sie sah es gern, und sie wollte sein Verlangen erfüllen. Sie wollte ihn noch einmal schmecken. Allein der Gedanke daran, ihn noch einmal mit ihren Lippen zum Höhepunkt zu bringen, ließ sie erschauern.

Um sich auf andere Gedanken zu bringen, warf sie die Haare über die Schulter und sah Cronus an. Es war höchste Zeit, sich mal mit etwas anderem als Lucien zu beschäftigen.

„Den Schlüssel zu besitzen, könnte – *könnte* – Tartarus so stärken, dass er den Olymp wieder zu der uneinnehmbaren Festung macht, die er einst war, um die Griechen dort für immer einzukerkern. Aber wo bleibt dann der Spaß? Das wäre doch kein Abenteuer mehr."

„Ich habe meine Abenteuerlust schon lange verloren." Er winkte ab. „Man wird mich nicht noch einmal besiegen. Ich werde es nicht zulassen, dass die Griechen noch einmal entkommen, ebenso wenig werde ich es zulassen, dass du ihnen hilfst. Und um meine uneingeschränkte Macht zu sichern, brauche ich den Schlüssel."

„Hör mal zu. Du bist nicht der Einzige hier, der Probleme hat. Ich werde tagtäglich verfolgt, falls du dich erinnerst. Wenn ich dir den Schlüssel gebe, dann verliere ich meine Kraft, meine Fähigkeiten, meine Erinnerungen – vielleicht sogar meine Freiheit. Sollte man mich jemals wieder einsperren, kann ich niemals mehr entkommen."

„Ich habe dir schon mal meinen Schutz angeboren. Du hast ihn immer wieder abgelehnt."

„Und das werde ich auch in Zukunft tun." Es war möglich, dass er es sich anders überlegte. Oder dass er in Zukunft Geld für seinen Schutz verlangen würde. Oder er würde sie vielleicht einfach vergessen."

„Sag mir doch einfach, was du willst. Du bekommst es. Es muss nicht so sein, dass du das Nachsehen hast."

„Es gibt nichts, das ich haben will." Im Moment war alles perfekt, so wie es war. Niemand konnte sie an sich binden, und niemand konnte sie töten, ohne dass er dafür einen hohen Preis zahlen musste. Sie hatte quasi einen Freund, der ihre Welt aus den Angeln hob, auch wenn sie keine feste Beziehung hatten. Warum sollte sie das aufgeben?

Außerdem konnte sie sich alles, was sie haben wollte, selbst beschaffen. *Und* sie hatte bereits einen Plan, wie sie Cronus endlich loswerden würde. Sie dachte dabei an die Artefakte, die die Lords suchten. Auch Cronus wollte sie haben. Seine Macht begründete sich auf diesen Artefakten, und es war offensichtlich, dass Cronus verliebt in die Macht war.

Sobald sich die Artefakte in ihrem Besitzt befanden und sie mit ihrer Hilfe die Büchse der Pandora gefunden hatte, würde sie beides gegen seinen Schwur eintauschen, sie zu beschützen. Auch vor Cronus selbst. Schutz für sie und für Lucien. Und außerdem hatte sie noch ihren Schlüssel.

Sie betrachtete ihre Fingernägel. „Stört es dich, wenn ich jetzt verschwinde? Ich fange an, mich zu langweilen, außerdem bin ich verabredet. Bis später."

Cronus sah sie mit zusammengekniffenen Augen an. „Eines Tages, und das wird nicht mehr allzu lange dauern, werde ich wissen, wie ich dich dazu bringen kann, mir gegenüber Demut zu zeigen. Ich werde herausgefunden haben, wie ich dich zerstören kann. Und wenn es soweit ist, dann wirst du dir wünschen, dass du mir heute diesen Schlüssel gegeben hättest."

Mit einem strahlend blauen Blitz verschwand er theatralisch. Anya stolperte vor, plötzlich wurden ihr die Knie weich. Sie fuhr sich mit der Hand übers Gesicht, denn die ersten Schauer der Angst durchbebten ihren Körper. Es war nicht klug gewesen, den König der Götter zu reizen, aber es war nicht ihre Art, sich zu ducken oder zu gehorchen.

Ich werde erfahren, wie ich dich zerstören kann, hatte er gesagt, und sie glaubte ihm. Cronus brauchte ihr nur damit zu drohen, dass er Lucien etwas antat. Dann würde sie, fürchtete Anya, ihm alles geben. Vielleicht sogar den Schlüssel. Cronus durfte nicht erfahren, wie lieb Lucien ihr geworden war, und dass sie Tag und Nacht nur noch an ihn dachte.

Cronus hatte das aber schon vermutet, das wurde ihr jetzt klar. Warum sonst hätte er ihr Luciens ewig währende Zuneigung versprechen sollen?

Mist, dachte sie. Sie musste sich etwas ausdenken, um diesen Widerling loszuwerden. Vielleicht musste sie Lucien erst einmal eine Weile lang ignorieren. Vielleicht war das der Trick? Würde Cronus die Sehnsucht und die Qual in ihrem Blick erkennen? Verdammt, würde es ihr überhaupt gelingen, sich von Lucien fernzuhalten? Sie hatte es bisher noch nicht ausprobiert.

Aber es wäre nicht schlau, sich nicht in seiner Nähe aufzuhalten. Denn gemeinsam mit ihm würde sie die Artefakte schneller finden als ohne ihn. Sie erschauerte vor Erleichterung und vor Verlangen. *Ich muss ihn wiedersehen.*

Ja, geh wieder zu ihm zurück, aber lass Cronus nicht merken, wie wichtig er dir ist.

Sie runzelte die Stirn, die Erleichterung ebbte ab. Hieß das, dass sie nicht mehr mit ihm ins Bett gehen würde?

Die Antwort passte ihr nicht. Küssen war in Ordnung, denn sie hatte auch andere Männer geküsst. Aber alles andere wäre ein Beleg dafür, was Lucien ihr bedeutete. Sie ließ die Schultern hängen. *Ich muss einfach wieder die alte sein und die Dinge leichter nehmen. Ich muss es ruhig angehen lassen*. Kein Streicheln mehr, kein Hautkontakt.

„Verdammter Cronus", murmelte sie, während ihr plötzlich die Tränen über die Wangen rannen.

Lucien hatte sich in seine Wut hineingesteigert.

Das war ihm erst einmal passiert – eine unglaubliche Wut, die über Tage anhielt. Es war nach Mariahs Tod passiert. Danach hatte er sich geschworen, dass ihm das nie wieder passieren würde. Aber als er Anya mit Cronus sprechen sah, konnte er sich nicht länger zurückhalten. Er war in die dunklen Abgründe des Zorns gerutscht.

Vor seinen Augen flimmerte es rot, kalter Schweiß rann seinen Nacken hinab. In seinem Kopf tobte sein Dämon wie eine Todesfee. Jeder Atemzug war so heiß, dass Lucien ihn wahrnahm. Er war mehr Dämon als er selbst. Jeder Gedanke war dunkler als der vorherige.

Es war ihm gelungen, das Kopfteil des Bettes zu zerlegen. Damit waren die Ketten gelöst, aber er selbst konnte sich nicht von ihnen befreien. Danach zog er eine Spur der Verwüstung durch das Haus. Die Ketten verhinderten, dass er sich entmaterialisieren konnte. Aber auch das war ihm schließlich egal. Er war zu sehr damit beschäftigt, sich aufzuregen. Er war zu sehr damit beschäftig, sich vorzustellen, wie er tötete und folterte. Lucien wollte Blut sehen. Wenn einer der anderen Krieger in diesem Moment den Raum betreten hätte – Lucien hätte ihn angegriffen. Es wäre ihm nicht möglich gewesen, sich zusammenzureißen. Und auch das wäre ihm völlig gleichgültig gewesen.

Cronus hätte Anya töten können, und Lucien hätte keine Chance gehabt, ihr zu Hilfe zu kommen. Er war auch damals nicht in der Lage gewesen, Mariah zu helfen. Seitdem saß ihm die Schuld wie ein Stachel im Fleisch. Anya allerdings … Er brüllte laut auf.

„Äh … möchtest du mir etwas sagen?" Eine Frauenstimme erklang hinter ihm, als sein Schrei verstummt war.

Als er sie hörte, drehte er sich wütend um. Er sah die Silhouette einer Frau. Helles Haar, schmale Schultern. Er fasste den Griff seines Schwerts fester. *Töten. Töten.*

Böse funkelnd stapfte er auf sie zu.

Sie wich einen Schritt zurück. „Lucien?"

Er hob das Schwert und schwang es bedrohlich über seinem Kopf. *TÖTEN.* Er senkte die Klinge und zielte auf den Hals der Frau. Sie musste sich bewegt haben, denn das Schwert landete nicht auf ihrem Hals, sondern auf dem Boden. Er fluchte.

Einen Moment später spürte er, dass ihm jemand auf die Schulter tippte.

Er wirbelte herum. Eine Faust landete auf seiner Nase. Sein Kopf kippte zur Seite, und er spürte, wie ihm warme Nässe über Lippen und Kinn rann.

„Reg dich lieber ab, Tod, sonst werde ich noch wütend."

Wieder hob er das Schwert, aber dieses Mal wurde es ihm aus der Hand geschlagen. Mit einem Schrei warf er sich auf die Frau und schüttelte sie wie irre. Er wollte sie zerreißen.

„Lucien", sagte sie mit beruhigender Stimme. Sie klang fast, als wolle sie ihn hypnotisieren. „Lucien. Im Ernst. Ich bin doch keine Puppe. Beruhige dich. Erzähl mir, was los ist."

Schließlich kam ihm zu Bewusstsein, in welcher Verfassung er war. Der Mann in ihm bekam wieder Oberhand über den Dämon. Die Haut der Frau war heiß – er erkannte diese Hitze. Sie roch nach Erdbeeren und Sahne – auch den Duft kannte er.

„Erzähl der kleinen Anya, was in deinem Dickschädel vorgeht", säuselte sie. Er spürte, wie zarte Hände seine Wange streichelten. „Bitte, bitte."

Anya.

Der Name löste etwas in seinem Kopf aus, der Klang drang durch den roten Nebel und löste ihn auf. Er blinzelte, und vor ihm erschien eine wunderschöne Elfe. Ihr Haar fiel ihr über die Schultern. Sie hatte hellblaue Augen, rosige Wangen.

„Anya?"

„Ich bin hier, Liebster."

Götter im Himmel! Er sah sich im Zimmer um. Das Mobiliar war zerschlagen, überall befand sich Blut. Sein Blut! Er hatte sich die

Hände verletzt, als er mit den Fäusten gegen die Wände geschlagen hatte. Bedauern überkam ihn.

Nicht schon wieder.

„Habe ich dir etwas getan?" Er wandte sich wieder der Frau zu, die in seinen Armen lag und betrachtete sie aufmerksam. Ihre samtige Haut war unverletzt, ihre Augen strahlten. Sie trug ein schwarzes T-Shirt und enge schwarze Jeans. Ihre Kleidung wies keine Spuren eines Kampfs auf. An den Füßen trug sie glänzende schwarze Absatzschuhe, durch die offenen Spitzen schimmerten schwarz lackierte Fußnägel.

„Habe ich dir etwas getan?", wiederholte er.

„Würde dir das etwas ausmachen?", erwiderte sie mit geneigtem Kopf. „Ich meine, bis vor Kurzem wolltest du mir unbedingt etwas antun."

Lucien kniff die Lippen zusammen. Nie durfte er sie spüren lassen, wie sehr er sie inzwischen bewunderte. Wie sehr er sie mittlerweile *brauchte. Ich glaube, deine Zunge an ihrer empfindlichsten Stelle hat schon genug gezeigt.* Aber erst, wenn er ihr den Schlüssel gestohlen hatte, durfte er diese Gefühle zulassen.

„Schon gut", bermerkte sie leichtherzig. „Die Antwort wäre sowieso egal gewesen." Sie wand sich aus seinen Armen, drehte ihm den Rücken zu und ging hinüber zu dem Sofa, das er vollkommen zerlegt hatte. Auf der Armlehne, die noch halbwegs intakt war, nahm sie Platz. „Also wirklich? Was war denn bloß los? Ich habe noch nie solch eine dämonische Mine gesehen? Deine Augen sind rot gewesen!" Sie erschauderte. „Das war gruselig. Und nicht schön."

„Ich habe dir doch schon einmal gesagt, dass du mich nicht wütend machen darfst." Bei den Göttern, er konnte nicht glauben, dass es tatsächlich so weit gekommen war, dass seine dunkelste Seite hervorgekommen ist. Er hatte immer darauf geachtet, dass es nicht passierte. Aber der Gedanke an Anya hatte ihn zu traurig gemacht … Lucien musste einen Schrei unterdrucken.

Schließlich gestand er es sich ein: Niemals hätte er sie töten können. Noch nicht mal ganz zu Anfang, als sie sich noch nicht so gut kannten. Es war wirklich widerlich, wie er sich um ihre Sicherheit Sorgen machte. Er war genauso schlimm wie Maddox. „Was willst du von mir, Anya? Warum bist du zurückgekommen?"

„Zunächst um Folgendes zu tun …" Während sie aufstand,

schnalzte sie mit der Zunge. Nachdem sie zu ihm gekommen war, und ein angekettetes Handgelenk genommen hatte, hielt sie es in den Mondstrahl, der durch das Fenster fiel. Mit der anderen Hand machte sie eine Bewegung über dem Metall, die aussah, als würde sie winken.

Zwischen ihren Fingern leuchtete ein bernsteinfarbenes Licht auf. Lucien wurde warm, und er spürte, wie die Handschelle aufsprang und die Kette zu Boden fiel.

„Der allmächtige Schlüssel?“, fragte er geschockt.

„Ja.“ Sie ließ die Hände sinken. „Wirst du mir erzählen, was dich so wütend gemacht hat?“

„Ich habe gesehen, dass du mit Cronus gesprochen hast.“

„Wie? Das hast du gesehen? Wie denn?“

„Ich weiß nicht, wie. Ich habe dich einfach vor meinem geistigen Auge gesehen. Was wollte er?“

Sie blinzelte. „Er wollte den Schlüssel haben.“

Dieser verdammte Schlüssel! „Sag mir, warum aus dir ein Licht scheinen kann.“ Lucien war davon ausgegangen, dass der Schlüssel aus Metall war.

„Nein. Aber ich werde dir Folgendes sagen: Sobald du mich tötest, um an den Schlüssel zu kommen, wird er dir deine Macht nehmen. Du wirst keine Kraft mehr haben. Jetzt weißt du es. Darum will Cronus, dass du die schmutzige Arbeit machst, damit du machtlos wirst. Und bevor du anfängst, das zu kommentieren: Ich wollte dir das nie sagen, denn erstens wollte ich nie sterben und zweitens hättest du sowieso gedacht, dass ich lüge, um dich von mir fernzuhalten. Aber jetzt weißt du es endlich. Damit du nicht behaupten kannst, ich hätte dich nicht gewarnt.“

Da er sie nicht mehr töten wollte, brauchte er auch diese Warnung nicht mehr. „Wie schafft es Cronus, dir den Schlüssel wegzunehmen, wenn er in dir steckt?“

„Das weißt du doch schon. Du tötest mich, dann wird dir deine Kraft entzogen, und *er* holt sich den Schlüssel aus meinem toten Körper.“

„Das heißt, dass du sterben musst, damit ihn jemand anders bekommen kann?“

„Nein. Ich könnte ihn auch freiwillig hergeben.“

„Dann gib ihm ihn doch endlich!“

„Wenn ich Cronus den Schlüssel freiwillig gebe, dann werde ich schwächer. Für immer. Und was noch schlimmer ist: Ich kann mich dann nicht mehr von einem Ort zum anderen teleportieren. Verstehst du?“

Oh, ja. Jetzt verstand er auf alle Fälle. Ihm wurde schlecht, er hätte sich fast übergeben. Er konnte ihr den Schlüssel nicht entwenden, ohne sie zu töten, und Anya konnte Cronus ihn nicht freiwillig geben, weil sie sonst ihre Macht eingebüßt hätte. Also hatte Lucien nichts außer Anyas Leben, was er dem Gott für ein Tauschgeschäft anbieten konnte. *Was sollte er nur tun?*

Ohne seine innere Zerrissenheit zu bemerken, sah sich Anya im Zimmer um. „Hast du eigentlich in deinem Wutanfall auch sämtliche Utensilien für die Arktis kaputt gemacht?“

„Ja.“

„Ich fasse es nicht: Ich habe immer geglaubt, du seiest viel zu kontrolliert. Verdammt noch mal, lern mal, dich ein bisschen zusammenzureißen. An deiner Stelle wäre mir das ganz schön peinlich.“

„Ist es mir auch.“

„Gut.“

Mach dir später über den Schlüssel Gedanken, wenn du Ruhe hast, und weder an Erdbeerduft noch an deinen peinlichen Zerstörungswahn denken musst. „Bevor du gegangen bist, hast du gesagt, du wolltest noch mit mir reden ...“

„Hab ich vergessen.“

Das bezweifelte er – Anya vergaß nie etwas. Aber er kommentierte diese Lüge nicht weiter. „Bist du zurückgekommen, um dich noch ein wenig hinzulegen?“

Ihre Wangen wurden hübsch rot. „Ich wollte meine Sachen abholen, damit wir bald in die Arktis aufbrechen können. Allmählich wird mir langweilig. Ich kann es kaum erwarten, durch die Arktis zu marschieren, um die alten Reliquien zu suchen.“

Irgendetwas lag in ihrem Blick – vielleicht glänzten ihre Augen mehr als sonst. Oder sie verbarg etwas, sie sprach zu ruhig, als sie das Thema eigentlich anging. Noch einmal sagte sie nicht die Wahrheit. „Du hast mich hier nackt liegenlassen, und dann kam Strider und hat mich so gefunden. Nackt und an ein Bett gefesselt“, erzählte er, um ihre Laune zu heben. Vielleicht würde sie ihm dann die Wahrheit sagen. „Habe ich mich schon dafür bei dir bedankt?“

„Nein, hast du nicht.“ Ein Lächeln huschte über ihre Lippen. Dieses Mal war ihr Vergnügen echt. „Und? Hat es ihm gefallen?“

„Nehme ich an. Er hat ein Foto gemacht.“ Als er daran dachte, stieg ihm die Röte ins Gesicht, und er erschauerte.

Anya lachte auf, und dieser Laut hatte etwas Magisches. Lucien spürte, dass seine Haut prickelte. Er fühlte sich so, als habe er gerade die ganze Welt erobert.

„Was wolltest du gern mit mir besprechen?“, fragte er ruhig. „Sag mir die Wahrheit.“

Ihr Lächeln erstarb. „Ich wollte dir sagen, dass … dass … Ich bin mir nicht sicher, ob ich deine Art mag.“

„Ich glaube, ich verstehe dich nicht.“

„Einfach … ich weiß es nicht. Sei nicht so schleimig nett zu mir, meine ich. Mir wird schlecht davon.“

„Dir wird schlecht davon?“

„Musst du alles wiederholen, was ich sage? Ja. Mir wird schlecht davon. Meine Güte!“

Er verschränkte die Arme über der Brust und sah sie verwirrt an. „Warum benimmst du dich so komisch? Ich meine, nachdem ich dich immer weiter geküsst habe, worum du mich gebeten hast?“ Er trat noch einen Schritt auf sie zu.

Sie holte tief Luft und wich ihm aus.

Er mochte es nicht, wie sie zur Seite sah. „Ich habe festgestellt, dass das ein Fehler war. Das ist alles“, brachte sie hervor.

Was war nur los? „Vertraust du mir nicht mehr?“

„Nein.“

„Warum denn nicht? Du weißt so gut wie ich, dass ich hätte in dich eindringen können, aber ich habe es nicht getan. Und ich glaube, wir beide wissen sehr wohl, dass du kurz davor warst, mich darum zu bitten. Ich meine, mich um mehr zu bitten.“

Sie sah wütend zu ihm auf. „Ich habe nur mit dir gespielt. Ich habe nur so getan, als ob.“

Lucien sah ihr in die Augen. Böse sagte er: „Ich glaube dir ja eine Menge, Zuckerschnecke, aber das hier glaube ich dir nicht. Nicht mehr.“

„Das ist das Traurigste, was ich jemals gehört habe.“ Anya schnippte einen Fussel von ihrer Schulter.

„Zwing mich nicht dazu, dir zu beweisen, dass ich meine, was ich sage."

„Verpiss dich." Sie fuhr sich mit der Hand über die Schulter. Ihre Finger zitterten.

„Das hättest du wohl gern, was? Und bevor ich mich verpisse, vögele ich dich?"

Ihre Fassade brach innerlich zusammen und sie versetzte ihm eine Ohrfeige, dass ihre Handfläche brannte. „Erstens solltest du nicht so reden. Und zweitens, zwinge mich nicht dazu, die Dinge so auszusprechen, wie sie sind. Du … du hast mir leid getan. Offensichtlich." Beim letzten Wort kippte ihre Stimme, und es kamen ihr die Tränen.

Ein Muskel zuckte in seinem Kiefer. Lucien spürte, wie wieder das Bedürfnis, jemanden zu verletzen, in ihm hochstieg. Es war ein heißer Drang, der hungrig danach war, noch mehr Schaden anzurichten. Er wollte zerstören. Nur zu gern wollte er sich einreden, dass ihn Anya gerade angelogen hatte – denn schließlich hatte er ihre Lust gespürt, und wie sehr sie seine Berührung genossen hatte – aber seine alte Unsicherheit ließ sich nicht vertreiben.

Sie war wunderschön, und sie hätte die Wahl unter ebenso gut aussehenden Männern haben können. Vielleicht hatte sie ihn begehrt, weil sie neugierig darauf war, wie es war, mit einem hässlichen Mann Sex zu haben. Möglicherweise hätte sie das nie zugegeben, aber auf diese Weise konnte sie ihn nun schnell loswerden.

„Ich werde nicht noch einmal versuchen, dich zu töten, also kannst du aufhören, mir zu schmeicheln."

„Das ist aber schön für mich." Sie sah ihn immer noch nicht an. Schamesröte stieg ihr ins Gesicht.

„Aber eins lass dir gesagt sein: Wenn du mich noch einmal schlägst, dann schlage ich zurück", log er. Nie würde er in der Lage sein, ihr etwas zuleide zu tun, dessen war er sich nun sicher.

„Ein Mädchen wird ja wohl noch träumen dürfen, oder?", säuselte sie und änderte ihre Taktik.

Das machte ihn noch wütender. „Du kannst hierbleiben oder nach Hause gehen. Ich jedenfalls muss neue Sachen für die Reise kaufen, und das will ich allein machen."

Sie nahm die Schultern zurück und reckte das Kinn. „Ich komme mit. Basta."

„Nein. Das wirst du nicht." Lucien schüttelte den Kopf. „Für den Moment bin ich mit dir fertig."

Sie fuhr sich mit der Zunge über die Lippen. „Schön. Ich kenne jedenfalls jemanden in Grönland. Der kann uns alles besorgen, was wir brauchen. Wir können bei ihm vorbeischauen, uns alles Mögliche ausleihen und dann gleich weiter in die Arktis reisen."

Er. Dieses Wort surrte durch Luciens Kopf und löste einen Sturm der Eifersucht aus. „Wer ist das? Und warum bist du nicht schon vorher bei *ihm* gewesen, und hast mich stattdessen in die Schweiz gezerrt?"

„Es ist ein Freund von mir, und ich habe dich nicht mit zu ihm genommen, weil ich wollte, dass du mein … Ich wollte, dass wir gemeinsam in Zürich einkaufen gehen. Und ich habe gedacht, dass wir reichlich Zeit hatten." Mit dem Fuß stieß sie ein zerbrochenes Glas an. „Verdammt! Ich gucke mir schon wieder meine Füße an!"

„Na, dann hör eben auf damit!" Sie hatte gedacht, sie hätten noch viel Zeit? Glaubte sie das jetzt nicht mehr? Warum? „Hat Cronus dich bedroht?" Sobald er diese Frage ausgesprochen hatte, ergab Anyas Verhalten einen Sinn.

Aufrecht drehte sie sich zu ihm um. „Als würde ich mir etwas aus den Drohungen des alten Mistkerls machen!"

Ah, ja. Also hatte Cronus sie bedroht. „Was hat er gesagt?"

„Hör auf! Hör einfach auf! Er hat nichts Wichtiges gesagt. Außerdem, was spielt es für eine Rolle, was er gesagt hat? Was zwischen ihm und mir passiert, geht dich doch wohl kaum etwas an, oder? Also, was ist? Kommst du mit zu William oder nicht?"

„Nein. Ich möchte nicht, dass noch jemand davon erfährt, wonach wir suchen. Sag mir endlich, womit Cronus dich bedroht hat."

„William wird es noch nicht einmal mitkriegen, dass wir da sind. Ganz sicher. Und verdammt noch mal, Cronus hat gar nichts gesagt."

„Du meinst, wir nehmen uns einfach die Sachen von William?"

„Ja. Wir stehlen sie. Kommst du jetzt mit oder nicht?" Sie klang ruhig.

Er betrachtete sie aufmerksam. Die Frau, die jetzt vor ihm stand, war nicht mehr diejenige, die er zuvor geküsst hatte. Sie war unerbittlich, hart und distanziert. Das gefiel ihm nicht, aber Lucien wusste nicht, was er dagegen unternehmen sollte.

Er wünschte sich, er hätte die Macht, den Götterkönig auf der

Stelle herauszufordern. Ebenso wünschte er sich, dass er die Stärke hätte, Anya für immer zu verlassen. Sie machte ihn wahnsinnig. Aber im Gegensatz zu dem, was er vor ein paar Minuten behauptet hatte, wollte er nicht allein sein. Er wollte nicht ohne sie existieren.

Als habe sie seine Kapitulation gespürt, drehte sich Anya um und winkte ihm zu. Sie war blass, und ihre Augen waren traurig, dennoch lächelte sie. „Bis gleich, Honey."

Doch Lucien folgte ihr nicht sofort. Er packte seine Dolche, seine Glock-Pistole, und überprüfte noch ihr Magazin. Er wollte sichergehen, dass sie geladen war, denn man konnte nicht wissen, was für ein Typ dieser William war. Aber um ganz ehrlich zu sein, war es auch gleichgültig, wer dahinter steckte. Denn schon jetzt hasste Lucien ihn.

Während sie auf Grönland waren, hatte er vielleicht die Chance, den Auftrag zu bekommen, die Seele dieses Mistkerls zu holen.

Und schließlich durfte auch ein Krieger noch träumen.

Und genau in diesem Moment, als habe er es gehört, wurde er von seinem Dämon des Todes gerufen. Aber leider führte er ihn in die USA, also waren sie beide nicht so recht glücklich. Lucien seufzte. Schnell steckte er all seine Waffen ein und entmaterialisierte sich. Anya und ihr mysteriöser Freund mussten dann doch wohl noch warten.

Wie lange werde ich das noch aushalten?, fragte sich Anya missmutig. Als sie Lucien gesagt hatte, dass er ihr leid täte, hatte sein verletzter Gesichtsausdruck sie fast umgebracht.

Am liebsten hätte sie geweint. Immer noch. Von Cronus hatte sie gelernt: Sie hatte Luciens Schwächen erkannt und ausgenutzt. *Wenn du ihm nicht widerstehen kannst, dann sorge dafür, dass er dir widersteht.*

Anstatt in das Haus von William hineinzumarschieren, teleportierte sie sich auf seine Veranda und wartete dort auf Lucien. Sie hatte zu wenig an, und der eiskalte Wind fuhr ihr unter die Kleidung, die ihre Haut zum großen Teil frei ließ. Ein Zittern schüttelte sie. *Ich hätte mich noch vorher umziehen sollen, verdammt.* Aber sie konnte es nicht erwarten, von Lucien fortzukommen. Sie durfte es nicht riskieren, dass er ihre Lügen durchschaute.

Die Minuten vergingen. Lucien blieb fort. *Frustrierend.* Wenn sie noch länger hier draußen herumstehen würde, dann würde sie blau anlaufen. Blau stand ihr nicht. Wo blieb er bloß? Sie konnte nicht den

Leuchtspuren seiner Energie folgen, so wie es ihm es möglich war. *Das war nun wirklich bescheuert.* Hatte sie es übertrieben? Hatte er sich etwa dagegen entschieden mitzukommen? Wollte er allein in die Arktis?

Tatsächlich, so war es. Oh, genau das war sein Plan. Dieser Mistkerl!

Na, was hast du denn erwartet? Du bist gemein zu ihm gewesen.

Ich musste es tun.

Aber bevor ihre Libido etwas erwidern konnte, tauchte Lucien schon auf. Er landete hinter ihr. Obwohl sie ihn nicht sehen konnte, spürte sie, dass er da war. Wie auf ein Fingerschnippen hin entspannte sich ihr ganzer Körper. *Sieh nicht hin. Dreh dich nicht um.* Hätte sie ihm in seine blauen und braunen Augen gesehen, wäre sie ihm wahrscheinlich um den Hals gefallen und hätte sich schluchzend entschuldigt.

In diesem Moment absolut still zu stehen, war so ungefähr das Anstrengendste, was sie jemals getan hatte. Auf der anderen Seite war Lucien vielleicht froh darüber, dass sie nicht sofort reagierte, nach alldem, was sie ihm angetan hatte.

„Warum kommst du jetzt erst?“, fragte sie und bemühte sich, nicht ungehalten zu klingen.

„Ich habe auch noch andere Dinge zu tun, Anya.“ Er klang ebenso neutral.

Dann war er wohl immer noch böse auf sie. Das war zwar für alle das Beste, allerdings wünschte sie sich, es wäre anders. „Na, hat dich der Tod gerufen?“ Obwohl sie es leichtfertig dahingesagt hatte, spürte sie, dass sie sich aufregte. „Wie viele musstest du dieses Mal holen?“

„Zwölf.“

Sie hasste ihn dafür, dass er ohne sie gegangen war. Auch wenn Lucien sich Mühe gab, gleichmütig zu wirken, wenn es darum ging, Sterblichen die Seelen zu entreißen, konnte er ihr nichts vormachen. Wahrscheinlich sah man ihm den Stress an. Um die Augen und um den Mund bildeten sich dann kleine Fältchen. *Sieh nicht hin!* Sie konnte nicht anders, streckte eine Hand nach hinten aus und ergriff seine, um sie zu drücken. Er zog seine Hand nicht weg, sondern führte ihre an seine Lippen und küsste sie.

Ein warmes Prickeln rann ihr das Rückgrat hinunter, und sie schmolz dahin. Wie konnte er es schaffen, nach alldem, was sie ihm gesagt hatte, sie noch so zärtlich zu behandeln? Götter, sie verdammte sich selbst. Er verdiente eine bessere, als sie jemals für ihn würde sein können. Auch wenn sie das Gefühl hatte, sie könnte ihrem Fluch nachgeben, wäre sie nichts weiter als eine Geliebte, die ihm nicht ihr ganzes Herz schenken konnte.

Bring es einfach hinter dich. „Ich habe mir überlegt, dass wir erst mit William reden sollten. Mach dir keine Sorgen, er wird niemandem etwas von unseren Plänen erzählen." Bevor Lucien protestieren konnte, schluckte sie und pochte an die schwere Doppeltür. Die Türen waren gigantisch und gotisch gebogen, in ihr Holz waren überall schwarz-rote Schlangen geschnitzt. Ein Augenblick verstrich. Dann noch einer. Doch nichts geschah. Nun klopfte sie nochmals und lauter.

„Schönes Haus", bemerkte Lucien. Jedenfalls hatte er sie nicht angeschrien, als sie ihm sagte, sie würden noch mit William sprechen.

„Ja." Das Haus bildete ein Halbrund um einen Rasen, der schneebedeckt war. Das Dach war so hoch, dass einige Türme bis in den Himmel zu ragen schienen. „Für Willie, diesen egoistischen Mistkerl, ist das Beste gerade gut genug."

Plötzlich ging das Licht auf der Veranda an und vertrieb alle Schatten. Eine der Türen wurde geöffnet, und William schaute heraus. Er war hübsch, seine Haare waren dunkel.

„Anya?"

Sie hörte, wie Lucien ein leises, aber bedrohliches Knurren ausstieß, als der halb angezogene Krieger auf die Veranda trat, um sie an sich zu ziehen und sie zu umarmen.

„Hi Engel", sagte sie. „Können wir hineinkommen? Hier draußen ist es verdammt kalt."

„Dann zieh dir das nächste Mal mehr an", fauchte Lucien.

William blieb stehen und sah ihn neugierig und mit erhobener Augenbraue an.

„He, du siehst gut aus, Sugar." Das stimmte. Er war groß und gut aussehend. Auf seiner nackten Brust hatte er mehrere Tätowierungen mit mystischen Symbolen.

Auch darüber hinaus sah er ungemein sexy aus. Nach rauem, schmutzigen knallharten Sex, der nichts zurückhielt. Das war der Grund, warum er zu ewig währender Haft in Tartarus verdammt worden war. Er hatte Hera bezirzt … und noch einige Tausend andere. Als sie das herausgefunden hatte, waren Köpfe gerollt.

Gerade jetzt waren seine Jeans nicht ganz zugeknöpft, als habe er sie nur hastig übergestreift. Offensichtlich hatte er seinem Ruf gerade alle Ehre gemacht.

„Ich sehe gut aus? *Gut?*“ William lachte. „Ich habe noch nie besser ausgesehen. Ich weiß. Kommt herein und wärmt euch auf.“ Er trat zur Seite.

Anya ging an ihm vorbei, Lucien war ihr dicht auf den Fersen. „Lucy, das ist Willie. Er hat ein Problem mit Sex, und deshalb hat er in der Zelle neben meiner eingesessen, bis irgendein Idiot seine Kaution bezahlt hat und er rausgekommen ist. Bestimmt war das eine Frau. Sobald William aus dem Gefängnis raus war, hat er mich vergessen.“

„Du wärest nicht auf Kaution entlassen worden.“

„Ach, alles nur Entschuldigungen. Du hast dich immer nur um dich gekümmert. Willie, das hier ist Lucy. Er gehört mir.“

Sobald ihr bewusst war, was sie gesagt hatte, entfuhr ihr ein Stöhnen. Es war ihr einfach so herausgerutscht. Mit verkrampften Magen drehte sie sich um, um Luciens Reaktion darauf zu sehen. Sein Gesicht war ausdruckslos, er starrte William an.

„Ich heiße Lucien, nicht Lucy.“

„Ich bin William, aber du darfst mich ruhig Sexy nennen. So nennt mich jeder.“

Abgesehen von der Begrüßung gaben sich die beiden Männer Mühe, einander so gut es ging zu ignorieren.

„O...kay. Hier ist alles ein bisschen komisch“, stellte Anya fest und tat so, als sei nichts geschehen. „Kann mal jemand ein bisschen Konversation machen, bitte?“

„Bist du zufällig schon mal – wie sagt man – Anyas Leckerei der Woche gewesen?“, fragte Lucien.

William schnaubte verächtlich. „Ich wünschte, es wäre so. Und ich kann mir nicht vorwerfen lassen, dass ich es nicht bei ihr versucht hätte.“

Lucien sah zu Anya hinüber, die die Schultern zuckte.

Sie hätte sich William an den Hals werfen sollen, aber sie konnte es nicht über sich bringen, jemanden außer Lucien an bestimmten Stellen zu berühren. „Er ist nun mal nicht mein Typ“, stellte sie fest. „Schließlich hat er nie versucht, mich umzubringen.“

Lucien sah sie böse an.

„Brauchst du das unbedingt?“ William lachte. „Wenn es so ist, werde ich …“

„Du fasst sie nicht an.“ Unterbrach ihn Lucien.

Anya blinzelte irritiert. Lucien sprach nicht mit einer, sondern mit zwei Stimmen. Beide klangen sehr gefährlich, ja tödlich. War das der Dämon, der aus ihm sprach? Das erregte sie, und es rann ihr ein kalter Schauer über den Rücken. Es fiel ihr schon schwer genug, ihm zu widerstehen, wenn er ein Schwert schwang und gegen sie kämpfte. Aber wenn er sich so besitzergreifend verhielt, dann war das fast besser als jedes Vorspiel.

Ihr zitterten die Knie. Um Himmels willen!

„Also, was macht ihr hier?“ William sah sie an.

„William“, hörte man eine Frau rufen, und sie zog damit die Aufmerksamkeit der Anwesenden auf sich.

„Wie lange sollen wir noch auf dich warten?“, fragte eine zweite.

Anya grinste den Sexgott an. „Sind wir jetzt schon bei zwei, ja?“

Er zuckte kleinlaut mit den Schultern. „Ich konnte mich nicht entscheiden, also habe ich sie beide mit nach Hause genommen.“

„Wie großmütig von dir.“ Anyas Blick fiel auf die Treppe hinter William, wo auf einem Absatz zwei Frauen in Bademänteln standen. Sie blickten auf sie hinunter, ihre Haare waren verwuschelt, die Wangen rosig. *Wenn ich dort oben doch nur stehen und Lucien zu mir heranwinken könnte.* „Na, dann lass sie nicht länger warten.“

„Fühlt euch wie zu Hause.“ William trat zu Anya, um ihr auf die Wange zu küssen, aber als Lucien knurrte, überlegte er es sich anders. „Wir sehen uns dann morgen, Annie Love.“

„Love?“ Lucien spuckte das Wort aus.

Während er sich beeilte, zur Treppe zu kommen, hob William die Hände und grinste. „Ich habe doch nur Spaß gemacht.“

„Wir müssen uns etwas von dir ausleihen“, rief Anya ihm nach. „Darum sind wir hergekommen. Ich meine, natürlich davon abgesehen, dass ich dich gern wiedersehen wollte.“

„Warum hast du dir nicht all das gestohlen, was du brauchst?“

„Das hätte ich ja auch gemacht.“ Anya deutete mit dem Daumen auf Lucien. „Aber der Boss hat irgendwas gegen stehlen.“

„Nein. Habe ich nicht mehr.“ Lucien wandte sich um. „Du brauchst es doch.“

„Er wird sich wohl daran gewöhnen müssen, wenn er weiter mit dir zusammenbleiben will. Bis später!“ Ihr Gastgeber wandte sich abrupt der Treppe zu und nahm dann elegant zwei Stufen auf einmal.

„Oh, Willie. Noch ganz kurz …“, rief sie ihm nach. Er hielt inne. „Ich werde gerade sozusagen von den Göttern verfolgt. Und …“, fügte sie hinzu, um Lucien einen Gefallen zu tun, „… und vom Dämon des Todes. Weil ich jetzt hier bin, kann es sein, dass ich Krieg und Chaos mitgebracht habe. Ist das ein Problem?“

„Absolut nicht. Was wäre ein Besuch von Anya ohne ein wenig Chaos?“ William hatte den obersten Absatz erreicht, legte die Arme um die Taillen der Frauen und tätschelte ihnen den Hintern. „Wir reden morgen weiter, okay?“

Die Frauen kicherten. *Ihh!* Anya hasste es, wenn Frauen kicherten. Sie benahm sich vielleicht wie ein College-Girl, aber sie würde sich nie dazu herablassen, auch wie eines zu kichern. Sobald das Trio um die Ecke verschwunden war, hatte sie die drei auch schon vergessen.

„Nun, du hast es ja gehört.“ Sie drehte sich zu Lucien um. „Wir können uns hier wie zu Hause fühlen. Wir fangen am besten damit an, uns die Sachen zusammenzusuchen, die wir brauchen.“

Lucien trat so nahe zu ihr, bis sie fast nicht mehr an seinem Körper vorbeisehen konnte. Als sie sich berührten, schubste er sie gegen die Wand. Er starrte sie derart hasserfüllt an, dass ihr die aufgesetzte Fröhlichkeit verging.

„Was?“

„Wir machen hier nur eins: Wir werden beenden, was wir begonnen haben.“

13. Kapitel

Er würde sie markieren.

In dem Moment, indem Lucien gesehen hatte, wie der attraktive William Anya berührte, hatte ihn ein überwältigendes Bedürfnis erfasst: Er musste, daran gab es keinen Zweifel, er musste Anya zeichnen, sodass jeder Mann, der sie auch nur ansah sofort wusste, dass sie einem anderen gehörte.

Dieser Drang war größer als alles, was er bisher verspürt hatte. Stärker als seine Sehnsucht, mit dieser Frau ins Bett zu gehen. Alles in ihm, sein Herz, sein Geist, sein Dämon schrien: *Sie gehört mir.*

Genauso hatte Anya über ihn gedacht. Wären sie in jenem Moment allein gewesen, als sie es gesagt hatte, hätte Lucien sie auf das nächstbeste Bett geworfen und gefleht, dass sie diesen Satz immer und immer wieder sagte.

Nie zuvor hatte er diese Gefühle gehabt. Noch nicht einmal Mariah gegenüber hatte er sich so sprunghaft verhalten. Er hatte sie geliebt, aber seine Gefühle für sie waren rein gutmütiger Natur gewesen. Friedlich. Zärtlich. Was er für Anya fühlte, war schon auch Zärtlichkeit – aber zugleich waren seine Gefühle auch so unkontrollierbar wie ein Sturm um Mitternacht.

Doch wenn auch Lucien sich in diesem Moment kaum beherrschen konnte, war sein Dämon sehr ruhig. Irgendwie war es Anya gelungen, das Biest zu zähmen. Sobald der Tod ihre Stimme hörte, ihren süßen Erdbeerduft roch … Sogar in diesem Augenblick schnurrte der Tod, als wolle er sich von ihr streicheln lassen.

„Zu … zu Ende bringen?“ Sie rang nach Luft. Ihre Handflächen hatte sie gegen seine Brust gelegt. Es war eine Bewegung, mit der sie ihn weder wegstieß, noch näher zu sich heran holte. Sie hatte die Augen aufgerissen und sah ihn wütend an. „Was soll das heißen?“

„Du weißt genau, was ich meine.“ Von oben hörten sie die beiden Frauen kichern. Dann vernahmen sie, wie William aus Spaß knurrte und ihnen vorwarf: „Ihr habt mich hart gemacht, jetzt müsst ihr euch auch um den Rest kümmern."

Anyas Augen wurden noch größer, sodass ihre langen schwarzen Wimpern diese hübschen Schatten auf ihre Wangen warfen. „Aber ich dachte, wir würden gar nicht mehr hinfahren. Ich habe dir doch gesagt, ich bin nicht an dir interessiert. Und ich dachte, dass du mich auch nicht mehr wolltest, weil ... weil ich ... du weißt schon." Sie wandte den Blick ab und sah ihm über die Schulter. „Weil du mir leid getan hast."

„Da hast du dich aber geirrt." Er wollte nicht in sie eindringen, ihre Freiheit konnte er ihr nicht nehmen, auch wenn er unendlich wütend auf sie war. Aber er würde sie sich auf alle möglichen anderen Arten gefügig machen. „Wir können es hier machen, oder wir können in mein Zimmer nach Budapest gehen. Such es dir aus."

„Aber ... aber." Sie rang immer noch mit sich. „Warum bist du so? Wegen William?"

„Such es dir aus, verdammt!", fuhr er sie an. Er ließ sich mit beiden Händen rechts und links neben Anyas Schläfen gegen die Wand fallen. Die Vibration sorgte dafür, dass die zwei Porträts, die dort hingen, aneinanderstießen.

Sie erschauderte und fuhr sich mit der Zunge über die Lippen.

Lucien beugte sich zu ihr hinab, bis seine Nase dicht vor ihrer war. Ihr Atem vermischte sich, und er sog ihren tief ein. Immer noch duftete sie nach Sahne und Erdbeeren, obwohl ihm nicht aufgefallen war, dass sie einen Lutscher gehabt hatte. Sie sah ihm in die Augen, ihr Blick loderte.

„Lucien."

Sie hatte ihn weder Zuckerschnecke oder Engel oder Lucy genannt. Das war ein Schritt in die richtige Richtung. Es war zu befürchten, dass sie sich für jeden, den sie nicht zu nahe an sich herankommen lassen wollte, einen Kosenamen ausdachte.

Aber es würde nichts mehr geben, das zwischen ihnen stand. Nicht mehr.

„Such es dir aus, Anya." Wenn sie ihn nicht gewollt hätte, wäre ihr immer noch die Möglichkeit geblieben, einfach zu verschwinden. Aber sie tat es nicht. Außerdem sah er, wie ihre Augen vor Begehren und Erregung funkelten, was wiederum etwas in seinem Innern auslöste.

„Es ist mir egal, aus welchen Gründen du mich willst. Es ist mir auch gleichgültig, dass ich dich nicht wollen sollte."

Sie schluckte. „Aber … aber, das sollten wir nicht tun."

„Warum nicht?"

„Deswegen."

„Das zieht nicht. Wir werden es tun. Wähle."

„Aber ich will nicht!"

Er wusste, dass es einfach eine Feststellung war, doch ihr Unterton hatte eine andere Farbe. „Warum?", wiederholte er.

Während sie sich auf die Lippe biss, senkte sie ihren Blick auf seinen Mund. Sofort reagierte sein Schaft mit einem Zucken darauf. Er konnte sich vorstellen, woran sie gerade dachte: an einen Zungenschlag von ihm an ihrer empfindlichsten Stelle und ein zärtliches Kabbern seiner Zähne.

„Es wird etwas Schreckliches passieren, wenn wir es tun", flüsterte sie.

„Und das wäre?" Das einzig Schreckliche, das er sich vorstellen konnte, war, das noch ein Tag verging, ohne dass er mit dieser Frau nackt im Bett landete.

Es schien eine Ewigkeit zu vergehen. „Ich möchte nicht darüber sprechen."

„Du hast recht. Jetzt ist nicht die rechte Zeit zu reden. Hier oder Buda?"

Sie fuhr sich noch einmal mit der Zunge über die Lippe. Das nächste Mal, wenn sie das machte, würde er dafür sorgen, dass diese Zunge in seinem Mund verschwand, entschied Lucien. Ohne Ausnahme.

Sie schluckte. „Komm", flüsterte sie dann heiser und warf sich in seine Arme, bis ihre Lippen sich trafen.

Ja. Götter im Himmel. Endlich. Er spürte sein Gewicht nicht mehr, als sie einander küssten. Dann berührten seine Füße wieder Boden. Er öffnete die Augen und fand sich in einem großzügigen Schlafzimmer wieder. Über dem Bett hing ein Kristalllüster, der gedämpftes Licht verbreitete. Die Wände waren mit Malereien bedeckt. Weinranken und Blumen wechselten einander ab und boten seinen Augen einen farbenfrohen Anblick.

Das Bett war riesig. Schwarze Seidenbettwäsche glänzte im sanften Licht, er konnte es kaum abwarten, Anya dort hineinzulegen und sie an sich zu pressen. In dem Raum standen verschiedene Holztruhen. In der entferntesten Ecke plätscherte leise ein Wasserfall in ein Marmorbecken. Es war ein wunderbarer Ort, sicherlich, aber plötzlich reizte es Lucien, Anya an einen Platz zu bringen, wo der schöne William sicherlich noch nie gewesen war.

Lucien schob die Hände unter ihren Po und hob sie hoch. Sofort schlang sie ihre Beine um seine Taille. So lag das neue Zentrum seiner Welt direkt vor seinem Schaft. Er drückte sich gegen sie, er konnte nicht anders. Diese Bewegung war für ihn so nötig wie das Atmen.

Stöhnend biss sie sich auf die Unterlippe. Er spürte, wie sie erschauerte. „Mehr", hauchte sie.

Er tat es noch einmal.

Und wieder biss sie zu und zitterte.

Lucien ergriff den Saum ihres T-Shirts und zog es ihr über den Kopf. Ihre Schultern und ihr halber Rücken waren von diesem unglaublichen Haar bedeckt. Unter dem T-Shirt trug sie einen eisblauen BH mit glitzernder Spitze, dessen Anblick ihn geradezu hypnotisierte.

Flehend drückten sich ihre Brustspitzen durch den hauchzarten Stoff. Doch etwas anderes erregte seine Aufmerksamkeit. Am ganzen Körper trug sie Messer. Einige steckten in den Schulterträgern des BHs, andere waren irgendwie direkt auf der nackten Haut befestigt. Wie das genau funktionierte, konnte er nicht erkennen. Aber es gefiel ihm. Sehr sogar.

Es dauerte eine Weile, aber schließlich ließ er den letzten Dolch auf den Boden fallen.

Nachdem er ihre Beine von seiner Taille gelöst hatte, setzte er sie vorsichtig ab. Sie protestierte und wankte. Er küsste ihren Nacken. Ihr hübsches Gesicht hellte sich lustvoll auf, als sie ihren Kopf in den Nacken fallen ließ. Einladend hielt sie ihm ihre Brüste hin. Er fiel vor ihr auf die Knie und schob seine Finger in den Bund ihrer Jeans.

Er musste nachsehen, ob sie einen Slip trug, der zum BH passte.

Im Handumdrehen hatte er ihr die enge Hose bis auf die Knöchel hinuntergeschoben. An ihren Beinen klebten Dolche und Wurfsterne. „Ich wusste ja, dass du bewaffnet bist, aber ich habe nicht geahnt, wie viele Messer du am Körper trägst." Sie legte eine Hand auf seine Schulter, um sich von der Hose zu befreien, während er ihr die Waffen abnahm.

„Gefällt er dir?“, fragte sie, als er fertig war.

Unter der Jeans trug sie einen G-String, der kaum mehr war als ein schmaler Streifen aus glänzendem blauen Stoff. Er passte perfekt zu ihrem BH. Lucien schluckte „Ja, er gefällt mir.“ Seine Stimme war rau.

„Jetzt bist du dran.“ In ihren Worten klang Nervosität mit.

Nervös? Anya? Langsam richtete er sich auf. Als er sie ansah, stand eine stolze, schöne Frau vor ihm, die sowohl Verletzlichkeit als auch Freude und Zuneigung ausstrahlte. Und trotzdem hatte sie ihm gesagt, dass er ihr nicht wichtig war. Und er hatte ihr dasselbe gesagt. Zwar hatte er es nicht so gemeint, und allmählich ging ihm auf, dass auch sie nicht die Wahrheit gesagt hatte.

Er wusste, an wem das lag, und er schwor sich, dass Cronus dafür bezahlen würde.

Aber in diesem Moment wollte er sich nicht mit solchen düsteren Gedanken beschäftigen und davon die Situation vermiesen lassen. Lucien verbannte sie einfach aus seinem Kopf und fuhr mit der Fingerspitz Anyas zierliches Kinn entlang. *Ich werde mich um diese Frau kümmern. Ich werde einen Weg finden, wie ich ihr den allmächtigen Schlüssel entwenden kann, ohne dass einer von uns in Gefahr gerät. Oder ich werde dafür sorgen, dass Cronus sie nicht findet. Dann werde ich den Rest meiner Tage damit verbringen, sie glücklich zu machen.*

„Du bist so schön.“

„Danke. Zieh dich aus.“

Götter, wie sehr er in ihr sein wollte! Er musste es tun! Und bald … jetzt sofort … immer! Aber er wollte ihr nicht ihre Freiheit nehmen und sie dazu zwingen, auf ewig mit ihm zusammenzubleiben. Er ließ die Arme sinken. Während er sich vornahm, einen Weg zu finden, den allmächtigen Schlüssel zu stehlen, dachte er auch darüber nach, dass es möglich sein müsste, ihren Fluch zu brechen.

„Und?“

Er griff nach hinten, um sich das Hemd über den Kopf zu ziehen. Bevor er es ganz ausgezogen hatte, spürte er, wie sie anfing, ihm seine Waffen abzunehmen. „Ich glaube, du hast mich übertrumpft, was die Messer angeht.“ Sie warf sie auf den Boden, wo die Klingen ein metallisches Geräusch machten, als sie aufeinander fielen. Als der letzte Dolch auf dem Boden lag, fing sie an, mit den Fingerspitzen seine Brustwarzen und sein Tattoo zu streicheln.

Sein Magen krampfte sich zusammen, und sein Schaft zuckte. Schlagartig schoss Hitze durch seinen Körper. Er liebte es, wenn sie ihn berührte. Sie schaffte es, dass er sich wie ein Gott fühlte, allmächtig und nicht zu stoppen. Er fühlte sich begehrt.

„Du bist so stark", murmelte sie. „Ich liebe dich, weil du gelitten und überlebt hast. Bin ich deswegen ein schlechtes Mädchen?"

Er berührte ihre Wangen. „Nichts, was du tust, kann schlecht sein."

„Noch nicht mal das hier …" Sie knöpfte seine Hose auf und schob sie ihm über die Hüften, während sie noch weitere Messer von seinen Beinen pflückte.

Als er völlig nackt war, starrte Anya auf sein Schmetterlings-Tattoo und fuhr mit den Fingerspitzen über dessen Linien und die schartigen Rändern. „Oh."

Unter ihrer Berührung hob und senkte sich die Haut, wurde wärmer.

Sie holte tief Luft und fragte freudig: „Lebt er?"

„Das weiß ich nicht. Dort ist die Stelle, an der der Dämon in mich eingetreten ist. Aber das hat der Schmetterling noch nie getan."

„Er scheint mich zu mögen."

„Das tut er."

„Guter Junge", flüsterte sie und küsste den Schmetterling. Sobald sie ihn berührte, schien er sich ihr entgegen zu recken und ein wenig zu flattern.

Lucien war sich nicht sicher, warum die Götter einen Schmetterling als äußerliches Zeichen für den Dämon ausgewählt hatten. Vielleicht wegen des Schmetterlings-Effekts. Es sollte möglicherweise daran gemahnen, dass ein einzelner Flügelschlag – oder im Falle eines Kriegers eine einzelne falsche Entscheidung – die Realität verändern konnte. Was auch immer dahintersteckte, er hatte dieses Symbol schon immer gehasst. Warum hatte man ihn nicht mit einer Waffe oder dem Horn eines Dämons gebranntmarkt? Jedenfalls mit etwas, das männlich war, das bezeugte: „Ich bin ein Mann"?

Lucien war schon so unsicher genug.

Anya war vor ihm auf die Knie gesunken und drückte einen zärtlichen Kuss auf seinen Bauchnabel, genau auf die Flügelspitze des Schmetterlings. Dann ließ sie ihre heiße Zungenspitze hervorschnellen, um den Rand des Tattoos nachzuziehen. Lucien spürte, wie elektrische Schläge durch seine Adern, sein Herz und seine Knochen fuhren.

Mit einem zufriedenen Seufzer ließ er seinen Kopf in den Nacken fallen. Er streichelte ihren Kopf und drängte sie weiterzumachen, obwohl er sie hätte hochziehen sollen.

„Wie viele Frauen haben diesen großartigen Körper schon angebetet?", flüsterte Anya. Einen Moment später ritzten ihre Fingernägel die Haut an seinem Oberschenkel an.

Sie machte einfach weiter.

„Nicht viele", gab Lucien zu. Mariah ist zwar von ihm fasziniert gewesen, aber sie hatte sich auch vor seinem Körper gefürchtet.

Und er hatte es ihr nicht verdenken können. Er hatte sie erst zwei Jahrhunderte, nachdem der Dämon von ihm Besitz ergriffen hatte, kennengelernt. Er hatte gerade erst erkannt, wie er den Dämon in Schach halten konnte. Auch wenn er ihn kontrollierte, war er selbst noch recht ungestüm gewesen. Dennoch war er ein attraktiver Mann, der einer Frau sehr wohl körperliches Vergnügen bereiten konnte.

Mariah hatte ihn gesehen und entschieden, dass er „der Richtige" sei. So war es ihm mit ihr auch gegangen, denn sie war eine Frau, nach der er sich schon immer gesehnt hatte: lieb und fürsorglich. Sie waren sofort mit einander ins Bett gegangen. Als Witwe war sie froh darüber, dass ein Krieger sich um sie kümmerte und sie beschützte.

Aber auch wenn sie sich nach seinem Schutz sehnte – damals, während die Pest tobte, hatten Plünderer und Söldner ihr Unwesen getrieben –, war es genau das, was ihr Angst machte: Sie fürchtete, dass er eines Tages seine Stärke gegen sie selbst wenden würde. Sie war immer auf der Hut und beobachtete genau, was er tat. Aber mit Anya war es anders: Er konnte sich einfach so benehmen, wie er wirklich war. Er war frei. Denn sie schien seine Kraft zu genießen und in seiner latenten Gewalttätigkeit zu schwelgen.

„Ich tue einfach so, als sei ich die erste." Sie schaute auf, bis sich ihre heißen Blicke trafen. „Okay?"

„Du bist auf alle Fälle die erste Frau."

Sie lächelte, aber es lag auch etwas Verbotenes in ihrer Freude. „Wie lange ist es her, Lucien? Ich meine, seitdem du das letzte Mal mit einer Frau zusammen gewesen bist?"

„Tausende von Jahren", gab er ohne Schamgefühl zu.

Ihre Augen wurden groß. „Du machst Witze."

Er schüttelte den Kopf. „Kein Scherz."

„Aber … aber warum hast du dich freiwillig so zurückgehalten? Du leidest doch nicht unter dem Fluch, unter dem ich leide. Versteh mich bitte nicht falsch, ich will mich nicht beschweren. Aber ich glaube, ich mag dich noch lieber, jetzt, wo ich weiß, dass du keinen Sex hattest, so wie ich."

„Das gefällt mir auch."

„Aber warum hast du die Bedürfnisse deines Körpers ignoriert?"

„Ich bin der Tod, Anya. Die Frage sollte besser lauten, warum ich mir eingestehe, eine Frau zu lieben, deren Seele ich vielleicht eines Tages holen muss?"

„Warum hast du dann mit mir geschlafen?", fragte sie leise.

Er spielte mit ihren Haaren. Jede einzelne Strähne fühlte sich an wie Seide. „Bei dir … kann ich nicht widerstehen."

Sie lehnte sich gegen seine Hand. Dann führte sie sie an ihre Lippen und küsste seine Handfläche. „Auch ich kann dir nicht widerstehen. Und ich bin froh darüber."

„Ich auch." Es hatte sich gelohnt, so lange zu warten, bis ihm Anya begegnet war. Keine andere Frau war wie sie.

„Ich glaube, wir haben beide lange genug gewartet." Ohne den Blick von ihm abzuwenden, richtete sie sich auf und ging rückwärts zum Bett. Als sie die Matratze in den Kniekehlen spürte, setzte sie sich. Sie rutschte ein wenig zurück, ihr BH und der Slip glitzerten in dem gedämpften Licht.

Sobald sie in der Mitte des Bettes angekommen war, hielt sie inne und stütze sich auf den Ellbogen ab.

Und sie spreizte die Beine … weiter … und weiter … bis ihre Mitte vollständig entblößt war. Sein Herz setzte für einen Moment aus, bevor es in einen wilden Galopp ausbrach, während er sich an ihrer Schönheit labte. Ihre Haut war perfekt – weiß und rosa. Ihren Bauchnabel hätte er am liebsten sofort mit seiner Zunge erkunden. Er ließ seinen Blick über ihren flachen Bauch bis zu ihren geschmeidigen Oberschenkeln gleiten.

Zitternd näherte sich Lucien dem Bett. Er hatte kein … Plötzlich hielt er inne und runzelte die Stirn. Er fluchte, der Tod schrie in ihm.

„Was ist los?", fragte Anya erschrocken.

„Die Seelen. Ich hasse, dass das immer passiert, wenn wir …“ Es fiel ihm schwer zu sprechen, während der Dämon in seinem Kopf rumorte.

„Lucien …“

„Warte hier. *Bitte.*“ Er verschwand, indem seine Geisterexistenz ihm den Weg zeigte. In China mussten zwei Seelen geholt werden, deren Körper durch Gift getötet worden waren.

Eine Seele sollte in den Himmel kommen, die andere in die Hölle. Natürlich freute sich die eine, ihn zu begleiten. Aber die andere kämpfte und schrie. Lucien war wütend, dass er Anya hatte zurücklassen müssen, und wollte die ungehörige Seele am liebsten bis in alle Ewigkeit verprügeln. Währenddessen rang der Dämon in seinem Körper. Aber schließlich konnte Lucien nach getaner Arbeit wieder zu Anya zurrückkehren.

Als er sie sah, seufzte er zufrieden. Und auch der Tod beruhigte sich wieder.

Dieses Mal berührte sie sich nicht, als er zu ihr trat, sondern hatte auf ihn gewartet. Durch den filigranen BH konnte er ihre harten Spitzen sehen. Sie hatte die Beine immer noch für ihn gespreizt, ihr Höschen glänzte feucht.

Als sie ihn sah, fing sie langsam zu lächeln an. „Ich wollte noch auf dich warten.“

„Das freut mich.“ Er wollte sich zu ihr aufs Bett legen.

Anya streckte ihm ein Bein entgegen und hielt ihn auf, indem sie einen Fuß gegen seinen Bauch stemmte, bevor er sich auf sie legen konnte. „Ich glaube, wir müssen noch ein paar grundsätzliche Regeln besprechen.“

„Keine Regeln.“ Er hob ihren Fuß in die Höhe und küsste sie auf den Spann.

Sie holte Luft und ließ sich in die Kissen sinken. „Mach weiter so, dann fange ich an, mir gern meine Füße anzusehen.“

Er leckte daran.

„Eine. Nur eine Regel.“ Er ließ seine Zunge aus seinem Mund hervorschnellen und leckte ihre große Zehe.

Gänsehaut überzog ihren ganzen Körper. „Oh, Götter!“ Sie schrie auf. „Das hat noch nie jemand mit mir gemacht. Wer hätte gedacht, dass das so schön sein kann. Oh, ja!“

Lucien wurde von der Lust erfüllt, sie in Besitz zu nehmen. Bis zum Ende seines Lebens würde er ihren Gesichtsausdruck in diesem Moment nicht vergessen. Denn er war rein und ungehemmt und pur. „Welche Regel? Ich habe dir doch schon gesagt, dass ich nicht in dich eindringen werde."

„Das nicht", seufzte sie, während sie sich ihm entgegen bog. „Leck noch einmal."

Er tat es.

Sie stöhnte auf.

„Welche Regel?"

„Oh, ja. Meine Regel." Sie löste die Ösen ihres BHs und warf ihn zur Seite. Er landete auf dem Messerhaufen, der auf dem Boden lag. Ihre Spitzen waren kleine rosafarbene Beeren, die nur für ihn gemacht schienen. Während sie ihre Brüste massierte, brachte sie hervor: „*Meine* Regel lautet: Keiner von uns beiden verlässt das Bett, bis er nicht befriedigt ist."

Damit hatte er nicht gerechnet. Sein Magen krampfte sich zusammen, es war ein Gefühl, das Lucien nicht benennen wollte. „Einverstanden. Aber nur, wenn du eine Regel von mir akzeptierst."

„Welche?" Sie klang misstrauisch.

„Hier, in diesem Bett wird nicht gekämpft." Er nahm wieder ihren Zeh in den Mund und ließ seine Zunge um die Spitze kreisen. „Es gibt nur Exstase."

Sie krallte sich in die Laken. „Ein…ver…stan…den."

Die Lust explodierte in seinem Kopf, als er ihr den Slip herunterriss und endlich auf ihr lag. Er war erregt und heiß, aber ihre Mitte war noch heißer, als er sich gegen sie fallen ließ, immer darauf bedacht, dass er nicht in sie eindrang.

Sie versuchte nicht, sich ihm zu entziehen, sonder ließ es zu, dass er sich an ihr rieb. „So nah war ich noch keinem Mann."

„Ich auch nicht."

Sie lachte kurz auf. „Warum vertraue ich dir nur? Ich sollte, was dich betrifft, jedem Risiko aus dem Weg gehen."

Sie erbleichte, als ihr klar wurde, was sie gerade gesagt hatte.

Lucien runzelte die Stirn. „Stimmt etwas nicht?"

Sie sah ihn entschieden an. „Alles in Ordnung. Ich vertraue dir *nicht*. Das habe ich gerade versucht zu sagen. Ich meine, ehrlich … Lass uns mal ehrlich sein. Du bedeutest mir gar nichts, außer dass ich mich mit dir vergnüge. Und warum zur Hölle hast du aufgehört? Ich habe dir nicht die Erlaubnis gegeben aufzuhören?“

Sie war laut geworden und hatte die Sätze praktisch mit einem höhnischen Lächeln hervorgepresst. Was hatte sie vor? Einen Tag zuvor hätte er ihr vielleicht geglaubt, möglicherweise sogar noch vor einer Stunde, aber jetzt nicht mehr, da sie feucht und bereit unter seinem Körper lag.

Sie hatte weder mit William geschlafen noch hatte sie überhaupt einem Mann gestattet, so attraktiv er auch gewesen sein mochte, sie zu berühren. Sie war mit Lucien zusammen, denn sie glaubte, er würde ihre Bedürfnisse befriedigen. Sie vertraute darauf, dass er nicht mehr von ihr verlangen würde, als sie bereit war zu geben. Also doch. Er wusste, dass sie das, was sie sagte, nicht meinte.

Es lag an Cronus, dachte er und knirschte mit den Zähnen. Aber Lucien hatte sie nicht herausgefordert. Noch nicht. Sie vertraute ihm wirklich. Und auch er vertraute ihr, dass sie nicht vorhatte, ihn anzugreifen. Er glaubte zu wissen, dass sie ihm helfen wollte, indem sie sich so verhielt, wie sie es tat.

Er beugte sich über sie und hob ihr Kinn, um sie zu küssen. Er küsste sie innig. Zuerst reagierte sie nicht, sie versuchte sogar, sich ihm zu entziehen. Aber dann spürte er ihre Zungenspitze vorsichtig an seiner, zärtlich und sanft. Sie stöhnte und griff nach seinen Haaren.

Als er endlich ihren Erdbeergeschmack genoss, keimte ein drängendes Bedürfnis in ihm auf. *Markiere sie. Zeichne sie, damit jeder sieht, dass sie dein ist.* Er ließ ihr Kinn los und bedeckte ihre Brüste mit seinen Händen. *Mein.*

Zeichne sie. Ja! Ja, sie gehört mir, sie ist mein. Er drückte die Lippen auf ihre Kehle und saugte. Er hörte nicht auf zu saugen. Sie wand sich unter seinem Körper, während sie die Hände nicht aus seinem Haar nahm, sodass er ihr Gefangener blieb. Sie keuchte atemlos, und er spürte, wie ihre Brustwarzen unter seiner Berührung noch härter wurden.

Als er endlich seinen Kopf hob, sah er, dass sie an ihrem Hals einen Fleck hatte, der schon blau war. Er verspürte eine große Befriedigung. „Das letzte Mal, als wir zusammen waren, habe ich mich nicht genug um deine Brüste gekümmert.“

„Nein.“ Er spürte ihre Fingernägel auf seiner Kopfhaut, und er wusste, dass sie so heiß und hungrig nach ihm war wie er nach ihr. Sie war fast besinnungslos vor Leidenschaft. Sie wies ihn nicht länger ab.

„Gestatte mir, das wieder gutzumachen." Nachdem er sich wieder hinabgebeugt hatte, widmete er sich erst der einen Beerenspitze, dann der anderen.

„Lucien", hauchte sie.

„Ich stehe drauf, wenn du meinen Namen sagst."

„Weiter, Lucien. Bitte weiter."

Er ließ seine Zunge über ihre Spitze gleiten, während er an ihnen saugte und mit der Hand über die Konturen ihres sinnlichen Körpers wanderte. Anya hatte ihre Beine gespreizt, so weit es ging.

Tief holte sie Luft, als er mit seiner Fingerspitze ihre empfindlichste Stelle berührte. „Nicht … nicht hinein, aber vielleicht ein bisschen …"

„Ich weiß. Ich darf mich nicht in dir versenken. Ich darf dich nicht so tief berühren, dass ich deine Seele erreiche, dass wir eins werden, anstatt zwei zu bleiben. Du wirst es nicht zulassen, dass ich spüre, wie du dich um mich schließt."

Ihre Fingernägel hinterließen Spuren auf seinern Schultern. Als würde Anya sich in diesem Moment alles vorstellen, was er sagte, warf sie den Kopf hin und her. Dabei kniff sie die Augen fest zusammen und biss sich auf die Unterlippe.

Götter im Himmel, wie feucht sie war …

„Ich hasse meinen Fluch", brachte sie hervor.

„Ich auch. Ich hasse auch meinen eigenen. Aber wenn es das Schicksal so wollte, dass wir uns begegnen, dann ertrage ich die beiden gern bis in alle Ewigkeit." Er rieb sie mit kleinen kreisenden Bewegungen, erst schnell, dann wurde er langsamer je näher sie ihrem Höhepunkt kam, um dann wieder umso schneller zu werden.

Erst als sie fast das Bewusstsein verloren hatte, laut seinen Namen rief, ihn anflehte, ihn verzweifelt anbettelte, gönnte er ihr Erlösung.

Ihr Körper zuckte. Sie ergriff ihn mit einer Kraft, die einem menschlichen Wesen die Knochen gebrochen hätte.

Während all dessen betrachtete Lucien ihr Gesicht. Er beobachtete, wie sie ihre Lippen öffnete und begann, flacher zu atmen. Erstaunt sah er, wie absolute Lust und höchste Befriedigung ihre Gesichtszüge verklärten, bis Anya die Augen öffnete und sich umblickte, als sehe sie Sterne.

Als sie sich beruhigt hatte, legte er seinen Kopf auf ihre Brust und lauschte ihrem rasenden Herzschlag. Ihr Körper war von Schweiß überzogen. Er war kurz davor zu kommen, aber er wollte diesen Moment nicht zerstören.

Sie drehte ihn auf den Rücken und lächelte ihn an. „Jetzt zeige ich dir mal, wie böse ich sein kann." Sie griff sich zwischen die Beine, befeuchtete ihre Finger mit ihrem eigenen Saft und legte sie dann um seinen Schaft.

Auf und ab glitt sie an ihm entlang, es war eine Bewegung, die ihn wahnsinnig machte. Lucien griff mit einer Hand über den Kopf, um ein wenig Halt an dem Kopfteil des Betts zu finden. So häufig war er in den letzten Wochen erregt gewesen, dass es eine unglaubliche Erleichterung war, jetzt gestreichelt zu werden.

Sie ließ ihre Finger über seine Spitze gleiten, und jedes Mal, wenn sie oben angekam, drückte sie ein wenig zu. „Anya", keuchte er.

„Mmh. Verstehe, was du vorhin damit meintest, wenn man den Namen sagt." Während sie sprach ließ sie ihre andere Hand weiter hinunterwandern. „Das gefällt mir. Sag noch mal meinen."

„Anya. Ich komme … gleich … gleich."

„Tu es. Komm für mich. Ich will es sehen."

Er hob die Hüften an. „Hör nicht auf. Bitte hör nicht auf."

„Mache ich nicht. Gib mir alles", flüsterte sie ihm ins Ohr. Als ihre Hand nicht weiter hinunterreichen konnte, gab er nach. Er konnte seine Lust keinen Moment länger verdrängen.

Er spannte alle Muskeln an und ergoss sich heiß über seinen muskulösen Bauch. Er schrie und schrie. „Anya!"

„Weiter." Sie hörte nicht auf, ihn zu massieren. „Gib mir alles. Jeden Tropfen will ich."

Abwechselnd spannte er seine Muskeln an. Dann stemmte er die Fersen in die Matratze, sodass sein Unterleib in der Luft schwebte. Er hielt es selbst nicht für möglich, aber er kam noch einmal. Seine Gedanken wurden von einem zuckenden schwarzen Loch angesaugt, das mit jeder Welle seiner Lust größer wurde.

„Gut. Gut", murmelte sie.

Völlig geschafft ließ er sich zurück in die Kissen sinken. Bevor Anya sich an seine Seite schmiegte, wischte sie ihn mit einem Handtuch trocken. Er schlang seine Arme um sie, als wolle er sie niemals gehen lassen. *Frag sie nach dem Schlüssel.*

Nein. Jetzt nicht.

Ein Leben ist wichtiger als ein einzelner Moment.

Das stimmte. Lucien setzte an, sie nach dem Schlüssel zu fragen, aber es gelang ihm nicht, die Worte auszusprechen, als sie sich fester an ihn schmiegte. Sie schloss die Augen und seufzte zufrieden.

Nein. Es gibt nichts Wichtigeres als diesen Moment. Kurze Zeit später war er mit einem Lächeln auf den Lippen eingeschlafen.

Es ist noch nicht mal ein Tag vergangen, und schon bin ich mit ihm im Bett gelandet, dachte Anya, während sie ihren Arm fester um seinen Körper schlang.

Sie hatte versucht, ihm zu widerstehen und ihn auf Distanz zu halten. Aber er war einfach zu leidenschaftlich, zu besitzergreifend und unwiderstehlich gewesen. Als er William gegenüber so eifersüchtig gewesen war … Götter! Sie hätte an Ort und Stelle einen Höhepunkt haben können, nur als sie sah, wie Lucien sich aufgeregt hatte.

Sie hatte versucht, so zu tun, als würde Lucien ihr nichts bedeuten. Sie hatte die schlimmsten Dinge gesagt, es war ihr wirklich schwergefallen, so zu lügen … alles nur für den Fall, dass Cronus, dieser Voyeur, ihnen zugesehen hatte. Aber sie hatte sich einfach nicht losreißen können, als Lucien sie gefragt hatte, wo sie am liebsten hingegangen wäre, um mit ihm Sex zu haben.

Nach all dem, was dort in diesem Bett geschehen war, wusste sie nicht mehr, was sie tun sollte, um Cronus von ihrer Fährte abbringen, von ihrer wahren Leidenschaft für Lucien. Sie konnte ihm nicht länger etwas vormachen. Zum Teil war sie erleichtert darüber. Noch einmal könnte sie Lucien nicht weh tun. Das war jetzt vorbei. In der letzten Woche war er ihr immer wichtiger geworden … sie wollte ihn nicht mehr missen.

Lucien bewegte sich in ihren Armen. Bevor er aufschreckte, murmelte er etwas Unverständliches.

Sie runzelte die Stirn. „Was ist los?“

„Ich werde gerufen“, sagte er müde.

Dann war er auch schon verschwunden. In der halben Stunde, die sie auf ihn wartete, erfasste sie Panik, denn er kam nicht wieder. Hatten ihn die Seelen gerufen oder Cronus? Sollte sie ihn suchen gehen? Aber wo zur Hölle sollte sie überhaupt anfangen …

Dann aber plötzlich war Lucien wieder da, gesund und munter und schmiegte sich wieder an sie. Seine köstliche Wärme hüllte sie ein, als er die Augen schloss und seufzte. „Dumme Seelen", murmelte er. Er klang nicht mehr müde, er klang besorgt. Vielleicht auch ein wenig erschüttert. „Warum kämpfen sie?"

Erleichtert drückte sie sich an ihn und malte mit der Fingerspitze Herzen auf seine Brust. Die wenigen Male, die sie ihn dabei beobachtet hatte, wie er Seelen begleitete, hatte es nur einige Minuten gedauert. Sie wollte wissen, warum er heute Nacht so lange gebraucht hatte, und nun hatte sie vielleicht eine Erklärung. Es hatte viele Tote gegeben. „Sag mir das nächste Mal ein wenig früher Bescheid, dann komme ich mit."

Er sah sie an. „Willst du dir wirklich die Hölle ansehen? Warum?"

Damit du es nicht alleine aushalten musst, dachte sie, sagte aber: „Das könnte doch lustig sein."

„Das ist kein Spaß, das kann ich dir versprechen." Er streichelte ihren Arm, dabei sah sie, dass er einen Schnitt am Handgelenk hatte, der aber schon zuheilte.

Hatte ihn eine der Seelen angegriffen? Und falls ja, dann konnte sie nur froh sein, bereits tot zu sein. „Nimm mich einfach mit, ja? Bitte! Ich möchte mitkommen."

Er legte seine Hand auf ihre Brust und küsste den Knutschfleck, den er auf ihrem Hals hinterlassen hatte. „Nimm mich einfach mit. Mmh. Das klingt gut." Er wurde wieder hart und presste sich zwischen ihre Beine.

Stöhnend öffnete sie sich ihm. „Das meinte ich zwar nicht, aber wenn du es schon so sagst … bleib da!"

Er lachte in sich hinein und fuhr damit fort, sie *einfach mitzunehmen* über die Klippe der Lust. Erst später fiel Anya ein, dass er ihr noch eine Antwort schuldig war.

14. Kapitel

Langsam öffnete Paris die Augen. Seine Lider waren so schwer, als habe jemand Steine daraufgelegt. Sein Mund war trocken und fühlte sich unangenehm an, als habe er etwas Schlechtes gegessen. Ihm juckte die Haut. Sowohl die Hand- als auch die Fußgelenke waren von etwas Kaltem und Schwerem umschlossen.

Was zur Hölle ging hier vor? Wo war er? Er konnte sich nicht daran erinnern, dass er mit der Fremden … wie hieß sie noch … Fesselspiele gespielt hatte.

„Gut, dass du endlich aufwachst."

Er erkannte diese süße unschuldige Stimme, aber konnte sie nicht mit einem Gesicht in Zusammenhang bringen. Er runzelte die Stirn. Vor sich sah er weißes Licht pulsieren, als er blinzelte, fingen seine Augen an zu tränen. Das letzte, an das er sich noch erinnern konnte, war, dass er eine Frau geküsst hatte. Doch plötzlich fiel ihm alles wieder ein: der warme Blick aus braunen Augen, das braune Haar, Sommersprossen, ein unauffälliges Gesicht.

Er hatte diese Frau geküsst. Wie hieß sie noch? Und dann war er ohnmächtig geworden, oder?

„Paris", sagte die Stimme. Jetzt in einem schärferen Ton. Plötzlich merke er, dass sie sich vor ihn kniete.

Das unauffällige Gesicht, an das er sich gerade noch zu erinnern versucht hatte, war jetzt direkt vor ihm. Mit zitternder Hand fuhr er sich übers Gesicht und versuchte, sich zu orientieren. Bei jeder Bewegung klirrten Ketten und hemmten seine Bewegungen. Hatte sie ihn … Bestimmt nicht. Sie hatte nicht die Kraft, ihn zu fesseln.

Es mussten Jäger gewesen sein, die ihn angegriffen hatten.

„Haben sie uns eingesperrt?" Seine Stimme war rau. Er hatte Schwierigkeiten, sich zu konzentrieren, so sehr er auch versuchte, gegen den Nebel in seinem Kopf anzukämpfen. Er hatte schon eine ganze Weile keinen Sex mehr gehabt. Das erklärte auch, warum er so geschwächt war und warum jemand es geschafft hatte, ihn zu überwältigen.

„*Ich* habe dich eingesperrt." Sie seufzte.

Sie hat was? Trotz seines Schwindels konzentrierte er sich voll auf sie. Sie hatte die Haare streng zurückgebunden. Die Sommersprossen waren unter einer Schicht Make-up verschwunden. Durch dicke Brillengläser schaute sie ihn an.

In diesem Moment spürte er, wie er sofort wieder hart wurde. „Warum solltest du so etwas tun?"

„Rate mal." Sie griff nach vorn und riss seinen Kopf zur Seite, um sich seinen Nacken anzuschauen. Mit einer Fingerspitze fuhr sie über die Wunde. Es war der Einstich einer Kanüle, wurde ihm klar. Jetzt ergaben ihre Antworten auch einen Sinn.

„Du bist mein Feind." Auch wenn ihm das Blut in den Adern gefror, war er hungrig danach, von ihr berührt zu werden. Er wollte mehr. Aber sie schien durch seine Anwesenheit nicht sonderlich erregt zu sein. Sie war sehr sachlich und nüchtern.

„Ja. Die Wunde heilt nicht zu", stellte sie stirnrunzelnd fest. „Ich hatte nicht vor, dich mit der Nadel so zu verletzen. Das tut mir leid."

Es tat ihr leid? Ach? Er erinnerte sich an ihren Kuss … an ihre kleine heiße Zunge in seinem Mund … wie sich ihre Brüste unter seinen Handflächen angefühlt hatten … klein, aber empfindlich. Er erinnerte sich an einen stechenden Schmerz. Mit zusammengekniffenen Augen sah er sie an. „Du hast mich hereingelegt. Du wolltest mich täuschen."

„Ja."

„Warum? Und versuche mir nicht zu erzählen, dass du ein Lockvogel bist. Dafür bist du nicht hübsch genug." Er sagte es extra gehässig, um sie zu verletzen.

Ihre Wangen färbten sich tiefrot. Jetzt war sie nicht mehr unauffällig, sondern geradezu hübsch. Genau das, was er soeben geleugnet hatte. „Nein. Ich bin kein Lockvogel. Oder besser: Für jeden anderen Krieger außer dir wäre ich keiner gewesen. Auf der anderen Seite, ist es dir ja recht gleichgültig, wen du flachlegst, oder, du Dämon der Vielweiberei?" In jedem Wort klang Ekel mit.

Er betrachtete sie eingehend. „Offensichtlich."

Daraufhin nahmen ihre Wangen noch einen tieferen Rotton an, und sein Schaft wurde noch härter. *Reg dich ab, Junge.*

„Hast du keine Angst, dass ich dir etwas tue?", fragte er in schmeichelndem Ton.

„Nein." Sie hob eine Augenbraue. „Dafür hast du nicht die Kraft. Das habe ich schon ausprobiert."

Provoziere sie nicht noch weiter, du Idiot! Verführe sie, sieh zu, dass du wieder an Kraft gewinnst, und dann verschwinde von hier. Er zwang sich, netter zu klingen, und sah sie voller Leidenschaft an. Es war traurig, aber es würde ihm nicht gelingen, ihre Leidenschaft zu erzwingen. „Du hast dich in meinen Armen ganz wohl gefühlt. Gib es zu. Ich kenne die Frauen, und ich erkenne es, wenn sie entflammen. Du warst Feuer und Flamme für mich."

„Halt den Mund."

Sie war ungehalten. Hervorragend. „Wollen wir es noch mal versuchen, bevor deine Freunde hier auftauchen?"

Sie knirschte mit den Zähnen, richtete sich auf und trat einen Schritt zurück. Da sie nicht mehr direkt vor ihm saß, hatte er jetzt Gelegenheit, sich den Raum anzuschauen. Beziehungsweise das Gefängnis. Lehmboden. Gitter statt Fenster und Tür.

Paris schnaufte angewidert. Am meisten widerte er sich selbst an. Er hätte es wissen müssen. Er war bekannt dafür, vorsichtig zu sein, und jetzt war er unvorsichtig und dumm gewesen. Er hatte sich den Jägern praktisch mit einer Schleife um den Hals auf dem Präsentierteller ausgeliefert. Wie würden die anderen Krieger über ihn lachen, wenn sie davon erfuhren!

„Also bist du eine Jägerin, nehme ich an?"

„Wenn du mit Jäger einen Verteidiger alles Guten und Rechten meinst, dann ja." Ohne ihn dabei anzusehen, nahm sie die Uhr ab, um ihm das Zeichen der Ewigkeit zu zeigen, dass ihr in die Haut gebrannt war. „Seit ich denken kann, haben mich Dämonen und ihre bösartigen Taten immer wieder fasziniert. Schon immer habe ich darüber Bücher gekauft und habe an Treffen und Seminaren teilgenommen. Diese Männer haben mich vor etwa einem Jahr angesprochen und gefragt, ob ich bei ihnen mitmachen wolle. Ich habe zugestimmt und es seitdem nie bereut."

Beim Anblick des Symbols hätte ihm übel werden sollen, jedenfalls war es sonst immer so gewesen. Aber dieses Mal hatte er das Gefühl, er wolle das gehasste Zeichen mit der Zunge nachzeichnen. „Und was hast du jetzt mit mir vor?" Er spürte keine Panik. Noch nicht. Schon vor Hunderten von Jahren war er von Jägern umzingelt worden. Mit nur wenigen Verletzungen war es ihm damals gelungen, ihnen zu entkommen.

Auch dieses Mal würde es nicht anders sein: Dafür würde er schon sorgen.

„Wir werden dich für Experimente benutzen. Wir beobachten dich. Und wir werden dich als Lockvogel verwenden, um weitere Dämonen zu fangen. Und dann werden wir, sobald wir die Büchse der Pandora gefunden haben, dir deinen Dämon austreiben, dich töten und das Monster in die Büchse sperren.“ Wieder war ihr Ton sehr sachlich, als besprächen sie, was es zum Abendbrot gab.

Seine Augenbraue zuckte. „Ist das alles?“

„Erst mal.“

„Dann kannst du mich gleich töten, Sweetheart. Meine Freunde werden sich kaum ergeben, um mich zu retten.“ Nein, sie würden jeden in diesem Gebäude umbringen.

„Das werden wir dann ja sehen, nicht wahr?“ Ihr Ton war kleinlauter geworden.

Hör auf, sie gegen dich aufzubringen. Er musste sie bezirzen, diese Feindin – koste es, was es wolle. Sobald er in ihrem Körper den Höhepunkt erreicht hatte, würde er stark genug sein, um jeden zu töten, der sich ihm in den Weg stellte. Sogar diese blöde Zicke.

Warum hatte er nicht den Dämon der Gewalt bekommen wie Maddox? Dann wäre er von nichts anderem abhängig gewesen als von Wut, um neue Kraft zu sammeln. Es war grauenhaft, von diesem Dämon der Vielweiberei besessen zu sein. Er war nichts weiter als ein Quälgeist.

Einige Male hatte der Dämon ihn aus lauter Verzweiflung gezwungen, sich an … *Denk' nicht daran. Nicht jetzt. Jetzt brauchst du Sex.* „Liebes“, sagte er mit tiefer Stimme. „Es tut mir leid, wenn ich dich gerade verletzt habe. Ich war wütend und habe es an dir ausgelassen.“ Paris sorgte dafür, dass sein Gesichtsausdruck sanft und seine Augenlider halb geschlossen waren, während er das sagte. Er entspannte seine Wangenmuskeln, sodass seine Lippen wirkten, als wolle er die junge Frau gleich küssen.

Sie fuhr sich mit der Hand durch das aschblonde Haar und sah hinab auf ihre weißen Tennisschuhe. „Das ist in Ordnung. Ich verstehe das. Du bist Sklave deines Dämons.“

Sie sei erst seit einem Jahr eine Jägerin, hatte sie gesagt. Also war sie quasi ein Baby … naiv. Jeder andere Jäger hätte durchschaut, was Paris vorhatte. Er hätte ihn vermutlich geschlagen und sich kein Zeichen der Verwundbarkeit anmerken lassen.

„Ich finde dich reizend." Leider stimmte das auch.

„Du lügst."

„Nein. Vorhin habe ich gelogen, als ich dich unscheinbar genannt habe. Schon als ich dich das erste Mal sah, habe ich dich begehrt. Ich habe mir vorgestellt, wie du nackt auf meinem Bett liegst, den Kopf in den Nacken geworden und deine Hände … oh, deine Hände …", er schaute auf ihre Hände. Ja, sie waren wirklich so perfekt und so glatt, wie er sie in Erinnerung hatte, „… wie sie zwischen deine Beine fahren, feucht und heiß, weil du nicht mehr länger darauf warten kannst, dass ich zu dir komme."

Während er sprach, ließ er diese Bilder vor ihrem inneren Auge erscheinen. Das war der einzige Vorteil an seinem Dämon. Durch ihn konnte Paris das Bewusstsein anderer beeinflussen. Dadurch sah jeder, der ihm zuhörte, genau das, worüber er sprach.

Er vermied es, diese Fähigkeit zu nutzen, so gut es ging. Hinterher fühlte er sich immer schuldig. Damit zwang er Menschen, Dinge zu begehren, die sie sonst nicht interessierten, so wie der Dämon ihn dazu brachte, hinter Frauen her zu sein, die er nicht mochte. Aber diese Frau war eine Jägerin, also hatte sie es nicht verdient, dass er sich um sie Sorgen machte.

„Red … red nicht so", flüsterte sie. Sie erschauerte.

„Wenn du kurz davor bist zu kommen, dann lecke ich dich. Genau in der Mitte zwischen deinen Beinen. Du wirst meinen Namen herausschreien."

Ihr Atem wurde unregelmäßig. Er sah, dass sich ihre Brustwarzen unter ihrem T-Shirt abzeichneten. Es war ein weißes T-Shirt, das kaum die Spitze ihres BHs verbergen konnte. Es war ein recht feminines Kleidungsstück, denn sonst war sie angezogen wie eine alte Jungfer. Warum also?

Unten herum trug sie unförmige schwarze Hosen, und ihre Tennisschuhe waren grob und klumpig, Männerschuhe.

„Ich werde in dich hineinfahren, bis meine Härte ganz in dir verschwunden ist, und dann drehe ich dich um, und du wirst auf mir reiten."

„Sag so etwas nicht", rügte sie ihn atemlos. Sie griff sich an den Ausschnitt ihres T-Shirts. „Du bist böse und ... und ..."

„Ich bin ein Mann, der sich nach einer Berührung von dir verzehrt." Er war sicher einiges, aber nicht böse. Schließlich brachte er Leute nicht wahllos um, und er vergewaltigte auch nicht. Er und seine Freunde hatten ihr Geld in Buda ausgegeben, damit die lokale Wirtschaft gestärkt und die Hungrigen ernährt wurden. Das war doch etwas wert, oder?

Die Jäger waren die Bösen. Sie teilten die Welt in Schwarz und Weiß, um ihren unerbittlichen Kampf um „Utopia" zu rechtfertigen. Sie gingen über Leichen, töteten alle, die ihnen im Weg standen.

Paris hörte, wie der Atem der jungen Frau unregelmäßig ging.

„Ich stelle mir gerade vor", zwang er sich weiterzumachen, „wie du nackt bist. Deine Haut ist gerötet, deine Brustwarzen sind hart, du bist feucht."

Sie holte tief Luft und schloss die Augen. „S...stopp, bitte!"

„Du verzehrst dich doch danach, dass dich ein Mann berührt. Ist es nicht so, Sweetheart?" *Wie hieß sie denn nur?*

Nie konnte er sich ihre Namen merken. Schließlich ging er mit Frauen ja nur ein einziges Mal ins Bett, da kam es nicht darauf an, sich Namen zu merken. Außerdem wollte er nicht das Risiko eingehen, in einem unbedachten Moment der Leidenschaft den falschen Namen zu rufen. Frauen sahen das normalerweise nicht gern. „Komm her. Lass mich dir geben, was du brauchst."

„Das geht nicht." Atemlos ging sie auf ihn zu.

Die Ketten waren nicht lang genug, er konnte sie nicht berühren. Er musste es hinbekommen, dass sie die Arbeit übernahm. „Ich bin hart. Ich will dich. Nur dich. Mein Körper schreit nach dir."

Er sah, dass sie Gänsehaut bekam.

Ihre Züge waren durch die Erregung sanfter geworden, fast war sie hübsch. Sie hatte sehr lange Wimpern, die längsten, die er jemals gesehen hatte. Sie waren gespreizt wie ein Pfauenschwanz. „Berühre deine Brüste für mich. Sie wollen angefasst werden."

Vorsichtig hob sie die Hände und tat, was er ihr befohlen hatte. Sie stieß wieder einen Seufzer aus. „Meine Güte."

„Gut. Das ist gut."

„Ich ... ich."

Du darfst ihr keine Zeit geben nachzudenken. Aber sie anzuschauen, hinderte ihn daran, sich zu konzentrieren. „Mach den Reißverschluss deiner Hose auf und greif hinein. Steck die Hand in deinen Slip. Fass dich an, mach dich feucht."

Sie begann zuerst zu tun, was er von ihr verlangte, aber dann legte sie ihre Hand auf ihren Bauch. „Das geht nicht. Ich sollte das nicht tun."

„Doch, du solltest es tun. Du kannst es. Du willst es auch, und du weißt, dass du es willst. Es wird sich gut anfühlen."

„Nein, ich …" Sie schüttelte den Kopf. In ihren Blick mischten sich Begehren und Horror, als sei sie kurz davor, ihm zu widerstehen.

Paris war verwirrt. Er war es nicht gewöhnt, dass sich eine Frau ihm widersetzte. Die Tatsache, dass sie zögerte, versetzte ihm einen Schock. „Deine Mitte schreit danach, von dir berührt zu werden … Sweetheart. Aber wenn du dich selbst nicht berühren möchtest, dann komm hier herüber. Ich werde dich mit der Zunge liebkosen. Ich werde deine empfindsame Stelle lecken, bis du schreist."

Sie kam schon auf ihn zu, bevor er den Satz zu Ende gesprochen hatte. Paris atmete auf. Sie war … fast bei ihm. „Nur noch ein kleines Stückchen, Süße. Nur noch ein Stück."

Aber kurz, bevor sie direkt vor ihm stand, und bevor er ihr die Hose herunterziehen konnte, um mit seiner Zunge in ihre heiße Mitte einzudringen – wo er sie nicht eher zum Höhepunkt bringen würde, bis sie sich auf ihn gesetzt hatte – hielt sie wieder inne.

„Du nennst mich immer *Süße* und *Sweetheart.*"

„Weil es stimmt. Weil du süß bist. Noch einen Schritt, so komme ich nicht an dich heran", sagte er und versuchte dabei, nicht zu wimmern. „Nur noch ein bisschen näher", wiederholte er. „Ich brauche dich so sehr."

„Wie heiße ich?" Sie klang jetzt plötzlich nicht mehr so atemlos.

Paris stand der Mund offen, Panik überkam ihn. „Was soll das? Der Name spielt doch keine Rolle. Du willst mich, und ich will dich."

Sie runzelte die Stirn und trat einige Schritte zurück. „Du weißt noch nicht einmal, wie ich heiße, und trotzdem willst du mit mir schlafen?"

„Wir würden nicht mit einander schlafen."

„Sie haben mir gesagt, man dürfe dir nicht vertrauen. Sie haben gesagt, ich soll dir nicht zu nahe kommen."

Seine Panik verstärkte sich, die Hoffnung schwand. „Süße, lass uns doch …"

„Halt den Mund." Mit zusammengekniffenen Augen massierte sie sich die Schläfen. „Ich weiß zwar nicht, wie du es eben geschafft hast, mich so weit zu bringen, aber jetzt ist es mir auch gleichgültig. Aber mach das nie, nie wieder mit mir, oder ich werde nicht damit warten, dich zu töten, bis ich die Büchse der Pandora gefunden habe."

Sie stampfte davon, öffnete die vergitterte Tür, warf sie hinter sich zu und schloss ihn ein. Dann war er allein.

Er würde immer schwächer werden. Verdammt.

Maddox trug ein Tablett mit Essen in das Burgverlies. Es war ihm ganz und gar nicht recht, dass Aeron hier unten eingeschlossen war, aber auch er hatte, wie die anderen Krieger, keine bessere Lösung gefunden. Aeron war einst derjenige Krieger gewesen, der den stärksten Willen gehabt hatte. Er war brutal, aber loyal. Manchmal war er so unglaublich kontrolliert wie Lucien, in anderen Situationen wieder so flatterhaft wie Maddox früher gewesen war.

Maddox lachte in sich hinein, als er daran dachte. Sie waren gute Trainingspartner gewesen, er und Aeron. Viel Zeit hatten sie damit verbracht, ihre Kampfkünste miteinander zu perfektionieren. Als Maddox die Kontrolle über seinen Dämon verloren hatte, war Aeron ihm behilflich gewesen, ihn wieder einzufangen. Nun war aber Aeron nur noch ein Schatten seiner selbst. Er war wild, aufbrausend und hasserfüllt.

Wenn Aeron freikäme, würde er vier unschuldige Frauen töten, genauso wie es die Götter von ihm verlangt hatten. Und falls er diese Frauen umbrachte, dann würde er sich nie wieder von seiner Blutgier erholen. Von Anfang an hatte Aeron gewusst, dass ihn das Töten von Unschuldigen unwiderbringlich aus der Bahn werfen würde.

Maddox kannte das Gefühl.

Er hatte Pandora ins Jenseits befördert, nachdem ihn Sekunden zuvor der Dämon der Gewalt besessen hatte. Und er hatte unzählige Jahrhunderte damit verbracht, seine Schuld zu sühnen. Jede Nacht war er auf dieselbe Weise getötet worden, wie er sie umgebracht hatte: Ihm wurde sechs Mal ein Messer in den Bauch gerammt. Im Gegensatz zur armen Pandora, erwachte er aber jeden Morgen aufs Neue und wusste, dass er in derselben Nacht wieder sterben musste.

Aber Ashlyn hatte ihn gerettet – in mehr als einer Hinsicht. Sie hatte ihm einen Grund gegeben zu leben, und nun trug diese wunderbare Frau sein Kind unter dem Herzen.

Wie immer, wenn er an sie dachte, wurde es ihm warm, und er bekam ein seltsames Gefühl im Magen. Was würde er für ein Vater sein? Schon jetzt liebte er das Baby und wusste, er würde es beschützen, selbst nach seinem Tod. Dann würde er eben aus der Hölle emporsteigen.

Er wünschte sich, dass Aeron dasselbe Glück in der Familie fand wie er: Liebe, Vergebung, Freiheit. Und dennoch war Aeron absolut vom Blutdurst erfüllt. Wenn er mit den Kriegern zusammen war, konnte man ihm nicht trauen. Dasselbe galt in der Gegenwart von Freunden und seinen Brüdern, ganz zu schweigen von Frauen. Wie sollte er also eine Frau finden, die ihn bezähmen konnte?, fragte sich Maddox.

Er neigte den Kopf, als er die Treppe zum Verlies hinabstieg. Er hörte keine Krallen an den Gitterstäben klappern. Zum ersten Mal seit Wochen waren keine Flüche zu hören, die von den dicken Mauern widerhallten. Es war seltsam still. Nachdem er das Tablett auf den Boden gestellt hatte, sah er nach.

Sobald er Aerons Zelle erreicht hatte, spürte Maddox eine unglaubliche Angst. An der Zellentür waren die Gitterstäbe auseinandergebogen. Aeron war verschwunden.

Reyes hatte die Aufgabe übernommen, den Römischen Tempel zu bewachen, während seine Freunde weiter nach Hinweisen auf die Unaussprechlichen suchten. Er schritt den von Moos überwucherten Rand des Tempels ab, der still und sehr düster dalag. Seitdem Lucien und die anderen wussten, wo sie nach den Artefakten suchen mussten, forschte Sabin mit seinen Leuten nach Erkenntnissen über die Titanen. Über ihre Schwächen und ihre Feinde.

Obwohl der Tempel lange Zeit im Meer begraben gelegen hatte, waren an den Mauern immer noch Blutspuren zu sehen. Die Wände bestanden aus Menschenknochen. Aber bislang hatten die Krieger noch nichts gefunden. Es hatte noch nicht einmal etwas gebracht, Blutopfer auf dem Altar darzubringen. Dazu hatten sich die Männer mit Messern in die Haut geritzt. Unzählige Male hatte sich Reyes schon gefragt, was im Goldenen Zeitalter in diesem Tempel vorgefallen sein mochte. Manchmal hätte er schwören können, dass er mit der Brise, die vom Meer herkam, menschliche Schreie hören konnte.

Vor Kurzem war Lucien wieder aufgetaucht, und er hatte so entspannt und wohl ausgesehen wie lange nicht mehr. Ja, er hatte sogar glücklich gewirkt. Was war passiert? Reyes war eifersüchtig, was auch immer Luciens gute Laune ausgelöst haben mochte. Er war eifersüchtig, aber er freute sich auch für ihn. Auch Luciens Blut, das er mit ekelerregend guter Mine auf den Altar fließen ließ, hatte Ergebnisse gebracht. Und Reyes war es leid, immer umsonst etwas zu unternehmen. Es war einfach überflüssig.

Jedoch an diesem Morgen sendeten die Nachrichten auf der ganzen Welt etwas über die Tempel. Reyes war klar, bald würden sie kommen: Menschen, Jäger, Touristen, Schatzjäger und Forscher. Die Zeit rannte ihnen davon.

„Verdammt", murmelte Reyes. Er musste Schmerzen spüren, bald, denn sonst würde er Zerstörung anrichten oder jemanden verletzen, dass wusste er. Er würde jemanden töten, sei es einen Sterblichen oder einen Krieger. Es war ihm egal. „Ich bleibe in der Nähe", sagte er Sabin, als der an ihm vorbeiging. „Ruf einfach, wenn ihr mich braucht."

Sabin versuchte nicht, ihn aufzuhalten. Mittlerweile kannte er Reyes zu gut.

Bis er den Wald erreicht hatte, der den Tempel umgab, hatte Reyes schon sein Schwert aus der Scheide gezogen. Er lehnte sich an den nächsten Baum. Er trug rote Blätter, daher sahen die Äste aus, als würden sie bluten. Er begann, sich Kreuze in den Arm zu ritzen. Sobald die Klinge ins Fleisch schnitt und das Blut floss, echtes Blut, ebbte seine Wut etwas ab.

Wenn Danika dich so sehen könnte …

Er schnaubte verächtlich. Wenn sie ihn so sehen könnte, würde das kaum ihre Gefühle für ihn verstärken, die schon jetzt keine Grenzen kannten.

In seiner Tasche klingelte sein Mobiltelefon, und er stöhnte frustriert auf. Es war das Telefon, das er vor einigen Wochen von Sabin bekommen hatte. Reyes war sich noch nicht sicher, ob er es gut fand, eines zu haben. Manchmal musste ein Mann ganz frei sein – frei von allen und auch ohne Kontakt zu seinen Freunden. Aber er hatte das Telefon einfach behalten, für den Fall der Fälle.

Knurrend holte er es aus der Tasche und klappte es auf. „Was?"

„Aeron ist entkommen", sagte Maddox, ohne ihn zu begrüßen.

Das konnte nicht wahr sein. Alles in Reyes sträubte sich gegen diese Nachricht. Er war wütend und fühlte sich hilflos. Er hatte gewusst, dass es einmal so weit kommen würde, aber er dachte nicht, dass es schon so bald passieren würde. Ich hätte einfach meine Zuneigung zu ihm ignorieren und ihn in Ketten legen sollen. „Seit wann?"

„Das letzte Mal habe ich ihn vor zwölf Stunden gesehen."

Als Hüter des Zorns würde Aeron Danika binnen kurzer Zeit finden, gleichgültig, wo sie sich versteckt hielt. Er würde sie aufspüren und seine Flügel nutzen, um schnell zu ihr zu gelangen. „Ich finde ihn", erklärte Reyes.

Bevor er auflegen konnte, fügte Maddox hinzu: „Torin hat mich dazu gebracht, einen unsichtbaren Farbstoff in Aerons Essen zu mischen, mit dem wir ihn finden können – für alle Fälle. Er wird dir die Daten per E-Mail schicken, die du für dein Telefon brauchst, um ihn zu finden. Ich wollte dich nur erst anrufen. Bring deinen Freund zu uns zurück. Lebendig."

Reyes antwortete nicht. Er konnte kein Wort herausbringen. Wenn er jetzt versagte, dann würde Danika sterben.

Wenn sie überhaupt noch am Leben war.

15. Kapitel

„Schöner Knutschfleck“, bemerkte William am nächsten Morgen, als er beim Frühstück Anyas Hals sah.

Ich werde nicht rot. Nicht rot werden. Und dennoch spürte sie, wie ihr die Hitze ins Gesicht stieg. Lucien war einfach verdammt geschickt mit seinen wunderschönen Lippen. Apropos schöner Mund: Heute Morgen hatte er es geschafft, weitere Informationen über den allmächtigen Schlüssel aus ihr herauszubekommen.

Sie ahnte, dass er vorhatte, den Schlüssel von ihr zu erhalten, ohne sie beide zu gefährden, damit sie endlich Ruhe vor dem König der Götter hatte. Sofort nachdem er sie zu dem Schlüssel ausgefragt hatte, begann er wieder, ihre Knospen zu liebkosen. Auf keinen Fall wollte sie, dass er damit aufhörte. Schließlich erzählte sie ihm, dass der Schlüssel mit ihr, ihrem Körper und ihrer Seele so eng verknüpft war wie er mit seinem Dämon. Das war der Grund, warum sie schwächer werden würde, sobald sie den Schlüssel jemand anders gab, denn damit gab sie einen Teil von sich fort. Sie entdeckte die Enttäuschung in Luciens Blick, was sie irgendwie berührte. Wenn niemand sonst verstand, wie gefährlich es war, einen wichtigen Teil seiner selbst fortzugeben, er tat es.

Sie seufzte. Die drei, sie, Lucien und William, saßen um einen kleinen runden Tisch, auf dem Eier und Speck und Pfannkuchen standen. In der Luft lag der Duft des würzigen Specks vermischt mit dem süßen Geruch vom Ahornsirup. Das Essen war hervorragend.

Nach dem Aufstehen hatte sich Anya einen wunderbar weichen weißen Kaschmir-Einteiler übergezogen und sich nach Atlanta teleportiert, wo es in ihrem Lieblingsrestaurant Frühstück gab. Dort hatte sie das Essen geholt und war gleich zurückgeeilt, um vorgeben zu können, dass sie es selbst gemacht hatte. Die Männer waren schließlich Krieger, und sie sollten sich ein wenig dankbar dafür zeigen, dass sie sich so viel Mühe gemacht hatte. Zwar dachten die beiden, dass sie viel Zeit in jedes Gericht gesteckt hatte, aber dennoch kam ihnen kein einziges Lob über die Lippen. Noch nicht einmal danke hatten sie gesagt, die Mistkerle!

Sie saß zwischen ihnen. Lucien behielt William genau im Auge und sah ihn jedes Mal böse an, wenn der Sexgott über den Tisch in Anyas Richtung griff, um sich etwas von den Rühreiern zu nehmen. Seine Besitzansprüche waren einfach süß. Es war kein Wunder, dass sie die ganze Nacht in seinen Armen gelegen hatte und sich nicht hatte losreißen konnte. Er gab ihr das Gefühl, begehrenswert zu sein. Und er gab ihr Sicherheit. Nie zuvor hatte sie eine ganze Nacht mit einem Mann verbracht. Nie hätte sie sich vorstellen können, dass außer dem intensiven körperlichen Vergnügen auch ein Gefühl von Sicherheit, das sie nicht mehr missen wollte, eine Rolle spielen könnte.

„Ich habe dir doch schon mal gesagt, du sollst deine Hände ...“ Lucien sprach den Satz nicht zu Ende. Sie spürte, wie er jeden Muskel anspannte.

Anya wandte sich ihm zu. Beide Augen waren auf einmal blau. Sie legte ihre Hand auf seinen Arm. Wie es schien, war es für die beiden an der Zeit, Seelen abzuholen.

„Ich muss los.“

„Du nimmst mich mit, ja?“

Lucien schüttelte den Kopf. „Nein, du bleibst hier.“

„Zwing mich nicht dazu, mich unsichtbar zu machen, um dir dann zu folgen, auch wenn du es nicht willst.“

„Das hast du schon mal gemacht.“ Er seufzte resigniert. „Und ich habe bisher noch nicht herausfinden können, wie du das geschafft hast.“

Sie zuckte mit den Schultern. „Ich bin Anarchie, hast du das vergessen? Ich gehorche nicht den Naturgesetzen ... oder sonstigen Regeln.“

„Wovon redet ihr beide?“, wollte William wissen.

Sie beachtete ihn nicht. Erstens, weil sie wusste, dass sie damit Lucien wütend machen würde, und zweitens, weil sie befürchtete, dass er sofort verschwinden würde, sobald sie ihm nicht mehr all ihre Aufmerksamkeit schenkte. „Geh du nur alleine, dann bleibe ich so lange bei Willie und amüsiere mich mit ihm.“

William grinste und hatte schon seine Frage vergessen. „Lass sie ruhig hier, Mann. Ich werde mich besonders gut um sie kümmern.“

Lucien zog eine Grimasse und fletschte die Zähne, aber gleichzeitig verschränkte er seine Finger mit Anyas. „Okay, dann lass uns los."

Er dematerialisierte sich und Anya. Dann tauchten sie in die Welt der Geister ein, die aus bunten Farben und Lichtern bestand. Lucien flog schnell zu einem abgebrannten Geschäft, aus dem noch der Qualm aufstieg. Shanghai, stellte Anya fest. Sie sah sich um. Sie befanden sich in einer Straße mit weißen und roten Häusern, deren Dächer in spitzen Giebeln endeten. Sie hatte das Gefühl, sie könnte das Essen riechen, das auf dem benachbarten Straßenmarkt verkauft wurde.

Auf dem rußigen Boden lagen mehrere reglose Körper. Ohne Anyas Hand loszulassen, ging Lucien zu dem ersten und tauchte seine Hand in den Brustkorb des Mannes. Er holte eine zappelnde Seele heraus, die sich gegen den Griff des Todesdämons zu wehren versuchte.

In dem nächsten Augenblick standen sie vor den Toren der Hölle. Die Hitze war so stark, dass sie ihnen fast das Fleisch von den Knochen schmolz. Anya erschauerte. Sie hörte das Flehen, die Schreie der Gefolterten. Würde sie auch hier landen, wenn Cronus sich durchsetzen konnte und sie töten würde? Allein der Gedanke drehte ihr den Magen um.

„Er hat den Brand gelegt", presste Lucien hervor.

Hier geht es gerade nicht um dich, sondern um Lucien. Sie ließ seine Hand los und stellte sich hinter ihn, um ihm ihre Arme um die Taille zu legen. Sie wollte ihn daran erinnern, dass er nicht allein dort war. Sie wollte ihm Trost spenden. Sie spürte, wie die Spannung in seinen Muskeln allmählich nachließ.

Vor ihnen glitten zwei riesige Felsen auseinander und öffneten die Sicht auf einen großen Spalt. Dahinter streckten sich aus einer Schlucht viele Arme hinauf. Lucien warf den um sich schlagenden Geist zu ihnen hinunter. Es ertönte schreckliches Lachen, um bald darauf von erschütternden Schreien übertönt zu werden.

Diesen schlimmen Anblick musste Lucien jeden Tag ertragen. Anya küsste ihn von hinten aufs Ohr, um ihn von dem Flammenmeer abzulenken. „Es sterben viele Menschen. Jede Minute. Jede Stunde. Warum musst du sie nicht alle abholen?"

„Einige bleiben auf der Erde, andere werden wiedergeboren und bekommen die Chance, noch einmal neu anzufangen. Und einige, glaube ich, werden von Engeln abgeholt."

Ah. Das hätte sie sich denken können. Über die Jahre waren ihr selbst schon einige Engel begegnet. Es waren wunderschöne Geschöpfe, wenn auch ein bisschen hochmütig. „Die Seelen, die du begleitest, haben Glück. Sollen wir die anderen holen?"

Lucien nickte, dabei erschien er weniger angestrengt als zuvor.

Die beiden anderen Leichen waren kleine brave Jungs, die sich wohl nichts vorzuwerfen hatten, denn sie kamen in den Himmel. Wie immer musste Anya über die perlenbesetzten Tore staunen. Sie waren nicht nur mit den schönsten Perlen, sondern auch mit Juwelen besetzt und strahlten eine besondere Macht aus, die Anya faszinierte. Hinter ihnen ertönten die beruhigenden Stimmen eines Engelschors. Der Gesang erfreute alle Sinne.

Hier möchte ich herkommen, wenn ich sterbe.

Wann bin ich jemals brav gewesen?

Ich bin brav. Manchmal.

„Danke, Anya, dass du mitgekommen bist. Dass du mich tröstest."

„Keine Ursache." Sie und Lucien landeten wieder an Williams Frühstückstisch in der Küche. Der Sexgott saß immer noch dort, aber Anyas Blick blieb an ihrem Geliebten hängen. Lucien betrachtete sie aufmerksam. In seinem Blick lag Hitze, Verwunderung und Achtung.

„Und, wo seid ihr beiden gewesen?", fragte der Gastgeber.

„Nirgendwo." Sie sah William konzentriert an, während Luciens starrer Blick auf sie dafür sorgte, dass sie nervös auf dem Stuhl hin und her rutschte. „Wo sind denn heute Morgen deine Damen?"

„Sie schlafen noch. Vamps brauchen ihren Schönheitsschlaf."

Luciens Augen wurden groß. Offensichtlich war er nie zuvor einem Vamp begegnet.

„Vamps wie Vampir oder Vamp wie Sexgöttin?" Sie suchte auf Williams Haut nach verräterischen Spuren. Natürlich – er trug schwarze Seidenhosen. „Ich nehme an, Eroberungen. Du siehst nicht aus, als habe dich jemand angenagt, jedenfalls niemand mit Reißzähnen."

„Doch, ich bin gebissen worden, man kann es bloß nicht sehen. Im Gegensatz zu dir", fügte er mit einem kurzen Seitenblick und einem Lächeln hinzu.

Lucien verschluckte sich prompt an seinem Saft. Grinsend schlug ihm Anya auf den Rücken. „Ich glaube, du hast ihn geschockt."

„Das glaube ich kaum“, antwortete William und sah dabei Lucien an. „Wir haben euch die ganze Nacht gehört … wie die Kaninchen. Das hat mich zwar erstaunt, aber ich muss wirklich sagen, es hinzubekommen, dass diese kleine Halbgöttin nach mehr schreit, das ist schon mal was.“

„Danke“, antwortete Lucien, sobald er sich von seinem Husten erholt hatte. Aber es klang Schärfe in seinen Worten mit.

„Ich bin keine Halbgöttin, du dreckiger Hurenbock!“

Zwinkernd stellte William seine Ellenbogen auf den Tisch. „Also, was ist hier los? Du weißt, du bist bei mir immer herzlich willkommen, Anya, aber warum bist du hier? Und warum verfolgt dich der Dämon des Todes?“

Sie öffnete den Mund, um zu antworten, aber Lucien legte ihr beruhigend eine Hand auf den Arm. Als sie ihn kurz ansah, schüttelte er den Kopf.

„Ich verrate keine Geheimnisse, Zuckerschnecke.“

„Oh, Geheimnisse? Erzähl!“ William klatschte in die Hände.

Nur zu gern täte sie es, das konnte sie nicht leugnen. Geheimnisse behielt Anya nie für sich. Das machte doch keinen Spaß! Dennoch hielt sie den Mund. Für Lucien hätte sie alles getan. An diesem Punkt war sie darüber erstaunt, dass noch nicht einmal ihre gehässige Seite ihr einen Strich durch die Rechnung machen wollte.

„Wir möchten uns einfach ein paar Sachen vor dir ausleihen“, bat Lucien.

„Und das wäre?“

„Eigentlich“, fügte Anya hinzu, „möchten wir, dass du uns durch die Arktis führst.“

„Anya“, warnte Lucien.

„Jedenfalls wünsche ich mir das. Er lebt so nah dran und verbringt so viel Zeit dort oben. Er kennt die Umgebung. Und außerdem habe ich doch gar nicht unser Geheimnis verraten, oder?“

„Was wollt ihr am Polarkreis?“ William erschauderte. „Da ist es kälter als am A…, ihr wisst schon. Und ich sollte das wohl wissen!“

„Ich habe frei und wollte mir gern ein paar Gletscher anschauen“, erklärte sie leichthin.

„Du hasst Eis und Kälte. Die meiste Zeit bist du doch auf Hawaii.“

„Wir kommen auch gut ohne Fremdenführer aus“, unterbrach

Lucien ihn. „Wir brauchen nur entsprechende Kleidung, Decken und Schneeschuhe."

„Ich komme nicht mit in die Arktis." William schüttelte den Kopf. „Ich bin gerade von da wieder zurück und muss mich dringend ausruhen."

Lucien zuckte die Schultern, als sei ihm alles recht. „Dann ist ja alles klar, dann gehen Anya und ich allein."

„Das werden wir auf keinen Fall tun." Anya schlug mit der flachen Hand auf die Tischplatte, dass die Gläser und das Geschirr klirrten. „Willie wird uns dorthin führen, wo wir ihm sagen, und er wird es mit einem Lächeln tun. Das spart uns Zeit. Außerdem wird er ein guter Soldat sein und uns helfen, falls wir einen Kampf gegen Du-weißt-schon-wen austragen müssen … Hydra", fügte sie dramatisch hinzu.

„Ihr wollt wirklich gegen Hydra kämpfen?" William wurde blass. „Ich gehe nicht in die Nähe dieser Zicke. Ich habe sie seit einigen Jahren aus den Augen verloren, und so soll es auch bleiben."

„Ich hätte mir nie träumen lassen, dass ich mal eine Frau kennenlerne, die du nicht flachlegen willst." Anya schnitt sich ein Stück Pfannkuchen ab und spießte es auf. Bevor sie es zum Mund führte, sprach sie weiter: „Was das angeht, hätte ich mir nicht träumen lassen, dass *du* jemals eine Frau kennenlernst, die du nicht flachlegen willst. Und da wir schon mal über Hydra sprechen: Wo hast du sie getroffen? Und wie bist du ihr lebendig entkommen?"

„Ich bin ihr zwei Mal begegnet, an zwei verschiedenen Orten draußen im Eis. Und ich bin ihr entkommen, weil sie es nicht ertragen konnte, meine wunderschöne Visage verunstalten zu lassen. Aber es war knapp."

„Gut." Lucien nickte.

Anya wusste, dass sich das darauf bezog, dass William Hydra entdeckt hatte, aber wahrscheinlich wäre es Lucien ebenso recht gewesen, wäre er ihr nicht entkommen. Nur schwer konnte sie ihre eigene Aufregung verbergen. Aber sie war noch nicht fertig mit ihren Fragen. „Was hast du da oben eigentlich gesucht? Du hast mir nie davon erzählt."

„Es ist nahe an meinem Wohnort. Sterbliche könnten sich dort verstecken, um einen Überraschungsangriff zu starten. Zuerst war ich mir nicht sicher, ob sie meinetwegen oder wegen Hydra dort waren – wir haben beide genug Feinde, die es auf uns abgesehen haben. Irgendwann war es mir dann egal. Jeder, der sich da oben herumtreibt, muss sich vor mir in Acht nehmen."

„Wer sind deine Feinde?", wollte Anya wissen.

„Ich … äh … habe ein kleines Problem mit gewissen Damen, die allerdings gebunden sind", erklärte William, „und deren Gatten wünschen mir nicht unbedingt das Beste."

„Du wirst dich von Anya fernhalten", stellte Lucien düster fest.

Was für ein süßer, toller Mann, dachte sie und tätschelte seine Hand. Lucien griff unter dem Tisch nach ihrem Knie und zwickte sie fest, um sie ruhig zu stellen. Aber sie reagierte gar nicht darauf. „Das ist das letzte Mal, dass ich dich höflich bitte, uns herumzuführen", wandte sie sich an William.

Er verdrehte die Augen, schob seinen leeren Teller von sich, lehnte zurück und verschränkte die Arme vor seiner Brust. Er trug sein dichtes Haar in Zöpfen. An seinen Schläfen hatte er die Dreadlocks hinter seine Ohren geklemmt, wo die eingeflochtenen Perlen jedes Mal, wenn er den Kopf bewegte, ein Geräusch machten. „Tut mir leid, meine Antwort bleibt nein."

„Na, gut." Anya lehnte sich ebenfalls in ihrem Stuhl zurück. Sie sah sich um. Diesen Raum hatte sie schon immer besonders gemocht. Die Decken waren gewölbt, in der Mitte stand der Herd, und die Arbeitsflächen bestanden aus Granit. Die Küchengeräte waren der letzte Schrei und von der Wand hingen Körbe mit Früchten. Ob William das alles in einem Wutanfall zerstören würde, wenn sie erst einmal mit ihm fertig war? „Vielleicht ist das jetzt ein guter Zeitpunkt, dir zu sagen, dass ich dein Buch habe."

William regte sich nicht. Seine Ruhe glich einem Raubtier kurz vor dem Angriff. „Das kannst du gar nicht. Ich habe es noch heute Morgen gesehen, bevor ich zum Frühstück herunterkam." Sein Blick war gefährlich.

Lucien hob Anya von ihrem Stuhl und setzte sie sich auf den Schoß. Sie lehnte ihren Kopf an seinen Hals. Sie brauchte zwar niemanden, der sie beschützte, aber die Geste war nett.

„Denk mal darüber nach", forderte sie William auf.

„Anya", blaffte William sie an. „Du hast das Buch nicht. Ich habe es. Ich habe es noch heute Morgen gesehen."

„Nicht in diesem Ton", fuhr ihn Lucien an.

„Das, was du heute Morgen gesehen hast, war eine Fälschung", erklärte Anya.

„Du lügst." Der Krieger lehnte sich über den Tisch zu ihr herüber. Seine Pupillen waren riesig.

Sofort stand Lucien auf den Füßen und stellte sich vor Anya. *Keine Sorge, alles wird gut.*

„Ich habe dir gerade gesagt, du sollst auf deinen Ton achten."

William stieß sich mit Wucht vom Tisch ab, sodass sein Stuhl über den Fußboden rutschte und mit einem Rumms gegen den Küchentresen knallte. „Wenn es weg ist …" Wutentbrannt stampfte er aus der Küche.

„Verdammt. Er ist tatsächlich hinausgegangen, ohne die Küche zu zerlegen. Komm, das dürfen wir nicht verpassen." Anya nahm Lucien bei der Hand. Sobald sie ihre Finger mit seinen verflocht, spürte sie die Berührung wie einen elektrischen Schlag.

Jetzt wusste sie ja, was diese Finger alles mit ihr anstellen konnten …

Zitternd zog sie Lucien hinter sich her und folgte William. Der Flur war hell erleuchtet. Die goldglänzenden Glühbirnen schimmerten durch bunte Spitzenschirme und tauchten den ganzen Raum in regenbogenfarbenes Licht. Hatten das die Vampir-Damen so eingerichtet? Hatten sie etwa versucht, den Krieger zum Hausmann zu machen?

Die Waffen und Bilder, die normalerweise an den Wänden hingen, waren verschwunden. Anya wettete so zehntausend US-Dollar darauf, dass William sie nach einer Nacht mit diesen Vampiren alle abgenommen hatte. Er kannte Anyas Hang zu stehlen nur zu gut. Aber es war zu spät, sein wertvolles Buch hatte dran glauben müssen. Der dumme Mann hatte eine Hexe veranlasst, einen Fluch auf dieses Buch zu sprechen, sodass niemand den verschlossenen Schuber öffnen konnte. Aber das war schon lange her. Und dieser Fluch konnte Anyas Schlüssel nichts anhaben.

„Was ist mit diesem Buch, über das ihr gesprochen habt?" Lucien musste sich beeilen, um mit Anya Schritt halten zu können. „Hast du es wirklich gestohlen?"

„In dem Buch geht es um uralte Prophezeiungen der Götter. Und ja, ich habe es mitgenommen. William hätte ein bisschen schlauer sein sollen und es lesen müssen. Schließlich hatte er ja einige Jahrhunderte dafür Zeit, aber nein, er hatte Angst, dass es für ihn mehr Schaden anrichten konnte als Gutes tun." Sie bog um eine Ecke. Vor ihnen lag eine Treppe. Dieses Haus war verdammt groß …

Sie war es nicht mehr gewöhnt, zu Fuß zu gehen, normalerweise teleportierte sie sich überall hin.

„Denn eine der Prophezeiungen beschäftigt sich mit William. Sie wurde in der Zeit aufgeschrieben, als er im Gefängnis war, wenn ich mich recht erinnere. Es ging dabei irgendwie um eine Frau. Natürlich, es geht ja immer um Frauen. Jedenfalls ist die Prophezeiung verschlüsselt. Als ein Rätsel. Und in diesem Buch befindet sich der Schlüssel zu diesem Rätsel. Er könnte es auflösen und sich selbst damit retten.

„Anya, was zum Teufel fällt dir ein?" Williams Stimme hallte plötzlich donnernd von sämtlichen Wänden wider.

„Ich nehme an, er hat gerade die Fälschung gefunden."

„Wird er versuchen, dir etwas anzutun?"

Sie grinste. „Nicht, solange ich seinen Schatz habe." Das sagte sie mit verstellter Stimme, die böse klingen sollte.

Lucien schüttelte nur den Kopf.

Daraufhin bogen sie um eine weitere Ecke und befanden sich plötzlich in der Bibliothek. In der Hand hielt William die Fälschung, die Anya gemacht hatte. Das erste Mal, als sie ihn besuchte, hatte sie versucht, ihn in einen Streit zu verwickeln. Sie musste sich einfach mit ihm streiten. Um die Trauer um einen ihrer sterblichen Freunde, der gerade getötet worden war, zu verarbeiten, musste sie Unordnung stiften. Aber William war zu träge, um ihr den Gefallen zu tun. Seine lahme Ausrede lautete, er sei eher ein friedfertiger Mensch als ein Kämpfer. Aber immerhin hatte er ihr damals Sex angeboten. Doch verbrachte Anya ihre Zeit lieber damit, Gegenstände durchs Zimmer zu werfen und Glas splittern zu lassen.

Doch dann sah sie das Buch in diesem verführerischen Schuber. Auf dem Buchrücken und Umschlag waren blutrote Rubine eingelassen. Sie riefen nach ihr wie die Sirene auf dem Meer nach den Seeleuten ruft. Weil sie wusste, was das Buch William bedeutete, machte es ihr nur noch mehr Spaß, es zu stehlen, musste sich Anya verschämt eingestehen.

„Der Umschlag sieht genau so aus wie der alte, aber die Seiten sind leer."

Anya breitete die Arme aus. „Tut mir leid, ich konnte einfach nicht anders!"

„Jemand hätte dich schon vor langer Zeit aus dem Verkehr ziehen sollen."

„Als ob das etwas genützt hätte", murmelte sie.

„Warum mag ich dich überhaupt? Warum rede ich noch mit dir? Du und dein blöder allmächtiger Schlüssel. Gib mir das Buch zurück, Anya!"

„Wie kommt es eigentlich, dass alle von diesem Schlüssel wissen, nur ich noch nie etwas davon gehört hatte?" Lucien hob die Hände.

„Warum nimmst du ihr den Schlüssel nicht einfach weg?", schlug William mit einem hintertriebenen Grinsen vor.

„Halt den Mund, Willie!" Anya stampfte mit dem Fuß auf und fuhr sich mit der Hand durch die Haare. „Er weiß schon Bescheid."

„Weiß er alles?"

„Ja." Na ja, fast.

„Lügnerin." William grinste. „Sag mal, Lucy", sagte er und warf das Buch mit den leeren Seiten auf den Boden, dann klatschte er in die Hände, „weißt du auch, dass wenn sie dir den Schlüssel gibt, du dann auch ihre Erinnerungen bekommst? Dann wirst du alles über sie wissen. Jede einzelne Sünde, die sie begangen hat, jeden Diebstahl, jedes Verbrechen, jeden Mann, den sie jemals angefasst hat. Und was noch besser ist: Du wirst immer wissen, wo sie sich aufhält: Jede Sekunde, jeden Tag. Sie wird sich nie vor dir verstecken können."

Lucien sah sie unsicher an. „Stimmt das?"

Widerwillig nickte sie. „Das gehört alles zum allmächtigen Schlüssel."

„Wer hat dir diesen Schlüssel gegeben? Wo hast du ihn her? Warum sollte sich jemand so etwas ausdenken … das ist doch eine Last."

William übernahm die Antwort für sie. „Ihr lieber Daddy gab ihr diesen Schlüssel, als die Götter sich endlich über ihre Strafe einig waren. Dafür, dass sie den Captain der Wachen getötet hatte, sollte sie eine unsterbliche Sexsklavin werden. Das passt doch, oder? Tartarus wusste von ihrem Fluch, und wusste auch, was das für sie bedeuten würde. Also trat er einmal als Retter auf – zum ersten Mal in seinem dummen Leben."

„Warum, glaubst du, gab es das Gefängnis für die Unsterblichen nicht mehr? Wie, meinst du, sind die Titanen am Ende entkommen? Ohne den Schlüssel wurden sowohl Tartarus, der Mann, als auch Tartarus, das Gefängnis, geschwächt? Und schließlich gingen beide unter."

Das war alles wahr. Als sie den Schlüssel akzeptiert hatte, bekam sie einige Erinnerungen von ihrem Vater und wusste immer, wo er zu finden war. Auch jetzt noch brauchte sie nur an ihn zu denken, und sie wusste sofort, wo er sich aufhielt.

Deswegen wusste sie auch, dass Cronus ihn ins Gefängnis gebracht hatte.

Sie war auf den Olymp zurückgekehrt, obwohl sie sich geschworen hatte, nie mehr dorthin zu gehen. Grund dafür war ihr schlechtes Gewissen, denn ihr Vater hatte für sie so viel aufgegeben. Aber auch aus Liebe zu ihm. Durch seine Erinnerungen, zu denen sie jetzt Zugang hatte, hatte sie erfahren, dass er tatsächlich nicht gewusst hatte, dass er eine Tochter hatte, bis Themis alles aufgedeckt hatte. Danach hatte er immer zu ihr Kontakt aufnehmen und ein Teil ihres Lebens sein wollen, aber er hatte nicht gewusst, wie er es anstellen sollte. Wenn er mit Anya ein Treffen vereinbart hätte, um sie kennenzulernen, hätte er sowohl seine betrogene Frau noch mehr verletzt als auch die Geliebte weiter gedemütigt, die schon genug unter den Konsequenzen der einzigen gemeinsam verbrachten Nacht zu leiden hatte.

Als Anya von Aieas angegriffen wurde, wollte Tartarus sich selbst dafür bestrafen, dass er ihr in diesem Moment nicht hatte beistehen können. Und als sie ins Gefängnis kam, betrachtete er sich als ihr Beschützer und half ihr, so gut er konnte. Von ihm bekam sie extra Decken und Nahrung, jedenfall bis ihr endgültiges Urteil verkündet worden war. Dann hatte er zwischen ihrem und seinem eignen Leben wählen müssen.

Anya versuchte, diese Erinnerungen zu verdrängen und sich wieder auf Lucien zu konzentrieren. Noch immer ließ er sich keine Regung anmerken, wie sehr sie das hasste! Woran dachte er im Moment? William klatschte in die Hände, als sei er zufrieden mit dem, was er erreicht hatte. „Ihr braucht einen Reiseführer? Dann habt ihr einen, aber hinterher gibst du mir mein Buch zurück."

Sie nickte, aber sie konnte ihren Triumph nicht recht genießen.

„Dann kommt mal mit, ihr zwei. Wir packen jetzt. Je früher wir anfangen, desto schneller haben wir das alles hinter uns.“ William ging mit großen Schritten und leise pfeifend hinaus.

Seine Ruhe war trügerisch, das spürte Anya. Ihre Nerven lagen blank, also stupste sie Lucien an die Schulter. „Gibt es etwas, das du mir sagen möchtest?“

In seinem Blick lag Hoffnungslosigkeit. „Es ist gleichgültig, wie viel Mühe ich mir gebe, es wird keinen Weg geben, dir den Schlüssel wegzunehmen, ohne dir zu schaden, oder?“

Sie schluckte. „Nein.“

„Und wenn der Schlüssel Cronus in die Hände fällt, dann hast du keine Chance mehr, dich vor ihm zu verstecken, habe ich das recht verstanden?“

„Genau.“ Sie sah auf ihre Füße. Verdammt, sie musste sich das abgewöhnen. Sie hob den Blick. Unsicher ging sie auf Lucien zu. „Ändert das etwas zwischen uns? Willst du uns aufgeben?“

Mit den Händen, mit denen er ihr noch gestern Nach so viel Lust bereitet hatte, hob er ihr Kinn, sodass sie nicht anders konnte, als ihn anzuschauen. „Du musst Folgendes wissen: Ich bin für dich da. Ich gehöre dir. Und ich gebe nicht auf.“

Oh, dieser Mann … Er küsste sie sanft, sehr sanft auf den Mund. Aber das reichte ihr nicht. Wahrscheinlich wollte sie sich nie damit zufrieden geben, es sei denn dieser Krieger gab ihr alles, was er hatte.

„Mehr“, forderte sie.

Sie ließen ihre Zungen mit einander spielen, während sie sich immer intensiver küssten. Dann wurde Lucien klar, dass er mit Cronus nicht um den Schlüssel feilschen konnte, aber er wollte Anya. Er konnte auch ihren Fluch nicht aufheben, dennoch wollte er sie.

Anya spürte große Erleichterung und Freude. Immer mehr ließ sie sich von ihm verzaubern. *Er gehört mir.*

Sollte jemals eine andere Frau daran denken, ihn ihr fortnehmen zu wollen … Anya kannte sich selbst gut genug, um zu wissen, dass sie diese Schlampe ohne zu zögern umbringen würde. Kaltblütig. Sie würde sie leiden lassen. Mittlerweile konnte sie sich ein Leben ohne Lucien nicht mehr vorstellen. Zurückblickend hatte sie das Gefühl, dass sie nie richtig lebendig gewesen war, bevor er ihr begegnet war. *Ja, er gehört mir.* Sie strich seine seidigen Haare zurück und presste sich an seine Härte. *Meiner.*

Sobald sie es gedacht hatte, vernahm sie lautes Gelächter.

Sie zuckte zusammen, und ihr Herz begann zu rasen. Ihre Nerven waren angespannt, sie spürte, wie ihre Hände zu schwitzen begannen. Sie riss sich nicht von Lucien los, wohl aber löste sie ihre Lippen von seinen und starrte ihn mit großen Augen an. *Nein. Nicht jetzt.*

Auch er war angespannt. Er kniff die Augen zusammen, doch sie kannte ihn zu gut und wusste, dass die Wut aus seinem Blick sprach. So zornig hatte sie ihn nur in Griechenland gesehen. Nie war sie jemandem begegnet, der so wütend sein konnte. Er wirkte, als wolle er alle Menschen umbringen. Hier und sofort. Außer ihr natürlich. Immer noch hatte er seine Arme zärtlich um ihre Taille gelegt.

„Cronus", sagte Lucien ernst. Seinen Körper sahen sie nicht, sondern hörten allein seine Stimme.

Sie schluckte trocken und nickte. „Was willst du?"

Wieder lachte der Gott. „Im Moment reicht es mir, dich wissen zu lassen, dass ich den besten Weg entdeckt habe, dich in die Knie zu zwingen, Anarchie."

Lucien erschauderte. „Mein König, sie ist …"

„Still, Tod. Erneut hast du deine Aufgabe nicht erfüllt. Und ich habe genug gewartet. Töte sie. Auf der Stelle."

Lucien richtete seinen Blick auf Anya. Seine Muskeln waren extrem angespannt. Von ihm ging keine Wärme mehr aus, nur noch eiskalte Entschlossenheit.

Weder wollte Anya sterben, noch wollte sie, dass Lucien ihretwegen bestraft wurde. Wenn sie sich nur von ihm ferngehalten hätte, wäre das alles nicht geschehen. Alles wäre noch in bester Ordnung. Doch sie hätte nie diese Küsse, diese Berührungen … diese Liebe erfahren.

Nein, sie durfte ihn nicht lieben. Die Liebe würde sie zerstören. Durch sie würde sie wieder eine Gefangene sein. *Gib Cronus einfach den Schlüssel.*

Ich kann es nicht tun. Alles würde sie dann verlieren: ihre Unabhängigkeit, ihre Kräfte, ihre Erinnerungen. Vielleicht würde sie sogar vergessen, unter welchem Fluch sie stand, aus Versehen mit irgendjemandem schlafen und daraufhin an diesen Mann für eine Ewigkeit gebunden sein. Götter, was sollte sie nur tun?

„Ich kann sie nicht verletzen.“ Stolz hob Lucien das Kinn. Aber seiner Stimme hörte sie an, wie schwer es ihm fiel, diesen Satz auszusprechen.

„Das habe ich mir gedacht. Ich kann es nicht glauben, dass die Griechen dir einmal ihren Schutz angetragen haben.“ Die Stille war unerträglich. „Höre, mit jedem Tag, an dem ich den Schlüssel von dir nicht erhalte, sollst du schwächer werden.“

„Was?“ Anya holte tief Luft.

„Zuerst habe ich noch geglaubt, dass die Liebe dieses Kriegers zu seinen Freunden ihn dazu bringen würde, mir zu gehorchen. Aber jetzt weiß ich es besser. Die ganze Zeit warst du es Anya, die eine Aufforderung brauchte.“

Anya zuckte zusammen, als sie direkt angesprochen wurde und rang nach einer passenden Antwort, während sie spürte, wie die Angst in ihr hochkroch. „Cronus ...“

„Ich habe gesehen, wie du mit ihm umgehst. Er ist für dich kein Spielzeug, so wie du versucht hast, mir weiß zu machen. Dir liegt etwas an ihm. Und nun musst du dich entscheiden, was dir wichtiger ist: er oder der Schlüssel.“ Cronus lachte, als habe er den Sieg schon errungen. „Hörst du die Uhr ticken? Ich höre es.“

Dann war da nur noch Stille.

Cronus war verschwunden, das wusste Anya, denn das leise Dröhnen der Macht, das ihn immer begleitete, war abgeebbt. Es fiel ihr schwer zu atmen. Sie hatte das Gefühl, keine Luft mehr zu bekommen. Lucien verlieren? Niemals!

„Sag nichts“, murmelte Lucien. Er schaute sie dabei nicht an. „Es ist jetzt wichtiger denn je, dass wir diese Artefakte finden. Durch sie können wir die Macht erringen. Wir werden jetzt die nötigen Sachen für die Reise zusammensuchen und uns dann auf den Weg machen.“

„Aber ...“

Er ging einfach und ließ sie allein in der Bibliothek zurück.

Oh, Götter. Was sollte sie nur tun?

16. Kapitel

Was zum Teufel sollte er nur tun?

Er liebte Anya. Das gestand sich Lucien nun ein. Er wusste es tief in seinem Inneren und konnte es nicht länger verleugnen. Er liebte sie. Er war nicht in der Lage gewesen, sie zu töten, und er konnte den Gedanken nicht ertragen, dass sie an Cronus gebunden sei, dass er sie jederzeit aufspüren können sollte. Genauso wenig wollte er zulassen, dass sie schwach und machtlos war. Sie war ihm inzwischen wichtiger geworden als sein eigenes Leben.

Sie hatte Spaß am Stehlen, log häufig, konnte jemanden umbringen, ohne Gewissensbisse zu bekommen. Auf ihren Kopf war eine Prämie ausgesetzt, sie konnte niemanden richtig lieben, und dennoch schätzte er sie mehr als er Mariah jemals geliebt hatte. Nie hätte er gedacht, dass dies möglich war. Aber mit Anya zusammen ergab er ein Ganzes, sie war seine zweite Hälfte. Sie gab ihm das Gefühl, ein vollständiger Mensch zu sein, eher wie ein sterblicher Mann als ein Dämon. Und darüber hinaus fühlte er sich an ihrer Seite attraktiv.

Sie gab ihm einen Grund, für den es sich zu leben lohnte. Mit ihr zusammen vergaß er seinen Schmerz, seine Vergangenheit, und wenn sie ihn küsste, seine Unsicherheit. Ihr Sinn für Humor amüsierte ihn, und das, was sie tat, faszinierte ihn. Einfach in ihrer Nähe zu sein, bereitete ihm mehr Vergnügen, als mit einer x-beliebigen Frau zu schlafen.

Es gab jetzt nur einen einzigen Weg, sie zu retten. Er musste so schnell wie möglich ein Artefakt finden und darauf hoffen, dass Cronus es dringender besitzen wollte als Anyas Schlüssel. Nur zu gern würde er das Artefakt gegen Anyas Leben tauschen, die Büchse der Pandora spielte da schon gar keine Rolle mehr.

Es wurde ihm jetzt klar, dass es für ihn überhaupt nicht mehr infrage kam, dass Anya den Schlüssel aufgab. Sie würde ihre Kräfte verlieren, ihre Erinnerung und die Freiheit, ohne die sie nicht leben konnte. Ihr Leben? Ohne die Fähigkeit, sich an andere Orte zu teleportieren, würde sie allen Angriffen gegenüber hilflos ausgeliefert sein. Dann wäre sie schutzlos, säße in der Falle. Wenn ein Mann sie bedrohte und in sie eindringen wollte, dann würde sie nicht mehr fliehen oder einfach verschwinden können, um sich zu retten.

Mit einem Schrei schlug Lucien seine Faust gegen die Wand des Schlafzimmers, in dem sie genächtigt hatten. Dieses Schlafzimmer hatte er mit Anya geteilt, mit der schönen, mutigen und vor Energie sprühenden Anya. Unter seiner Hand fiel der Putz von der Wand, Blut quoll aus einer Wunde.

Anya war die Frau, die sich nicht von seinen Narben abschrecken ließ und hinter die Fassade sah. Wenn sie bei ihm war, hatte er das Gefühl, er könnte die Welt erobern, und dieses Gefühl wollte er nicht mehr missen. Als er sie in den Armen gehalten hatte, war das eine Erfahrung, der nichts in seinem Leben glich. Nicht annähernd etwas Ähnliches hatte er jemals erlebt.

Lucien fuhr sich mit der schmerzenden Hand über das Gesicht. Sie tat weh? Tatsächlich. Und die Wunde war auch noch nicht verheilt. Um die Gelenke herum wurde die Haut grün und blau.

Du wirst schwächer, hatte ihn Cronus gewarnt.

Er lachte bitter. Egal, wie er sich entscheiden würde, *auf alle Fälle* würde er schwächer werden.

„Wir finden es schon“, beruhigte ihn Anya leise.

Sofort drehte er sich um. Dort stand sie, im Türrahmen, ganz in Weiß. Sie trug einen dicken weißen Pelzmantel und hautenge weiße Hosen. Ihre grandiosen Beine steckten in weißen Pelzstiefeln. Ihre hellen Haare fielen ihr über die Schultern bis auf die Brüste. Sein Herz schlug schneller.

Sie hielt einige weiße Kleidungsstücke in der Hand. „Du hast schon gewusst, dass mich Cronus gestern aufgesucht hat. Nun, du hattest recht. Er hatte mich bedroht, das war der Grund, warum ich so gemein zu dir war. Ich wollte nicht, dass er erfährt, dass ich … dass ich …“ Sie schluckte.

„Ich liebe dich, Anya“, gestand er widerwillig. „Ich liebe dich, und ich kann dich … ich werde dir nichts antun. Verstehst du?“

Sie sah ihn ungläubig an und ließ den Stapel Kleidung fallen. „Lucien … ich …“

„Du musst jetzt nichts sagen. Ich habe dich besser kennengelernt,

Anya. Du bist wild und brauchst deine Freiheit. Die Idee, einen Mann zu lieben, scheint dich unglaublich zu ängstigen."

Sie schaute auf ihre Schuhe. Zum ersten Mal in ihrem Leben hasste sie sich nicht dafür.

Lucien freute sich darüber. Er wünschte sich, dass sie alles das tat, was ihr einfiel, mit ihm zusammen. Und sei es, dass sie ihre Füße betrachtete.

„Was ich für dich empfinde, habe ich bisher für noch keinen Mann empfunden", sagte sie leise. „Am glücklichsten bin ich, wenn ich mit dir zusammen sein kann. Warum hätte ich mich sonst von dir nicht abschütteln lassen, wenn du doch die Macht hattest, mich umzubringen? Aber Liebster …" Sie schluckte schon wieder und schüttelte den Kopf. „Ich habe mein ganzes Leben lang versucht, mir die Männer vom Hals zu halten. Aber irgendwie hast du es geschafft, dass es mir bei dir nicht gelingt. Du bist mir sehr nahe gekommen, aber ich *kann* dich einfach nicht lieben." Den letzten Satz brachte sie gequält hervor.

„Ich weiß." Es war Lucien klar, dass sie sich gezwungen fühlen würde, ihre Freiheit aufzugeben, wenn sie zugab, ihn zu lieben. Darum wollte er sie nicht bitten. Jedenfalls noch nicht.

„Ich bin lange allein gewesen." Sie lachte auf. „Und du weißt so gut wie ich, wie das ist. Ich kann mein Leben nicht in die Hände eines anderen Menschen legen."

„Das weiß ich", wiederholte er.

„Ich werde … du weißt, dass ich dir nicht weh tun möchte. Ich brauche nur Zeit, um nachzudenken."

Wenn es nach Cronus ging, dann hatte Lucien nicht mehr viel Zeit. *Bald. Die Uhr tickt.* Lucien würde so lange nach Hydra suchen, bis er sie fand. Wenn ihm das nicht gelang, dann würde er auch das Artefakt nicht finden. Er würde sein Schicksal nicht ändern können, sah er jetzt ein. Um ehrlich zu sein, hatte er sich schon damit abgefunden. Weder konnte er Anya etwas zuleide tun noch konnte er zulassen, dass Cronus den Schlüssel bekam. Wenn er sterben musste, um sie zu retten, dann würde er sterben.

Er liebte Anya so sehr, dass er bereit war, für sie sein Leben zu opfern. Ohne Wenn und Aber.

Obwohl er sich nicht für Mariah hatte opfern brauchen, hätte er es bereitwillig getan. Seit vielen Jahrhunderten hatte er darüber gebrütet. Bis jetzt, denn nun war er froh, dass er nicht um Mariahs willen hatte sterben müssen und am Leben war. Für *Anya* würde er leben und sterben. Nie mehr würde ihm leid tun, was in der Vergangenheit geschehen war. Aber er würde nicht wieder tausend Jahre warten und sich nach etwas sehnen, dass er nicht haben konnte.

So lange wie es ging, würde er mit Anya zusammen sein und ihre gemeinsame Zeit genießen.

„Warum fühle ich mich schuldig?", flüsterte Anya. Er spürte, dass sie sich wegen etwas schämte. „Sollte ich Cronus vielleicht doch den Schlüssel einfach geben?"

Es gab nur eine Erklärung: Sie liebte ihn auch. Sein Herz klopfte vor Freude und vor Stolz. Es reichte ihm zu wissen, dass sie ihn ebenfalls liebte, auch wenn sie es nicht aussprechen konnte. „Das wirst du nicht tun. Versprich mir das. Versprich mir, dass du ihm den Schlüssel nie geben wirst."

In ihren Augen standen glitzernde Tränen. Minutenlang herrschte angespannte Stille.

„Versprich es mir Anya. Sonst habe ich keine Ruhe."

Unter ihren dichten schwarzen Wimpern, die ihre eisblauen Augen bekränzten, sah sie ihn an. Sie warfen einen Schatten auf ihre Wangen. Oder war es ihre Aufgewühltheit? Schließlich sagte sie: „Ich verspreche es." Ihr Lachen, das dann folgte, klang falsch. „Toll, jetzt habe ich ein noch schlechteres Gewissen."

Er streckte seine Hand aus und ließ eine seidige Strähne durch seine Finger gleiten. „Das musst du aber nicht."

„Was soll ich denn sonst machen?" Sie hielt die Tränen zurück.

„Komm her." Sanft zog er an der Strähne.

Als sie auf ihn zuging, fiel ihr Blick auf seine Hand. Sie nahm sein Handgelenk und drehte es um. Anya runzelte die Stirn. „Du hast dir weh getan."

„Es ist nur ein kleiner Kratzer, weiter nichts."

Sie hob seine Hand an ihre Lippen und küsste ihn zärtlich, direkt auf die Wunde. „Mein armer Schatz. Ich will nicht, dass du dir weh tust."

Sofort fuhr ein Blitz durch seinen Körper, und in ihm erwachte die Hitze und der Hunger. *Oh ja, wie sehr er diese Frau liebte.* Er fuhr mit der Fingerspitze die Schatten unter ihren Augen nach. Dann trafen sich ihre Blicke. „Wenn es jemand verlangt, würde ich mich für dich in Stücke hacken lassen."

„Glaubst du, er wird es tun? Kann er das? Glaubst du, dass du schwächer wirst?" Ihre Stimme klang sehr traurig. Aber beide wussten, wie die Antwort auf diese Frage lautete. „Du bist doch so stark. So aktiv."

„Es wird mir nichts passieren", log er.

„Vielleicht sollte ich, ich weiß es nicht, mal mit Cronus reden?"

Unerbittlich schüttelte Lucien den Kopf. „Das wirst du bleiben lassen. Das könnte die Sache nur noch schlimmer machen."

Die Trauer stand ihr ins Gesicht geschrieben. Plötzlich sah ihre wunderschöne Haut fahl aus. Sie schwieg.

„Ich sage dir: Wir werden das Artefakt finden."

„Kommt ihr jetzt?", rief William offensichtlich irritiert.

„Eine Minute noch!", rief Anya, ohne dabei Lucien aus den Augen zu lassen. „Du musst dir etwas anziehen. Sonst verwandelst du dich da oben noch in ein Eis am Stiel."

„Nein, kein zweites Mal." Für einen langen Atemzug betrachtete er sie eingehend. Jede Einzelheit wollte er sich merken, alles sollte in seinem Gehirn eingebrannt sein. Währenddessen streichelte sie seine Wange. Es war offensichtlich, dass auch sie diesen Raum nicht verlassen wollte.

„Ich habe deine Sachen dort auf den Boden gelegt."

Er lachte in sich hinein. „Ich weiß. Ich habe gesehen, wie du alles auf den Teppich geschmissen hast." Sanft küsste er sie. „Ich bin gleich unten."

„Zuckerschnecke, ich …"

„Sag nichts mehr, Liebes. Wir werden einen Weg finden."

Ihr rann eine Träne über die Wange. „Liebes. Du hast mich Liebes genannt." Ohne seine Antwort abzuwarten, verschwand sie.

Aber ihm war, als sei sie nicht besonders weit weg, denn er nahm noch ihren Duft nach Erdbeeren wahr. Ihr Blick brannte noch auf seiner Haut. Die Haut auf seiner Brust kitzelte, als hätte sie dort ein X eingeritzt.

William schmollte und wollte nicht zulassen, dass Lucien sie beide teleportierte. Stattdessen konnte er sich durchsetzen und hatte einen

Hubschrauber bestellt, der sie an die Küste Grönlands brachte, wo das Land in das ewige Eis überging und viele Menschen einsam und allein auf Expeditionen ums Leben gekommen waren.

Diese fliegende Todesfalle konnte sie nicht nördlicher bringen, worüber Lucien sehr froh war. Weil die Luft so eisigkalt war, stotterte die Maschine die ganze Zeit. Er hatte Angst, sie würde im Flug einfrieren.

Lucien hätte sich hinausportieren können, bevor der Helikopter auf dem Eis aufsetzte und möglicherweise abstürzte. Aber dieser Gedanke störte ihn gar nicht so sehr. Was ihn störte, war der Gedanke, dass er von jemandem abhängig war. Ihn störte, dass er das Gefühl hatte, sein Mageninhalt würde sich gleich selbstständig machen. Ihn störte, dass Anyas letztes Bild von ihm möglicherweise war, wie er sich vorgebeugt übergab.

Am liebsten hätte er den schneebedeckten Boden geküsst, sobald er endlich aus der Maschine steigen durfte. Es standen schon drei Kettenfahrzeuge mit Wasser- und Nahrungsreserven bereit. Offensichtlich hatte sich William um alles Nötige gekümmert.

Als sie die Raupen bestiegen, überkam ihn ein übermächtiges Gefühl der Einsamkeit, das seine Furcht vor Kontrollverlust verdrängte. Um ihn herum befand sich ein Ozean aus Schnee. Die Landschaft war wunderschön, extrem ästhetisch, aber ebenso tödlich. Ob sich so ein Dämon im Innern der Büchse der Pandora fühlte? Nur herrschte dort wahrscheinlich statt des weißen Schnees ewige Dunkelheit.

„Wir können das Zeug dorthin teleportieren, wo wir es brauchen.“ Anya sah missmutig auf den Rucksack hinter ihr. Ihr Atem bildete vor ihrem Gesicht eine Wolke. „Ich sehe nicht ein, warum wir das ganze Gewicht mit uns herumschleppen, und jedes Mal, wenn wir über einen Eisklumpen fahren, einen blauen Fleck am Hintern abholen müssen.“

„Stimmt.“

„Ich finde das nicht“, meckerte William herum. „Und offensichtlich braucht ihr mich, also machen wir es so, wie ich will, oder ihr lasst es gleich bleiben.“

Anya regte William auf, worüber Lucien grinsen musste. Sie zeigte wieder ihre alte Lebensfreude, das war viel besser, als die gebrochene Frau, die ihn vor kurzem im Schlafzimmer alleine hatte stehen lassen.

Der Wind war eisigkalt und schnitt durch seinen Thermoanzug bis auf die Knochen. Lucien spürte die Kälte, als würde ihm das Blut in den Adern gefrieren, nachdem jemand einen eisigen Hauch in seine Blutbahn geblasen hätte.

„Wir müssen auf den höchsten Gipfel", erklärte er William. Bevor sie das Haus verließen, hatte Lucien den Anrufbeantworter seines Mobiltelefons abgehört. Natürlich hatte Torin versucht, ihn zu erreichen, während er und Anya ... Der Krieger hatte ihm die Nachricht hinterlassen, dass er und Ashlyn über die Arktis Erkundigungen eingeholt hätten. Weder die Hydra noch ein anderes Ungeheuer sei in letzter Zeit in der Gegend gesichtet worden, wenn man nach den Unterlagen ging. Offensichtlich reisten nur wenige Menschen so weit in den Norden. Am besten sollte er in der gefährlichsten Ecke der Arktis suchen, hatte ihm Torin geraten. Je weniger Menschen sich dort aufhielten, desto besser war dieses Versteck für eine Kreatur wie Hydra geeignet.

„Seht ihr dort? Das wäre der höchste Berg." William deutete voraus. „Und versuche ja nicht, dich zu portieren und mich unten zu lassen. Ohne mich habt ihr keine Chance, bis zum Gipfel zu kommen, denn ich habe kleine Überraschungen für ungebetene Gäste auf dem Weg hinterlassen." Er hielt inne und neigte den Kopf. „Eigentlich kannst du dir das Teleportieren ganz und gar aus dem Kopf schlagen. Basta. Vielleicht hätte ich es dir früher sagen sollten, aber diese Teleportiererei irritiert mich. Ich kann es nicht, und es nervt."

„Woher willst du wissen, dass du nicht teleportiert werden kannst?"

„Vertrau mir. Wenn jemand versucht, mich mit ihm gemeinsam zu teleportieren, dann werden wir beide verletzt. Ich habe leider den Fehler begangen, mich in Heras Leben einzumischen, also hat Zeus dafür gesorgt, dass keine Göttin mich irgendwohin portieren kann, um mich in Sicherheit zu bringen. Eifersüchtige Ehemänner sind so dumm. Aber dann hat Hera herausgefunden, dass ich mich auch mit anderen Göttinnen vergnügt hatte, und im nächsten Moment fand ich mich in der Zelle neben Anyas im Knast wieder. Es gibt Frauen, die machen mehr Ärger als nötig." William setzte sich einen Sturzhelm auf und bedeutete den anderen, sie sollten ihre auch aufsetzen.

Lucien nahm Anyas aus ihrer Hand und untersuchte ihn gründlich, bevor er ihr ihn wiedergab. Sie lächelte ihn kurz an, während sie ihn aufsetzte. Luciens Nase und seine Lunge brannten. Plötzlich nahm er Anyas Atmung wahr, erst dann erkannte er, dass die Sturzhelme mit Mikros und Köpfhörern ausgestattet waren, damit sie sich während der Fahrt unterhalten konnten. Manchmal konnte die Technologie der Menschen doch ein Segen sein.

„Das macht Spaß." Anya sah ihn an.

Ihre Stimme klang durch den Kopfhörer so klar, als würde sie direkt in sein Ohr sprechen. Ihm wurde heiß.

William startete sein Schneefahrzeug und fuhr voraus, Lucien und Anya blieben dicht hinter ihm.

„Vielleicht sollte ich euch jetzt mal erzählen, dass eine Gruppe Männer den Polarkreis vor etwa … drei Tagen betreten hat", informierte sie William über die Hörer. „Und ich hatte nicht das Gefühl, dass sie mich gesucht haben."

Lucien wusste, dass William nun hämisch grinste, ohne dass er ihn ansehen musste. „Woher willst du das wissen?"

„Es waren Menschen. Und Menschenfrauen rühre ich nicht an."

„Könnten es Jäger gewesen sein?"

Lucien bildete sich ein, durch das Visier sehen zu können, dass Anyas Augen vor Neugierde leuchteten. „Wahrscheinlich." Aber wie hatten sie erfahren, wo sie suchen sollten? Vor ihrem Treffen im Tempel hatten die Jäger sich beschwert, dass sie bei ihrer Suche nicht vorankamen.

Vielleicht sorgte Cronus dafür, dass sie die Informationen bekamen, überlegte Lucien. Wütend kniff er die Augen zusammen. Das würde Sinn ergeben – und das bedeutete nichts Gutes für die Krieger. „Wo befinden sie sich jetzt?", fragte er.

William zuckte die Schultern. „Vielleicht sind sie tot, vielleicht sind sie in den Bergen."

„Ich dachte, du würdest die Gegend hier beobachten, um den eifersüchtigen Ehemännern zu entgehen?", fragte Anya. „Dann solltest du das doch wissen."

„Vielleicht haben sie an meinen Kameras herumgepfuscht."

Vielleicht. Vielleicht. Vielleicht.

Anya beugte sich nach unten, sofort wollte Lucien sie auffangen, aber sie hielt die Balance, und nahm eine Handvoll Schnee vom Boden auf, um William damit zu bewerfen. Die Klumpen trafen den Krieger in den Rücken. „Deine Einstellung passt mir nicht. So bekommst du dein Buch nicht wieder zurück."

William fuhr weiter geradeaus, ohne sich umzudrehen. Wahrscheinlich hatte er das Gefühl, er verdiene die Strafe. Schnee und Eis wirbelten hinter seinen Schneeketten auf und sorgten dafür, dass die beiden anderen schlecht sehen konnten. Er saß sehr gerade und steif auf seinem Mobil, als erwarte er, jeden Moment angegriffen zu werden.

Irgendwas stimmte hier nicht. Lucien konnte nicht mit Gewissheit sagen, was es war, sondern nur raten. Aber es sah nicht gut aus …

Die Zeit verging nur langsam, während Anya das Gefühl hatte, die Zeit ränne ihr durch die Finger. Außerdem hatte sie Schmerzen. Ihr Rücken tat unglaublich weh, weil die schwere Tasche mit der Ausrüstung auf dem Gepäckträger des vierrädrigen Mobils wie erwartet gegen ihren Rücken schlug. Götter, wie sie das hasste! Sie hasste es, dass sie nicht wusste, wie es weiterging, und dass sie die Lage nicht überblicken konnte. Alles, was sie wusste, war, dass Lucien das Beste war, was ihr jemals passiert war. Und sie war sich sicher, dass William etwas vor ihr verbarg. Es ging ihr nicht gut damit.

Und falls … Lucien wirklich mit der Zeit schwächer werden sollte – was an mir liegt, dachte sie schuldbewusst – dann würde er nicht in der Lage sein, gegen Hydra zu kämpfen, auch wenn sie sie fanden. Er wäre einer großen Gefahr ausgesetzt. Es gab so viele Unwägbarkeiten. Aber Anya konnte den Gedanken nicht verdrängen, was wäre, wenn Lucien verletzt würde. Er liebte sie. Und das gab er unumwunden zu. Es war ihm ernst mit ihr. Wenn er ihr seine Liebe gestand, sprachen Zärtlichkeit und Freude aus seinen Worten, die ihr Herz und ihre Seele wärmten. Er liebte sie so, wie sie war und nicht ein Wunschbild, wie er sich eine Frau vorstellte.

Sie mussten Hydra finden, es führte kein Weg daran vorbei. Anya hatte sich früher überlegt, dass sie die Artefakte brauchte, um damit um ihr eigenes Leben feilschen zu können. Aber mittlerweile hatte sie umgedacht: Das könnte sie Lucien nicht antun. Stattdessen würde sie die Artefakte als Tauschobjekt für *sein* Leben benutzen.

Natürlich würde Cronus weiter versuchen, sie zu jagen, denn er würde den Schlüssel immer noch haben wollen. Es sei denn, sie würde ihn töten, was eigentlich eine ganz gute Idee war. Vielleicht sollte sie es einfach versuchen, überlegte sie und spitzte die Lippen. Wer war denn besser geeignet, den König der Götter zu töten als die Anarchie?

Lucien würde böse werden, wenn er gewusst hätte, was sie überlegte. Sicherlich wollte er nicht, dass sie sich in Gefahr brachte, auch wenn es zu seinem Besten sein würde. Zu *ihrem* Besten. Aber lieber würde sie es aushalten, dass er auf sie wütend war, als mit anzusehen, wie er langsam und qualvoll starb.

Das klingt schon ein wenig nach Liebe.

Anya verdrängte diesen Gedanken, bevor er in ihrem Kopf mehr Raum einnehmen konnte. Wenn sie sich eingestehen würde, dass sie ihn liebte, dann gäbe es kein Zurück mehr, sie würde mit ihm aus Liebe schlafen wollen. Schon jetzt war sie kurz davor nachzugeben. Aber wenn sie nachgab, würde sie auch die Konsequenzen tragen müssen. Wenn sie sich an ihn band, und er starb tatsächlich, dann war sie dennoch an ihn gebunden. Gebunden an einen Toten und belastet mit Trauer in alle Ewigkeit. Und noch nicht einmal der allmächtige Schlüssel würde sie aus diesem Bund erlösen können.

Ihr wurde übel, alles fühlte sich taub an. Nein. Niemals. *Er wird nicht sterben. Du darfst so nicht denken. Du wirst alles unternehmen, was in deiner Macht steht, um ihn zu retten.* Aber dennoch, so fürchtete Anya, würde sie in alle Ewigkeit trauern.

Sie wollte den Arm ausstrecken und seine Hand berühren. Sie wollte sofort von ihrem Schneescooter springen und sich auf seinen Schoß setzen, um zu spüren, wie er sie in den Arm nahm und festhielt. Aber sie konnte das leider nicht tun, der Zeitpunkt war nicht der richtige, denn es stand zu viel auf dem Spiel.

Später, nahm sie sich vor.

Während sie durch den Schnee glitten, fanden sie keinen Hinweis darauf, dass Menschen vor Ort gewesen waren. Es gab weder Ketten- noch Fußspuren. Vielleicht waren die Jäger schon wieder zurückgefahren. Man durfte sich doch wohl noch Hoffnungen machen? Sie wollte nicht, dass Jäger auch nur in die Nähe von Lucien kamen.

„Da vorn sind Fallen aufgestellt“, sagte William plötzlich. „Fahrt hinter mir her und kommt auf keinen Fall vom Weg ab.“

Anya und Lucien drosselten ihre Geschwindigkeit und ordneten sich hinter dem Krieger ein, um in einer Spur zu fahren. Anya fuhr in der Mitte, Lucien hinter ihr. Ihr Beschützer.

„Woher weißt du das?“, fragte sie.

„Ich habe sie aufgestellt. Man muss sich schützen, wenn Unsterbliche ständig versuchen, einem aufzulauern.“

Vielleicht waren die Jäger ja gar nicht zurückgefahren? Vielleicht waren sie in den Fallen umgekommen? „Und gibt es sonst noch hübsche Überraschungen für uns hier draußen?“

„Oh, ja.“ Aber weiter sagte William nichts.

„Und die wären?“, wollte Lucien wissen.

Anya hörte den angespannten Unterton in seiner Stimme. *Er macht sich um mich Sorgen, der Gute.* Wieder wollte sie sich sofort in seine Arme werfen.

„Bomben, giftige Beeren, Höhlen im Eis. Ihr wisst schon, alles, was in einem schlechten Agenten-Thriller vorkommt.“

„Nett.“ Anyas schiefes Lächeln erstarb, als ihr ein neuer Gedanke kam. *Was ist, wenn die Jäger für* uns *Fallen aufgestellt haben?*

17. Kapitel

Drei Tage später entdeckten sie die Jäger mitten in den Bergen.

Lucien hätte sich darüber freuen sollen, denn nichts mochte er lieber, als diese Fanatiker zu töten, die von ihren Wahnideen nicht abließen. Doch – Anya mochte er noch lieber, natürlich. Er schätzte sie mehr als einen anständigen Kampf. Doch war er dieses Mal nicht glücklich darüber, eine Gelegenheit zum Kampf zu haben. Er spürte nicht die vertraute Erregung, denn er fühlte sich schwach und wurde immer schwächer.

In diesem Moment war er sich nicht sicher, ob er es überhaupt mit einer Maus aufnehmen könnte, ganz zu schweigen mit einem wild entschlossenen Jäger.

Er wusste, dass er schwächer werden würde, aber er hatte nicht zu einem so frühen Zeitpunkt damit gerechnet. Wenn die Tage nicht so anstrengend und die Nächte nicht so kalt gewesen wären, wäre er vielleicht noch stärker gewesen. Aber den Tag zuvor hatten sie die Fahrzeuge stehen lassen müssen, weil der Weg zu steil geworden war. Nun benutzten sie Steigeisen und Eispickel und stiegen Stück für Stück aufwärts, kamen langsam voran und machten nur Pausen, wenn es nicht anders ging. Sie aßen nur eine Mahlzeit am Tag. Mehr brauchten sie nicht. Die Dosensuppen konnten sie kaum richtig heiß machen. Anya hätte sich einfach wegportieren können, aber Lucien vermutete, dass sie ihn nicht allein lassen wollte.

Jeden Tag vor Einbruch der Dunkelheit schlugen sie ihr Zelt auf und machten ein Feuer, an dem sie sich wärmten. Lucien schlief nicht, sondern blieb die ganze Nacht auf, um Anya zu bewachen. Er genoss jeden einzelnen Moment mit ihr. Weil er spürte, dass seine Tage gezählt waren, versäumte er keine Sekunde, die er mit ihr zusammen sein konnte. Er liebte das Gefühl, sie in seinen Armen zu halten und ihren Erdbeerduft einzusaugen. Sowohl William – das war die schlechte Nachricht – als auch Anya – das war die gute – schien es hervorragend zu gehen, aber er selbst konnte kaum noch seinen Rucksack tragen.

So wie jetzt.

Er spürte plötzlich Anyas Arm um seine Taille, der ihn stützte. „Alles wird gut, wenn wir erstmal oben sind, du wirst schon sehen", versicherte sie ihm.

Panik stieg in ihm auf. Vor lauter Schwäche konnte er sich nicht mehr teleportieren. Sein Dämon hatte einige Male versucht, ihn in die Geisterwelt zu entführen, aber er hatte es nicht geschafft und nörgelte jetzt ständig herum. Der Tod versuchte, seine Aufmerksamkeit auf sich zu lenken und machte ihn damit wahnsinnig.

Ohne ihn konnte der Dämon nicht die Seelen begleiten, denn die beiden waren untrennbar miteinander verbunden. Ohne den einen konnte der andere nicht überleben. Eigentlich konnte der Tod allein überleben, aber nicht, ohne dass es negative Konsequenzen für ihn hatte, wie Lucien schon versucht hatte, Cronus klarzumachen.

Mit der Schuhspitze blieb Lucien hinter einen Eisblock hängen und geriet ins Straucheln. Das war ihm inzwischen schon häufiger passiert. Anya verstärkte ihren Griff, und schnell konnte sich Lucien wieder aufrichten. Verdammt. Cronus hatte nicht übertrieben! Wenn es so weiterging, würde er die nächste Woche nicht lebend überstehen.

„Vielleicht sollten wir ihn hier zurücklassen und allein weitergehen", schlug William vor.

„Nein!", riefen er und Anya gleichzeitig. Lucien wollte nicht, dass Anya ohne ihn weiterging, denn er traute William immer noch nicht über den Weg.

„Tod, wegen dir sind wir so langsam", stellte William trocken fest. „Ich hätte große Lust, einfach nach Hause zu meinen Blutsaugern zu gehen und endlich mein Buch zu lesen."

Tod hatte ihn der Krieger genannt. Weder er selbst noch Anya hatten William erzählt, dass er vom Todes-Dämon besessen war, nur, dass der Dämon Anya verfolgte. Woher wusste er das?

„Lass ihn einfach in Ruhe", sagte Anya forsch. Sie hielt an und zwang William damit, dasselbe zu tun. Wütend setzte sie zu einer Schimpftirade an und schlug vor, dem Krieger einen Lockenstab rektal einzuführen und ihn auf die höchste Heizstufe zu schalten.

Lucien vermutete, dass sie das tat, um ihm einen Moment Verschnaufpause zu gönnen. Während er nach Luft rang, suchte er Halt an einem Eisvorsprung. Er hasste es einfach, dass er in dieser Situation zu schwach war, seine Frau zu beschützen. Er …

… schaute auf den Boden und entdeckte dort Fußspuren.

Seine Muskeln waren plötzlich aufs Äußerste gespannt. „Anya, sei still."

Sie drehte sich zu ihm um und sah ihn wütend an. So hatte er seit Tagen nicht mehr mit ihr gesprochen. In der letzten Zeit war er mit ihr äußerst umsichtig und liebevoll umgegangen. Er hatte sie wie ein rohes Ei behandelt, wie seinen größten Schatz. Das war sie auch, aber ihre Sicherheit lag ihm mehr am Herzen als alles andere. Jetzt konnte er keine Rücksicht auf ihre Gefühle nehmen.

„Hast du mir gerade …"

„Jäger." Er deutete auf den Boden und zog einen Dolch aus dem Gürtel.

Sowohl Anya als auch William stellten sich zu ihm und schauten auf den verschneiten Grund.

„Die Spuren hören genau vor dieser Bergwand auf." Anya runzelte die Stirn und beugte sich hinunter, um das Profil im Boden mit der Fingerspitze nachzufahren. „Aber es gibt keine Spuren, die von ihr wegführen. Das ist seltsam. Das kann gar nicht sein."

„Sie hätten eigentlich nicht so weit kommen dürfen." Auch William schaute irritiert drein.

Mit einer schnellen Bewegung zog Lucien einen weiteren Dolch aus seinem Stiefelschaft. Fast ließ er ihn fallen, so schwer erschien er ihm.

„Es gibt keine andere Möglichkeit. Es muss einen Weg geben, der ins Innere des Bergs führt. Eine unsichtbare Tür vielleicht." Anya stand wieder auf und befühlte mit ihren Handschuhen die Bergwand nach einer verborgenen Öffnung.

Ihre Art, nicht vor einer Gefahr zu fliehen, sondern sich ihr sofort zu stellen, gefiel Lucien. Dennoch machte ihm diese Eigenart auch Angst. Diese Frau sollte doch umsorgt werden. Umsorgt, angebetet und beschützt. Sie sollte um nichts kämpfen müssen. Was auch immer sie haben wollte, sollte sie bekommen.

„Ich hab es!" Grinsend drückte sie auf ein kristallklares Stück Eis auf ihrer linken Seite und schon schob sich eine Wand zur Seite. Dahinter lag ein dunkler Gang.

„Wie kann das sein, davon wusste ich gar nichts!" William schüttelte den Kopf. „Ich weiß, dass Menschen jenseits des Polarkreises gereist sind, aber ich habe selbst gesehen, wie sie dort umgekommen sind. Oder habe ich mich geirrt? Egal, aber wie konnten sie sich heimlich ein Lager einrichten?“ Aus seinem Mantelärmel glitten silberfarbene Messerklingen, deren Griffe er hastig festhielt. „Ich weiß nicht, wie viele da drin sind, aber ich werde sie alle umbringen. Sie haben nichts Gutes vor, denn sonst hätten sie mich dafür bezahlt, dass ich sie führe.“

„Deine Wut kommt ein bisschen spät“, stellte Anya fest. „Du musst zugeben, dass es eine gute Idee war, hier hinauszufahren, aber du wärst nicht herkommen, wenn ich dir nicht das Buch gestohlen und dich damit erpresst hätte. Du könntest dich bei mir mal bedanken. Ein Strauß Rosen wäre nett.“

William schnaubte. „Ach, egal.“

Anya drehte sich mit einem besorgten Blick zu Lucien um. „Zuckerschnecke, warum wartest du nicht hier? Pass auf, dass niemand hinter uns herkommt. Wir sind gleich zurück und dann …“

Er räusperte sich, während er spürte, dass ihm die Situation immer unangenehmer wurde. Er schämte sich, dass Anya ihm so wenig zutraute … Nein. Das stimmte nicht. Sie machte sich um ihn Sorgen. Sie sah, wie schwach er war und wollte nicht, dass ihm noch etwas passierte.

Lucien wusste, wie schwächlich er war, aber er wollte ihr beweisen, dass er nicht zulassen würde, dass ihr etwas angetan wurde. Er würde keinesfalls auf seinen körperlichen Zustand Rücksicht nehmen.

Er musste es ihr beweisen.

„Ich gehe hinein“, sagte er bestimmt.

„Lucien, du bist …“

„Mir geht es gut. Wirklich.“ Er riss sich seine weiße Mütze vom Kopf und warf sie auf den Boden, denn es durfte ihn nichts behindern, damit er alles sehen und hören konnte. „Wir gehen hinein, William zuerst“, sagte er und übernahm das Kommando. „Dann gehst du, und ich bleibe hinten.“ So war sie von vorn und von hinten geschützt.

Einen Moment lang sah es so aus, als wolle sie diskutieren, aber dann kniff sie die Lippen zusammen und nickte. „Okay.“

„Hast du eine Pistole?“ Er sah sie an.

„Ich habe nur ein paar Dolche.“ Drei hatte sie schon gezückt, ohne dass er es bemerkt hatte. Er war stolz auf sie.

„Gut. Das ist gut.“

Ungeduldig drängte William: „Lasst uns hineingehen. Je länger wir hier draußen warten, desto länger haben sie Zeit, sich auf einen Kampf vorzubereiten.“ Er drehte sich um und betrat den Eingang der Höhle. Jeder Muskel in seinem Körper war gespannt.

Schnell drückte Anya Lucien einen Kuss auf die Lippen und ging William nach. Lucien folgte ihr auf den Fersen. Seine Augen gewöhnten sich schnell an die Dunkelheit. Offensichtlich hatte man die eisigen Wände mit Lehm bestrichen, um diese Düsternis zu erzeugen. Kein einziger Wassertropfen überstand diese Kälte, noch bevor er die Wand hinabgeronnen war, wäre er zu Eis erstarrt. Lucien hörte den Wind pfeifen.

Wind? Nein, es war kein Wind, stellte er lauschend fest. Einen Moment später war ihm klar, dass es Stimmen sein mussten.

„… näher dran, und wir haben schon seit Tagen gesucht“, hörte er einen Mann sagen.

„Der alte Mann hat gesagt, dass es hier sein soll.“

Der alte Mann. Der Mythenforscher?

„Wir sind ganz nah dran, ich habe so ein Gefühl.“ Eine andere Stimme. Dieser Mann klang eindringlicher, entschiedener.

„Wir werden sterben, wenn wir noch länger hierbleiben.“ Da war noch eine weitere Stimme.

Also waren es mindestens drei Jäger.

„Wir können nicht einfach aufgeben.“ Ein vierter und offensichtlich einer, der wütender als die anderen war. „Die Dämonen müssen ausgelöscht werden. Guckt euch doch nur mal an, was sie mit den Menschen in Budapest gemacht haben. Diese Pest hat Hunderte getötet und auch viele von uns.“

„Haben die anderen etwas aus dem Gefangenen herausbekommen?“

Gefangene? Lucien runzelte die Stirn. Wen hatten sie gefangen genommen? Einen Lord? Oder waren es Menschen?

„Nichts. Kein bisschen.“

Die Stimmen kamen näher, denn sie wurden lauter. Die Dunkelheit wich, als sie dorthin kamen, wo weniger Schlamm auf den Wänden lag und es lichter war. Lucien hielt die Schäfte seiner Dolche fester im Griff.

„Verdammt!“, rief jemand. „Was ist denn, wenn es diese Hydra gar nicht gibt? Wenn das nur so ein Mythos ist? Was ist, wenn die blöden Reliquien auch gar nicht existieren? Was, wenn es hier gar nichts gibt und wir den ganzen Weg zu diesem gottverlassenen Ort gemacht haben, um dann nichts zu finden?“

„Red nicht so.“

William hielt an einer Ecke an und hob die Hand. Weil Anya auch stehen blieb, wäre Lucien fast in sie hineingeschlittert. Seine Stiefel waren rutschig und seine Koordination mittlerweile nicht mehr die beste. Ohne sich umzusehen, streckte Anya ihre Arme nach hinten aus und half ihm, wieder festen Boden unter die Füße zu bekommen, ohne ihn mit ihren Klingen zu verletzen.

Lucien spürte, wie er rot wurde, so peinlich war ihm die Situation. Ebenso bemerkte er, wie erregt er war. Wann sie ihn auch immer berührte, wo sie auch waren, in welcher Gefahr sie sich auch befanden, spürte er dieses elektrische Kribbeln im Bauch. Ihm war warm, er fühlte sich lebendig.

„Der Zwangskäfig ist hier“, sagte noch eine weitere Stimme. „Er muss hier sein.“

Der Zwangskäfig. Das Wort hallte in Luciens Kopf wider. Ihm fielen zwei weitere Stichworte ein: *Versklaven. Opfern.*

In den Ruinen hatte ihm einer der Forscher von einem Käfig berichtet, der jeden, der in ihm gefangen war, versklavte.

Anya drehte sich um und warf Lucien einen aufgeregten Blick zu. Wir sind dicht dran!, formte sie mit den Lippen.

Er nickte und schaute zu William hinüber, der finster vor sich hinblickte.

„Wenn wir den Forschern glauben können, dann finden wir die Büchse nicht ohne alle vier Artefakte“, stellte einer der Jäger fest. „Das bedeutet, dass wir uns nicht aus dem Polarkreis fortbewegen, bis wir diesen verdammten Käfig gefunden haben.“

William hob einen Finger.

Lucien war sich nicht sicher was das heißen sollte. Entweder „wartet“ oder „bei drei greifen wir an“. Bisher hatte er nur an der Seite seiner Krieger gekämpft, und mit ihnen war er schon so lange zusammen, dass er gewöhnlich spürte, was die anderen vorhatten.

Als der andere Krieger einen zweiten Finger hob, war Lucien alles klar. Offensichtlich schätzte es William nicht, wenn Menschen in sein

„Gebiet“ eindrangen. Lucien holte tief Luft und bemühte sich, seinem Impuls zu widerstehen und Anya hinter sich zu schieben. Sie würde ihn dafür hassen, wenn er versuchte, sie zurückzuhalten. Darüber hinaus konnte sie sich sehr gut allein gegen Angreifer, gleichgültig welcher Art, verteidigen. Das hatte sie ihm schon häufig genug bewiesen.

Der Soldat in ihm – und auch sein Dämon – kannten ihre Fertigkeiten und waren stolz auf sie. Dennoch konnte der Liebhaber in ihm nicht anders: Er fürchtete um Anyas Wohlergehen.

Drei.

William sprang mit gezückten Dolchen um die Ecke, Anya folgte ihm auf dem Fuße. Luciens Knie gaben fast nach, als er ihr nacheilte. Ja, sie konnte auf sich aufpassen, aber schließlich war er ihr Mann und musste sie beschützen.

Mit einem Schrei warf sich William in die Runde der Männer, und die Jäger schreckten auf. Man hörte, dass Eis knirschte und zerbrach. Jemand rief etwas, und die Männer fluchten, weil sie entdeckt worden waren. Acht Menschen waren es, zählte Lucien, als sie den Raum stürmten.

Geübt erstach William die ersten drei Jäger, einen nach dem anderen, indem er mit geschmeidigen Bewegungen sich geradeaus und zur Seite bewegte wie in einem tödlichen Tanz. Anya wurde zwei los – sie portierte sich zu ihnen hin, einem schnitt sie die Kehle durch, den anderen stach sie ins Herz, noch bevor er erkennen konnte, was geschah.

An Luciens Schulter flog eine Pistolenkugel vorbei, die seine Kleidung und seinen Arm oberflächlich streifte. Lucien versperrte den einzigen Ausgang, der aus dem engen Raum in den Tunnel führte. Als zwei Männer auf ihn zukamen, „Dämon“ schrieen und ihn umrennen wollten, erstach er sie im Handumdrehen. Beide Jäger fielen zu Boden, wo sich schnell um sie herum eine rote Lache bildete.

Jemand schaffte es, einen weiteren Schuss abzufeuern, und dieses Mal verfehlte er Lucien nicht so knapp. Die Kugel landete in seinem Bauch, aber trotz der Schmerzen, die er verspürte, fiel Lucien nicht hin. Er blieb aufrecht stehen. Für Anya.

Mitten im Raum brannte ein Feuer, das eine wohltuende Hitze verströmte. Einer der Jäger ergriff mit seinen dicken Handschuhen einen der brennenden Scheite und bedrohte Anya damit. Sie sprang zur Seite, aber zu spät: Eine Flamme hatte ihren Mantel ergriffen, schnell war das Material verkohlt und die Flamme leckte an ihrer empfindlichen Haut.

Wütend schrie sie auf.

Lucien wurde es rot vor Augen, und er konnte nur noch eines denken: *Töten.* Er ignorierte die Schmerzen in seinem Bauch und sprang vor. *Töten. Töten!* Lucien hielt den Hals des Mannes fest und drehte ihn mit aller Macht um. Er merkte es gar nicht, dass der Jäger auf ihn mit der Fackel einschlug und die Flammen auch seine Kleidung verbrannten.

Nach einem lauten Knacken bewegte sich der Mann nicht mehr. Das Holzstück fiel ihm aus der schlaffen Hand, doch die Flammen zehrten immer noch an Luciens Mantel. Er wollte den Mann wieder und wieder töten. Auch als der leblose Körper schon am Boden lag, stach er immer wieder auf das Herz des Leichnams ein.

„*Meins*", stieß er zwischen zusammengebissenen Zähnen hervor. „Fass nicht an, was mir gehört!"

Mehr. Bring noch mehr um. Lucien wandte sich den Jägern zu, nur stand keiner von ihnen mehr aufrecht, denn alle waren schon tot. Keuchend suchte Lucien William, der sich blutüberströmt über eine der Leichen beugte und dessen Kleidung durchsuchte. *Töten. Töten.*

„Lucien, du brennst!"

Anyas Stimme drang zu ihm durch und unterbrach seinen Blutrausch. Lucien wachte auf. Es ging ihr gut. Nichts war ihr geschehen, sie war am Leben. Er holte tief Luft, um sich zu beruhigen, als er eine zarte Hand auf seiner Schulter spürte. „Ich bin hier, Baby. Schon gut."

Plötzlich gaben seine Knie nach, und alle Kraft wich aus seinem Körper. Schon während er zu Boden ging, spürte er, wie die Kälte in ihm hochkroch.

„Das wird schon wieder, Liebster", murmelte Anya. „Du erholst dich bald. Sag es. Sag mir, dass du dich schon bald erholst."

„Okay." Lucien spürte ein Brennen tief in seinem Innern. Er kannte das Gefühl aus der Zeit, als er sich aus Trauer über Mariah selbst verstümmelt hatte. Damals hatte er geweint, nun lächelte er, denn Anya war bei ihm. Vor seinen Augen wurde es abwechselnd schwarz und rot, bis es schwarz blieb.

„Lucien."

Anya. Seine süße Anya. Ihm wurde klar, dass er sich in ihrer Nähe völlig natürlich geben konnte und sich nicht mehr länger zu verstellen brauchte. Er konnte ganz er selbst sein. Wenn sie in seiner Nähe war, war der Dämon ruhig, und seine eigenen schwarzen Gedanken wichen zurück. Das konnte nur sie, niemand anders hatte das jemals geschafft.

„Mach ruhig die Augen zu, Baby. Ich kümmere mich um alles."

Seine Augen fielen ihm von allein zu. Bleib wach. Du darfst Anya nicht mit William allein lassen.

„Schlaf."

Und wieder einmal konnte er nicht anders und musste ihrem Willen gehorchen.

Anya schaute sich Lucien an, während er schlief.

„Vielleicht wird er die Nacht nicht überstehen." William zuckte unbeteiligt mit den Schultern. Während er das sagte, durchsuchte er weiter die Taschen der Jäger. Wonach, das wusste Anya nicht.

Am liebsten hätte sie sich zu ihm portiert und ihn erstochen. Nur dass sie Lucien nicht von der Seite weichen wollte, rettete William das Leben. „Red nicht so. Er wird sich schon erholen."

„Was stimmt mit ihm eigentlich nicht? Ich denke, er ist unsterblich? Jedes Mal, wenn ich ihn mir anschaue, scheint er schwächer zu werden."

„Cronus, dieser Mistkerl, hat ihn verflucht." Ich verdiene es, langsam und auf schmerzhafte Weise zu sterben, weil ich es soweit habe kommen lassen. Ich sollte sterben, nicht Lucien. Anya schmerzte es, Lucien so zu sehen.

„Warum?"

„Weil der König der Götter nun mal ein Schwein ist, deswegen."

William sah von ihr auf den schlafenden Lucien, dann wieder auf sie. „Nun, an deiner Stelle würde ich zum Chef gehen, und ihn um Gnade anflehen. Sonst wird dein Mann die Radieschen von unten betrachten."

„Ich habe dir gesagt, du sollst nicht so reden." Sie starrte hinunter auf Lucien und erinnerte sich daran, wie er sie immer verteidigt hatte. Alles nur, weil ihr Mantel Feuer gefangen hatte, dabei war sie noch nicht einmal verbrannt worden. Ihr Herz schlug schneller. Er war ihr zu Hilfe gekommen, und sie ließ ihn nun leiden.

Lucien atmete unregelmäßig, seine Haut war verletzt. Was bin ich nur für eine Frau? Scheußlich bin ich. Ich bin diesen Mann und seine ganze Liebe nicht wert. Und? Ich könnte nicht ohne ihn leben.

Sie liebte ihn.

Jetzt. Jetzt konnte sie es sich endlich eingestehen. Er bedeutete ihr alles, und sie wollte keine einzige Minute ohne ihn sein. Es war für Anya unvorstellbar, einmal nicht in seiner Nähe zu sein, denn er bedeutete für sie Freude und Leidenschaft. Er war schwierig und stur, zu ihr war er süß und zärtlich. Er war ein Teil von ihr, das ihr immer gefehlt hatte.

Sie hätte Cronus den Schlüssel gegeben, aber auch dann, wusste sie, hätte sie Lucien verloren. Dann hätte sie sich nicht mehr an Lucien erinnern können, aber sie *brauchte* die Erinnerung an ihn. Er war mehr zu einem Teil von ihr geworden als der Schlüssel.

Sie würde mit ihm schlafen. Sehr gern sogar. Ohne zu zögern. Anyas Augen weiteten sich, als ihr das bewusst wurde. So würde sie es machen. Vielleicht konnte sie ihm ein wenig von *ihrer* Kraft geben, wenn sie zusammen gewesen waren, wenn sich ihre Körper und Seelen vereinigt hatten. Auch wenn nur eine geringe Chance dafür bestand, war es ihr wichtiger als die Konsequenzen ihres Fluchs.

Lucien war bewusstlos. Seine Haut war mit Wunden und mit Blut bedeckt, denn einer der Jäger hatte es geschafft, ihm einen tiefen Stich in den Unterarm zu versetzen. Auch aus der Schusswunde blutete er, und keine der Verletzungen schienen von allein heilen zu wollen. Das Eis unter Lucien war voll Blut.

„Ich werde ihn zurück in dein Haus bringen“, sagte sie zu William. „Bis seine Wunden verheilt sind, muss die Jagd nach Hydra warten.“

„Auf keinen Fall.“ Abrupt richtete sich der Krieger auf und sah sie böse an. „Ich will dich nicht mehr in meinem Haus haben.“

„Na, dann musst du wohl dort irgendwie hinkommen und mich hinauszerren, denn ich gehe – ob du willst oder nicht!“

„Das zahl ich dir heim!“

„Dann vergiss nicht, wer dein Buch hat, und ich hätte nichts dagegen, es sofort in dieses schöne Feuer zu werfen!“ Sie legte sich neben Lucien. Um ihn so fest es ging zu halten, schlang sie die Arme eng um seinen Körper.

„Als hätte ich das vergessen.“ William murmelte vor sich hin. „Fein. Dann geh einfach zu mir nach Hause. Die Vampire werden sich um seine Wunden kümmern und aus ihm ein Steak machen. Oder vielleicht schaffe ich es allein, Hydra zu finden, während ihr weg seid. Vielleicht kann ich sie bestechen, damit sie dich auffrisst und deine Knochen wieder ausspuckt.“

„Nur allein deswegen, werde ich zehn Seiten aus deinem Buch herausreißen, bevor ich es dir wiedergebe.“ Anya teleportierte sich mit dem reglosen Lucien zurück in das Haus. Als sie im warmen Schlafzimmer, das sie zuvor bewohnt hatten, angekommen waren, legte sie ihn aufs Bett, drehte ihn auf den Rücken und begann, vorsichtig seine Kleidung aufzuschneiden, ohne seinen verletzten Körper zu berühren.

18. Kapitel

Vor seinen Augen befand sich eine gepolsterte weiße Wand. Paris konnte nicht ganz klar sehen, seine Gedanken waren langsam und verzerrt. Er war nackt und lag auf einem Tisch gefesselt. Er wusste, dass er seit Tagen keinen Sex mehr gehabt hatte. Man hatte Versuche mit ihm durchgeführt. Die Jäger hatten ihm sogar eine Blondine geschickt, um ihn zu erregen, damit sie herausfinden konnten, wie sein Dämon darauf reagieren würde. Aber Paris hatte es noch nicht einmal geschafft, hart zu werden.

Das war ihm erst einmal passiert.

Vor langer Zeit, kurz nachdem sein Dämon Besitz von ihm ergriffen hatte, war er so verzweifelt gewesen. So unendlich schwach war er nun geworden. Ungezähmt konnte er sich nicht an eine sterbliche Frau heranmachen, also musste er sich mit der erstbesten Person zufrieden geben, die es mit ihm machen wollte.

Er hatte sich geschworen, so etwas nie wieder zuzulassen. Er wollte nicht, dass er seine Kraft durch einen männlichen Jäger zurückerlangen musste. Paris konnte die ganze Zeit nur an eine Frau denken: Sienna mit ihren Sommersprossen. Endlich erinnerte er sich wieder an ihren Namen. Ihm war, als würde er diesen Namen nie wieder vergessen. Wenn er sie nicht haben konnte, dann wollte er lieber sterben. Irgendwie hatte sie es geschafft, seinen Dämon zu bezirzen, wenn er das auch nicht verstand oder verstehen *wollte*.

Mit keiner anderen würde er sich zufrieden geben.

Warum? Weil die kleine Sienna ihn sowohl belogen als auch betrogen hatte. Sie hatte ihn mit einer Droge gefügig gemacht, ihn eingeschlossen, und dennoch wollte er mit ihr ins Bett. Er wollte, dass sie seinetwegen erregt war. Nur für ihn feucht war. Er wollte, dass sie seinen Namen rief, während sich ihr Gesicht vor Lust verzerrte.

Hinterher würde er den Dämon dazu bringen, sie von ihm abhängig zu machen, damit sie vor lauter Begierde alles tat, was er von ihr verlangte. Sie sollte ihm überall hin folgen. Ihn um eine weitere Zärtlichkeit anbetteln. Natürlich würde er sie kein zweites Mal nehmen können. Und sie würde an ihrem Begehren zugrunde gehen. Auslachen würde er sie.

Vielleicht sollte er dann vor ihren Augen mit einer anderen Frau schlafen.

Bei diesem Gedanken musste er grinsen. Paris wollte, dass sie litt, so wie er gerade leiden musste. Keine andere Frau hatte er jemals so gewollt und so gehasst. Je länger er in diesem ausgepolsterten Raum verbrachte, desto mehr begehrte und hasste er sie.

Alles was er dazu brauchte, um diesen Traum wahr werden zu lassen, war, dass er die Jäger dazu überreden konnte, sie zu ihm zu schicken. Aber wie sollte er das anstellen? Ihm fiel keine Antwort ein.

„Was sollen wir jetzt noch mit ihm machen?“, hörte er eine Stimme fragen.

Paris hatte die Augen geschlossen, denn er hatte keine Kraft mehr, sie offen zu halten. Im Raum hatten sich einige Ärzte befunden, aber das war ihm schon egal. Er schaffte es nicht mehr, Interesse dafür aufzubringen, wer kam und wer ging.

„So, wie es aussieht, wird er in wenigen Tagen verstorben sein. Dann nützt er uns nichts mehr, und sein Dämon kann entkommen und die ganze Welt terrorisieren. *Diesen* Fehler haben wir schon einmal gemacht. Das dürfen wir uns nicht noch einmal leisten. Es ist nicht abzusehen, welchen Schaden der Dämon der Vielweiberei anrichten kann. Jede Ehe der Welt würde scheitern, Vergewaltigung, ein Anstieg der Geschlechtskrankheiten und ungewünschten Schwangerschaften.“

„Wenn uns nichts Besseres einfällt, müssen wir ihn am Leben erhalten, bis wir eine Lösung für den Dämon gefunden haben.“

Es entstand eine Pause. Jemand seufzte. „Sienna ist die einzige Person, mit der er gesprochen hat, beziehungsweise auf die er reagiert hat.“

Vor Paris’ innerem Auge erschien ihr Gesicht. Aschblondes Haar, einfache Gesichtszüge. Helle Haut mit Sommersprossen. Ihr Körper war so dünn, dass sie kaum Brüste hatte. Dennoch zuckte sein Schaft. Zum ersten Mal seit Tagen gab er ein Lebenszeichen von sich. Sie hatte zierliche Hände … weiche Lippen … auf seiner Haut.

„Haben Sie das gesehen?“, bemerkte einer der Ärzte. *„Sienna.“*

Er wurde hart.

„Holen Sie sie. Schnell.“

„Sind Sie sicher? Sie ist …“

„Holen Sie sie.“

Schritte hallten über den Boden. Man hörte eine Tür auf und wieder zu gehen.

Hatten sie vor, Sienna zu ihm zu bringen? Würden sie sie dazu bringen, ihn in den Mund zu nehmen oder mit ihm zu schlafen? Gleichgültig wie … fast lächelte Paris. Er musste noch nicht einmal etwas sagen. Sie wollten ihm einfach das geben, wonach er verlangte, in Geschenkpapier eingewickelt und mit einer Schleife oben drauf. Vielleicht war es ihm gelungen, seine Fähigkeit zu nutzen und ihnen Gedanken einzugeben, ohne dass er es selbst mitbekommen hatte. Vielleicht war sein Verlangen nach ihr so stark, dass es möglich gewesen war.

Würde Sienna wirklich seine Wünsche erfüllen oder sich weigern?

Nein, sie würde sich nicht dagegen sträuben, dachte er. Fast vergaß er seine Erschöpfung, so aufgeregt wurde er. Er würde nicht zulassen, dass sie ihn abwies. Sie sollte ihm gehören, was er auch immer tun oder sagen musste.

Und hinterher würde er fliehen – und er würde sie mitnehmen. Bevor dies alles passiert war, hatte er nie das Bedürfnis gehabt, sich zu rächen. Er liebte die Frauen. Für ihn waren sie sein Lebenselixier. Aber bei Sienna wollte er eine Ausnahme machen. Er würde … Dann wurde es dunkel um ihn herum, und er konnte den Gedanken nicht zu Ende denken.

Vielleicht war er eingeschlafen, denn das Nächste, was er spürte war, dass warme Fingerspitzen über seine Brust tasteten und ihn mit kleinen elektrischen Schlägen erfüllten.

„Hallo Paris.“ Diese Worte allein erfüllten ihn mit so viel Lust, so viel Kraft, wie er sie seit Tagen nicht mehr gespürt hatte.

Wie viel Zeit vergangen war, konnte er nicht sagen. Das wurde ihm bewusst, als er schaffte, die Augen zu öffnen und dann Sienna sah, die mit unsicherem Blick vor ihm stand. Sie hatte ihre Brille abgenommen. Der Raum war abgedunkelt, die hellen Lichter, die sonst brannten, waren gedimmt. Hinter Sienna sah er ihren eigenen Schatten.

Aber er konnte auch erkennen, dass sie noch so angezogen war wie zuvor: einfache unförmige Kleidung, und ihr Haar war zu einem strengen Knoten gesteckt. Sie strahlte eine Verletzlichkeit aus, die er sich zunutze machen wollte. Ihre Hand zuckte von ihm weg.

Offensichtlich war sie nervös, denn sie spielte mit ihren Fingern.

„Du bist hergekommen, um mir Vergnügen zu bereiten, oder?“ Bevor er sich bremsen konnte, hatte er die Worte auch schon in einem gehässigen Ton ausgesprochen.

Ihre Wangen röteten sich, Sienna sah weg. „Wenn du lieber jemand anderes möchtest, dann kann ich gehen.“

„Du bist schon okay.“ Paris hoffte, seine Schroffheit würde sie verletzen. Das sollte für eine ganze Weile reichen.

Ihr stockte der Atem.

„Dir ist schon klar, dass sie dich zu ihrer Hure machen, nicht? Du schläfst mit einem Mann, um deinen Freunden einen Gefallen zu tun oder für das Geld, das sie dir geben werden, denn ich bin mir sicher, dass du bei ihnen angestellt bist? Oder tust du es für den guten Zweck?“ *Halt den Mund! Verjag sie nicht!*

Ihre Lippen waren schmal geworden als sie ihn wieder ansah. Ihre schon helle Haut wurde noch fahler. Noch einmal blickte sie zu Boden. Jedoch ging sie ein Stückchen zurück. „Ich wäre nicht gekommen, wenn ich dich nicht attraktiv fände.“

„Eine Jägerin, die sich von einem Lord angezogen fühlt. Wie schade für dich.“

Es entstand eine lange Pause.

Mann, halt doch endlich den Mund. Sonst geht sie noch. Du brauchst ihren Körper, nicht ihre Wut, jedenfalls noch nicht. „Es tut mir leid – Sienna“, zwang er sich zu sagen.

Erschrocken sah sie ihn mit offenem Mund an. „Du weißt, wie ich heiße.“

„Natürlich. Ich fühle mich auch zu dir hingezogen. Trotz allem.“ Leider stimmte das. Dummer Dämon.

Zitternd wich sie nicht mehr zurück, sondern ging auf ihn zu. In ihren braunen Augen sah er echtes Verlangen, wie beim ersten Mal, als sie sich getroffen hatten. Paris spürte, wie er hart wurde und sich für sie aufrichtete. Immer noch ein wenig auf Rache bedacht, versuchte er, seine körperlichen Reaktionen aufzuhalten. Die Situation war gefährlich … er würde dafür sorgen, dass sie ihren Triumph nicht zu schnell bekam.

Sie stand vor seiner Pritsche und fuhr sich mit der Zunge über die Lippen.

„Mach mich los." Seine Stimme war rau.

„Das darf ich nicht", antwortete sie leise.

„Schauen sie zu?"

Sie schüttelte den Kopf. „Ich habe sie gebeten, die Kameras abzuschalten, und sie haben zugestimmt."

Wie naiv sie war, dachte er bei sich. Fast hätte er die Augen verdreht. Auf keinen Fall würden die Jäger diese Gelegenheit verpassen, einen Lord dabei zu beobachten, wie er in Aktion war. Natürlich schauten sie zu. Paris war der Gedanke unangenehm, dass sie ihn dabei beobachten würden, wie Sienna ihn befriedigte. Aber er würde damit zurechtkommen.

„Dann mach mich los. Sie werden es nie erfahren."

„Ich … kann nicht."

Na, man kann es ja mal versuchen. „Also, worauf wartest du noch, Sienna? Lass uns dort weitermachen, wo wir im Café aufgehört haben."

Reyes brauchte Aerons E-Mail mit den Ortsangaben gar nicht. Die Körper hinterließen Spuren, die er lesen konnte. Wo auch immer Zorn hinkam, waren Tod und Zerstörung nicht weit. Das machte Reyes traurig, weil er wusste, dass wenn sein Freund bei Sinnen gewesen wäre, hätte er sich selbst dafür gehasst.

So wie ich mich hasse.

Jahrelang hatte sich Reyes verachtet, denn er war so unmoralisch gewesen, wie es nur ging, um seinem Dämon Genüge zu tun. Er hatte Unschuldige getötet und gequält und ganze Städte zerstört. Das war das Schlimmste. Jetzt folgte er seinem Freund, dem Mann, den er wie einen Bruder liebte. Dieser Mann hatte ihm einmal geholfen, das Ungeheuer, das in ihm hauste, zu kontrollieren. Denn … Reyes schluckte, ihm stieg die Galle hoch. Denn er hatte entschieden, dass er den besessenen Krieger töten würde.

Ich bin mehr Dämon als Mann, dass ich diese Tat überhaupt in Erwägung ziehe, dachte er traurig. Doch es blieb bei seinem Entschluss. Er wusste, dass es so weit kommen musste, er musste sich zwischen Aeron und Danika entscheiden. Reyes hatte immer gedacht, er würde sich für seinen Freund entscheiden. Doch jetzt, da er darüber nachdachte, wurde ihm klar, dass es nicht stimmte.

Er konnte den Gedanken nicht ertragen, dass Danika etwas zustoßen könnte. Sie war der einzige Mensch auf der Welt, der ihn glücklich machen konnte, auch wenn sie ihn noch kein einziges Mal berührt hatte. Er hatte sie nicht verdient. Und wahrscheinlich wollte sie ihn auch gar nicht, aber er musste sie retten.

Schnell. Du musst sie finden. Geh zu ihr.

Wie? Fast hätte er es herausgeschrieen. Zu diesem Zeitpunkt befand er sich in den USA, in New York City, um präzise zu sein, und Aerons Signal piepte auf seinem Mobiltelefon, als wäre der Krieger ganz in der Nähe. Aber Reyes konnte ihn weder sehen noch hören. Weder hörte er seinen Flügelschlag noch sein animalisches Brüllen.

Den ganzen Tag hatten die Nachrichtensender Berichte über unerklärliche und gewalttätige Morde gebracht. Die Leichname waren von Bissen und Verletzungen durch Krallen entstellt, die nicht von einem menschlichen Täter stammen konnten. Nun stand Reyes an einer belebten Straße, auf der die Autos hinter ihm hupten und Passanten neben ihm über den Bürgersteig liefen.

Hatte Aeron sie schon gefunden? Schlief er jetzt endlich ruhig und entspannt, nachdem er einen ganzen Monat lang permanent hatte töten wollen?

Am liebsten wollte Reyes sich einen Sterblichen greifen und die Antwort auf seine Fragen aus ihm herausschütteln.

Plötzlich fiel aus dem nächtlichen Himmel ein Körper und schlug vor ihm auf der Straße auf. Es war ein Mann. Ein Mensch. Er war tot und blutüberströmt. Einige Menschen hielten den Atem an, während andere schrien. Reyes spannte seine Muskeln an und schaute hoch. Schließlich sah er ihn, Aeron, der grinsend auf ihn herabsah. Wütend schlug er mit seinen Flügeln, und wandte sich einem speziellen Gebäude zu.

Reyes suchte den Blick seines Freundes – und seines Ziels – und begann mit der Arbeit.

Wäre ich in der Lage zu töten?

Danika Ford starrte ihr Bild in dem angeschlagenen Badezimmerspiegel an. Früher hatte sie sich einmal als Künstlerin, als Malerin bezeichnet, als Malerin … meist schöner Dinge. Alles, was sie ansah, inspirierte sie zu ihrer Kunst. Menschen, eine Handbewegung, die elegante Neigung eines Nackens, Tiere, Geschmeidigkeit und Grazie, Blumen, feine Blütenblätter und sinnliche Farben.

Und nun war sie eine Kämpferin. Eine, die überlebt.

Und – sie schluckte – sie war eine Killerin.

Sie musste eine sein.

Vor etwa einem Monat, als sie in den Ferien in Budapest gewesen war, war sie entführt und von sechs riesigen Typen, die sie umbringen wollten, gefangen gehalten worden. Doch sie hatten ihr nichts angetan. Noch nicht einmal verletzt hatten sie sie. Noch nie zuvor hatte sich Danika so hilflos gefühlt, weil sie keinen Einfluss auf die Situation hatte. Noch nie war sie so verzweifelt gewesen. Und so wollte sie sich nie wieder fühlen.

Nie wieder.

Diese Riesen waren jetzt wieder hinter ihr her. Deshalb reiste sie alle paar Tage von Ort zu Ort. An jedem neuen Ziel schaffte sie es, jemanden zu finden, der sie in Selbstverteidigung unterrichten konnte. Außerdem lernte sie, mit Messern und anderen Waffen zu kämpfen oder zu schießen.

Heute hatte sie ihr aktueller Kampflehrer gescholten, es mangelte ihr an Tötungsinstinkt, den sie brauchte, um in einer Situation zu überleben, in der es um Leben oder Tod ging.

Heiße Tränen rannen ihr über die Wange und sie schlug mit der Faust auf den Spiegel ein, der zwar in der Verankerung wackelte, aber nicht zerbrach. *Bin ich denn so schwach?* Vielleicht hatte ihr Lehrer recht. Und doch wusste er so gut wie gar nichts über sie. Reyes, einer der Entführer, suchte sie immer noch in ihren Träumen heim. Ihm wollte sie nichts tun. Er war ein dunkler Typ, ein sinnlicher Mann. Sie wollte ihn lieber küssen, um herauszufinden, wie er schmeckte, anstatt ihn zu bekämpfen. Sie träumte davon, in seinen starken Armen zu liegen.

Jede Nacht träumte sie von ihm.

„Ich bin vielleicht krank."

Sie stampfte auf. Auf ihrer Matratze in dem winzigen Zimmer, das sie sich gemietet hatte, lag ihr billiges Mobiltelefon. Sie ließ sich auf das Bett fallen. Früher einmal hatte sie in einer netten, normalen Durchschnittswohnung gelebt – zufrieden und glücklich. Jetzt aber zog sie von Hütte zu Motelzimmer zu Wohnwagen, arm und schreckhaft, und immer musste sie über die Schulter schauen. Manchmal schlief sie sogar auf der Straße unter großen Pappkartons.

Aus dem Bedürfnis nach Rückenstärkung, Frieden, irgendetwas, wählte sie die Telefonnummer ihrer Mutter. Ihre ganze Familie war untergetaucht – die vier Frauen hatten sich getrennt, um die Suche der Männer schwieriger zu machen. Aber immer hinterließen sie ihre jeweils neuen Nummern bei Freunden und riefen sich jeden Tag an.

Ihre Mutter ging beim dritten Klingeln ans Telefon. Sie schluchzte laut, sodass Danika sofort schlucken musste. „Was ist los?“, fragte sie ohne Umschweife.

„Deine Großmutter … sie … sie ist … oh, Gott, Baby.“

Sie war gestorben. Ihre Großmutter war gestorben. „Hat sie jemand umgebracht?“

„Ich weiß es nicht. Ich kann sie nicht finden, ich habe nichts mehr von ihr gehört. Sie scheint einfach weg zu sein. Verschwunden. Ich habe mir Sorgen um dich gemacht.“ Ihre Mutter weinte und bekam davon Schluckauf.

Hätte Danika gestanden, wäre sie zusammengebrochen. Wut kroch in ihr hoch, Wut und eine Art Benommenheit, als wäre das alles nur ein Traum und sie bräuchte lediglich aufzuwachen. Aufwachen, und dann wäre alles wieder in Ordnung.

„Du musst dich gut verstecken, Baby. Bitte! Ich kann dich nicht auch noch verlieren.“

Danika hörte, wie im Nachbarzimmer Glas zerbrach. Sie holte tief Luft und versuchte, die Betäubung abzuschütteln. Ihr Herz schmerzte, als würde es jemand in seiner Faust zerquetschen.

„Was ist los?“, wollte ihre Mutter wissen.

„Ich glaube, sie sind hinter mir her, sie haben mich gefunden“, flüsterte sie mit zitternder Stimme. „Versteck dich, Mom. Verschwinde und versteck dich. Ich liebe dich.“ Sie stand mit steifen Beinen auf, indem sie gegen ihre Schockstarre ankämpfte. Das Telefon fiel auf den Boden. Oh Gott. Ihre Großmutter war wahrscheinlich tot und nun hatten sie auch sie gefunden. Sie besaß keine Waffen, um sich zu wehren. *Du weißt es doch besser. Denk nach!* Mit zittrigen Knien und schmerzendem Magen eilte sie ins Badezimmer, um den Rasierer zu holen, der auf dem Waschbecken lag.

Durch die offene Zimmertür sah sie, wie ein großer muskulöser Mann durch den Flur ging, während seine Flügel an den Wänden ein kratzendes Geräusch machten, es klang wie Fingernägel an einer Wandtafel. Fast wäre sie vor Angst zusammengebrochen. Aeron. Aeron hatte sie aufgespürt. Sie konnte sich gut an ihn erinnern, an seine ekligen Tattoos und seinen durchdringenden Blick. Wenn Reyes ihre Träume beherrscht, dann verkörperte Aeron ihre Albträume. Er war kein Mensch, er konnte wie ein Drache aus einer Sage fliegen, war ein Kämpfer und ging über Leichen, wie es nur ein Krieger tun konnte.

Vor ihrem Zimmer hielt er an und schnupperte. Auf seinem Gesicht und auf den Händen hatte er Blut. Das Blut ihrer Großmutter?

Tu doch was! Danika erschrak vor sich selbst, als sie auf ihn zusprang, den Rasierer gezückt, um ihm mit der Klinge die Kehle durchzuschneiden. *Kein Killerinstinkt?* Sie holte aus und fuhr mit der Klinge über seine Halsschlagader. Wenn sie es nicht schaffte, ihn umzubringen, dann würde er versuchen, ihre Mutter und ihre Schwestern zu töten. Sie durfte das nicht zulassen. *Treffer.* Frisches Blut quoll augenblicklich aus seiner Wunde.

Aber er fiel nicht zu Boden. Verdammt, er blieb stehen!

Mit einer Hand fuhr er sich an den Hals, dann drehte er sich knurrend zu ihr herum. Seine Augen waren feuerrot, und seine Zähne lang und scharf. Er schnappte nach ihr.

Den blutenden Rasierer hielt sie in die Höhe. „Willst du noch mehr? Mistkerl!“, schrie sie. „Komm her und hol es dir!“

„Töten“, röhrte er. Mit der anderen Hand griff er ihr in die Haare und zog sie nach vorn, bis ihre Nase an seinen Oberkörper stieß. Sie wollte schreien, aber dann entsann sie sich: *Erste Kampfregel: ruhig bleiben.*

Danika gab in den Knien nach, sodass sie nach unten rutschte. Ihm glitten die Haare durch die Finger, bis auf einige Strähnen, die er in der Hand behielt. Dann rollte sie sich auf den Rücken, hob die Beine und rammte ihm die Füße in den Bauch. Rückwärts stolperte er in ihr Zimmer und rannte den Couchtisch um. Holz und Glas splitterten, er fiel hin.

„Ziel immer auf die Kehle“, hatte ihr der Lehrer gesagt. Das ist der beste Weg, den Gegner außer Gefecht zu setzen.

Mit zusammengekniffenen Augen rollte Danika auf die Knie,

robbte zu ihm hin und boxte ihm in die Kehle, genau dorthin, wo sie ihn geschnitten hatte. Die Wunde wurde größer.

Immer wütender und verzweifelter wurde sie und boxte ihn wieder.

Er fletschte die Zähne, die so scharf waren, dass sie glänzten. *„Töten. Töten."*

„Verpiss dich." Ein weiterer Schlag. Lieber Gott. Sie konnte etwas unter seinem Gesicht erkennen. Etwas … ein Schatten, der ihr Angst machte. Es war ein Totenschädel, das Böse, sein Dämon. Er schnappte nach ihr, eine knochige Maske des Hasses und der Dunkelheit.

„Töten."

Sie versuchte, ihn wieder zu boxen, aber Aeron griff nach ihrer Hand und drückte zu. Das war alles. Er drückte nur zu, aber sie spürte schon, wie ihre Knochen im Gelenk knackten. Vor Schmerz schrie sie auf.

Und dann sah sie aus dem Augenwinkel, dass Reyes den Flur entlang eilte und in ihr Zimmer kam. Sie sah nur einen Wirbel aus dunklen Haaren, brauner Haut und dunklen Augen. Wütend schaute er sich die Szene an. Innerhalb von Sekundenbruchteilen hielt er Dolche in den erhobenen Händen. Er keuchte und schwitzte.

„Reyes!", rief sie, als Aeron sich aufrichtete, während er sie gleichzeitig auf den Boden drückte, immer noch ihr Handgelenk fest im Griff. Auf der einen Seite war Danika dankbar und erleichtert, dass Reyes aufgetaucht war, auf der anderen Seite gehörte er zu den Entführern, sie durfte ihm also auch nicht vertrauen.

Du darfst dich nicht auf ihn verlassen. Er hat mitgeholfen, dich zu entführen.

Er sah sie und hielt inne. „Danika." Als er das sagte, klang er so überrascht, dass sie es kaum glauben wollte.

Denk an deine Mutter, an deine Schwester. Sie machte eine Kerze und trat Aeron von unten gegen das Kinn. Endlich ließ er sie los. Vor Schmerz hätte sie schreien mögen, aber sie riss sich zusammen. Ihre Finger waren taub, sie konnte sie nicht bewegen. Die Gelenke waren schon angeschwollen; die Knochen sahen nicht schön aus unter der weißen Haut.

Mit dem Handrücken schlug Aeron ihr ins Gesicht, ihr Kopf flog zur Seite, ihre Zähne schlugen aufeinander, und ihr ganzer Körper schmerzte. Nachdem sie kurz das Bewusstsein verloren hatte, war sie wieder da. Mit Kampfesgeheul griff Reyes an. Beide Männer stürzten neben ihr zu Boden. Aeron holte mit seinen Klauen aus und biss zu, Reyes wehrte sich mit seinen Dolchen. Sie röhrten und fluchten, als gäbe es kein Morgen.

Danika blinzelte und versuchte, sich im Raum zurechtzufinden, dann stand sie auf, obwohl ihr so schlecht war, dass sie sich am liebsten übergeben hätte. Sie schwankte.

„Lauf!", rief ihr Reyes zu.

Sie stolperte vorwärts. Draußen im Flug gelang es ihr, ein wenig schneller zu laufen. Warum half ihr Reyes? Sie wusste es nicht. Würde er in ihrem Zimmer sterben?

Während sie lief, brannten die Tränen in ihren Augen.

19. Kapitel

Die Teile von Luciens Haut, die nicht verbrannt waren, hatten eine blaue oder rote Farbe angenommen. Obwohl er starke Verbrennungen hatte, war ihm kalt, und er zitterte.

Besorgt zauberte Anya ein Feuer in den Ofen. Kaum hatte sie den Spruch aufgesagt, flammten knisternd die ersten Scheite auf. Durch den großen Raum zog die Wärme in Wellen. Dennoch wurde das Zittern immer stärker. *Keine Panik. Ruhig bleiben.*

Nie hatte sie sich so hilflos gefühlt – weder im Gefängnis noch mit einem wild entschlossenen Aias, der auf ihr lag.

Schnell zog sie sich aus, stellte die Schneeschuhe mit den Spikes zur Seite und legte sich auf Luciens geschundenen Körper, um ihn zu wärmen. Als sie ihre Hände über die Schusswunde gleiten ließ, musste sie schlucken. Sie wusste, dass er diese Wunde hatte, aber sie hätte schon längst verheilt sein müssen. Aber Cronus und *sie* selbst hatten dafür gesorgt, dass sie es nicht war.

Nachdem sie kurz aufgestanden war, sich ihre Bluse genommen und sie in schmale Streifen gerissen hatte, verband sie Luciens Schulter. „Komm schon, Zuckerschnecke. Werd wieder warm."

Er reagierte nicht.

Lucien war wie ein schwarzer Eisklotz. Allein schon seine Nähe sorgte dafür, dass ihre Brustwarzen hart wurden und sie am ganzen Körper Gänsehaut bekam. Und das kam nicht daher, dass sie erregt war. Sie legte noch eine weitere Decke über ihn und stopfte sie gut fest, um die Wärme nicht entweichen zu lassen. Dann fing sie einfach an zu reden, um sie beide abzulenken und um Lucien zu beruhigen.

„Du musst einfach wieder gesund werden. Es wäre zu langweilig ohne dich. Und Baby, ich kriege schlechte Laune, wenn mir langweilig ist. Habe ich dir eigentlich schon mal erzählt, wie ich mich als Teenager verkleidet habe und ein paar Monate zur Schule gegangen bin? Ich hatte mich so gelangweilt, da kam mir die Idee, einmal die Schule für

Menschen auszuprobieren. In der Cafeteria habe ich Essensschlachten angezettelt, mich mit den anderen Mädchen geprügelt, auf dem Abiball die Sprinkleranlage angestellt …“

Sie schwieg, um seine Reaktion abzuwarten. Er sagte nichts.

„Aber ich bin nicht die ganze Zeit unartig gewesen“, fuhr sie fort. „Du wärst stolz auf mich gewesen. In der Klasse gab es ein dummes Arschloch, der mit einem süßen kleinen Dummchen zusammen war, das er geschwängert hatte. Danach nannte er sie Nutte, Hure und Schlampe und so weiter. Wir beide wissen, dass das natürlich nicht geht. Aber ich konnte nicht anders, ich habe ihn verhext: Ich habe dafür gesorgt, dass er ständig eine Latte hatte. Und nichts half dagegen, egal, wie sehr er sich auch anstrengte, seinen Steifen loszuwerden.“

Endlich entspannte sich Luciens Körper, und er hörte auf zu zittern. Hatte sie da ein … leises Lachen gehört?

Anya fasste sich ein Herz und sprach weiter: „Einmal bin ich auf einen Maskenball als Teufel verkleidet gegangen. Das hört sich jetzt nicht nach einer tollen Sache an, aber es war ihm Jahr 1819, und da habe ich einiges Aufsehen erregt, das kann ich dir sagen. Als ich Baron So-und-so darum bat, mir seine Seele zu verkaufen, hat er versucht, mich mit einem Buttermesser zu erstechen.“

Lucien stöhnte. „Anya.“

Den Göttern sei Dank! „Wird schon wieder, Baby. Ich bin ja hier. Ich bin bei dir.“ Sie küsste seine feuchtkalte Schläfe.

„Anya?“ Er öffnete die Augen.

„Ich bin hier, Liebster.“ Sie küsste sein Kinn, während sie immer weiter streichelte. Aber jetzt war es nicht ihr einziges Ziel, ihn zu wärmen. Sie hatte vor, sein Verlangen zu wecken, denn ohne das ging es nicht.

„Wo sind wir?“ Mit fiebrigem Blick suchte er das Zimmer ab.

Sie wollte nicht, dass er nachdachte. Sie wollte ihn von ihrer Umgebung ablenken, von der Erinnerung daran, was in der Eishöhle geschehen war und von den Gedanken an die Zukunft. Wenn er einen klaren Kopf hatte, würde er sie wahrscheinlich abweisen, denn eher würde er wollen, dass sie ihre Freiheit behielt, als dass sie sich an ihn band. Auch wenn ihm das die Kraft geben würde, die er so dringend brauchte.

„Ich liebe dich", flüsterte sie ihm ins Ohr. Ihr warmer Atem streichelte seinen Hals. „Ich liebe dich so sehr. Und dass ich dich fast verloren hätte … das ertrage ich nicht."

„Götter, Anya. Ich hätte nie gedacht, dass du jemals diese Worte aussprechen würdest." Er schlang seine Arme um sie und zog sie so dicht an sich heran, wie er konnte. Als sie sich an ihm rieb, holte er tief Luft.

„Oh, Entschuldigung." Sie legte sich neben ihn. „Das wollte ich nicht."

„Sag es noch einmal."

Sie wusste, was er hören wollte. „Ich liebe dich Lucien, und ich will bei dir sein. Immer. Und vollständig." Sie stützte sich auf einen Ellenbogen, um ihn ansehen zu können. „Verstehst du, was ich dir damit sagen will?"

Trotz seiner Schwäche, schwoll er an und presste sich gegen ihren Oberschenkel, dick und stolz. Er verstand sie. „Anya …"

Sie presste ihre Lippen auf seinen Mund, ohne ihm eine Chance zu geben zu protestieren. Mit ihrer Zunge streichelte sie seine. Als sie ihn schmeckte, stöhnte sie. „Mhh." Mit ihren geschickten Fingern nahm sie seine Härte und streichelte auch sie.

Er stöhnte auf.

„Tut das weh?"

„Fühlt sich gut an." Er legte seine Hände auf ihren Po und schob sie auf sich, denn ihre Energie floss schon in ihn über. Der Raum war mit schwerem Rosenduft erfüllt. Doch plötzlich hörte Lucien auf, sie zu streicheln, und seine Hände nahmen ihre Hüfte wie Schraubstöcke in die Zange. „Nein, Anya. Das können wir nicht tun."

„Doch, das können wir. Wir werden es tun." Sie klopfte vorsichtig mit den Fingerspitzen auf seine Spitze, bis er bei jeder Berührung zuckte. „So oder so, ich will dich in mir spüren. Heute Nacht."

Er sog scharf die Luft ein und stemmte sich ihren Händen entgegen. „Geht nicht. Wäre nicht gut für dich."

„*Ich* entscheide immer noch, was richtig oder falsch für mich ist." Vorsichtig biss sie in sein Ohrläppchen und zog dran. „Bring mich nicht dazu, dass ich dich anbettele. Bring mich nicht so weit, dass ich dir sagen muss, wie sehr ich spüren will, wie du in mich eindringst, tief und hart und heiß. Bitte …"

„Anya!" Er griff ihr in die Haare und zog sie zu sich, um sie noch einmal leidenschaftlich zu küssen. „Du musst nicht darum bitten. Hör nicht auf!"

Ihre Zungen rangen miteinander, bis ihre Zähne aneinanderstießen. Sie rieb sich an ihm. Sie wollte ihn. Auf alle Fälle. Zum ersten Mal in ihrem Leben war der Gedanke, wirklich mit einem Mann zu schlafen, Anya absolut nicht unangenehm.

Die Sehnsucht nach ihm pulsierte in ihrem Körper. Sie wollte ihn und keinen anderen. In ihr machte sich ein dunkler Hunger breit, ein fleischlicher und wilder Hunger, fast chaotisch und dennoch köstlich. „Ich will für immer mit dir zusammen bleiben!"

„Ja." Er nagte leidenschaftlich an ihren Lippen. „Ja. Ja. Aber wir müssen nicht bis zum Ende gehen."

Er versuchte, sich aufzusetzen, aber sie stieß ihn kräftig in die Kissen zurück. „Doch. Wir *werden* ganz bis zum Ende gehen. Und jetzt lass mich mal machen, Liebster. Du konzentrierst dich am besten darauf, wieder zu Kräften zu kommen."

„Du bist alles, woran ich denken kann." Er schaute ihr in die Augen. „Ich will deine Brustwarzen in meinem Mund."

„Dann bekommst du sie." Sie richtete sich auf und bot ihm ihre Knospen. Er saugte daran und ließ seine heiße Zungenspitze über die Kuppen gleiten.

Dieses Gefühl drang durch ihren ganzen Körper bis zwischen ihre Schenkel, wo sie ihre Feuchtigkeit spürte wie heiße Flammen.

„Ich will dich schmecken." Er schob seine Hände über ihre Beine und zwischen die Schenkel, die unter seiner Berührung erschauderten. „Hier."

Ihre feuchte Mitte brauchte mehr davon. Anya richtete sich weiter auf und rutschte nach oben, bis sie über seinem Kopf war. Dann berührte er sie mit seiner Zunge. Sie schob ihm ihre Perle entgegen. Jeder Nerv in ihrem Körper erschauerte vor Freude, ihr Blut pulsierte und rauschte in ihren Ohren als sänge es ein Lied.

„Lehn dich weiter nach vorn, Sweetheart. Ich will dich mit meinen Fingern berühren, aber ich werde nicht …"

„Doch, tu es."

Er hielt inne und drückte sie ein wenig näher an sich. „Sag es mir noch einmal, dass du dir sicher bist. Ich will nichts falsch machen. Und hinterher gibt es kein Zurück."

„Ich bin mir ganz sicher." Sie wollte auch, was er wollte, also tat sie das, worum er sie gebeten hatte. Sie lehnte sich weiter vor und hob ihren Körper an, während sie sich mit den Händen am Kopfende abstützte. Dann spürte sie, wie er seine Finger ganz in ihrer Höhle verschwinden ließ. Den Fluch nahm sie nicht mehr wahr, denn fast war sie gekommen. Sie schrie auf. Einen Mann so nahe an sich heranzulassen, dass er fast ein Teil von ihr war, während seine Lippen mit ihren empfindlichsten Stellen spielten, war die erotischste Erfahrung, die sie jemals gemacht hatte. „Oh, Götter."

„Gut?"

„Toll."

„Mehr?"

„Oh, ja bitte."

Er drang mit einem weiteren Finger in sie ein, während er nicht aufhörte, mit seiner Zunge ihre Knospe zu massieren. Ihre Hüften schienen ganz von allein sich gegen ihn zu stemmen und kreisende Bewegungen zu machen. Auch wenn man ihr mit dem Tode gedroht hätte, hätte sie nicht aufhören können. Es war zu schön und er hatte sie schon befriedigt, noch bevor … ah … bevor …"

„Lucien. Lucien." Sie ließ den Kopf in den Nacken fallen, sodass ihre langen Haare sie am Rücken kitzelten. „Liebe dich. So sehr."

„Willst du mich ganz? Ganz hinein?"

„Ja, bitte." Sie rang nach Luft. Vor Lust schienen Blitze durch ihren Körper zu zucken.

„Ich möchte in dir drin sein." Seine Stimme war rau und kratzig. „Bis zum Ende." Er hob sie an und schob sie nach unten.

Sie vermisste das Gefühl, seine Finger in sich zu haben, bis sie endlich seine Spitze unter sich spürte. Lucien hielt sie an den Hüften fest. Sie sah auf ihn hinab, ihre Haare lagen wie ein heller Schleier um sie herum.

„Du gehörst mir." Er schaute ihr fest in die Augen. Mit der Hand liebkoste er ihre Wange.

„Für immer."

„Ich liebe dich."

„Ich liebe dich so sehr." Er sah so schön aus. Zwar war er immer noch von dem Kampf geschwächt, aber er war stärker geworden. Durch sein Verlangen nach ihr.

„Bist du sicher, dass du es auch willst?"

„Mehr als alles andere will ich es." Das stimmte. Sie gehörte zu diesem Mann jetzt und in alle Ewigkeit.

„Du gehörst mir", wiederholte Lucien und drang dann ganz in sie ein.

Zwischen ihnen zuckte ein weißer Blitz, der sie mit seiner Helligkeit blendete, fast blind machte. Anya schrie laut auf, als ihr Fluch aus ihrem Innern drang, während Lucien vor Lust brüllte. Als sei ihre Seele aus ihr herausgerissen und durch ein Teil von Lucien ersetzt worden.

Ja. Ja. Lucien. Dunkel, wild, wunderbar, erstaunlich. In ihrem Kopf surrte es und schnurrte es. Bevor er tief in ihr war, spürte sie einen stechenden Schmerz zwischen ihren Beinen, der aber so schnell vorbei war, wie er aufgetreten war. Dann nahm sie nur noch Lucien in sich war, tief und tiefer, während sie sich auf ihm bewegte. Zuerst langsam, um jedes neue Gefühl auszukosten, dann immer schneller … und schneller.

„Gut?" Er brachte das Wort kaum heraus.

„Hör nicht auf. Hör nicht auf!"

„Nie."

Sie verschlang ihre Finger mit seinen und streckte ihrer beider Arme über seinen Kopf. Mit jedem Luftzug sog sie seinen Atem in sich hinein, und machte ihn so noch stärker zu einem Teil von ihr. Sex war so viel mehr, als sie sich jemals vorgestellt hatte. Und sie hatte sich eine Menge vorgestellt. Aber es war noch mehr, denn es war mit Lucien.

Ich bin so froh, dass ich so lange gewartet habe.

Sich ihm hinzugeben war kein Fluch, sondern ein Segen.

„Es war wert, auf dich zu warten." Sie tauchte ihre Zunge in seinen Mund.

Synchron bewegten sie ihre Zungen und ihre Unterkörper. Die Lust baute sich immer weiter in ihrem Körper auf, sie war intensiv und nahm alle ihre Sinne ein. Lucien war so groß, so dick und so hart, glitt in sie hinein und hinaus. Er gehörte ihr.

Gleich. So gut war es! Das war das Stückchen Paradies auf Erden, nach dem sie sich immer gesehnt hatte. Sie war vollkommen ausgefüllt, die Zeiten, in denen sie sich leer gefühlt hatte, waren vorbei. Sie fühlte sich als ein Teil von etwas, das weitaus größer war als sie, während er sich in ihr bewegte. „Lucien." Sie schrie, als sie ihren Höhepunkt erreichte.

Anya hatte das Gefühl, dass alles in ihr erschüttert worden war, während sie den größten Orgasmus ihres Lebens hatte. Sie erschauderte und ihre Muskeln schlossen sich um seine köstliche Härte. Und dann schoss er heiß in sie hinein. „Anya", schrie er, „meine Anya." Um so hoch und so tief wie möglich in sie zu stoßen, hob er seine Hüften.

Sofort verbrannte der nächste Höhepunkt ihren Leib und sorgte dafür, dass sie für Sekunden keinen Gedanken mehr fassen konnte … eine Ewigkeit. Sie wurde von Befriedigung, Triumph und Freude erfasst, denn Lucien gehörte ihr, ganz ihr, und sie war wirklich sein.

Sie waren jetzt untrennbar miteinander vereint, und darüber war sie froh.

Nachdem ihre Zuckungen abebbten, ließ sie sich auf ihn fallen, nur einen Gedanken hatte sie dabei: Seine Haut war nicht mehr grün und blau, sondern sah glatt und gesund aus.

Sie lächelte als sie in den Schlaf sank.

Einige Stunden lang döste Lucien neben Anya, die satt neben ihm schlief. Als der Tod ihn dann in die Welt der Geister rief, nahm er Anya mit, die er die ganze Zeit in seinen Armen hielt. Dabei wachte sie nicht richtig auf, aber sie hielt sich auf den Füßen, denn sie hatte ja ihn, an den sie sich anlehnen konnte. Lucien überlegte, wann sie das letzte Mal so entspannt gewesen sein mochte. Es musste Jahrtausende her sein. Sie hatte keine Sorge, angegriffen, eingesperrt oder vergewaltigt zu werden. Vielleicht schlief sie deswegen so fest, weil sie Schlaf aufholen musste.

Als sie wieder zurück waren und im Bett lagen, hatte sie sich an ihn geschmiegt. Seine Hände ruhten auf ihrer Brust und auf ihrem Bauch. Zum ersten Mal in seinem Leben war er seltsam zufrieden, fühlte sich mit sich im Reinen. Hier wollte er am liebsten für immer bleiben. *Sie* für immer in seinen Armen halten. Er wollte sie beschützen, aber er wusste auch, dass ihm weder das eine noch das andere gelingen würde.

Lucien hatte vor, die anderen Krieger darüber zu informieren, dass sie sich um Anya kümmern sollten, falls er den Zwangskäfig nicht finden sollte. Wie er das Wort allein schon hasste: Versagen. Das bedeutet nichts anderes, dass Cronus immer noch Macht über ihn hatte. Er würde sterben. Darauf war er vorbereitet und er würde sich dem stellen, allerdings wollte er nicht, dass Anya dann bis in alle Ewigkeit um ihn trauern musste.

„Wir müssen zurück zum Berg." Seine Worte hallten von den Schlafzimmerwänden wider.

Sein Herz krampfte sich zusammen, als Anya stöhnte während sie ihre Augen langsam öffnete. „Noch ein bisschen", murmelte sie mit schläfriger Stimme.

„Wir müssen aber los. Ich habe keine Ahnung, was William da oben macht. Du hast noch sein Buch. Vielleicht überlegt er sich gerade, wie er dir schaden kann."

Zerknautscht und müde raffte sie sich auf. Ihre nackten Schultern waren von ihren langen, seidigen Haaren bedeckt. Götter, wie er sie liebte. Zu ihrem Besten hätte er sie ablehnen und davonjagen sollen. Er hätte nicht in ihre enge heiße Höhle eindringen dürfen. Aber er konnte es einfach nicht bedauern, was gestern Nacht passiert war, denn sie hatte sich ihm freiwillig und ganz und gar hingegeben.

„Das stimmt, man weiß nie, was er vorhat." Anya rekelte sich wie eine zufriedene Katze. Unter den dicken Decken war es warm und ihre Haut war mit Feuchtigkeit bedeckt. „Wie geht es dir?" Ihre Stimme war heiser.

„Besser. Heute Nacht ist die Kugel von allein aus der Wunde gekommen und alles ist verheilt." Er streichelte ihre Wange. „Danke. Für deine Liebe. Es war wunderbar."

„Oh, gern geschehen. Jederzeit."

„Tut es dir leid?" Was war, wenn sie jetzt auch an seinen Dämonen gebunden war? Götter! Bei dem Gedanken erschauderte er.

„Auf keinen Fall!" Sie drehte sich auf den Bauch und legte ihr Kinn auf ihre Hände. Als sie zu ihm herüberschaute, sah er die Liebe in ihren blauen Augen.

„Ich bin … irgendwie verrückt vor Glück. Das war ja wohl unglaublich, absolut wahnsinnig. Ich hatte das Gefühl, ich wäre unverwundbar. Aber ich weiß, was du denkst. Das kannst du lassen. Dein Dämon kann von mir nicht genug bekommen, und ich stehe auf böse Jungs. Bist du sicher, dass wir nicht noch ein bisschen bleiben können? Für eine zweite Runde? Wir könnten einen flotten Dreier machen, du und ich und dein Dämon."

Wodurch hatte er sie nur verdient? „Klar."

Schmollend stand sie auf, um sich anzuziehen. „Also, dass das mal klar ist: Wir müssen es mindestens zwei Mal am Tag machen."

„Nein, damit bin ich nicht einverstanden. Wir müssen es vier Mal am Tag tun."

Sie lachte leise in sich hinein.

Erfreut setzte er sich auf. „Hast du jemals diesen Zwangskäfig zu Gesicht bekommen?"

Während sie sich die Hosen hochzog – es war eine Schande, diese hübschen Beine zu bedecken –, antwortete sie: „Nein, aber wenn ich mich richtig an meinen Geschichtsunterricht entsinne, dann hat Cronus Hephaistos, den Schmied, damit beauftragt, ihn zu bauen. Er hatte Gerüchte gehört, denen zufolge eine Revolte geplant wurde. Mit dem Käfig hoffte er Kampfpläne aus den Leuten herauszubekommen, die er dort einsperren wollte."

Als er das hörte runzelte Lucien die Stirn. „So ein Ding scheint mit keine große Hilfe zu sein, wenn wir die Büchse der Pandora suchen."

„Na, wer auch immer im Käfig eingesperrt ist, ist dazu verdammt, die Befehle des Besitzers zu befolgen. Ich kann nur annehmen, dass wenn wir den Käfig haben, jemanden dort hineinsetzen, um aus ihm herauszubekommen, wo sich die Büchse befindet. Vielleicht können wir Hydra fangen und einschließen."

Er überlegte einen Moment, die Furche auf seiner Stirn wurde tiefer. „Wenn du dort hinter Gittern wärest, und der Besitzer würde dir befehlen, dich umzubringen ..."

„Also erstmal kann mich niemand einschließen, denn ich habe ja meinen ..." Sie wurde bleich, schuldbewusst sah sie ihn an.

Lucien wollte nicht, dass sie sich wegen des Schlüssels schuldig fühlte. „Anya."

„Ja." Weniger begeistert fuhr sie fort: „Ohne den Schlüssel würde ich gezwungen sein, mich selbst zu töten. Ich könnte mich selbst nicht davon abhalten."

Das klang nicht gut. Er ballte seine Hände zu Fäusten. Nicht vorzustellen, was passierte, wenn Cronus diesen Käfig zuerst fand. Was sollte er dann für Anyas Leben eintauschen?

Sie lächelte ihn an, wirkte dabei ein wenig traurig, als könnte sie seinen Unmut spüren. Ja, das konnte sie wirklich, wurde ihm einen Moment später klar, denn er konnte plötzlich *ihre* Sorge wahrnehmen, denn er sah nicht mehr so gesund aus wie letzte Nacht.

Die Verbindung sorgte augenscheinlich dafür, dass sie die Gefühle des anderen aufnahmen. Vielleicht wäre er sogar in der Lage, ihre Gedanken zu lesen, wenn er es nur versuchte?

„Auf die Plätze, fertig los." Sie klang nicht wirklich fröhlich, bevor sie sich wegportierte.

Er spannte alle Muskeln an. „Anya?" Wo war sie hin? Und *warum* war sie weggegangen? „Anya!"

Kurz bevor er sich fertig machte, um sie zu suchen, tauchte sie wieder auf. Sie hatte einen Stapel Kleidung in der Hand, die sie ihm zuwarf. „Ich weiß, wo William seine Waffen aufbewahrt. Willst du auch welche?"

Lucien entspannte sich und nickte.

Überrascht zwinkerte sie ihm zu. „Wirklich? Aber dann stehlen wir sie."

Er lächelte. „Ich habe festgestellt, dass es mir gar nicht so viel ausmacht."

„Weiter so, Zuckerstückchen!" Ohne eine Spur von Traurigkeit lächelte sie ihn an.

Und wieder einmal hatte er das Gefühl, ihm gehörte die Welt.

„Ich muss schon sagen, deine Erziehung zum Kriminellen macht gute Fortschritte."

„Das liegt daran, dass meine Lehrerin eine starke und strenge Frau ist, und ich werde alles tun, um ihr zu gefallen." Schnell zog er sich an und nahm sie in den Arm, denn er ertrug die geringste Distanz zwischen ihnen kaum. „Sie bedeutet mir alles, und wenn sie glücklich ist, bin ich auch glücklich."

Mit neugierigem Gesichtsausdruck stellte sich Anya auf die Zehenspitzen und küsste ihn sanft auf den Mund. „Keine Sorge, Liebster. Alles wird gut. Wirklich."

Diese Aussage machte ihm Angst. Das bedeutete, dass sie etwas plante, das ihn retten würde. Etwas Waghalsiges, Tollkühnes, vielleicht wollte sie den allmächtigen Schlüssel aufgeben. Dann würde sie schwächer, wie er gestern. Sie würde ihre Kraft verlieren und verletzlich und gefährdet sein. Fast hätte es Lucien gewagt, ihre Gedanken zu erraten, aber er hielt sich zurück. Freiwillig hatte sie sich an ihn gebunden, nun würde er sie nicht hintergehen. Er würde nicht versuchen, sie zu kontrollieren, wie der Fluch es vorausgesagt hatte.

„Anya." Er nahm sie bei den Schultern und schüttelte sie. „Du hast mir versprochen, dass du niemals …"

„Komm, wir holen die Waffen", unterbrach sie ihn mit einem etwas zu breiten Lächeln. Dann verschwand sie spurlos und ließ ihn allein stehen.

20. Kapitel

Anya zeigte Lucien, wo William seine Waffenkammer hatte, und gemeinsam holten sie eine Machete, ein Schwert, ein kleines Beil und einige Dolche, deren Griffe mit Edelsteinen besetzt waren, heraus. Die ganze Zeit über unterhielt sie ihn mit Smalltalk, damit er nicht auf die Idee kommen konnte, noch einmal den allmächtigen Schlüssel zu erwähnen. Sobald sie alles zusammen hatten, teleportierte sie sich in die Höhle, in der sie die Krieger zurückgelassen hatten. Lucien folgte ihr auf dem Fuße.

Obwohl sie warme Kleidung trug und ihr Mantel dick war, erschütterte sie die Kälte, die sie dort erwartete. Verdammt, ihr Körper war nicht für die Kälte gemacht, sie hatte sich zu sehr an warme Klimazonen gewöhnt, sodass ihr diese Temperaturen nicht gut bekamen. Zitternd schaute sie zu Lucien. Sein Teint sah besser aus, und er stand aufrecht, ohne zu schwanken, aber die Ringe unter seinen Augen und die Falten um seinen Mund waren nicht zu übersehen.

Er war nicht mehr der Alte, und das machte ihr Sorgen. Noch schlimmer, er dachte, er würde sterben. Zuvor hatte sie *gehört*, wie der Gedanke in seinem Kopf entstanden war. Fast hätte sie wie ein bedauernswerter Mensch geweint.

„Die Höhle ist leer." Lucien war darüber erstaunt.

Nicht nur war niemand mehr in der Höhle, sie war auch sauber und aufgeräumt, als sei nie ein Mensch dort gewesen. Als ob es weder einen Kampf noch Tote gegeben hätte. Anya spürte, wie Angst in ihr Aufstieg, wobei ihre Nerven sowieso schon blank lagen. „Was meinst du, wo William ist?"

„Entweder ist er auf dem Weg nach Hause, oder er ist auf dem Gipfel."

„Lass uns nachschauen, ob er oben ist, ja?" Sie holte die Skimaske aus ihrer Tasche und zog sie über ihr Gesicht. Dann portierte sie sich auf die Bergkuppe, wo sie erstaunt war über das Licht und die Temperatur. Unten in der Höhle war es kalt gewesen, aber hier oben war es … unerträglich. Eis und Frost krochen ihr in die Nase und in die Lunge, ihr Blut schien sofort zu Eis zu gefrieren. Der Wind schnitt ihr wie kleine Messer in die Haut, die nicht von der Maske bedeckt war. Der Mond sandte ein fahles goldenes Licht auf die Erde, das die zerfurchten Gipfel mit einem ätherischen Glimmer überzog.

Lucien … war nicht mitgekommen, stellte sie fest.

Sie runzelte die Stirn und sah sich um. Genau so wenig gab es ein Lebenszeichen von William. Erst als sie kurz davor war, sich wieder hinunter in die Höhle zu teleportieren, tauchte Lucien auf. Auch er trug eine Skimaske, aber seine Müdigkeit war trotzdem für sie spürbar.

Mist. „Du darfst dich nicht mehr teleportieren." Ihr Ton war bestimmt. Das Teleportieren entzog ihm die wenige Energie, die sei ihm letzte Nacht hatte geben können.

„Ich tue nur, was ich tun muss." Seine Stimme war so ernst wie ihre.

„Verdammt, Lucien!" Es gab nichts auf der Welt, was ihr wichtiger war als er. Auf der Stelle hätte sie Cronus den allmächtigen Schlüssel gegeben, um ihren Liebsten zu retten, aber sie traute dem Mistkerl nicht. Sobald er den Schlüssel hatte, konnte er Lucien töten, ganz einfach, weil er ihn hatte warten lassen.

Sie musste vorsichtig sein, was ihre nächsten Schritte anging.

Ihr neuer Plan war einfach: Zuerst den Käfig finden, dann sowohl ihn als auch Lucien verstecken. Lucien wollte ihn haben, also würde er ihn auch aufspüren. So einfach war das. Aber sie würde Cronus den Käfig nicht als Tauschmittel geben, nicht, wenn er ihn dazu benutzen konnte, die Büchse zu finden und schließlich doch Lucien wehzutun. Nein, sie würde ihm stattdessen den Schlüssel anbieten, so wie es der alte Trottel wollte. Es gab nur diesen Ausweg.

Es war alles nur noch eine Frage der Zeit.

Sie rieb sich den Bauch, um die plötzlich auftretenden Schmerzen zu vertreiben.

„Ich sehe William immer noch nicht", lenkte sie Lucien von ihren Gedanken ab.

„Ich bin hier", grummelte eine tiefe Stimme.

Als Anya sich umdrehte, sah sie einen silberfarbenen Steighaken über die Kante des Gipfels klemmen, danach erschien ein Handschuh. Schließlich sahen sie William, der versuchte über den Kamm zu klettern. Sein Gesicht war in einer weißen Skimaske verborgen, die vom

Schnee kaum zu unterscheiden war. Nur seine Augen stachen hervor, denn sie strahlten so blau wie der Ozean.

„Vielleicht könnt ihr mir helfen", japste er.

Lucien bückte sich und ergriff sein Handgelenk.

Vielleicht war es böse von ihr, aber Anya war es lieber, wenn William abstürzte, als dass Lucien *sich* in Gefahr brachte. Sie stellte sich hinter ihn und hielt ihn an der Hüfte fest, um ihn zu stabilisieren. Zusammen gelang es ihnen, den muskulösen William hochzuziehen.

Der Krieger beugte er sich vorn über, um Luft zu holen. Dann richtete er sich auf und klopfte sich den Schnee von den Schultern. „Es ist Jahre her, dass ich das gemacht habe."

„Du solltest teleportieren lernen", sagte sie hilfsbereit.

Er holte aus und schmiss sie um.

Sie kicherte.

Lucien schnaubte.

„Ich wundere mich darüber, dass du nicht nach Hause gekommen bist."

„Damit du noch mehr Grund hättest, um die Seiten aus meinem Buch herauszureißen?" William drehte sich um und richtete seinen Blick auf den unendlichen weißen Horizont. Bergkuppe nach Bergkuppe war mit Schnee bedeckt, bei dem kleinsten Windhauch wirbelten die glitzernden Kristalle auf und glänzten im Mondlicht. Dann wandte er sich zu Lucien. „Du siehst gut aus dafür, dass du letztens ziemlich stark verletzt worden bist."

„Wo sollte sich ein Monster *hier* verstecken?" Lucien ignorierte Williams Kompliment.

„Vielleicht ist sie ein Chamäleon", schlug Anya vor. „Vielleicht ist sie schneeweiß und wir stehen direkt auf ihr ohne es zu merken."

Alle sahen auf den Boden. Einige Sekunden verstrichen, ohne dass etwas passierte, und alle seufzten enttäuscht.

William sah sie an, öffnete den Mund, um etwas zu sagen, ließ es dann aber bleiben. Hinter ihrer Schulter sah er eine Waffe hervorstehen, sie hatte sie wie ein Samurai auf den Rücken geschnallt. Er runzelte die Stirn. „Hübsches Schwert", sagte er trocken.

„Danke."

„Es ist eines meiner Lieblingsschwerter."

„Wenn du nett zu mir bist, dann bekommst du es in einem oder zwei Jahren zurück."

„Du bist zu gütig."

„Ich weiß. So, wir sprachen gerade über Hydra, glaube ich."

William schwieg und betrachtete die Landschaft. „Okay. Was machen wir jetzt?"

„Hier lang." Lucien deutete in eine Richtung und bedeutete, sie sollten ihm folgen.

Anya unterdrückte einen Seufzer, ging ihm aber nach. „Jetzt sag mir nicht, dass wir etliche Meilen wandern müssen. Dann verdufte ich nämlich vielleicht."

„Passt einfach gut auf", gab Lucien zurück, und die drei arbeiteten sich mühsam mehrere Stunden lang voran.

Zuerst fühlte sie sich wie ein Stück Eis, dass an der Oberfläche in einem Glas Limonade umherschaukelt, dann aber wurde ihr ganzer Körper taub. Das hätte alles leichter machen sollen, tat es aber nicht. Wenn sie ihre Arme und Beine regen wollte, hatte sie den Eindruck, sie müsste tonnenschwere Bohlen bewegen.

„Erinnere mich daran, warum ich dein Freund bin", sagte William in die Stille hinein. „Erinnere mich daran, warum ich dich in meinem Haus willkommen geheißen habe, und zwar häufig. Auch wenn ich wusste, dass du Ärger hattest, und dass er vor meiner Tür nicht halt machen würde. Denn im Moment weiß ich nicht mehr warum ich das alles für dich getan habe."

„Du hast sie in dein Haus gelassen, weil sie aufregend und leidenschaftlich ist, und es nie langweilig wird, wenn man mit ihr zusammen ist." Lucien sah sie an.

Ah. Ihr wurde warm, als würde das Eis in ihrem Blut zu schmelzen beginnen. Die Wärme half gegen die Taubheit. Sie lächelte ihn an und tätschelte ihm die Schulter. Er schlug sich tapfer.

Auch wenn ihm die Beine schwer waren, war er noch kein einziges Mal gestolpert. In seinem Kopf meldete sich der Tod, um Seelen abzuholen, aber gleichzeitig wollte der Dämon auch an Anyas Seite bleiben.

So einfach seine Gedanken lesen zu können, war richtig klasse, dachte sie. Und zu wissen, dass sein süßer kleiner Dämon nur für sie schnurrte, weil er sie mochte, war noch besser. Zwei unartige Jungs zum Preis von einem. Es hätte nicht besser kommen können. Dennoch tat es ihr leid, dass Lucien litt. Bald, schwor sie sich, bald würde das ein Ende haben.

Lucien streckte seine Hand aus, um sie zu berühren, als hätte er gespürt, dass sie vorhatte, mit Cronus in Kontakt zu treten. Okay. Vielleicht war es doch nicht so toll, dass die beiden die Gedanken des anderen erraten konnten. Was wäre, wenn Lucien versuchte, sie aufzuhalten?

„Habt ihr eine Ahnung, wie Hydra ist?" Sie wollte ihn auf andere Gedanken bringen. „Ist sie eine gute Kämpferin?"

„Sie ist unbesiegbar, und immer, wenn man ihr den Kopf abschlägt, wächst ihr ein neuer." William seufzte ein wenig niedergeschlagen. „Glaubst du wirklich, Anya, dass du so eine Kreatur besiegen kannst. Ich meine, du bist zwar stark, aber nicht *so* stark."

Mit seinem Spikeschuh trat Lucien auf einen Eisklumpen und kam ins Straucheln. Geschwächt wie er war, dauerte es ein wenig, bis er sich wieder aufgerichtet hatte. Anya wollte nicht, dass William den Eindruck bekam, dass Lucien ein weniger guter Krieger als sie war, deswegen zwang sie sich, ihre Hände bei sich zu behalten und ihm nicht aufzuhelfen.

„Was ist denn mit dir los?" William sah Lucien an. „Hat Anya dich fertig gemacht oder was?"

Anya gab William einen Klaps auf den Arm. „Red nicht so mit ihm. Er hat *mich* fertig gemacht."

„Au." William runzelte die Stirn. „Das tat weh. Du bist stärker als du glaubst. Dein Schlag hat es in sich."

„Ach, sei ruhig, du Baby. Ich habe gar nicht doll zugeschlagen."

„Und?" William wollte nicht den Mund halten und sah wieder zu Lucien hinüber, nur um sie zu ärgern. „Was ist denn mit dir?"

Lucien zuckte mit den Schultern. „Falls der Feind glaubt, ich sei geschwächt, dann unterschätzt er mich."

Darüber dachte William eine Weile nach und nickte dann. „Wahr. Aber ich sehe hier keine Feinde."

„Das wird sich zeigen."

Anya war stolz auf ihn. *Guter Junge.*

Der nächste Windstoß blies ihnen die Kälte ins Gesicht. „Was hast du mit den Leichen der Jäger gemacht?", wollte Lucien wissen.

„Ich habe sie entsorgt“, lautete die knappe Antwort. „Mehr musst du nicht wissen.“

Anya hatte Spaß gehabt, sie zu bekämpfen und einige von ihnen zu töten. Sie hatten zwar gehofft, Lucien zu töten oder zumindest zu verwunden, aber Luciens Feinde waren jetzt auch ihre. Ohne zu zögern würde sie jeden umbringen, der ihm zu nahe kam. Weder würde sie es bereuen noch Gnade walten lassen.

Einen Moment herrschte Stille. William zog sich die Maske vom Gesicht und zupfte sich das Eis von den Augenbrauen. „Wenn jemand sie finden würde, dann würden hier überall Menschen herumlaufen und die Morde untersuchen.“

„Schlau.“ Anya sah ihn an. „Götter, wo zum Teufel ist Hydra? Ich habe noch keine einzige Fußspur entdeckt, und schon fühle ich mich verarscht. Vielleicht verschwende ich hier einfach meine Zeit, und sie ist schon lange nicht mehr in der Arktis. Dann stehe ich da wie ein Idiot und kann mir meine Glaubwürdigkeit in die Haare schmieren.“

Auch Lucien nahm seine Maske ab, zupfte Anyas vom Kinn und drückte ihr schnell einen Kuss auf die Lippen. Aber das reichte nicht, also küsste er sie ein zweites Mal, länger und intensiver.

Sein sinnlicher Duft stieg ihr in die Nase und erfüllte sie mit Leidenschaft. „Du bist kein Idiot.“

„Igitt.“ William tat so, als würde er sich übergeben müssen. „Ist das eklig.“ Dann sah er sie mit offenem Mund an. „Sag mal, seid ihr beiden verbunden? Du hast deinem Fluch nachgegeben? Für ihn? *Warum nur?*“

„Sich zu lieben ist nicht eklig, und mehr gibt es dazu nicht zu sagen.“ Widerwillig trennte sie sich von Lucien, zog die Skimaske wieder gerade und versetzte William einen Schlag auf den Arm. „Warte nur ab, bis es bei dir mal so weit ist. Ich hoffe, deine bessere Hälfte will dann nichts von dir wissen und macht dich wahnsinnig.“

„Ach, das wäre schön.“

„Das werden wir ja sehen“, sagte sie geheimnisvoll.

William hielt in der Bewegung inne und legte eine Hand auf ihren Arm. „Was wisst ihr? Habt ihr etwas gehört? Anya, kannst du mir etwas über mein Schicksal erzählen?“

Heimlich musste sie lächeln, es war nicht nett, ihn so lange hinzuhalten, dachte sie. Immer hatte er es vermieden, sich zu verlieben, weil auch er einen Fluch auf sich hatte. Aber Anya hatte nie herausfinden können, was für ein Fluch es war, denn er sprach nicht darüber, und sie hatte nie die Geduld gehabt, die Prophezeiungen aus dem Buch zu dechiffrieren. Es war voller alter Reime und obskuren Warnungen.

„Ich habe gar nichts gehört“, gab sie zu. Noch vor einer Woche hätte sie ihn angelogen und behauptet, dass sie etwas wüsste. Wenn er sie dann angefleht hätte, ihm etwas preiszugeben, hätte sie das gefreut. Aber nun hatte sie sich verändert, es machte ihr keinen Spaß mehr, andere zum Narren zu halten.

Irgendwie musste Lucien einen negativen Einfluss auf sie haben. Als nächstes würde sie auch noch das Stehlen seinetwegen aufgeben. Sie lächelte in sich hinein. Wahrscheinlich würde sie in der Zukunft keine Zeit mehr haben zu stehlen, weil sie zu beschäftig mit Sex war, also war das ein fairer Handel.

„Du bist vielleicht blöd“, seufzte William und setzte seinen Weg fort.

Obwohl sie müde war und die Erschöpfung ihr immer mehr zusetzte, schaffte es Anya, mit ihm Schritt zu halten. Aber bald stolperte sie über jeden kleinsten Eisblock, der auf ihrem Weg lag. „Wie lange wollen wir noch suchen?“, jammerte sie. „Nicht, dass ich aufgeben will, aber … Ich frage mich das nur.“

Lucien schlang einen tröstenden Arm um sie. Er gab ihr so viel Liebe und Wärme. Es war eisigkalt, ihre Füße taten weh, und ein Teil von ihr wollte, dass diese Sucherei endlich vorbei war, damit sie mit Lucien alleine sein konnte. Sie wollte seinen Körper verwöhnen und danach – nachdem sie sich geliebt hatten – mit ihm gemeinsam überlegen, was sie am besten mit Cronus machen sollten. Aber wenn Lucien so nah bei ihr wie jetzt war, dann machte ihr der ganze Stress gar nichts mehr aus. Aber sie mussten noch diesen blöden Zwangskäfig finden.

Plötzlich trat William heftig auf. Das fiel Anya erst dann auf, als sie zur Seite schaute, und er nicht länger dort war. Sie und Lucien sahen sich lange in die Augen, bevor sie sich umdrehten, um zu schauen, wo er geblieben war.

„Was zum Teufel ist los – da?“, rief Lucien aus. Er war bleich geworden.

„Wo?“ Sie sah sich um, aber alles sah so aus wie der gesamte Weg, den sie schon zurückgelegt hatten. „Ich sehe nichts.“

„Dort!“ Lucien deutete irgendwo hin, in seiner Stimme klang die Aufregung mit.

Sie sah in die Richtung, in die er zeigte: Zuerst sah sie nur aufgewirbelten Schnee, der wie Bänder vom Himmel fiel. Dann nahm sie im goldenen Mondlicht etwas wahr, was sich gegen die Schneeflocken abzeichnete … War es ein Torbogen? Irgendwie schien die Luft dort dichter zu sein wie sich seicht bewegendes Wasser etwa.

William stand plötzlich wieder davor. Juchzend legte sie ihren Arm um Lucien. „Das ist es. Das muss es sein! Was meint ihr, wohin es führt?“

„Es ist wahrscheinlich gar nichts.“ Lucien kniff die Augen zusammen.

William ließ seinen Kopf in den Nacken fallen und starrte in den Himmel. Betete er? „Vielleicht sollten wir umkehren.“

„Auf keinen Fall.“ Anya ließ Lucien los und machte einen Schritt nach vorn. „Entweder gehst du vor, oder du gehst mir aus dem Weg, Willie. Wir werden durch diesen Bogen gehen.“

21. Kapitel

Paris war erschüttert, als Sienna tatsächlich anfing, sich auszuziehen. Mehr brauchte es nicht, um seinen Schwanz steif zu machen: Sie nackt zu sehen. Sie war zu dünn, wie er schon vermutet hatte, ihr Busen war klein. Aber sie hatte die schönsten Spitzen, die er jemals gesehen hatte: Rosafarben, es war höchste Zeit, sie in den Mund zu nehmen.

Noch erstaunter war er, als sie zu ihm auf die Pritsche kletterte und sich rittlings auf ihn setzte. Es schockte ihn, wie sie sich ohne Umschweife auf ihm niederließ. Ohne Vorspiel ließ sie ihn ganz in sich eindringen.

Und dennoch war sie so feucht wie wenige Frauen, mit denen er zusammen gewesen war. Sie war für ihn bereit und hob ihren Leib und senkte ihn wieder, während Paris immer wieder aufstöhnte. Er hasste es, dass seine Handgelenke gefesselt waren, denn er musste ihre Brüste berühren. Und er konnte sie nicht mit den Händen zwischen den Schenkeln streicheln.

Aber am Schlimmsten war es für ihn, dass er nicht ihr Gesicht zu sich hinabziehen konnte, um ihr einen feurigen schmerzhaften Kuss auf die Lippen zu pressen, bis sich ihre Zähne berührten.

Aber das war nun auch egal, dachte er bitter, früh oder später würde er sie bestrafen können.

Sie war schnell gekommen und hatte ihn sich mit einer Energie genommen, die ihn überraschte. Aber auch er war zügig am Höhepunkt angelangt. Innerhalb weniger Minuten hatte ihn seine Explosion bis ins Mark erschüttert – verbunden mit einer heilsamen Dosis Ernüchterung. Nie zuvor war er so schnell gekommen. *Das sollte mir gleich sein,* dachte er für sich. Denn was die Menschen, die ihn gefangen hielten nicht wussten, war, dass er mit jeder Bewegung ihres Beckens das Gefühl hatte, dass seine Kraft wiederkam. Er spürte, dass er mit jedem Stoß immer stärker wurde.

Sie war auf seinem Oberkörper zusammengesackt. Schweigend rang sie nach Atem, ihr Körper war mit Schweiß bedeckt. *Tu es. Es ist an der Zeit.* Mit zusammengekniffenen Augen stieß er sie von sich, die Ketten an seinen Hand- und Fußgelenken zerbarsten, und er war frei.

Nach all den vergeblichen Mühen war Paris erstaunt darüber, wie einfach es letztendlich war.

Bei dem ersten Geräusch hob Sienna den Kopf. Ihr Gesicht war von ihren verwuschelten braunen Haaren umrahmt, ihre Wangen waren rosig. Mit großen verletzlichen Augen sah sie ihn an. Bevor sie verstand, was vor sich ging, sprang er vom Tisch und nahm sie bei der Hüfte, als würde er einen Sack Kartoffeln tragen.

Sofort fing eine Alarmglocken an zu läuten.

Ja, natürlich hatten die Jäger ihnen zugesehen. Er beugte sich hinunter, hob Siennas Bluse auf und hielt sie ihr hin. „Zieh dich an."

„Paris", keuchte sie und versuchte, sich gegen seinen Griff zu wehren. „Tu das nicht, bitte." Sie klang nicht mehr wie die sachliche Agentin, deren Opfer er geworden war. Sie klang eher wie eine Frau, die gerade den besten Orgasmus ihres Lebens gehabt und nun Angst um das Leben ihres Geliebten hatte.

Was für eine gute kleine Schauspielerin sie doch war.

„Halt lieber den Mund, Weib." Paris kümmerte sich nicht um seine offene Hose, als er zur Zellentür ging. „Ich *werde* dir weh tun. Sehr gern sogar."

„Wenn du versuchst zu fliehen, vergessen sie vielleicht, dass du den Dämon noch in dir hast und töten dich!"

„Es ist ja nicht so, dass es dir wirklich etwas ausmachen würde, oder? Außerdem können sie es gern versuchen." Er hoffte, sie würden es tun. Sienna könnte er verletzen, aber es wäre besser, wenn er *irgendeinen* Menschen töten könnte, um ein wenig Dampf abzulassen. Wer wäre da besser geeignet als ein Jäger?

Aus Düsen an der Zelldecke strömte so etwas wie Trockennebel aus und füllte den Raum. Das Zeug machte Paris nicht viel aus, außer dass ihm die Augen tränten, aber Sienna begann zu würgen. „Wie geht die Tür auf?"

Sie nannte ihm eine Nummer, die er auf ein erleuchtetes Zahlenfeld neben dem Rahmen tippte, und die Tür öffnete sich. Die Zelle wurde hell erleuchtet.

Paris betrat einen Gang, dessen Wände mit rotem Samt ausgeschlagen waren. Auf Marmorpodesten standen weiße Statuen, die nackte Menschen darstellten.

Eine Kathedrale? Konnte das sein?

Aber er hatte keine Zeit, sich darüber Gedanken zu machen, wo er sich gerade befand, denn schon stürzten einige Jäger auf ihn zu, die aus ihren Pistolen auf ihn schossen. Die Kugeln sausten an ihm vorbei. Sie hatten nicht vor, ihn am Leben zu lassen, so wie es aussah. Die Pistolen waren mit Schalldämpfern versehen. Das bedeutete, dass sie vermeiden wollten, zu viel Lärm zu machen, um nicht auf sich aufmerksam zu machen. Was wiederum hieß, dass sich das Gebäude in einem Gebiet befinden musste, in dem sich viele Menschen aufhielten.

Sein Dämon bäumte sich wütend auf und knurrte und sorgte dafür, dass Paris sich geschickt aus dem Kugelhagel winden konnte. Neben ihm tauchte Sienna auf, die nach Luft rang. Es wäre besser für sie, wenn sie aufhörte, gegen ihn zu kämpfen. Indem er nach vorn sprang, trat er zwei Jägern in den Bauch, wodurch sie gegen eine Statue der Mutter Gottes prallten. Durch den Stoß kam sie auf ihrem Podest ins Schwanken, und der Jäger ließ seine halbautomatische Waffe fallen. Mit seiner freien Hand schnappte sich Paris die Pistole und schoss wild um sich, während er sich weiter voranarbeitete.

Als er um eine Ecke bog, stellten sich ihm noch mehr Jäger entgegen. Ihren Schüssen wich er aus, bis auf drei, die ihn streiften. Sobald sein Magazin leer war, griff er sich eine neue Waffe. Sie lagen überall in den Gängen herum, neben den toten Leibern, die sich auf dem Boden befanden. Während er um die nächste Ecke bog, berührte er aus Versehen Siennas Brust. Er fühlte … nein, tat er nicht. Er hatte sie doch gerade erst genommen. Es war gar nicht möglich, dass er schon *wieder* hart wurde. Jedenfalls nicht durch sie. Aber er spürte, wie das Blut in sein Gemächt schoss.

Niemals, nicht in tausend Jahren, hatte er dieselbe Frau zwei Mal begehrt. Er war sich nicht sicher, was passieren würde, wenn er seinem Verlangen nachgehen würde. Ob der Dämon in ihm dann wahnsinnig werden würde?

„Wohin?“ Er blieb an einer Kreuzung zweier Flure stehen.

„Links.“ Sienna holte Atem.

„Wenn du lügst, dann …“

„Tue ich nicht.“

Er wandte sich nach links und sprintete los. Vor ihm tat sich eine Doppeltür auf, aus der drei Jäger auf ihn zustürmten. Mit entschlossenen Mienen zielten sie ihre Waffen auf ihn. Paris versuchte zu schießen, aber er hatte seine letzte Kugel verbraucht.

Er duckte sich und schrie: „Halt dich an mir fest!“

Sie legte ihre Arme um ihn und schlang die Beine um seine Hüften. Zusammen gingen sie zu Boden und rollten in die Gruppe der Jäger, die alle wie Kegel umfielen.

Auf dem Fußboden gelang es Paris, sich noch eine weitere Waffe zu greifen und auf die Jäger zu schießen. Jeder Schuss war ein Kopfschuss, und Blut und Gehirnmasse spritzten auf. Sienna weinte leise, sagte aber nichts. Ein wenig hatte Paris ein schlechtes Gewissen, dass sie mit ansehen musste, wie er seine brutale Seite auslebte, aber was sie von ihm dachte war sowieso gleichgültig.

Gemeinsam rafften sie sich auf und traten durch die Doppeltür, die ins Freie führte. Draußen war es Nacht, die Luft war warm und duftete süß. Anhand der Umgebung erkannte Paris, dass sie sich in Griechenland befanden, und dass er tatsächlich in einer Kathedrale eingesperrt gewesen war. Sterbliche standen auf der großen Freitreppe und sahen sie an: Beide waren blutüberströmt, Sienna dazu noch nackt. Die Menschen steckten die Köpfe zusammen und tuschelten.

In der Ferne hörte man eine Sirene klingen.

Mit schnellen Schritten bahnte sich Paris einen Weg durch die Menschenmenge und führte Sienna in eine dunkle Seitengasse. Sie stöhnte vor Schmerzen auf. Als er sich zu ihr umdrehte, bemerkte er, dass sie schwer verwundet war.

„Sieh mich an.“

Langsam wandte sie ihm ihr Gesicht zu. In ihren Augen standen Tränen, die Angst und Anstrengung waren ihr anzusehen. Paris spürte, dass ihm etwas Warmes über den Oberschenkel lief.

Als er sicher war, dass ihnen niemand zusah, setzte er sie auf den Boden und betrachtete sie aufmerksam. Mittlerweile hatte sie es geschafft, sich wieder ihre Bluse anzuziehen, der Stoff klebte ihr an den Oberschenkeln.

Sein Herz krampfte sich zusammen. Sie blutete sehr stark, ihre

Bluse war voller Blut, das sich tiefrot in dem Stoff ausbreitete, der an ihrem Bauch klebte.

Sie war angeschossen worden.

„Sienna." Er war erschrocken, was er nicht verstehen konnte. Es sollte ihm gleich sein, was mit ihr war. Er hatte sie doch bestrafen und verletzen wollen, und jetzt …

„Paris", brachte sie hervor, „ich hätte dich umbringen sollen."

Als hätten sie diese Worte ihre letzte Kraft gekostet, fiel ihr Kopf zur Seite. Er beugte sich zu ihr hinab, nahm sie in seine Arme und drückte sie fest an sich. Einen Herzschlag später starb sie.

Lucien hielt Anya am Arm fest, bevor sie an die Stelle treten wollte, wo die Luft dicht war und changierte. Neugierig sah sie ihn an, doch er schüttelte den Kopf.

„Du zuerst." William sollte als erster gehen, für den Fall, dass es sich um eine Falle handelte.

Zunächst reagierte der Krieger nicht. Aber dann kniff er die Augen zusammen und zuckte mit den Schultern. „Also gut, dann gehe ich zuerst." Ohne etwas zu sagen machte William einen Schritt und ging an ihnen vorbei in das glitzernde Nichts.

Er verschwand sofort, als hätte er sich nie auf dem Berg befunden.

Götter im Himmel. Es war tatsächlich ein Eingang. Lucien freute sich einen Moment lang. Vielleicht würden sie doch nach alldem, was geschehen war, den Zwangskäfig finden. Doch als ihm dieser Gedanke kam, wurde ihm auch klar, was das bedeutete: Wenn sie den Käfig haben wollten, würden sie wahrscheinlich gegen die mächtige Hydra kämpfen müssen. Zwar hatte er damit gerechnet, aber nie war die Möglichkeit so wahrscheinlich wie jetzt.

„Mir nach", sagte Lucien und schritt voran, bevor sie protestieren konnte. „Mach dich auf einen Kampf gefasst." In jeder Hand hielt er einen Dolch. Zwar war er ein wenig zittrig und schwach, aber er wollte nicht nachgeben.

Was auch immer er erwartet hatte, wie die glänzende Luft sich anfühlen würde, es war anders. Das Glitzern war trocken und federleicht. Er spürte weder Spannung noch Schwindel. In einem Moment war er von Eis und Schnee umringt, in der nächsten befand er sich im Paradies.

Heiße Luft wärmte ihn, schmolz den Schnee und sorgte dafür, dass er zu schwitzen anfing.

„Wow." Anya holte hinter ihm tief Luft. Das Schwert, das sie William gestohlen hatte, fest im Griff, stellte sie sich neben ihn. „Das ist ja … unglaublich. Wer hätte gedacht, dass es oben auf den Bergen so etwas geben würde?"

Wo war William? Lucien sah sich um. Sie schienen sich auf einer tropischen Insel zu befinden. Überall wuchsen prächtige große Bäume und blühende Blumen in allen Farben. In der Luft lag der schwere Duft von Kokosnüssen und Ananas, fast betäubend war er. Auf alle Fälle beruhigte er die Nerven, lullte sie ein. Lucien runzelte die Stirn, während sich seine Muskeln von ganz allein entspannten.

Du warst doch gerade dabei … was denn eigentlich? Plötzlich erinnerte er sich: *William!* Er stand in kniehohem Gras und schaute sich weiter um, wobei er gegen die Mattigkeit in seinem Kopf und seinem Körper ankämpfen musste. Da! William lehnte gegen einen großen Felsblock.

Er hatte schon seinen Mantel, die Maske, Mütze und die Handschuhe ausgezogen. Offensichtlich hatte er keine Waffe in der Hand, denn er hatte die Arme über der Brust verschränkt. Lucien nahm seinen entschlossenen Blick wahr, obwohl er sich anscheinend Mühe gab, gelangweilt dreinzuschauen.

Lucien zog sowohl seine Maske als auch seinen Mantel aus und ließ sich zu Boden fallen, denn er wollte sich nicht durch die schwere Kleidung behindern lassen. Aufgrund von Cronus' Fluch war er so schon langsam genug.

Anya zog sich bis auf ein hautenges weißes T-Shirt und Hotpants aus. Trotz seiner angeschlagenen Gesundheit wurde er sofort wieder steif.

„Hier sollten wir unsere Hochzeitsreise verbringen", stellte sie fest. Lachend tanzte sie durch die Blumenwiese, sodass ihre Haut von den zarten Blütenblättern berührt wurde, so wie *er* es gern getan hätte. „Hier sehe ich unser Monster nicht, du? Und? Macht es dir etwas aus? Noch nie habe ich mich so wohl gefühlt."

„Nein, ich sehe sie auch nicht." Als er sie so sah, musste er unwillkürlich lächeln. *Sie ist bezaubernd,* dachte er. *Sie gehört mir.* Und wenn sie es schaffen würde, den Käfig zu bekommen, dann würde er vielleicht einfach weiterleben, nur um mit ihr zusammen zu sein.

Plötzlich hielt sie inne, hielt den Atem an und streckte einen Arm aus: „Lucien, sieh doch nur, da!“, rief sie aufgeregt aus. „Der Zwangskäfig!“

Er schaute auf den kristallklaren See, der vor ihnen lag. Wie nicht anders zu erwarten war, befand sich ein normaler Käfig auf einem Felsen am anderen Ufer des Sees. Lucien konnte sich nicht helfen, dieser Käfig sah recht unspektakulär dafür aus, dass es sich dabei um ein Relikt der Götter handelte. Die polierten Gitter umfassten eine Fläche, auf der ein Mensch ausgestreckt bequem liegen konnte. Der Käfig war hoch genug, um ihn aufrecht stehen zu lassen. Wen sollte er dort einsperren, um herauszufinden, wo die Büchse der Pandora verborgen war. Anya hatte Hydra vorgeschlagen.

„Es ist nicht so großartig, wie ich gedacht hätte“, beschwerte sich Anya und sprach damit Luciens Gedanken aus.

„Stimmt.“

„Hydra kann *froh* sein, dass wir den Käfig nehmen.“

Hydra. Fast hätte er sie vergessen. Er sollte sich über sie mehr Gedanken machen, oder? „Sei vorsichtig.“ Lucien versuchte, seinen Körper auf einen bevorstehenden Kampf vorzubereiten. „Das Ungeheuer könnte in der Nähe sein.“

Unbeschwert machte William ein paar Schritte und zupfte Grashalme auf seinem Weg. „Du hast mir versprochen, dass du mir mein Buch zurückgibst, wenn ich euch herbringe“, wandte er sich an Anya. „Und wie du siehst, habe ich euch hergebracht.“

„Ja, stimmt. Und ja, du hast uns hergebracht. Und sobald wir wieder in Grönland sind, bekommst du dein Buch. Du hast mein Wort.“

Lucien spürte, wie ihm schwindelig wurde. Er atmete tief durch, aber damit verstärkte er den Schwindel nur noch. Bis er sich entschlossen hatte, am besten gar nicht mehr zu atmen, war es schon zu spät – er war bewegungsunfähig. Was war mit ihm los?

„Tut mir leid“, hörte er William sagen. Dann glitt ein Schwert mitten durch seinen Körper, zerteilte seine Haut, dann das Fleisch und schließlich die Organe und Knochen. Mit jeder Bewegung, mit der die Klinger tiefer eindrang, spürte Lucien einen brennenden Schmerz. „Ich hatte gehofft, dass es nicht soweit kommen würde.“

Wäre er ganz der alte gewesen, hätte Lucien die Attacke kommen sehen und sich wegportiert. Und er wäre von selbst geheilt. Aber so, wie es nun einmal war, konnte er sich noch nicht einmal bewegen. Und es war ihm auch egal. Das bisschen Energie, das noch in ihm steckte, verschwand. Dann gaben seine Knie nach und er fiel zu Boden. Hatte William eine besondere Fähigkeit?

Anya.

Lucien hörte sie schreien, es war ein Laut, der ihm das Blut gefrieren ließ, ein Schrei aus Wut und Raserei, Hass und Angst. Plötzlich war es ihm nicht mehr egal, was passierte.

„Du Mistkerl!"

„Cronus war bei mir, als ihr gepackt habt, Anya", schrie William. „Er drohte mir, mich zu töten, wenn ich nicht euch beide umbrächte, sobald ihr den Käfig gefunden hattet. Ich wollte das wirklich nicht tun, aber ihr habt mir keine andere Wahl gelassen. Es tut mir echt leid. Wirklich. Ihr müsst mir glauben, dass ..."

„Ich werde dich umbringen, du verdammter Verräter!"

Lucien spürte, wie das Schwert aus seinem Leib herausgerissen wurde, bis er vor seinen Augen schwarze Spinnenweben sah und ihn daran hinderten, voll zu sehen. Aber immerhin nahm er noch wahr, wie Anya sich das Schwert nahm. Ihr hübsches Gesicht war wutverzerrt. Er sah, wie William und Anya sich gegenüber standen, beide wild entschlossen.

Sie würden so lange kämpfen, bis der eine oder andere starb.

„Nein", brachte er mühsam hervor. Das durfte er nicht zulassen. Er durfte es nicht dulden, dass sie einen Krieger bekämpfte. „Nicht!"

„Ruhe dich aus, Baby, damit du dich schnell erholst." Ihre Stimme war rau. Von ihr ging eine Ruhe aus, die auf ihn übersprang und die ihn seine Schmerzen leichter ertragen ließen. Sie dachte, dass er bereits tot war. „Ich werde William dafür bestrafen, was er dir angetan hat."

„Ich wollte dir nicht weh tun", beteuerte William.

Das habe ich ihr auch einmal gesagt, dachte Lucien schwach.

„Wenn es nach Cronus ginge, dann musst du mir etwas zuleide tun. Stimmt doch, oder? Du machst immer noch das, was die Nummer Eins dir sagt, wie ich sehe. Aber das kümmert mich nicht, denn ein toter Mann kann keinen Schaden mehr anrichten." Sie fuhr sich mit der Zunge über die Lippen, als könnte sie bereits Williams Tod schmecken. „Du hättest mir davon erzählen sollen, was Cronus von dir wollte.“ Wie ein Raubtier sein Opfer schlich sie um ihn herum. „Wir hätten uns eine Lösung überlegt, wie wir ihn aufhalten könnten.“

„Wenn es einen Weg gegeben hätte, ihn davon abzubringen, dann hätten wir es schon längst gemacht.“

„Wie konntest du nur so etwas tun, verdammt noch mal? Ich liebe ihn.“

„Ich weiß doch. Und es tut mir auch wirklich leid.“

Lucien bemühte sich, wieder auf die Füße zu kommen, aber die Wunden in seinem Körper bluteten so stark, dass er immer schwächer wurde. *Du bist ein Krieger, dann benimm dich auch so. Anya zuliebe.* Indem er seine letzten Reserven bemühte, von denen er nichts gewusst hatte, weil sie von Anya stammten, schaffte er es, sich aufzuraffen und zu stehen.

Niemand bemerkte es.

Anya hob den Arm.

Auch William holte mit seinem Schwert aus.

Ein ohrenbetäubender Lärm stieg vom Wasser auf, und Anya drehte sich um, um nachzusehen, was das war. In diesem Moment sprang William hervor und zielte auf ihren Kopf.

Kling.

Anya wehrte seinen Hieb mit ihrer eigenen Waffe ab und die beiden begannen den tödlichen Tanz von Angriff und Parade. Ihre Klingen kamen einander immer näher. Währenddessen entstieg im Hintergrund ein doppelköpfiges Wesen dem Wasser, halb Schlange, halb Frau. Um ihren Kopf herum zischelten kleinere Schlangen und sperrten ihre Mäuler auf. Jede von ihnen besaß messerscharfe lange Zähne, wie Hydra auch.

Indem er seine Hand auf die Wunden in seinem Bauch presste und in der anderen einen Dolch hielt, stolperte Lucien vorwärts, um das Monster zu bekämpfen.

22. Kapitel

Mit ihrer ganzen Wut und Kraft kämpfte Anya gegen William. Wie konnte er es wagen, Lucien anzugreifen! Wie konnte er den Mann, den sie liebte, verletzen! Als sie sah, wie Lucien getroffen zusammensackte und das Blut aus seinem Bauch strömte, war es, als sei ein Teil von ihr direkt betroffen und starb.

Ich kann nicht ohne ihn leben und ich werde nicht ohne ihn leben.

„Du kannst uns nicht besiegen", keuchte William.

„Dann schau mal her!" Sie duckte sich und schwang herum, sodass die Spitze ihres Schwertes in seinen Oberschenkel drang.

Als die Klinge sein Fleisch traf, heulte er auf, das Blut quoll aus der Wunde hervor.

„Und das." Sie ließ es zu, dass er sie gegen einen Felsen drängte, um dann auf den Vorsprung zu hüpfen, ohne sich umzudrehen. Ohne eine Pause, sprang sie sofort wieder hinunter und drehte sich im Fall um ihre Achse, um besser zu stehen. Als sie wieder aufkam, war sie einen Moment lang nicht mit beiden Beinen auf dem Boden, was William ausnutzte, um sie nochmals zu attackieren. Aber sie schaffte es, zu parieren, und *ihn* gegen den Felsen zu drängen. Er saß in der Falle.

Noch einmal drang ein fürchterliches Geräusch vom See herüber.

Anya wollte sich umschauen, tat es aber nicht. Jede Ablenkung würde William nutzen, um sie zu schädigen, denn er war ein hervorragender Kämpfer. Noch einmal. *Vertraue Lucien. Auch er ist ein guter Krieger.* Ja, er war ein Krieger mit Leib und Seele. Ihr Krieger. Er war der Tod. Er konnte Hydra bekämpfen, gleichgültig, wie schwach er auch war. *Bitte lass ihn sie besiegen.*

„Anya", brachte William hervor und versuchte, ihr das Schwert aus der Hand zu schlagen.

Mit Leichtigkeit wich sie ihm aus, denn seine Bewegungen waren langsamer als zuvor. Er wurde müde, was ihr Vorteil war. Jeden Augenblick würde er wahrscheinlich etwas Dummes tun. Gerade eben hatte er zu einem tiefen Schlag ausgeholt, über den sie hinwegspringen und ihm auf die Hand treten konnte. Er musste seine Hand öffnen, und das Schwert schepperte zu Boden.

Sie grinste und richtete die Spitze ihrer Klinge auf seine Kehle. „Du hättest mich nicht verarschen dürfen." Aus dem Augenwinkel konnte sie sehen, dass sich Lucien mit erhobenem Dolch dem Ungeheuer näherte. Hydra neigte einen ihrer Köpfe zu ihm hinunter, um ihn zu beißen, aber er sprang zur Seite und hieb auf sie ein, sodass einer ihrer Köpfe rollte.

Das Monster zischte, und sofort wuchs ihr aus dem blutenden Loch auf ihrem Hals ein neuer Kopf. Aber was noch schlimmer war, war die Tatsache, dass der am Boden liegende Kopf nicht tot war, sondern lebte und versuchte, zu Lucien zu rollen und in seine Wade zu beißen.

„Lass uns abhauen, du und ich, bevor wir hier verspeist werden." William wich zur Seite aus und holte nach Anyas Bein aus.

Sie drehte sich um – *mach dem ein Ende, mach Schluss jetzt* – und zückte aus ihrem Stiefel noch einen Dolch, den sie auf ihn zuschleuderte, noch während sie mit dem Säbel auf ihn einhob.

William war gerade dabei, sein Schwert vom Boden aufzusammeln, als er von der scharfen Spitze des Dolches in die Schulter getroffen wurde. Er fiel hinten über. Anya ließ sich nicht bremsen, sondern drehte sich um die eigene Achse … und stach ihn in den Bauch, so wie er es zuvor bei Lucien getan hatte.

Geschockt sah er sie an. William sah an sich hinunter und stieß einen schmerzerfüllten Laut aus. „Du hast … gewonnen."

„Wie immer." Böse blickend stieß sie das Schwert weiter in ihn hinein bis in das Geröll hinter ihm, um den Krieger an Ort und Stelle festzunageln.

„Anya", stöhnte er, mit schmerzverzerrtem Gesicht.

„Ich hoffe, dir ist klar, dass du noch Glück hast. Ich werde dir weder den Kopf abhacken noch dein Herz herausschneiden. Jedenfalls nicht heute. Du wirst dich von dieser Wunde erholen, und dann jage ich dich immer wieder, bis ich glaube, dass du genug gelitten hast. Erst dann werde ich dich töten."

Damit drehte sie sich um und lief auf den See zu, um Lucien mit Hydra zu helfen. Dass William besiegte war erfüllte sie nicht mit Erleichterung, denn bis heute hatte sie ihn wirklich gern gemocht. Jetzt musste sie aber Lucien beistehen, denn er war in Gefahr, und nur er zählte.

Auf dem Weg zum Ufer zog sie den letzten Dolch aus ihrem Stiefel. Sie sah, dass Lucien sich immer noch den Bauch hielt, aus dessen Wunde Blut troff. Nachdem er den ersten Kopf abgeschlagen und wirklich getötet hatte, hatte er einen weiteren abgetrennt, der aber noch lebendig war und ihn angreifen wollte. An seiner Stelle war schon ein neuer gewachsen und attackierte Lucien ebenfalls. Trotz allem hielt er sich noch auf den Beinen und kämpfte weiter. Anya hatte noch nie so einen kraftvollen Kampf beobachtet. Lucien und schwach? Nein, ganz im Gegenteil, er war unglaublich stark.

An seiner Stelle wäre sie mit solchen Verletzungen gestürzt und nicht wieder aufgestanden. Wenn sie nicht schon in ihn verliebt gewesen wäre, hätte sie ihm in diesem Moment ihr Herz geschenkt. Auch noch mit seinem letzten Atemzug würde er sie verteidigen und beschützen. Als sie daran dachte, dass er sterben könnte, verwarf sie diesen Gedanken so schnell wie möglich. Nein, er durfte nicht sterben.

Mit pochendem Herzen lief sie zu ihm und schlug auf den rollenden Schlangenkopf ein. „Wie bringe ich es um?"

„Stich ihm in die Augen." Lucien holte gegen Hydra aus, während sie mit ihrem Schwanz um sich schlug. Er fiel hin, aber stand umgehend wieder auf. „Ich glaube, dass ist der einzige Weg, wie man diese Köpfe töten kann."

Anya sprang auf den hin und her rollenden Kopf, aber die Haare, die ebenfalls kleine Schlangen waren, fingen an, sie zu beißen. Jeder Biss brannte schrecklich, aber sie ließ nicht von dem Kopf ab, sondern stieß den Dolch in eine Augenhöhle. Sofort zuckte der Kopf und die Schlangen wurden steif, bevor sie in sich zusammenbrachen.

Als sie vom Kopf herunterstieg, lief ihr das Blut die Beine hinunter. Mit ihrem langen Hals brachte Hydra Lucien zu fall, indem sie ihm die Beine wegschlug. Als er unten lag, stöhnte er vor Schmerzen auf und atmete schwer.

„Lucien!" Sie teleportierte sich an seine Seite und kniete neben ihn.

„Mir geht es gut." Er stand wieder auf und schwankte.

Da Anya abgelenkt war, merkte sie nicht, dass sich Hydras Kopf ihr näherte. Als das Ungetüm ihre Zähne in Anyas Arm versenkte, war der Schmerz so lähmend, dass Anya nur noch weiß vor ihren Augen sah. Ihr Blut brannte wie Feuer, schwarze Sterne tanzten vor ihrem Gesicht. War es Gift? Schlangengift?

Bleib stark. Aber ihre Beine gaben nach, konnten ihr Gewicht nicht mehr halten. Aber schon stand Lucien neben ihr stach in ein Auge. Die Kreatur kreischte mit einem Schrei, der in den Ohren weh tat, auf, fiel um und war tot.

Genau wie zuvor wuchs ein neuer Kopf heran.

Anya zitterte und versuchte verzweifelt, gerade zu stehen. Sich konnte sich kaum gegen die Schwere wehren, die ihren Körper fest im Griff hatte.

„Bleib bei Bewusstsein, Liebes", hauchte Lucien ihr ins Ohr, wärmte sie mit seinem warmen Atem und gab ihr neue Kraft. „Ich habe eine Idee, aber es funktioniert nur, wenn wir es zusammen machen. Du musst ihren Kopf abschlagen und den Stumpf abbrennen, während ich sie ablenke, schaffst du das?"

„Lucien, ja. Ja … das schaffe ich." Für Lucien tue ich alles. Anya richtete sich auf und drückte die Schultern nach hinten. Sie konzentrierte sich auf ihren Atem, und mit jedem Zug frische Luft, den sie in ihre Lunge ein- und ausfließen ließ, konnte sie besser sehen. Als er sie küsste, bemerkte sie, dass beide seiner Augen blau waren. Dann entmaterialisierte er sich, die Luft schimmerte, dann war er wieder da.

Er runzelte die Stirn. „Ich habe nicht genug Kraft, um mich zu teleportieren. Ich muss es allein mit meinem Geist tun."

Sein Körper fiel bewusstlos zu Boden, aber Anya konnte sehen, wie sein Geist aus dem leblosen Leib emporstieg und sich zu dem Monster hin bewegte. Hydra konnte offensichtlich nicht erkennen, dass sie unmittelbar bedroht war, denn sie sah nur den toten Körper am Ufer liegen. Daher konzentrierte sie sich jetzt allein auf Anya, die sich zwang, auf das Ungeheuer zuzugehen.

Die Schlampe gehört mir.

23. Kapitel

Lucien setzte sich auf den Rücken der Kreatur. Sie war so abgelenkt, dass sie ihn nicht bemerkte. Anyas Körper war blutüberströmt, sie hatte Bisse und Wunden. Sie sah aus wie eine Amazone, eine Kämpferin, die nicht aufgeben würde, bevor sie den Kampf gewonnen hatte.

Er griff in das Innere des Monsters und zerrte an Hydras Geist. Sie schrie auf. Das Geräusch war so schrecklich, dass er zusammenzuckte. Wenn er in seinem menschlichen Körper gesteckt hätte, hätten seine Ohren geschmerzt.

In ihrer Panik attackierte Hydra wieder Anya, aber Lucien ließ ihren Geist nicht los und hielt sie somit an Ort und Stelle.

Solange sie noch am Leben war, wusste Lucien, dass es Hydra schmerzte. Wieder schrie sie auf, blieb aber dort, wo sie war, als sei sie festgebunden. Anya sprang hoch, und beim zweiten Versuch schaffte sie es, einen der Köpfe abzuschlagen. Während er ans Ufer rollte, sprangen aus Anyas Hand Flammen. Noch bevor sich ein neuer Kopf ganz ausgebildet hatte, schlug sie mit dem Feuer auf die Wunde ein.

Orange- und goldfarbene Flammen verbrannten die Haut und das Fleisch des Ungetüms. Es zischte und stank, als die Wunde durch das Feuer verschlossen wurde. Hydra zuckte wütend und schlug mit dem Schwanz um sich. In ihrem Zorn versuchte sie mit letzter Kraft, Anya zu beißen, aber Lucien ließ den Geist der Kreatur nicht los, als die Kriegerin zur Seite sprang und wieder ihr Schwert hob.

Treffer.

Der zweite Kopf fiel ab. Anya zauberte ein weiteres Feuer aus ihren Handflächen hervor und verbrannte die Wunde, obwohl zwei der Schlangen, die aus den Haaren kamen, in ihren Arm bissen. Sie zuckte zusammen, schaffte es aber, die Flammen weiter auf den Halsstumpf zu pressen. Aufkreischend wurde das Monster schlaff und fiel ins Wasser zurück. Ihr Schrei hallte von den Felsen wider, bis er endlich erstarb.

Lucien schwebte noch einen Moment lang über der Wasseroberfläche. Sie hatten es geschafft! Sie hatten gewonnen!

Anya ging erschöpft, aber lächelnd, zu Boden. Lucien flog zum Ufer und zu seinem Körper zurück, um wieder in ihn einzutreten. Aber es misslang. Es war, als bewahrte ein Schild ihn davor, wieder seine alte Gestalt anzunehmen. Es gab etwas zwischen der Geisterwelt und der körperlichen Welt, das er nicht durchbrechen konnte. Er runzelte die Stirn und versuchte es noch einmal. Wieder nichts.

Warum konnte er nicht zurück in seinen Körper?

Weil du zu schwach bist. Der Gedanke hallte in seinem Kopf wider. Zwar war er schwach, das stimmte, aber er sollte doch zumindest in seinen Körper zurück können. Wenn er das nicht schaffte ... Wütend versuchte er es ein letztes Mal. Es misslang.

Machtlos konnte er nichts weiter tun, als dort zu schweben. Er sah zu Anya hinüber. Sie sank auf dem Rasen neben seinem Körper auf die Knie.

„Komm zurück." Sie sah zu ihm auf. Müde lächelte sie ihn an. „Ich kümmere mich um deine Wunden."

Noch einmal versuchte er, in seinen Körper zurückzugelangen. Er *musste* sie noch ein einziges Mal berühren. Sie war die Frau, die ihn in wenigen Wochen glücklicher gemacht hatte, als er in Tausenden von Jahren jemals zuvor gewesen war. Aber nichts tat sich, er blieb genau da, wo er war.

„Lucien", schrie sie ihn aufgebracht an, doch er konnte den besorgten Unterton in ihrer Stimme hören. „Das ist nicht witzig. Geh' zurück in deinen Körper!"

„Ich kann nicht."

Es dauerte einen Moment, bis sie reagierte. Sie schüttelte den Kopf und sah ihn panisch und ungläubig an. „Du kannst es."

„Anya ..." Es war das Beste für sie. Er hatte es schon vor Tagen gewusst, und nun wurde es ihm noch einmal klar. Sein Körper war sterblich, und Cronus hätte dann nichts, mit dem er sie bedrohen konnte. Sie würde frei sein und würde den Schlüssel behalten können. Sie würde weiter die Herrschaft über sich und ihre Freiheit haben.

„Versuch es noch einmal." Sie schüttelte wieder den Kopf. Sie weinte. „Versuch es weiter."

„Anya."

„Du wirst nicht sterben, hörst du mich?" Sie starrte zu ihm auf, in ihren Augen standen die Tränen. „Du wirst nicht sterben." Ihre Stimme kippte. „Ich werde dich nicht gehen lassen. Hilf mir, William!“, schrie sie und schien ihre Wut auf den Krieger vergessen zu haben, aber ihr Freund war bewusstlos und hörte sie nicht. Sie begann, auf Luciens Brust einzuhämmern in der Hoffnung, sein Herz würde wieder anfangen zu schlagen.

„Anya, bitte.“ Sie so zu sehen schmerzte ihn unsagbar. Er schwebte zu ihr herüber und versuchte, ihr mit seiner Hand durch das Haar zu fahren, aber er spürte nichts bis auf warme Luft. „Ich liebe dich.“

Als er das aussprach, röhrte der Dämon in ihm mit mehr Zorn und Schmerz, als es Hydra gerade getan hatte. Plötzlich fühlte sich Lucien, als würde er brennen und sein Inneres würde durch ein hungriges Feuer verschlungen. Auch er begann zu schreien. Der Schmerz war zu viel für ihn, während er das Gefühl hatte, entzweigerissen zu werden.

Götter. Er spürte, wie der Mann und der Dämon in ihm sich voneinander trennten.

„Lucien, was ist los?“ Sie sah auf und wandte sich von dem toten Leib ab. „Es wird alles gut, du wirst dich erholen. Ich werde Cronus den allmächtigen Schlüssel geben. Es wird alles wieder gut“, wiederholte sie.

Er wollte ihr antworten und sagen, sie sollte sich von Cronus fernhalten, aber das Feuer in seinem Inneren brannte immer stärker und ihm versagte die Stimme. Wenn sich der Dämon vollständig von seinem Körper trennte, dann würde er endgültig sterben, oder? So war es mit Baden geschehen.

„Ich kümmere mich um alles.“ Anya war verschwunden. Aber bevor er sich Sorgen machen konnte, war sie schon wieder neben seinem Körper auf dem Stück Rasen erschienen, das von seinem Blut rot war. Ihre Augen glänzten vor Tränen. „Sag’ mir, was mit dir jetzt passiert. Ich will dir helfen.“

Während er gegen den Schmerz ankämpfe und den Dämon festzuhalten versuchte, streckte er noch einmal die Hand aus. Aber wieder griffen seine Finger ins Leere. Die Tränen rannen Anya jetzt über die Wangen, und es zerriss ihn, das mitansehen zu müssen. „Ich liebe dich“, brachte er schließlich hervor.

„Cronus“, schrie Anya.

„Stopp.“ Er krümmte sich zusammen. Jeden Augenblick würde es der Dämon geschafft haben, sich frei zu machen. Seltsam – so lange hatte er sich gewünscht, ohne den Dämon leben zu können, aber jetzt versuchte er sich an ihm festzuhalten, obwohl er kaum noch die Kraft dazu hatte.

„Cronus!“

Lucien öffnete den Mund, um etwas zu sagen, aber er brachte keinen Ton heraus. Als die letzte Verbindung zu seinem Dämon zerriss, verlor er das Bewusstsein.

Anya übergab sich in dem Moment, als Luciens Geist verschwand. Sobald ihr Magen ganz leer war, schrie sie noch einmal nach Cronus. „Ich will mit dir verhandeln. Hörst du mich? Ich bin so weit.“

Wie stets erschien er ihr mit einem Blitz, der sie blendete. Blinzelnd kam sie wieder auf die Beine, ihre Knie zitterten. Immer noch war Luciens Geist verschwunden. Er war fort, oh Götter! Sie hatte mit angesehen, wie der Dämon, ein Skelett wie der Sensenmann, heulend aus seinem Körper in die Geisterwelt fuhr, bevor auch er verschwand. *Bitte, lass es noch nicht zu spät sein.*

Sie schloss die Augen und versuchte, die Zeit zurückzudrehen, aber es gelang ihr nicht. Einmal hatte sie es geschafft, als sie für Maddox und Ashlyn die Zeit anhielt. Aber warum wollte es ihr nicht jetzt gelingen?

„Ich höre.“ Cronus glitt auf sie zu, seine weiße Robe strich über die dichten Grashalme.

Durch ihre Tränen sah sie ihn an. „Der Schlüssel gehört dir. Ich gebe ihn dir sogar gern, wenn du schwörst, dass du mir Lucien zurückbringst und uns beide in Ruhe lässt.“

„Ich will aber auch den Käfig. Wo hast du ihn versteckt?“

Sie spürte, wie Panik in ihr aufstieg und ihr Herz nicht mehr zu rasen aufhörte. Anya schüttelte den Kopf. „Den bekommst du nicht, er gehört Lucien. Du kriegst nur den Schlüssel.“

„Du willst, dass dein Geliebter am Leben bleibt?“

„Wenn er stirbt, wirst du niemals den Schlüssel bekommen!“ Die Tränen liefen ihr mittlerweile ungehindert über das Gesicht. Sie beugte sich hinab und hob Luciens Kopf an. *Ich liebe dich. Ich werde dafür sorgen, dass alles wieder gut wird.* Sie küsste ihn sanft auf die Lippen. *Lass alles wieder gut werden. Bitte.*

„Wenn du noch länger brauchst, dann werde ich ihn nicht wieder herbringen können.“ Cronus Tonfall war unerbittlich. „So schwach, wie er war, hat es mich ordentlich Mühe gekostet, ihn und den Dämon wieder zusammenzuknüpfen, damit er noch ein wenig weiterlebt. Ohne den Schlüssel trenne ich die beiden wieder. So einfach.“

Obwohl die Hoffnung in ihr aufstieg, dass Lucien wirklich gerettet werden könnte, kniff sie die Augen zusammen und sah den König der Götter an. „Ich werde nicht nachgeben. Du kannst von mir den Schlüssel bekommen, aber der Käfig gehört Lucien. Du hast mich einmal vor die Wahl gestellt: Lucien oder der Schlüssel. Jetzt stelle ich dich vor dieselbe Wahl. Das ist nur gerecht. Und ich werde meine Meinung nicht ändern.“

Er starrte sie ebenfalls böse an. Was ihm durch den Kopf ging ahnte sie nicht. Dann nickte er, als spürte er, dass sie sich nicht umstimmen lassen würde. Oder er hatte von Anfang an gewusst, dass es so enden würde, nur hatte er gehofft, dass er noch mehr bei dem Handel herausschlagen könnte. „Also gut.“

„Dann haben wir eine Vereinbarung getroffen. Luciens Leben für den Schlüssel.“ Sie nahm ein großes Risiko auf sich, denn sie vertraute einer Gestalt, die sie hasste und die wiederum sie hasste. „Wenn du nach diesem Gespräch uns den Käfig wegnimmst, dann werden die Unsterblichen hier und in aller Welt davon erfahren. Die Lords der Unterwelt werden sich gegen dich stellen und alles für die Griechen tun, was sie nur können. Es wird zu einem Krieg kommen, wenn du eigentlich nur erreichen wolltest, dass alle Ehrfurcht vor dir haben. Ich weiß, du glaubst, du seiest unverwundbar und stärker als die kleinen unsterblichen Krieger, aber weißt du was? Du bist schon einmal besiegt worden, und du wirst wieder besiegt werden.“

Cronus schwieg, als er die Arme in die Höhe reckte. Eine Sekunde später befanden sie sich in Luciens Zimmer in Budapest. Er lag auf seinem Bett. Sie konnte sehen, wie sich die Tätowierung auf seiner Brust mit jedem Atemzug hob und senkte. Er war nackt, und alle seine Wunden waren verheilt. Ihr Geliebter sah gesund und leicht gebräunt aus. Anya nahm wahr, das in seinem Inneren der Dämon ruhig dalag.

Cronus stand neben dem Bett.

Ohne etwas zu sagen, portierte sich Anya dorthin, wo sich ihre Mutter und ihr Vater versteckt hielten. Sie lebten auf einer Insel in der Nähe von Anyas Zuhause auf Hawaii. Dysnomia stand vor einem Käfig und sah betrübt hinein.

„Tut mir leid, Mom, aber jetzt brauchst du ihn nicht mehr für mich zu bewachen."

Die hübsche Dysnomia erschrak. Ihre dunklen Haare reichten bis über ihre Schultern hinab. Als sie Anya erkannte, lächelte sie. „Hallo Liebes."

„Ich weiß, was du denkst. Das ist schon der zweite Besuch an einem Tag, obwohl ich dir versprochen hatte, mich rar zu machen, um dir nicht die Titanen auf den Hals zu jagen. Aber du bist in Sicherheit, okay?" Anya küsste sie auf ihre zarte Wange. „Sag Dad einen schönen Gruß von mir, und dass ich bald wiederkomme. Versprochen." Sie nahm das Artefakt und teleportierte sich zurück zu Lucien.

Cronus stand immer noch dort, wo sie ihn verlassen hatte.

Sie stellte den Zwangskäfig auf die andere Seite des Zimmers. Dass Cronus nur eine Augenbraue hob, anstatt sich sofort auf den Käfig zu stürzen, überraschte Anya.

„Ich habe meinen Teil der Vereinbarung erfüllt." Er sah sie an.

Nun sollte sie ihr Versprechen halten. Plötzlich wurde sie nervös und küsste den schlafenden Lucien auf den Mund. Dann portierte sie sich in den Käfig. „Ich bin bereit." Sie hielt sich an den Gitterstäben fest.

Der Gott blinzelte erstaunt. „Du willst dich einschließen lassen? Ohne den allmächtigen Schlüssel wirst du nicht aus dem Käfig kommen, und jeder, der diesen Raum betritt, wird dir Befehle erteilen können."

„Das weiß ich." Aber wenn sie die Erinnerung an Lucien verlieren würde, sobald sie den Schlüssel hergab, würde sie so nicht in der Lage sein, fortzulaufen und sie beide zu gefährden. Weil sie an ihn gebunden war, hätte Lucien Zeit, wieder ihre Liebe zu gewinnen. „Ich liebe ihn."

Cronus strich sich irritiert über den Bart. „Erstaunlich. Vor allem, das von jemandem wie dir zu hören."

Das „von dir" ignorierte sie. Ihr war nie etwas Besseres passiert, als Lucien zu lieben, und sie würde *alles* für ihn tun. „Lass uns es hinter uns bringen." Sie schluckte trocken, atmete aus und sprach dann die nötigen Sätze: „Ich, Anya, durch die Jahrhunderte bekannt als Anarchie, gebe Cronus, König der Götter, den allmächtigen Schlüssel. Ich tue dies freiwillig und ohne Einschränkung."

Vor Vorfreude summend griff Cronus mit einer Geisterhand in ihren Körper, so wie sie es häufig bei Lucien und den Seelen der Sterblichen gesehen hatte. Ihre Brust brannte wie Feuer … Ein stechender Schmerz durchzuckte sie, als er seine Hand wieder zurückzog. Dann pulsierte ein bernsteinfarbenes Licht in seiner Hand.

Anyas Knie gaben nach, und sie brach zusammen. Mit geschlossenen Augen brachte Cronus das Licht an sein Herz.

Sein zufriedenes Lächeln war das letzte, was Anya sah, bevor alles schwarz wurde.

„Lass mich raus!"

Noch nie hatte sich Lucien so hilflos gefühlt. Er wusste einfach nicht, was er tun sollte. Anya war seit vier Tagen in dem Zwangskäfig eingeschlossen gewesen. Trotz der Verbindung zwischen ihnen hatte sie keine Ahnung, wer er war. Sie erinnerte sich nur an Dinge, die geschehen waren, bevor sie den Schlüssel bekommen hatte. Ständig forderte sie von ihm, er sollte sie herauslassen. Aber er tat es nicht. Er konnte es nicht. Wenn sie herauskäme, würde sie vielleicht versuchen, ihn umzubringen.

Damit hatte sie oft genug gedroht. Und er konnte immer noch spüren, was sie fühlte, und was sie dachte. Daher wusste er, dass sie es ernst meinte. Auch sie konnte noch seine Gedanken und Gefühle lesen. Täglich fragte sie ihn, warum er sie liebte.

Immer fragte sie ihn etwas verwirrt, als ob sie Fremde wären, und er sie mit Argwohn betrachten würde. Sicherlich empfand sie Abscheu vor *ihm*.

Wie ein hungriges angekettetes Tier lief er in seinem Schlafzimmer auf und ab. Sie hatte ihm zuliebe den allmächtigen Schlüssel weggegeben. Er hasste sie dafür, dass sie das getan hatte. Gleichzeitig wollte er sie dafür schlagen und küssen. Zwar hatte sie ihr Erinnerungsvermögen verloren, aber nicht ihre Kraft. Vielleicht lag das auch daran, dass sie mit einander verbunden waren, reimte er sich zusammen. Sie hatte ihm einst Kraft gegeben, nun gab er ihr seine zurück.

Wenn er es nur schaffte, dass sie sich an ihn erinnerte!

„Lass mich hier raus!", schrie sie ihn an. „Du hast kein recht, mich hier einzusperren. Wie konntest du mich aus Tartarus herausholen und mich hier einsperren, ohne dass ich das mitbekommen habe?"

Lucien hielt inne, ihm wurde es eng ums Herz. Er wusste, was sie für ihn aufgegeben hatte, und das tat ihm leid. Ja, aber noch mehr wollte er nicht, dass sie seinetwegen leiden musste. „Anya, wir sind verbunden. Warum kannst du dich nicht an mich erinnern?"

„Mistkerl." Sie griff durch die Stäbe und kratzte ihn, bis Blut aus seiner Brust troff. „Komm her und hol' dir deine Strafe ab. Du wirst Schmerz erleiden müssen. Den Captain habe ich ohne mit der Wimper zu zucken getötet, und der war stärker als du."

Er ließ sich vor den Gittern auf den Boden sinken und versuchte sich an die letzten Tage zu erinnern. Als er aufgewacht war, allein, aber wieder mit seinem Dämon vereint, war er überglücklich gewesen. Dann hatte er gesehen, dass Anya in dem Käfig schlief. Nachdem sie aufgewacht war, hatte sie ihn angesehen, als wäre er ein Fremder. Sie hatte ihn beschimpft und verflucht.

Vielleicht sollte gar nichts wieder gut werden?

Ihm war, als hätte sich ein dichtes Tuch über all die Krieger gelegt. Lucien hatte erfahren, dass Paris als gebrochener Mann aus Griechenland zurückgekehrt war. Er weigerte sich, darüber zu sprechen, deshalb wussten die Krieger nicht, was ihm dort widerfahren war. Paris sollte bald wie geplant zu Gideon in die USA fahren. Lucien konnte nicht anders, als sich schuldig zu fühlen, dass *er* den anderen immer sagte, sie sollten sich um Paris keine Sorgen machen. Sein Genosse sah nicht gut aus, er wirkte verstört und war viel zu spät auf der Insel angekommen.

Aeron und Reyes waren schon in den USA. Doch keiner der Krieger hatte bisher von ihnen Nachricht bekommen, und man wusste nicht, wie es ihnen dort erging. Was auch bedeutete, dass niemand wusste, was mit Danika und ihrer Familie los war. Lucien seufzte. Die anderen Krieger hatten schon nach Hinweisen auf die anderen Hydras gesucht, bisher aber kein Glück gehabt.

Auch er sollte da draußen sein, um ihnen bei der Suche zu helfen. Mindestens sollte er Paris beistehen und dafür sorgen, dass er sich davon, was auch immer ihm zugestoßen sein mochte, erholte. So war es immer gewesen. Etwas passierte, und es war Lucien, der so gut es ging es wieder geraderückte. Aber er konnte jetzt nicht Anya allein lassen. Das würde er nicht tun, denn sie bedeutete ihm alles.

Doch leider konnte er ihr Problem auch nicht lösen.

Weder erinnerte sie sich an Maddox noch an Ashlyn, obwohl die beiden sie jeden Tag besuchten, um ihr dafür zu danken, was sie für sie getan hatte. Sie hörte ihnen aufmerksam zu und schien sich über den Besuch zu freuen, aber erinnern konnte sie sich nicht. Lucien hatte ihr sogar die Lutscher besorgt, die sie so gern mochte, was sollte er sonst noch anstellen?

„Ich liebe dich", versicherte er ihr.

„Na und, ich hasse dich. Lass mich raus!" Sie rüttelte an den Stäben.

Er ließ den Kopf in seine Handflächen sinken. „Du wirst dich nicht an mich erinnern, gleichgültig, was ich anstelle, oder?"

„Verpiss dich, Mann." Sie streckte den Arm durch die Drallen und hieb mit der Faust auf seinen Kopf ein. „Ich werde nicht deine Sklavin sein. Hörst du mich? Ich werde von niemandem die Sklavin sein!"

Schweren Herzens stand er auf und schloss die Tür des Käfigs auf. Am liebsten wäre er in diesem Moment gestorben.

Zuerst stand sie einfach da und sah ihn an. „Warum bist du so traurig? Warum befreist du mich?"

„Ich ertrage es nicht länger mit anzusehen, dass du eingesperrt bist."

„Warum?" Ohne auf seine Antwort zu warten, ging sie kopfschüttelnd ein paar Schritte, darauf bedacht, den Abstand zwischen den beiden so groß wie möglich zu halten. Sie wandte sich ihm mit zusammengekniffenen Augen zu. „Was ist los mit mir? Warum finde ich es schade, dich zu verlassen, wenn ich daran denke?"

Tränen rollten ihre Wangen hinab, die sie mit einer unwirschen Bewegung wegwischte.

Lucien wagte nicht, sich seine Hoffnung einzugestehen. Noch nicht. „Ich bin dein Partner."

„Ich habe keinen Partner." Ärgerlich marschierte sie auf ihn zu. Ihre hellen Augen blitzten. Auf dem Weg durch das Schlafzimmer ergriff sie einen der Dolche, die Lucien auf dem Nachtschrank liegen hatte. „Ich werde es dir heimzahlen, dass du mich eingeschlossen hast."

Als sie so vor ihm stand, erinnerte er sich schlagartig an etwas. Einmal hatte sie genau so vor ihm gestanden, als sie ihm über diesen Käfig berichtete. Wer auch immer darin eingeschlossen war, musste die Befehle des Besitzers erfüllen.

Auch sich selbst zu töten?, hatte er gefragt.

Ja, lautete die Antwort.

Es war wirklich so einfach. Böse sprang sie auf ihn zu. Er achtete darauf, sie nicht zu verletzen, schlug ihr die Klinge aus der Hand, hielt sie fest und portierte sich mit ihr in den Käfig. Zum ersten Mal seit Tagen sah er etwas hoffnungsvoller in die Zukunft.

Bevor sie wusste, was geschah, hatte er sie wieder eingeschlossen. „Dafür bringe ich dich um!“, schrie sie ihn an. „Was für ein sadistisches Spielchen spielst du überhaupt?“ Ihr Blick fiel auf sein Tattoo, das schwarz und rot pulsierte. Als würde sie der Schmetterling hypnotisieren, wurde sie ruhiger und blinzelte. „Hübsch.“

Vielleicht erinnerte sie sich nun. Wieder keimte Hoffnung in ihm auf, während er die Stäbe ergriff und sie anstarrte. „Setz dich hin, Anya.“

Sie ließ sich auf den Boden plumpsen und sah ihm hasserfüllt in die Augen. Es funktionierte. Sie öffnete den Mund, um zu schreien, aber er brauchte nur zu sagen: „Sei still, Anya.“

Sie presste die Lippen aufeinander. Aus Hass wurde Zorn.

Wenn dies nicht funktionierte, dann …

„Erinnere dich an mich, Anya. Erinnere dich an unsere Zeit, die wir zusammen verbracht haben. Ich befehle dir, dich zu erinnern.“

Sie kniff die Augen zusammen und holte tief Luft. Als hätte sie Schmerzen verzog sie ihr Gesicht. Sie ließ sich auf den Rücken sinken, drehte sich auf die Seite und zog die Knie an die Brust, während sie sich die Finger an die Schläfen presste.

„Anya!“, rief er besorgt, öffnete die Tür und kniete sich neben sie.

Lange Zeit wand sie sich und fluchte vor sich hin. Lucien hielt sie in seinen Armen und versuchte sie zu beruhigen. Er hasste sich. *Was habe ich ihr damit angetan?* Diese Frau hatte doch alles für ihn aufgegeben.

Doch schließlich wurde sie ruhiger. Schweiß glänzte auf ihrer Stirn, und sie hatte dunkle Ringe unter den Augen bekommen.

„Es tut mir so leid, Liebste. Ich werde dich freilassen, aber du kannst nicht von mir verlangen, dass ich dich vergesse. Wir sind miteinander verbunden. Ich werde dir überallhin folgen und alles tun, was in meiner Macht steht, um dich glücklich zu machen. Gewöhn’ dich besser daran, dass ich in deiner Nähe sein werde. Ich liebe dich einfach zu sehr, um dich gehen zu lassen.“

„Als würde ich es jemals zulassen, dass du mich gehen lässt. Du gehörst zu mir. Ich liebe dich doch auch, Zuckerschnecke.“ Sie sah ihn aus großen Augen an. In ihrem Blick war ihre Liebe nicht zu übersehen. „Götter, wie bin ich dankbar, dass du noch am Leben bist."

Er zitterte vor lauter Glück, während er sie mit wildem Herzklopfen an sich drückte. „Anya, liebste Anya."

„Ich liebe dich so sehr."

Er vergrub sein Gesicht in ihrem Nacken und sog ihren Erdbeerduft tief ein. „Ich danke den Göttern, Anya. Ich bin jedes Mal gestorben, wenn du mich so angesehen hast, als sei ich ein Fremder für dich."

Sie küsste ihn und fuhr mit der Hand durch sein Haar. „Ich dachte, ich hätte dich verloren."

„Du hast für mich alles aufgegeben."

„Na, das habe ich doch getan, weil du das Wichtigste für mich bist."

Er drückte sie an sich und teleportierte die beiden auf sein Bett. Irgendwie würde es ihm gelingen, einen Weg zu finden, wie sie ihre Kräfte wiedererlangen könnte. Vielleicht würde es funktionieren, wenn er sie wieder in den Käfig einschloss und ihr befahl, ihre Kraft zurückzubekommen. Falls nicht … „Ich werde für den Rest meines Lebens dafür sorgen, dass ich es wiedergutmache."

Lächelnd schlang sie ihre Beine um seine Hüfte. „Genau so habe ich mir das vorgestellt. Nun erzähl' mir erstmal, was in der Zwischenzeit passiert ist."

Auch er musste lächeln. Niemals zuvor war er so glücklich gewesen. Kurz berichtete er, was er über seine Freunde wusste. „William hat es geschafft, vom Berg herabzukommen und ist wieder gesund geworden. Er ist uns hierher gefolgt und will jetzt sein Buch zurückhaben. Ich habe ihm nicht gestattet, die Burg zu betreten, aber er ruft jeden Tag an."

Sie kniff die Augen zusammen. „Oh, ich werde ihm wie versprochen das Buch geben. Später. Zuerst werde ich aber ein paar Seiten herausreißen … solche Missgeschicke passieren ja manchmal."

„Er hat sich bei mir tausend Mal entschuldigt, und ich glaube ihm, dass es ihm leid tut. Ich will einfach nur, dass er wieder verschwindet, aber er sagte, er würde nicht eher gehen, bis er mit dir persönlich gesprochen hat."

„Später. Erst einmal werden wir uns jetzt lieben."

Luciens Lächeln wurde immer strahlender, als er begann, sie langsam auszuziehen. Er kostete den Anblick ihrer üppigen Kurven und ihrer seidigen Haut jeden Augenblick aus. „Du heiratest mich doch, oder?“

„Oh, ja.“

„Gut. Ich weiß nämlich schon den perfekten Ort, wohin wir unsere Hochzeitsreise machen können.“

„Ins Paradies, dort, wo du fast gestorben wärest?“ Sie zerrte ungeduldig an seinen Sachen.

„Nein. Das Paradies ist doch genau hier.“ Er ließ zwei Finger in sie hineingleiten.

Stöhnend presste sie ihre Hüften gegen seine Hand. „Wohin dann?“

„Es gibt noch mehr Artefakte, die wir finden müssen. Die anderen Krieger sind schon unterwegs, um sie aufzuspüren, bis auf Reyes, der Aeron und Danika suchen gegangen ist.“ Er machte rhythmische Bewegungen mit der Hand. „Bist du bereit, mit mir noch einmal auf Schatzsuche zu gehen?“

„Immer.“ Sie rollte sich auf ihn, schob ihm die Hose herunter und setzte sich rittlings auf ihn. Als er in sie eindrang stöhnten sie beide vor ungestümer Leidenschaft. „Aber ich habe den einzigen Schatz, den ich brauche, schon gefunden. Und da wir schon von Schätzen sprechen, was machen wir nun mit diesem Käfig?“

„Behalt ihn. Da du dich jetzt an mich erinnerst, möchte ich, dass du noch einige Sachen da drinnen tust.“

„Mmh. Hört sich gut an. Und vielleicht können wir später versuchen, ob im Käfig mein Vater auch *sein* Gedächtnis wieder findet? Er und meine Mutter haben es verdient, ein bisschen glücklich zu sein … nach alldem, was sie durchmachen mussten.“

„Ein hehrer Wunsch.“

„Schluss mit Reden. Ich glaube, du hattest etwas Bestimmtes mit mir vor …“

Er lächelte glücklich, als er sie beide über die Klippe führte.

– ENDE –

Herren der Unterwelt
Glossar und Personenregister

Aeron	Hüter des Zorns
Allsehendes Auge	göttliches Artefakt mit dem Vermögen, sowohl in den Himmel als auch in die Hölle zu schauen
Amun	Hüter der Geheimnisse
Anya	(Halb-) Göttin der Anarchie
Ashlyn Darrow	menschliche Frau mit übernatürlichen Kräften
Cameo	Hüter des Trübsals
Cronus	König der Titanen
Danika Ford	menschliche Frau, auf die es die Titanen abgesehen haben
Dean Stefano	Jäger, die rechte Hand von Galen
dimOuniak	Büchse der Pandora
Dr. Frederick McIntosh	Vizepräsident des World Institute of Parapsychology
Dysnomia	Griechische Göttin der Gesetzlosigkeit
Galen	Hüter der Hoffnung
Gideon	Hüter der Lügen
Gilly	menschliche Frau, Freundin von Danika
Ginger Ford	Danikas Schwester
Griechen	einstmals die Herrscher des Olymps, nun im Gefängnis Tartarus eingesperrt
Hera	Königin der Griechen
Herren der Unterwelt	im Exil lebende Krieger der Griechischen Götter; beherbergen jetzt in ihren Körpern Dämonen
Hydra	vielköpfige Schlange mit Giftzähnen
Jäger	sterbliche Feinde der Lords der Unterwelt

Kane	Hüter der Katastrophen
Legion	Lakai des Dämonen, Freund von Aeron
Lucien	Hüter des Todes, Anführer der Krieger von Budapest
Maddox	Hüter der Gewalt
Mallory Ford	Danikas Großmutter
Meißel	göttliches Artefakt, dessen Kraftunbekannt ist
Pandora	Kriegerin, einst die Hüterin von *dimOuniak* (verstorben)
Paris	Hüter der Promiskuität
Reyes	Hüter des Schmerzes
Sabin	Hüter des Zweifels, Anführer der Griechischen Krieger
Sienna Blackstone	Jägerin
Strider	Hüter der Niederlage
Tarnkappe	göttliches Artefakt mit dem Vermögen, den Träger unsichtbar zu machen
Tartarus	Griechischer Gott der Gefangenschaft; ebenfalls das Gefängnis für die Unsterblichen auf dem Olymp
Themis	Titanin, Göttin der Gerechtigkeit
Tinka Ford	Danikas Mutter
Torin	Hüter der Krankheiten
William	Unsterblicher, Freund Danikas
Zeus	König der Griechen
Zwangskäfig	göttliches Artefakt mit der Fähigkeit, jeden, der dort eingesperrt ist, zum Sklaven zu machen

Wollen Sie mehr über Gena und ihre Bücher erfahren, schauen Sie unter **www.genashowalter.com** oder **www.mira-taschenbuch.de** im Internet nach.